La Cachette

DE LA MÊME AUTEURE

Le Refuge de l'ange, 2008
Si tu m'abandonnes, 2009
La Maison aux souvenirs, 2009
Les Collines de la chance, 2010
Si je te retrouvais, 2011
Un cœur en flammes, 2012
Une femme sous la menace, 2013
Un cœur naufragé, 2014
Le Collectionneur, 2015
Le Menteur, 2016
Obsession, 2017
Le soleil ne se couche jamais, 2017
Un cœur à l'abri, 2018
Fêlures, 2019

Nora Roberts

La Cachette

Traduit de l'anglais (États-Unis)
par Joëlle Touati

Michel Lafon

Titre original
Hideaway

118, avenue Achille-Peretti – CS 70024
92521 Neuilly-sur-Seine Cedex
www.michel-lafon.com

À ma famille,
de sang et de cœur.

PREMIÈRE PARTIE

INNOCENCE PERDUE

Des filles, voilà ce qu'il faut !

J.M. Barrie

Un enfant aime tout le monde, mes amis ;
la gentillesse est sa nature,
jusqu'à ce qu'il lui arrive quelque chose.

Flannery O'Connor

Chapitre Premier

Big Sur, 2001

Lorsque Liam Sullivan s'éteignit à l'âge de quatre-vingt-douze ans, dans son sommeil, au côté de celle qui avait partagé soixante-cinq ans de sa vie, le monde entier pleura la disparition d'une icône.

Cadet des sept enfants de Seamus et Ailish Sullivan, Liam était né dans une modeste ferme du village de Glendree, dans le comté de Clare, en Irlande. Il avait connu la faim, les années de disette, et n'avait jamais oublié le goût du pudding de sa mère, ni ses raclées, toujours méritées.

Il avait perdu un oncle ainsi que l'aîné de ses frères pendant la Première Guerre mondiale, et l'une de ses sœurs était morte en couches avant son dix-huitième anniversaire, en mettant son second enfant au monde.

Dès le plus jeune âge, il labourait les champs derrière un cheval répondant au nom de Moon, il tondait les moutons, égorgeait les agneaux, trayait les vaches et savait construire des murs de pierres sèches.

Toute sa vie, il garderait un souvenir ému des veillées familiales autour du feu de tourbe – la voix d'ange de sa mère, les airs de violon et le sourire amoureux de son père, les gigues endiablées de ses frères et sœurs.

Adolescent, il se faisait parfois quelques pennies en chantant au pub du village, pendant que les hommes éclusaient des pintes en parlant politique, récoltes et météo. Sa voix de ténor amenait la larme à l'œil autant que ses acrobaties provoquaient des éclats de rire. Mais Liam rêvait de voir le monde et de gagner beaucoup d'argent. Peu avant ses seize ans, il quitta la maison, ses maigres économies en poche, et s'embarqua pour l'Amérique dans une cale bondée de jeunes gens nourrissant les mêmes ambitions que lui. Quand le navire roulait et tanguait, dans la tempête, que l'air confiné empestait le vomi et la peur, il bénissait sa robuste constitution.

Par beau temps, il chantait et dansait à la demande de ses compagnons de voyage, et il écrivait de longues lettres à sa famille, qu'il posta toutes à la fin de la traversée.

Il échangea quelques baisers avec une jolie blonde de Cork, Mary, qui se rendait à Boston où on lui offrait un poste de bonne dans une grande maison. Ce fut avec elle, sur le pont, qu'il aperçut enfin la statue de la Liberté à l'horizon, promesse d'une vie nouvelle.

La foule, le bruit, l'agitation… Un monde séparait New York du petit hameau de Glendree, mais ce monde deviendrait le sien.

Il entra en apprentissage chez un oncle maternel, Michael Donahue, boucher dans le quartier du Meatpacking District. Il fut bien accueilli, on lui donna un lit dans la chambre de ses cousins. Mais au bout de quelques semaines, il détestait déjà les bruits et les odeurs de l'abattoir, bien qu'il s'appliquât à mériter son salaire.

Ce n'était pas de cela qu'il rêvait.

Il découvrit sa vocation avec Mary, la première fois qu'il l'emmena au cinéma. Fasciné par le grand écran, il oublia le bruit des scies et des couperets fendant les os. Même sa jolie petite amie se fondit dans le noir, éclipsée par ces femmes fatales et ces hommes héroïques incarnant tour à tour le drame ou la joie.

Lorsque Liam refit surface, il vit autour de lui les visages médusés du public, les larmes, les rires, les applaudissements. Voilà, pensa-t-il, de quoi rassasier un ventre affamé, réchauffer un corps transi et égayer une âme déprimée.

Moins d'un an plus tard, il quittait New York et se mettait en route vers l'Ouest.

De petits boulots en petits boulots, il traversa le pays, émerveillé par les grands espaces, le changement des saisons et la diversité des paysages. Il dormait dans les champs, les granges, dans l'arrière-salle des bars où il troquait sa voix contre un coin où passer la nuit.

Il coucha en prison, un soir, à l'issue d'une bagarre dans une ville nommée Wichita.

Il apprit à se cacher dans les wagons de marchandises et à esquiver la police. Comme il le répéterait dans d'innombrables interviews au cours de sa carrière, ce fut l'aventure de sa vie.

Après deux ans de pérégrinations, parvenu enfin au pied de cette colline où s'étalait le mot HOLLYWOODLAND en lettres monumentales, il se jura qu'il rencontrerait ici gloire et fortune.

Il était débrouillard, il chantait juste, il avait des bras forts ; il se fit embaucher à la construction de décors. Il travaillait en fredonnant, mimait les scènes de ses films préférés et imitait les différents accents qu'il avait entendus d'un bout à l'autre du pays.

Avec l'avènement du parlant, le cinéma était en pleine révolution. Les acteurs du muet avaient soudain des voix, nasillardes, discordantes, si bien que leur popularité déclina peu à peu.

Pour Liam, ce fut une occasion rêvée : un réalisateur l'entendit chanter à tue-tête l'air qu'une vedette du muet devait interpréter dans une comédie musicale. Liam savait que cet acteur avait une voix de fausset et qu'il était question de le doubler. Malin, il s'était arrangé pour se trouver au bon endroit au bon moment.

Son visage n'apparut pas à l'écran, mais sa voix séduisit le public. Et lui ouvrit la porte.

On l'engagea comme figurant silhouette, puis on finit par lui confier un petit rôle et il prononça sa première réplique.

Avec beaucoup de travail, du talent et l'inépuisable énergie des Sullivan, ce fils de paysans du comté de Clare eut bientôt un agent, des contrats, et l'âge d'or de Hollywood marqua pour lui le début d'une carrière qui durerait des décennies et se perpétuerait de génération en génération.

Il rencontra Rosemary sur le plateau d'une comédie musicale, le premier des cinq films où il tiendrait le haut de l'affiche avec la célèbre Rosemary Ryan. Leur idylle alimenta les colonnes de la presse à cancans et moins d'un an plus tard, ils se marièrent. Pour leur voyage de noces, ils partirent pour l'Irlande, rendre visite à la famille de Liam et aux parents de Rosemary, à Mayo.

À leur retour, ils s'installèrent dans une somptueuse villa sur les hauteurs de Beverly Hills, et ils eurent un fils, puis une fille.

Comme ils avaient eu le coup de foudre l'un pour l'autre, ils eurent le coup de foudre pour Big Sur et y firent bâtir une maison face à la mer, qu'ils baptisèrent *Sullivan's Rest*, une villégiature qui devint peu à peu leur résidence principale.

Leur fils Hugh hérita de leur talent et embrassa une carrière dans le cinéma dès sa plus tendre enfance. Leur fille Maureen se consacra à la comédie musicale et quitta Hollywood pour Broadway.

Hugh donna à Liam et à Rosemary le premier de leurs petits-enfants, avant qu'un tragique accident d'avion n'emporte l'amour de sa vie au retour d'un tournage dans le Montana.

Ce petit-fils, Aidan, devint à son tour comédien et fit un beau mariage d'amour avec Charlotte Dupont. Des photos exclusives de la cérémonie parurent dans *People Magazine*. Ils achetèrent une magnifique demeure à Holmby Hills, et donnèrent naissance à Caitlyn, première représentante de la quatrième génération des Sullivan. À vingt-et-un mois, l'arrière-petite-fille de Liam et de Rosemary était déjà la nouvelle coqueluche de Hollywood, dans le rôle de la fillette capricieuse de *Will Daddy Make Three ?*

Les critiques écrivirent qu'elle jouait mieux que les adultes, en particulier mieux que sa mère, qui incarnait le personnage féminin principal et n'apprécia guère ce jugement.

Caitlyn avait six ans lorsque Liam lui confia ensuite le rôle de Mary-Kate dans *Le Rêve de Donovan*, où elle partageait l'écran avec son père, son grand-père et son arrière-grand-père. Pour les besoins du tournage, elle passa six semaines en Irlande et déclama son texte avec un accent digne d'une native du comté de Clare.

Succès critique et commercial, cette production serait la dernière de Liam Sullivan. Dans l'une des rares interviews qu'il accorda à la fin de sa vie, sous un prunier en fleurs, le Pacifique en toile de fond, il déclara, comme Donovan, qu'il avait vu son rêve se réaliser : il avait fait un beau film avec la femme qu'il aimait depuis soixante ans, leur fils, leur petit-fils et leur brillante arrière-petite-fille Cate. Ce film couronnait en beauté le fabuleux destin que lui avait offert le septième art, dit-il.

Par un après-midi de février radieux, trois semaines après le décès de Liam, sa veuve, sa famille et ses nombreux amis se réunirent à Big Sur afin de célébrer une vie pleine et heureuse.

Des obsèques officielles avaient eu lieu à Los Angeles, où des sommités avaient prononcé des discours solennels et des éloges funèbres. Aujourd'hui, Rosemary y tenait, on était rassemblés pour se souvenir de la joie que Liam répandait autour de lui.

Il y eut des allocutions émouvantes et des larmes, mais aussi de la musique et des rires, un délicieux buffet, du whisky et du bon vin.

Sur le divan face à la cheminée du grand salon, les cheveux désormais blancs comme neige, Rosemary contemplait l'océan et les enfants qui jouaient dehors.

– Me prendras-tu pour une vieille folle si je te dis que j'ai l'impression qu'il est toujours là près de moi ? demanda-t-elle à son fils Hugh.

Elle lui saisit la main quand il s'assit à ses côtés.

– Oh non… Moi aussi, je sens sa présence.

– Ta sœur nous traiterait de cinglés, dit-elle, une lueur malicieuse dans ses yeux verts. Comment ai-je pu mettre au monde une enfant aussi terre à terre que Maureen ?

Hugh lui tendit une tasse de thé, qu'elle huma en fronçant les sourcils.

– Tu as mis du whisky ?

– Je connais ma mère.

– Oh que oui, mon garçon, mais tu ne sais pas tout.

En buvant une gorgée, elle scruta le visage de son fils. Le portrait de son père, pensa-t-elle, les mêmes yeux du plus bleu des bleus. Son bébé était devenu un bel homme, aux cheveux grisonnants.

– Je sais combien tu as souffert quand tu as perdu ta Livvy... Une disparition si brutale, si cruelle. Je la retrouve dans notre Caitlyn. La petite lui ressemble ; elle a hérité de son énergie, de sa joie de vivre. Mais voilà que je parle à nouveau comme une vieille folle !

– Pas du tout. Quand elle rit, j'entends le rire de Livvy, un bonheur...

– Nous l'aimions beaucoup, ton père et moi, mais je suis contente que tu aies rencontré Lily et enfin retrouvé le goût de vivre, après toutes ces années de tristesse. Lily est une bonne mère pour ses enfants, et une grand-mère pleine de tendresse pour notre Cate, depuis quatre ans.

– C'est vrai.

– Maintenant que je sais mes enfants et petits-enfants heureux, j'ai pris une décision.

– À quel sujet ?

– J'adore cette maison, murmura Rosemary. Ce paysage, je le connais sous toutes les lumières, en toutes saisons, par tous les temps. Nous n'avons pas vendu la maison de Los Angeles pour des raisons sentimentales, tu le sais, et parce qu'elle nous servait de pied-à-terre quand nous étions en tournage.

– Tu envisages maintenant de t'en séparer ?

– Non, j'y ai trop de bons souvenirs. L'appartement de New York reviendra à Maureen. Quant à toi, que préfères-tu : la maison de L.A. ou celle-ci ? J'ai besoin de savoir car je vais partir pour l'Irlande.

– En voyage ?

– M'installer. J'ai grandi à Boston, mais j'ai encore de la famille là-bas, des racines. Sans parler de ma belle-famille.

– Tu as aussi de la famille ici, répliqua Hugh en posant une main sur celle de sa mère.

– Certes. Ici, à New York, à Boston, Clare, Mayo, Londres aussi, depuis peu. Nous formons une très grande famille maintenant, n'est-ce pas, mon chéri ?

– Oui.

– J'espère que vous viendrez tous me rendre visite, car c'est en Irlande que j'ai envie de vivre, désormais. Au calme, au vert. Une vieille veuve qui fera son pain et tricotera des châles, ajouta-t-elle avec un clin d'œil et un sourire.

– Tu ne sais ni faire le pain ni tricoter, rétorqua Hugh.

Elle lui donna une tape sur la main.

– J'apprendrai. Malgré mon grand âge, j'en suis encore capable ! Tu as déjà une belle maison, je sais, mais l'heure est venue pour moi de *partager*, si je puis dire. Dieu seul sait comment nous avons gagné autant d'argent, avec Liam…

– Vous aviez du talent, et vous étiez intelligents.

– C'est vrai, il faut le reconnaître. Mais bref, je vais aller passer mes vieux jours dans ce joli cottage que nous avons acheté à Mayo. Alors que préfères-tu : Beverly Hills ou Big Sur ?

– Big Sur.

Un sourire étira les lèvres de Rosemary.

– Tu le savais, n'est-ce pas ? lui demanda Hugh.

– Je connais mon garçon mieux qu'il ne connaît sa maman. C'est réglé, alors. Cette maison est à toi. Tu en prendras soin, je te fais confiance.

– Tu peux compter sur moi, mais…

– Chut, ma décision est prise. J'espère que j'aurai un lit où dormir quand je viendrai vous rendre visite. Car j'ai bien l'intention de venir souvent. Nous avons vécu ici de merveilleuses années, avec ton père. J'espère qu'il en sera de même pour toi.

Rosemary tapota la main de son fils et lui montra, par la fenêtre, la petite Cate qui faisait des pirouettes sur la pelouse.

– Regarde… Notre avenir…

Tandis que Cate jouait avec ses cousins, ses parents se disputaient, dans l'une des nombreuses chambres d'amis.

Charlotte, coiffée d'un chignon, arpentait nerveusement la pièce en faisant claquer les talons de ses Louboutin. Le dynamisme de sa femme avait autrefois séduit Aidan. À présent, elle le fatiguait.

– Partons d'ici, chéri, pour l'amour de Dieu !

– Demain après-midi, c'est ce qui était prévu.

Devant les baies vitrées, dans un halo de lumière hivernale, Charlotte fit volte-face, les yeux brillants de larmes.

– Je n'en peux plus, tu ne comprends pas ? Tu ne vois pas que je suis à bout ? Pourquoi encore ce brunch, demain, alors que nous avons déjà dîné ensemble hier soir, et passé la journée entière avec ta famille, aujourd'hui ?

Sans parler de cet enterrement interminable… Combien d'histoires devrais-je encore entendre à propos du grand Liam Sullivan ?

Aidan avait cru que son épouse comprenait les puissants liens qui l'unissaient à sa famille, puis il avait espéré qu'elle finirait par les comprendre. À présent, il était clair qu'elle se contentait de les tolérer.

Jusqu'au moment où elle ne les supporterait plus.

Las, il s'assir sur le canapé et étendit ses longues jambes devant lui. Il se laissait pousser la barbe, en vue d'un prochain rôle. Les démangeaisons lui tapaient sur les nerfs.

Presque autant que sa femme.

Alors que l'ambiance était revenue au beau fixe dans leur couple, voilà qu'elle se dégradait à nouveau.

– C'est important pour ma grand-mère, Charlotte, et pour mon père. Pour moi aussi, pour toute la famille.

– Ta famille m'étouffe, protesta-t-elle avec un geste rageur.

Que de cinéma, pensa-t-il, pour une journée dans une villa sublime et un paysage enchanteur.

– Demain à cette heure-ci, nous serons chez nous. Il n'y aura plus grand monde, ce soir, au dîner. Allez viens, descendons, on nous attend.

– Tu n'as pas besoin de moi. Pourquoi suis-je obligée de rester ?

– Parce que nous repartons demain avec le jet privé de papa.

– Si nous en avions un, je pourrais partir aujourd'hui.

Aidan sentait poindre la migraine, entre ses deux yeux.

– S'il te plaît, ce n'est pas le moment… soupira-t-il.

– Ma présence ne manquerait à personne.

– À moi, si.

D'expérience, il savait que le tact fonctionnait mieux que l'agressivité. Et, en effet, son épouse esquissa un sourire.

Un sourire qui aurait fait fondre le cœur de n'importe quel homme, pensa-t-il.

– Je suis pénible, n'est-ce pas ? minauda-t-elle.

– Tu es ma pénible adorée.

En riant, elle vint s'asseoir sur ses genoux et l'enlaça.

– Pardon, mon chéri. Je suis désolée. Enfin… façon de parler. Tu sais que je n'ai jamais aimé cet endroit. Cette maison est si loin de tout… Elle me rend claustrophobe. OK, c'est idiot, je sais.

Sachant qu'il valait mieux s'abstenir de lui caresser les cheveux quand elle s'était coiffée, Aidan lui embrassa la tempe.

– Demain, nous serons de retour chez nous, mon amour. Je ne te demande qu'un tout petit effort, pour ma grand-mère, pour mon père, pour moi.

Avec une moue boudeuse, elle lui décocha un petit coup dans l'épaule.

– J'espère que tu me revaudras ça, dit-elle en pinçant ses lèvres corail et en clignant de ses grands yeux bleus aux cils interminables.

– Que dirais-tu d'un long week-end à Cabo ?

– Tu es sérieux ? s'écria-t-elle en prenant son visage entre ses mains.

– Il me reste deux semaines avant le début du tournage, dit-il en caressant sa barbe naissante. Nous irons passer quelques jours au bord de la mer. Cate adorera Cabo.

– Et l'école, mon amour ?

– Nous emmènerons son tuteur.

– Si elle allait plutôt passer ce long week-end chez Hugh et Lily ? On partirait en amoureux… Ça me ferait tellement plaisir ! Je crois qu'on a besoin de se retrouver tous les deux.

En se pressant contre son mari, dans sa robe de deuil noire, elle l'embrassa langoureusement.

Aidan n'aimait pas laisser Cate, mais il ne pouvait nier qu'un peu d'intimité leur serait sûrement bénéfique.

– OK, concéda-t-il.

– Super ! J'envoie tout de suite un texto à Grant pour lui demander de me programmer des séances supplémentaires. Je veux être fière de mon corps en Bikini.

– Tu as un corps superbe.

– Ça, c'est mon adorable mari qui parle ! On verra ce qu'en dit mon coach. Oh, j'aurai aussi des achats à faire !

– Pour le moment, descendons.

Une ombre contrariée passa furtivement sur les traits de Charlotte, mais elle la chassa aussitôt.

– OK, tu as raison. Laisse-moi juste le temps de me refaire une beauté.

– Tu es très belle, ma chérie.

– Et toi si gentil… Merci, mon chou, dit-elle en se dirigeant vers la coiffeuse. Ces dernières semaines ont été éprouvantes, avec tous ces hommages, toutes ces cérémonies. Quelques jours de vacances nous feront le plus grand bien. Je te rejoins en bas.

Pendant ce temps-là, Cate organisait une grande partie de cache-cache, pour clore un après-midi de jeux en plein air. Un favori des enfants de la famille, le jeu avait ses règles, ses interdits et ses bonus.

Aujourd'hui, on ne pouvait se cacher que dehors, les adultes ayant décrété qu'ils ne voulaient pas voir les petits courir à l'intérieur. Le chercheur marquait un point par joueur découvert. Le premier trouvé devenait le chercheur de la partie suivante ; s'il avait moins de cinq ans, il avait le droit de se faire aider par le partenaire de son choix. Un joueur non découvert pendant trois manches consécutives marquait dix points de bonus. Et comme Cate avait déjà repéré sa cachette, elle était sûre de gagner !

Dès que Boyd, dix ans, commença à compter, elle partit en courant. Boyd habitait New York, il ne venait à Big Sur qu'une ou deux fois par an et ne connaissait pas très bien les lieux.

Cate leva les yeux au ciel en voyant sa cousine Ava, cinq ans, se glisser sous une nappe pour se cacher sous une table. Boyd la trouverait en deux minutes. Elle eut envie de lui indiquer une meilleure cachette mais après tout, chacun pour soi, non ?

La plupart des invités étaient partis, mais il restait encore beaucoup d'adultes dans les patios, autour des bars de plein air et des braséros. Cate se remémora soudain pourquoi tout ce monde était là et son cœur se serra.

Elle adorait son arrière-grand-père. Il avait toujours une histoire à lui raconter et des bonbons au citron dans la poche. Elle avait beaucoup pleuré quand son papa lui avait expliqué qu'il était parti au ciel. Les larmes aux yeux, il lui avait assuré que Grandda avait été heureux, qu'il avait beaucoup compté pour de nombreuses personnes et qu'on ne l'oublierait jamais.

Cate repensa à sa réplique, dans le film qu'ils avaient tourné ensemble. Assis côte à côte sur une murette de pierres, ils contemplaient le paysage. « Nos bonnes et nos mauvaises actions sont comme des cailloux blancs sur le chemin de notre vie, disait Grandda. Quand nous nous en irons, les cailloux blancs seront toujours là, et ceux qui resteront se souviendront. » Elle garderait le souvenir des bonbons au citron et des câlins de son arrière-grand-père...

Les éclats de voix des adultes lui parvenant encore faiblement, elle contourna le garage, en direction du grand arbre centenaire. En grimpant sur la troisième branche, elle se cacherait derrière le tronc, dans le feuillage qui sentait si bon, à trois mètres du sol. Ici, personne ne la verrait !

Sans s'arrêter de courir, ses cheveux noirs flottant derrière elle, retenus sur les côtés par les barrettes en forme de papillon que lui avait mises sa nounou Nina pour qu'ils ne tombent pas sur ses yeux, elle dépassa le cottage des invités, puis l'escalier qui descendait à la plage et la piscine en surplomb de la mer.

Le matin, elle avait dû porter une robe, mais Nina lui avait ensuite sorti une tenue de jeu. Cate devait faire attention à son pull, mais ce n'était pas grave si elle salissait son jean.

– C'est moi qui vais gagner… C'est moi qui vais gagner… fredonna-t-elle en se hissant sur la première branche du laurier de Californie.

Puis elle cala sa basket violette – sa couleur préférée – dans un creux de l'écorce afin de s'élever plus haut. En entendant du bruit, elle tressaillit, bien qu'il fût impossible que ce soit déjà Boyd. Elle jeta un coup d'œil par-dessus son épaule et aperçut un homme en costume de serveur, barbe et queue de cheval blondes, lunettes de soleil réfléchissantes.

– Chut… lui souffla-t-elle, un doigt devant la bouche.

Avec un hochement de tête, il s'approcha, sourire aux lèvres, et elle crut qu'il voulait l'aider. Sentant une piqûre dans son cou, elle fit un geste de la main, comme pour chasser un insecte, puis ses yeux roulèrent dans leurs orbites et elle s'évanouit.

En quelques secondes, il la bâillonna, lui ligota les pieds et les poignets. Pure précaution : avec la dose qu'il lui avait injectée, elle ne se réveillerait pas avant deux ou trois heures.

Elle ne pesait pas lourd, et il avait une excellente condition physique ; il aurait pu porter une femme adulte, voire une personne obèse, jusqu'au chariot de service, quelques mètres plus loin.

Après l'avoir fourrée dans le compartiment fermé, il poussa celui-ci jusqu'à la camionnette au logo du traiteur, le chargea à l'arrière et referma les portières. Puis il s'installa au volant et descendit l'allée jusqu'au bout de la péninsule privée. Au portail, il saisit le code de sécurité d'un doigt ganté, et gagna tranquillement la Highway 1.

Il avait hâte d'enlever sa perruque et sa barbe postiche mais il devait encore les supporter. Il n'allait pas très loin. Avant que quiconque ne s'aperçoive de la disparition de la gamine à dix millions de dollars, il l'aurait déjà enfermée dans cette baraque de grand luxe dont les propriétaires se faisaient dorer la pilule à Maui.

En quittant l'autoroute, il s'engagea en sifflotant sur le chemin menant à ce petit paradis perdu dans la nature.

Tout avait marché comme sur des roulettes.

Son partenaire arpentait la terrasse du second niveau. Quel crétin… pensa-t-il en levant les yeux au ciel. Il l'avait pourtant briefé : la gamine serait endormie mais, au cas où, ils devaient porter des masques. D'ici deux ou trois jours, grand maximum, elle aurait retrouvé ses parents, ils seraient riches et iraient se la couler douce au Mozambique.

Il gara la camionnette sur le côté de la maison, entre les arbres. De toute façon, on ne voyait pas la baraque depuis la route.

– Tu l'as ? lui lança son acolyte.

– Ouais. Nickel.

– Personne t'a vu ? T'es sûr ?

– Mais ouais, speede pas, Denby.

– On prononce pas de nom, grommela celui-ci en remontant ses lunettes de soleil et en regardant autour de lui, méfiant. On avait dit qu'il fallait pas qu'elle entende comment on s'appelle.

– T'inquiète, elle est dans le coltard. On va la monter. J'ai hâte d'enlever cette barbe et de boire une bière bien fraîche.

– Les masques, d'abord. T'es pas médecin, on n'est pas sûrs à cent pour cent qu'elle soit dans les vapes.

– OK, OK, va chercher le tien, je garde ma barbe.

Tandis que Denby pénétrait dans la maison, son complice monta à l'arrière de la camionnette. La môme était toujours inconsciente. Elle ne bougea pas un cheveu lorsqu'il la sortit du chariot. En voyant Denby revenir avec un masque et une perruque de Pennywise, le célèbre clown de Stephen King, il éclata de rire.

– Oh purée, si elle ouvre les yeux et qu'elle te voit, elle retombe direct dans les pommes !

– Faut qu'elle ait peur, si on veut qu'elle coopère.

Denby balança un coup de pied dans le corps inerte de Cate.

– Sale gosse de riches…

– T'es pas Tim Curry mais je te jure que tu fais flipper ! Tout est prêt, en haut ?

– Ouais. J'ai bloqué la fenêtre, répondit Denby en suivant son ami, qui avait chargé Cate sur son épaule.

Et ils sursautèrent lorsque retentirent les premières notes de *The Mexican Hot Dance*, provenant du téléphone accroché à la ceinture du comparse de Denby.

– Punaise, Grant !

– T'as prononcé mon nom, couillon ! répliqua Grant Sparks en riant, dans l'escalier. C'est juste un texto de ma chérie, pas de panique.

Dans la chambre qu'ils avaient choisie parce qu'elle avait des toilettes et donnait sur l'arrière de la maison, il jeta Cate sur le lit à baldaquin. Denby l'avait refait avec des draps bon marché qu'ils avaient achetés au cas où la môme ferait des saletés.

Grant regarda autour de lui, satisfait de constater que Denby avait retiré tout ce qui aurait pu servir d'arme ou d'outil pour ouvrir la fenêtre. La gamine serait trop assommée pour avoir de pareilles idées, mais il valait mieux envisager toutes les possibilités.

Bien sûr, ils repartiraient en laissant les lieux dans l'état où ils les avaient trouvés. Personne ne se douterait de rien.

– Tu as enlevé toutes les ampoules ?

– Toutes.

– Bien. Elle sera mieux dans le noir. Détache-la. Si elle se réveille, elle a pas intérêt à pisser au lit.

– Combien de temps elle va pioncer, à ton avis ?

– Au moins encore deux heures. On lui donnera de la soupe aux somnifères quand elle commencera à revenir à elle, histoire d'être tranquilles jusqu'à demain matin.

– T'appelles sa famille à quelle heure ?

– Ce soir. Ils n'ont même pas dû se rendre compte qu'elle n'était plus là. Elle jouait à cache-cache, comme prévu. Ferme bien la porte à clé quand tu redescendras. Je vais me boire une bière.

Là-dessus, Grant ôta sa perruque ainsi que le filet qui retenait ses cheveux bruns éclaircis par le soleil.

Chapitre 2

Les invités étaient partis, ne restait plus que la famille. Bon gré, mal gré, Charlotte bavardait avec Rosemary, Hugh, Lily, tout en gardant à l'esprit que ses efforts seraient récompensés.

Car elle en faisait, des efforts ! Lily se prenait pour une grande actrice, parce qu'elle avait été deux fois nominée aux Oscars, mais Charlotte savait bien, malgré les simagrées de sa belle-mère, que celle-ci ne la portait pas dans son cœur. L'antipathie de la vieille peau à son égard était palpable de loin.

Charlotte convoqua néanmoins un sourire aimable lorsque Lily gloussa, de son rire maniéré. Un rire aussi faux que son ridicule accent de grande dame du Sud et ce roux flamboyant, emblématique de la célèbre Lily Morrow.

Hugh s'occupait du bar, à l'autre bout du grand salon. Charlotte sirotait un délicieux cosmopolitan qu'il lui avait préparé, tout en écoutant patiemment une énième anecdote à propos de saint Liam. Les Sullivan avaient au moins cela pour eux d'être maîtres dans l'art des cocktails.

Comme le jour commençait à tomber, les enfants revinrent à l'intérieur, sales, bruyants et bien sûr affamés. On les envoya se laver les mains et se débarbouiller, voire se changer pour certains. Après le repas, les grands regarderaient un film dans la salle de home cinéma ; les petits iraient se coucher.

En cuisine, les nounous avaient veillé à ce que l'on tienne compte de l'allergie aux fruits à coque de l'un, de l'intolérance au lactose de l'autre, des convictions végétariennes des parents d'un troisième.

Nina, tout en préparant une salade de fruits frais, compta les têtes, avec un sourire indulgent à l'attention de Boyd qui grignotait des frites tout juste sorties du four.

– Caitlyn n'a pas faim ?

Le garçonnet haussa les épaules.

– J'en sais rien. Elle était sûre de gagner mais elle a pas gagné.

Profitant de l'absence de sa nounou qui était partie s'occuper de sa petite sœur – comme s'il avait besoin d'une nounou ! –, il chipa un cookie, en principe interdit avant le dîner.

– Elle n'est pas venue quand on a dit que la partie était finie. Du coup, c'est de la triche !

– Elle n'est pas rentrée en même temps que vous ?

Boyd se dépêcha d'engloutir son biscuit, de crainte d'être pris en flagrant délit.

– Personne ne l'a trouvée. Elle va dire qu'elle a gagné mais c'est de la triche. Je parie qu'elle était cachée dans la maison, alors qu'on n'avait pas le droit. Dans tous les cas, elle n'a pas gagné !

– Caitlyn n'est pas une tricheuse.

Nina s'essuya les mains, puis elle partit à la recherche de la fillette. Celle-ci n'était pas dans sa chambre, ni à l'étage et ni sur la terrasse, d'où sa nounou l'appela, avec plus d'impatience que d'inquiétude.

Avant de descendre au jardin, elle l'appela de nouveau depuis la passerelle qui menait à la piscine. Cate adorait le jardin, mais elle n'y était pas, pas plus que dans le verger.

Le soleil déclinait, les ombres s'allongeaient, la température fraîchissait et Nina commençait cette fois à s'inquiéter. Elle avait grandi à Los Angeles et nourrissait ce qu'elle considérait comme une saine aversion pour la nature. Elle imaginait déjà des serpents, des coyotes, voire des ours, tout en appelant Cate désespérément.

Stupide, se raisonna-t-elle. Catey avait dû s'assoupir quelque part dans la grande maison. À moins…

Nina courut jusqu'au cottage des invités, dont elle poussa la porte en criant le prénom de la fillette. Un instant, elle contempla la mer, devant les immenses baies vitrées, en songeant à tout ce qui pouvait arriver à une petite fille de neuf ans.

Comme Cate adorait la plage, elle y descendit en l'appelant à pleins poumons, sous l'œil morne des phoques couchés sur les rochers. Puis elle remonta jeter un coup d'œil dans le *pool house*, dans la remise de jardin. La salle de home cinéma, le grand salon, le studio de répétition, les débarras.

– Caitlyn Ryan Sullivan ! s'égosilla-t-elle en se dirigeant vers le garage. Dépêche-toi ! Je suis inquiète !

Au pied du grand arbre centenaire, elle ramassa l'une des barrettes en forme de papillon qu'elle avait mise le matin même dans les beaux cheveux longs de la petite. Cate avait dû la perdre en jouant, il n'y avait pas lieu de paniquer pour si peu, se répétait Nina en retournant vers la maison, la vue brouillée de larmes.

– Nina, que se passe-t-il ? lui demanda Hugh.

– Je… Monsieur Hugh, impossible de trouver Caitlyn. Je ne sais pas où elle est passée. J'ai trouvé ça…

Et elle éclata en sanglots, en montrant la barrette.

– Ne vous mettez pas dans ces états, Nina. Elle doit se cacher quelque part, nous allons la retrouver.

– Elle jouait à cache-cache, bredouilla la nounou, tremblante, en suivant Hugh dans le salon où les adultes de la famille étaient rassemblés. Je… j'étais rentrée aider Maria à s'occuper de la petite Circi et du bébé, comme elle jouait avec ses cousins et cousines.

– Pour l'amour de Dieu, que vous arrive-t-il, Nina ? demanda Charlotte, qui sirotait un second cosmopolitan.

– J'ai regardé partout, elle n'était nulle part. Je ne sais pas où est Catey.

– Très certainement en haut, dans sa chambre.

– Non, madame, non. Je suis allée voir partout. Je l'ai appelée et appelée. C'est une brave petite, elle ne me jouerait pas un vilain tour en entendant que je suis inquiète.

– Quand l'avez-vous vue pour la dernière fois ? demanda Aidan en se levant.

– Il y a une heure… Un peu plus, peut-être. Elle jouait à cache-cache avec les autres. Comme les enfants étaient tous ensemble, je suis rentrée pour aider avec les bébés et les petits. Monsieur Aidan…

Elle montra de nouveau la barrette.

– J'ai trouvé ça… à côté du grand arbre derrière le garage. Elle l'avait dans les cheveux. C'est moi qui l'ai coiffée, ce matin.

– Nous la retrouverons. Charlotte, monte vérifier en haut, au premier et au deuxième.

– Je monte aussi, déclara Lily en quittant son fauteuil.

– On regarde en bas, dit Hugh. Je suis sûr qu'il n'y a pas de raison de s'affoler.

– Vous êtes censée la surveiller ! lança Charlotte à Nina.

– Madame…

– Charlotte, intervint Aidan en saisissant le bras de son épouse. Nina n'a pas besoin de surveiller Cate quand elle joue avec ses cousins.

– Alors où est-elle ? rétorqua Charlotte en se dirigeant vers le couloir, d'où elle appela sa fille.

Rosemary tendit une main à Nina.

– Venez vous asseoir près de moi, pendant que les hommes vont voir dehors. Les femmes feront le tour de la maison. Quand nous l'aurons retrouvée, je lui dirai deux mots.

Rosemary tenta d'afficher un sourire confiant, mais l'inquiétude se lisait dans ses yeux.

Pendant plus d'une heure, on inspecta la maison et le terrain, jusque dans les moindres recoins. Lily rassembla les enfants et leur demanda quand ils avaient vu leur cousine pour la dernière fois – au début de la partie de cache-cache.

– Je crois qu'il faut appeler la police, dit Lily en prenant la main de Hugh.

– La police ? s'écria Charlotte. Mon bébé… Il est arrivé quelque chose à mon bébé… Nina est renvoyée ! Ce n'est qu'une bonne à rien ! Aidan, oh mon Dieu, Aidan…

Lorsque le téléphone sonna, elle se blottit contre le torse de son mari. Hugh décrocha, en prenant une profonde inspiration.

– Résidence Sullivan, bonjour.

– Si vous voulez revoir la môme, il vous en coûtera dix millions de dollars, en petites coupures non marquées et dont les numéros ne se suivent pas. Payez et on vous la rend saine et sauve. Si vous prévenez la police ou le FBI, vous ne la reverrez pas. Contactez qui que ce soit et on la bute. Laissez cette ligne libre : je vous rappellerai pour vous donner des instructions plus précises.

– Attendez, je…

La communication était déjà coupée. Hugh reposa le combiné avec une expression horrifiée.

– C'était au sujet de Cate…

– Oh, Dieu merci ! Où est-elle ? demanda Charlotte.

Aidan enlaça sa femme et la serra contre lui.

– Il demande une rançon de dix millions, ajouta Hugh.

– Quoi ? s'exclama Charlotte en se dégageant de l'étreinte de son mari. Dix millions pour… Tu… Elle… Ma fille a été kidnappée ?

– Il faut prévenir la police, répéta Lily.

– Il a dit qu'il s'en prendrait à elle, si on appelle la police.

– Qu'il s'en prendrait à elle ? Mais ce n'est qu'une enfant ! Ma petite fille…

En pleurant, Charlotte enfouit son visage au creux de l'épaule d'Aidan.

– Oh mon Dieu… Oh mon Dieu… Comment une chose pareille a-t-elle pu se produire ? C'est la faute de cette gourde de Nina ! Je vais la tuer !

Elle repoussa Aidan et pivota face à Lily.

– Personne n'appelle la police ! Je ne veux pas qu'on fasse de mal à ma fille ! On réunira l'argent, dit-elle en empoignant la chemise d'Aidan. On s'en fiche de l'argent, on en a ! Dites-leur qu'on paiera la rançon, qu'on leur donnera tout ce qu'ils voudront. Qu'ils nous rendent juste notre bébé !

– Ne t'inquiète pas, nous la retrouverons, il ne lui arrivera rien.

Terrifié, Hugh se passa une main sur le visage.

– Ce n'est pas qu'une question d'argent… Si on paie la rançon et qu'il lui arrive quand même quelque chose… Nous avons besoin d'aide.

– Et si ? Et si ? aboya Charlotte. Vous venez de dire qu'ils s'en prendront à elle si on appelle la police ! Je ne veux pas courir ce risque. Hors de question !

– La police pourra peut-être localiser l'appel, plaida Hugh.

– Peut-être, ou peut-être pas ! rétorqua Charlotte d'une voix suraiguë. C'est donc tout ce qu'elle représente pour vous ?

Les jambes flageolantes, Hugh s'assit sur le canapé.

– Je tiens beaucoup à elle. Nous devons réfléchir, nous ne pouvons pas nous permettre d'agir à la légère.

– On leur donne tout ce qu'ils veulent et on fait comme ils veulent. Aidan, mon Dieu, Aidan, on a cet argent, on peut payer pour notre bébé.

– Je paierai, déclara Hugh en se relevant. Elle a été kidnappée dans la maison de mes parents, que ma mère m'a léguée. Je paierai.

Les joues ruisselantes de larmes, Charlotte se jeta dans les bras de son beau-père.

– Je n'oublierai jamais ce geste… Il ne lui arrivera rien ! Ils n'ont aucune raison de lui faire du mal si on paie la rançon. Je veux ma petite fille, je veux juste retrouver ma petite fille.

Au-dessus de la tête de Charlotte, Hugh adressa un signe à Lily, qui vint prendre Charlotte par le bras.

– Ça va aller, ça va aller… Venez, je vous accompagne en haut. Miranda, occupe les enfants, dit-elle à la plus jeune de ses filles. Emmène-les en bas, mets-leur un film et demande qu'on monte un thé à Charlotte. Ça va aller, répéta-t-elle en caressant les cheveux de sa belle-fille.

– Je veux retrouver mon bébé.

– Bien sûr.

– Que quelqu'un prépare du café, dit Rosemary, blême, les mains entrecroisées, le dos très droit dans son fauteuil. Nous devons reprendre nos esprits et réfléchir posément.

– Je m'occupe de rassembler la somme, déclara Hugh. Non ! lança-t-il à Aidan lorsque ce dernier fit mine de suivre sa femme. Laisse-la avec Lily, pour le moment, c'est mieux. Oh bon sang… Comment ont-ils pu enlever Cate sous notre nez ? Ce sont des amateurs, c'est ce qui m'effraie…

– Pourquoi dis-tu cela ?

– Dix millions en petites coupures… Je peux me les procurer, mais comment pensent-ils les transporter ? Ce n'est pas malin… Ils auraient mieux fait de se faire virer la somme sur un compte.

Tout le monde se mit à parler en même temps, l'indignation se mêlant à l'anxiété.

– Ça suffit ! cria Rosemary en se levant, et tout le monde obéit à la matriarche. L'un d'entre vous a-t-il déjà vu dix millions en liquide ? Hugh a raison, c'est stupide. Comme lui, je suis pour appeler la police… (Elle leva la main pour faire taire le brouhaha qui recommençait déjà.) Mais laissons Charlotte et Aidan décider. Caitlyn est leur fille, bien que nous ayons tous beaucoup d'affection pour elle. Hugh et moi, nous paierons la rançon. Cette maison sera bientôt la sienne, mais pour l'instant, elle est encore à moi. Viens, Hugh, allons dans le bureau de ton père ; nous n'avons pas de temps à perdre. Montez une boisson chaude à Charlotte. Je suis sûre que l'un d'entre vous a des somnifères. Qu'elle en prenne un.

– Je lui apporte un thé, dit Aidan. Charlotte a ses cachets ; je veillerai à ce qu'elle en prenne un. Et j'essaierai de la convaincre que nous devons prévenir la police. Je suis d'accord, c'est mieux. Mais si jamais…

– Chaque chose en son temps, l'interrompit Rosemary en lui saisissant les mains. Nous allons d'abord nous occuper de l'argent, ton père et moi. Ensuite, nous nous plierons à votre décision.

Aidan pressa les mains de sa grand-mère contre sa joue.

– Cate est la prunelle de mes yeux, murmura-t-il.

– Je sais. Pour elle, tu dois être fort.

Cate revenait lentement à elle. Comme elle avait horriblement mal à la tête, elle se roula en boule et serra très fort les paupières. Elle avait aussi la gorge irritée, et le cœur au bord des lèvres.

Mais elle ne voulait pas vomir.

Elle voulait Nina, son papa, sa maman. Quelqu'un qui apaiserait ses douleurs.

Tout doucement, elle entrouvrit les yeux. Il faisait noir. Elle était malade. Ce n'était pas normal. Elle n'avait pas le souvenir d'être malade. Le lit était dur, les draps rêches. Ce n'était pas un lit qu'elle connaissait… Elle n'était pas dans sa chambre, ni chez Grandpa et Mamie-Lil', ni chez Grandda et Nan…

Non, Grandda était mort. Tout le monde s'était réuni pour se souvenir de sa vie heureuse. Les enfants avaient beaucoup joué, au loup, à chat perché, à cache-cache…

Un homme l'avait vue se cacher. Que s'était-il passé ensuite ? Était-elle tombée ?

Elle se redressa en position assise et tout se mit à tournoyer. Elle appela Nina. Sa nounou venait toujours très vite. Mais pas cette fois…

Ses yeux s'accoutumant peu à peu à l'obscurité, Cate descendit du lit. À la lueur des étoiles et de la lune, elle distinguait une porte. Qui refusa de s'ouvrir. Elle tambourina contre le battant, en pleurant.

– Nina ! Je ne peux pas sortir ! Je suis malade. Nina ! Papa ! S'il te plaît ! Maman, je veux sortir !

La porte s'ouvrit si brusquement qu'elle en reçut un coup et tomba sur les fesses. Un masque de clown au sourire menaçant se découpait dans la lumière du couloir. Elle hurla. Il pouffa.

– Personne ne t'entend, idiote, alors ferme-la ou je te casse le bras et je le bouffe.

– Calme, Pennywise.

Un loup-garou apparut, chargé d'un plateau qu'il posa sur le lit. Cate se redressa, à quatre pattes.

– Voici de la soupe et du lait. Tu finis tout si tu ne veux pas que mon copain, là, te les verse dans le gosier.

– Je veux mon papa !

– Oh la pauvre… ricana Pennywise. Ton papa, je l'ai découpé en morceaux et je l'ai donné à bouffer aux cochons.

– Ta gueule ! lui lança le loup-garou. Écoute-moi bien, la gosse : tu manges tout ce qu'on te donne, quand on te le donne, compris ? Si tu as besoin d'aller aux chiottes, t'en as juste là. Tu nous emmerdes pas, tu fous pas le bordel, et dans deux jours, tu retrouveras ton papa chéri. Si tu fais chier, on te fera passer un sale quart d'heure.

– Vous n'êtes pas un vrai loup-garou ! C'est un masque !

– Tu te crois maline ?

– Oui !

Le clown porta une main dans son dos et retira un revolver de sa ceinture.

– Et ça, c'est un vrai, bécasse ? Tu veux que je te montre si c'est un vrai ?

– Tranquille ! intervint le loup-garou. Toi, madame l'intelligente, tu manges ta soupe et tu bois ton lait, jusqu'à la dernière goutte. Ou je te casse les doigts quand je reviens. Fais ce qu'on te dit et dans deux jours, tu retourneras à ta vie de princesse.

Pennywise empoigna Cate par les cheveux, lui renversa la tête en arrière et lui pressa le revolver contre la gorge.

– Arrête ces conneries, bouffon !

Le loup-garou lui saisit le bras mais Pennywise le repoussa.

– Elle a besoin d'une leçon, cette sale gosse de riches. Tu veux savoir, la mioche, ce qui arrive aux petites insolentes comme toi ? Réponds : « Non, monsieur. » Je t'écoute.

– Non, monsieur.

– Alors bouffe, maintenant !

Assise par terre, Cate fondit en sanglots.

– Bouffe ta soupe, nom de Dieu ! Et ferme-la !

Là-dessus, les ravisseurs quittèrent la pièce et verrouillèrent la porte. Comme le sol était glacial, elle retourna sur le lit en grelottant. Hélas, il n'y avait pas de couverture. Elle avait un peu faim, mais elle ne voulait pas de cette soupe.

Elle ne voulait pas non plus que le clown lui casse les doigts ou lui tire une balle de revolver. Elle aurait voulu que Nina lui chante une chanson, que son papa lui raconte une histoire, que sa maman lui montre les belles robes qu'elle s'était achetées aujourd'hui.

Tout le monde devait la chercher. On la retrouverait et ces gens masqués iraient en prison.

Réconfortée par cette pensée, elle porta une cuillerée à ses lèvres. La soupe ne sentait pas bon, et elle avait un drôle de goût.

Cate ne pouvait pas manger ça. Qu'en avaient-ils à faire, qu'elle mange ou pas ?

Sourcils froncés, elle renifla le bol, puis le verre de lait.

Ils y avaient peut-être mis du poison. Parcourue d'un frisson, elle se frictionna les bras, afin de se réchauffer et de se rassurer. Non, ce n'était pas du poison, mais cette odeur était tout de même bizarre. Cate avait vu beaucoup de films. Les méchants mettaient parfois de la drogue dans les verres. On avait peut-être réussi à l'enlever mais elle n'était pas bête ; elle savait un tas de choses. Ils ne l'avaient même pas attachée…

Tout doucement, sans faire de bruit, elle s'approcha de la fenêtre. Dans la nuit, elle entrevoyait des arbres, des falaises. Pas de maison, aucune lumière.

Le cœur battant, elle jeta un coup d'œil derrière elle et tenta d'ouvrir la fenêtre. Impossible. Elle était clouée.

En proie à une bouffée de panique, Cate ferma les yeux et respira profondément. Sa mère pratiquait le yoga, et elle en faisait parfois avec elle. Inspirer lentement, par le nez, expirer à fond.

Ils la prenaient pour une idiote, mais elle était loin de l'être. Elle ne mangerait pas de cette soupe et elle ne boirait pas de ce lait où ils avaient sûrement mis de la drogue.

Dans la salle de bains, elle vida le bol et le verre dans les toilettes, avant de faire pipi, car elle en avait très envie. Puis elle tira la chasse.

Quand ils reviendraient, elle ferait semblant de dormir. Elle savait feindre le sommeil. Elle était comédienne, non ? Et elle n'était pas bête, alors elle glissa la cuillère sous l'oreiller.

Quelle heure était-il ? Combien de temps avait-elle dormi ? Elle n'avait plus aucune notion du temps. Ils lui avaient fait une piqûre, certainement, mais les souvenirs revenaient peu à peu. Maintenant, elle devait attendre qu'ils reviennent chercher le plateau, et prier pour qu'ils ne remarquent pas la disparition de la cuillère.

Elle s'efforça de ne plus pleurer. C'était dur, mais il fallait qu'elle réfléchisse à ce qu'elle allait faire, or on ne pouvait pas réfléchir en pleurant.

Il s'écoula tellement de temps qu'elle faillit s'endormir, mais, enfin, la serrure cliqueta et la porte s'ouvrit.

Respirer tout doucement, régulièrement. Ne pas serrer les yeux, ne pas sursauter si on la touchait. Des fois, elle parvenait à duper Nina.

Des notes de musique retentirent, elle réprima un tressaillement. Le loup-garou jura – elle reconnut sa voix. Une sonnerie de téléphone. Il prit l'appel, suave.

– Salut, amour. Tu appelles avec le téléphone de la nounou ? Nickel. Alors ? Oui, oui, elle va bien. Elle est là juste devant moi, elle dort comme un bébé. (Il donna un coup dans les côtes de Cate, qui demeura sans réaction.) Très bien, OK, impeccable. Je compte sur toi. Je rappelle d'ici une demi-heure. Mais oui, amour, tu le sais. Encore deux jours, et à nous la belle vie ! Allez, à plus.

Toujours parfaitement immobile, Cate l'entendit quitter la pièce.

– Bande d'imbéciles, marmonna-t-il. Ce que les gens peuvent être niais… Les femmes, pire que les hommes…

La porte se referma, la serrure cliqueta.

Sans bouger, Cate compta jusqu'à cent. Puis jusqu'à deux cents, par précaution, avant d'entrouvrir prudemment les yeux. Constatant qu'elle était seule, elle se redressa en position assise, s'empara de la cuillère sous l'oreiller et, à pas de loups, se dirigea vers la fenêtre.

Avec son grand-père, elle avait construit un nichoir. Elle savait se servir d'un marteau pour enfoncer des clous. Ou pour les arracher.

Les mains moites de sueur, elle avait du mal à manipuler la cuillère. Celle-ci faillit lui échapper ; elle en aurait pleuré. Mais elle s'essuya les doigts sur son jean et se concentra sur sa tâche. Les clous refusaient de céder. Néanmoins, elle persévéra.

Elle en avait presque arraché un lorsqu'elle entendit des voix, au-dehors. Terrorisée, elle s'accroupit sous la fenêtre, incapable de contrôler sa respiration haletante.

Une voiture. Des pneus sur le gravier. Une portière qui claque. La porte de la maison. Une autre porte, à l'intérieur.

En se redressant, elle vit les phares de la voiture qui repartait. Peut-être valait-il mieux attendre que ses ravisseurs soient tous les deux dans la maison… Mais elle avait trop peur. Les dents serrées, elle continua de s'acharner sur le clou.

Qui finit par tomber sur le plancher, avec un bruit qui résonna comme une explosion, à ses oreilles. Elle se jeta sur le lit et s'efforça de respirer calmement, mais elle tremblait de tous ses membres.

Par chance, personne ne vint. Des larmes de soulagement ruisselèrent sur ses joues. Elle avait de nouveau les mains trempées de sueur, mais elle se remit au travail.

Le second clou arraché, elle le mit dans sa poche et s'essuya les doigts, puis elle tourna le loquet, qui produisit un énorme grincement. Elle attendit un instant, le cœur cognant contre ses côtes, puis elle ouvrit la fenêtre et passa la tête à l'extérieur, dans l'air frais de la nuit.

Beaucoup trop haut pour sauter.

Elle tendit l'oreille, à l'affût du bruit de la mer, de voitures, de voix. Elle n'entendait que le vent, l'appel d'un coyote, le cri d'une chouette.

Pas de corniche sur la façade, ni d'arbre ou de treillis à proximité, où elle aurait pu s'agripper pour descendre. Elle devait pourtant s'enfuir, coûte que coûte.

Elle essaya de déchirer les draps. Impossible. Alors elle les attacha, puis elle ajouta les taies d'oreiller, en pensant à Raiponce, qui se servait de ses cheveux pour s'échapper de sa tour.

Avec l'angoisse, elle avait de nouveau envie de faire pipi, mais elle se retint et noua sa corde de fortune à une colonne du lit à baldaquin.

La voiture revint, son estomac se contracta. Ils allaient la prendre en flagrant délit. Elle aurait dû attendre.

Piégée, elle s'assit par terre en imaginant le pire : la porte qui s'ouvrait, les masques, le pistolet… Ils l'avaient menacée de lui briser les doigts…

Recroquevillée sur elle-même, elle ferma les yeux.

Des voix, de nouveau, devant la maison. S'ils levaient les yeux, ils verraient la fenêtre ouverte.

– Non, mais t'es complètement con ou quoi ? tonna le loup-garou. Tu crois que c'est le moment d'être défoncé ?

– Ça va, j'suis pas défoncé, ricana le clown. Ils ont le pognon ?

– Ouais, tout se passe…

Les voix disparurent à l'intérieur, la porte claqua.

Trop paniquée pour se soucier de ne pas faire de bruit, Cate jeta sa liane par la fenêtre. Trop courte. La rallonger avec des serviettes de toilette ?

Non, d'une minute à l'autre, ils risquaient de faire irruption dans la chambre… Cramponnée aux draps, elle enjamba la fenêtre. Ses mains glissèrent sur plusieurs centimètres, elle étouffa un cri et parvint à freiner sa descente.

De la lumière brillait au rez-de-chaussée. S'ils regardaient par la fenêtre, ils la verraient. Ils seraient capables de la tuer. Elle ne voulait pas mourir.

– Pitié, pitié… chuchota-t-elle.

Elle voyait à présent la cuisine, immense, rutilante, aux murs vert tilleul. Au bout de la corde, elle ferma les yeux et sauta. Elle se tordit la cheville et se cogna le coude, mais elle réussit à courir jusqu'au sous-bois, en espérant de tout son cœur qu'ils ne la pourchasseraient pas.

Épuisé, sur les nerfs, Aidan se posta devant la fenêtre, dans la chambre qu'il partageait avec Charlotte. Où était Catey ? Seule quelque part, terrorisée. Mon Dieu, je vous en supplie, qu'ils ne lui fassent pas de mal…

– Je ne dors pas, murmura Charlotte en se redressant. Je n'ai pris qu'un demi-comprimé, pour me calmer. Pardon pour cette crise d'hystérie… J'ai tellement peur…

Il s'assit sur le bord du lit et lui saisit la main.

– On a reçu un nouvel appel.

Charlotte se mordit la lèvre et sa main se crispa sur celle de son mari.

Aidan avait demandé à parler à sa fille, pour s'assurer qu'elle allait bien, et l'avait entendue crier et pleurer qu'elle voulait son papa. Mais il se garda de le dire à sa femme.

– Ils n'ont aucune raison de lui faire du mal, murmura-t-il.

Dix millions de raisons, pensait-il toutefois en son for intérieur.

– Qu'est-ce qu'ils ont dit ? Ils vont la libérer ? On a l'argent ?

– Il veut la rançon pour demain minuit. Il précisera le lieu. Il doit rappeler. Papa et Nan sont en train de réunir la somme. Dès qu'il aura l'argent, il nous dira où trouver Cate.

Les bras noués autour du cou de son mari, Charlotte se balançait d'avant en arrière.

– Quand on l'aura retrouvée, plus jamais on ne la laissera toute seule, sanglota-t-elle. Et on ne reviendra plus jamais ici.

– Ma chérie…

– Non, on ne reviendra plus ici ! Nina sera renvoyée, je ne veux plus la voir. Dans le meilleur des cas, elle a été négligente. Au pire… elle est peut-être mêlée à cette histoire !

Les yeux brillants de rage, Charlotte s'écarta brusquement de son mari.

– Que vas-tu imaginer ? lui dit-il posément. Nina est très attachée à Cate. On pense qu'il s'agit d'un employé du traiteur, ou de quelqu'un qui s'est fait passer pour un serveur.

Les larmes roulèrent sur le visage blême de Charlotte.

– C'est peut-être un membre de la famille, ou un ami, qu'elle a suivi en toute confiance.

– Non, je ne peux pas y croire.

– Mais peu importe ! L'essentiel, c'est qu'elle soit saine et sauve. Tout le reste m'est égal.

– Il faudra bien arrêter le coupable. Si on prévient la police…

– Non ! L'argent est donc plus important pour toi que notre enfant ?

– Tu sais bien que non, soupira Aidan avec indulgence, bien que blessé par les propos de sa femme.

– Alors cesse de me parler de la police ! Je ne veux pas qu'ils tuent mon bébé ! Nous ne remettrons plus jamais les pieds dans cette maison ! Cate n'est pas en sécurité, ici. Ni avec Nina.

Charlotte frôlait à nouveau l'hystérie, mais Aidan n'avait pas le cœur à lui faire des reproches.

– OK, ma chérie, OK, on en reparlera.

– Tu as raison, je sais que tu as raison, mais je suis malade d'inquiétude… Je n'ose même pas imaginer ma petite puce, seule, terrifiée… C'est pour ça que je m'énerve… Oh mon Dieu, Aidan, où est-elle ?

Chapitre 3

À bout de souffle, Cate dut se résigner à s'asseoir un moment sur une souche. Dans l'obscurité du sous-bois, elle était tombée deux fois. Elle s'était écorché les mains, et elle avait déchiré son jean. Elle avait mal au genou, à la cheville et au coude, mais elle ne pouvait pas se permettre de s'arrêter trop longtemps.

Elle ne distinguait plus les lumières de la maison d'où elle s'était enfuie, une bonne chose. Comment pourraient-ils la retrouver s'ils ne la voyaient pas ?

Le problème, c'est qu'elle n'avait pas la moindre idée de l'endroit où elle se trouvait. Il faisait si noir… et si froid.

De temps en temps, elle entendait des coyotes, et d'autres bruits étranges. Des ours ? Des chats sauvages ? Ne pas y penser. De toute façon, elle ne devait pas être assez haut… Grandpa lui avait dit que ces animaux-là vivaient dans les montagnes, en altitude, et qu'ils fuyaient les humains. Mais Cate n'était sûre de rien…

Elle ne s'était encore jamais aventurée la nuit dans la forêt. Il fallait à tout prix avancer dans la même direction ; elle y veillait maintenant, mais au début, dans la panique, elle n'avait pas vraiment fait attention.

Elle se releva et poursuivit en marchant, ne se sentant pas la force de reprendre sa course. Elle entendait mieux, à présent que sa respiration s'était calmée. Elle s'en rendrait compte si quelqu'un ou quelque chose la suivait.

Mais elle était si fatiguée… Elle aurait voulu se pelotonner dans un coin et dormir. Non, ce n'était pas prudent, une bête sauvage pouvait la dévorer. Ou pire, elle risquait de se réveiller chez les méchants. Qui lui casseraient les doigts ou la tueraient d'un coup de revolver.

La faim lui tiraillait l'estomac et elle avait la gorge tellement sèche… Elle se mit à claquer des dents, de froid autant que de frayeur.

Elle pouvait peut-être se reposer juste un petit moment ? Monter dans un arbre pour dormir un peu ? Épuisée, frigorifiée, elle avait toutes les peines du monde à réfléchir.

Elle s'arrêta, s'appuya contre un tronc, la joue contre l'écorce. En grimpant dans les branches, elle verrait peut-être où elle était, quand il ferait jour. Le soleil se levait à l'est, l'océan se trouvait à l'ouest. Si elle apercevait la mer, elle saurait…

En vérité, elle ne serait pas plus avancée puisqu'elle ne savait pas d'où elle venait.

En plus, à la lumière du jour, ils risqueraient de la retrouver. Continuer de marcher, elle n'avait pas le choix.

À moitié perdue dans ses rêves, elle n'avait plus le courage de garder la tête droite et parvenait à peine à soulever ses pieds. En percevant un son, elle esquissa un sourire. Puis elle se secoua et tendit l'oreille.

La mer ? Peut-être bien… Autre chose, aussi.

Cate se frotta les yeux et scruta les ténèbres. Une lumière brillait au loin. Une lumière, oui. Sans la quitter des yeux, elle se remit en marche.

C'était effectivement le bruit des vagues qu'on entendait, de plus en plus distinctement. Ne risquait-elle pas de trébucher et de tomber du haut d'une falaise ? Heureusement, la lumière se rapprochait.

Enfin, elle déboucha dans une clairière. Des vaches étaient couchées dans l'herbe. La lumière provenait d'une maison de l'autre côté de la prairie.

Cate faillit se heurter aux barbelés, et déchira son pull en se faufilant sous la clôture. Pour avoir déjà vu des vaches en Irlande, elle se rappelait qu'elles étaient beaucoup plus grosses en réalité que dans les livres ou quand on les apercevait depuis la voiture.

– Eurk ! fit-elle en marchant dans une bouse, avec tout le dégoût d'une enfant de neuf ans.

Elle essuya sa semelle dans l'herbe et s'efforça de regarder où elle mettait les pieds.

La maison éclairée était un ranch. Elle voyait à présent les granges, les écuries. De nouveau, elle dut se glisser sous des barbelés. Un camion et une voiture étaient garés dans la cour, où planait une odeur de fumier.

Cate courut en direction de la maison et manqua de s'affaler de tout son long. Enfin des gens qui pourraient l'aider, qui la raccompagneraient chez elle ! Quoique… Comment savoir ? Et s'ils étaient amis avec ceux qui l'avaient enlevée ? Prudence.

Il faisait nuit noire, ils devaient dormir. Elle allait entrer discrètement, trouver un téléphone, appeler le 911. Ensuite, elle se cacherait en attendant l'arrivée de la police.

Sur la pointe des pieds, elle gravit les marches menant à l'entrée. Bien que certaine de la trouver fermée à clé, elle tourna la poignée, et faillit s'évanouir de joie lorsque la porte s'ouvrit.

Tout doucement, elle pénétra à l'intérieur. La lumière provenait d'une lampe posée sur le rebord d'une fenêtre, dans une vaste pièce avec une grande cheminée, un escalier.

Ne voyant de téléphone nulle part, Cate se rendit dans la cuisine. Des plantes en pot s'alignaient devant la fenêtre. Une corbeille de fruits trônait au centre de la table. Elle prit une pomme verte et la croqua. Hum… Juteuse à souhait. Délicieuse. Elle n'avait jamais rien mangé d'aussi bon !

Le téléphone se trouvait près du grille-pain.

Mince… Des bruits de pas dans l'escalier…

La cuisine n'offrant aucune cachette, Cate se rua dans la salle à manger, la pomme à la main, et se tapit dans l'encoignure d'un imposant buffet.

Quand le plafonnier de la cuisine s'alluma, elle se fit toute petite. Un jeune garçon ouvrit le réfrigérateur – plus grand, plus âgé qu'elle, les cheveux blonds en bataille, vêtu en tout et pour tout d'un boxer, plutôt maigre. En d'autres circonstances, à la vue d'un adolescent presque nu, Cate aurait été aussi gênée que fascinée.

Une cuisse de poulet à la main, il but à même la bouteille de lait et la posa sur le comptoir. En fredonnant, il souleva le torchon qui recouvrait une tarte. Puis il ouvrit un tiroir, toujours en chantonnant, et c'est là qu'il la vit.

Il eut un mouvement de surprise, et Cate songea à prendre ses jambes à son cou, mais elle n'en eut pas le temps.

– Ça alors… Tu es perdue ? lui demanda-t-il en s'avançant vers elle, et elle se ratatina contre le mur.

Des années plus tard, elle se souviendrait encore de ses paroles exactes et de son expression. Très à l'aise, souriant, il lui parlait comme s'ils s'étaient rencontrés chez le marchand de glaces ou au jardin public.

– N'aie pas peur. Tu ne risques rien, ici. Eh, tu as faim ? Tu veux du poulet frit ? Il en reste, dit-il en brandissant le pilon qu'il avait entamé. Je m'appelle Dillon, Dillon Cooper. J'habite ici avec ma mère et ma grand-mère.

Il s'approcha un peu plus et s'accroupit face à Cate. Il avait les yeux verts, d'un vert encore plus clair que Grandda.

– Tu saignes… Tu es blessée ?

Elle se mit à trembler, mais elle n'avait pas peur de lui. Peut-être tremblait-elle parce qu'elle n'avait pas peur.

– Je suis tombée. Et je me suis coupée en passant sous la clôture des vaches.

– On te soignera, OK ? Viens t'asseoir à la cuisine. On a tout ce qu'il faut pour te soigner. Comment tu t'appelles ? Moi, c'est Dillon.

– Caitlyn. Ou Cate, avec un C.

– Viens dans la cuisine, Cate. Je vais prévenir ma mère. Elle est cool, je te le jure, ajouta-t-il aussitôt.

– Il faut que j'appelle le 911. C'est pour ça que je suis entrée… La porte n'était pas fermée à clé.

– OK, je vais chercher ma mère. Elle aurait fait une syncope, si elle avait trouvé la police à la maison au milieu de la nuit !

– Je voudrais aussi appeler mon papa, bredouilla Cate, la mâchoire tremblante.

– Pas de problème. Laisse-moi d'abord monter prévenir ma maman. Assieds-toi, mange ta pomme.

– Je me suis fait enlever, chuchota Cate.

– C'est vrai ? demanda Dillon en la dévisageant avec des yeux ronds. Par qui ?

– Je ne sais pas.

– Ne pleure pas… Tu es en sécurité, ici. Assieds-toi, je vais chercher maman. Ne t'enfuie pas, hein… On t'aidera, promis.

Confiante, elle acquiesça de la tête, et Dillon s'élança dans l'escalier, tout excité d'avoir découvert une petite fille qui avait été kidnappée. Sans frapper, il fit irruption dans la chambre de sa mère et lui secoua l'épaule.

– Maman, réveille-toi ! Il y a une petite fille, en bas. Elle est blessée, elle s'est fait enlever, elle veut appeler la police !

Julia Cooper ouvrit un œil endormi.

– Dillon, tu as encore fait un drôle de rêve…

– Non, je te jure ! Je me dépêche de redescendre, elle a peur, elle risque de s'enfuir. Viens avec moi ! Elle saigne.

À présent complètement éveillée, Julia écarta ses longs cheveux blonds de son visage.

– Elle est blessée ?

– Oui, viens vite ! Oh mince… Je vais mettre un pantalon !

Dillon se rua dans sa chambre, ramassa le jean et le pull qui traînaient sur le plancher et les enfila en redescendant à la hâte. Cate était toujours assise à la table de la cuisine.

– Maman arrive, dit-il. Je vais chercher la trousse à pharmacie. Tu peux manger ma cuisse de poulet, si tu veux, ajouta-t-il en désignant le pilon qu'il avait abandonné sur la table. J'en ai juste croqué un morceau…

En entendant des pas dans l'escalier, Cate rentra la tête dans les épaules.

– C'est ma maman, ne t'inquiète pas.

– Dillon James Cooper, je te préviens, si…

Julia s'immobilisa en découvrant la fillette, et tout agacement disparut de son visage.

– Je suis la mère de Dillon, je m'appelle Julia, dit-elle en s'approchant. Dillon, va me chercher la trousse à pharmacie, s'il te plaît.

– Voilà ! s'exclama-t-il en refermant le placard où il venait de la prendre.

– J'aurai aussi besoin d'une serviette, et d'eau chaude. Apporte aussi une couverture, et allume la cheminée.

L'adolescent s'exécuta, en roulant les yeux dans le dos de sa mère.

– Comment t'appelles-tu, ma puce ?

– Caitlyn.

– Caitlyn, c'est un très beau prénom. Je vais désinfecter cette coupure sur ton bras. Je ne pense pas qu'il sera nécessaire de te faire des points.

Cette gentille dame avait les mêmes yeux que son fils, verts avec des paillettes dorées.

– Pendant que je m'occupe de toi, si tu me racontais ce qui t'est arrivé ? Dillon, sers un verre de lait à Cate, tu veux bien ? Et tu rangeras la bouteille.

– Je ne veux pas de lait. Ils voulaient m'en faire boire, mais il avait une drôle d'odeur.

– Comme tu veux, pas de problème. Tu…

Julia s'interrompit lorsque Cate sursauta, à la vue de Maggie, dans l'escalier.

– Que se passe-t-il ? demanda celle-ci. J'ai entendu du bruit. Nous avons de la visite, on dirait…

La nouvelle venue avait les cheveux d'un blond plus clair que Dillon et sa mère, parsemés de mèches bleues. Elle portait un tee-shirt avec le portrait d'une femme bouclée à petites lunettes rondes et l'inscription JANIS, sur un pantalon de pyjama à fleurs.

– Ma mère, précisa Julia. Dillon, mets la couverture sur les épaules de Cate, elle a froid.

– On va faire du feu.

– Je m'en occupe, Gram, déclara Dillon, et sa grand-mère lui caressa les cheveux, en s'avançant vers la table.

– Maggie Hudson, se présenta-t-elle, mais tu peux m'appeler Gram. Tu voudrais un chocolat chaud ? J'ai une recette spéciale !

Sans attendre de réponse, elle ouvrit un placard et en retira un paquet de cacao, qu'elle montra à Cate avec un clin d'œil.

– Caitlyn s'apprêtait à nous raconter ce qui lui est arrivé. Tu nous racontes, Caitlyn ?

– On jouait à cache-cache, après la célébration pour mon arrière-grand-père. Je voulais grimper me cacher dans le grand arbre derrière le garage. Un monsieur m'a fait une piqûre et je me suis réveillée dans un drôle d'endroit.

Maggie plaça un mug au micro-onde, tandis que Julia désinfectait les éraflures de Cate et que Dillon disposait des bûches dans la cheminée.

– Ils avaient des masques de clown et de loup-garou, et ils ont dit qu'ils me casseraient les doigts si je n'obéissais pas. Le clown avait un pistolet, il a dit qu'il tirerait. Mais je n'ai pas voulu manger la soupe ni boire le lait parce qu'ils avaient une odeur bizarre. Ils y avaient mis de la drogue pour me faire dormir, j'en suis sûre, alors j'ai tout jeté dans les toilettes et j'ai fait semblant de dormir.

– Oh, punaise !

Du regard, Julia intima le silence à son fils.

– Très bonne idée, ma puce. Ils t'ont fait du mal ?

– J'ai reçu la porte dans la figure quand ils l'ont ouverte, et le clown m'a tiré les cheveux hyper fort. Mais après, ils croyaient que je dormais… J'avais caché la cuillère, je m'en suis servie pour ouvrir la fenêtre. Ils l'avaient bloquée avec des clous.

Le micro-onde émit un signal sonore, mais Caitlyn garda les yeux rivés sur Julia, dont le regard et le sourire la rassuraient.

– Comme la fenêtre était trop haute pour sauter, j'ai attaché les draps… Je n'ai pas réussi à les déchirer pour faire une corde plus longue… Le clown est revenu, il était parti en voiture, et j'ai eu peur, parce qu'il avait dit qu'il me casserait les doigts.

– Ne t'inquiète pas, mon petit, personne ne te fera plus de mal, dit Maggie en posant une tasse de chocolat devant Cate.

– Je suis descendue par la fenêtre, c'était dur… Les draps étaient trop courts, j'ai sauté. Il y avait de la lumière au rez-de-chaussée, je me suis tordu la cheville mais je me suis sauvée en courant, dans la forêt. Je suis tombée, je me suis fait mal au genou, mais je me suis relevée et j'ai continué… Je ne savais pas où j'étais…

Des larmes roulèrent sur le visage de Cate. Julia les essuya.

– Et puis j'ai entendu la mer, et j'ai vu une lumière. Alors je suis allée dans cette direction et là, il y avait des vaches, votre maison… J'avais peur que vous soyez des complices des autres, alors je n'ai pas fait de bruit… Je voulais appeler la police. J'ai pris une pomme, j'avais trop faim, et Dillon est arrivé…

– Eh bien, quelle aventure ! s'exclama Maggie, un bras autour des épaules de Dillon. Tu es la petite fille la plus courageuse que j'aie jamais rencontrée.

– S'ils me retrouvent, ils me tueront, et vous aussi.

– Ils ne viendront pas ici, affirma Julia en écartant les cheveux du visage de Cate. Où étais-tu, quand tu jouais à cache-cache ?

– Chez mon arrière-grand-père. La maison s'appelle « Sullivan's Rest ».

– Ça alors ! s'écria Maggie en s'accroupissant près de Cate. Tu es l'arrière-petite-fille de Liam Sullivan ?

– Oui, madame. Il est mort, on célébrait sa vie. Vous le connaissez ?

– Pas personnellement, mais c'était un grand acteur que j'aimais beaucoup.

Avec un sourire bienveillant, Julia arrangea les cheveux en désordre de la fillette.

– Bois ton cacao, ma puce. Je vais appeler le 911.

– Vous pouvez aussi appeler mon papa pour lui dire que je suis là ?

– Bien sûr. Tu connais son numéro ? Sinon, je…

– Je le connais par cœur.

Et Cate l'énonça.

– Très bien. Maman, je suis sûre que Caitlyn mangerait volontiers un morceau…

– Certainement ! Dil, tiens compagnie à Caitlyn pendant que je prépare des œufs brouillés. Rien de tel que des œufs brouillés quand on a un petit creux au milieu de la nuit.

Dillon s'empressa de s'asseoir face à Caitlyn, qui l'impressionnait beaucoup.

– Tu as fait une corde avec des draps et tu t'es enfuie par la fenêtre ?

– Je devais absolument m'échapper.

– Il fallait y penser… C'est dingue… Tu t'es fait kidnapper et tu as réussi à te sauver !

– Ils me prenaient pour une idiote, ça se voyait.

Comme Cate ne semblait pas vouloir sa cuisse de poulet, Dillon la reprit et en croqua une bouchée.

– C'est sûr que t'es pas idiote ! Ils t'avaient enfermée où ?

– Je n'en sais rien… Il n'y avait pas de lumière dans la chambre. De la fenêtre, je ne voyais que la forêt. En descendant, j'ai vu la cuisine. Elle était belle, mais moins que la vôtre. Comme je ne savais pas où j'étais, j'ai dû tourner en rond, dans les bois. Je ne sais pas combien de temps j'ai dormi après la piqûre.

Cate avait une voix lasse, et la frayeur se lisait sur ses traits.

– Tu paries que la police les arrêtera ? dit Dillon pour la réconforter, en agitant son pilon de poulet. On est amis avec le shérif et il est super fort. Peut-être qu'ils ne se sont même pas rendu compte que tu t'es échappée.

– Peut-être… Au téléphone, il a dit…

Julia revint avec le combiné.

– Caitlyn, je te passe quelqu'un…

– Mon papa ? s'écria Cate en prenant l'appareil. Papa, je me suis enfuie, je suis chez Julia, Gram et Dillon. Je vais bien. Tu viens me chercher ? Tu sais où ils habitent ?

Les joues de la fillette ruisselaient de larmes. Julia lui caressa les cheveux et l'embrassa.

– Je lui expliquerai, ne t'en fais pas.

– Gram prépare des œufs brouillés. Je meurs de faim ! Moi aussi, papa, je t'aime !

En s'essuyant les yeux, Cate rendit le téléphone à Julia.

– Il pleurait… C'est la première fois que je l'entends pleurer.

– C'étaient des larmes de joie, affirma Gram en posant une assiette devant Cate.

Elle termina ses œufs et ses toasts jusqu'à la dernière miette, puis Julia lui servit une part de tarte, quand on frappa à la porte.

– C'est eux !

– Ils ne frapperaient pas, dit Julia, ne t'inquiète pas.

Cate avait néanmoins la sensation qu'un étau lui broyait la poitrine. Dillon lui prit la main et elle serra ses doigts très fort, en retenant son souffle lorsque Julia ouvrit la porte.

– Papa ! s'écria-t-elle en reconnaissant la voix de son père.

Et elle bondit de sa chaise pour s'élancer à sa rencontre. Il la souleva dans ses bras et la serra contre lui, de toutes ses forces. Elle le sentait trembler, sa barbe lui picotait les joues et leurs larmes se mêlaient. Hugh les étreignit tous les deux.

– Cate, Catey, mon bébé, oh mon bébé…

Aidan s'écarta de sa fille, et ses yeux s'emplirent à nouveau de larmes quand il vit qu'elle avait le bras bandé.

– Ils t'ont fait du mal…

– Je suis tombée, dans la forêt, il faisait noir. Je me suis enfuie…

– Tu es en sécurité maintenant, tu ne risques plus rien.

Hugh se tourna vers Julia et lui saisit les mains.

– Je n'ai pas les mots pour vous remercier… Vous tous, ajouta-t-il en regardant Maggie et Dillon.

– Inutile. Vous avez une petite-fille très courageuse et très débrouillarde.

– C'est Dillon qui m'a vue… Sa maman m'a soignée et Gram m'a préparé des œufs.

– Madame Cooper… bredouilla Aidan, sans parvenir à formuler une phrase complète.

– Appelez-moi Julia. Je vais faire du café. Le shérif arrive. J'ai pris l'initiative de l'appeler mais… vous auriez peut-être préféré rentrer chez vous au plus vite et vous occuper de tout…

– Je boirais volontiers un café, dit Hugh en caressant les cheveux de sa petite-fille. Je préviens juste le reste de la famille que nous avons retrouvé Cate. Si ça ne vous ennuie pas, mieux vaut que nous rencontrions le shérif chez vous.

– Pas du tout. Les portables ne passent pas bien ici. Vous avez un fixe dans la cuisine, indiqua Maggie en s'avançant vers Hugh pour lui serrer la main.

Il l'embrassa chaleureusement.

– Eh bien, quelle journée, et le soleil n'est même pas levé ! Nous avons rencontré la petite fille la plus courageuse de Californie et j'ai fait la bise à Hugh Sullivan ! Venez, entrez, Hugh.

– La maman de Cate a fini par prendre un somnifère juste avant que vous n'appeliez, dit Aidan. Elle sera tellement heureuse, mon chat, quand elle se réveillera et que tu seras là. On s'est fait tellement de souci…

– Asseyez-vous, nous allons faire du café. Cate, tu veux encore du cacao ?

– Oui, je veux bien, s'il vous plaît, répondit-elle, blottie contre son papa.

Des phares apparurent derrière la fenêtre.

– Ah, voilà le shérif. Il est très gentil, tu verras.

– Il va arrêter ceux qui m'ont enlevée ?

– J'en suis certaine, déclara Julia en se dirigeant vers la porte. Salut, shérif.

– Salut, Julia.

Avec son teint hâlé, son air blasé et sa tresse blonde, Red Buckman ressemblait davantage à un surfeur qu'à un fonctionnaire de police, et le surf était en effet son passe-temps favori. En outre, il était le compagnon de Maggie, ce dont Julia se réjouissait pour sa mère.

– Je ne crois pas que vous connaissiez l'agent Wilson. Je vous présente Michaela, ma nouvelle collègue. Michaela, Julia Cooper.

– Enchantée.

Les deux femmes échangèrent une poignée de main. La jeune policière, une jolie brune, se tenait très droite dans son uniforme kaki impeccable et ses rangers lustrés. Julia lui aurait donné tout juste vingt ans.

– Caitlyn est dans le salon avec son père et son grand-père.

– Tu permets que je te pose une question : on est sûr qu'elle n'a pas juste fait une petite fugue ?

– Aucun doute, tu verras par toi-même. Ça va mieux, maintenant, mais elle était terrorisée.

– OK, allons-y.

Le shérif s'avança dans le salon, suivi de sa partenaire.

– Vous êtes vraiment le shérif ? demanda Cate, assise sur les genoux de son père.

Il retira son insigne de sa poche et le lui présenta.

– Oui, Red Buckman, c'est écrit ici. Le papa de la petite ? demanda-t-il à Aidan.

– Oui, Aidan Sullivan.

– Vous permettez qu'on lui pose quelques questions ?

– Bien sûr. Tu es d'accord, Cate ?

– Je voulais appeler le 911, mais Dillon est descendu. Du coup, c'est sa maman qui a téléphoné.

– OK. Asseyez-vous, Mic, dit le shérif à sa collègue.

Le diminutif la fit sourciller, mais elle prit place en face de Cate.

– Si tu nous racontais ce qui t'est arrivé, en commençant par le début…

– On avait beaucoup d'invités à Sullivan's Rest, parce que mon arrière-grand-père est mort.

– J'ai appris ça. Une bien triste nouvelle. Tu connaissais tous les gens qui étaient là ?

– La plupart. Après les discours, je suis montée me changer pour jouer avec mes cousins et cousines. On a joué à plein de jeux, dehors. On faisait une partie de cache-cache. C'était Boyd qui comptait. J'avais déjà choisi ma cachette.

La fillette s'interrompit un instant, pensive, puis elle poursuivit son récit, et se tut à nouveau lorsque Maggie et Hugh apportèrent le café.

– Continue, ma grande, lui dit le shérif.

Quand elle évoqua les menaces, le pistolet, Red vit Aidan se contracter et refouler ses larmes. Dans son fauteuil, Michaela prenait des notes, tout en observant les uns et les autres.

– Tu as dû avoir très peur…

– Oh oui, je tremblais tellement j'avais peur. Mais j'ai essayé de ne pas bouger, pour qu'ils croient que je dormais.

– Comment as-tu eu l'idée de te servir des draps pour faire une corde ?

– Je l'avais vu dans un film. Je n'ai pas réussi à les déchirer. C'était difficile de les attacher.

– À aucun moment, tu n'as vu le visage de ces deux hommes ?

– Si, j'ai vu celui qui m'a fait la piqûre. Il était blond, avec une barbe.

– Tu le reconnaîtrais si tu le revoyais ?

– Je ne sais pas. Vous croyez que je risque de le revoir ? s'inquiéta Cate en se cramponnant à son père.

– Ne t'inquiète pas pour ça. Dis-moi, est-ce que tu aurais entendu comment ils s'appelaient ?

– Non. Euh... Attendez... Au téléphone, pendant que je faisais semblant de dormir, il parlait à quelqu'un qu'il appelait « amour »... Mais ce n'est pas vraiment un nom...

– Combien de temps as-tu mis pour venir jusqu'ici, à partir du moment où tu t'es échappée ?

– Je ne sais pas... Ça m'a paru très long. Il faisait noir, et j'avais très froid, et mal partout. J'avais peur qu'ils me rattrapent, ou de rencontrer un ours. Je voulais rentrer à la maison...

Cate posa la tête contre le torse de son père.

– Je m'en doute. J'aimerais maintenant parler avec ton père et ton grand-père. Dillon pourrait peut-être te montrer sa chambre...

– Je veux écouter. Je suis concernée, déclara la fillette farouchement.

– Elle a raison, approuva Hugh.

Cate quitta les genoux de son père pour s'installer sur ceux de son grand-père, qui lui caressa affectueusement les cheveux.

– OK, tu peux rester, dit le shérif. Il faudra nous fournir la liste de toutes les personnes qui étaient présentes au moment des faits : invités, employés, personnel extérieur.

– Pas de problème.

– J'aurai aussi besoin que vous m'indiquiez quand les gens sont partis, et comment. Dans l'immédiat, dites-moi juste à quel moment vous vous êtes rendu compte que Cate avait disparu.

– C'est Nina, sa nounou, qui s'en est aperçue.

– Nom de famille ?

– Nina Torez. Elle travaille chez nous depuis six ans, bientôt sept. Comme Cate n'était pas rentrée avec les autres enfants, elle a commencé à la chercher. Puis elle nous a signalé qu'elle était introuvable alors nous nous sommes tous mis à sa recherche. Il devait être environ 19 heures, je dirais, quand elle est venue nous prévenir et nous faire part de son inquiétude.

– C'est ça, confirma Hugh. Nous nous sommes divisés en plusieurs groupes pour chercher à l'intérieur, à l'extérieur, dans les dépendances. Nina avait trouvé une barrette près du garage.

– J'ai perdu mes barrettes...

– Ce n'est pas grave. On a en achètera de nouvelles, promit Hugh.

– On était sur le point d'appeler la police, enchaîna Aidan, quand le téléphone a sonné.

– Quel téléphone ?
– Le fixe de la maison.
– Quelle heure était-il ?
– Environ 20 heures. Oui, près de 20 heures. C'était un homme, qui réclamait une rançon de dix millions de dollars et nous a dit que si nous prévenions la police ou le FBI, il s'en prendrait à Cate.
– Certains d'entre nous voulaient quand même appeler la police. Ma belle-fille était hystérique. Pour elle, il n'en était absolument pas question. Nous avons décidé d'attendre… Je crois que c'était le moment le plus dur de ma vie.
Hugh embrassa le crâne de Cate.
– Nous avons eu si peur pour toi… ajouta-t-il.
– Le type a rappelé vers 22 h 30, pour nous dire que nous avions jusqu'au lendemain minuit. C'est-à-dire aujourd'hui minuit. Il nous recontacterait pour nous indiquer où remettre l'argent, et il nous dirait ensuite où retrouver Cate.
– Après concertation, mon fils et moi avons convenu de demander à parler à Cate, pour être sûrs…
– Elle hurlait, elle me réclamait…
Aidan se cacha le visage entre ses mains.
– Cate, tu as dit que l'un des deux hommes était parti un moment en voiture…
– Oui, ils sont tous les deux sortis devant la maison. J'entendais leurs voix. J'ai vu les phares d'une voiture.
– Saurais-tu me dire pendant combien de temps il s'est absenté ?
– Je ne sais pas… Dès que la voiture est partie, j'ai commencé à attacher les draps. J'allais les jeter par la fenêtre quand elle est revenue.
– Mais tu t'es enfuie juste après…
– J'avais peur qu'ils reviennent dans la chambre et qu'ils voient que j'avais réussi à ouvrir la fenêtre. Alors je me suis échappée.
– Tu es très débrouillarde, bravo. Dillon, dis-moi, quelle heure était-il quand tu es descendu et que tu as trouvé Cate ?
– Je ne sais pas… Je me suis réveillé, j'avais faim. Je me suis rappelé qu'il restait du poulet au frigo.
– Dillon m'a réveillée quelques minutes avant 1 heure, intervint sa mère.
– OK, acquiesça le shérif en se levant. Je vous remercie tous. Vous pouvez rentrer chez vous, mais nous devrons interroger la nounou et les personnes qui seront encore là dans la matinée, si c'est possible.
– Quand vous voudrez.
– Disons vers 8 heures ? Ça vous laisse le temps de vous remettre de toutes ces émotions et de dormir un peu. Cate, j'aurai peut-être d'autres

questions à te poser. Ça ne t'ennuie pas ? demanda-t-il avec un sourire bienveillant.

– Non. Vous allez les arrêter ?

– J'y compte bien. En attendant, si tu te souviens de quoi que ce soit, même un tout petit détail, appelle-moi. (Il sortit une carte de sa poche.) Tu as mon numéro de portable, le numéro de mon bureau et le numéro de chez moi. Mon adresse mail, aussi. Garde-la bien.

En tapotant la jambe de la fillette, Red contourna la table basse.

– Nous passerons chez vous vers 8 heures. Nous devrons également inspecter les lieux. D'ici là, essayez de dresser la liste que je vous ai demandée.

– Pas de problème, acquiesça Hugh en se levant à son tour et en confiant la petite à Aidan.

Il échangea une poignée de main avec le shérif, puis donna une accolade à Dillon.

– Merci, lui dit-il. Tu as été formidable.

– Bah, je n'ai pas fait grand-chose.

– Si, tu as été super. Merci à tous. J'aimerais repasser vous voir, d'ici un ou deux jours.

– Vous serez le bienvenu, dit Julia.

– Nous vous escortons, déclara Red. Pas de sirène, mais que dirais-tu du gyrophare ? demanda-t-il à Cate avec un clin d'œil.

– D'accord, répondit-elle avec entrain.

Red regagna la voiture de patrouille et prit place au volant, puis il attendit que sa collègue s'installe sur le siège passager avant d'allumer le gyrophare.

– Eh bien, on a du pain sur la planche, Mic, dit-il en démarrant derrière la luxueuse berline des Sullivan.

– Michaela, rectifia-t-elle. Oui, chef, nous allons ouvrir une enquête.

Chapitre 4

Dans les bras de son père, Cate s'endormit avant qu'ils n'aient atteint le bout de la route du ranch.

– Elle est épuisée, murmura Aidan. J'aimerais qu'un médecin la voie…

– Qu'elle dorme, d'abord. Ben pourra sans doute passer à la maison. Il fera ça pour nous, j'en suis sûr.

– J'ai eu tellement peur… Elle n'a que neuf ans, mais j'avais tellement peur qu'ils…

Hugh exerça une pression sur le bras de son fils.

– Moi aussi, mais Dieu merci, non. Elle ne risque plus rien, à présent.

– Quand je pense qu'elle était là, tout près, à quelques kilomètres… Elle a été si courageuse, si débrouillarde. Je n'oserai plus la quitter des yeux, dorénavant.

À l'approche de l'entrée de la propriété, Hugh ralentit et attendit que le portail s'ouvre.

– Ils devaient connaître le code… Il y a eu tant d'allées et venues, ces jours-ci…

Les lumières éclairèrent le chemin privé qui longeait la péninsule depuis la mer jusqu'à la grande maison. Une maison dont ses parents avaient fait un havre de paix, pensa Hugh. Et aujourd'hui, alors que les Sullivan rendaient un dernier hommage au doyen de la famille, quelqu'un avait violé ce sanctuaire et enlevé sa petite-fille. Bientôt propriétaire des lieux, il ferait tout pour que cela ne se reproduise plus jamais.

– Attends, je viens t'ouvrir la portière, dit-il à Aidan.

Toute la famille accourut, à l'exception de Rosemary, qui demeura sur le perron. Elle paraissait si frêle, si fatiguée… pensa-t-il en lui prenant le visage et, des pouces, il essuya les larmes qui glissaient sur ses joues.

– Elle est là, maman. Elle dort.

– Où…

– Je t'expliquerai, rentrons. Aidan va la monter dans son lit. Elle a subi une rude épreuve, mais elle est saine et sauve, indemne. À peine quelques égratignures et quelques bleus, rien de grave.

– J'ai les jambes qui tremblent. C'est toujours après coup que j'ai les jambes qui tremblent. Donne-moi la main, s'il te plaît.

Hugh accompagna sa mère jusqu'à son fauteuil favori, devant la cheminée, face à la baie vitrée donnant sur la mer. À la vue de Cate, aussi inerte qu'une poupée de chiffon dans les bras de son père, Rosemary se plaqua une main sur la bouche.

– Je monte la coucher, dit Aidan. Je resterai dans sa chambre. Je ne veux pas qu'elle soit seule quand elle se réveillera.

– Je t'apporterai du thé et de quoi manger, déclara sa tante Maureen. Je vais voir si Charlotte dort toujours.

– Je viens t'aider à la coucher, dit Lily en s'engageant derrière Aidan dans l'escalier.

– Attendons que Lily et Maureen redescendent et tu nous raconteras tout, Hugh. Ensuite, nous essaierons de dormir un peu, suggéra Rosemary.

– Je peux d'ores et déjà vous dire que la police est sur l'affaire. Le shérif viendra nous interroger en début de matinée. Donc, oui, il faut qu'on essaie de se reposer.

Tandis qu'Aidan délaçait les baskets violettes de sa fille, Red et Michaela gravissaient une petite route escarpée, dans le véhicule de patrouille.

– Si elle est arrivée chez les Cooper par le pré où ils mettent leurs vaches, elle devait venir du sud.

– Sauf si elle a tourné en rond, ce qui est fort probable.

– Tout à fait, acquiesça Red. Toujours est-il qu'il y a une baraque de grand luxe, en haut de cette route, à deux kilomètres environ. Et aucune autre habitation dans un rayon de cinq ou six bornes autour du ranch Cooper. Ça vaut le coup d'aller faire un tour là-haut.

– Vous connaissez les propriétaires ?

– Ils sont à Hawaï, en ce moment. Je connais quasiment tout le monde, dans le coin.

– Une maison inoccupée… Pratique…

– C'est ce que je me dis. Aucune lumière… Bizarre… Pour autant que je sache, normalement, les proprios laissent l'éclairage de sécurité.

Red ralentit, et la maison se découpa dans la lueur des phares.

– On dirait qu'il y a de la lumière à l'arrière… Ce pick-up, c'est le leur ?

– Ouais. Ils ont dû prendre leur SUV pour aller à l'aéroport. Préparez votre arme, Mic.

Elle dégrafa son holster, et ils descendirent de voiture, chacun de leur côté.

– On va faire le tour de la baraque. La petite a dit qu'elle était dans une chambre qui donnait sur les montagnes.

– Elle a vu des phares qui s'éloignaient. De l'étage, on doit apercevoir l'entrée de la Highway 1.

– Si c'est là qu'ils l'ont séquestrée, ils ont dû décamper depuis un moment…

Red s'interrompit en découvrant les draps blancs qui pendaient d'une fenêtre.

– Bingo, c'était bien là. Nom d'un petit bonhomme en bois, Mic, regardez comment la gamine s'est échappée !

En secouant la tête, impressionné, le shérif s'approcha d'une porte.

– Pas verrouillée. Allons jeter un œil à l'intérieur.

Revolver au poing, ils entrèrent dans la maison et entreprirent de l'inspecter, l'un par la droite, l'autre par la gauche.

Une odeur de marijuana planait dans la cuisine, constata Mic. Un sachet de Doritos ouvert et un carton contenant des cannettes de bière vides… Dans le couloir, elle poussa la porte d'une buanderie… Des toilettes, une salle de jeux… Puis elle rejoignit Red dans le salon, avant de monter ensemble à l'étage.

RAS dans la suite parentale, dotée d'un dressing gigantesque et d'une immense salle de bains. RAS dans la première chambre d'amis, ni dans la seconde. Ils entrèrent dans une dernière pièce.

– La plus petite, dit Red, sur l'arrière. Pas complètement débiles…

– Ils ont dû filer depuis un bout de temps, répliqua Michaela en examinant la fenêtre. Voilà la cuillère dont la petite s'est servie, dit-elle en la ramassant sur le plancher. Toute tordue…

Red rengaina son arme et se pencha par la fenêtre.

– Si cette môme était plus grande, je lui paierais une bière. Un fût entier, même. Elle a eu du cran. J'espère qu'on chopera ces ordures.

– On les aura, chef.

Tandis qu'Aidan somnolait sur une chaise au chevet de sa fille, les premiers rayons du soleil pénétrèrent dans la chambre et Cate gémit en s'agitant dans son sommeil. Il se redressa en sursaut. Puis s'arrachant à la fatigue qui lui engourdissait l'esprit autant que le corps, il se leva pour s'asseoir sur le bord du lit et prendre la main de Cate.

– Tout va bien, ma chérie, murmura-t-il en lui caressant les cheveux. Ne t'en fais pas, papa est là.

Elle entrouvrit les yeux et le regarda en clignant des paupières, puis dans un sanglot, elle se jeta dans ses bras.

– J'ai fait un cauchemar, papa, c'était horrible…

– C'est fini, je suis là, n'aie pas peur.

– Je me suis enfuie… Ce n'était qu'un rêve, soupira-t-elle en se décrispant. Vous m'avez ramenée à la maison, Grandpa et toi.

– Oui, mon chaton, dit-il en lui embrassant le bout du nez. Ne t'en fais pas, papa te ramènera toujours à la maison.

Et son cœur se serra à la vue des égratignures sur le visage de sa fille, des cernes sous ses yeux.

– J'ai déchiré mon pull. Et je l'ai sali.

– Ce n'est pas grave, la rassura-t-il en lui frictionnant le dos. Je ne voulais pas te réveiller mais puisque tu ne dors plus, si on allait prendre un bain et se changer ?

Horrifiée, elle s'écarta de lui.

– Papa, on ne peut pas prendre un bain ensemble ! Je suis une fille, pas toi ! En plus, je préfère les douches, maintenant.

– Que je suis bête ! s'exclama Aidan, la gorge nouée par l'émotion. Tu sais quoi, je vais aller voir si maman est réveillée. Elle était tellement inquiète qu'elle a pris un cachet pour dormir. Elle aura une excellente surprise, à son réveil.

– Coucou ! lança Lily, sur le pas de la porte, en pyjama de satin et peignoir de cachemire. Tu es réveillée, ma puce ?

– Mademoiselle est, paraît-il, trop grande pour prendre un bain avec son papa.

Lily arqua les sourcils, d'un roux aussi flamboyant que ses cheveux.

– Évidemment ! Laisse-nous donc entre filles, Aidan.

– J'ai abîmé mon pull, Mamie-Lil'.

Celle-ci effleura l'accroc sur la poitrine de la fillette.

– J'appelle ça un insigne d'honneur. Viens, ma chérie, on va faire un brin de toilette. Vous nous excuserez, très cher, dit-elle à Aidan, en exagérant ses manières de grande dame.

– Si vous n'avez plus besoin de moi, je m'en vais.

Sitôt eut-il quitté la pièce que son sourire s'évanouit. Sa petite fille serait-elle à jamais hantée par les cauchemars ? Ces monstres lui avaient-ils volé son innocence ? Les blessures ne seraient-elles pas plus profondes que quelques égratignures ?

Dans leur chambre, Charlotte dormait toujours. Il avait tiré les rideaux afin que la lumière du jour ne la réveille pas, et il fut soulagé de la trouver encore endormie, sous l'effet du sédatif. Quand elle se réveillerait, Cate serait lavée et habillée. Ils célébreraient les retrouvailles avant de décider des mesures à prendre. Engager un détective privé si la police ne retrouvait pas rapidement les ravisseurs ? Emmener Cate chez un psychologue ? Peut-être devraient-ils tous aller chez un psy, pensa-t-il en se rendant dans la salle de bains pour prendre sa douche.

En tout cas, toutes leurs notions de sécurité devraient être remises en question, à la maison, à l'école, partout.

Par ailleurs, Aidan était contrarié et peiné de devoir se séparer de Nina. Pour lui, elle n'avait commis aucune faute, il ne pouvait rien lui reprocher. Mais Charlotte ne voudrait rien entendre.

Tout en se délassant sous l'eau chaude, il pensa à son prochain tournage, en Louisiane, qui aurait lieu deux semaines plus tard. Devait-il annuler ? Emmener Cate et son tuteur scolaire ? Ou rester avec elle à la maison en attendant qu'elle retrouve un sentiment de sécurité ?

Chaque chose en son temps. Il aviserait le moment venu.

En jean et sweat-shirt propre, il retourna dans la chambre. Plus question de week-end en amoureux à Cabo, songea-t-il. Charlotte serait bien sûr du même avis. Préférant la laisser dormir encore un moment, il quitta la chambre tout doucement. À travers la porte de la salle de bains, le rire de Cate lui mit du baume du cœur. Lily était une bénédiction du ciel. La famille était une bénédiction.

En bas, il fut surpris de trouver son père sur la terrasse, qui contemplait le paysage en prenant son café. Il s'en servit une tasse et le rejoignit.

Le vent agitait les pins et les séquoias. Le parfum des conifères se mêlait à celui de la mer. Les sommets enneigés émergeaient de la brume matinale.

– Salut, papa. Il fait un peu froid, non ?

– J'avais besoin d'air. J'oublie parfois d'apprécier cette vue magnifique. Comment va Cate ?

– Elle joue avec Lily. Elle s'est réveillée paniquée mais… les enfants sont incroyablement résilients.

– Tu as dormi ?

– Un peu. Et toi ?

– Un peu.

– Papa, je tiens à te remercier pour ce que tu étais prêt à faire : la rançon, surtout, et…

– Pas la peine de me remercier.

– J'étais sûr que tu dirais ça, répliqua Aidan en souriant. Je t'aime, papa.

Hugh posa une main sur l'épaule de son fils.

– Moi aussi, mon garçon. Sache que je ferais n'importe quoi pour ma famille.

– Je sais… Pour ma part, je ne sais pas trop ce que je dois faire… En principe, je suis censé partir dans quinze jours à La Nouvelle-Orléans pour le tournage de *La Mort tranquille*. Mais j'ai presque envie de casser le contrat…

– Ce serait dommage, c'est un beau rôle. On peut garder Catey, si tu veux.

– Je ne crois pas que je pourrais partir sans elle, pour l'instant. Je ne peux pas non plus demander à Charlotte de renoncer à *Sizzle* ; elle s'est donné beaucoup de mal pour décrocher ce rôle.

– Je comprends, acquiesça Hugh, le regard au loin. Je ferais sans doute la même chose, à ta place.

– J'envisage de tout arrêter pour six mois, voire un an. Je pourrais emmener Cate en Irlande, aider Nan à s'installer. Ça leur plairait à toutes les deux.

– C'est peut-être une bonne idée, en effet, approuva Hugh, le cœur gros.

Sa mère, son fils et sa petite-fille lui manqueraient, de l'autre côté de l'océan.

– Par ailleurs, je pense faire appel à un détective privé, si la police ne retrouve pas rapidement ces salopards. Offrir une récompense, peut-être.

Hugh se tourna vers Aidan. Il ne s'était pas rasé, et son fils constata qu'il avait la barbe presque blanche.

– J'y pensais également.

– Parfait. J'aimerais aussi trouver un bon psy. Résiliente ou non, Cate aura besoin de parler à quelqu'un, je crois. Nous tous, du reste.

Aidan consulta sa montre.

– La police ne va pas tarder. Il faut que je réveille Charlotte.

En se retournant, il vit Cate au comptoir de la cuisine, qui attendait son petit déjeuner, juchée sur un grand tabouret, en regardant Nina tamiser de la farine.

– Regarde… dit-il à son père.

– Je suis tellement content qu'elle soit là…

Ensemble, ils regagnèrent la cuisine. Il embrassa Cate sur le crâne, avec un regard reconnaissant en direction de Lily qui buvait un café adossée au réfrigérateur.

Elle avait coiffé la fillette d'une queue de cheval et l'avait aidée à choisir un jean aux poches brodées de fleurs ainsi qu'un pull turquoise. Cate avait retrouvé l'apparence d'une jolie petite fille de neuf ans, n'eussent été ses yeux cernés et un bleu sur la tempe.

– Nina fait des pancakes.

– Super.

– Elle m'en a réclamé… bredouilla Nina, les yeux voilés de larmes.

– Vos pancakes sont toujours un délice ! répliqua Aidan.

Discrètement, Lily lui adressa un signe de la tête, si bien qu'il la suivit hors de la cuisine, jusque dans la pièce qui avait été le bureau de son grand-père.

Les murs étaient couverts d'affiches de films et de photos encadrées de Liam aux côtés de diverses célébrités. Ses oscars et autres récompenses s'alignaient sur une étagère. Des baies vitrées ouvraient sur le jardin qu'il adorait.

– Aidan, tu sais que j'aime Cate plus encore que le Red Velvet Cake.

– Bien sûr, dit-il avec un sourire. Et je sais que tu te damnerais pour du Red Velvet Cake.

Comme à son habitude, Lily ne fit pas davantage de détours.

– Nina s'est installée dans la petite chambre à côté de la cuisine, pour éviter de croiser Charlotte. Elle nous a entendues quand on est descendues. Elle avait envie de voir Cate, de passer un moment avec elle. La petite était contente de la retrouver, elle lui a demandé des pancakes. Nina n'est pour rien dans ce qui s'est passé, elle n'est pas…

– Je sais, l'interrompit Aidan.

Et le soulagement se peignit dans le regard topaze de Lily, où se lisait aussi la déception.

– Mais vous allez quand même la renvoyer…

– J'essaierai de parler à Charlotte, mais ça m'étonnerait qu'elle revienne sur sa décision. De toute façon, Nina ne sera plus jamais à l'aise avec nous.

– Avec Charlotte seulement, rectifia Lily d'un ton mordant.

Aidan adorait sa belle-mère autant qu'il déplorait l'antipathie qui régnait entre elle et sa femme.

– Certes, acquiesça-t-il. Je me débrouillerai pour lui trouver un nouveau job, et je lui verserai une généreuse indemnité.

– Je t'aiderai à lui chercher un emploi. Les gens m'écoutent.

– Parce que tu ne leur laisses pas le choix.

– Toi alors… fit Lily avec son accent, en pressant un doigt contre le torse d'Aidan, puis elle l'embrassa sur la joue. Cate s'en remettra, affirma-t-elle. Ne t'en fais pas : avec le temps, et de l'amour, elle oubliera.

– J'espère. On va les goûter, ces pancakes ?

– Mon cher, à mon âge, une comédienne ne devrait même pas se trouver dans la même pièce que des pancakes ! minauda Lily en se donnant une tape sur les fesses. Mais ce matin, je ferai une exception.

Quand ils revinrent dans la cuisine, Nina s'éclipsa discrètement. Aidan jeta un coup d'œil à l'horloge et déclara :

– Catey, ma chérie, je monte réveiller ta maman. Ce sera comme un matin de Noël pour elle, tu seras le plus cadeau sous le sapin.

En souriant, Cate repoussa ses pancakes, qu'elle avait à peine touchés.

– Nan aussi dort encore ?

– Sûrement, je vais aller voir. Tante Maureen et oncle Harry sont toujours là, avec Miranda et Jack, et certains de tes cousins et cousines.

– On va rentrer chez nous aujourd'hui ?

– On verra. Tu te rappelles le shérif Buckman, que nous avons vu hier soir ? Il doit venir ce matin pour parler à tout le monde.

Cate posa sa fourchette et se tordit les mains sous le comptoir.

– Il les a arrêtés ?

– Je ne sais pas, mon chat, mais tu ne risques plus rien.

– Tu redescends tout de suite ? Tu montes juste réveiller maman et tu reviens après ?

– Oui, ma chérie. Grandpa et Mamie-Lil' restent là avec toi.

– Et Nina ?

– Nina est occupée, répondit Lily. Si on faisait un de ces puzzles que tu aimes tant et qui me font dire des gros mots ?

Cate hocha la tête avec un sourire.

– On peut aller dans le salon et allumer la cheminée ?

– Très bonne idée, approuva Hugh en se levant. Je peux choisir le puzzle ?

– Pas un trop facile alors, dit Cate en descendant de son tabouret pour emboîter le pas à son grand-père. Tu reviens vite, hein ? lança-t-elle à son père avec un regard implorant.

– Oui, oui, mon cœur.

– Du temps et de l'amour, chuchota Lily à Aidan.

Il acquiesça de la tête et monta. Dans la chambre, il ouvrit les rideaux, inondant la pièce de lumière. Puis il s'assit au bord du lit et caressa les cheveux de sa femme, épars sur l'oreiller. Il l'embrassa, elle demeura sans réaction. Charlotte avait un sommeil de plomb, même quand elle ne prenait pas de sédatif.

– Charlotte, réveille-toi, dit-il en lui prenant la main et en lui embrassant les doigts.

Elle remua et fit mine de se tourner de l'autre côté, mais il l'en empêcha.

– Charlotte… Il faut se réveiller.

– Laisse-moi dormir…

Elle souleva ses paupières lourdes, et ses yeux s'emplirent instantanément de larmes.

– Caitlyn ! sanglota-t-elle en se jetant dans les bras de son mari. Oh mon Dieu ! Comment ai-je pu dormir alors que mon bébé a disparu ? Comment ai-je pu…

– Calme-toi, chérie, Catey est là. Elle va bien. Elle est en bas.

– Oh, ne dis pas de mensonges ! Pourquoi me torturer ?

Aidan la secoua, sentant poindre la crise d'hystérie.

– Arrête ! Elle est en bas. Elle s'est enfuie. Elle est indemne.

– Qu'est-ce que tu me racontes ? marmonna Charlotte, le regard absent.

– Catey a été très courageuse, répondit-il, la gorge nouée. Elle s'est échappée par une fenêtre, elle a trouvé des gens qui l'ont aidée. Nous sommes allés la chercher, avec papa, dans la nuit. Elle s'est endormie dans la voiture ; tu dormais, quand on est arrivés.

– Elle… Elle s'est enfuie ? Oh mon Dieu ! Ils ont… La police… Vous avez appelé la police ?

– Oui, la famille qui l'a recueillie a prévenu le shérif. Il sera là dans une dizaine de minutes.

– Il va venir là ? Ici ? Ils les ont arrêtés ? Ils ont retrouvé les ravisseurs ?

– Je n'en sais rien. Ils portaient des masques. Cate n'a pas su dire où ils la séquestraient. Elle a eu une chance inouïe de trouver cette maison où elle s'est réfugiée. Charlotte, lève-toi, elle est en bas.

– Oh mon Dieu… Je suis encore complètement groggy…

Charlotte rejeta les couvertures, et elle s'apprêtait à quitter la chambre, mais comme elle ne portait qu'une nuisette de soie, son mari la retint.

– Enfile au moins un peignoir, ma chérie. La police va venir.

– Qu'est-ce que ça peut…

Aidan prit le peignoir posé au pied du lit et l'aida à le passer.

– Je tremble… Je suis toute tremblante… J'ai l'impression de me réveiller d'un cauchemar… Caitlyn…

En pleurant, Charlotte s'élança dans l'escalier et un sanglot lui échappa quand elle vite Cate assise par terre dans le salon. Au milieu des pièces de puzzle, elle tomba à genoux à son côté et la serra contre son cœur.

– Caitlyn, Cate, ma Catey, mon bébé… Je n'arrive pas à croire…

Sans terminer sa phrase, elle couvrit le visage de sa fille de baisers.

– Oh ma chérie, laisse-moi te regarder. Ils t'ont fait du mal ?

– Ils m'avaient enfermée dans une chambre mais je me suis enfuie.

De nouveau, Charlotte étreignit Cate.

– Oh mon Dieu, comment une chose pareille a pu se produire ? Quand je pense à ce qu'ils auraient pu… Oh, cette Nina ! Elle ira en prison !

– Charlotte… intervint Hugh.

Cate se libéra de l'étreinte de sa mère.

– Ce n'est pas la faute de Nina, protesta-t-elle. Il ne faut pas être méchante avec elle.

– Elle était chargée de te surveiller. Je lui faisais confiance. Je ne lui pardonnerai jamais ! Si ça se trouve, elle est complice… Oh, mon bébé adoré !

– Ce n'est pas la faute de Nina, insista Cate. C'est toi qui m'avais dit où me cacher. Tu m'avais dit de jouer à cache-cache et de grimper dans l'arbre pour que personne me trouve et que je gagne.

– Ne dis pas de sottises !

Avant qu'Aidan ait le temps d'ouvrir la bouche, Hugh leva la main afin de réclamer la parole.

– À quel moment ta maman t'a-t-elle dit où te cacher ? demanda-t-il à Cate.

– Arrêtez de l'embêter ! Elle n'en a pas déjà assez bavé comme ça ? Aidan, rentrons chez nous !

– Quand, Cate ? insista Hugh.

– Le matin, avant la célébration.

La voix tremblante, Cate regardait fixement le visage de sa mère, non pas comme si elle observait une étrangère, mais plutôt comme si elle prenait conscience de quelque chose qu'elle avait toujours su.

– Elle m'a dit qu'on allait se promener, avant que Nina se lève. De bonne heure. Et elle m'a dit qu'elle connaissait une très bonne cachette. Quand elle me l'a montrée, elle a dit que c'était un secret, que je ne devais le dire à personne. Et aussi, elle a dit qu'il faudrait qu'on joue à cache-cache en dernier.

– C'est ridicule ! Elle a l'esprit confus. Viens avec moi, Caitlyn, on monte faire les bagages.

Blême, Aidan s'interposa entre sa femme et sa fille.

– Quand je t'ai dit que Cate était là… Tu as eu une réaction de surprise, pas de soulagement. Et tu savais que les ravisseurs étaient au moins deux. Tu m'as demandé si la police *les* avait arrêtés, si on avait retrouvé *les* ravisseurs.

– Pour l'amour de Dieu, Aidan… Toujours à chipoter… Je me réveillais juste, et j'avais pris un somnifère.

– Quand tu as pris ce somnifère, il n'était question que d'un seul ravisseur. Or il se trouve qu'ils étaient deux. Comment le savais-tu ?

Son père s'exprimait d'une voix si froide que Cate fut parcourue d'un frisson. Lily lui enlaça les épaules.

– Je n'en sais rien ! s'écria Charlotte en pivotant sur ses talons, les pans de son peignoir tourbillonnant autour de ses jambes. Comment veux-tu que je le sache ? Ce n'était qu'une façon de parler ! Je veux rentrer chez moi, j'en ai assez !

La boule au ventre, Cate se dégagea des bras de Lily.

– Je me rappelais plus quand j'ai parlé à la police… Mais ça me revient, maintenant…

– Quoi donc, ma chérie ? demanda Lily.

– Quand je faisais semblant de dormir, au téléphone, il a dit : « Tu appelles avec le téléphone de la nounou ? » Et après, il a dit : « Nickel. »

– Elle raconte n'importe quoi ! Dieu sait ce qu'ils lui ont fait !

– Non, je sais très bien ce que je dis ! affirma Cate, les larmes aux yeux mais le regard farouche. Je me souviens très bien que c'est toi qui m'as dit où me cacher. Et qu'il fallait qu'on garde la partie de cache-cache pour la fin. Et c'était à toi qu'il parlait au téléphone, j'en suis sûre. Je le savais, je m'en doutais. Mamie-Lil', c'est pour ça que je n'avais pas envie de voir maman, ce matin.

– Cesse immédiatement de dire des âneries !

Charlotte tenta de saisir le bras de sa fille, mais Lily la retint.

– Ne touchez pas cette enfant !

– Poussez-vous, ou sinon…

– Ou sinon quoi ? Ou sinon vous me crêperez le chignon, mère indigne ? Vous ne vous en sortirez pas comme ça ! Touchez-moi et je vous fracasse ce nez qui a coûté une fortune à Aidan !

– Ça suffit ! tonna celui-ci en séparant les deux femmes, tandis que Hugh entraînait Cate à l'écart. Charlotte, Lily, calmez-vous, asseyez-vous !

Charlotte rejeta ses cheveux en arrière, un index furieux braqué sur Lily.

– Je ne resterai pas une minute de plus dans la même maison que cette sorcière ! Je monte m'habiller et on s'en va, Aidan !

Avant qu'elle ne s'esquive, il l'empoigna par le bras.

– Assieds-toi, j'ai dit !

– Ne me parle pas sur ce ton ! Oh mon Dieu, que nous arrive-t-il ? sanglota-t-elle contre son torse. Cette femme me déteste. Allons-nous-en, je t'en supplie. Tu as entendu ce qu'elle m'a dit ? Tu la laisses m'insulter ?

– Je vous ai toujours détestée ! hurla Lily.

Du regard, Aidan l'implora de se taire.

– Assieds-toi, Charlotte, répéta-t-il.

– Hors de question que je reste une seconde de plus dans la même pièce que cette harpie !

– Arrête ce cinéma ! Tu as contribué à l'enlèvement de Caitlyn.

– Tu ne crois tout de même pas ces histoires délirantes ? Je suis sa mère ! Elle est perturbée, elle a les idées embrouillées.

– Non, pas du tout ! protesta la fillette.

Charlotte se tourna brusquement vers elle.

– Tu as été victime d'une terrible épreuve, ma chérie. Nous te ferons soigner.

– C'est toi qui m'as dit de me cacher là. C'est toi qui as voulu qu'on aille se promener avant que les autres se réveillent, pour me montrer une cachette secrète.

– Mais non, ma chérie ! Tu as dû aller te promener avec Nina et…

– Vous étiez toutes les deux, déclara Rosemary, tremblante, sur le pas de la porte. Je vous ai vues, hier matin, vous et la petite.

– Vous rêvez ! C'est une conspiration ou quoi ? Vous…

– Tais-toi ! Assieds-toi !

Écœuré, Aidan poussa son épouse sur une chaise.

– Nan, qu'est-ce que tu as vu ?

– Je les ai vues toutes les deux. Le soleil venait à peine de se lever. J'ai failli les interpeller, et puis je me suis dit qu'elles voulaient sûrement profiter d'un petit moment d'intimité entre mère et fille.

– Charlotte, qu'as-tu fait ?

– Mais rien du tout ! Ça te ressemble bien de monter toute ta famille contre moi !

En entendant la sonnette, Aidan se tourna vers la fenêtre.

– Voilà le shérif.

– Je vais ouvrir, dit Lily, joignant le geste à la parole.

Charlotte fit mine de se lever.

– Reste là, lui ordonna son mari, une main sur son épaule afin de l'immobiliser.

– Oh mon Dieu, tu as perdu la tête… murmura-t-elle.

Et le visage entre les mains, elle recourut à sa défense habituelle : les larmes.

Chapitre 5

– Assieds-toi ici, Catey. Maman, viens t'asseoir près de Cate.

– Tu me crois, hein, Grandpa ?

– Oui ma chérie, affirma Hugh en étreignant la fillette.

Puis d'une petite tape sur les fesses, il l'envoya vers le canapé et passa un bras autour des épaules de Rosemary pour l'aider à prendre place auprès de Cate.

– Lily, tu peux aller chercher Nina et lui dire de venir avec son téléphone ?

– Je vous interdis d'amener cette menteuse ici ! cria Charlotte.

– Tais-toi ! lui intima Aidan. Verse toutes les larmes de crocodile que tu veux, mais tais-toi.

Maureen apparut soudain au pied de l'escalier.

– Mon Dieu, que se passe-t-il ?

– Il semblerait que Charlotte ait participé au kidnapping de sa fille.

– Quoi ?

Las, Hugh se passa une main sur le visage.

– Tu veux bien me rendre un service, s'il te plaît ? Va voir si quelqu'un peut préparer du café. Le shérif en voudra peut-être. Ensuite, monte réveiller Harry et rejoignez-nous tous les deux ici. Que Miranda et Jack veillent à ce que les enfants restent en haut, pour le moment. Ou qu'ils descendent regarder un film. Il va y avoir du spectacle ici, ce n'est pas la peine qu'ils voient ça.

– Papa, pourquoi dis-tu que Charlotte… OK, acquiesça Maureen en réponse au signe de tête que Hugh lui adressa.

Lorsque celui-ci ouvrit la porte, Red et Michaela descendaient de voiture.

– Bonjour, monsieur Sullivan. Comment va la petite ?

– Appelez-moi Hugh, je vous en prie. Nous avons… du nouveau. Cate s'est rappelé certaines choses.

Red scruta le visage de Hugh, où se lisait une terrible tension ainsi qu'une colère profonde.

– Ils lui ont fait du mal ?

– Non, ce n'est pas ça, répondit Hugh en s'efforçant de décrisper ses poings serrés. Venez, entrez.

Sous l'immense plafond, face à la vue panoramique sur la mer et le ciel, Red s'immobilisa un instant devant un tableau saisissant : la petite fille, les joues ruisselantes de larmes, le regard noir, sous le bras protecteur de son arrière-grand-mère ; à ses côtés, une rousse pulpeuse qu'il avait vue au cinéma, juchée sur l'accoudoir du canapé, une sentinelle montant la garde ; sur un fauteuil, une superbe blonde en peignoir de satin blanc sanglotant sous l'œil implacable de son mari – le shérif les reconnaissait tous deux.

Hugh entreprit de faire les présentations.

– Ma mère, Rosemary. Mon épouse, Lily. Et voici Maureen, ma sœur.

– Le café arrive, déclara celle-ci. Harry s'habille.

Et comprenant le regard de son frère, elle s'installa sur le canapé au côté de Rosemary.

Un front uni, pensa Red. D'où la blonde était exclue.

– Le shérif Buckman et l'agent Wilson, poursuivit Hugh. Et voici Nina, la nounou de Caitlyn.

– Que cette femme dégage de ma vue ! rugit Charlotte.

Nina eut un mouvement de recul.

– Miss Lily m'a dit de venir avec mon téléphone, balbutia-t-elle.

– Vous êtes renvoyée ! Vous comprenez ce mot ? Ren-vo-yée !

Petite en taille, à peine vingt-cinq ans, Nina avait toujours été intimidée par Charlotte. Néanmoins, elle se redressa de toute sa hauteur.

– Miss Lily m'a dit de ne pas vous écouter.

Charlotte voulut se ruer sur la nounou, mais Aidan la maintint sur le fauteuil.

– Ne me touche pas ! Shérif, aidez-moi !

Fascinant, pensa Red, de passer aussi vite des larmes à la furie.

– Je vous en supplie ! Ils abusent de moi, physiquement, verbalement, émotionnellement.

Et Charlotte se remit à larmoyer.

– Notre rôle est de vous aider, madame. Asseyons-nous tous, qu'en pensez-vous ?

Une jeune femme entra dans le salon en poussant un chariot d'où montait l'arôme du café.

– Merci Susan, lui dit Maureen. Susan est l'aide ménagère de ma grand-mère. Vous pouvez disposer, Susan. Et voici mon mari, Harry. Chéri, le shérif Buckman et l'agent Wilson. Assieds-toi.

Harry embrassa d'abord Cate, puis il prit place dans un fauteuil, ses longues jambes étendues devant lui. Red s'assit sur une chaise qu'il orienta de façon à pouvoir observer et la blonde et l'enfant. La mère et la fille. Entre lesquelles planaient de très mauvaises vibrations.

– Comment vas-tu, Cate, aujourd'hui ?

– Je n'ai plus peur. Je me suis rappelé qu'elle m'avait dit où me cacher, répondit la fillette, un doigt accusateur pointé en direction de sa mère.

– Elle a les idées confuses. Ces monstres ont dû lui donner quelque chose qui altère sa mémoire. Elle ne sait pas ce qu'elle dit.

– Si ! s'écria Cate en regardant sa mère droit dans les yeux.

Charlotte détourna le regard.

– Elle m'a réveillée de bonne heure, hier, pour me faire une surprise. Elle ne se lève jamais tôt, d'habitude, mais là, elle était déjà habillée, et elle avait ma veste et mes chaussures.

– N'importe quoi !

– Si, c'est vrai !

– Charlotte, soupira Rosemary, je vous ai vues sortir, toutes les deux, environ une demi-heure après le lever du soleil.

Le shérif leva une main avant que Charlotte n'intervienne à nouveau.

– J'aimerais entendre ce que Cate veut me dire.

– Je ne vous ai pas autorisé à interroger ma fille.

– Je ne l'interroge pas, je l'écoute. Continue, Cate.

– Elle m'a dit qu'on allait se promener. J'étais tout excitée, parce que c'était un secret.

La fillette s'exprimait d'une voix assurée. Néanmoins, elle s'interrompit et s'essuya les yeux de ses petits poings serrés.

– Elle m'a dit qu'elle connaissait une très bonne cachette, dans le grand arbre près du garage, où personne ne me trouverait. Elle m'a dit aussi qu'on devait jouer à cache-cache en dernier.

– Du yoga… murmura Aidan. Comment ai-je pu être aussi naïf ? Quand je me suis réveillé, tu es revenue dans la chambre en tenue de sport, en me disant que tu étais allée faire du yoga au bord de la piscine.

– La stricte vérité. Est-ce un crime ?

– Un legging noir et un tee-shirt noir et blanc à fleurs, se remémora Rosemary, les yeux fermés.

– C'est ça, confirma Aidan.

– Rosemary a les idées confuses.

– Tout le monde aurait donc les idées confuses ? railla Red. Cate me paraît très sûre d'elle.

– Elle est en état de choc. Elle est sûrement encore sous l'effet des drogues que ces monstres lui ont données.

– Vous voulez parler des monstres qui la séquestraient chez les Wenfield, à cinq ou six kilomètres d'ici à vol d'oiseau ? répliqua le shérif sans quitter Charlotte des yeux. Ils avaient peut-être les idées confuses, eux aussi…

– Ce sont des criminels, des menteurs, les complices de cette sans-cœur ! cracha Charlotte avec un geste en direction de Nina. Monter ma chair et mon sang contre moi, pour de l'argent… Quelle honte !

– Je me couperais la main avant de faire du mal ou de laisser quelqu'un faire du mal à Caitlyn ! s'offusqua Nina. Vous pouvez me passer au détecteur de mensonges !

– C'est à elle, pas à Nina, qu'il parlait au téléphone, insista Cate. Il lui a demandé si elle appelait avec le téléphone de la nounou, et il l'appelait « amour ». La sonnerie de son téléphone, c'était « La Danse du chapeau mexicain » ; je la connais, on l'a apprise en cours de danse.

Nina se plaqua une main sur la bouche pour étouffer un petit cri.

– Vous voyez, elle est coupable !

– Je n'ai rien fait ! protesta Nina, et en donnant son téléphone au shérif, elle lui chuchota : je voudrais vous dire quelque chose, mais pas devant Caitlyn.

Il acquiesça de la tête, puis il se tourna vers Lily.

– Madame, j'ai beaucoup aimé tous vos films… Peut-être pourriez-vous emmener la petite…

– Vous ne voulez pas que j'entende ? s'indigna Cate. Je suis concernée, je veux tout écouter, décréta-t-elle, un pli opiniâtre lui barrant le front.

– Je comprends, lui dit Red, admiratif, mais j'apprécierais que tu nous laisses juste quelques minutes.

– Viens, ma chérie, on va boire un Coca.

– Ma fille n'a pas le droit du boire des sodas !

– Nous n'avons pas besoin de votre autorisation, rétorqua Lily en prenant Cate par la main.

Red attendit qu'elles aient quitté la pièce avant de demander à Nina :

– Alors, que vouliez-vous me dire ?

– C'est délicat… Excusez-moi, monsieur Aidan, je suis désolée… mais… Mme Dupont couche avec M. Sparks.

Nina baissa la tête, les joues en feu.

– Menteuse !

Charlotte bondit sur ses pieds, dans un frou-frou de satin blanc, et elle gifla Aidan lorsqu'il tenta de la retenir, puis elle se jeta sur Nina et lui griffa la joue. Michaela la ceintura, elle se débattit comme une diablesse.

– Vous allez finir avec les menottes, la prévint le shérif, sur le même ton dégagé qu'il aurait employé pour annoncer une averse. Coups et blessures volontaires, voies de fait à l'encontre d'un policier… Je vous conseille de vous rasseoir si vous ne voulez pas qu'on vous envoie vous calmer en cellule.

– Mes avocats vous feront révoquer tous les deux. Et ils vous enterreront ! lança-t-elle à Nina.

Très posément, Red se leva.

– Asseyez-vous, madame, ou vous êtes en état d'arrestation. Nina, nécessitez-vous des soins médicaux ?

– Non, ça va. Je vous ai dit la vérité.

– Pourriez-vous nous expliquer ce qui vous donne à penser que Mme Dupont entretient une liaison avec ce M. Sparks ?

– Je les ai vus. Oh, monsieur Aidan, pardon… Elle a dit qu'elle me renverrait si je vous le disais… que je ne retrouverais plus jamais de travail.

– Chéri, tu ne la crois tout de même pas ? Tu sais que je ne te tromperai jamais !

Avec une moue énamourée, Charlotte saisit la main de son mari.

– Ça m'est égal que tu couches avec ton coach, dit-il en la repoussant brutalement.

– Oh, Aidan !

– Inutile de pleurnicher. Les larmes ne marchent plus.

– Nina, pour quelle raison venez-vous d'évoquer cette aventure entre Mme Dupont et M. Sparks ? demanda le shérif.

– La sonnerie du téléphone. Je connais la sonnerie du téléphone de M. Sparks. C'est cette chanson mexicaine dont Cate a parlé.

– Comme si Grant était le seul…

– Tais-toi ! tonna Aidan.

– Et il l'appelle tout le temps « amour », ajouta Nina. Un jour, je suis revenue à l'improviste ; Cate avait oublié une rédaction qu'elle voulait à tout prix montrer à ses grands-parents. Je pensais que Mme Dupont et M. Sparks étaient dans la salle de sport, en bas. Je suis montée à la chambre de la petite. Les portes de la suite étaient grandes ouvertes. Je les ai d'abord entendus… et je les ai vus, au lit, tous les deux.

Nina reprit son souffle avant de poursuivre :

– J'ai dû faire du bruit, j'étais tellement choquée… Elle est sortie toute nue de la chambre et elle m'a dit que si je disais quoi que ce soit, elle raconterait à la police que je lui avais volé des bijoux. Je ne voulais pas perdre ma place… Alors je n'ai rien dit.

Voyant que Charlotte s'apprêtait à nier, Aidan lui intima très calmement :

– Pas un mot. Je ne veux pas entendre un seul mot. Continuez, Nina.

– Excusez-moi, monsieur Aidan, je suis désolée… À partir de ce jour, ils n'ont même plus pris la peine de se cacher. « T'inquiète pas, amour, elle ne dira rien », qu'il lui disait quand ils étaient au lit.

– Dites-moi, Nina, avez-vous toujours votre téléphone sur vous ? demanda le shérif.

– Oui, monsieur, presque tout le temps, répondit-elle en se tordant les mains. Sauf quand il est en charge. Mais j'essaie de penser à le charger la nuit.

– L'aviez-vous, hier, lorsque vous vous êtes aperçue que Cate avait disparu ?

– Je l'avais, oui, quand je l'ai cherchée partout. Après, je l'ai branché dans la petite chambre près de la cuisine, où Mme Lily et Mme Rosemary m'ont dit de m'installer pour ne pas contrarier Mme Dupont. Du coup, je ne l'avais pas, quand on était tous là à attendre que le ravisseur rappelle.

– Mme Dupont était là aussi ?

– Non, monsieur, elle était montée se coucher. Elle avait pris un somnifère, je crois qu'elle dormait quand il a rappelé.

– Je vous remercie. Madame, demanda Red en s'adressant à Rosemary, est-il possible d'accéder à cette petite chambre près de la cuisine, depuis l'étage, sans passer par la pièce où vous étiez tous réunis ?

– Oui, tout à fait.

– Avec votre permission, Nina, nous allons devoir extraire les données de votre téléphone portable.

Red jeta un coup d'œil en direction de Michaela et vit qu'elle avait compris qu'il bluffait.

– Si la conversation téléphonique dont Cate nous a parlé a eu lieu alors que vous vous trouviez en présence de témoins, Nina, nous aurons la preuve que vous n'avez pas passé cet appel. Ensuite, nous analyserons les voix, avec le concours du FBI, puisqu'il s'agit d'un kidnapping. Ils ont des logiciels très performants.

– Avec les deux suspects déjà en garde à vue, identifier les voix sera un jeu d'enfant, renchérit Michaela.

– Vous voulez bien accompagner Mme Dupont à l'étage, Mic, pour qu'elle s'habille ?

– Hors de question que j'aille au poste ! protesta Charlotte. Je suis une victime. Vous ignorez ce que j'ai subi.

– Si vous souhaitez faire une déclaration, pas de problème, je vous lis vos droits et je vous enregistre. C'est la procédure.

De sa poche, Red retira un enregistreur vocal qu'il alluma et posa sur la table. Cette femme n'était pas une habile manipulatrice, pensa-t-il en lui récitant la loi Miranda.

– Vous avez compris, madame Dupont ? lui demanda-t-il ensuite.

– Bien sûr que j'ai compris. J'ai besoin de votre aide… J'ai commis une erreur, une terrible erreur, mais j'ai été victime de chantage.

– Ah oui ?

– J'ai eu une aventure avec Grant, c'est vrai. Je le regrette, j'ai été faible… Aidan, pardonne-moi, je t'en supplie.

– Je m'en fiche, répliqua celui-ci sans la moindre émotion.

– Grant Sparks aurait donc tenté de vous faire chanter ?

– Non, un paparazzi, qui avait des photos de nous. C'était horrible, affreux… (Charlotte baissa la tête et se couvrit la bouche de sa main.) Il réclamait des millions pour ne pas les publier. Je voulais préserver mon couple, ma famille, ma petite fille, mais je ne savais pas où trouver tant d'argent…

– La solution était de simuler un enlèvement ?

– C'est Grant qui a eu cette idée… Je ne savais plus où j'en étais, j'étais tellement angoissée… Je savais que Grant ne lui ferait pas de mal. On paierait, et on récupérerait Cate. C'était idiot, je m'en rends compte, maintenant… J'ai agi bêtement mais j'étais désespérée.

Dégoûté, Aidan s'éloigna de sa femme.

– Comment s'appelle ce paparazzi ?

– Frank Denby. Grant l'a rencontré. Je ne pouvais pas, je ne m'en sentais pas la force. Croyez-moi, je vous en supplie. Quand ils ont emmené Caitlyn… J'étais terrifiée, je ne pouvais pas m'empêcher de penser à tout ce qui risquait de se passer et…

– Saviez-vous où elle était ?

– Bien sûr ! C'est ma fille !

– Vous étiez terrifiée, mais vous avez laissé faire ?

– Il était trop tard… sanglota Charlotte, une main sur la poitrine, l'autre tendue vers Red. J'ai appelé Grant parce que je me faisais trop de souci, j'avais besoin d'avoir des nouvelles de Cate.

– Ils l'ont droguée…

Charlotte jeta un coup d'œil à Aidan.

– Ils lui ont simplement donné un petit sédatif, pour qu'elle n'ait pas peur, pour qu'elle dorme.

– Ils l'ont terrorisée, elle a des bleus sur le visage, ils l'ont menacée avec un revolver.

– Normalement, ils ne…

– Vous avez fait ça pour l'argent, pour le sexe. Votre fille a été contrainte de s'échapper par une fenêtre, de traverser la forêt, la nuit, seule, dans le froid. Vous avez utilisé votre propre enfant pour une sombre histoire d'adultère.

– Elle était censée dormir ! Elle n'avait qu'à boire le lait !

– Comment savez-vous que la drogue était dans le lait ? releva Michaela, sans cesser de prendre des notes. C'est vous qui leur avez dit de lui donner du lait ?

– Je… Je n'en sais rien ! Vous m'embrouillez ! Ils ne lui ont pas fait de mal. Elle aurait dû dormir, normalement, jusqu'à ce que j'apporte l'argent.

– C'est vous qui deviez faire la mule ?

– Oui. Ensuite, ils auraient déposé Caitlyn au bout de la péninsule.

– Et vous auriez joué la mère dévastée, dit Hugh en se levant. Si ça ne tenait qu'à moi, vous ne reverriez plus jamais cette enfant. En tout cas, vous ne verrez plus un penny de l'argent des Sullivan, et vous ne remettrez plus jamais les pieds dans cette maison.

– Mêlez-vous de ce qui vous regarde ! Vous ne pouvez pas m'empêcher de voir ma fille !

– Ça, ce sera le juge qui décidera, dit Red. Charlotte Dupont, vous êtes en état d'arrestation pour mise en danger de la vie d'un enfant, complicité dans l'enlèvement d'un mineur, complicité de maltraitance sur un enfant, complicité d'extorsion de fonds.

– Vous ne m'avez donc pas écoutée ? J'ai été victime de chantage !

– J'en doute, mais nous en reparlerons. Dans l'immédiat, l'agent Wilson va vous accompagner à l'étage, à moins que vous ne souhaitiez nous suivre dans cette tenue.

– Je veux mon avocat.

– Tu parles de *mon* avocat, je suppose, intervint Aidan. Tu devras en trouver un autre.

– Pas de problème, répliqua Charlotte, pleine de morgue. Et figure-toi que je ne suis pas la seule à savoir parler à la presse. Je vous ruinerai tous.

– Pour l'instant, vous venez avec nous au poste.

Charlotte repoussa Michaela lorsque celle-ci lui saisit le bras.

– Ne me touchez pas !

– Encore un geste de ce genre et vous serez également coupable de refus d'obtempérer, outre une liste de chefs d'accusation déjà bien assez longue.

– Allez vous faire foutre, maugréa Charlotte en rejetant ses cheveux par-dessus son épaule.

Rosemary ferma les yeux lorsque Michaela l'escorta en direction de l'escalier.

– Réplique de fin pathétique pour un pathétique personnage, murmura-t-elle. Je suis désolée, Aidan.

– C'est moi qui suis désolé. Je l'aimais. J'ai trop souvent fermé les yeux parce que je l'aimais, parce qu'elle m'a donné Cate. Et voilà ce qu'elle a fait à son propre enfant… Excusez-moi, j'ai besoin d'air, je sors cinq minutes.

Le shérif acquiesça.

– Que va-t-il se passer maintenant ? demanda Hugh quand Aidan eut quitté la pièce.

– Nous devons retrouver Grant Sparks et Frank Denby.

– Vous n'aviez pas dit que vous les aviez arrêtés ?

Aussitôt, Hugh secoua la tête en riant.

– OK, c'était un coup de bluff. Finement joué, shérif.

– L'enquête risque d'être longue. Dans un premier temps, je devrais de nouveau tous vous interroger, y compris Cate. Je ne pense pas que Mme Dupont obtienne une libération sous caution. En revanche, son avocat tentera sûrement de négocier le retrait de certaines accusations et il y a de fortes chances qu'il y parvienne.

– J'aurais dû tout raconter à monsieur Aidan, se lamenta Nina.

– Vous n'avez rien à vous reprocher, lui assura Maureen en lui passant un bras autour des épaules. Venez avec moi, je vais vous désinfecter la joue. Les griffures de chat enragé sont mauvaises.

– On me laissera rester avec Catey ? s'enquit Nina.

– Je connais mon neveu. Vous avez une place à vie, répondit Maureen en s'éloignant dans le couloir avec la nounou.

Michaela redescendit bientôt en tenant le bras d'une Charlotte au visage de marbre.

– Tentative de corruption, shérif. Elle m'a offert dix mille dollars pour que je la laisse filer.

– Elle ment !

– Je l'ai enregistrée, et j'ai été obligée de la menotter.

– Emmenez-la dans la voiture de patrouille. Je vous tiens au courant, dit Red aux Sullivan. Si vous avez des questions, vous savez comment me joindre.

Lorsque la porte se referma sur les policiers, Hugh posa une main sur l'épaule de sa mère.

– Je vais voir où sont Lily et Catey.

– Oui, Aidan aura besoin de Cate, et la petite de son papa. Et ils auront tous les deux besoin de nous.

Il lui déposa un baiser sur le front.

– Les Sullivan sont soudés. Je te compte bien sûr comme l'un des nôtres, Harry.

Celui-ci s'extirpa de son fauteuil et s'assit au côté de sa belle-mère, qui lui tapota la main avec affection.

– Charlotte ne s'est jamais intégrée dans la famille, dit-il.

– Tu ne l'as jamais aimée, n'est-ce pas ?

– Non, mais Aidan était amoureux d'elle. On ne choisit pas sa famille. J'estime avoir eu beaucoup de chance.

Harry enlaça Rosemary, qui laissa enfin libre cours à ses larmes, la tête sur l'épaule de son gendre.

En marchant, Aidan évacuait peu à peu la colère. Pour Cate, il devait retrouver son calme, se répétait-il en inspirant de grandes bouffées d'air marin glacial. La rage continuait néanmoins de le ronger, telle une bête assoiffée de sang, et il craignait qu'elle ne s'apaise jamais.

Du reste, il avait le cœur brisé.

Il avait été fou amoureux de Charlotte.

Comment avait-il pu être aveugle à ce point ? Ne jamais entrevoir sous la façade cette femme sans foi ni loi ? Le masque s'était pourtant parfois fissuré… Aidan s'était voilé la face, force lui était aujourd'hui de se l'avouer.

Il avait aimé Charlotte, il lui faisait confiance, il lui avait fait un enfant et elle s'était servie de cette enfant, elle l'avait trahie, elle avait mis sa vie en danger.

Jamais il ne lui pardonnerait. Jamais il ne se pardonnerait.

Quand il regagna le salon, en s'exhortant à ne pas craquer, Cate était pelotonnée contre son grand-père. Par-dessus sa tête, Aidan échangea un regard avec Hugh.

– Je crois qu'il faut qu'on parle, Cate et moi.

Hugh s'écarta de la fillette et lui sourit chaleureusement.

– Bien sûr. On va s'en sortir, ma chérie, ne t'en fais pas. Ça prendra peut-être un peu de temps mais on s'en remettra.

Et après l'avoir embrassée, il la laissa avec son père.

– Si on allait dans la bibliothèque, pour discuter tranquillement ? suggéra Aidan.

Lorsqu'elle blottit sa petite main au creux de la sienne, en toute confiance, il sentit les larmes lui monter aux yeux, mais il les refoula et ils traversèrent la salle à manger, la serre, ce qu'ils appelaient la salle de musique, pour enfin parvenir à la bibliothèque.

Les fenêtres donnaient sur les montagnes, le jardin, le petit verger, paysage plus serein sous le pâle soleil d'hiver que la mer tourmentée. Sous le plafond à caissons, les murs disparaissaient derrière des rangées de livres et de scripts reliés. Un tapis d'Aubusson, dans les teintes de vieux rose et de vert fané, recouvrait le plancher de châtaignier. Rosemary venait souvent s'installer là, à la vieille table envoyée de Dublin, pour écrire son courrier ou noter des pensées.

Aidan ferma les doubles portes et entraîna Cate vers le grand canapé en cuir. Avant de s'y installer, il prépara un feu de cheminée. Puis il prit place près de sa fille et lui entoura le visage de ses mains.

– Pardon, ma chérie.

– Papa…

– Laisse-moi d'abord parler et je t'écouterai ensuite. Je suis sincèrement désolé, Catey. Je n'ai pas assuré ta sécurité, je n'ai pas su te protéger. Tu es tout pour moi, et je te promets de ne plus jamais te décevoir.

– Tu n'as rien fait de mal. C'est elle…

– Rien ni personne ne compte davantage que toi à mes yeux, dit-il en lui embrassant le front, lui-même apaisé d'avoir prononcé ces paroles.

– Je savais que c'était elle quand j'étais enfermée dans cette chambre. Elle m'avait dit où me cacher. Elle m'avait montré l'arbre. Mais au fond, je ne pouvais pas le croire…

– Parce que c'est ta maman.

– Pourquoi elle ne m'aime pas ?

– Je n'en sais rien. Mais moi je t'aime, mon chat.

– Est-ce que… elle reviendra habiter avec nous ?

– Non, plus jamais.

Tremblante, Cate poussa un long soupir de soulagement qui fendit le cœur de son père.

– On va retourner habiter au même endroit ? Je n'ai pas envie de vivre là-bas…

– Alors on s'installera ailleurs. En attendant de trouver une maison juste pour nous, on ira chez Grandpa et Mamie-Lil'.

Un rayon d'espoir illumina le visage de la fillette.

– C'est vrai ?

– Oui, mon poussin, répondit Aidan en se forçant à sourire. Les Sullivan sont soudés, non ?

L'air grave, Cate lui demanda d'une voix étranglée :

– Je serai obligée de la revoir ?

– Non, répondit son père, en espérant que ce ne soit pas un mensonge.

Elle plongea son regard dans le sien, ses yeux si bleus désormais privés de leur innocence.

– Elle les a laissés me faire peur et me faire du mal. Toi aussi, elle t'a fait du mal. Elle ne nous aime pas. Je ne veux plus jamais la revoir. Ce n'est plus ma mère. Une mère ne fait pas ça à ses enfants.

– Ne t'inquiète pas, nous ne la reverrons pas.

– Je ne suis même pas triste, déclara Cate farouchement, les yeux voilés de larmes. Je m'en fiche. Moi non plus, je ne l'aime pas.

Aidan garda le silence. Il comprenait, il ressentait la même chose que sa fille. Dévasté, il la serra contre lui et la laissa pleurer jusqu'à ce qu'elle s'endorme.

Puis il demeura ainsi longtemps, seul avec elle, à contempler le feu qui crépitait dans la cheminée.

Chapitre 6

L'agent Michaela Wilson avait accepté un poste à Big Sur parce qu'elle avait besoin de changement, et l'envie de vivre dans une petite commune. Du reste, elle avait encore du mal à l'accepter, mais celui avec qui elle pensait faire sa vie avait soudain trouvé trop compliqué, après deux ans de concubinage, de partager le quotidien d'une fonctionnaire de police.

Très attachée à l'ordre, la justice, la loi, les règlements et les procédures, Michaela devait admettre que plus d'une fois, elle avait fait passer son job avant son couple.

Elle ne le regrettait pas.

Pour elle qui avait toujours été citadine, ce changement de décor, de culture et de rythme représentait un énorme challenge personnel.

Elle l'avait voulu, mais elle ne niait pas que les premières semaines avaient été dures. Red Buckman lui évoquait un peu trop le shérif Dude de *Rio Bravo*, avec ses cheveux longs, sa boucle d'oreille et sa surfeuse en Bikini tatouée sur le biceps.

De prime abord, elle l'avait rangé dans la catégorie des « vieux hippies trop indulgents et bien souvent trop mous ».

Ce n'était pas facile pour Michaela Lee Wilson de reconnaître ses erreurs, en particulier ses erreurs de jugement. Pourtant, elle s'était bel et bien trompée : malgré son look de vieux surfeur, Red Buckman était un bon flic.

Depuis la veille, il était remonté dans son estime. Et là, en salle d'interrogatoire avec Charlotte Dupont et son avocat, il continuait de l'épater. Elle ne savait pas grand-chose de Charles Scarpetti, hormis qu'il était venu de Los Angeles en jet privé et qu'il adorait être invité sur les plateaux de télévision.

Placide, le shérif l'écoutait pontifier, dans son costume de luxe, sur les requêtes en irrecevabilité, le harcèlement, l'intimidation, les violences conjugales et la garde des enfants mineurs. Apparemment, Scarpetti avait un certain nombre de lapins dans son chapeau, et Red le laissait les exhiber un à un.

Vingt-quatre heures plus tôt, Michaela aurait été horripilée par cette placidité. À présent, elle comprenait qu'il s'agissait d'une habile stratégie.

– Bel argumentaire, maître Scarpetti, mais si vous avez terminé, permettez-moi de vous dire que vous risquez d'être déçus, vous-même et votre cliente.

– Shérif, ma cliente espère être de retour ce soir chez elle à Los Angeles avec sa fille.

– Je sais, acquiesça Red, amical. Hélas, je crains que ce ne soit pas possible. Je soupçonne votre cliente de ne pas avoir été honnête avec vous… Je me trompe, peut-être, mais j'ai l'habitude de ce genre de personnes, et j'ai comme l'impression qu'elle vous a raconté n'importe quoi.

– Charles ! s'offusqua Charlotte, parvenant à conserver sa superbe malgré sa combinaison orange.

Son avocat lui tapota la main.

– Ma cliente est ébranlée…

– Votre cliente a avoué être complice de l'enlèvement de sa propre fille.

– Elle était perturbée. Son mari l'avait forcé à prendre des somnifères. Sa fille, également en état de choc, vous a répété ce que son père lui avait ordonné de dire.

– Ah oui ? fit Red en observant Charlotte. Chère madame, vous ne manquez pas de toupet… Agent Wilson, voulez-vous nous faire écouter ce que vous avez enregistré lorsque vous avez accompagné Mme Dupont à l'étage pour qu'elle s'habille ?

Michaela posa son téléphone sur la table et lança le fichier audio. La voix de Charlotte, légèrement essoufflée, était clairement reconnaissable.

– Les policiers ne sont pas très bien payés, surtout les femmes, j'imagine…

– Vous ne voulez pas mettre des chaussures, madame ?

– J'ai de l'argent. Je peux vous offrir de quoi mettre du beurre dans vos épinards. Laissez-moi prendre la fuite… Accordez-moi dix minutes et vous redescendrez en disant que vous n'avez rien compris à ce qui s'est passé. Dix mille dollars pour dix minutes…

– Dix mille dollars pour échapper à la justice... Comment me remettrez-vous cette somme ?

– Ne vous en faites pas, vous pouvez me faire confiance. Si vous voulez, prenez déjà cette montre, une Bulgari, elle vaut plus que ce que vous gagnerez en dix ans.

– Mettez des chaussures, madame, si vous ne voulez pas partir pieds nus.

– Prenez cette montre ! Dix minutes, bon sang ! Je vous ferai parvenir la somme en liquide. Arrêtez ! Ne me touchez pas ! Lâchez-moi !

– Tentative de corruption d'un officier de police et tentative de fuite. Asseyez-vous, je vais vous mettre vos chaussures, maintenant que vous êtes menottée.

Michaela coupa le flot d'insultes qui s'ensuivit.

– Je parie qu'elle avait omis de vous parler de cet épisode, maître Scarpetti, dit Red en se grattant la nuque. Je vous en prie, épargnez-vous de la salive... Inutile de me dire qu'il s'agit d'une réaction désespérée. Il s'agit d'une tentative de corruption pure et simple. J'ai également enregistré les aveux de votre cliente, qui nous a indiqué les noms de ses deux partenaires. Ne reste qu'à les cueillir.

– Mais... mais... bredouilla Charlotte. Vous ne les avez pas déjà ?

Red esquissa un sourire lorsque l'avocat lui fit signe de se taire.

– Arrêtés ? Non, mais cela ne saurait tarder. Ils ont fait attention à ne pas laisser de traces, mais ce n'est pas facile de penser à tout quand on est pressé. La gamine s'était enfuie, la police risquait de débarquer... Nous avons des empreintes.

– Nous ne contestons pas que la petite a été enlevée, dit Scarpetti, mais Mme Dupont n'est pas impliquée dans cet acte abject.

– Elle ignorait où l'enfant était séquestrée, je présume... Elle n'y a bien sûr jamais mis les pieds...

– Bien sûr que non ! Je ne me rappelle même plus ce que j'ai dit quand vous m'avez enregistrée... J'étais encore complètement sonnée, à cause des cachets que mon mari m'avait forcée à avaler. Ce n'est pas la première fois qu'il me force... à faire des choses.

Charlotte détourna le regard. Une larme roula sur sa joue.

– Je suppose que vous ne connaissez pas les Weinfield, les propriétaires de la maison...

– Je ne sais absolument pas qui sont ces gens, et j'ignore de quelle maison vous parlez. Je ne viens à Big Sur que lorsque mon époux m'y contraint. Charles !

– Madame Dupont, ne dites plus rien. Laissez-moi gérer.

– Par conséquent, vous ne saviez pas que les Weinfield étaient en voyage et que leur maison était vide ?

– Exactement ! Ah, enfin ! Dieu merci !

– C'est moi qui n'y comprends plus rien, maintenant... Vous suivez, vous, Mic ?

– Tout à fait, répondit-elle, le visage de marbre, malgré un sourire intérieur.

– Ah... Je dois avoir les idées confuses, moi aussi. Ce que je n'arrive pas à comprendre, madame Dupont, si vous ne connaissez pas les Weinfield et ignorez où se trouve leur maison... Comment expliquez-vous que nous ayons relevé l'empreinte de votre index droit sur l'interrupteur des toilettes ?

– Ce n'est pas vrai.

– Vous avez oublié de faire attention, je présume, quand vous êtes allée là-bas en reconnaissance avec vos partenaires.

– C'est une fausse empreinte ! Charles...

– Ne dites plus rien, madame Dupont.

Michaela vit le changement dans les yeux de Scarpetti. Il se moquait sûrement de la culpabilité ou de l'innocence de sa cliente ; en revanche, que les preuves s'accumulent était plus ennuyeux.

– Votre histoire est tellement bourrée de mensonges et d'incohérences que je m'y perds. Mais je suis doué pour lire entre les lignes. Le chantage ? Je n'y crois pas une seconde. L'extorsion de fonds constitue un délit pour lequel vous serez punie. L'enlèvement de mineur est néanmoins beaucoup plus grave, d'autant que l'enfant a été droguée et menacée avec une arme à feu. Franchement, je vois mal un photographe prendre part à un kidnapping pour se faire de l'argent facile.

– Il avait des photos de nous !

– Charlotte, plus un mot, par pitié !

– Elle n'est plus sous l'effet des somnifères, maintenant, et elle recommence avec cette histoire de chantage... Alors qu'elle prétendait qu'on avait encouragé sa fille à l'accuser.

Soudain beaucoup moins cool, le shérif frappa du poing sur la table.

– Vous leur avez indiqué où se trouverait votre fille pour qu'ils puissent l'enlever discrètement, et ils lui ont injecté un sédatif...

– Pour de l'argent, ajouta Michaela. Pour vous payer des montres Bulgari.

– Par amour !

Cette fois, Scarpetti se pencha vers Dupont et lui saisit le bras.

– Plus un mot, s'il vous plaît. Je désire m'entretenir avec ma cliente.

Red se leva et coupa l'enregistrement.

– Surprise, surprise, railla-t-il. Il va vous dire de cracher le morceau pour qu'il puisse négocier. Il n'a pas tort. Vous voulez un Coca, Mic ? Je boirais volontiers un Coca.

Dans le couloir, il pria l'un de ses hommes de surveiller la porte, puis il fit signe à Michaela de le suivre jusqu'à son bureau, où il avait toujours une réserve de Coca au frais.

Il en sortit deux cannettes, en donna une à sa collègue, et s'installa dans son fauteuil, les pieds sur le bureau – chaussés comme à l'accoutumée de Converse montantes.

– On préviendra le proc' que l'avocat de la starlette va tenter de négocier.

– Combien elle prendra, à votre avis ? Dans tous les cas, pas assez, mais combien, d'après vous ?

Red réfléchit un instant en se grattant de nouveau la nuque.

– Enlèvement de mineur avec demande de rançon… L'enfant a été droguée, menacée avec une arme… Elle prétendra tout ignorer de cette arme et ça passera peut-être. Mais pour la demande de rançon, elle prendra cher.

– Normal. Cette femme n'a aucune conscience.

– Pas une once. Entre cinq et dix ans, je dirais. L'amant et son complice, vingt à vingt-cinq, facile, voire perpète, selon la manière dont ils se comporteront. Il y a des chances qu'ils se renvoient la balle, et ils écoperont chacun de vingt à vingt-cinq. Sauf si on arrive à savoir lequel a menacé la petite avec le flingue, là, ce sera vingt-cinq à perpète.

Red but une longue gorgée de Coca.

– Mais ça, c'est le boulot des avocats et des juges. À nous maintenant de coincer ces deux lascars. De son côté, Sullivan a déjà dû demander le divorce et la garde de sa fille, voire une ordonnance restrictive, au cas où elle serait libérée sous caution. Quant à vous, Mic, vous avez assuré, conclut le shérif en buvant une nouvelle lampée.

– Je n'ai pas fait grand-chose.

– Vous avez été parfaite. Vous appellerez le proc', d'accord ?

Michaela acquiesça de la tête.

– Vu la notoriété de la famille de la petite, les médias vont rappliquer comme des mouches.

– Malheureusement, on n'y peut pas grand-chose. On fera un communiqué de presse en temps voulu, puis on passera en mode *no comment.* C'est sûr que cette gamine ne mérite pas ce qui va suivre.

Au bout de cinq minutes de demi-vérités, de mensonges éhontés et d'excuses ridicules, Scarpetti interrompit Charlotte et lui dit sans détour qu'il n'assurerait pas sa défense si elle ne lui racontait pas la vérité.

Comme elle n'en doutait pas, elle se mit à table.

Pendant ce temps, vautré sur le lit d'une chambre de motel, au sud de Santa Maria, Frank Denby regardait un film porno, une poche de glace sur son œil tuméfié et sa mâchoire enflée. Ses côtes le mettaient au supplice, si bien qu'il avait conduit aussi loin qu'il avait pu avant de se résoudre à s'arrêter. Après un comprimé d'oxycodone et un joint d'herbe, il commençait à se dire qu'il pourrait reprendre la route d'ici une heure ou deux.

Sparks l'avait massacré quand ils s'étaient rendu compte que la gosse avait mis les bouts. Comme si c'était sa faute. Cela dit, il lui avait collé quelques patates, lui aussi. Mais il était conscient que Sparks aurait été capable de le tuer.

Bref, l'enlèvement avait foiré et Denby se retrouvait avec à peine quelques billets en poche, une carte de crédit volée qu'il était hors de question d'utiliser, et le reste d'un sachet d'herbe à cinq dollars.

Heureusement, la gamine ne pourrait pas l'identifier, mais il préférait quand même prendre le large. Au Mexique, sur les plages touristiques, il parviendrait toujours à se faire un peu de pognon. Sparks avait trouvé un bon filon, avec son job de coach sportif pour starlettes, mais Denby préférait les arnaques plus modestes.

Frustré de voir le mec à l'écran se faire sucer, il engloutit une poignée de chips.

Jamais il n'aurait dû se laisser embobiner par Sparks. Il s'en mordait les doigts, à présent. Le plan paraissait si facile, si tentant : deux millions à se partager… Il aurait vécu comme un prince, au Mexique. En échange, il lui suffisait de préparer la baraque et de surveiller la môme un jour ou deux.

Qui aurait imaginé que cette petite peste réussirait à se faire la malle ? Dieu merci, elle n'avait pas vu leur visage.

Quant à l'actrice, elle ne dirait rien, si elle ne voulait pas troquer ses fringues Armani contre une tenue de prisonnier.

De plus, elle en pinçait pour Sparks.

Cet enfoiré de Sparks savait faire mouiller les bourgeoises.

Denby tira une bouffée de son joint et garda la fumée dans ses poumons avant de la recracher et de regarder les volutes emporter ses tracas.

Le soleil, la plage, les *signorinas*…

Il y avait pire…

La porte céda soudain sous un coup de pied… La police !

Ni aussi optimiste ni aussi stupide que son partenaire, Grant Sparks avait préparé ce kidnapping pendant près d'un an. Pour un million de dollars, Denby avait accepté sans hésiter de participer. Petit joueur, il avait gobé sans l'ombre d'un soupçon qu'ils réclameraient et se partageraient une rançon de deux millions.

Si tout s'était déroulé comme prévu, Sparks aurait empoché neuf millions et serait parti se la couler douce un an ou deux au Mozambique, un État qui ne pratiquait pas l'extradition.

Charlotte aussi était moins bête que Denby, et meilleure menteuse. Du reste, Sparks savait comprendre les femmes, leur parler, les manipuler. N'était-ce pas son métier ?

Ce qui le chagrinait, c'est qu'il avait sous-estimé la môme. Sacrément maline... Elle avait dû vider le lait dans les chiottes. Ce qui signifiait qu'elle ne dormait pas quand il avait parlé au téléphone à sa mère.

Tout en faisant ses bagages, il s'était repassé au moins dix fois ce qu'il lui avait dit. Rien de compromettant, il en était certain. Rien qui aurait pu mener jusqu'à lui, ni à Denby ou à Charlotte.

Le seul truc, c'est qu'il lui avait demandé si elle appelait du téléphone de la nounou. Si la gamine s'en souvenait et le répétait... Cela dit, seule, la nuit, elle avait peut-être basculé du haut d'une falaise. Il ne lui aurait pas fait de mal – pas plus que nécessaire –, mais il n'aurait pas non plus beaucoup de peine si on la retrouvait fracassée sur les rochers.

En tout cas, tant qu'on ne savait pas si elle était vivante ou morte, la prudence était de mise. Car Charlotte n'hésiterait pas à les balancer pour sauver sa peau, il en était certain. Cela dit, il ferait la même chose.

Il allait donc quitter la région sans attendre, avant qu'on ne retrouve la gamine ou son cadavre.

Il avait de l'argent – les stars étaient prêtes à payer le prix d'un bon coach, et elles ne lésinaient pas sur les pourboires. Il avait une montre Tag Heuer que Charlotte lui avait offerte, une Rolex aussi, et des boutons de manchettes Tiffany, cadeaux de précédentes clientes.

Depuis dix-huit mois, Charlotte s'était toutefois montrée la plus généreuse, et il avait très vite compris qu'elle n'avait pas beaucoup d'affection pour sa fille. De surcroît, elle méprisait les Sullivan, tout en enviant leur gloire et leur fortune.

C'était ainsi que l'idée de l'enlèvement avait germé. Leur faire cracher des millions : elle avait tout de suite été conquise !

Avec du recul, la participation de Denby et le scénario du chantage n'auraient peut-être pas été utiles. Mais les regrets ne servaient à rien.

Sparks emballa son ordinateur portable, sa tablette, ses téléphones prépayés, puis il fit une dernière fois le tour de l'appartement où il avait vécu pendant presque trois ans. Une éternité, pour lui, mais il n'avait pas perdu son temps.

À présent, l'heure était venue de partir pour d'autres horizons. Dans le Midwest, il trouverait des tas de femmes au foyer, de veuves sexuellement frustrées et de divorcées à plumer.

La sacoche de son ordinateur sur l'épaule, il tira la première de ses deux valises jusqu'à la porte. Quand il revint avec la seconde, il se retrouva nez à nez avec la police.

Red n'avait pas quitté son bureau de la journée. Il en avait profité pour faire de la paperasse, et déjeuné d'un burrito. Dans l'attente d'un coup de fil, il ne voulait pas s'éloigner. Et, enfin, il reçut un appel de la police d'État.

Il raccrochait juste lorsque Michaela apparut sur le pas de sa porte.

– Denby vient d'être arrêté dans un motel près de Santa Maria. Ils l'ont trouvé devant un film X, pétard au bec. Encore un génie.

– Ils nous le transfèrent ?

– Les Feds se chargeront de l'enquête, mais comme les faits ont eu lieu dans notre juridiction, ils nous l'amènent, qu'on lui touche deux mots.

– Très bien. Ils ont été rapides.

– Le gars n'est pas futé. Il avait un 9 mm Smith & Wesson sur lui.

Red s'interrompit brusquement, recula, cligna des yeux.

– Attendez… C'est un sourire que je vois sur vos lèvres, Mic ? Vous savez donc sourire ?

– Eh oui, répliqua-t-elle, amusée.

– Voilà qui me fait plaisir. Bref, Denby était en sursis. Il va retourner direct en cabane.

Le téléphone sonna. Le shérif décrocha.

– Buckman, j'écoute. Oui, impec. Bonne nouvelle, hein, commandant ? Merci et bravo pour votre efficacité. Ah bon ? OK… Je serai là. Je me charge d'informer la famille, pas de problème. OK. À plus tard.

– Ils ont arrêté Sparks ?

– Oui, juste au moment où il partait de chez lui avec ses valises.

– Ni l'un ni l'autre ne savait que Dupont les avait balancés.

– Comme les Sullivan n'avaient pas prévenu la police, il n'y a pas eu de fuite dans les médias. Et les Cooper sont des gens trop discrets pour appeler les journalistes et se vanter de leur aventure.

Red retira ses pieds de son bureau et se leva.

– Vous m'accompagnez chez les Sullivan ?

– Avec plaisir. Je tenais à vous dire que j'admire la façon dont vous avez géré cette affaire.

– Je n'ai fait que mon boulot. Et mon boulot compte parmi les rares choses qui me tiennent à cœur, dans cette vie, avec le surf et le sexe. Allez, dépêchons-nous d'aller annoncer la bonne nouvelle aux Sullivan.

Déclinant peu à peu derrière la ligne d'horizon, le soleil peignait l'océan et le ciel d'une symphonie de couleurs. Les mouettes tournoyaient en criant au-dessus de la péninsule privée, bordée d'une côte déchiquetée et de falaises abruptes. Les phoques se prélassaient sur les rochers, les bécassines couraient sur le sable, ourlé d'une frange d'écume semée d'algues et de coquillages.

Cate et Lily ramassaient des trésors dans un seau en plastique rose et observaient la vie dans les flaques entre les rochers.

Lily resserra son châle autour de son cou afin de se protéger d'une bourrasque. Elle n'appréciait pas particulièrement de se balader au bord de la mer par une fin de journée d'hiver, mais pour distraire Catey, et pour se changer elle-même les idées, elle aurait fait n'importe quoi.

Toutefois, malgré un magnifique coucher de soleil, l'air fraîchissait et le ciel s'assombrissait, si bien qu'elles prirent le chemin du retour.

– Miranda et sa famille te manqueront quand ils repartiront chez eux ? demanda Cate tandis qu'elles gravissaient les marches taillées dans la falaise.

– Bien sûr, répondit Lily en lui prenant la main. Surtout qu'ils habitent à New York, de l'autre côté du pays. Mais s'ils sont heureux, je le suis aussi. Et puis je vous aurai à la maison, bientôt, ton papa et toi.

– On dormira dans le chalet des invités ?

– Oui, ce sera chouette. On pourra faire des puzzles tous les jours.

– Papa m'a dit de marquer sur un papier tout ce que je voulais qu'il apporte de notre ancienne maison, mais il a dit aussi que je n'étais pas obligée de garder toutes mes affaires. Quand on aura trouvé une nouvelle maison, on achètera des nouvelles choses, pour se sentir chez nous.

– Qu'est-ce que tu mettras en premier sur cette liste ?

– Mes peluches. Je ne peux pas les abandonner. Papa a dit que certaines pourront venir en Irlande avec nous. On va aller aider Nan à s'installer.

– Ce sera plus facile, pour elle, avec vous.

Les lumières commençaient à s'allumer sur les terrasses, le long des chemins privés, et Lily repensa à l'angoisse qu'ils avaient vécue, tous, la veille à la même heure. Afin de se réconforter, elle exerça une pression sur la petite main nichée au creux de la sienne. Cate lui serra les doigts.

– Mamie-Lil', tu entends ? Il y a une voiture qui arrive.

Lily fut parcourue d'un frisson de panique, mais elle déclara avec un sourire rassurant :

– Tu as des oreilles de chauve-souris ! Ne t'en fais pas, le portail est fermé. Ton grand-père ne laissera pas entrer quelqu'un qu'il ne connaît pas.

Cate se libéra et courut jusqu'en haut de l'escalier.

– C'est le shérif ! On est tranquilles, Mamie-Lil', c'est le shérif !

Seraient-elles un jour à nouveau réellement tranquilles ? s'interrogea Lily. Elle n'en était pas convaincue.

Chapitre 7

Cate courait vite, si bien que lorsque Lily la rattrapa, la fillette guettait l'arrivée de la voiture, grelottante, en haut de l'allée gravillonnée.

– Rentrons nous réchauffer, ma puce.

– Je veux savoir, dit Cate d'un ton déterminé. Je ne veux pas qu'on me chasse, comme hier. J'ai le droit de savoir.

Et elle s'avança à la rencontre du shérif qui descendait de son véhicule.

– Vous les avez arrêtés ?

– Ils sont en garde à vue. Je vais tout vous expliquer.

Lily laissa échapper un son entre le sanglot et le soupir de soulagement. Cate se tourna vers elle, alarmée.

– Ce n'est rien, ma chérie, ne t'en fais pas. Rentrons tous nous mettre au chaud. Il commence à faire froid.

Hugh les accueillit sur le pas de la porte.

– Demande à quelqu'un de faire du café, s'il te plaît, lui dit-elle. Et pour l'amour de Dieu, prépare-moi un grand Martini, s'il te plaît.

– Ils sont en prison ? s'impatienta Cate. Ils…

– Deux minutes, tigresse, lui dit Red en riant. Je boirais volontiers un café, en effet. Et j'apprécierais que toute la famille soit là. Nous n'avons pas trop le temps.

– Bien sûr. J'appelle les autres. Presque tout le monde est reparti. Il ne reste que moi, mon mari, Aidan, Cate, Rosemary et Nina. La journée a dû être longue pour vous, dit Lily en précédant Red et Mic dans la maison.

– Pour tout le monde, j'imagine.

– Installez-vous près de la cheminée. Rosemary doit être en haut. Ah, Nina, vous voulez bien monter prévenir madame Rosemary que le shérif et sa collègue sont là ?

– De suite, madame. Caitlyn, tu as les mains pleines de sable. Va vite te les laver.

La fillette s'essuya les doigts sur son jean.

– Regarde, elles sont propres. S'il te plaît…

Avant qu'elle n'insiste davantage, Lily l'expédia à la salle de bains.

– Je vais prévenir madame Rosemary et préparer du café. Vous aurez besoin de moi, ensuite ? s'enquit Nina.

– Oui, s'il vous plaît, répondit Red en saluant Aidan de la tête. Navré de venir encore vous importuner.

– Pas du tout. Mon père arrive. Vous avez du nouveau ?

– Oui, une bonne nouvelle.

– Ils les ont arrêtés ! s'écria Cate en revenant. Mais le shérif n'a pas dit comment. Comment vous les avez arrêtés ?

– Caitlyn Ryan… la tança gentiment son père. Je vous prends vos manteaux ?

– Pas la peine, nous ne nous attarderons pas, répondit Red en s'asseyant. Alors, tu es allée te promener sur la plage ? demanda-t-il à Cate.

– J'avais envie de sortir. J'adore la mer.

– Moi aussi, j'en suis fou. Tu surfes ?

– Non, et vous ?

– Dès que j'ai cinq minutes. S'il y a le swell, demain, j'irai glisser très tôt. Jargon de surfeurs, ajouta-t-il avec un clin d'œil.

Assise en tailleur sur le plancher, Cate l'observait attentivement, tête inclinée.

– Vous avez déjà vu un requin ?

– Et je lui ai collé mon poing dans les dents.

– Non… C'est vrai ?

– Juré. Il n'était pas très gros, mais je frime toujours un peu quand je raconte cette histoire.

– Vous aussi, vous faites du surf ? demanda la fillette à Michaela.

– Non.

– Je lui apprendrai.

– Je ne crois pas, non, répliqua Michaela avec un petit rire.

– Il ne faut jamais dire jamais…

Hugh entra dans le salon avec un Martini et un whisky.

– Super, murmura Lily en buvant une première gorgée.

– Nina termine le café, dit Hugh en s'asseyant. J'espère que vous pourrez revenir, un de ces jours, tous les deux, que je vous offre un verre de votre alcool préféré.

– Avec plaisir, dit Red, et il se leva pour saluer Rosemary. Désolé de vous déranger, madame.

– Pas du tout, protesta-t-elle en prenant le whisky de son fils. Aidan, sois gentil, va servir un autre verre de Jameson à ton père.

– Le shérif nous a raconté qu'il avait donné un coup de poing dans les dents d'un requin.

– Ça ne m'étonne pas, dit la vieille dame en s'installant dans son fauteuil. Vous êtes fana de surf, n'est-ce pas, shérif ?

– Aussi fana qu'on puisse l'être.

Parler de tout et de rien était toujours une bonne entrée en matière, pensa-t-il, et quand Nina eut servi le café, il entra dans le vif du sujet.

– Bien, nous sommes venus vous annoncer que Grant Sparks et Frank Denby, soupçonnés de l'enlèvement de cette jeune demoiselle, sont tous les deux en garde à vue. La police d'État a interpellé Frank Denby dans une chambre de motel près de Santa Maria.

– Comment ils savaient qu'il était là-bas ?

Red se tourna vers Cate.

– Il n'a pas été très malin. Nous avions son identité. À partir de là…

– Comment vous avez su son identité ?

– Cate, ce n'est pas poli de couper la parole.

Elle jeta un regard à son père.

– Comment je saurai si je ne pose pas de questions ?

– Elle a raison, dit Red, elle a le droit de savoir.

Néanmoins, comme il semblait hésiter à poursuivre, Michaela prit la parole.

– Mme Dupont nous a donné son nom, ce qui nous a permis de trouver son adresse, l'immatriculation de sa voiture, etc. Nous avons communiqué ces renseignements à toutes les polices, et c'est la police d'État qui a repéré sa voiture, sur le parking du motel.

– C'est vrai… Il n'a pas été malin du tout ! commenta Cate.

– Une chance pour toi. Heureusement qu'il t'avait laissé cette cuillère. Cela dit, tu as tout de même été très débrouillarde.

– Absolument ! renchérit Red. Quant à Sparks, il s'apprêtait à partir en voyage, mais la police l'a cueilli à son domicile, à Los Angeles. Ils vont être conduits ici tous les deux, afin que nous puissions les interroger.

– Combien de temps ils resteront en prison ?

– Tout dépendra des avocats et des juges. Sur ce point, Mic et moi n'avons pas notre mot à dire. Mais vu les preuves que nous avons rassemblées, crois-moi, ils ne sont pas près de sortir.

– Pas avant un an ?

– Bien plus longtemps, ma puce. Peut-être pas avant vingt ans.

– Ma mère aussi ?

Circonspect, le shérif jeta un coup d'œil au père de la fillette.

– Nous en avons discuté, dit Aidan. Vous pouvez tout lui dire.

– Comme ta maman nous a donné des informations, le procureur a conclu un accord avec son avocat. Le rôle du procureur, c'est de faire appliquer la loi dans l'État. Leur accord, ça s'appelle une « négociation de peine ». Comme ta mère a reconnu sa culpabilité, elle sera punie moins sévèrement. Mais elle ira quand même en prison, peut-être dix ans, au minimum sept, si elle respecte certaines conditions.

– Elle va détester la prison, murmura Cate, comme si elle se parlait à elle-même. Elle ne pourra plus faire les magasins, ni passer des castings, ni aller à des soirées. Je ne veux plus la revoir, papa. Même quand elle sortira.

– Tu n'es pas obligée, ma chérie.

– Et on va divorcer.

– Oui.

– Elle ne nous aime pas. J'espère que Nina n'aura pas d'ennuis à cause d'elle.

– Non, ne t'inquiète pas, dit Red. Madame Torez, nous devons garder votre téléphone encore quelque temps.

– Je n'en veux plus, merci, j'en achèterai un nouveau. Caitlyn, maintenant que tu as parlé avec le shérif, montons faire un brin de toilette avant le dîner.

À contrecœur, Cate se leva.

– Vous préviendrez les gens qui m'ont aidée, Dillon, Julia et Gram ?

– Voilà qui en dit long sur ton caractère. Tu es une petite fille formidable. Oui, nous passerons chez eux tout à l'heure, en partant d'ici.

– Vous les remercierez de ma part ?

– Tu peux compter sur moi.

– On va aller chez Grandpa quelque temps. Après, on part en Irlande avec Nan. Vous nous direz si vous avez raison pour les vingt ans de prison ?

– Promis.

– Merci.

– Je t'en prie.

– Merci, madame Wilson.

– Pas de quoi.

Tandis que Cate quittait le salon avec sa nounou, Red l'entendit demander :

– Tu resteras avec moi pendant que je me lave et que je me change ? Tu m'attendras dans ma chambre ?

– Elle a peur de rester seule, chuchota Aidan. Elle qui était si indépendante, si curieuse… Elle qui passait des heures seule dans un coin avec un livre…

– Si je puis permettre, monsieur Sullivan, ce serait peut-être bien que votre fille voie un psy… suggéra Michaela.

– J'ai déjà pris rendez-vous. Elle ne veut pas retourner chez nous à Los Angeles. Comme elle vous l'a dit, nous allons partir en Irlande, le temps que les médias oublient cette histoire. Je sais que vous avez encore du travail, et une rude journée derrière vous, je ne veux pas vous retenir, mais je voulais vous demander : il y aura un procès ? Cate devra témoigner ?

– Mme Dupont a plaidé coupable, donc, non, elle ne sera pas jugée. Pour Sparks et Denby, je ne peux encore rien vous dire. Même s'ils ne sont pas futés, à mon avis, ils auront au moins l'intelligence de reconnaître leur culpabilité. Sinon, nous avons suffisamment d'éléments à charge pour qu'ils prennent la perpétuité sans sursis. Vingt ans valent mieux qu'une vie entière, ils savent ce qu'ils encourent. Nous vous tiendrons au courant, dit Red en se levant. Vous repartez bientôt pour Los Angeles ?

– Dès que possible.

– J'ai votre numéro, je vous appellerai.

En regagnant la voiture de patrouille, Red consulta sa montre.

– Maggie nous invitera sûrement à dîner, dit-il. C'est une excellente cuisinière, sa fille aussi.

– Je commence à avoir un peu faim, avoua Michaela. On interroge Denby et Sparks ce soir ?

– Autant battre le fer quand il est chaud, vous ne croyez pas ?

– Tout à fait, acquiesça-t-elle en s'installant sur le siège passager.

Denby et Sparks réclamèrent un avocat. Comme le premier n'avait pas les moyens, Red fit en sorte qu'il en ait un commis d'office. Et il autorisa le second à appeler le sien.

Il était de bonne humeur : il avait mangé un succulent sauté de poulet concocté par Maggie et une délicieuse tranche du pain d'épice confectionné par Julia.

Michaela était d'accord avec lui : Denby paraissait le plus idiot de la bande, ils l'interrogeraient en premier.

Dans la salle d'interrogatoire, Red alluma l'enregistreur et déclara :

– Je vous préviens, la Cour risque de mettre un peu de temps à vous désigner un avocat. En attendant, vous avez le droit de garder le silence. Comme l'avocat ne sera peut-être pas là avant demain matin, nous voulions déjà vous communiquer certaines informations.

– Je n'ai rien à dire.

– Nous ne vous demandons rien. Nous souhaitons juste vous informer que Charlotte Dupont a avoué pas mal de choses, en échange d'une réduction de peine. Premier arrivé, premier servi, vous savez comment ça fonctionne. Avec ce que nous savons, grâce à elle et d'autres sources, le procureur va requérir la perpétuité, sans sursis.

– Je n'ai rien fait, marmonna Denby, blême.

– On lui demande s'il a fait quelque chose, Mic ?

– Non, shérif. Le prévenu a fait valoir son droit à être représenté par un avocat. Tant que celui-ci n'est pas là, l'interrogatoire ne peut pas avoir lieu. Nous tenions simplement à informer M. Denby.

– D'après ce que nous savons, donc, monsieur Denby, c'est vous qui avez orchestré ce kidnapping. Par conséquent, c'est vous qui paierez le plus cher.

– Hein ? L'enfoiré !

– Attention, monsieur Denby, ne dites rien tant que votre avocat n'est pas là. Ma collègue et moi avons eu une dure journée aujourd'hui, mais avant de vous écrouer, nous désirions vous mettre au courant de la situation. La blonde vous a chargé, monsieur Denby. On sait que vous avez tenté de la faire chanter et que vous étiez en possession d'une arme à feu.

– Hein ? Jamais de la vie ! Ce n'est pas vrai !

– Si vous n'arrêtez pas de m'interrompre, nous devrons vous raccompagner en cellule, or je crois qu'il vaut mieux que vous soyez en possession de certaines informations, afin que votre avocat puisse décider de la stratégie à adopter.

– Je n'ai pas besoin d'avocat ! Je n'ai pas essayé de la faire chanter, cette salope !

– Écoutez, si vous avez des choses à déclarer, vous devez expressément renoncer à la présence de l'avocat ou sinon…

– Je viens de vous dire que je n'ai pas besoin d'avocat !

Denby regardait tour à tour Red et Michaela, l'expression paniquée.

– OK, je note que vous renoncez à votre avocat. La conversation est enregistrée. D'après Mme Dupont, vous lui auriez montré des photos d'elle en compagnie de M. Sparks, dans des positions très compromettantes.

– OK, c'est vrai, mais je les avais prises avec l'appareil de Sparks. Vous croyez que je peux me payer des téléobjectifs ? Vous croyez que j'avais les codes pour rentrer dans cette baraque ultrasécurisée ?

Michaela leva les yeux au plafond.

– Il essaie de nous faire croire que c'est Sparks qui a tout manigancé. On perd notre temps, shérif.

– Évidemment que c'est lui ! C'est un pro de l'arnaque ! Il couche avec des bonnes femmes pétées de thunes pour les pomper jusqu'au trognon !

– Comment savez-vous cela ?

– On a déjà fait des coups ensemble.

– Les voilà soudain associés, dit Michaela en bâillant. Sparks gagne bien sa vie, avec son métier de coach sportif pour clients fortunés. Pourquoi risquerait-il sa réputation en s'acoquinant avec un escroc de seconde zone ?

– Toi, la salope…

– Surveillez votre langage, intervint Red.

– Il est beau gosse, non ? Il en profite pour séduire des pouffiasses qui ont du pognon. Parfois, il a besoin de quelqu'un pour prendre des photos. Alors il fait appel à moi, en échange de quelques billets.

– Quelques billets ? Si je ne m'abuse, vous avez réclamé une rançon de dix millions de dollars.

Le visage de Denby se décomposa.

– Dix millions… Oh putain, le fils de pute ! Il m'avait parlé de deux millions, deux millions à se partager. Notre plus gros coup. Il avait la pétasse dans la poche. Elle s'en foutait de la môme, mais le père était raide dingue de sa gosse et il avait du fric, beaucoup de fric, comme toute cette putain de famille Sullivan. Je peux fumer une cigarette ? demanda Denby en se tapotant la poitrine.

– Non, continuez.

– Il disait que ce serait notre coup de maître, qu'on n'aurait plus jamais besoin de bosser. Moi, je voulais pas kidnapper une gamine. Mais il a insisté, la blonde nous aiderait. Si elle ne voulait pas, on laissait tomber. Si elle était d'accord, on fonçait !

Denby se pencha par-dessus la table avant de poursuivre :

– Elle a accepté. Sparks lui a fait croire que j'avais essayé de le faire chanter. On s'est rencontrés. Elle avait une perruque et des grosses lunettes de soleil – comme si quelqu'un en avait quelque chose à battre… Je lui ai montré les photos, elle est devenue hystérique. « Combien ? » elle a tout de suite demandé. « Ne les vendez surtout pas… Ma carrière… La presse… » qu'elle pleurnichait. Sparks avait raison : elle ne pensait qu'à elle, ce serait facile. Je l'ai un peu laissée mariner, en lui faisant miroiter qu'on pourrait s'arranger.

– Vous n'avez pas directement demandé les dix millions ?

– Non. Sparks m'avait parlé de deux millions, alors j'ai demandé deux millions. Ils m'ont bien eu… maugréa Denby, amer. Je pensais qu'elle n'aurait pas de mal à se procurer deux millions, qu'elle vendrait des trucs. Sparks est venu me dire qu'elle les avait pas et que, du coup, il lui avait proposé de se servir de la gamine, qu'elle avait tout de suite été d'accord.

Denby changea nerveusement de position sur sa chaise.

– Écoutez, si je peux pas fumer, je pourrais au moins avoir un Mountain Dew ou un truc à boire ?

– Terminez et vous aurez tout ce que vous voudrez.

– Fait chier, bordel… Ils m'ont bien couillonné… Je veux pas tomber pour ça… Ils ont organisé l'enlèvement de la gosse. Tout se goupillait bien : il y avait une réception pour la mort du vieux, à Big Sur. Ce serait facile. La pétasse connaissait une baraque où on pouvait garder la petite. Elle avait invité les proprios à la réception, ils avaient dit qu'ils étaient en voyage.

– Je vois, je vois… marmonna Red en se calant confortablement sur son siège, les pieds sur la table.

– C'est pas moi qui ai enlevé la gosse, c'est Sparks. La blonde lui avait dit où la choper, il lui a fait une piqûre et il l'a embarquée dans un chariot de serveur. On avait maquillé une camionnette avec le logo d'un traiteur.

– Comment Mme Dupont avait-elle déterminé l'endroit où enlever sa fille ? demanda Michaela.

– J'en sais rien, moi ! C'est eux qui se sont occupés des détails. Moi, j'étais juste censé préparer une piaule, bloquer les fenêtres, acheter des draps et des trucs, et faire du baby-sitting.

– Les masques faisaient partie des trucs que vous deviez acheter ?

De nouveau, Denby se tortilla sur sa chaise, fébrile.

– C'était mieux qu'elle voie pas nos visages, non ? Je les avais payés de ma poche, ces masques. La bouffe et les draps, aussi. Je devais me rembourser avec ma part de la rançon.

– Mauvais investissement… Il faut dire que vous n'avez pas été une bonne baby-sitter.

– Comment je pouvais deviner que la môme s'échapperait ? Qui aurait cru qu'elle réussirait à ouvrir la fenêtre avec une cuillère ? Et comme si c'était ma faute, je me suis pris une de ces dérouillées…

Denby se pencha vers le shérif.

– C'est Sparks qui a tout organisé avec sa grognasse, et ils m'ont bien roulé dans la farine. Moi, je devais juste surveiller la gamine.

– En somme, vous êtes innocent…

– Voilà ! s'exclama-t-il, sans saisir le sarcasme de Michaela.

Red lui tendit un bloc et un stylo.

– Mettez-nous tout ça par écrit, en n'omettant aucun détail. Je vais vous chercher une boisson fraîche.

Quand ils en eurent terminé avec Denby, ce qui prit un certain temps car celui-ci n'omit en effet aucun détail, Red avait grande envie d'une bière et de se mettre au lit. Mais sachant que Scarpetti aimait se servir des médias, il préférait régler un maximum de choses avant la parution des journaux le lendemain matin. Si bien qu'il décapsula un Coca et appela Michaela dans son bureau.

– Vous avez déjà fait pas mal d'heures supp', Mic… Je peux vous en demander encore quelques-unes ?

– S'il le faut.

– Il le faut, dit-il en lui offrant une cannette. L'avocat de Dupont va sûrement convoquer une conférence de presse demain matin, et tenter de faire passer sa cliente pour une victime. Après quoi, l'enfer se déchaînera sur les Sullivan et la petite Cate.

– Alors on doit faire cracher Sparks comme on a fait cracher Denby.

– Je vois que vous me suivez.

– Vous croyez que Charlotte Dupont était dans le coup depuis le début ?

– Peut-être, peut-être pas. On verra la version de Sparks. Je voulais juste d'abord me renseigner un peu sur son avocat, Mark Rozwell.

– C'est fait.

Red se renversa contre le dossier de son siège.

– Excellente initiative, Mic, je vous félicite.

– Né en Californie, d'après l'ami Google, quarante-six ans, marié, un enfant, un deuxième en route. Études de droit à Berkeley, salarié au cabinet Kohash et Milford pendant dix ans, associé depuis trois ans. Il a une bonne réputation, et il pratique des honoraires en conséquence. (Michaela prit une gorgée de Coca.) Plutôt bel homme, les photographes l'adorent. Il n'a pas peur de s'exprimer dans la presse. Il a aussi écrit deux thrillers juridiques, mais apparemment, John Grisham n'a pas de souci à se faire.

– Je parie que Sparks est son coach sportif.

– Gagné. Pas d'antécédents judiciaires. Adresse principale à Holmby Hills, résidence secondaire à Oceanside. Il conduit une Lexus, sa femme aussi. Elle est script doctor en freelance.

Red attendit un instant avant de demander :

– C'est tout ? Pointure ? Affiliation politique ?

– Électeur indépendant. Pour la pointure, il faudra que je creuse un peu plus.

– On s'en passera, dit Red en riant. Il a une réputation, il n'a pas l'air idiot, et il doit préserver la renommée de son cabinet. Sparks n'est que son coach, pas son frère ni son meilleur ami. On a des cartes à abattre.

– Vous voulez préparer le terrain pour une négociation de peine ?

– J'aimerais que cette ordure de Sparks finisse ses jours à San Quentin, mais ça me rendrait malade que cette petite fille soit obligée de témoigner devant un tribunal.

Totalement sur la même longueur d'onde, Michaela acquiesça.

– Ça me dégoûte de penser que ces trois monstres retrouveront un jour la liberté, mais je suis d'accord avec vous. Cela dit, ce n'est pas nous qui les jugerons.

– Le procureur va requérir entre vingt et vingt-cinq ans, on verra s'il les obtient. Notre rôle est d'exposer les faits, de faire en sorte que les avocats comprennent que nous avons des preuves concrètes, et que Sparks prenne conscience qu'il risque la détention à vie.

– Tout à fait. Je vais demander à l'avocat s'ils sont prêts à nous parler.

Celui-ci réclama encore une vingtaine de minutes. Comme Red n'était pas un perdreau de l'année, il devinait que rien ne ressortirait de cette entrevue : Rozwell voudrait juste prendre la température et il faudrait repartir de zéro le lendemain matin.

Comme annoncé par Michaela, Rozwell avait belle allure, une coupe de cheveux à cinq cents dollars, les tempes légèrement grisonnantes, le regard acéré, une silhouette de mannequin.

Néanmoins, à côté de son client, il faisait pâle figure. Malgré sa combinaison orange et les heures qu'il venait de passer en cellule, Sparks ressemblait à un jeune premier, avec ses cheveux blonds bouclés, son bronzage doré et ses traits réguliers, sa bouche sensuelle et son regard aux paupières lourdes, sans parler de sa carrure harmonieusement musclée.

Sparks jouait – car Red voyait qu'il jouait un rôle – le gars nerveux, anxieux, peiné, un tantinet contrit.

Red mit l'enregistreur en marche et prononça les formalités d'usage.

– Monsieur le shérif, madame, j'apprécie que vous ayez bien voulu nous rencontrer ce soir, malgré la très longue journée que vous avez dû passer. (Impassible, Rozwell s'exprimait d'une voix suave.) Sachez que je compte dès demain matin déposer une requête de non-lieu. Mon client déplore le rôle qu'il a par inadvertance joué dans les faits, à la demande de la mère de l'enfant, qui était parvenue à le convaincre que sa fille était maltraitée par son mari. M. Sparks ignorait totalement que Mme Dupont envisageait d'extorquer des fonds à sa belle-famille.

– Excusez-moi, puis-je me permettre de vous interrompre ? intervint le shérif, affable. Inutile de perdre votre temps, la journée a été longue pour vous aussi. Nous avons les aveux écrits de Charlotte Dupont, ainsi que ceux de Frank Denby, déclara Red en souriant à Sparks. Leurs déclarations concordent, et les éléments de preuve dont nous disposons corroborent leur véracité. De même que le témoignage de l'enfant mineure.

– M. Sparks affirme que Mme Dupont et M. Denby ont monté ce coup ensemble, à son insu.

– Est-ce à votre insu que vous avez injecté une seringue de propofol dans le cou de cette petite fille ?

– Je n'ai pas…

– Ne vous fatiguez pas. Vous aviez une perruque, que nous avons retrouvée, et des lunettes de soleil, mais Cate a des yeux, de bons yeux, et des oreilles. Vous lui avez parlé avant de la droguer. Nous avons également retrouvé le masque que vous portiez pour la terrifier. Vous l'avez droguée, et vous l'avez enlevée dans un chariot de service, alors que sa famille en deuil rendait un dernier hommage à un aïeul.

– Shérif, une enfant traumatisée n'est pas en mesure d'identifier une voix au-delà de tout doute raisonnable.

Michaela émit un petit rire.

– Vous ne la connaissez pas, dit-elle. Faites-lui prêter serment devant la Cour et je vous assure que les jurés la croiront sur parole. Personne ne doutera une seule seconde que sa mère ait comploté avec son amant. Monsieur Sparks, nous avons un enregistrement de l'appel téléphonique au cours duquel vous réclamez une rançon de dix millions de dollars. Les Sullivan n'ont pas prévenu la police, mais ils ont enregistré les appels.

– Vos partenaires vous ont balancé, enchaîna Red. Denby est furieux que vous lui ayez parlé d'une rançon de deux millions. Quant à Mme Dupont, une femme qui couche avec son coach dans le lit conjugal et qui n'hésite pas à mettre la vie de sa propre fille en danger, vous pouvez vous douter qu'elle ne s'embarrasse pas trop de loyauté.

Le shérif se tourna vers Rozwell avant de poursuivre :

– Je vous dis ça parce que je suis fatigué, écœuré, et que j'ai épuisé mes réserves de tolérance pour aujourd'hui. Dupont et Denby ont demandé une négociation de peine. Votre client arrive en dernier, tant pis pour lui. M. Sparks vous a peut-être raconté une histoire à faire pleurer dans les chaumières, il aura essayé de se faire passer pour le dindon de la farce, mais nous avons des preuves. Pour résumer, votre client considérait Mme Dupont comme un pigeon, le dernier en date d'une longue liste de femmes fortunées qu'il a allègrement plumées. Au besoin, nous nous procurerons des dépositions, nous avons des noms. Il avait vu en Charlotte Dupont le gros lot, qui lui aurait permis de se la couler douce pour le restant de ses jours, au Mozambique pour commencer.

Red s'interrompit un instant et regarda Sparks avec pitié.

– Vous avez fait pas mal de recherches sur le Mozambique depuis votre ordinateur portable, n'est-ce pas ? Vous saviez par exemple que ce pays ne pratique pas l'extradition… Bref, M. Sparks s'était déjà associé avec Frank Denby pour d'autres arnaques. Il affectionnait particulièrement le chantage aux photos et possédait pour cela du matériel performant. Denby l'a photographié en flagrant délit avec Mme Dupont. Et celle-ci, mère indigne s'il en est, a accepté de simuler un enlèvement afin de réclamer une rançon. Elle avait préparé le terrain, Sparks savait exactement où cueillir la petite. Il l'attendait avec une seringue, un chariot, une camionnette.

Avec un air dégoûté, Red se détourna du prévenu.

– Prenez la suite, s'il vous plaît, dit-il à Michaela. J'ai envie de vomir, je ne me sens pas bien.

Tandis que Michaela terminait d'exposer les faits, Rozwell demeurait impassible. Sans doute un excellent joueur de poker, pensa Red, mais tout le monde avait des tics nerveux, aussi infimes fussent-ils.

Le shérif dut longuement scruter le visage de l'avocat, et finalement, il distingua un imperceptible tressaillement au coin des lèvres.

Lorsque Michaela se tut, il se rassit et reprit la parole.

– Aucun magistrat au monde ne rendra un non-lieu pour aucun de ces chefs d'accusation. Face à cette adorable fillette, aucun juré au monde ne se montrera clément envers votre client. Et il sera condamné à la réclusion à perpétuité, sans sursis. Continuez votre cinéma, monsieur Sparks, et vous allez gagner la boîte de jeux.

– J'ai agi par amour ! protesta Sparks, feignant d'être offensé.

– Oh punaise… Ils s'étaient bien trouvés, ces deux-là, grommela Red.

– Charlotte m'avait juré…

– Ne dites plus rien, Grant.

– Mark, vous devez me croire, vous me connaissez, je…

– Ne dites plus rien, répéta l'avocat d'un ton las. Monsieur le shérif, je souhaite m'entretenir un instant avec mon client.

– Je vous en prie. J'ai besoin de prendre l'air, de toute façon.

Là-dessus, Red et Michaela quittèrent la salle.

– Vous croyez qu'ils vont tenter la caution ? demanda Michaela.

– Possible. Appelez-moi quand ils seront prêts.

Dehors, Red leva les yeux vers le ciel étoilé. Il n'aurait plus l'énergie de rejoindre Maggie, ce soir. Il devrait se contenter du réconfort des étoiles. Déjà, celles-ci l'apaisaient. Elles lui rappelaient que la vie avait plein de belles choses à offrir, des plus simples aux plus merveilleuses. Il suffisait de prendre le temps de les chercher et de les trouver.

Derrière lui, la porte s'ouvrit dans un grincement.

– J'arrive, Mic.

– Shérif, l'interpella Rozwell, votre collègue raccompagne M. Sparks en cellule.

– OK.

– Je souhaiterais le revoir quelques minutes demain matin. J'aimerais aussi rencontrer le procureur.

– OK, je m'en occupe. Disons vers 9 heures ?

– Parfait, je serai là. Je voulais aussi vous demander, vous auriez un hôtel ou un motel à me recommander ? Je n'ai rien réservé.

– Bien sûr. Venez, suivez-moi…

Dans son bureau, Red nota deux numéros de téléphone sur une feuille de calepin.

– Vous pouvez téléphoner d'ici, si vous voulez. Le premier est une bonne adresse, le personnel est aimable, la literie confortable, *room service* vingt-quatre heures sur vingt-quatre, mais ils font payer le Wi-Fi, ce que je trouve dégueulasse.

– Merci.

– Vous pouvez vous servir du poste fixe.

Dans le couloir, Red attendit Michaela, pensant qu'il lui resterait au moins assez d'énergie pour une bière fraîche, avant d'aller se coucher. Et une douche chaude. Seigneur… Il avait encore plus envie d'une bonne douche que d'une bière.

– Vous avez trouvé une chambre ? demanda-t-il à Rozwell lorsque celui-ci le rejoignit.

– Oui, merci. Je serai là demain à 9 heures. Je vous ai laissé mon numéro de portable, si besoin. Vous savez, j'ai une petite fille de quatre ans…

Sur ces mots, l'avocat prit congé, et Red sut qu'ils étaient sur la même longueur d'onde.

– Vous avez remis Sparks au frais ? lança-t-il à Michaela qui revenait.

– Il a essayé de m'attendrir avec des larmes. Il est bon comédien.

– On est meilleurs. Rozwell veut voir le proc' demain matin. Je lui passerai un coup de fil. Vous pouvez prendre un jour de repos.

– J'aimerais assister à la conclusion de l'affaire.

– Alors, soyez là à 9 heures. Je vous raccompagne.

– On se raccompagne mutuellement.

– Pas de souci.

Chapitre 8

Dillon aimait nettoyer les stalles. Il adorait l'odeur romantique des chevaux, même mêlée à celle du fumier. Le ranch était présent dans chacun de ses souvenirs, et les chevaux dans les plus beaux.

Le plus merveilleux d'entre tous était la nuit où Diva avait donné naissance à son premier poulain, une pouliche en fait. Malgré quelques aspects peu ragoûtants, Dillon avait eu le sentiment de vivre un moment extraordinaire.

C'était lui qui avait choisi le nom de la pouliche à la robe baie, avec quatre chaussettes blanches et une marque blanche sur le dos. Il l'avait baptisée Comet, parce que cette marque ressemblait à la queue d'une comète.

Il n'avait alors que six ans, mais il s'occupait d'elle tous les jours et c'était lui qui l'avait débourrée. Il avait été le premier à s'étendre sur son dos afin de l'habituer au poids d'un cavalier. Le premier à la seller, le premier à la monter.

Depuis, il avait dressé d'autres poulains et pensait être doué pour le dressage. Comet demeurait néanmoins sa favorite, et il était resté près d'elle quand elle avait à son tour mis son premier poulain au monde, le printemps dernier.

Il aimait la vie du ranch et de l'exploitation agricole où ils cultivaient fruits et légumes. Gram avait aussi planté quelques vignes, mais elle ne faisait du vin que pour elle-même et ses amis.

Dillon préférait les corvées de la ferme à l'école. Planter, biner, nourrir les animaux, faire les foins, vendre sur le marché.

Du haut de la falaise où le ranch était perché, il aimait voir la mer chaque jour, marcher dans les champs, chevaucher dans la forêt.

Les samedis d'hiver, il avait beaucoup de travail, car Mom et Gram faisaient du pain et des gâteaux pour la coopérative. Les vendredis et les samedis, de délicieuses odeurs s'échappaient de la cuisine.

Parfois, Gram fabriquait aussi des bougies, avec du soja et des huiles parfumées. Elle avait montré à Dillon comment faire, comme elle lui avait appris à pétrir le pain.

Il préférait cependant nourrir les porcs et les poulets, remplir les mangeoires des vaches, traire les chèvres. Et nettoyer les stalles.

Aujourd'hui, il avait terminé tout ce qu'il avait à faire avant 11 heures – les vrais ranchers se levaient tôt –, et il était en train de vider sa dernière brouette sur le tas de fumier quand il entendit une voiture gravir la route du ranch. Il leva les yeux vers le ciel afin de se faire une idée de l'heure. Ses copains Dave et Leo devaient passer l'après-midi avec lui, mais il était encore beaucoup trop tôt.

Sa brouette rangée, il ressortit de la grange, frappa ses gants l'un contre l'autre et se campa au bout de l'allée, les pouces calés dans les poches de son pantalon. Il était l'homme de la maison, il voulait savoir qui venait.

Comme tous les garçons, il s'intéressait aux voitures et reconnut une BMW, un modèle luxueux à la carrosserie gris métallisé. Seulement, il ne connaissait personne qui conduisait une BMW.

Hugh Sullivan en descendit. Il s'avança à sa rencontre.

– Bonjour, monsieur Sullivan.

– Bonjour, Dillon.

Hugh lui serra la main, et il se sentit fier d'être traité comme l'homme de la maison.

– Je n'avais pas bien vu, l'autre jour ; il faisait nuit et j'étais fou d'inquiétude, mais vous avez un très beau ranch.

– Merci.

Hugh désigna du geste les gants qui dépassaient de la poche arrière du garçon.

– Je vois que tu t'en occupes bien. Tu as encore du travail, j'imagine, mais est-ce que je peux prendre quelques minutes de ton temps ? Je voudrais vous parler, à toi, ta mère et ta grand-mère.

– Pas de problème. Mom et Gram sont à l'intérieur. Elles font des pâtisseries pour la coop.

Dillon regrettait que Cate ne soit pas là, mais il se garda de le préciser.

– Le shérif est venu nous dire l'autre jour qu'ils avaient arrêté ceux qui ont enlevé Cate. Ils sont déjà en prison, je suis content, déclara-t-il en se dirigeant vers la maison. Le gars qui a tué mon père est aussi en prison.

Hugh s'immobilisa.

– Désolé, Dillon, je ne savais pas…

– J’étais tout petit, je ne me souviens pas de lui, mais c’était un héros.

Après avoir consciencieusement essuyé ses bottes sur le paillasson, Dillon poussa la porte.

– Donnez-moi votre manteau, je vais l’accrocher.

– Tiens… Je te remercie. Hum, ça sent drôlement bon…

– Ma mère et ma grand-mère vont vous proposer des gâteaux. Si vous en mangez un, je pourrais en manger aussi.

– Entendu ! acquiesça Hugh, charmé, une main sur l’épaule du jeune fermier.

Dillon le précéda dans la cuisine, où sa mère et sa grand-mère s’affairaient dans de délicieux effluves de pain frais et de fruits caramélisés.

Des tartes, des miches, des gâteaux et des biscuits refroidissaient sur le comptoir, aux côtés de piles de boîtes blanches portant le logo « Ranch Horizon ».

Un grand mixeur mélangeait de la pâte. Julia retirait une plaque de cookies du four, les cheveux cachés sous une charlotte de cuisinier. Devant l’îlot central, Maggie tournait la manivelle d’un appareil qui épluchait et évidait les pommes.

Du rock’n roll s’échappait d’un lecteur CD.

Hugh se dit que ces femmes étaient aussi gracieuses que des ballerines, fortes comme des bûcherons et aussi concentrées que des scientifiques.

– Maman, il y a M. Sullivan !

– Quoi ? Dillon, arrête de dire… Oh ! s’exclama Julia en posant son plateau et en s’essuyant les mains sur son tablier.

Puis elle tapota l’épaule de sa mère et éteignit la musique.

– Désolée pour la pagaille…

– Vous plaisantez, je vous en prie. Désolé de vous déranger.

– Une petite pause ne nous fera pas de mal, dit Maggie en roulant les épaules. Dillon, tu veux bien emmener Hugh au salon ?

Les yeux fermés, Hugh inhala de façon théâtrale.

– On ne peut pas rester ici ? Je me saoulerais de ces arômes !

– Si vous voulez, acquiesça Julia en arrêtant le mixeur. Dillon, ne touche à rien, va te laver les mains.

– Je sais… bougonna-t-il en levant les yeux au ciel, et il disparut dans le couloir.

– Si je puis me permettre, vous avez l’air épuisé, dit Maggie. Je ne vous propose pas de café. Le corps a parfois besoin d’une bonne tisane. J’ai ce qu’il vous faut.

Amusé, Hugh s’installa à la table encombrée d’ustensiles. Maggie mit de l’eau à chauffer dans une bouilloire. Julia disposa un assortiment de biscuits sur une assiette.

– Je ne saurai jamais vous remercier assez, dit Hugh.

– Mais si, répliqua Julia. On est contents que les coupables soient en prison. Comment va Cate ?

« Bien », faillit répondre Hugh machinalement, mais le stress et l'inquiétude le poussèrent à se confier.

– Elle fait des cauchemars et elle a peur de rester seule. Aidan, mon fils, va l'emmener voir un thérapeute, un spécialiste, quelqu'un à qui elle puisse parler.

Il s'interrompit lorsque Dillon revint.

– M. Sullivan a dit qu'il voulait nous parler à tous les trois.

– Tout à fait. Viens donc t'asseoir près de moi et m'aider à manger ces cookies. Ils ont l'air délicieux.

Julia retira un pichet du frigo et servit un verre de lait de chèvre à son fils. Dillon s'installa face à Hugh.

– Mon épouse, Lily, vous transmet ses remerciements. Elle serait volontiers venue avec moi, mais elle est rentrée à Los Angeles avec Aidan et Cate. Ils resteront chez nous quelque temps. Cate ne voulait pas retourner dans leur ancienne maison.

– À cause de sa mère ? demanda Dillon.

Julia lui fit les gros yeux.

– Il a raison, c'est exactement ça. Ma mère a pris l'avion pour l'Irlande ce matin. La maison lui paraissait trop grande… sans mon père. Trop de souvenirs. Aidan et Cate la rejoindront bientôt. La petite est très contente, et nous pensons que c'est mieux pour elle.

– Ils vous manqueront.

– Oui. Ma mère m'a légué la maison de Big Sur. J'espère qu'on pourra y venir souvent. Les gardiens seront là quand on sera absents… le couple qui travaille pour mes parents depuis des années.

Maggie posa une tasse devant Hugh.

– Vous viendrez dîner, un soir où nous serons là ? proposa-t-il.

– Volontiers, répondit Julia. Vous êtes tout seul, ce soir ?

– Je pars demain après-midi, j'ai pas mal de choses à faire d'ici là.

– Venez souper avec nous. Red sera là. On fera du bœuf braisé.

– Je… Avec plaisir, c'est sympa, bredouilla Hugh en goûtant son infusion pour se donner une contenance. Hmm, très bon… Intéressant, comme goût… Qu'est-ce que c'est ?

– Miel et basilic, répondit Maggie. Basilic sacré, précisément, et miel de nos ruches. Souverain pour la fatigue et la tension nerveuse.

– Vous m'épatez ! Au nom de tous les Sullivan, et nous sommes nombreux, je tenais à vous dire que nous vous serons à jamais redevables.

– Sûrement pas ! répliqua Julia.

– Cate est tout pour moi, dit-il en lui saisissant la main. J'adore les enfants de Lily, je les aime comme s'ils étaient les miens, mais Cate est le seul enfant de mon fils unique. Ma première épouse est décédée, précisa-t-il à l'attention de Dillon.

– Je suis désolé.

– Son deuxième prénom était Caitlyn et je la retrouve dans les yeux de Catey, dans sa façon de bouger. J'aimerais vous témoigner ma gratitude. Ce que vous avez fait pour Cate n'a pas de prix, mais laissez-moi s'il vous plaît m'acquitter de façon tangible d'une dette inestimable.

– Vous avez un grand cœur, dit Maggie en versant le contenu d'un bol sur les pommes, mais nous ne pouvons pas accepter d'argent.

– Cate est tout pour moi, répéta Hugh.

Comme son émotion était palpable, Julia prit une décision.

– Dillon, tu as fini tout ce que tu avais à faire ?

Il engloutit l'autre moitié de son cookie.

– Presque.

– Eh bien, dépêche-toi d'aller terminer.

– Mais… OK, j'y vais, dit-il en se levant. À ce soir pour le dîner, monsieur Sullivan.

– Appelle-moi Hugh. À ce soir, Dillon.

Il attendit que le garçon ait disparu.

– Vous avez pensé à quelque chose que vous pourriez accepter ?

– Peut-être… Nous avions un chien, Daisy, ou plutôt une chienne. Dillon y était très attaché. Elle le suivait partout et si elle avait pu, elle se serait couchée sous son bureau, à l'école. Mon mari et moi l'avions adoptée avant la naissance de Dillon, ils ont grandi ensemble. Elle est morte il y a deux mois.

La voix de Julia s'étrangla, mais elle se ressaisit.

– Elle me manque beaucoup, mais le temps du deuil doit prendre fin… J'ai vu Dillon regarder des sites d'élevage de chiens, sur l'ordinateur. Il est prêt.

Maggie souleva son tablier pour s'essuyer les yeux.

– J'adorais cette chienne, murmura-t-elle.

– Je lui offrirai le chien de son choix, déclara Hugh.

– Je connais une dame qui recueille les chiens perdus. J'y pensais, depuis une ou deux semaines, mais je n'arrivais pas à franchir le pas.

Maggie frictionna le dos de sa fille.

– Elle n'habite pas très loin d'ici, juste avant Monterey. Je peux lui passer un coup de fil si vous voulez emmener Dillon chez elle.

– Appelez-la.

– Juste une chose… Ne dites pas à Dillon où vous allez. La surprise fera partie du cadeau. Car c'est un cadeau, et non un dû.

– Bien sûr, acquiesça Hugh en se levant, et il embrassa la main de Julia. Merci.

Alors que Dillon s'apprêtait à se remettre au travail, sa mère l'interpella et lui ordonna d'aller se laver les mains – encore ! –, car il devait accompagner Hugh Sullivan quelque part.

– Il y a Leo et Dave qui doivent venir en début d'après-midi…

– Tu seras de retour. Sinon, on les fera patienter.

Dillon dut troquer sa veste de travail contre son blouson d'école – comme si quelqu'un allait regarder comment il était habillé ! En tout cas, il n'était pas mécontent de monter dans une belle voiture.

– Je te remercie, Dillon, c'est sympa de venir avec moi.

– Pas de quoi, monsieur. Vous avez une super belle voiture.

Après avoir attaché sa ceinture, Dillon caressa le cuir du siège.

– Je l'aime bien. Tu fais le copilote ? demanda Hugh en lui remettant l'itinéraire noté par Julia.

– C'est l'écriture de maman…

– Oui, vous me rendez bien service, tous les deux. Dis-moi, Dillon, qu'est-ce que tu voudras faire quand tu seras grand ?

– Rancher. J'adore les animaux, surtout les chevaux. J'aime bien aussi planter des trucs.

– Un ranch, ça donne beaucoup de travail.

– Oui, mais j'aime bien. Au printemps et en été, on prend des aides… Tournez à gauche, direction Monterey.

– Tu montes à cheval ?

– Bien sûr ! Et je sais dresser les chevaux. J'ai vu le film où vous jouez le rôle d'un bandit devenu rancher.

– *Rédemption.*

– Oui, c'est ça. Vous êtes super bon cavalier. Maman m'a aussi laissé louer le DVD du film que vous avez fait avec Cate, votre fils et votre père, toutes les générations… On l'a regardé hier soir, comme il n'y avait pas école aujourd'hui. Vous parlez tous avec un accent, c'est drôle…

Hugh bifurqua en riant.

– C'était bizarre, parce qu'au bout d'un moment, j'ai oublié que je vous connaissais en vrai… J'avais l'impression que vous étiez vraiment les personnages du film… À la prochaine, vous tournerez encore à gauche.

Hugh se tourna vers Dillon.

– Tu viens de me faire le plus beau des compliments.

Dillon ne comprenait pas vraiment en quoi, mais il était fier de lui.

– C'est cool d'être une star de cinéma ?

– Pas toujours, mais le métier d'acteur est formidable.

Quelle différence entre un acteur et une star ? s'interrogea le garçon, sans oser poser la question.

– Ce sera une maison bleue sur la gauche avec un grand garage.

– Je crois qu'on est arrivés.

Hugh se gara dans une cour, derrière un camion.

– Merci de m'avoir accompagné, Dillon.

– Pas de quoi. Sinon, maman ou Gram m'auraient fait ranger ma chambre…

Un tricycle gisait dans l'herbe, un nichoir était suspendu à l'une des gouttières de la maison bleue, et un énorme chat tigré somnolait sur le rebord d'une fenêtre. Lorsque Hugh frappa à la porte, des jappements retentirent à l'intérieur. Le chat bâilla d'un air blasé.

On vint ouvrir presque aussitôt.

– Entrez, entrez, je vous en prie ! Oh, mon Dieu… Hugh Sullivan… Quel honneur ! s'exclama une femme plus âgée que la mère de Dillon, mais plus jeune que sa grand-mère, les cheveux bruns, courts, les lèvres très rouges et les joues très roses, en chemisier chamarré, beaucoup trop chic pour un samedi matin.

Hugh lui serra la main poliment, et Dillon comprit soudain pourquoi ce n'était pas toujours cool d'être célèbre. Certaines personnes se comportaient un peu bêtement, devant une célébrité.

– Tu es le fils de Julia ?

– Oui, madame.

– Lori Greenspan, se présenta la maîtresse de maison. Venez, entrez. Ne faites pas attention à la pagaille, minauda-t-elle en regardant Hugh avec des yeux de merlan frit. J'étais en train de faire le ménage quand vous avez appelé.

Sûrement pas avec ce chemisier, pensa Dillon.

– Vous avez une maison charmante. Merci de nous recevoir alors que vous étiez occupée.

Les joues déjà très roses de Mme Greenspan rosirent encore plus.

– On n'est jamais trop occupé pour recevoir des gens aimables ! Asseyez-vous, je vous en prie. Je suis à vous dans une minute.

Lorsqu'elle quitta la pièce, Dillon demanda à Hugh :

– C'est souvent que les gens sont comme ça quand ils vous rencontrent ?

– Comment ça ?

Dillon essaya d'imiter les yeux de merlan frit de Lori Greenspan. En riant, Hugh lui donna un petit coup amical dans l'épaule.

– Ça arrive.

– Des fois, vous…

Dillon s'interrompit lorsque deux chiots déboulèrent dans le salon en jappant. Aussitôt, il s'accroupit pour cajoler les petites boules de poils qui lui léchaient le visage et les mains.

Le coup de foudre, pensa Hugh, touché.

– Ils sont mignons, hein ?

– Trop trop mignons ! Comment ils s'appellent ?

– Ils n'ont pas encore de nom. Je les appelle Girl et Boy, pour ne pas trop m'y attacher. Nous recueillons des animaux abandonnés ou maltraités, surtout des chiens et des chats, et nous essayons de leur trouver une « famille de toujours ». Ces deux-là faisaient partie d'une portée de six. Leur brave maman essayait de s'en occuper comme elle pouvait. Ils vivaient dans un fossé, les pauvres.

– Heureusement qu'il y a des gens comme vous, Lori.

– Je ne supporte pas de voir des animaux maltraités. Ni des humains, bien sûr.

– Elle est où, leur maman ? demanda Dillon, inquiet.

La bonté qu'il lut dans le regard de Lori lui fit oublier ses yeux de merlan frit.

– Mon mari l'a emmenée aujourd'hui chez la vétérinaire pour la faire stériliser. Nous devions d'abord sevrer les petits, et lui laisser le temps de se refaire une santé. Nous l'avons baptisée Angel, à cause de son regard plein d'amour. Nous serons sa « famille de toujours ».

– Vous ne pouvez pas garder les petits ?

– Si j'avais plus de place, je garderais tous nos protégés. Mais c'est bien, aussi, de les donner à des gens qui seront heureux d'en prendre soin. Nous avons déjà placé leurs quatre frères et sœurs chez des gens adorables.

Lori interrogea Hugh du regard, qui répondit par un signe de tête.

– Ces amours débordent d'énergie. On pense qu'ils sont croisés border collie et beagle. Ils sont comme leur maman, très gentils et bons chiens de berger. Comme ils ont besoin de beaucoup se dépenser, il leur faut un jeune maître qui aime courir et jouer. Du coup, je me disais que tu pourrais peut-être en adopter un…

Le visage de Dillon s'éclaira.

– Oh, j'aimerais tellement ! Mais je ne sais pas si ma mère…

– Elle est d'accord, déclara Hugh.

– C'est vrai ? Je peux en prendre un ? Oh, la vache ! Trop cool !

Hugh s'accroupit pour caresser les chiots que Dillon ne se lassait pas de câliner.

– Ils sont tellement mignons, tous les deux…

– Ils tiennent plus du border collie que du beagle, commenta Lori, avec leurs longs poils noirs, bruns et blancs, leurs grandes oreilles et leur queue touffue. Et ils ont tous les deux les yeux de leur mère. Qu'est-ce que tu préférerais, un mâle ou une femelle ?

– Ils sont frère et sœur, ils s'entendent trop bien. Ils jouent ensemble, ils se font des bisous. Si j'en prends un, l'autre sera triste.

Hugh se redressa. Dillon le regarda, puis il enfouit son visage dans le pelage de chacun des chiots.

– Excusez-moi, j'ai un coup de fil à passer… dit Hugh.

Lori s'assit sur l'accoudoir d'un fauteuil.

– Quel que soit celui que tu choisiras, dit-elle à Dillon, je vois déjà que tu t'en occuperas bien. C'est très important pour moi.

– Ce n'est pas trop dur, de vous en séparer ?

– Pas tant que ça. Quand on sait qu'on a trouvé un bon maître, on se dit qu'on a fait une bonne action. C'est ce que je ressens, en ce moment, sachant que l'un de ces amours a trouvé un garçon qui l'aimera et qui a le sens des responsabilités.

– L'autre ne sera pas malheureux ?

– Je ferai tout pour lui changer les idées, en attendant qu'il trouve sa famille de toujours.

Dillon les cajola tous les deux, déchiré entre le désir d'adopter un petit chien et la culpabilité d'en laisser un tout seul.

– Tu as de la chance d'avoir une maman aussi sympa ! dit Hugh en revenant. Avec votre accord, Lori, Dillon a la permission de prendre les deux.

– Les deux, c'est vrai ?

– Si Mme Greenspan est d'accord.

– S'il vous plaît… implora Dillon. Je m'en occuperai bien. Nous avons beaucoup de terrain, ils pourront courir. Quand je serai à l'école, ils resteront avec maman et Gram. Le matin et le soir, ils viendront avec moi soigner les chevaux. Je leur donnerai à manger et je changerai leur eau. J'ai l'habitude.

– Ils t'ont tous les deux déjà adopté, je crois. Ce sont des chiens intelligents, tu pourras leur apprendre plein de choses.

– C'est d'accord ? Je peux les prendre ?

Oubliant son maquillage, Lori se tamponna les yeux.

– Ils sont à toi. Je te donnerai une liste de ce que tu devras promettre de faire. Ils sont à jour de leurs vaccins, mais tu devras penser aux rappels. Vous avez une bonne vétérinaire, ta mère m'a dit chez qui vous allez. Je vais chez la même, je la connais bien. Quand ils seront plus grands, il faudra aussi les faire stériliser, c'est très important. Et je dois te prévenir que bien qu'ils soient propres, il y a de fortes chances pour qu'ils perdent leurs repères dans une nouvelle maison. Tu devras peut-être tout leur réapprendre.

– Promis !

– Très bien. Je vais chercher la liste, tu la signeras. Je t'apporte aussi une brochure où tu trouveras des conseils utiles. Et un paquet avec des friandises et des jouets, que je remets toujours à mes adultes d'adoption. Par contre, désolée, je demande cinquante dollars, pour couvrir une partie de mes frais.

– Je n'ai pas d'argent sur moi mais j'ai des économies. Je vous les apporterai dès que…

– Dillon, c'est mon cadeau.

Le jeune garçon secoua la tête.

– Non, non, maman ne veut…

– Elle m'a dit qu'elle acceptait ce cadeau. Je serais très touché que tu l'acceptes aussi.

Hugh tendit une main à Dillon, et celui-ci la lui serra chaleureusement.

– Merci, c'est le plus beau cadeau qu'on m'ait jamais fait !

– Toi aussi, tu m'as fait le plus cadeau de ma vie. Lori, je crois que vous faites partie d'une association, Loving Heart Animal Rescue. Outre les frais d'adoption, je voudrais vous faire un don.

– C'est très généreux de votre part. Votre geste sera apprécié. Venez, qu'on remplisse les papiers. Dillon, si tu sortais tes nouveaux amis, pour qu'ils fassent leurs besoins avant de monter en voiture ? Passe par cette porte, elle donne dans une cour fermée.

Une demi-heure plus tard, Hugh et Dillon chargeaient les chiots sur la banquette arrière, dans une caisse empruntée à Lori, avec un sac contenant des échantillons de pâtées, de croquettes, de friandises et de jouets.

– Il va falloir leur trouver un nom, maintenant. Tu as des idées ?

– Gambit pour le mâle, Jubilee pour la femelle, comme les X-Men.

– Gambit et Jubilee, répéta Hugh en s'installant au volant et en regardant les chiots dans le rétroviseur. Avant de rentrer, on va s'arrêter acheter des colliers, des laisses et un panier. Ça fait partie de mon cadeau.

– Je n'oublierai jamais.

– Moi non plus, murmura Hugh en démarrant.

DEUXIÈME PARTIE

NOUVEAU TOURNANT

De la célébrité à l'infamie, il n'y a qu'un pas.

THOMAS FULLER

Tout le monde joue un rôle.

MONTAIGNE

Chapitre 9

Comté de Mayo, 2008

Au bord du lac, Cate regardait Lola jouer dans l'eau. À l'approche de la chienne, une nuée de canards se dispersa dans un concert de caquètements.

Le ciel était sombre et une fine bruine tombait sans discontinuer, mais pour Lola, chaque jour était jour de fête, même si la vieille chienne noire avait eu beaucoup de chagrin lorsque sa maîtresse était décédée.

Nan s'était éteinte paisiblement, dans son sommeil, comme celui qui avait été l'homme de sa vie. Pendant près d'une semaine, Lola était restée couchée au pied de son lit, inconsolable, jusqu'à ce que Cate lui noue autour du cou l'un des foulards de son arrière-grand-mère. Sans doute réconfortée par cette odeur familière, la chienne avait peu à peu retrouvé sa joie et sa vivacité.

Un nouveau deuil pour le clan Sullivan, et pour le monde. Encore une fois, la famille avait célébré la vie pleine et heureuse de la défunte.

Cate comprenait pourquoi ce décès et ces rituels ravivaient les cauchemars, mais ce n'en était pas plus facile pour autant. Malgré elle, alors qu'elle regardait Lola s'ébattre dans l'eau, elle se surprit à jeter un coup d'œil en direction de la forêt. Personne ne s'y cachait, elle le savait, elle n'était plus une enfant ; néanmoins, elle n'était pas tout à fait rassurée, même si elle connaissait ces bois comme sa poche, comme elle connaissait chaque recoin du jardin, chaque pièce du cottage irlandais.

Depuis sept ans qu'elle vivait là, elle se sentait chez elle. Les États-Unis n'étaient qu'une destination de voyage, comme l'Angleterre ou l'Italie.

La première année, son père avait refusé tous les rôles qu'on lui avait proposés, afin de protéger sa fille, autant de la presse que de ses angoisses. Elle le comprenait à présent. Pourtant, elle aurait pu rester avec Nan et Nina, ou aller chez ses grands-parents à Los Angeles, ou encore chez tante Mo et oncle Harry à New York.

Cate avait été heureuse pour Nina lorsque celle-ci avait épousé le jeune homme dont elle était tombée amoureuse, même si sa nounou avait ensuite quitté le cottage pour s'installer en ménage.

Aujourd'hui, de toute façon, Cate devait à son tour quitter le cottage. Son arrière-grand-mère était morte, son père travaillait. Elle habiterait désormais à Los Angeles et ne viendrait ici qu'en visite.

Enfin, Lola sortit de l'eau en s'ébrouant et se roula dans l'herbe, extatique.

– Tu vas être aussi trempée qu'elle.

– Bah, il pleut à peine…

Pour son grand-père, Cate convoqua un sourire. Hugh l'enlaça et elle posa la tête sur son épaule.

– Tu sais… je sentais que Nan était prête à rejoindre Grandda. Elle n'arrêtait pas de parler de lui depuis quelque temps. Des fois…

– Des fois ?

Cate leva les yeux vers son grand-père. Des gouttes de pluie scintillaient dans ses cheveux argentés.

– Parfois, elle lui parlait, et j'avais l'impression qu'il allait lui répondre. Elle l'entendait, elle, j'en suis sûre.

Toujours surpris que sa petite-fille soit devenue presque aussi grande que lui, Hugh lui déposa un baiser sur la tempe.

– Ils s'aimaient tellement… Ce sera dur pour nous, sans eux. Et encore plus pour toi qui dois quitter l'Irlande. Tu reviendras, je te le promets.

Ce ne serait plus pareil… pensa Cate.

– Malheureusement, je ne peux pas emmener Lola. C'est sa maison, ici. Ce ne serait pas sympa de la déraciner. Elle sera heureuse avec Nina et Rob et leurs enfants, elle les adore.

– Que pourrais-je faire, Catey, pour que ce soit moins dur pour toi ?

– Empêcher papa de refuser les bons scénarios. J'ai seize ans. Il doit me faire confiance, cesser de s'inquiéter pour moi.

– Qu'aimerais-tu faire, plus tard ?

– Je ne sais pas trop. Mais je suis une Sullivan… Je crois que je devrais marcher dans vos pas… Essayer, tout du moins.

– Tu veux refaire du cinéma ?

– J'ai envie de tenter l'expérience. Ça fait longtemps que je n'ai pas tourné, mais c'est quelque chose qu'on a dans le sang, non ? J'aimerais bien trouver un petit rôle, histoire de me remettre dans le bain.

– J'ai ce qu'il te faut, je crois. On en reparlera dans l'avion.

Cate sentit son cœur se serrer.

– Il est l'heure de partir ?

– Bientôt.

– Je… j'amène Lola chez Nina, alors, et je vais dire au revoir à tout le monde.

– OK, acquiesça Hugh en la regardant se diriger vers le chien. La vie est une série de tournants, Caitlyn. La tienne est en train de prendre un nouveau virage.

Ses cheveux noirs ruisselants, elle se tourna vers son grand-père, les yeux aussi bleus qu'un ciel d'été, tristes comme un cœur brisé.

– Comment sait-on où mène la route ?

– On ne le sait pas. Ça fait partie de l'aventure.

Et si on n'aimait pas l'aventure ? pensa-t-elle en ajustant sur son épaule le sac contenant les jouets de Lola. Si on préférait la routine et la tranquillité ? Si on n'avait pas envie de prendre une nouvelle direction ?

Une fois de plus, elle n'avait pas vraiment le choix.

Alors elle appela Lola et s'engagea avec la chienne sur le chemin qui longeait la forêt. Un chemin familier qu'elle avait emprunté d'innombrables fois, souvent en compagnie de Lola, souvent seule, perdue dans ses pensées. N'avait-elle pas le droit de détester quitter le monde qu'elle aimait ?

Où trouverait-elle le parfum de l'herbe mouillée, à Los Angeles ? Le plaisir tout simple de marcher sous la pluie ?

Elle entendit le cri d'une pie avant de l'apercevoir dans les arbres. Les oiseaux lui manqueraient.

À neuf ans, sa vie avait pris un tournant radical. Depuis, plus rien n'avait été pareil.

– Personne n'en parle jamais, Lola…

En entendant son nom, la chienne délaissa les buissons qu'elle reniflait et revint marcher à côté de Cate.

– Même moi, je n'en parle plus. À quoi bon ? Mais je sais compter. Bientôt, elle pourra demander la libération conditionnelle.

Cate haussa les épaules et ajusta les brides de son sac à dos.

– Bah, on s'en fiche ! Qu'elle sorte de prison, ça ne changera rien.

Elle était inquiète, toutefois. Si sa mère retrouvait la liberté, ce serait encore un changement qui échapperait à son contrôle, et elle n'aurait d'autre choix que de l'accepter.

Le cinéma, peut-être, lui permettrait de reprendre les rênes de sa vie. Car autant elle aimait sa famille, autant elle éprouvait le besoin de mener sa barque comme elle l'entendait, d'avoir des choix et, surtout, de *faire* des choix.

– Ça me manque, murmura-t-elle à Lola, de ne plus jouer la comédie, de ne plus me mettre dans la peau d'un personnage. C'était chouette de tourner des films.

Dans deux ans, elle serait majeure, songea-t-elle, et elle pourrait faire tout ce qu'elle voudrait : du cinéma, revenir vivre ici au bord du lac, s'installer à New York, ou ailleurs…

Prendre un nouveau tournant.

– Et mince, Lola ! C'est exactement ce que Grandpa voulait dire ! Si tu savais comme ça m'énerve qu'ils aient toujours raison !

Avec son téléphone, elle photographia un fuchsia, sur le fond vert d'une haie ruisselante. Puis elle prit une photo de Lola, la langue pendante, les yeux pétillants. Une du vieil arbre tordu sous lequel elle avait embrassé un garçon pour la première fois, Tom McLaughlin, un cousin au quatrième ou au cinquième degré. Une autre d'une vache se dévissant le cou pour brouter une touffe d'herbe par-dessus un rocher. Le cottage de Mrs Leary, avec qui Nan et Cate avaient appris à faire du *soda bread*…

Des souvenirs qui lui réchaufferaient le cœur quand elle serait nostalgique.

À l'approche de la maison de Nina, Lola poussa un jappement et se mit à courir vers la porte.

– Au revoir… murmura Cate, et elle laissa ses larmes couler, car elle savait que Nina comprendrait.

Un instant, elle demeura immobile sous la bruine, silhouette fine et élancée, aux longs cheveux noirs flottant dans le vent, puis elle prit son courage à deux mains et rejoignit le chien sur le seuil de la petite ferme de pierres.

Le soleil cognait sur Los Angeles. Le bitume fondait, les fleurs regorgeaient de couleurs. Au-delà des murs de la propriété des Sullivan, les rues étaient congestionnées, l'atmosphère bruyante et polluée.

Dans les restaurants branchés, des gens branchés parlaient cinéma devant des salades bio, servies par d'autres gens branchés à l'affût d'opportunités de se lancer dans le cinéma.

Le chalet des invités avait ses avantages. Cate avait une jolie chambre décorée dans des tons pastel, avec sa propre salle de bains, une douche immense et de l'eau chaude tant qu'elle voulait. Elle pouvait aller et venir à sa guise, jour et nuit, sans déranger ses grands-parents. Elle aimait le jardin, et elle adorait la piscine. Elle pouvait cuisiner, si elle le désirait – Mrs Leary ne lui avait pas seulement appris à faire le pain – ou partager les repas de ses grands-parents. Quand ils étaient de sortie, elle dînait en cuisine avec Consuela, l'employée de maison, avec qui elle aimait bavarder.

Lorsque son grand-père lui remit le script du rôle dont il lui avait parlé, elle le dévora. Puis elle s'employa à se transformer en Jude, la meilleure amie un peu excentrique de la fille adolescente d'une mère célibataire, dans une comédie romantique drôle et pétillante. Le personnage ne faisait que quelques apparitions dans le film, mais il s'agissait de scènes-clés.

Parce que Cate respectait l'opinion de son père, et qu'elle avait besoin de son autorisation, elle lui donna le scénario à lire.

Quand il frappa à la porte de sa chambre, alors qu'elle s'entraînait à marcher comme Jude, elle lui cria d'entrer. Il avait le script à la main.

– Tu l'as lu ? demanda-t-elle, les paumes soudain moites.

– Oui. Ce sera un bon film, ce qui ne me surprend pas de la part de ton grand-père. Mais tu sais que le rôle de Karrie est déjà pris.

– Karrie ne m'intéresse pas. C'est un personnage intéressant, mais je ne veux pas d'un rôle aussi important. Pas tout de suite. Jude me conviendrait mieux. Elle est le contrepoint de Karrie, qui voudrait être parfaite, et qui compte toujours sur sa mère pour la tirer d'affaire. C'est un peu un électron libre.

– Tout à fait, acquiesça Aidan. Et elle ne mâche pas ses mots.

Cate roula les épaules, leva les yeux au ciel et se laissa tomber sur une chaise.

– Elle dit ce qu'elle a à dire, putain de merde !

Son père écarquilla les yeux, choqué, puis il éclata de rire et s'assit sur le bord du lit.

– Pas étonnant que Jude fasse peur à ses parents.

– Elle est plus intelligente et plus courageuse qu'eux. Je trouve ça admirable qu'elle se fiche de rentrer ou non dans le moule. Je la sens bien. Je pense que je peux obtenir ce rôle, que je le jouerais bien, et qu'il m'apportera plein de choses.

– Tu ne voulais plus jouer… À moins que…

Aidan se tourna vers la fenêtre. Le crépuscule tombait.

– C'est peut-être ma faute, ajouta-t-il. J'avais fermé la porte. Pas à clé, mais je l'avais fermée.

– Je ne te reproche rien. Je ne t'ai jamais demandé si je pouvais l'ouvrir, cette porte. Le cinéma ne me manquait pas, ou très peu. Maintenant, j'ai envie de voir si j'en suis capable, et ce que j'en retirerais.

– Attends-toi à ce qu'on te pose des questions sur ce qui est arrivé à Big Sur.

Cate garda un instant le silence, le regard rivé à celui de son père.

– Dois-je renoncer à tout, à cause de ça ?

– Non, Cate, non, mais…

– Alors, laisse-moi tenter de décrocher ce rôle.

– Je ne t'en empêcherai pas.

– Merci ! s'exclama-t-elle en se jetant à son cou.

Il la serra contre lui.

– Je poserai quand même certaines conditions.

– Ah…

– J'engagerai un garde du corps.

Surprise, elle se dégagea de son étreinte.

– Je t'en prie, non…

– Une femme. Tu pourras dire que c'est ton assistante personnelle.

– Comme si j'avais besoin d'une assistante ! Papa, les studios sont surveillés.

– Ce n'est pas négociable.

Lorsque son père adoptait ce ton calme et ferme, Cate savait qu'il était vain de discuter.

– Est-ce que tu vas t'inquiéter pour moi toute ma vie ?

– Oui, répondit-il sur le même ton. C'est comme ça, je n'y peux rien.

– OK… Quoi d'autre ?

– Si tu finis tard, tu m'envoies un texto. Et tu me préviens quand tu arrives à la maison si tu rentres avant moi.

– Pas de problème. Et puis ?

– Tes notes ne devront pas s'en ressentir.

– Ça coule de source. C'est tout ?

– Pas d'alcool, pas de drogue, mais ça, ce n'est pas nouveau. Sinon, c'est tout.

– Ça marche. Je vais demander à Grandpa d'organiser une audition !

Là-dessus, Cate partit comme une flèche, et son père eut à peine le temps de savourer sa fierté. Cependant, il aurait amplement le temps de redouter tout ce que sa fille affronterait dans cet univers dont il la préservait depuis sept ans.

Pour sa part, Cate ne pensait qu'à l'instant présent, tout en courant vers la somptueuse demeure géorgienne, juste à l'heure où les éclairages s'allumèrent le long des allées sillonnant le jardin, embaumé par le parfum des roses et des pivoines. De la lumière apparut également aux fenêtres, qui se reflétaient dans les eaux bleu turquoise de la piscine.

Hugh et Lily étaient assis sous la pergola du patio.

– Tiens, tiens, qui voilà… dit Lily en rejetant ses longs cheveux roux derrière ses épaules, un Martini à la main. Va te chercher un Coca et viens t'asseoir avec les vieux croûtons, ma chérie.

– Je ne vois de vieux croûtons nulle part, répliqua Cate en prenant place sur le bord d'une chaise, nerveuse. Je ne voulais pas aborder le sujet tant que je n'avais pas le feu vert de papa, mais ça y est, il a lu le script d'*Absolutely Maybe* et il est d'accord pour que je postule pour le rôle de Jude. Quand pourrai-je passer une audition ?

Hugh l'observa un instant par-dessus le bord de son verre de whisky, sans cacher sa satisfaction.

– Ma puce, je ne suis pas seulement le grand-père irascible de Karrie, je suis aussi le producteur exécutif. Le rôle est à toi.

– Non, ce serait trop facile, objecta Cate, le cœur tambourinant. Je veux passer une audition, s'il te plaît, j'y tiens.

– Qu'elle passe une audition, intervint Lily. Réjouissons-nous d'avoir une petite-fille aussi honnête.

– OK.

– Super ! s'écria Cate en bondissant sur ses pieds, puis elle se rassit aussitôt. Mamie-Lil'… il faudrait que j'aille chez le coiffeur, et que je m'achète des vêtements. Tu me diras où aller ? Le chauffeur pourra me conduire en ville ?

Sans répondre, Lily prit son téléphone, posé sur la table, et composa un numéro.

– Allô, Mimi, je peux te demander un petit service ? Annule mon déjeuner de demain et appelle Gino, s'il te plaît. Ce soir, oui, tout de suite. Dis-lui que je voudrais qu'il coiffe ma petite-fille demain. Lui personnellement, oui. À l'heure qui lui conviendra. Nous serons en ville toute la journée. Parfait, je te remercie.

– Tu n'étais pas obligée.

– Obligée, non, certainement pas, pas plus qu'une poule n'est obligée de caqueter ! Il y avait des années que je rêvais de te confier à Gino ! Tu verras, il est fabuleux ! Du reste, aller faire du shopping avec toi, c'est encore mieux qu'aller au cirque. Et Dieu sait que j'aime le cirque !

– C'est pour ça qu'elle a épousé un Sullivan, dit Hugh.

– Exactement. Ah, voilà Mimi qui me rappelle déjà. Parfait, Mimi, tu es un ange. Je t'embrasse, à très bientôt. Gino viendra au salon de bonne heure, déclara Lily en raccrochant. Exprès pour toi. Sois prête pour 8 h 30.

– C'est toi qui es fabuleuse, dit Cate en embrassant sa grand-mère, puis son grand-père. Vous êtes tous les deux formidables. Vous serez fiers de moi.

Et elle repartit aussi vite qu'elle était apparue. Lily reprit son Martini.

– L'énergie de la jeunesse… soupira-t-elle. Il va falloir la surveiller.

– Ça, c'est sûr, approuva Hugh.

Il y avait des années que Cate n'avait pas mis les pieds dans un salon de coiffure de Los Angeles, où l'on vous coiffait dans une cabine privée, où l'on vous servait de l'eau de source ou du champagne, des tisanes ou des lattés, et où la liste des prestations était plus épaisse qu'un roman de plage.

Les odeurs de parfum, de cosmétiques de luxe et de bougies haut de gamme lui rappelèrent son enfance et sa mère. Le cœur au bord des lèvres, elle faillit rebrousser chemin à peine la porte franchie.

– Cate ? s'inquiéta Lily.

– Pardon.

Elle dut se faire violence pour pénétrer dans cet univers noir et argent, lustres métalliques, techno discrète en fond sonore. Un homme vêtu d'une chemise aussi bigarrée qu'un tableau de Jackson Pollock se tenait derrière le comptoir semi-circulaire de la réception, une longue frange lui barrant un côté du visage, trois boucles à l'oreille gauche et une libellule tatouée sur le dessus de la main gauche.

– Lily, très chère ! s'exclama-t-il en venant à leur rencontre. Ne me dites pas que c'est votre petite-fille… Vous ne pouviez pas avoir plus de dix ans quand elle est née.

– Cicero, je vous en prie… minauda-t-elle en lui faisant la bise. Cate, je te présente Cicero.

– Enchantée, ma belle, dit-il en lui saisissant une main. Quelle beauté ! Suivez-moi, Gino est là, dans sa loge. Qu'est-ce que je vous sers, Lily ? Un latté, comme d'habitude ?

– Deux lattés, s'il te plaît. Comment ça va, avec Marcus ?

Le jeune homme agita les sourcils.

– Beaucoup mieux. Il m'a proposé d'emménager avec lui.

– Et ?

– Je vais accepter, je crois.

Avec une certaine tendresse, Lily lui passa un bras autour des épaules.

– Marcus a une chance inouïe de vous avoir rencontré. Vous êtes une perle ! Tu sais, Cate, Cicero n'est pas juste un beau garçon, il est le bras droit de Gino et il fait les meilleurs lattés de Beverly Hills.

– Ce qui ne l'empêche pas d'être beau garçon.

Le compliment de Cate lui valut un sourire flatté de la part de l'intéressé.

– Tu es mignonne, mon chat ! dit-il en tirant un rideau de velours noir. Gino, deux beautés pour toi.

– Super !

Contrairement à son associé, grand et svelte, Gino était bâti comme une armoire à glace. Cheveux noirs mi-longs, regard ténébreux aux paupières lourdes, il portait une barbe de deux ou trois jours savamment négligée. En embrassant Lily, il la fit presque décoller du sol.

– *Mi amore*, vous m'avez fait lever une heure plus tôt que d'habitude…

– J'espère que celle qui partageait votre lit ne m'en voudra pas trop.

Le coiffeur répondit par un clin d'œil.

– Voici donc Caitlyn, dit-il en lui passant une main dans les cheveux. Ma très chère Lily me parle souvent de ses petits-enfants chéris. Tu as de très beaux cheveux, épais, en bonne santé. Assieds-toi. Lily, Zoé va vous offrir une mani-pédi.

– Je préfère rester avec vous.

Sourcils arqués, Gino pointa l'index vers le rideau.

– Vous le refermerez en sortant, s'il vous plaît.

Cate s'installa dans le grand fauteuil de cuir, face à un triple miroir encadré de spots argentés.

– Vous devez être un coiffeur de génie pour que Lily ait accepté de me laisser seule avec vous.

– Un coiffeur de génie et discret comme un sphinx. Les secrets chuchotés ici ne sortent pas d'ici, affirma-t-il, les mains dans les cheveux de Cate, en examinant son visage dans le miroir. Ma chérie, tu es une vraie Sullivan, une beauté irlandaise qui ne demande qu'à éclore. Et ce n'est pas trahir un secret de dire que ta grand-mère t'aime de tout son cœur.

– C'est réciproque.

– Dis-moi, as-tu une idée de la coupe que tu voudrais ou tu me fais confiance ?

– En fait, je vais bientôt passer une audition. Il me faut une coiffure qui corresponde au rôle.

– Je t'écoute.

– J'ai des photos.

Cicero apporta le latté, et Cate fit défiler quelques images sur son smartphone, que Gino examina attentivement.

– C'est une fille sûre d'elle et culottée, expliqua Cate, qui aime se faire remarquer et qui…

– Je vois le genre, l'interrompit Gino. Fais-moi confiance, ne t'inquiète pas. Juste une question : est-ce que tu serais d'accord pour faire don de ces beaux cheveux ?

– Oui, bien sûr. Je n'y avais pas pensé.

– Je m'en occuperai. Déguste ton latté et relaxe-toi.

Elle essaya de se détendre, mais ferma les yeux lorsque le coiffeur donna les premiers coups de ciseaux, même s'il avait fait pivoter le fauteuil dos au miroir.

Voilà, c'est fait, pensa-t-elle.

– Respire un grand coup… dit-il. Inspire, expire… Très bien. Parle-moi donc un peu de toi.

– D'accord… Ouf… Waouh… Depuis l'âge de neuf ans, j'ai presque toujours habité en Irlande.

– Je n'y suis jamais allé. C'est comment, là-bas ?

Elle ferma les yeux et décrivit le cottage, le lac, les gens.

Deux heures et demie plus tard, Gino rouvrit le rideau et fit entrer Lily, qui se couvrit la bouche de ses deux mains afin de réprimer un petit cri.

Cate avait la nuque rasée et un carré plongeant teint en bleu électrique.

– Lily… bredouilla-t-elle, inquiète.

Lily secoua la tête, puis applaudit en sautillant sur place.

– J'adore ! Franchement, j'adore ! Ma Catey… Tu es devenue une vraie ado rebelle.

– C'est vrai ?

– J'ai lu le script, moi aussi. Quoi qu'il en soit, cette coupe te va trop bien ! Profite de tes seize ans le plus longtemps possible, ma chérie. Gino, bravo !

– Vous doutiez de moi ?

– Pas une seule seconde. Fais voir, ma puce, lève-toi, tourne… Superbe ! Ton père va détester mais c'est normal, ne te fais pas de souci pour ça. De toute façon, c'est pour Jude, il s'y fera. Allons maintenant acheter des fringues et des chaussures d'ado rebelle.

Deux jours plus tard, en rangers à talon, jean déchiré, tee-shirt de Frank Zappa artistiquement délavé, les ongles vernis d'un bleu stratégiquement écaillé, bracelets en cuir et en tissu aux deux poignets, Cate se présenta devant le réalisateur.

– Caitlyn Sullivan, pour le rôle de Jude, balbutia-t-elle, le cœur battant, la gorge nouée et la boule au ventre.

Il l'observa longuement, et surmontant le trac, elle se campa dans une attitude effrontée.

– Alors, on y va, ou bien ? lança-t-elle avec un léger accent de banlieue. Tu crois que j'ai que ça à foutre, ou quoi ?

En voyant un sourire étirer les lèvres du réalisateur, elle sut qu'elle avait de nouveau le pied dans la place.

Chapitre 10

Durant le long intervalle entre *Le Rêve de Donovan* et *Absolutely Maybe*, Cate avait oublié combien elle aimait prendre part à un projet collectif, appartenir à équipe. Mais elle retrouva ce plaisir intact.

Elle ne s'était pas habillée en Jude pour la lecture du scénario, mais sa coiffure était inamovible et l'aidait à sentir le personnage.

Elle avait travaillé sa voix – la tonalité, le rythme – et ce que Lily appelait « la titude ». Elle aimait bien l'attitude de Jude, et pensait avoir naturellement un peu la même.

Elle avait rencontré Darlie Maddigan, la jeune actrice qui incarnait Karrie, et répété une scène avec elle afin de voir si le courant passait. Cate l'avait trouvée convaincante, avec ses grands yeux et son regard inquiet de ne pas être à la hauteur. Elles jouaient les contraires qui s'attirent, et l'alchimie fonctionnait.

Sûre d'elle et pleine d'entrain, Darlie avait dix-huit ans et faisait du cinéma depuis l'âge de trois ans. Elle vivait à Malibu, préférait les déjeuners au restaurant aux soirées en club et venait de signer un juteux contrat pour promouvoir une ligne de vêtements de sport destinée aux 16-25 ans.

Ses longs cheveux blonds attachés en queue de cheval, elle se dirigea droit vers Hugh et l'embrassa sur les deux joues, en arrivant dans la salle où avait lieu la lecture.

– Salut papie ! lança-t-elle. Je me répète, mais je suis vraiment très heureuse de travailler avec vous, Hugh. Salut Cate, ça va, tu es prête ?

– Yes !

– Cool ! Perso, je suis au taquet !

Cate s'installa autour de la table avec les autres acteurs, le réalisateur, les financeurs, le scénariste et l'assistant chargé de lire les indications scéniques. C'était la première fois qu'elle rencontrait les comédiens qui jouaient les parents de Jude, et le garçon dont Karrie était amoureuse, genre premier de la classe, qui en pinçait pour Jude.

– Karrie éclate en sanglots et se jette sur son lit.

Cate fut impressionnée par les larmes de Karrie, mais elle était trop à fond dans son personnage pour le montrer.

– Puntain, Kar', arrête de chialer ! Tu te ridiculises. Et tu me fais honte.

– Jude s'assied sur le lit, l'air compatissant, puis elle donne une claque sur les fesses de Karrie.

– Ce mec est un boloss, Karrie.

– Pourquoi je ne lui plais pas ?

– Karrie se retourne face à son amie.

– Je l'aime trop. J'ai envie de mourir. Ma mère couche avec M. Schroder. Elle s'est acheté de la lingerie sexy ! J'ai eu B- en maths, alors que Kevin a eu un A, après des heures de révision avec moi. Et tout ce qu'il trouve à me dire… « Merci, je suis content que les contrôles soient passés. »

– C'est bien ce que je disais, c'est un boloss. Quant à M. Schroder, il est plutôt pas mal pour un vieux. Tant mieux si ta mère ne pense qu'à baiser, non ? Au moins, elle te fait pas chier. Faut voir le bon côté des choses, meuf !

– Karie renifle, les yeux cachés derrière son bras.

– Je ne peux pas être positive si Kevin ne veut pas de moi… Tu ne comprends pas ? Tu es ma meilleure amie. Tu devrais comprendre.

Se prenant au jeu, Cate se leva, trépigna rageusement et donna un coup de pied dans un montant de lit imaginaire.

– Mais je comprends que trop bien ! Réagis, un peu, merde ! Il te plaît vraiment, ce bouffon ? Il te plaît vraiment ?

– C'est ce que je me tue à te dire.

– Alors, secoue-toi, achète-toi un soutif sexy et allume-le !

Cate prit les mains de Karrie et la força à se lever.

– Comment ?

– Comme ça !

Elle plaça les mains sous la poitrine de son amie et la souleva afin de la mettre en valeur.

– Je t'aiderai à acheter un soutif. T'as des nachos ?

Des applaudissements et des éclats de rire fusèrent autour de la table.

– On pourra garder le geste du soutif ? demanda Karrie au metteur en scène.

– C'est noté, acquiesça-t-il. Bon boulot, les filles. Scène suivante.

Cate quitta la lecture euphorique. Elle aurait été tout aussi euphorique pour l'essayage des costumes, le lendemain, si *Entertainment Tonight* n'avait pas profité du retour de Caitlyn Sullivan sur les plateaux pour raviver l'épisode du kidnapping.

Variety publia un article sur le sujet. *People*, le *L.A. Times* et *Entertainment Weekly* réclamèrent des interviews, des témoignages, des commentaires, des photos. Et bien que Cate refusât tout en bloc, on parla d'elle dans les journaux, à la télé, et elle fit le buzz sur Internet. Pendant la première semaine de tournage, le cirque médiatique battit son plein. Quelqu'un réussit même à la photographier sur le parking des studios et vendit le cliché à un tabloïd. Habillée en Jude, elle adressait un doigt d'honneur au photographe. La photo parut à côté d'un portrait d'elle à l'âge de neuf ans.

LA FILLETTE KIDNAPPÉE DEVENUE PUNKETTE D'OPÉRA

Les secrets honteux de Caitlyn Sullivan

Les réseaux sociaux, évidemment, s'en donnèrent à cœur joie.

Amère, Cate attendait dans la caravane de Darlie qu'on les appelle pour le tournage d'une scène.

– Franchement, je ne comprends pas que ces vieilles histoires puissent encore intéresser le public.

– Tu as tout de même été enlevée par ta mère… Les gens adorent les scandales ; plus c'est glauque, plus ils aiment ! Désolée, mais c'est comme ça. Si en plus tu appartiens à une famille de stars, alors là, c'est le jackpot !

En tenue rouge et blanche de pom-pom girl, Darlie but une gorgée de thé glacé sans sucre.

– Toi-même, tu es actrice, poursuivit-elle. Les ragots font partie du métier.

Certes, Cate le savait, mais ce n'était pas plus facile pour autant.

– Je m'y attendais, mais je pensais que si personne n'apportait de l'eau au moulin, les reporters finiraient par se lasser.

– La presse people se vend, même si elle ne contient pas un gramme d'information.

– Ouais, c'est vrai… Toi aussi, tu en fais les frais…

– En général, ce qu'on dit de moi me laisse indifférente. Sauf l'an dernier… Je sortais avec un gars dont j'étais folle amoureuse… Je suis allée au restau avec un comédien avec qui je tournais, on nous a pris en photo et bam ! Pas manqué, on a raconté qu'on couchait ensemble. Perso, je m'en fichais, mais mon copain n'a jamais voulu me croire… Il a cassé.

– Oh non…

– Je tenais à lui, ç'a été très dur.

Darlie but une gorgée de thé, puis décocha un petit coup dans le bras de Cate.

– Bah, en fait, ce n'était qu'un boloss ! ajouta-t-elle avec un clin d'œil, quand on frappa à la porte de la caravane.

– On vous demande sur le plateau, mademoiselle Maddigan, mademoiselle Sullivan.

– On arrive ! Ne t'inquiète pas, ça va se tasser, affirma Darlie. Une autre starlette finira bien par tomber enceinte, ou par tromper son mec, ou par se faire arrêter en état d'ivresse, et on t'oubliera pour des ragots plus croustillants.

Sur ces mots, elle se leva, inclina la tête à droite et à gauche afin de s'assouplir les cervicales, et remonta fièrement sa poitrine en riant.

– Haut les cœurs !

– Tu as de plus grosses loches que les miennes, répliqua Cate en imitant son geste.

– C'est vrai, reconnut Darlie en observant sa poitrine, lèvres pincées. Mais toi, tu as de plus belles jambes. Allez, ma belle, au boulot !

Cate puisait d'immenses satisfactions dans le travail, et dans le fait de pouvoir discuter avec quelqu'un de son âge qui n'était pas un membre de sa famille. Comme elle n'avait qu'un petit rôle, le tournage ne dura pour elle que quelques semaines, au bout desquelles – Darlie avait vu juste – l'intérêt des médias était complètement retombé.

Comme son père était absent pour une semaine, elle en profita pour parler à son grand-père, un jour où celui-ci était en relâche.

Elle le trouva dans son bureau, face à la vue sur la fontaine qui trônait au centre d'une vaste pelouse.

– Enfin ! Un peu de compagnie pour me distraire des scénarios qui me rendent idiot au point de me laisser séduire par des filles à peine plus vieilles que toi, au prétexte qu'elles pourraient me rapporter de l'argent.

– Sérieux ?

– Je vais finir par en étrangler une, maugréa Hugh en posant le script qu'il était en train de parcourir.

– De mon côté, déclara Cate, mon agent m'a envoyé trois scénarios, cette semaine. Mais tu dois le savoir, vu que mon agent est aussi le tien.

– Je suis au courant, oui. (Lisant la question dans le regard de sa petite-fille, Hugh secoua la tête.) Non, ce n'est pas moi qui ai soufflé à Joël de t'envoyer ces scénars. L'initiative vient de lui, ainsi que d'un réalisateur qui aimerait travailler avec toi.

– Il me l'a dit. Voici le script en question. Je peux te le laisser ?

– Bien sûr.

Le ton et l'expression de son grand-père firent toutefois tiquer Cate.

– Un problème ?

– Si on allait faire un tour ? suggéra-t-il. J'ai besoin de prendre l'air et de me dégourdir les jambes.

– OK, il y a donc en effet quelque chose qui ne va pas… Je n'ai pas assuré dans le rôle de Jude ?

Hugh se leva et enlaça les épaules de Cate.

– Tu as été parfaite. On boucle la post-prod' la semaine prochaine, dans les temps et dans le budget. Il y a parfois des petits miracles.

Ils quittèrent le bureau et traversèrent le « Grand Salon », comme ils l'appelaient dans la famille, avec son piano à queue, ses banquettes tapissées de soie, ses tables et ses consoles de l'époque géorgienne.

– J'ai une nouvelle qui va te contrarier, dit Hugh en descendant les marches du perron.

– Mamie-Lil' n'est pas malade, j'espère… Ni toi…

– Non, nous sommes tous les deux en pleine forme. J'aurais préféré que ton père et Lily soient là pour qu'on en parle tous ensemble… mais je ne voudrais pas que tu en aies vent par un étranger…

– Tu me fais peur. Que se passe-t-il ?

– Charlotte a obtenu la libération conditionnelle.

– Elle… bredouilla Cate.

Un instant, tout se figea et elle suivit des yeux un papillon jaune d'or, si léger, si libre, qui se posa sur une fleur d'un bleu éclatant.

– Je ne crois pas qu'elle osera revenir ici, dit Hugh. Elle n'a pas le droit de quitter la Californie, mais ça m'étonnerait qu'elle revienne à Los Angeles. Elle n'y essuierait que de cruels affronts.

– Comment as-tu appris qu'elle était libérée ?

– Par Red Buckman. Tu te souviens du shérif Buckman ?

– Bien sûr, acquiesça Cate.

Une libellule aux ailes iridescentes traversa furtivement son champ de vision.

– Je lui écris au moins une fois par an, précisa-t-elle. Je corresponds aussi par mail avec Julia.

– Ah bon ? Je ne savais pas.

– Je n'ai pas pu leur dire au revoir quand nous sommes partis, mais je voulais garder le contact. Dillon est à la fac. Red est toujours dingue de surf.

Une grosse abeille butinait un rosier. Tant de vie, partout. Pourquoi Cate avait-elle l'impression que la sienne s'était s'arrêtée ? Elle s'immobilisa, soudain privée d'air.

– Je ne peux plus respirer.

– Mais si, regarde-moi. Inspire profondément… Expire… Voilà…

Son grand-père prit son visage entre ses mains et plongea son regard au fond du sien.

– J'ai les poumons qui me serrent.

– Je comprends. Respire calmement, doucement…

Cate n'avait pas fait de crise de panique depuis au moins trois ans, pensa-t-il. Maudite Charlotte.

– Viens t'asseoir et boire un peu d'eau.

– Je ne veux pas la revoir.

– Rien ne t'y oblige, répliqua Hugh, peiné, en entraînant sa petite-fille vers la maison. Elle ne sera pas la bienvenue ici, elle ne franchira jamais ce portail. Ton père a ta garde exclusive, n'oublie pas. Dans tous les cas, tu vas avoir dix-sept ans, tu es bientôt majeure.

– Sparks et Denby…

– Ils n'ont aucune raison de revenir s'en prendre à toi. Viens, allons nous asseoir au bord de la piscine. Ah, Consuela…

La cuisinière avait dû le voir soutenir Cate telle une victime d'accident, pensa-t-il en la voyant arriver à toute vitesse.

– Vous voulez bien nous apporter de l'eau, s'il vous plaît ?

Tandis qu'elle se hâtait de faire demi-tour, il aida Cate à s'installer dans un fauteuil à l'ombre d'un parasol.

– Ça commence à aller mieux, dit-elle en essuyant les sueurs froides qui perlaient à son front. C'est juste que… je m'étais mis dans le crâne qu'elle purgerait la totalité de sa peine. Ça m'aidait d'y croire. Mais ça n'a pas d'importance. S'il te plaît, ne dis pas à papa que j'ai fait une crise d'angoisse. Il se ferait du souci, alors que ce n'est rien du tout.

Accroupi devant elle, Hugh lui frictionna les mains.

– Je ne lui dirai rien, promis. Écoute-moi, maintenant : ta mère ne te fera plus de mal. Elle n'a rien à espérer de cette ville. Ce n'était qu'une actrice de bas étage. Elle n'a aucun avenir.

– Elle a épousé papa pour son nom, j'en suis sûre. Et elle a voulu un enfant uniquement pour faire parler d'elle dans la presse.

– Ce n'est pas moi qui te contredirai. Ah, Consuela, merci beaucoup.

Hugh se redressa tandis que la cuisinière, inquiète, apportait un plateau chargé d'un pichet d'eau glacée, de verres, de rondelles de citron et d'un linge humide.

– *Mi pobre niña…* murmura-t-elle en tamponnant le visage de Cate.

– *Estoy bien, Consuela, estoy bien.*

– Bois un peu d'eau, mon petit, dit-elle en plaçant un verre dans les mains de Cate. Monsieur Hugh, asseyez-vous, buvez un peu d'eau fraîche, vous aussi. Je vais vous préparer un bon déjeuner, et de la citronnade que ma Cate aime tant. Ça va aller, ne t'en fais pas.

– Merci, Consuela.

– *De nada.*

D'un geste, Consuela encouragea Cate à boire davantage, puis elle regagna la cuisine, préoccupée.

– Ça va, je me sens beaucoup mieux, déclara Cate. Il n'y a pas lieu de s'affoler, tu as raison. Ma mère ne s'est jamais souciée de moi ; pourquoi chercherait-elle à me voir aujourd'hui ? Désolée, j'ai eu une réaction idiote.

– Tu n'as pas à t'excuser, ce n'est pas grave. Je voudrais te dire encore une chose à propos de Charlotte ; ensuite, nous parlerons de choses plus agréables. Je ne comprends pas, je n'ai jamais réussi à comprendre comment une femme aussi minable a pu mettre au monde quelqu'un d'aussi formidable que toi.

Cate esquissa un sourire.

– Les Sullivan ont des gènes dominants.

– Ça doit être ça, acquiesça Hugh en levant son verre et en observant sa petite-fille. Tu tiens des Dunn, aussi. Tu ressembles de plus en plus à ta grand-mère Liv.

– Même avec ça ? demanda Cate en désignant ses cheveux bleus.

– Même avec ça. Maintenant, dis-moi, quel rôle te plairait ?

– Celui d'une fille qui ne ressemble pas du tout à Jude, l'aînée de trois sœurs, qui essaie de s'intégrer à Los Angeles où son père veuf a été muté. À la base, ils sont originaires d'une banlieue d'Atlanta.

– Tu devras adopter l'accent du Sud.

Cate arqua un sourcil.

– Je crois que j'y arriverai, dit-elle, avec l'intonation traînante de la Géorgie.

– Tu as toujours été douée pour moduler ta voix. Dis-m'en un peu plus sur ce personnage.

Cate et son grand-père bavardèrent de choses et d'autres, autour d'un déjeuner arrosé de citronnade, au milieu des fleurs et des papillons, si bien que peu à peu elle oublia sa mère.

Dans la soirée, elle somnolait devant la télé allumée lorsque son téléphone, entre ses mains, lui signala la réception d'un appel. À moitié endormie, elle souleva à peine les paupières pour répondre.

– Allô ?

En entendant sa propre voix, enfant, chantant en duo avec son grand-père dans le film qu'ils avaient tourné en Irlande, elle esquissa un sourire. Puis elle se redressa en sursaut, les yeux à présent grands ouverts.

Un cri, un rire mauvais… Et la voix de sa mère :

« Je reviens, attends-moi, méfie-toi… »

« Tu croyais que c'était fini ? chuchota une autre voix. Tu n'as jamais payé, mais tu ne perds rien pour attendre. »

Oppressée, Cate laissa tomber le téléphone sur son lit. Un étau lui broyait la poitrine, elle ne pouvait plus respirer, un voile gris lui brouilla la vue.

– Respire… s'enjoignit-elle en fermant les yeux. Pense au lac, à l'Irlande. Imagine que tu respires le bon air pur et frais de l'Irlande. Pense au ranch de Julia, à la douceur de ses mains, au goût des œufs brouillés.

La sensation d'oppression se dissipant, elle se leva, sans cesser d'inspirer et d'expirer à fond, lentement, et alla vérifier que la porte était verrouillée, toutes les fenêtres fermées.

Personne ne pouvait entrer.

Sentant ses jambes se dérober, elle se laissa glisser contre le mur et s'assit sur le plancher, son téléphone entre les mains.

Si son père avait été là, elle se serait précipitée dans sa chambre en hurlant. Mais il n'était pas là, et elle n'était plus une enfant qui appelait son père pour qu'il fasse fuir les monstres.

Si elle lui parlait de cet appel, si elle en parlait à ses grands-parents… Elle devait leur en parler, elle le savait, mais…

Elle ramena les jambes sous son menton et posa le front contre ses genoux.

Tout s'arrêterait. Son père abandonnerait le film qu'il était en train de tourner, il refuserait à nouveau toute proposition. Il était même capable de repartir pour l'Irlande.

D'un côté, Cate aurait bien aimé retrouver ce havre de paix, si serein, si vert, mais ce n'aurait pas été juste, pour son père, pour elle, pour tous ceux qu'elle aimait.

Un enregistrement, ce n'était qu'un enregistrement. Quelqu'un qui voulait lui faire peur.

Qui y était parvenu.

Elle se redressa et se rendit dans la cuisine, en allumant toutes les lumières sur son passage.

La propriété était sécurisée, elle ne risquait rien, elle était en sécurité.

Dans le réfrigérateur, elle prit une bouteille d'eau et but de longues gorgées qui, peu à peu, lui dénouèrent la gorge.

Elle changerait de numéro de téléphone. Elle prétendrait qu'un reporter la harcelait. D'ailleurs, n'était-ce pas un reporter ?

Elle ne dirait rien et changerait simplement de numéro. Comme ça, personne ne s'inquiéterait. Et la personne malveillante qui avait tenté de l'effrayer n'aurait plus le plaisir de recommencer.

Rassérénée, elle éteignit la cuisine, puis son téléphone. Dans sa chambre, toutefois, elle ne put se résoudre à affronter le silence et l'obscurité, alors elle laissa la lumière et la télé allumées.

– Je ne suis pas enfermée à l'intérieur, murmura-t-elle en se forçant à fermer les yeux. C'est eux qui sont enfermés dehors.

Elle mit néanmoins très longtemps à s'endormir.

Cate ne parla de cet incident à personne. Le surlendemain, après une nuit tranquille, la nervosité s'estompa, et elle se félicita de ne pas avoir alarmé sa famille.

Elle devait faire des recherches avec son tuteur en vue du rôle qu'elle visait. Digne héritière du nom des Sullivan, même si elle n'avait que seize ans, elle prenait son métier d'actrice très au sérieux.

Elle se prépara, puis se rendit seule chez Gino, car Lily était occupée. Le carré plongeant bleu se transforma en coupe ébouriffée parsemée de mèches bleues, dont elle avait du mal à se défaire. Si elle obtenait le rôle, elle aurait le temps de se laisser pousser les cheveux et de retrouver sa couleur naturelle.

Excitée par la perspective de sa première rencontre avec le réalisateur et la scénariste, elle choisit sa tenue avec soin. Pas de jean déchiré, pas de rangers, cette fois. Pour son premier déjeuner professionnel, elle opta pour une robe moulante sans manche, avec des rayures diagonales multicolores, et des nu-pieds rouges lacés jusqu'à mi-cuisse.

Durant cette entrevue, elle serait Caitlyn Sullivan, comédienne. Si elle signait, elle se glisserait dans la peau du personnage.

Comme son père l'avait autorisée à se rendre seule à ce rendez-vous, à condition que le chauffeur l'accompagne, elle se regarda une dernière fois dans le miroir, s'empara de son sac, une pochette bleu roi, et se dirigea vers la maison principale.

Elle devrait songer à passer son permis de conduire, pensa-t-elle. Elle conduisait, en Irlande. Ici, on roulait à droite, dans une circulation démente, mais elle devrait passer son permis. Et s'acheter une voiture, une petite décapotable. Elle avait de l'argent à la banque, et si elle obtenait ce rôle, elle en gagnerait encore qu'elle pourrait mettre de côté.

La présence de Monika, la garde du corps, ne la dérangeait pas, mais elle avait besoin d'une voiture, d'une plus grande liberté.

Pour l'heure, cependant, elle était bien contente de laisser Jasper naviguer dans les embouteillages. Tout en lui ouvrant la portière, il la gratifia d'un sourire aimable, ses dents d'une blancheur éclatante sur son visage noir.

– Comment me trouvez-vous ? lui demanda-t-elle.

– Ravissante.

Parfait, pensa-t-elle en s'installant sur la banquette arrière. Elle retoucha néanmoins son rouge à lèvres. Il ne s'agissait que d'une prise de contact, se remémora-t-elle. Et son agent serait là. De plus, ils la voulaient pour ce rôle, et même s'il était question du personnage principal, c'était un film choral. Elle n'avait aucune raison de se mettre la pression.

Lorsque Johnson démarra, elle regarda l'heure. Pas trop en avance – risible –, pas non plus en retard – manque de professionnalisme.

– J'en aurai pour au moins une heure, voire deux. Je vous enverrai un texto pour vous dire quand revenir me chercher.

– Je ne serai pas loin, dit Jasper en lui ouvrant la portière.

– Souhaitez-moi bonne chance.

– Je croise les doigts pour vous.

Cate n'avait peut-être pas une démarche raffinée, mais elle s'en moquait. Montrer son enthousiasme était honnête et authentique, pensa-t-elle en entrant dans le restaurant. Elle désirait bâtir sa carrière sur l'honnêteté et la sincérité.

– Bonjour, j'ai rendez-vous avec Steven McCoy, dit-elle à l'hôtesse d'accueil.

– Bien sûr, M. McCoy est là, suivez-moi.

Cate emboîta le pas de la jeune femme au travers d'un patio fleuri. Autour des tables couvertes de nappes couleur pêche, on sirotait des cocktails pétillants en consultant le menu imprimé sur un parchemin.

En sentant les regards sur elle, elle s'efforça de surmonter son stress. La rançon du succès, pensa-t-elle. Si elle n'était pas prête à en payer le prix, alors elle allait devoir choisir une autre carrière.

Comme elle avait cherché des photos sur Google, elle reconnut McCoy et Jennifer Grogan, la scénariste, assis côte à côte à une table pour quatre. McCoy se leva en l'apercevant. Pas tout à fait la quarantaine, il portait une casquette des Dodgers sur ses cheveux bouclés. Grogan observait Cate à travers des lunettes carrées à épaisse monture noire.

– Bonjour, Caitlyn, la salua le réalisateur en lui faisant la bise. Ravi de vous rencontrer enfin en personne. Jenny, voici notre Olive.

– Je connais bien l'épouse de votre grand-père.

– Elle me l'a dit. Elle aime beaucoup vos personnages féminins, parce que vous avez le mérite de leur donner de l'épaisseur et de la substance.

– Merci.

– Assieds-toi, Cate, dit McCoy en tirant une chaise. Nous avons commandé une bouteille de San Pellegrino, mais si tu veux jeter un coup d'œil à la carte des eaux…

– Ce sera parfait, merci.

Son sac sur les genoux, Cate attendit que le serveur remplisse son verre.

– Quelqu'un doit encore nous rejoindre, mais nous prendrons déjà des fleurs de courgette au fromage de chèvre. Elles sont divines, Cate, tu verras.

– Au secours… grommela Jenny. Ces végétariens finiront par me tuer. Apportez-nous au moins du pain, vous serez gentil.

– Tout de suite.

– Tu es une mangeuse de tofu, Cate ?

– Disons que ce n'est pas ce que je préfère. Je tiens à vous remercier, monsieur McCoy.

– Appelle-moi Steve.

– Je tiens à vous remercier tous les deux d'avoir pensé à moi pour Olive. C'est un personnage intéressant.

– Tu devras travailler ta voix avec un coach, dit Jenny en prenant un petit pain sitôt que la corbeille fut posée sur la table. Le phrasé d'Olive est très important, mais elle ne doit pas non plus avoir un accent à couper au couteau. Il faudra trouver le ton juste, qui illustre le choc des cultures auquel elle est confrontée.

Cate but une gorgée d'eau en acquiesçant de la tête. Puis elle prit l'accent de Géorgie :

– Si vous me faites confiance, je me ferai une joie de travailler avec un coach. Sa façon de s'exprimer constitue en effet l'un des éléments qui contribue à l'isolement d'Olive, initialement, tout du moins.

Jenny cassa son petit pain en deux et en mangea une moitié.

– Tout à fait, approuva-t-elle.

– Ah, voilà Joël ! s'exclama McCoy.

– Excusez-moi, un imprévu de dernière minute, comme d'hab'…

Joël Mitchell, petit et rond, rouge comme une pivoine, embrassa Cate sur le sommet du crâne, à la manière d'un oncle bienveillant, puis il prit place à côté d'elle. Il avait les cheveux blancs dégarnis, d'épaisses lunettes, et la réputation de se mettre en quatre pour ses clients.

– Alors, elle n'est pas mignonne comme un taco ? dit-il après avoir bu un grand verre d'eau. Le portrait craché de Livvy, non ?

– C'est ce que Grandpa m'a dit l'autre jour.

– Si on commandait de vrais plats, les amis ? Parce que les fleurs de courge, très peu pour moi… Ils font des burgers d'enfer ici, des vrais burgers avec de la vraie viande de bœuf. Demandons les menus et on pourra commencer à discuter sérieusement.

McCoy interpella le serveur. Et Cate vit sa main se figer en plein geste, ses yeux s'écarquiller. Avant qu'elle n'ait pu se retourner pour voir ce qui avait causé ce choc, un cri fusa dans le restaurant :

– Caitlyn ! Oh mon Dieu, mon bébé !

Des mains l'arrachèrent à sa chaise et des bras se refermèrent autour d'elle. Cette voix, ce parfum… Elle suffoquait…

– Oh, tu es si grande, si belle ! larmoya Charlotte en la couvrant de baisers.

Cate manquait d'air, un étau lui broyait la poitrine, ces bras qui la serraient lui volaient son identité, sa vie, ses projets. Soudain, elle était de nouveau prisonnière d'une pièce aux fenêtres condamnées.

En inspirant une grande bouffée, elle se débattit et se libéra de l'étreinte de sa mère. Les yeux baignés de larmes, les lèvres tremblantes, celle-ci porta une main à sa joue, comme si elle venait de recevoir une gifle.

– Je le mérite, sanglota-t-elle, mais je t'en supplie…

Et elle tomba à genoux, les mains en prière.

– Pardonne-moi, implora-t-elle.

– Allez-vous-en ! ordonna Joël.

Profitant de la confusion générale, Cate se rua hors du restaurant et courut droit devant elle, comme lorsqu'elle s'était enfuie dans la forêt, sans se soucier des voitures, des coups de Klaxon, des crissements de pneus, tel un gibier traqué par le chasseur.

Les oreilles bourdonnantes, le cœur cognant à tout rompre, elle courut jusqu'à ce que ses jambes ne puissent plus la porter. Tremblante, en nage, elle s'adossa alors contre un immeuble. Lentement, le nuage rouge qui lui obscurcissait la vue se dissipa et le hurlement qui résonnait dans sa tête finit par se taire, laissant place aux sons de la rue : le vrombissement de la circulation, du hip-hop s'échappant d'une voiture, le claquement des talons d'une femme sur le trottoir.

Elle ignorait où elle était. Elle était perdue, comme dans les bois, mais ici, il faisait trop chaud, les lumières étaient trop crues et elle avait beau tendre l'oreille, elle n'entendait pas le bruit de la mer. Seulement la cacophonie assourdissante de la ville.

Elle avait laissé son sac au restaurant, avec son téléphone. Elle n'avait rien.

Elle avait Cate, se dit-elle, et elle ferma les yeux un instant. Puis elle se ressaisit et poussa la porte d'un magasin. À l'intérieur, il faisait frais. Une jeune femme en tailleur rose poudré la dévisagea d'un air méfiant.

– Excusez-moi… bredouilla-t-elle.

– Si vous cherchez des toilettes, allez au *Starbucks*.

– Je… je pourrais téléphoner, s'il vous plaît ?

– Non. Sortez d'ici. Vous ne voyez pas que je suis occupée avec une cliente ?

Du geste, la vendeuse indiqua une femme en corsaire noir et chemisier blanc, très chic.

– J'ai perdu mon sac et mon téléphone. Je…

– Sortez d'ici tout de suite.

– Voyons… intervint la cliente. Allez donc chercher un verre d'eau à cette jeune fille. Que vous arrive-t-il, mademoiselle ?

– Madame Langston…

La cliente fusilla la vendeuse du regard.

– Allez chercher un verre d'eau, j'ai dit.

Et elle aida Cate à s'asseoir sur une chaise. Une troisième femme sortit de l'arrière-boutique.

– Que se passe-t-il ?

– Cette jeune fille a besoin d'aide, Randi. Je viens d'envoyer cette pimbêche sans cœur que tu as embauchée lui chercher un verre d'eau.

Mme Langston saisit la main de Cate et y exerça une pression.

– Vous voulez que j'appelle la police ?

– Non, non. J'ai simplement perdu mon sac et mon téléphone.

– Je vous prêterai le mien. Comment vous appelez-vous ?

– Cate. Caitlyn Sullivan.

– Moi, c'est Gloria, dit-elle en fouillant dans son sac Prada à la recherche de son téléphone.

Puis elle se redressa et dévisagea Cate.

– Vous êtes la fille d'Aidan Sullivan ?

– Oui.

– Mon mari l'a dirigé dans *Compromis*. Hollywood est une petite famille incestueuse, n'est-ce pas ? Ah, voilà Randi qui revient avec un verre d'eau. Et voilà mon téléphone.

La vendeuse tendit le verre à Cate.

– Merci. Je…

Les yeux rivés sur l'écran, celle-ci s'efforça de se remémorer le numéro de Jasper, puis elle le composa. Et ferma les yeux de soulagement lorsqu'il lui répondit.

– Jasper, c'est Cate.

– Oh, mademoiselle… Merci mon Dieu ! Mitchell vient de m'appeler. J'étais sur le point de prévenir votre père.

– Non, surtout pas ! Si vous pouviez juste venir me chercher, s'il vous plaît. Je suis…

Elle interrogea Gloria du regard.

– Unique Boutique, lui dit Randi et elle lui indiqua l'adresse, sur Rodeo Drive.

– J'arrive, Miss, je suis là dans cinq minutes. Ne bougez pas.

– OK, merci. Merci beaucoup ! s'exclama Cate en rendant le téléphone à Gloria.

Chapitre 11

Les réseaux sociaux et les chaînes câblées diffusèrent une vidéo filmée avec un téléphone. Des photos parurent dans les journaux : l'embrassade forcée, Charlotte à genoux, Charlotte la main sur la joue, comme si Cate l'avait giflée.

Écœuré, Hugh replia rageusement une revue à la une racoleuse :

UNE MÈRE REPENTANTE, UNE FILLE IMPITOYABLE

La douleur de Charlotte Dupont

– C'est un coup monté. Elle savait que Cate serait là. Attendez que j'apprenne qui l'a prévenue et…

Il s'interrompit, les poings serrés.

– Calme-toi, lui dit Lily, qui arpentait son bureau de long en large.

– Malgré tout ce qu'elle a fait, nous la sous-estimions, maugréa Aidan, posté devant les baies vitrées donnant sur le jardin. À peine quelques jours qu'elle est sortie de prison et elle se sert de Cate pour se faire de la pub. Elle était en cheville avec un paparazzi. Elle avait tout calculé.

– Première chose, demander une ordonnance restrictive, déclara Hugh. Qu'elle tente encore d'importuner Cate, et elle retournera sous les verrous.

– Nous sommes tous trop engagés chacun dans différents projets pour abandonner maintenant, mais dès que je termine ce tournage, nous repartons en Irlande. Nous aurions mieux fait d'y rester.

– Je pourrais emmener Cate à Big Sur, suggéra Hugh. Je peux faire les trajets si on a besoin de moi pour la postproduction.

– Non, trancha l'intéressée, sur le pas de la porte. Hors de question que j'aille en Irlande, ou à Big Sur, ou n'importe où ailleurs.

Hugh se hâta de cacher le tabloïd.

– Je l'ai vu, lui dit-elle. Vous ne pourrez pas me garder toujours dans un cocon.

– Tu paries ? rétorqua Lily.

Cate s'avança vers elle et lui saisit la main.

– J'ai commis une erreur, j'en suis consciente. J'aurais dû lui tenir tête. La prochaine fois, je serai plus courageuse.

– Il n'y aura pas de prochaine fois. L'ordonnance restrictive n'est pas négociable.

– J'espère de tout mon cœur qu'elle l'enfreindra et qu'elle retournera en prison, mais je ne veux plus passer pour une lâche, comme aujourd'hui. Les journalistes vont venir m'interroger, je le sais, pour connaître ma version des faits.

– Tu ne parles pas à la presse, décréta Aidan, les mains sur les épaules de sa fille.

– Non, je ne donnerai pas cette satisfaction à ma mère. C'est grâce à vous que j'ai pu m'échapper quand j'étais petite. Aujourd'hui, c'est grâce à vous que je ferai ce film. J'ai dit à Joël que j'acceptais le rôle.

– Ma chérie… murmura Aidan en lui caressant les cheveux. Je ne suis pas sûr que tu te rendes compte de ce à quoi tu t'exposes. Même si on prend un maximum de précautions, on ne va parler que de toi, dans les semaines à venir.

– On parlera de moi de toute façon, même si je ne fais pas le film. Tout le monde sait maintenant que j'étais en pourparlers avec McCoy, puisque je déjeunais avec lui quand elle a fait son numéro. Si je me débine, elle aura gagné. Vous avez beau me répéter, tous, que je n'ai pas à avoir honte de la réaction que j'ai eue, je m'en veux quand même. Je tiens à faire ce film juste pour me prouver que je le peux, quoi qu'elle fasse pour me pourrir la vie. Il ne s'agit plus seulement d'un film, d'un rôle, il s'agit de mon estime. Et là, j'ai ma confiance dans les chaussettes.

Aidan attira sa fille contre lui et posa sa joue sur sa tête.

– Je ne veux pas te frustrer, mais nous devrons réfléchir aux mesures de sécurité qui s'imposent.

– Ce genre d'histoires excite les journalistes, souligna Lily. Je suis fière que tu veuilles faire preuve d'indépendance, mais nous te protégerons.

– J'ai déjà une garde du corps et un chauffeur. Je n'irai nulle part seule. De toute manière, je ne quitte déjà la maison que pour aller aux studios.

– Je suis furieuse… grommela Lily, le visage de pierre, en s'asseyant sur une chaise. Cette enfant n'a que seize ans, bon sang… Nous devrions nous soucier des garçons qu'elle fréquente, des boîtes de nuit où elle sort en cachette !

Cate se força à sourire.

– Ne t'inquiète pas, je suis peut-être en retard, mais j'ai l'intention de vous causer ce genre de soucis bientôt.

Tandis que Cate se consacrait à la préproduction de son nouveau film, Charlotte reprenait ses marques.

Seigneur, les objectifs et les sunlights lui avaient tant manqué !

Elle se moquait que les coiffeuses et les maquilleuses la regardent avec admiration ou désapprobation. Seul importait qu'elle soit de retour sous le feu des projecteurs.

En sept ans, elle avait eu le temps de peaufiner son rôle : elle avait commis un acte désespéré, elle était rongée par le remords… Elle avait tant perdu, elle en souffrait terriblement, mais se raccrochait à l'espoir d'une seconde chance.

De là à ce que l'on fasse porter la responsabilité de l'enlèvement à Denby et Grant, il n'y avait qu'un tout petit pas à franchir… Ils lui avaient menti, ils l'avaient intimidée, et elle avait commis l'irréparable.

Aujourd'hui, elle avait rendez-vous pour une interview, avec un magazine à sensation de troisième zone, mais l'article ferait la une.

Comment s'habiller ? se demandait-elle en inspectant le maigre contenu de son armoire, dans le meublé minable qu'elle avait loué. Elle aurait besoin de nouveaux vêtements, d'une garde-robe de star, mais pour le moment, mieux valait jouer la carte de la sobriété. Pour autant, elle ne voulait pas paraître effacée. Non, jamais elle ne se résignerait à la fadeur ! Temporairement, elle devait juste privilégier la simplicité et la discrétion, éviter le bling-bling. Elle opta donc pour un legging noir – elle s'était donné beaucoup de mal en prison pour entretenir sa silhouette – et une tunique bleu ciel – surtout, pas de couleurs criardes. Puis elle alluma le miroir de maquilleuse dans lequel elle avait investi.

Quelques séances d'UV seraient les bienvenues mais, pour aujourd'hui, la pâleur convenait tout à fait. Ensuite, dès qu'elle le pourrait, elle envisagerait une chirurgie esthétique. Rien de drastique, mais elle n'en pouvait plus de voir ces rides.

Outre le miroir, elle avait aussi investi dans des produits de beauté et du maquillage de qualité. Pour certaines choses, il ne servait à rien de regarder à la dépense. Du reste, elle avait amassé un petit pécule en maquillant ses codétenues, les jours de visite.

Elle passa une heure à se pomponner. Le look naturel demandait du talent.

Tout en s'habillant, elle répéta son texte, et réfléchit.

Cette série d'interviews et d'apparitions télévisées ne durerait pas. Elle devrait accepter l'une des offres qu'on lui avait faites : l'un ou l'autre des deux vidéofilms, peut-être ; en tout cas, sûrement pas le film d'horreur où le personnage qu'on lui proposait se faisait massacrer dès les premières scènes.

L'idéal, pour renflouer son compte en banque et générer de la presse, serait de pouvoir jongler entre les deux vidéofilms.

Elle devrait aussi se tisser un nouveau réseau. Se trouver un homme, riche, prêt à soutenir sa carrière. Un vieux. Il suffirait de le combler au lit et elle vivrait comme une reine. Tomber enceinte pour hâter le mariage n'était plus possible, à son âge – de toute façon, elle n'aurait surtout pas voulu d'un deuxième gosse ! –, mais le sexe, les flatteries et l'adoration conduiraient en principe à officialiser la relation.

Elle trouverait aisément quelqu'un, elle ne se faisait pas de souci, et cette fois, elle veillerait à ce qu'il n'ait pas de famille.

En attendant…

Tout en se parfumant les poignets et la gorge avec un échantillon, elle laissa ses pensées dériver vers Cate. Ce n'était peut-être pas une enfant désirée, elle l'avait certes toujours considérée comme un moyen pour parvenir à ses fins, mais elle l'avait traitée comme une princesse, cette petite égoïste, cette ingrate. Les plus beaux vêtements, une nurse professionnelle, une chambre aménagée par le plus chic des décorateurs, des boucles d'oreilles en diamant…

Elle n'avait commis qu'une erreur, qui n'était pas vraiment sa faute, et les Sullivan avaient tenté de la faire passer pour un monstre, songea Charlotte, amère, assise sur son horrible canapé bleu marine, sous un lampadaire hideux.

Elle regarda les murs beiges, les meubles d'occasion, la rue – juste sous les fenêtres ! – et ses yeux s'embuèrent de larmes. Pendant des années, elle avait été persuadée que rien ne pouvait être pire que la prison : le bruit des verrous, les odeurs de sueur, les corvées, la nourriture infâme, l'indicible solitude. Mais cette vie-là valait-elle mieux ?

Pour les quelques heures que Cate avait passées enfermée dans une chambre, Charlotte avait passé sept ans dans une cellule.

Et maintenant, combien de temps croupirait-elle dans cette baraque affreuse ?

La vie était tellement injuste.

Quand on frappa à la porte, elle refoula ses larmes et se composa cette expression peinée qu'elle avait longuement travaillée.

Dans sa caravane, Cate remplit deux verres d'eau gazeuse.

– Ça me fait vraiment plaisir de te voir, Darlie !

– Comme j'avais un rendez-vous ici, j'ai fait d'une pierre deux coups. Comment vas-tu ?

En sweat de polaire rose, pour sa prochaine scène, Cate s'assit en face de Darlie à la petite table pliante.

– Bien. Steve est un metteur en scène génial. Il a vraiment un don pour diriger les acteurs. Les deux garçons qui jouent mes frères sont super, surtout le plus jeune. Hyper sérieux tous les deux. J'aime bien aussi la fille qui joue ma meilleure amie, elle est drôle, elle me fait rire.

– Excellent. Mais tu n'as pas répondu à ma question… Comment vas-tu ?

Cate se renversa en arrière et ferma les yeux.

– Oh punaise… soupira-t-elle. C'est un bon rôle, et je fais du bon boulot, je pense. Mais ma mère a tout gâché. Je ne prends aucun plaisir à faire ce film. Elle n'arrête pas de donner des interviews. Elle tourne un vidéofilm. Les médias font partie du métier, je sais, mais je n'arrive pas à en faire abstraction. On m'a prise en photo au téléobjectif, tu te rends compte, au bord de la piscine, chez mes grands-parents.

– À poil ?

– Haha.

– Tu vois, ça pourrait toujours être pire, rétorqua Darlie en tapotant le bras de Cate.

– J'ai aussi été assaillie par un essaim de journalistes et de photographes en allant manger une pizza avec mes deux frères du film. Et la cuisinière de mon grand-père, une femme adorable, s'est fait harceler au marché par un reporter qui l'a menacée de la dénoncer à l'immigration si elle ne le mettait pas en contact avec moi. Alors qu'elle a la nationalité américaine ! Mais il lui a fait peur.

– Merde… OK, ce genre de choses n'est pas normal.

– Si je veux faire ce métier, je suis obligée de les subir.

– N'abandonne pas, tu as du talent. Tu es une très bonne comédienne.

– Mais je n'en peux plus.

– Merde… C'est trop con… Du sucre, voilà ce qu'il nous faut !

Choquée, Cate fronça les sourcils.

– Du sucre, toi ?

– En cas de crise, il faut savoir faire face. J'ai toujours une réserve d'urgence, déclara Darlie en fouillant dans son sac.

D'où elle extirpa des Reese's.

– Chocolat et beurre de cacahuète ? J'hallucine…

– Ne me juge pas, répliqua Darlie en tendant le paquet à Cate. Qu'est-ce que tu vas faire ?

– Je ne sais pas encore, répondit celle-ci, déjà réconfortée par le fait de manger des sucreries avec une amie. Finir le film du mieux possible, déjà, puisque je l'ai commencé. Après, je ne sais pas… Je ne peux même pas en discuter avec ma famille, ils se font trop de souci. Ça aussi, c'est dur…

– Qu'ils pourrissent tous en enfer ! Enfin, pas ta famille, les autres.

– Je suis dégoûtée… *Absolutely Maybe* va sortir et je ne pourrai même pas assister à la première. Ce serait trop de stress, autant pour moi que pour ma famille.

– Bah, ce n'est pas grave.

– Non… maugréa Cate, le menton calé sur son poing. Je n'ai pas embrassé de mec depuis l'Irlande, mais ce n'est pas grave non plus.

– Aïe…

– Je mourrai vierge, dit Cate en prenant une poignée de chocolats.

– Ça, ça m'étonnerait, avec ton visage et tes jambes, et cette attitude tellement positive que c'en est presque agaçant.

Cate émit un petit rire sarcastique.

– OK, tu as toujours des petits nénés, ajouta Darlie, mais ça ne te ferait pas de mal de te les faire un peu tripoter.

– Tu m'étonnes ! s'écria Cate avec un sourire. Tu me manques, tu sais.

– Toi aussi.

– Bon, assez parlé de moi ! Où tu en es, toi ? Que je t'envie.

Malheureusement, des coups frappés à la porte interrompirent la conversation.

– On vous demande sur le plateau, mademoiselle Sullivan.

– Mince… Désolée, je n'ai fait que pleurer sur ton épaule.

– Je me sécherai, ne t'inquiète pas. Tu sais quoi, je t'enverrai un texto ; on s'arrangera pour se voir plus longuement. Je pourrai venir chez toi, si tu veux.

– Ce serait super !

En quittant la caravane, Darlie enlaça la taille de Cate, et celle-ci fit de même.

– Je regarde juste le début de la scène et je file, dit Darlie. J'ai un rendez-vous, ce soir. Avec un beau mec !

– Salope.

– Toi-même !

Vingt-quatre heures plus tard, un journal people publiait une photo des deux amies et titrait : « La liaison secrète des deux starlettes d'Hollywood. »

L'article insinuait que les jeunes comédiennes étaient tombées amoureuses l'une de l'autre sur le tournage d'*Absolutely Maybe*, et

Charlotte confiait : « Je soutiens ma fille, quels que soient son mode de vie et son orientation sexuelle. Je ne souhaite qu'une chose : qu'elle soit heureuse. »

Cate avala la pilule. Encore une fois, elle n'avait pas le choix, mais cet affront l'affecta plus qu'elle n'aurait su l'exprimer. Et quand elle se trompa dans son texte, sur une scène-clé, cinq fois de suite, elle sut que quelque chose s'était brisé.

– Désolée, bredouilla-t-elle, la voix étranglée. Il faut juste que…

– C'est l'heure du déjeuner, annonça McCoy. Prenons une pause.

Ne pas pleurer, se promit-elle. Elle ne voulait pas être de ces actrices hyper émotives qui étaient incapables d'affronter le moindre revers.

– Asseyons-nous, dit McCoy, en s'asseyant lui-même par terre, sur le plateau, dans le décor d'une cuisine sens dessus dessous.

Décontenancée, Cate hésita, puis elle prit place en face de lui.

– Je connais mon texte, je connais la scène… Je ne comprends pas ce qui m'arrive…

– Je vais te le dire, ce qui t'arrive : tu es ailleurs, tu n'as pas la tête au film. Ce n'est pas qu'une question de texte, tu n'éprouves pas la frustration et la colère refoulée de ton personnage. Tu rumines seulement la tienne.

– Je vais me concentrer.

– Je compte sur toi. Débarrasse-toi de ce qui te parasite le cerveau. Si c'est la presse people qui te met dans cet état, il va falloir te blinder.

– J'essaie ! Elle raconte n'importe quoi sur moi à *Hollywood Confessions* et je dois me blinder ? Elle raconte n'importe quoi sur moi dans les émissions de télé les plus nulles ? Blinde-toi, Cate ! Elle est en couverture de *Secrets de stars* parce qu'elle a des révélations à faire sur sa fille ? Laisse faire, Cate, blinde-toi, endurcis-toi !

Les poings serrés, le souffle court, elle se leva, des larmes de rage roulant sur ses joues.

– J'aimerais te dire deux choses, murmura McCoy sans la quitter des yeux. La première en tant qu'être humain, père, ami. Tu as raison, tu as le droit d'être écœurée, fatiguée, énervée. Tout ça est injuste, pas correct, pas moral.

Il tapota le sol, l'invitant à se rasseoir et, à contrecœur, elle s'exécuta.

– Nous n'avons encore jamais abordé ensemble le sujet de Charlotte Dupont, poursuivit-il. Erreur de ma part, peut-être. Alors, permets-moi de te dire maintenant ce que je pense d'elle : c'est une femme méprisable sur tous les plans, et je suis désolé pour ce qui t'est arrivé, et ce qui t'arrive maintenant. Tu ne le mérites pas.

– La vie n'est pas régie par le mérite. Je m'en suis rendu compte à un très jeune âge.

– Bonne leçon. Mais j'espère qu'elle, elle aura ce qu'elle mérite. Ce qui m'inquiète, c'est comment cette photo de toi et de Darlie a pu être prise… J'ai eu une discussion avec la sécurité.

– OK, OK, je n'aurais pas dû vider mon sac. Ce n'est pas votre faute.

– Attends, je n'ai pas fini. J'ai une deuxième chose à te dire, cette fois en tant que metteur en scène : exploite ce qui te ronge, ta frustration, ta rage, l'envie de tout envoyer chier ! C'est ça que je veux voir, d'accord ? Maintenant, va manger un morceau, fais-toi remaquiller et montre-moi ce que tu as dans le ventre, ça marche ?

Elle se concentra, s'appliqua, se blinda, et au cours des semaines suivantes, elle prit une décision.

Elle attendit toutefois le moment propice pour en parler à ses proches. Les acteurs connaissaient l'importance du timing.

Noël approchait et les Sullivan prévoyaient de passer les fêtes à Big Sur. Cate avait pu facilement éviter d'y retourner, avec les tournages, le lycée, les efforts de ses proches pour la protéger. Mais cette année, son grand-père se faisait une telle joie de réunir la famille au complet qu'elle ne voulait pas lui gâcher son plaisir.

Elle n'avait jamais confié à personne, excepté à son psy, que ses cauchemars commençaient tous dans cette maison entre mer et montagne. Puisqu'elle devait s'endurcir, elle se ferait violence : elle y retournerait. Comme elle s'était fait violence pour apprendre à rouler sur la voie de droite et pour aller faire du shopping en pleine période de Noël. Déguisée, certes, accompagnée de sa garde du corps, mais elle était allée en ville acheter ses cadeaux.

Dans tous les cas, passer le réveillon à Big Sur serait plus agréable qu'à Los Angeles, où le vent chaud et sec renversait les pères Noël gonflables et les faux sapins couverts de fausse neige devant les centres commerciaux bondés de gens hystériques et en sueur.

L'an prochain serait différent, se promit-elle. Pour l'heure, elle devait faire bonne figure.

– On va arriver les premiers, dit Lily dans le jet privé, en consultant sur son smartphone le planning que son assistante personnelle lui avait envoyé. Ça nous laissera le temps de souffler avant l'invasion.

Quoi qu'il advienne, sa grand-mère d'adoption était toujours de bonne humeur, pensa Cate.

– Miranda, Josh et leurs enfants te manquent… dit-elle, préférant attendre un moment plus propice pour parler de ses projets. C'est cool que tu ailles vivre un an à New York, tu les verras plus souvent.

– Un an si la pièce ne fait pas un bide, répliqua Lily en arrangeant son foulard savamment noué. Ou si je ne me fais pas virer…

– N'importe quoi ! Vous allez cartonner ! Toi la première !

– Tu es gentille. J'ai tellement peur du flop que j'en ai des sueurs froides…

– Ma Mamie-Lil' n'a jamais fait de flop.

– Il y a une première à tout, marmonna Lily en se servant un verre de Perrier. Ça fait des années que je ne suis pas montée sur les planches, à Broadway qui plus est. Mais je ne suis pas dingue, je n'allais pas louper la chance de jouer dans *Mame*. Les répétitions ne commencent que dans six semaines, heureusement. J'ai le temps de me dérouiller la voix.

– Je t'ai entendue chanter sous la douche ce matin, déclara Hugh. Ça va, tu n'as pas la voix trop rouillée.

– Entre la douche et Broadway, il y a un monde, amour !

– Ils te mangeront dans la main. Après tout, la vie est un banquet.

– Et les pires fumiers crèvent de faim, répliqua Lily en riant. Au fait, à propos de banquet, Miranda m'a envoyé un texto ce matin pour me dire que Chelsea est devenue végane, du jour au lendemain. Il va falloir trouver quoi lui servir à manger.

Cate avait raté le moment propice… Tant pis, elle attendrait le prochain !

Si elle eut la gorge serrée tout le long du trajet en voiture depuis l'aérodrome, elle dissimula son malaise en feignant d'échanger des textos. Le téléphone constituait un excellent prétexte pour éviter de parler – ou de regarder la mer. Sitôt arrivée, elle s'affairerait à décharger la seconde voiture qui transportait les bagages et la montagne de cadeaux.

Son estomac se noua quand ils parvinrent à la péninsule et elle posa la main sur le bracelet d'hématite que Darlie lui avait offert pour Noël, en affirmant qu'il s'agissait d'une pierre apaisante, qui aidait à combattre l'anxiété. Cate n'en était pas convaincue, mais le simple fait de penser à son amie la réconfortait.

Perchée sur la colline, la maison n'avait pas changé, avec ses volumes cubiques et ses toits de tuiles rouges. Le pâle soleil d'hiver se reflétait sur les baies vitrées. Deux sapins de Noël dans de grands pots rouges encadraient la porte d'entrée. D'autres se dressaient sur les terrasses et le long de la passerelle menant à la piscine, tels des soldats au garde-à-vous. Derrière les fenêtres, on en devinait de plus petits. À l'arrière-plan, les montagnes couronnées de neige se découpaient dans un ciel radieux.

Cate aurait préféré ne pas revoir si nettement l'image de la petite fille qu'elle avait été, la main dans celle de sa mère, confiante, traversant la pelouse par un frais matin d'hiver.

Son grand-père lui déposa une bise sur la joue et lui chuchota à l'oreille :

– Ne la laisse pas venir t'embêter. Elle n'a rien à faire là. Elle n'a jamais été chez elle, ici.

Délibérément, Cate rangea son téléphone.

– Ce matin-là aura été la dernière fois où j'ai cru qu'elle m'aimait. Je n'avais que neuf ans, mais je sentais bien qu'elle n'avait pas d'amour à me donner. Ce matin-là, pourtant, quand elle m'a réveillée pour me dire qu'on allait se promener, j'y croyais. Vous trois, j'ai toujours su que vous m'aimiez. Je n'avais pas besoin d'y croire, je le savais.

À l'instant où la voiture s'immobilisa, elle ouvrit la portière et descendit. Le vent lui cingla le visage. Il avait un goût bleu, comme l'océan. Froid, bleu et familier.

À neuf ans, elle était trop jeune pour apprécier l'architecture de la maison. Aujourd'hui, elle était émerveillée par ses lignes épurées et élégantes, s'inscrivant si harmonieusement dans le paysage.

– Je compte au moins vingt-cinq sapins de Noël.

– Oh, il y en a plus, dit Lily. J'en ai commandé un pour chaque pièce. Je me suis amusée comme une petite folle, avec la déco de Noël ! Prête ? demanda-t-elle à Cate.

– Prête.

Main dans la main, elles pénétrèrent dans la maison. Ses grands-parents avaient dû embaucher une armée de lutins pour la décorer, pensa Cate en admirant le sapin qui trônait dans le salon, orné de chaussettes rouges brodées au prénom de chacun.

– Avec Josh qui s'est remarié et toutes ces naissances, il n'y a plus assez de place pour accrocher les chaussettes devant la cheminée, déclara Lily, les mains sur les hanches, en balayant la pièce du regard. C'est Hugh qui a eu l'idée de les mettre dans le sapin. Je trouve que ça rend très bien.

Des guirlandes de branchages, des couronnes de houx et de pommes de pin dorées, des bougies et de somptueux poinsettias complétaient le décor.

– Un Noël chez les Sullivan en toute simplicité, dit Cate.

Lily éclata de son rire guttural.

– Tu n'as encore rien vu ! Il me reste juste deux ou trois petites choses à vérifier… Montez vous installer, mes amours. On est dans les appartements de Rosemary, maintenant. On t'a réservé la suite où on dormait avant, tu te rappelles ?

– Bien sûr. Merci.

Cate l'embrassa, soulagée de ne pas séjourner dans la chambre de son enfance.

– Chassons les fantômes, dit Lily. Cette maison n'est qu'amour et lumière.

De retour chez lui pour les vacances de Noël, Dillon était heureux de retrouver les corvées du ranch. Extatiques, ses chiens le suivaient partout tandis qu'il remplissait les mangeoires et transportait des bottes de foin.

Parfois, il s'arrêtait pour contempler les champs et l'océan. Les chiens s'arrêtaient avec lui.

Là, il retrouvait tout ce qui lui était cher.

Non qu'il n'aimait pas la fac. Il était conscient que cette formation lui serait indispensable, plus tard, pour gérer l'exploitation familiale, et il avait de bonnes notes. Il aimait bien aussi ses camarades, même si parfois ils enfumaient tellement le dortoir avec leurs joints que l'air devenait irrespirable. Il aimait bien les soirées étudiantes, la musique, les longues discussions alimentées par la bière.

Les filles, aussi, surtout une à ce moment-là.

Mais chaque fois qu'il revenait à la maison, l'université lui semblait n'être qu'un rêve étrange, à mille lieues de la réalité.

Il avait beau essayer, impossible d'imaginer Imogene au ranch, ramassant des œufs, faisant du pain pour la coopérative, plongée avec lui dans la comptabilité, ou bien tout simplement contemplant l'océan et les champs.

En revanche, il n'avait aucun mal à se rappeler son corps nu. Pourtant, elle ne lui manquait pas autant qu'il l'aurait cru.

– Trop à faire, c'est tout, dit-il aux chiens qui le couvaient d'un regard adorateur.

Il ramassa la balle qu'ils avaient rapportée à ses pieds et la lança au loin. Tels des footballeurs professionnels, ils détalèrent à sa poursuite.

Imogene adorait les chiens. Sur son téléphone, elle avait des tas de photos de son loulou de Poméranie, Fancy. Elle prendrait peut-être la petite chienne avec elle, à la rentrée, quand elle s'installerait en colocation avec deux copines.

Elle faisait aussi de l'équitation, dans un club très chic, et elle montait très bien. Une chance, car Dillon n'aurait pas pu sortir avec une fille qui n'aimait ni les chiens ni les chevaux, même si elle avait été roulée comme un mannequin.

Quand Imogene aurait une chambre rien que pour elle, à la coloc, il aurait sûrement beaucoup plus souvent l'occasion de la voir nue.

Il lança à nouveau la balle, puis se dirigea vers les écuries. Après avoir sorti les chevaux, les uns au pré, les autres au paddock, il prit le temps de parler à Comet.

– Comment vas-tu, ma belle ?

La jument posa le museau sur son épaule, il posa la joue contre la sienne.

Encore deux ans et demi, et il reviendrait définitivement au ranch.

De sa poche arrière, il sortit une pomme, la coupa en quartiers, en mangea un et en donna un à Comet.

– Ne le dis pas aux autres, lui dit-il avant de lui tendre le reste.

Puis il s'empara de sa fourche et se mit au travail.

Ses muscles se souvenaient.

Il avait pris au moins trois centimètres depuis la rentrée universitaire, et pensait mesurer près d'un mètre quatre-vingt-cinq. Il avait trouvé un job dans un centre d'équitation, qui lui permettait d'entretenir sa condition physique tout en gagnant un peu d'argent en compagnie des chevaux.

En sortant la première brouette, il avait retrouvé le rythme, un garçon de dix-neuf ans devenu presque un homme, silhouette athlétique en jean et veste de travail, bottes maculées de boue.

Une vache poussa un long meuglement paresseux. Les chiens se disputaient la balle rouge à picots. Dans le paddock, une jument enceinte secouait nerveusement la queue. De la fumée montait des cheminées de la maison, le bruit de la mer en fond sonore, aussi clair qu'à bord d'un bateau.

En cet instant, il savourait le bonheur le plus pur et le plus complet.

Chapitre 12

Son petit déjeuner avalé, l'odeur du café, du bacon et des pancakes flottant encore dans la cuisine, Dillon envisagea d'envoyer un texto à deux de ses amis pour leur proposer de les voir en fin de journée. Il aurait ainsi le temps de seller Comet et de faire un tour avec elle, éventuellement de vérifier les clôtures.

Les femmes de sa vie, toutefois, en avaient décidé autrement.

– Il faut qu'on te parle, lança sa mère tout en nettoyant le plan de travail et la cuisinière, tandis qu'il chargeait le lave-vaisselle.

Gram était encore assise devant une tasse de café, le privilège de celle qui avait préparé le petit déjeuner.

– Rien de grave, j'espère ?

– Absolument pas, Julia se contenta-t-elle de répondre.

Dillon savait qu'il aurait beau la supplier, la tarauder, la cajoler, rien n'y ferait : elle ne lui dirait pas un mot de plus tant qu'elle estimerait que ce n'était pas le moment.

Il termina donc de remplir le lave-vaisselle.

Puis, comme il avait déjà bu suffisamment de café, il se décapsula un Coca et se réinstalla à la table de la cuisine, où se tenaient toutes les discussions importantes.

– Que se passe-t-il ?

Avant de s'asseoir, sa mère lui donna une brève accolade.

– J'essaie de me convaincre que ça ne me manque pas trop, quand tu n'es pas là, ces conversations autour de la table après les corvées du matin…

– Je pensais aller me balader avec Comet. Elle a besoin d'exercice. J'en profiterai pour jeter un coup d'œil aux clôtures. À ce propos, d'ailleurs, je voulais vous dire que ce serait peut-être bien de les changer. Certains piquets sont plus vieux que moi… OK, ça coûtera cher, mais ça revient cher aussi, à la longue, de réparer ces vieilles barrières qui ne sont ni très pratiques ni très écologiques.

– Futur ingénieur agronome, dit Maggie en sirotant son café.

Elle s'était teint les cheveux pendant les vacances, et portait une tresse rouge, une autre verte.

– C'est vous qui m'avez envoyé à la fac.

– J'avoue avoir un faible pour les étudiants, surtout les beaux garçons comme toi.

– On reparlera des clôtures, déclara Julia, quand tu nous auras chiffré le coût du remplacement.

– Je suis en train de le calculer.

Dillon n'avait pas l'intention d'aborder le sujet avant d'avoir établi un projet détaillé, mais à la différence de sa mère, il était incapable de tenir sa langue.

Il s'employait toutefois à faire un gros travail sur lui, en ce sens-là.

– OK, ton idée n'est pas inintéressante, dit-elle. En attendant, on voulait te parler de l'avenir. Tu as autant d'années d'études devant toi que derrière, mais le temps passe vite. D'ici deux ans, tu devras prendre des décisions.

– Ma décision est prise, maman, tu le sais. Elle n'a pas changé et elle ne changera pas.

– Gérer une exploitation agricole, s'occuper des bêtes, dépendre des récoltes… c'est une vie gratifiante mais difficile, contraignante, physiquement éprouvante. Nous ne t'avons pas envoyé à l'université uniquement pour que tu décroches un diplôme, bien que ce soit important. On voulait aussi que tu voies autre chose, que tu vives de nouvelles expériences, que tu découvres le monde au-delà de notre petit univers.

– Que tu sortes aussi un peu de cette maison gouvernée par deux bonnes femmes, ajouta Gram.

– Tout à fait, approuva Julia avec un sourire à l'attention de sa mère. Je sais, nous savons que tu aimes le ranch, mais je voulais que tu connaisses autre chose, que tu rencontres d'autres gens. Je tenais à t'offrir l'opportunité d'explorer d'autres possibilités.

Mal à l'aise, Dillon but une gorgée de Coca.

– Vous avez d'autres projets ? Vous allez m'annoncer que vous vendez ?

– Pas du tout. Je suis juste en train de t'expliquer que je ne voulais pas fermer de portes à mon fils – la plus belle chose que j'aie jamais faite en ce bas monde.

– Je me débrouille plutôt bien à la fac. Il y a plein de cours qui m'intéressent plus que je ne pensais – je veux dire, outre la gestion agricole et la connaissance du monde rural. J'aime bien aussi discuter politique et refaire le monde avec mes copains. Ça ne sert à rien, mais c'est enrichissant d'échanger des points de vue. Je vois ce que les autres étudient, vers quoi ils se dirigent, et je suis parfois admiratif. Ce matin, je me suis arrêté deux minutes pour regarder le paysage… Nulle part je ne serai plus heureux qu'ici. Je sais ce que je veux. Si je m'applique pour obtenir mon diplôme, c'est uniquement parce qu'il m'aidera à mieux gérer le ranch. C'est mon objectif et je suis déterminé à l'atteindre.

Julia se renversa contre le dossier de sa chaise.

– Ton père aimait ce ranch, il était prêt à tous les sacrifices, mais il n'y était pas attaché de la même manière que moi, ou que toi. Alors si ta décision est prise, c'est d'accord.

Là-dessus, elle se leva et quitta la pièce.

– C'est tout ? s'étonna Dillon.

– Non, répondit sa grand-mère. Tu as très bien parlé, bravo. Elle sait que tu es sincère, je le sais aussi. Ton discours sur le ranch a mûri depuis que tu as commencé la fac.

– C'est vrai, je sais vraiment ce que je veux, maintenant.

– Parfait ! le félicita Maggie en lui ébouriffant les cheveux. On t'a un peu forcé à faire des études, je le reconnais, mais tu ne le regretteras pas.

Et elle adressa un regard complice à Julia lorsque celle-ci revint avec un document enroulé.

– Quand tu auras ton diplôme, tu auras vingt-deux ans. Un homme de cet âge-là n'a rien à faire sous le même toit que sa mère et sa grand-mère. Il a besoin d'intimité, d'indépendance.

– Pour pouvoir inviter des filles dans son lit, par exemple, ajouta Gram avec un sourire entendu.

– Vous me mettez dehors ?

– Pour ainsi dire. Nous vivrons tous les trois du ranch, dit Julia en déroulant le document, mais… nous avons longuement discuté des diverses possibilités, et nous pensons que celle-ci est la meilleure.

Dillon l'examina avec attention. Il s'agissait d'un plan, estampillé par un architecte, concernant une nouvelle construction derrière les écuries.

– Une jolie petite maison, précisa sa mère, assez loin de la nôtre pour que tu sois tranquille, assez près pour qu'on se voie souvent. Deux chambres, deux salles de bains, un living, une cuisine, une buanderie.

– Confortable pour une garçonnière, commenta Maggie avec un clin d'œil.

– De grandes fenêtres, une petite galerie. Il ne s'agit que d'une ébauche, on peut y apporter des modifications, si on le souhaite.

– C'est… C'est super. Je ne m'y attendais pas. Vous n'étiez pas…

– Si, on était obligées ; tu auras besoin d'un chez-toi. Je suis contente que tu désires rester là, mais il faudra bien que tu quittes le nid un jour. Quand tu auras une famille, que je serai grand-mère, dans un avenir lointain, on échangera. Gram et moi, on ira dans la petite maison et toi, tu t'installeras ici.

Dillon éprouvait le même sentiment que face au paysage : le bonheur le plus pur et le plus complet.

– Je pourrai quand même prendre le petit déjeuner avec vous ?

Là-dessus, en songeant que ce Noël serait le plus beau de sa vie, il partit seller Comet et vérifier les clôtures. Ensuite, il irait manger une pizza avec ses copains.

Son téléphone vibra à la réception d'un texto. Imogene. Mince, il avait complètement oublié de lui envoyer un message. Que lui dire ?

« Tu me manques aussi. Dsl, réunion de famille impromptue. »

Quoi d'autre ?

« Je parie qu'il fait chaud à San Diego. Si tu es à la piscine, envoie une photo. Ne t'amuse pas trop sans moi. »

Quelques secondes plus tard, il recevait un selfie de sa petite amie en Bikini.

« Pas de regret de ne pas être là ? »

Oh que si…

« Pardon, tu disais ? Je crois que j'ai comme une absence… Devine à quoi je vais penser toute la journée ;-) On s'appelle + tard. J'ai du boulot. »

Il regarda de nouveau la photo, en réprimant un petit gémissement de désir. Imogene affichait cette moue boudeuse qui le faisait craquer. Néanmoins, quand il tenta à nouveau de l'imaginer au ranch avec lui, il en fut incapable, malgré l'image devant ses yeux.

Les chiens se mirent à aboyer une fraction de seconde avant que lui-même ne distingue un bruit de moteur. Il empocha son téléphone, ajusta son chapeau, et reconnut l'une des voitures de Hugh Sullivan. Avec un sourire, il siffla les chiens et leur lança la balle dans la direction opposée.

Toutefois, il ne s'agissait ni de Hugh ni de Lily.

Elle descendit de la voiture les bras chargés d'un énorme bouquet de lys rouges. Le vent faisait voler ses cheveux noirs ; elle les écarta de son visage.

Dillon s'était toujours demandé ce que signifiait l'expression « répondre aux canons de la beauté féminine ». Il comprenait à présent qu'il en avait un exemple sous les yeux.

Elle remonta ses lunettes de soleil, et il rencontra ses yeux bleus tandis qu'elle s'avançait en souriant. Les chiens s'élancèrent vers elle en jappant comme des fous.

– Ils ne…

Avant qu'il n'ait pu préciser qu'ils ne mordaient pas, elle s'accroupit afin de les caresser.

– Gambit et Jubilee, dit-elle en riant. Je ne vous connaissais pas encore, mais j'ai entendu parler de vous. Je suis Cate, ajouta-t-elle en levant les yeux vers Dillon.

Il l'avait reconnue, quand bien même elle ne ressemblait pas du tout à la fille délurée qu'elle incarnait dans le film qu'il était allé voir un mois plus tôt. Pas plus qu'aux nombreuses photos qui circulaient sur Internet.

Elle était… canon !

– Je suis Dillon.

– Mon héros.

Son cœur dansa une gigue aussi endiablée que son camarade de dortoir quand il était éméché. Cate se redressa, sans se soucier des traces de boue que les chiens avaient laissées sur ses bottes – des cuissardes de cuir noir très très sexy, sur ses longues jambes vêtues d'un jean moulant.

– Ça remonte à loin… dit-elle. Je n'étais jamais revenue…

Dillon se trouva incapable de formuler une phrase cohérente. En rejetant ses cheveux derrière ses épaules, elle regarda autour d'elle.

– Qu'est-ce que c'est beau… Je n'avais pas vraiment fait attention, à l'époque. Comment fais-tu pour travailler dans ce cadre magnifique ?

– Eh bien… je le contemple quand j'ai fini !

– J'avais presque oublié la vue grandiose qu'on a depuis chez mon grand-père. J'ai passé presque toute la journée à admirer le paysage, hier. Mais aujourd'hui, il y a plein d'invités, j'avais envie de prendre l'air. Et je tenais à venir enfin vous remercier de vive voix. J'échange des mails avec ta mère, de temps en temps.

– Ouais, je sais.

– Elle est là ?

– Hein ? Oui, pardon. Viens…

Il l'entraîna vers la maison, tout en cherchant un sujet de conversation.

– Tu n'as plus les cheveux bleus ?

– Non, j'ai retrouvé ma couleur naturelle.

– J'ai bien aimé le film. C'est drôle… Tu n'avais pas la même voix.

– J'avais la voix de Jude. Je suis Cate.

– C'est vrai, acquiesça-t-il.

Devant les marches de la galerie, il retira un bandana bleu de sa poche.

– Attends, les chiens ont sali tes bottes, laisse-moi les essuyer.

Il s'accroupit, et elle garda le silence, ce qui permit à Dillon de reprendre ses esprits.

– Tu es là pour Noël ?

– Oui, on est tous là, la horde des Sullivan.

Dillon poussa la porte, elle le suivit à l'intérieur. Un sapin de Noël se dressait devant la fenêtre du salon, couronné d'une étoile, les cadeaux empilés dessous. L'air sentait le feu de cheminée, les chiens et les gâteaux.

– Assieds-toi, je vais appeler ma mère et ma grand-mère.

Gambit et Jubilee lui emboîtèrent le pas, comme attachés à des laisses invisibles. Cate en profita pour respirer un grand coup.

Heureusement, elle n'avait pas fait de crise de panique. Elle appréhendait cette visite, elle était nerveuse, mais les chiens avaient contribué à dissiper son stress.

Dillon avait changé. Très grand, moins maigre, avec ses bottes usées et son chapeau de cowboy, il avait un look de rancher – jeune et sexy. Toujours aussi gentil, pensa Cate en touchant son bracelet. Quand il avait essuyé ses bottes, elle en avait eu les larmes aux yeux.

Un geste de pure bienveillance.

Elle se leva lorsque Julia apparut au bas de l'escalier, les cheveux rassemblés en une queue de cheval un peu décoiffée, une chemise écossaise sur un jean de travail.

– Caitlyn ! s'exclama-t-elle en l'embrassant. Ça, c'est une bonne surprise ! Tu as grandi, tu es superbe ! Dillon est allé chercher Gram. Elle ne va pas en croire ses yeux !

– Ça me fait tellement plaisir de vous revoir… Je n'avais jamais eu l'occasion…

Cate tendit le bouquet de lys à Julia.

– Merci, ils sont magnifiques. Viens avec moi dans la cuisine, que je les mette dans l'eau. J'espérais bien que tu viendrais nous voir, quand tu m'as écrit que toute ta famille se réunissait à Big Sur, cette année.

– Rien n'a changé ici… murmura Cate.

– J'aimerais refaire la cuisine, mais il faudrait que je me décide. Assieds-toi.

Quand l'angoisse l'étreignait, c'était l'un des endroits où Cate se transportait mentalement.

– J'adore… Pour tout vous avouer, j'ai vraiment hésité à venir…

Julia sortit deux vases. Cate avait dû acheter tous les lys rouges de Big Sur.

– Ah bon ? Pourquoi ?

– Quand je fais des cauchemars et que je n'arrive pas à me rendormir, je pense à votre maison. Conseil de mon psy. Ça m'aide beaucoup, ça me rassure. J'avais peur de ne pas retrouver ce sentiment de sécurité… Mais si, je me sens toujours aussi bien, ici ! Et je pense que ça n'y changera rien si vous transformez la cuisine.

Maggie apparut à son tour dans le couloir et Cate se leva pour l'embrasser chaleureusement, à présent parfaitement détendue.

– J'adore vos tresses, la complimenta-t-elle.

– Merci. Dillon, va chercher un Coca et des cookies pour notre jeune amie. J'espère qu'une partie de ces fleurs sont pour moi.

– À ton avis, maman, pourquoi je les ai mises dans deux vases ?

– Je demandais juste… Assieds-toi donc, Cate, et parle-moi un peu de tes amoureux.

Avec une moue dépitée, Cate forma un zéro avec son pouce et son index.

– Ah, laisse-moi te donner quelques conseils…

Avec les Cooper, elle passa une heure dont elle savoura chaque minute. Et lorsque Dillon la raccompagna à sa voiture, elle prit de nouveau le temps de contempler les champs, la mer, le bétail, les chevaux.

– Tu as vraiment de la chance.

– Je sais.

– C'est bien que tu en sois conscient. Bon… Je vais te laisser… Tu dois avoir des tonnes de choses à faire.

– Je m'apprêtais à partir faire le tour des clôtures à cheval. Tu sais monter ?

– J'adore ! Mais je n'ai pas refait de cheval depuis que je suis revenue à Los Angeles. Quand je vivais en Irlande, on avait des voisins qui avaient des chevaux. Je montais dès que j'en avais l'occasion.

– Je peux t'en seller un quand tu veux.

– Avec plaisir. J'essaierai de revenir bientôt. Je suis contente d'avoir revu le ranch à la lumière du jour. Joyeux Noël, Dillon.

– Joyeux Noël.

Il regarda la voiture s'éloigner, en imaginant Cate partager sa vie de rancher… et contrairement à Imogene, il n'avait aucun mal à la voir dans ce rôle. Une star de cinéma… L'idée lui parut tellement saugrenue qu'il s'efforça de l'oublier, tout en préparant sa monture.

Alors qu'elle redoutait que la visite au ranch soit source d'angoisse, Cate y avait puisé de l'énergie. Question de timing, sans doute, encore une fois…

Ses cousins se livraient un match de football sur la pelouse, un peu trop violent à son goût, si bien qu'elle refusa de se joindre à la partie malgré leur insistance, et préféra retrouver Lily, Maureen et Miranda dans le salon.

– On profite d'une parenthèse sans enfant et sans homme, dit Lily. Les petits jouent dans la salle de jeux ; tu as dû voir les grands s'étriper pour un ballon de foot.

– On se tient prêtes à prodiguer les premiers secours, renchérit Maureen. En attendant, on savoure un moment de calme. Viens t'asseoir près de moi. Quoi de neuf, ma belle ?

Cate s'installa sur le canapé ; sa tante lui enlaça les épaules.

– Oh, pas grand-chose…

– Je suis sûre qu'on va bientôt te proposer un nouveau film. D'ici là, profite des vacances. Une partie de tes cousines prépare un voyage à Cancún, au printemps. Ça ne te tenterait pas de partir avec elles ?

– Mallaury n'arrête pas de me tanner à propos de ce voyage, déclara Miranda, qui crochetait une écharpe de plusieurs tons de bleu.

Elle avait peut-être hérité de la chevelure flamboyante de sa mère, mais elle était la femme la plus posée que Cate ait jamais rencontrée.

– Quand je pense qu'elle finit le lycée en mai… Le temps passe à une allure… Je n'arrive pas à y croire. Elle a postulé à Harvard. Toi aussi, tu termines le lycée cette année, non, Cate ?

– Oui. En fait, j'ai déjà fini tous mes contrôles continus.

– Et tu ne nous avais rien dit ? s'exclama Lily.

– Il s'est passé tellement de choses…

– Tout de même… Nous devrons fêter ça, ma chérie !

– Je n'irai pas à la remise des diplômes.

Le sourire de Lily s'effaça, et la contrariété assombrit son regard de tigresse.

– Si tu n'en as pas envie…

– J'aurais bien aimé, pourtant, si… Mais bref, l'important, c'est que j'aie mon diplôme. Papa ne devrait pas tarder à le recevoir.

Lily et Maureen échangèrent un regard.

– Qu'est-ce que tu penses faire, l'an prochain ? T'inscrire à l'université ? Prendre une année sabbatique ? Te lancer à fond dans le cinéma ?

Lily devança la réponse de sa petite-fille :

– Tu peux prendre le temps de réfléchir. Tu as toujours été une élève brillante. Tu as des millions de possibilités et de choix.

– Je ne suis pas faite pour Harvard.

– Ne te déprécie pas, intervint Miranda, sans cesser de manier son crochet. Tu es une jeune femme pleine de talents. Tu as fini le lycée haut la main tout en exerçant un métier difficile, sans parler des complications créées par ta psychopathe de mère.

Prononcées avec un calme olympien, ces paroles furent suivies d'un instant de silence.

– Quoi ? J'ai dit quelque chose qu'il ne fallait pas ?

– Pas du tout. Je t'adore, Miri !

– Moi aussi je t'adore, maman. Je me répète, mais ne te déprécie pas, Cate. Trop de femmes ont tendance à se sous-estimer. J'ai été à bonne école, mais j'ai appris à croire en moi et à me donner les moyens de réaliser mes ambitions. Ne doute pas de tes capacités.

– Excellente leçon, approuva Lily. Puisque tu as fini les cours, tu pourras venir me voir à New York et passer une semaine ou deux avec moi.

– Je n'ai pas envie d'aller te voir à New York, répliqua Cate d'un ton plus sec qu'elle n'aurait voulu.

Et elle vit le choc se peindre sur les traits de Lily.

– Je n'ai pas envie d'aller te voir, répéta-t-elle d'une voix plus douce, j'ai envie de partir à New York avec toi.

– Euh… Je ne te suis pas, ma puce…

– Je veux passer l'année à New York avec toi.

– Ma chérie, ce serait avec grand plaisir, mais…

– Non, ne m'énumère pas les raisons pour lesquelles ce n'est pas possible. Écoute plutôt mes raisons à moi.

– Lève-toi, chuchota Maureen à Cate. Tu vibres d'énergie. Lève-toi, exploite ces vibrations.

Un instant, Cate arpenta le salon afin de calmer sa respiration.

– Je ne peux plus habiter à L.A., dit-elle. Je ne peux aller nulle part, je ne peux rien faire. Chaque fois que je pense être tranquille, ma mère me refait un sale coup et la foire médiatique recommence.

En voyant les visages se rembrunir, elle s'interrompit et demanda :

– Quoi ? Qu'est-ce qu'il y a encore ?

– Elle s'est fiancée, répondit Lily. Avec Conrad Buster, des Buster's Burgers.

– Buster's Burgers ? répéta Cate d'une voix suraiguë qui se mua en rire nerveux. Tu es sérieuse ?

– Toute la presse se demande combien de Triple B's à la sauce magique elle s'est enfilée avant de lui passer la corde au cou, maugréa Maureen.

– Je me souviens d'un laïus qu'elle m'a fait un jour sur les méfaits de la viande rouge, dit Miranda en changeant de pelote. Et la voilà reine de Busterville !

– Il a soixante-dix-sept ans, précisa Lily en prenant une orangette dans le plateau posé sur la table. Deux ex-femmes mais pas d'enfants, une fortune obscène. Hier soir, il lui a passé au doigt un diamant de vingt-cinq carats. L'info faisait le buzz ce matin.

– Si j'avais un verre, je trinquerais à sa santé, dit Cate. Manger des burgers et organiser son mariage devrait l'occuper un moment. Pendant ce temps, elle me fichera peut-être la paix.

De nouveau, ces propos furent accueillis par un silence de plomb.

– Quoi ? Dites-moi tout.

– Elle espère que sa fille voudra bien se radoucir à son égard et être sa demoiselle d'honneur.

– Oh punaise, c'est de l'acharnement… Elle a tout ce qu'elle veut, maintenant : l'argent, la gloire, un mari plein de pognon sans héritier, mais il faut qu'elle s'acharne sur moi…

Furieuse, Cate se remit à faire les cent pas rageusement. Un feu de bois crépitait dans la cheminée, l'océan s'étendait à perte de vue derrière la fenêtre, le sapin de Noël scintillait, mais en elle, tout s'était éteint, tout s'était fermé.

– Elle ne s'arrêtera jamais, ajouta-t-elle, les dents serrées. Elle fera tout pour m'empêcher de faire carrière dans le cinéma. Elle veut me briser. Elle ne peut pas causer de tort à papa et à Grandpa, ils sont trop célèbres. Alors elle s'en prend à moi, la petite débutante.

– Ne la laisse pas saper ta vocation, Catey.

– Trop tard, Mamie-Lil', le mal est fait, murmura Cate en s'asseyant sur le bras du fauteuil, devant la fenêtre, où son arrière-grand-mère s'asseyait autrefois. À cause d'elle, je n'éprouve plus aucune joie à faire du cinéma. Je ne sais pas si j'y retrouverai du plaisir… Je ne sais pas si j'ai envie d'essayer. J'ai terminé la production parce que je ne pouvais pas laisser tomber l'équipe, et j'ai donné le meilleur de moi-même, mais là, je n'en peux plus. J'ai besoin de vivre ma vie, j'ai besoin d'aller voir ailleurs. Je ne sais pas encore ce que je voudrai faire plus tard, mais je ne m'épanouirai jamais à LA. J'ai envie de pouvoir sortir sans perruque et sans garde du corps, de fréquenter des gens de mon âge, de rencontrer des garçons qui ne s'intéresseront pas qu'à mon nom de famille. Peut-être que je ferai des études, ou peut-être que je trouverai un job. Je veux juste vivre ma vie sans qu'on me surveille et qu'on s'inquiète tout le temps pour moi.

– À New York aussi, il y a des paparazzis, souligna Lily.

– C'est différent, les New-Yorkais ne sont pas obnubilés par les cancans de l'industrie cinématographique. Je t'en supplie, laisse-moi partir avec toi ! Je pourrais attendre d'avoir dix-huit ans pour faire ce que je veux sans rien demander à personne, mais je préfère que tu sois d'accord.

La porte d'entrée claqua et le plus jeune des fils de Miranda fit irruption dans le salon en hurlant.

– Flynn, il y a un mur invisible devant toi.

– Maman !

– Invisible mais infranchissable. Je te ferai signe quand je serai disponible pour toi.

Avec une grimace exprimant toute la frustration d'un préado de douze ans, Flynn tourna les talons et repartit.

– Excuse-moi, Cate, tu disais ?

– Je crois que j'ai dit tout ce que j'avais à dire.

– Qu'elle ait brisé ta vocation me fend le cœur, murmura Lily. Tu sais combien je t'aime, tu sais que je te considère comme ma propre petite-fille... Au fait, vous avez vu que Flynn avait la lèvre en sang ?

Tout en continuant son crochet, Miranda hocha la tête.

– Ce n'est pas la première fois, ce ne sera pas la dernière.

Lily se tourna de nouveau vers Cate.

– Ce sera un plaisir de t'avoir avec moi à New York. Je serai bien occupée, avec les répétitions et les rendez-vous, mais tu as de la famille, là-bas. Si c'est ce que tu désires vraiment, j'en parlerai à ton père.

– C'est mon désir le plus cher. Merci.

– Ne me remercie pas encore, répliqua Lily en se levant. Inutile de remettre à plus tard ce qu'on n'a pas envie de faire, je vais de ce pas voir ton père.

– Et moi, je vais m'occuper de Flynn, dit Miranda en posant son ouvrage. Bien joué, chuchota-t-elle à Cate en exerçant une pression sur son bras.

– Allons faire un tour, suggéra Maureen en enlaçant les épaules de sa nièce et en l'entraînant dans le couloir. Laisse-moi juste prendre un manteau.

– Je devrais peut-être aller parler à papa avec Mamie-Lil'...

– Laisse-la faire. Tu sais, je connais quelques jeunes gens de ton âge, à New York, qui ne travaillent pas dans le cinéma. Miri et Mallory te présenteront aussi du monde.

– Des beaux garçons de dix-huit, dix-neuf ans ?

– Ça devrait être possible.

Cate vit tout de suite que Lily avait parlé à son père lorsque celui-ci frappa à la porte ouverte de sa chambre.

– Coucou, je m'apprêtais à descendre, mais entre. Tu es fâché ? demanda-t-elle quand il ferma la porte, se préparant au pire.

– Non, contrarié seulement. Pourquoi ne pas m'avoir dit que tu étais malheureuse ?

– Tu n'aurais rien pu faire.

– Qu'est-ce que tu en sais ? Mince, Caitlyn ! Si tu ne me dis rien, je ne risque pas d'essayer de faire quoi que ce soit.

– Tu es en colère, OK... Je ne voulais pas venir pleurer dans ton giron, une fois de plus. J'ai le droit de décider de ce que je veux. Comme Charlotte a le droit de déblatérer des conneries que les journalistes s'empressent de gober.

– Non, elle n'a pas le droit de te rendre malheureuse et de te pousser à arrêter le cinéma. Je n'ai pas réagi pour ne pas te compliquer encore plus la vie, mais Charlotte n'est pas la seule à pouvoir se servir de la presse.

– Hors de question ! s'écria Cate, rebutée par cette perspective. Elle serait trop contente qu'on rentre dans son jeu.

– N'en sois pas si sûre. Jusque-là, je n'ai pas voulu lui faire de coups bas, mais ça ne signifie pas que je n'en suis pas capable.

– C'est vrai, tu pourrais lui faire du mal. Elle te sous-estime, je crois. Elle nous sous-estime tous. Parce qu'elle nous hait, elle nous rabaisse, elle…

Cate s'interrompit afin de chercher ses mots, tout en promenant un doigt sur le pilier sculpté du lit à baldaquin.

– Je la comprends mieux que tu ne penses, reprit-elle. Quand j'ai été kidnappée, Lily a dit qu'elle n'avait pas de cœur, pas d'affect, que c'était une mère indigne.

– Tu te souviens de ça ?

– Je me souviens de tout, dans les moindres détails, affirma Cate en soutenant le regard de son père. Je me rappelle que tu m'as prise dans tes bras quand je me suis réveillée, terrorisée. Je me rappelle Mamie-Lil' qui chantait en duo avec moi pendant que je prenais ma douche pour que je sache qu'elle était là, tout près.

– J'ignorais que vous aviez chanté en duo…

– Je me rappelle les pancakes de Nina, le puzzle que j'ai fait avec Grandpa, le feu de cheminée, le brouillard sur la mer. Je me souviens de tout ce qu'elle a dit, de tout ce que j'ai dit, des paroles de chacun.

Cate s'assit au bord du lit avant de poursuivre :

– De son côté, je mettrais ma main à couper qu'elle n'arrête pas de se rejouer la scène, dans le rôle de l'héroïne ou de la victime, selon l'humeur. Depuis toutes ces années, je parie qu'elle rumine sa revanche, pour se venger de moi, de Grandpa et de Mamie-Lil', de toute la famille, et surtout de toi, parce que tu as choisi mon camp et pas le sien.

– Ce n'était pas un choix, murmura Aidan prenant dans ses mains le visage de sa fille. Tu n'as jamais été un choix, mais un cadeau. Si on retournait en Irlande ?

– Ce ne serait que se cacher. L'Irlande m'a apporté beaucoup de choses mais, aujourd'hui, je n'y trouverai pas ce que je recherche.

– Pourquoi New York ?

– Parce que c'est à l'autre bout du pays, le plus loin que je puisse aller sans quitter les États-Unis. Et puis je serai avec Mamie-Lil', là-bas, et il y aura Mo et Harry, Miranda et Jack, les cousins. Ils veilleront tous sur moi, tu le sais. Je ne serai peut-être pas complètement anonyme, mais je n'aurai pas tout le temps l'impression d'être traquée.

– C'est le cas ici ?

– Oui, en permanence. Pour le moment, je ne veux plus faire de cinéma.

J'ai perdu la foi… Le cinéma n'est pas juste un gagne-pain pour les Sullivan. Je ne veux pas être une actrice sans conviction. Elle pensera avoir gagné – nous, on saura que non –, et j'espère qu'elle passera à autre chose. Son mari a de l'argent et le bras long, il lui achètera des rôles, il relancera sa carrière.

– Tu l'as bien cernée, dit Aidan en regardant la mer par la fenêtre. J'ai passé dix ans de ma vie avec elle, à lui trouver des excuses, à fermer les yeux.

– Pour mon bien. Tu l'as aimée, je le sais, mais tu lui pardonnais beaucoup de choses dans mon intérêt. Sinon, tu n'aurais jamais sacrifié dix ans pour elle.

– Je ne sais pas.

– Depuis, tu n'as eu aucune relation sérieuse, à cause de moi.

– Non, protesta-t-il en faisant volte-face. Tu n'y es pour rien, c'est moi qui n'ai plus confiance en moi. Ça se comprend, non ?

– Tout à fait. Mais tu dois me faire confiance et me laisser partir à New York.

– Ce sera dur, murmura-t-il en prenant sa fille dans ses bras. Je viendrai te voir souvent, il faudra le tolérer. Ton grand-père aussi, tu le sais. Les deux femmes de sa vie seront sur la côte est.

– Vous êtes les deux hommes de ma vie.

– Je compte sur toi pour m'envoyer des textos tous les jours et m'appeler au moins une fois par semaine. Les textos le premier mois, les appels toute la vie.

– Ça marche.

Il posa le menton sur sa tête. Sa fille lui manquait déjà.

Chapitre 13

New York

Les premières semaines, Cate se cantonna dans les limites de l'Upper West Side, où ses grands-parents possédaient un appartement. Elle ne s'aventurait dans d'autres quartiers qu'avec Lily, Maureen, Miranda ou ses cousins.

Comme la fin de l'hiver new-yorkais était rude comparé au climat de la côte ouest, elle n'était pas frustrée de ne pas trop sortir. Quand elle mettait le nez dehors, emmitouflée jusqu'aux oreilles, il était quasiment impossible de la reconnaître. Elle aimait se promener en ville, explorer les rues bordées de boutiques, de cafés et de restaurants, à mille lieues des chemins et des routes de campagne de Mayo.

Au printemps, lorsque les températures commencèrent à remonter, elle avait acquis une assurance considérable et appris à savourer le goût de la liberté.

Par l'intermédiaire de ses cousins, elle avait rencontré des jeunes de son âge, la plupart trop blasés pour être impressionnés par la famille Sullivan. Les acteurs de la génération de son père et de son grand-père appartenaient selon eux à une époque préhistorique.

Tant mieux.

Elle apprit à marcher vite comme une New-Yorkaise, et après quelques erreurs, à s'orienter dans les couloirs du métro. Elle préférait se déplacer à pied ou en transports en commun plutôt qu'en taxi. Toutes ces voix, ces accents, toutes ces langues, tous ces styles, tous ces looks la fascinaient. Et personne ne lui prêtait la moindre attention.

Avant de quitter Los Angeles, elle était allée chez Gino, qui lui avait fait une coupe dégradée effilée avec un joli balayage. Parfois, elle-même avait du mal à se reconnaître.

Les répétitions de *Mame* avaient commencé. Cate y assistait une ou deux fois par semaine, curieuse de suivre l'évolution de la pièce, captivée par les voix des acteurs, fortes et affirmées, triomphantes ou tremblantes, caressantes ou coupantes, par le rire sonore de Lily, ou plutôt, en l'occurrence, celui de Mame. Certains comédiens étaient nés pour certains rôles ; Cate trouvait que Lily *était* Mame.

Dans la salle de théâtre vide, elle composa un texto pour son père :

« Dernières nouvelles de New York : je regarde le metteur en scène diriger Mame et Vera dans la scène 5 du premier acte. Lily est en legging, Vera en jean, mais on les imagine aisément en costume.

Mimi, l'assistante de Lily, a dû rentrer à L.A. pour aider sa mère qui s'est cassé une cheville. Du coup, je la remplace pour une quinzaine de jours.

Tu diras à Grandpa que Lily est hyper contente qu'il vienne la semaine prochaine. Il lui manque, à moi aussi. Toi aussi, tu me manques, beaucoup ;-) Je vais me faire percer la langue et tatouer les deux avant-bras. Non, je plaisante. Quoique… »

Sourire aux lèvres, elle envoya le message. Puis, les coudes en appui sur le dossier du siège devant elle, elle se laissa happer par la magie du spectacle vivant.

À la pause, alors que le metteur en scène s'entretenait avec le chorégraphe et le régisseur, Lily lui adressa un signe de la main.

– Toujours là, ma chérie ?

Cate prit son grand *tote bag* et s'approcha du plateau.

– Viens, monte.

Elle passa par les coulisses, où les artistes s'étiraient et chauffaient leurs voix.

– Tiens, dit-elle à Lily en lui donnant une barre de protéines et une bouteille d'eau plate à température ambiante.

– Merci, ma puce. Mimi devra bien se tenir si elle veut conserver son job.

– Il faut bien que quelqu'un chouchoute ma Mamie-Lil' pendant que son assistante préférée n'est pas là.

Lily se laissa tomber dans un fauteuil pliant, s'étira les jambes et fit des rotations de chevilles.

– Heureusement que tu es là ! J'avais oublié que la comédie musicale, c'était aussi physique.

– Tu veux que Bill passe te faire un massage, ce soir ? Il serait dispo à 18 heures, j'ai vérifié. Je peux aussi te faire livrer une salade de penne de chez Luigi pour 19 h 30. Les sucres lents sont le meilleur des carburants.

– Ma puce, tu es une perle.

– Mimi m'a laissé des consignes.

– Comment se fait-il que j'aie un masseur nommé Bill ? Ça devrait être Sven ou Esteban.

– Des mains d'or, si j'ai bonne mémoire, répondit Cate en mimant le geste du massage.

– Ah oui, exact. Réserve-le pour 18 heures. Alors, comment tu trouves la pièce ?

– Honnêtement ?

– Oh mon Dieu… Vas-y, je suis capable de tout entendre.

– Je sais que tu ne connaissais presque pas Marianne. Encore moins Tod et Brandon, mais le public croira que Mame et Vera ont toujours été les meilleures amies du monde, et que Patrick est l'amour de ta vie.

Lily but une longue gorgée d'eau.

– J'adore ton honnêteté !

– Le théâtre est tellement différent du cinéma. Tu ne fais pas trente-six prises, tu n'attends pas des heures pour savoir s'il faut refaire la scène ou non. Tu n'as pas droit à l'erreur. Tu dois connaître ton texte sur le bout des doigts, te rappeler chacun de tes gestes, chacun de tes déplacements. L'énergie n'est pas du tout la même.

– Tu es en train d'attraper le virus ?

– Moi ?

Cate secoua la tête et s'avança en bord de scène, regarda les rangées de fauteuils, du parterre jusqu'aux balcons, imagina autant de regards braqués sur elle.

Une mise à nu sans filet.

Pour s'amuser, elle exécuta quelques pas de danse, et éclata de rire lorsque Lily applaudit.

– Non, je ne suis pas faite pour le théâtre. Ça doit être à la fois terrifiant et extrêmement gratifiant. De plus, tu joues huit fois par semaine, six soirées, deux matinées. Non, je ne pourrais pas tenir ce rythme, mais c'est aussi magique que le cinéma. Une autre manière de raconter une histoire. Il faut avoir un talent exceptionnel, je crois, pour être bon dans ces deux sortes de magie.

– Tu es gentille. Tu viens de me donner un coup de boost beaucoup plus efficace que cette barre au yaourt ! déclara Lily en se levant. Maintenant, je n'ai plus besoin de toi.

– Je suis virée ?

– Pas avant le retour de Mimi. Mais tu peux profiter de l'après-midi pour aller faire du shopping ou retrouver tes amis.

– Tu es sûre ?

– Certaine. Envoie-moi juste un SMS si tu ne rentres pas dîner.

– OK. Merci. Merde.

Tout en retirant son téléphone de sa poche afin de réserver le massage, Cate quitta la scène côté jardin, et faillit rentrer de plein fouet dans l'un des danseurs de la troupe.

– Excusez-moi, je ne devrais pas taper des SMS en marchant.

– C'est moi qui ne regardais pas où j'allais. Noah, se présenta le jeune homme. Je suis danseur.

Elle le savait, elle l'avait remarqué. Elle avait eu plusieurs occasions de le voir répéter, inlassablement. Il semblait infatigable. Devant lui, son pouls s'accéléra… Il avait la peau café au lait, les yeux très légèrement bridés et des paillettes dorées dans les iris, comme un lion.

Digne héritière des Sullivan, elle savait comment se montrer agréable avec les artistes.

– Je t'ai vu travailler. J'adore ton numéro de jonglage sur « We Need a Little Christmas ».

– C'est ma grand-mère qui m'a appris à jongler.

– Sérieux ?

– Oui, elle a tourné pendant quelques années avec un cirque ambulant, quand elle était petite. Je finis à 16 heures, aujourd'hui. Ça te dit d'aller boire un café, après ?

Des crépitements résonnèrent dans la tête de Cate, puis un grand blanc.

– Je… Euh… Ouais, pourquoi pas ?

– Cool. On se retrouve à 16 h 30 au *Café Café*[1] ? C'est à deux cents mètres du théâtre.

– Ouais, je connais. OK, ça marche. À tout à l'heure.

Et elle s'éloigna, désinvolte. Mais une fois dans la rue, elle poussa un cri de joie et exécuta quelques pas de claquettes irlandaises. En plein quartier des théâtres, personne ne lui prêta attention.

Elle prit rendez-vous avec Bill pour le massage de Lily, programma une alarme afin de ne pas oublier de commander le dîner. Puis elle envoya un texto à celle de ses cousines qui se destinait à Harvard – celle qu'elle considérait comme la plus fiable et la moins nunuche.

« Dans combien de temps peux-tu me rejoindre au Sephora de la 42e Rue ? »

1. En français dans le texte.

En attendant une réponse, elle se demanda si elle devait rentrer se changer ou acheter des vêtements.

Puis elle se raisonna : elle allait simplement boire un café avec un garçon. Inutile qu'il devine d'emblée qu'il était le premier.

« Je finis les cours à 14 h 45. Vers 15 heures ? »

« Nickel. À tout'. »

« Que se passe-t-il ? »

« J'ai rendez-vous avec un mec ! »

Mallaury envoya une série d'emojis applaudissant.

Comme elle avait du temps à tuer, Cate flâna en réfléchissant à divers sujets de conversation. Puis sur la 42e Rue, elle entra chez Sephora et remplit un plein panier d'articles de maquillage, plus par nervosité que par envie. Et elle consulta son téléphone au moins dix fois, alors que Noah n'avait pas son numéro.

Aurait-elle dû le lui donner ?

Elle sursauta quand le téléphone vibra dans sa main.

« Je suis là. Et toi ? »

« Rayon maquillage. »

Elle aperçut sa cousine, une blonde romantique avec des lunettes d'intello à monture noire, un sac à dos sur une épaule.

– Alors, qui c'est ? voulut savoir Mallaury. Où tu l'as rencontré ? Il est mignon ?

– Il s'appelle Noah, c'est l'un des danseurs de *Mame*, il est trop beau !

– Un artiste, c'est bien, tu restes en territoire connu.

Un vendeur s'avança vers elles, les cheveux noir corbeau avec une houppette vert émeraude, de très beaux yeux noirs soulignés de khôl.

– Je peux vous aider, mesdemoiselles ? J'adorerais vous maquiller les yeux, dit-il à Cate. À vous aussi, ajouta-t-il à l'attention de Mallaury.

– C'est elle qui a un rendez-vous, déclara cette dernière.

– Oooh… Galant ?

– Juste un café.

– Il faut bien faire le premier pas. Asseyez-vous et laissez faire Jarmaine le Magicien.

Cate savait se maquiller, et elle se trouvait plutôt habile, mais dans les circonstances, elle préférait s'en remettre aux mains d'un pro.

– Je voudrais paraître naturelle, dit-elle. Genre, la fille qui ne se soucie pas de son look…

– Faites-moi confiance.

Jarmaine lui souleva le menton, orienta son visage vers la droite, puis vers la gauche.

– Vous avez de bons produits, dans votre panier. Vous permettez que je les utilise ? Bien… (Le jeune homme se munit de lingettes démaquillantes.) Alors, dites-moi tout… Parlez-moi donc de ce petit veinard qui a rendez-vous avec vous… Il n'aurait pas un ami, par hasard ?

Sous l'œil attentif de Mallaury, il lui nettoya d'abord le visage, la poudra, appliqua du fond de teint, de l'ombre à paupières…

– J'adore comme vous lui avez maquillé les yeux. Ils sont déjà d'un bleu incroyable, ils paraissent encore plus lumineux.

– Elle a choisi une belle palette, sobre sans être fade, style « je n'ai pas besoin de me maquiller comme une voiture volée, je suis très belle naturellement, la discrétion est ce qui me va le mieux ».

– Je vais te faire une tresse, décréta Mallaury. Un peu lâche, cool, dans le même esprit que ton maquillage.

D'une poche de son sac à dos, elle retira une brosse pliante, un petit peigne ainsi qu'une trousse contenant élastiques et chouchous.

Digne fille de sa mère, pensa Cate.

– Un maquilleur et une coiffeuse, minauda Jarmaine, comme une star de cinéma !

Elle réprima un sourire. Quand Jarmaine eut terminé, elle s'examina dans le miroir et, satisfaite, le remercia chaleureusement.

– Je t'accompagne un bout de chemin, dit Mallaury à la sortie du magasin. Et puis je me dépêche de rentrer, j'ai une tonne de boulot. Je compte sur toi pour me faire un compte-rendu détaillé.

– D'acc'. Merci d'être venue. Je suis hyper angoissée.

– Sois juste toi-même et s'il n'est pas aveugle ni complètement débile, il te réinvitera. Ne marche pas si vite, ça fait nul d'arriver pile à l'heure. Mais n'aie pas plus de cinq minutes de retard, ce n'est pas sympa.

– J'ai vraiment tout à apprendre.

– Écoute mes conseils. Je suis une pro.

Mallaury crocheta un bras sous celui de Cate et lui donna un coup de hanche.

– Ne reste pas plus d'une heure, même si tu en meurs d'envie, une heure et quart grand maximum. Tu dis que tu as des trucs à faire. S'il veut te revoir, et à coup sûr il voudra te revoir, il te proposera un autre rendez-vous. Si tu ne veux pas passer pour une prétentieuse, ne fais pas celle qui doit consulter son planning, sauf évidemment si tu n'es vraiment pas sûre d'être dispo.

– Mon agenda social n'est pas surbooké.

Nouveau coup de hanche, plus vigoureux.

– Ne dis surtout pas ce genre de choses ! Par exemple, s'il te propose d'aller au ciné demain, tu fais genre : « Demain, vendredi ? Ça marche, super ! » S'il tente de t'embrasser, tu lui fais un petit bisou, si tu en as envie, bien sûr ! Mais ne lui roule pas de pelle, pas pour un premier rendez-vous.

– Punaise, je devrais prendre des notes !

– Tu es actrice, couz', tu te souviendras de ton texte, ne t'inquiète pas. Bon, je te laisse. Pense à mes conseils, ne stresse pas et amuse-toi bien.

Mallaury traversa la chaussée et sur le trottoir opposé, elle se retourna pour crier :

– J'attends le compte-rendu !

Puis elle se fondit dans la foule.

Être soi-même. Cinq minutes de retard. Déjà, ce n'était pas du tout dans la nature de Cate, qui se vantait de sa ponctualité. Ne pas rester plus d'une heure et quart. Ne pas faire semblant d'avoir un agenda de ministre. Ne pas rouler de pelle pour le premier rendez-vous…

Il y avait du monde dans le café. Les canapés et les fauteuils, toujours prisés, étaient tous occupés. Noah était installé à une petite table pour deux. Il avait troqué son débardeur de danseur contre un tee-shirt à manches longues.

– Salut, tu es superbe, dit-il à Cate en plongeant ses beaux yeux de lion dans les siens.

– Merci. La fin de la répète s'est bien passée ?

– Disons qu'elle est passée, répondit-il, les yeux au ciel. Salut Tory, lança-t-il à la serveuse. Tu vas bien ?

– Ça va, et toi ? Qu'est-ce que je vous sers ?

Noah se tourna vers Cate.

– Un latté, commanda-t-elle, optant pour la simplicité.

– Un skinny latté double shot, s'il te plaît, demanda Noah, et il attendit que Tory s'éloigne pour préciser : j'ai un cours de danse, ce soir ; c'est pour ça que j'ai besoin d'une double dose de caféine.

– Tu donnes un cours ou tu en prends un ?

– Je prends un cours. Trois fois par semaine. Avant toute chose, je voudrais juste te dire – ce sera fait, je n'en parlerai plus – que Lily Morrow est une déesse.

– Elle a toujours été la mienne.

– C'est réciproque, j'imagine. Son visage s'éclaire, littéralement, dès que tu es là. Sinon, tu fais quoi, toi ?

– Pas grand-chose, pour le moment. Disons que je me cherche.

– Un peu comme moi…

Noah avait un sourire très doux, qui faisait fondre le cœur de Cate. Et la conversation était si fluide qu'elle était parfaitement détendue. Si bien qu'elle oublia complètement le délai d'une heure quinze, et sursauta lorsque l'alarme de son téléphone retentit.

– Pardon… Désolée… C'est pour me rappeler de commander le dîner. Je remplace l'assistante personnelle de Mam… de Lily, pour une quinzaine de jours. Bon, ben… Je vais te laisser. C'était cool. Merci.

– On fait une soirée, samedi soir, avec une partie de la troupe. Tu veux venir ?

Répéter le jour, se remémora-t-elle, en bondissant de joie intérieurement.

– Samedi soir ? Ouais, pourquoi pas ? Super.

Il lui tendit son téléphone.

– Tu m'enregistres ton numéro ?

Bien sûr, bien sûr. Elle avait l'habitude, elle procédait souvent de la sorte avec ses amies, mais avec un garçon qui venait de lui proposer un second rendez-vous… C'était une grande première !

En lui rendant son téléphone, elle lui tendit le sien.

– Tu me donnes aussi ton numéro ?

– Je peux passer te prendre vers 21 heures, dit-il en notant ses coordonnées. À moins qu'on n'aille d'abord manger une pizza…

Oh, mon Dieu !

– Bonne idée, j'adore les pizzas.

– Alors je viendrai te chercher à 20 heures. Tu m'enverras ton adresse par texto ?

– OK.

Noah ne fit pas mine de vouloir l'embrasser, et elle en fut à la fois soulagée et déçue.

– Merci pour le café.

Dehors, après avoir tourné à l'angle de la rue, elle exécuta une petite danse de la joie.

Dans le café, Tory interrogea Noah du regard. Avec un énorme soupir, il mima les battements de son cœur.

Trois semaines plus tard, après quelques soirées de fête et de longs baisers dans la douceur du printemps, ils étaient allongés l'un sur l'autre dans le petit lit de Noah, dans la minuscule chambre de l'appartement exigu qu'il partageait avec deux autres jeunes danseurs.

Dans l'enchantement de la première fois, le matelas défoncé était plus douillet qu'un nuage duveteux, le rap s'échappant de la radio des voisins plus mélodieux que le chant céleste des anges.

Comme Cate n'avait aucun élément de comparaison, elle éprouvait le sentiment de découvrir le sens profond de chaque chanson d'amour, chaque poème, chaque sonnet jamais écrit. Et lorsque Noah souleva la tête et plongea son regard dans le sien, elle eut l'impression de vivre la plus belle des romances jamais écrites.

– Je te désire depuis la première fois que je t'ai vue. Tu avais un pull bleu, Lily te faisait visiter les coulisses. Je n'ai pas osé te parler.

– Pourquoi ?

Il enroula une mèche de ses cheveux autour de son doigt.

– Tu étais trop belle. La petite-fille de Lily Morrow, en plus. Et puis tu as commencé à me torturer en venant aux répétitions. Alors j'ai décidé de me jeter à l'eau, de t'inviter à boire un café. Tant pis, si j'avais pris une veste, j'aurais pu mourir sans regret.

Il lui embrassa tendrement les lèvres, la joue, les paupières, semant le trouble dans son cœur et ses hormones.

– J'étais tellement nerveuse, au café… Et puis on a parlé de plein de choses et ma nervosité s'est envolée, confessa-t-elle, une main contre la joue de Noah. Aujourd'hui aussi, j'appréhendais, mais tes caresses m'ont vite fait oublier mes angoisses. C'était bien, hein ?

Il l'observa longuement, sans répondre, et elle fut assaillie par le doute.

– Eh bien… je ne sais pas trop. Il faudrait qu'on recommence, je crois, pour que je sois sûr…

Rassurée, elle éclata de rire.

– Je suis d'accord, tu as raison !

Comme Lily lui interdisait de prendre le métro après minuit, Noah l'accompagna jusqu'à la Huitième Avenue où passaient fréquemment des taxis remontant vers le nord de Manhattan. Main dans la main avec lui dans les rues de New York, les réverbères dessinant des halos romantiques dans la brume, elle avait l'impression d'être dans le décor d'un film.

– Tu m'envoies un texto quand tu arrives chez toi, OK ?

– Tu es pire que Mamie-Lil' !

Il l'enlaça et lui donna un dernier baiser.

– C'est parce qu'on tient à toi. Viens avec moi au cours de danse, demain. Tu as le feeling et tu adores danser.

En effet, bien que rouillée musculairement, elle avait pris beaucoup de plaisir aux deux cours où elle l'avait déjà accompagné.

Tout ce qu'ils faisaient ensemble la comblait de bonheur.

– OK, on se retrouve à l'école de danse.

Elle l'embrassa, puis monta dans le taxi.

– 57e et Sixième, indiqua-t-elle au chauffeur.

Et elle se retourna pour regarder Noah disparaître dans le lointain. Puis elle s'installa confortablement sur la banquette et envoya un texto à Darlie.

« Je ne mourrai pas vierge !!! » Rêveuse, elle regarda la Septième Avenue défiler derrière la vitre. La réponse de son amie amena un sourire sur ses lèvres.

« Bienvenue au club, meuf ! Des détails, please ! »

Elle traversa le printemps sur un petit nuage, suivit des cours de danse, de yoga et, sur un coup tête, décida de s'inscrire aux cours d'été à l'université de New York : en français, parce qu'elle aimait la sonorité de cette langue ; en analyse filmique, car le cinéma l'intéressait, même si elle ne voulait plus jouer ; et en écriture scénaristique, une voie susceptible de lui offrir des débouchés.

Une fois par semaine, elle dînait avec Lily, juste toutes les deux, dans le superbe appartement avec une vue imprenable sur New York.

– Je n'arrive pas à croire que c'est toi qui les as préparées, s'extasia Lily en dégustant des penne à la sauce basilic-tomate.

– Moi non plus. Je m'épate.

– Ma chérie, tes pâtes sont aussi bonnes que celles de Luigi. Tu ne le lui répéteras pas, hein ? Ton pain est délicieux, aussi.

– C'est une voisine, en Irlande, qui nous a appris à faire du pain, avec Nan. J'ai passé un moment agréable à cuisiner. Ça m'a rappelé des souvenirs. Je voulais te faire une surprise.

– Pour une surprise, c'en est une ! Je n'avais pas été aussi étonnée depuis mon premier cheveu blanc. Mais celle-ci est bien plus plaisante ! Ce serait sympa si tu pouvais préparer un plat la prochaine fois que ton grand-père viendra.

– Il te manque, n'est-ce pas ?

– Je n'ai guère le temps de me languir, mais oui… Je l'ai dans la peau, ce vieux schnock.

– Tu savais depuis le début que ce serait sérieux entre vous ? demanda Cate en jouant avec le petit cœur en or qu'elle portait autour du cou, cadeau de Noah pour son dix-huitième anniversaire.

– Je le trouvais très attirant, mais je ne voulais pas me laisser séduire. Je sortais d'une séparation difficile, à un âge où les femmes ne sont plus bonnes que pour le rebut, à Hollywood, ou pour les rôles de vieille tante excentrique… Mes deux enfants étaient à la fac, je me battais pour ma carrière d'actrice… Et le voilà qui entre en scène.

– Un très bel homme… commenta Cate avec un mouvement de sourcils éloquent.

– Heureusement qu'on ne m'a pas fait jouer sa mère, ou sa maîtresse ! J'ai tout de même vingt ans de moins que lui !

– Vous vous entendez si bien…

– Tu es assez grande, maintenant, pour que je puisse te parler de ce genre de choses… Au début, on pensait que ce ne serait qu'une aventure sexuelle. Dieu sait que ni lui ni moi n'avions l'intention de nous remarier. Mon premier mariage avait été un échec lamentable, et lui avait vécu le parfait amour.

Plongée dans les souvenirs, Lily posa sa fourchette.

– Olivia Dunn était l'amour de sa vie, poursuivit-elle. Quand on a compris qu'il y avait autre chose que le sexe entre nous, je me suis interrogée : était-il possible de fonder un couple avec un homme qui avait connu une aussi belle histoire d'amour ?

Elle but une minuscule gorgée de l'unique verre de vin qu'elle s'autorisait à la veille d'une répétition couturière.

– En fait, je me suis dit que s'il avait pu aimer une femme aussi fort, eh bien, j'aurais été idiote de passer à côté de ce qu'il pouvait m'offrir.

– Depuis toujours, vous incarnez pour moi le modèle du couple amoureux.

– Pourvu que ça dure… Et puisque nous parlons de ces choses-là, je n'avais pas encore osé aborder le sujet, mais il faut bien que je me décide à mettre les pieds dans le plat… Quitte à te mettre en colère… Vous êtes très mignons, tous les deux, avec Noah, à essayer de cacher votre relation…

– Je…

– Les bruits courent vite dans le milieu du théâtre.

– Je ne savais pas comment tu réagirais, bredouilla Cate, penaude.

– J'ai dû faire une erreur quelque part, si tu as peur de me parler.

– Désolée. C'est vrai, j'aurais dû t'en parler. Mais c'était tellement bien de ne pas avoir à me soucier de ce qu'on raconterait sur moi. Ma mère est occupée par son mariage, en ce moment ; elle n'a pas besoin de moi pour faire parler d'elle. Les journalistes m'ont oubliée, je commence à respirer. Il n'y a que Darlie et Mallaury qui soient au courant. Et les colocataires de Noah. Plusieurs fois, j'ai voulu essayer de t'en parler, mais je ne savais pas comment aborder le sujet.

– OK, ce n'est pas grave. Exceptionnellement, je m'autorise à enfreindre mes principes et à boire un autre verre de vin. Tu en veux un ? C'est une grande occasion.

Cate se leva et prit un verre à pied dans un placard.

– Ce n'est pas moi qui te pousse à boire, j'espère.

Lily lui tapota la main.

– Tu me fournis une bonne excuse. C'est Noah qui t'a offert ce joli pendentif ?

– Pour mon anniversaire.

– Une charmante attention. Dis-moi, c'est un gentil garçon ?

– Adorable. Il attend toujours le taxi avec moi et il exige que je lui envoie un texto quand je suis arrivée à la maison. Il est très à l'écoute, très serviable. Il m'a convaincue de me remettre à la danse et je lui en suis reconnaissante. Je ne m'étais pas rendu compte que la danse me manquait autant.

– Je dois t'avouer que je me suis un peu renseignée sur lui. C'était mon devoir, déclara Lily d'un ton ferme avant que Cate ne puisse protester. Je sais qu'il ne boit pas, qu'il ne se drogue pas, car il prend la danse très à cœur. Il vient d'une famille intéressante, ce que nous apprécions et admirons, nous autres dames du Sud. Il travaille dur ; ça, je le vois de mes yeux. Et c'est un excellent danseur, il ira loin.

– Il aime beaucoup la comédie musicale, enchaîna Cate, heureuse d'avoir la bénédiction de celle qui comptait le plus dans sa vie.

– Ça se voit. Maintenant, si je puis me permettre une question indiscrète… Vous prenez des précautions ?

– Bien sûr, je te le promets.

– Très bien. Alors à partir de maintenant, il peut venir te chercher ici au lieu de t'attendre dehors. Je n'ai rien dit à ton père ni à Hugh, je te laisse le soin de leur annoncer la nouvelle. Et je comprends que vous vouliez rester discrets, mais ne te fais pas d'illusion : tôt ou tard, la presse aura vent de votre idylle. Préparez-vous, conclut Lily, une main sur celle de Cate.

– Je le préviendrai.

– Quand dois-tu le revoir ?

– Demain, après la répète. Je lui dirai de monter, ajouta Cate devant le sourcil froncé de Lily.

Chapitre 14

Cate était ravie : entre Lily et Noah, le courant était passé tout de suite. Elle adorait les écouter bavarder et échanger des anecdotes à propos de *Mame*.

Sur l'insistance de Lily, il vint dîner un soir chez elles et offrit des fleurs à chacune, geste qui lui valut d'être pleinement accepté.

Si bien que lorsque la troupe partit pour Chicago puis San Francisco afin de présenter les avant-premières du spectacle, Cate se retrouva privée des deux personnes qui occupaient le plus de place dans son quotidien. Mais ces quelques jours lui fournirent l'occasion de savoir si elle était capable de vivre seule.

La première fois de son existence qu'elle était entièrement livrée à elle-même… pensa-t-elle en mangeant une barquette de nouilles asiatiques sur la terrasse de l'appartement.

Elle n'avait pas d'angoisses, pas de cauchemars. Elle s'organisait à sa guise.

Chaque jour, elle faisait de longues marches et pratiquait le yoga. Aux cours de danse, Noah lui manquait encore plus, mais elle n'en loupa pas un seul. Les après-midi, elle lisait les ouvrages recommandés par ses futurs professeurs de l'université d'été qui devait bientôt commencer.

Elle se lança le défi d'écrire un scénario – deux tentatives avortées qu'elle jeta vite à la poubelle, tant elle les trouvait faibles. Elle suivrait quand même le module auquel elle s'était inscrite, mais elle devait se rendre à l'évidence, elle ne possédait pas de talent pour l'écriture. Tant pis.

Sa barquette à la main, elle s'avança près de la balustrade et observa la rue en contrebas, échantillon de la ville qui ne dormait jamais. Elle était confiante : elle finirait par trouver sa place dans le monde, dans cette ville ou ailleurs.

Pour l'heure, elle savourait la tranquillité et l'anonymat. Elle pouvait passer devant un kiosque à journaux sans voir son nom ou sa photo, et c'était tout ce dont elle avait besoin.

L'Irlande lui avait permis de grandir dans la sérénité. Aujourd'hui jeune adulte, elle profitait de cette parenthèse new-yorkaise pour se chercher, définir ses talents et ses affinités, ses faiblesses et ses aversions.

Elle ferait peut-être un stage de photo. Ou d'arts plastiques.

– Je finirai bien par trouver ma vocation, se murmura-t-elle à elle-même en rentrant dans l'appartement et en refermant les portes vitrées sur le bruit de la ville.

Avec sa tablette, elle s'installa sur le canapé et consulta des sites dédiés à la photographie. Elle aimait observer les gens, les écouter. Elle saurait peut-être capturer des images, des instants, fixer des expressions, des humeurs. Elle s'entraînerait avec son téléphone, pour s'amuser. Dès le lendemain matin, elle prendrait des photos dans le quartier avant d'aller visiter l'université.

Un message s'afficha sur son téléphone.

« Rideau. »

Elle imagina le rideau se lever sur la scène, à San Francisco, les lumières, les décors.

« Merde à tous. »

Elle tenta de se replonger dans ses recherches. En vain. Elle entendait la première scène de *Mame*, les voix, les dialogues, les chansons, la musique.

Le public riait-il ? Applaudissait-il ? Était-il charmé, captivé ?

Elle imaginait les allées et venues en coulisses, les changements de costumes, les échauffements, les comédiens guettant les signaux du régisseur.

Incapable de se concentrer, elle vérifia les verrous et baissa les lumières avant de se rendre dans sa chambre. Afin de lutter contre l'anxiété qui lui nouait le ventre, elle déroula son tapis de yoga et entreprit une séance de relaxation.

Mais elle n'arrêtait pas de regarder sa montre, si bien qu'au bout de trente minutes, elle renonça.

Elle se doucha, enfila un débardeur et un short de nuit, se fit un long soin du visage.

À San Francisco, c'était l'entracte.

Elle alluma la télé et zappa de chaîne en chaîne avant d'opter pour un film d'action, avec courses-poursuites et explosions, qui aurait le mérite de la transporter dans un univers à mille lieues de la comédie musicale.

Apparemment, le yoga avait été plus efficace qu'elle ne le pensait : alors que Matt Damon incarnant Jason Bourne triomphait de ses adversaires, elle sombra dans les bras de Morphée.

Ce fut le téléphone qui la réveilla. À tâtons, elle s'empara de la télécommande et éteignit le téléviseur.

– Noah ?

– Je te réveille ? Désolé. J'aurais dû attendre demain matin, je le savais.

– Non, non, je suis contente de t'entendre. Alors ?

– On a pas mal de petits trucs à revoir et à bosser.

À l'arrière-plan, Cate entendait le brouhaha de la troupe.

– Mais ça s'est bien passé ?

– Oui, oui, super ! Salle comble, standing ovation, douze rappels. Douze, tu te rends compte ?

– Je le savais ! Je suis heureuse pour vous !

– Attendons de voir les critiques. Si tu avais entendu le public quand Lily est entrée en scène… Ton grand-père était au premier rang. Il vient à la soirée avec nous. Tu me manques.

– Toi aussi tu me manques, mais je suis vraiment contente pour toi. Pour vous tous.

– C'est le plus beau jour de ma vie, je crois ! Rendors-toi. Je t'enverrai un texto demain matin.

– Passez une bonne soirée. Pour la première à Broadway, je serai là.

– J'espère bien. Bonne nuit.

– Bonne nuit.

Elle rebrancha son téléphone sur le chargeur, près de son lit, et les bras refermés autour de ses épaules, sourire aux lèvres, ne tarda pas à se rendormir.

Ce fut à nouveau le téléphone qui la réveilla.

– Noah… marmonna-t-elle en prenant la communication.

– Tu n'as pas fait ce qu'on t'a dit.

Elle se redressa en sursaut.

– Hein ? Quoi ?

De la musique. Puis une voix qu'elle ne connaissait que trop bien :

– Tu es toute seule, ce soir ?

Oppressée, elle alluma sa lampe de chevet. La voix de sa mère chuchota :

– Tu es seule…

Grésillements, changement de fréquence.

– Inutile de te cacher !

Paniquée, Cate se prit les pieds dans la couette en voulant se lever et s'écroula sur les genoux.

De nouveau de la musique, joyeuse d'abord, puis angoissante.
– Patience… j'arrive !
Un rire de film d'horreur, diabolique, glaçant.
Quand le silence se fit enfin, Cate fondit en larmes.

Elle ne se contenta pas de changer de numéro, elle jeta son téléphone, en acheta un nouveau. Devait-elle parler de cet incident à quelqu'un ? Elle hésitait, car le soir de la première approchait, le moment n'aurait pas pu être plus mal choisi. Finalement, elle se confia à Noah, au *Café Café*.
– C'est déjà arrivé ? demanda-t-il en lui tenant les deux mains.
– L'hiver dernier, à Los Angeles. C'était un enregistrement. Cette fois aussi.
– Pourquoi tu ne l'as pas dit à ton père ?
– Je t'ai expliqué, il se fait trop de souci. S'il le pouvait, il m'enfermerait dans une bulle protectrice géante. Et j'étais persuadée que ce n'était qu'une mauvaise plaisanterie.
– Sauf que ça recommence. Il faut prévenir la police.
– J'ai jeté le téléphone, rappelle-toi. Dans la panique, j'ai fait une bêtise, je le reconnais, mais c'est trop tard. De toute façon, qu'est-ce qu'ils pourraient faire ? On ne m'a pas menacée.
– On a essayé de te faire peur, c'est une forme de menace. Tu crois que c'est ta mère ?
– Non, bien qu'elle soit capable de tout, je ne crois pas qu'elle aurait utilisé sa propre voix. La première fois, j'ai reconnu un film dans lequel elle a joué. Je suppose que c'en est un autre, cette fois.
– Cate, ils savaient que tu étais seule.
Elle avait eu le temps de se calmer, de réfléchir, et cet élément ne lui avait pas échappé.
– Je suis une personnalité publique… La presse a raconté que j'étais à New York avec Mamie-Lil', que je m'étais inscrite à l'université. Tout le monde savait que *Mame* était en pré-tournée.
– Il faut que tu en parles à Lily. Je viens avec toi.
– Quand ? Maintenant ?
– Oui.
– Je ne veux pas qu'elle s'inquiète. Elle…
Noah laissa le prix des deux cafés sur la table.
– Si tu ne veux pas le lui dire, c'est moi qui le ferai.
– Sûrement pas ! Ça ne te concerne pas !
– Un peu, si, quand même, que ça te plaise ou non, répliqua-t-il en se levant et, du geste, il invita Cate à le suivre.

Furieuse, elle protesta, exigea, menaça, tout le long du chemin jusqu'à l'appartement de Lily, mais Noah demeura inébranlable, ses beaux yeux de lion durs comme la pierre, l'expression implacable.

La réaction de Lily n'arrangea pas les choses.

– Putain de bordel de merde ! tonna-t-elle en arpentant le salon, les pans de son peignoir virevoltant autour de ses jambes. La deuxième fois… Et tu ne m'avais rien dit !

– Je…

– Je quoi ? rétorqua-t-elle, et en pivotant sur ses talons, elle vit le regard que Cate jeta à Noah. Ne le regarde pas comme ça ! Il a eu raison !

– On ne peut rien faire, de toute façon.

– Tu n'as pas idée de ce que je peux faire ! En revanche, si je ne sais rien, c'est sûr que je ne risque pas de faire quoi que ce soit ! Je suis responsable de toi, ma chérie. Je me moque que tu aies dix-huit ou cent huit ans, je suis responsable. La première chose à faire est de prévenir la police.

– Tu ne veux pas attendre un peu ? bredouilla Cate, en proie aux prémices d'une crise de panique. Qu'est-ce qu'ils feront ? Je n'ai plus le téléphone. Je leur raconterai tout, mais après ?

Lily était tellement en colère qu'elle n'osait pas s'approcher d'elle.

– Je n'en sais rien, moi ! Je ne travaille pas dans la police !

– Je serai obligée de déposer une plainte, du pain bénit pour la presse ! Tout le monde sera au courant, et là, combien d'appels je recevrai ?

– Et merde ! rugit Lily en sortant sur la terrasse.

– Tu es content ? lança Cate à Noah.

– Non, je ne suis pas content, ne dis pas de connerie. Elle est en colère parce qu'elle t'aime. Moi aussi.

– Ça ne nous avance pas à grand-chose… maugréa Cate entre ses dents.

Et elle prit son courage à deux mains pour rejoindre Lily.

– Pardon de ne t'avoir rien dit. La première fois, je n'en ai parlé à personne parce que papa ne m'aurait pas laissée faire le film.

– Non, en effet.

– Et là, je ne voulais pas t'en parler tout de suite parce que c'était la première de *Mame*.

Lily fit rageusement volte-face.

– Crois-tu que ce spectacle soit plus important que toi ? Tu es ce qu'il y a de plus important au monde pour moi !

– Toi aussi, tu es la personne qui compte le plus dans ma vie. Le premier coup, la presse ne parlait que de la libération de ma mère et du film dans lequel j'allais jouer. Cette fois, elle donne des dizaines d'interviews pour parler de son mariage et il y a eu un petit article, récemment, qui disait que je m'étais inscrite à la fac. Quelqu'un s'est dit que c'était le moment de me jouer un sale tour.

– Je ne serais pas étonnée que ce soit elle.

– Elle aurait été plus habile.

Le soleil, aussi rougeoyant que les cheveux de Lily, se reflétait sur les eaux de l'Hudson ainsi que sur les façades de verre et d'acier.

– Ce sont des enregistrements, Mamie-Lil'. Je sais reconnaître les repiquages et les mauvais raccords. Elle a de l'argent maintenant, elle aurait pu se payer un montage audio de meilleure qualité.

– Ça ne change rien à l'affaire.

– En tout cas, je ne vais pas cesser de vivre pour si peu. Ça m'énerve, ça me perturbe, mais je ne vais pas arrêter de vivre.

Lily s'assit dans un fauteuil, à l'ombre, et pianota des doigts sur l'accoudoir.

– Ça perturbe tout le monde, Catey… soupira-t-elle. Et tu as raison, la police ne pourra pas faire grand-chose. Si ça se reproduit, on donnera le téléphone à la police.

– Bien sûr.

– Tu n'as qu'à mettre par écrit tout ce dont tu te souviens de ces deux appels. On aura une trace, au besoin. Et il faut que tu le dises à ton père.

– Mamie-Lil', je…

– Inutile de discuter, répliqua Lily, des larmes dans les yeux. Il doit savoir. Ensuite, tu t'excuseras auprès de ton petit copain, parce qu'il a eu raison. Il a agi par amour.

– Je n'aime pas cette façon d'agir.

– Tu ne vas tout de même pas le quitter ? demanda Lily, sourcils arqués.

– Non.

– Alors tu lui dois des excuses. Et dis-lui qu'il vienne me rejoindre avec deux Cocas glacés. On discutera, tous les deux, pendant que tu appelles ton père. Tu me le passeras quand tu auras fini, je te soutiendrai.

Poussée dans ses derniers retranchements, Cate regagna le salon, où Noah tournait comme un ours en cage.

– Je n'ai pas aimé ta façon de faire.

– J'avais compris.

– C'est à moi de gérer ma vie et mes décisions.

– Là, c'est un cas particulier. Tu le sais mais tu es encore trop énervée pour le reconnaître.

Avant qu'elle n'ait le temps de protester, il s'approcha et prit son visage entre ses mains.

– Je n'aime pas te voir contrariée, dit-il en lui déposant un baiser sur les lèvres. Tu seras plus sereine maintenant que Lily est au courant.

– Je dois prévenir mon père et ça, ça va être horrible. Lily voudrait que tu prennes deux Coca et que tu ailles t'asseoir dehors avec elle pendant que je l'appelle.

Ce fut une conversation houleuse, mais grâce à Lily, qui avait pris le parti de Cate, le pire fut évité : Aidan n'exigea pas que sa fille revienne à Los Angeles, un ordre auquel elle aurait refusé de se plier. Il lui restait encore une chance de pouvoir vivre sa vie comme elle l'entendait.

Le jour de la dernière couturière, le théâtre était plein à craquer des proches et des amis des comédiens. C'était la première fois que Cate voyait le spectacle en entier, avec les lumières, la musique, les décors, les costumes, dans une salle vibrant d'énergie positive.

Elle fit la connaissance de la famille de Noah, ce qui pour elle marqua une étape importante dans leur relation.

Le soir de la générale, où les journalistes étaient invités, elle resta en coulisses. Critiques et paparazzis évoluaient dans les mêmes cercles ; elle ne voulait pas prendre le risque de voler la vedette à sa grand-mère et à son petit ami.

Néanmoins, comme le reste de la troupe, elle était impatiente de lire les premiers commentaires sur la pièce – qui se révélèrent dithyrambiques.

Le lundi, jour de relâche, elle se rendit au cours de danse avec Noah, qui l'accompagna ensuite visiter le campus.

– C'est immense, dit-elle tandis qu'ils regagnaient la station de métro. Je vais être complètement perdue.

– Mais non, ne t'inquiète pas.

– N'oublie pas que j'ai été scolarisée dans des établissements privés ou avec des tuteurs à domicile.

– Quel malheur d'être née dans une famille blanche et riche… rétorqua Noah en lui décochant un coup de coude affectueux.

Cate le lui rendit en riant.

– Même en été, il y a quand même un monde fou à la fac. L'avantage, c'est que je me fondrai dans la masse. *Changement de décor* sort dans quinze jours. Les autres acteurs ont déjà commencé la promo.

– On ira le voir.

– Mmm… Je ne sais pas trop… marmonna-t-elle en haussant les épaules.

– Bien sûr que si qu'on ira le voir !

Sur le quai, ils se postèrent près de deux femmes qui bavardaient en espagnol, l'une portant un bébé qui se faisait les dents sur un anneau orange. Un homme d'affaires en costume consultait son téléphone en faisant défiler l'écran du pouce. Un jeune gars en short de basket dévorait une tranche de pizza en secouant la tête au rythme de la musique qui passait dans ses écouteurs. L'air sentait le graillon et la transpiration.

– Ce film correspond à une mauvaise période de ma vie.

Noah lui caressa le bras.

– Raison de plus pour aller le voir. Tu pourras constater que tu as du talent même dans les mauvaises périodes. On ira à une séance de l'après-midi. Il n'y aura pas trop de monde.

À l'approche de la rame de métro, il lui saisit la main. Les portes s'ouvrirent, les wagons dégorgèrent des flots de passagers. Ils se précipitèrent sur une banquette qui venait de se libérer.

– Si on allait faire un tour à Central Park ? suggéra Noah. Il fait beau, on pourra se balader, manger un hot-dog.

Il avait besoin de décompresser avant la première, le lendemain soir.

– Excellente idée. Mais on peut d'abord passer à l'appart', pour que je pose mon sac et change de chaussures ?

– Pas de problème, acquiesça-t-il en regardant ses vieilles Nike. Il faudrait peut-être que je m'achète une nouvelle paire de baskets.

– On ira faire les magasins, après.

– Combien tu as de paires de chaussures ?

– Question débile ! répliqua Cate, pincée.

Avec un sourire amusé, il l'embrassa.

– Mes colocs ne sont pas là, cet aprèm', on pourrait en profiter…

– Alors, allons d'abord chez toi ! Ensuite, on ira se promener dans le parc et faire du shopping.

– Si on passait plutôt l'après-midi chez moi, finalement…

Une vie normale, pensa Cate tandis qu'ils sortaient du métro. Ni les appels malveillants ni les journalistes indiscrets ne l'empêcheraient de vivre sa vie !

Elle avait à peine ouvert la porte de l'appartement que son grand-père apparut sur le seuil de la terrasse, sourire réjoui et bras grands ouverts.

– Grandpa… Je croyais que tu arrivais demain…

Elle posa son sac à dos dans le couloir et l'embrassa chaleureusement.

– Je voulais vous faire une surprise. Et te prendre en flagrant délit avec ton danseur, ajouta-t-il avec un clin d'œil à l'attention de Noah.

– Noah Tanaka, se présenta celui-ci en lui serrant la main.

Cate tendit l'oreille… Sur la terrasse, Lily parlait avec quelqu'un…

– Papa !

Elle courut se jeter dans les bras de son père et l'étreignit de toutes ses forces quand il la souleva de terre.

– Laisse-moi te regarder, dit-il en s'écartant enfin. Skype et les photos, ce n'est pas pareil…

Il avait beau s'appliquer à dissimuler ses émotions, Cate le connaissait et voyait qu'il était inquiet.

– Tout va bien, papa, je t'assure. Je suis hyper heureuse !

– Je vois ça. Tu me manques tellement…

– Toi aussi. On ne vous attendait que demain… On avait prévu un déjeuner tardif, puis on aurait accompagné Lily au théâtre, pour aller lui dire merde en coulisses.

– Le programme de demain est maintenu ! On voulait vous faire une surprise, papa et moi, et passer un peu plus de temps avec vous.

– Aidan, je te présente Noah, qui danse dans *Mame*, intervint Lily.

– Ce garçon a beaucoup de talent ; il ira loin, affirma Hugh.

– Enchanté, balbutia Noah, intimidé.

– Première fois que vous montez sur les planches à Broadway ?

– Non, c'est mon troisième spectacle, bien que le premier ne soit resté à l'affiche que dix jours. Bon… eh bien… je vais vous laisser en famille…

– Venez déjeuner avec nous, suggéra Hugh. On s'apprêtait à sortir.

– Oh, c'est gentil, merci, mais…

Une nouvelle étape à franchir, pensa Cate, non sans appréhension.

– Viens avec nous, dit-elle à Noah en lui prenant la main. On est ensemble… ajouta-t-elle en se tournant vers son père.

Et elle vit la surprise se peindre sur ses traits, peut-être aussi un léger désarroi.

– Vous m'accordez une minute ? Territoire inconnu, là, pour moi. Quand tu dis « ensemble », tu veux dire…

– Papa, j'ai dix-huit ans.

– Le temps file à une allure… soupira-t-il. Allons déjeuner, ça nous remettra les idées en place. J'en profiterai pour passer Noah au grill sur le chemin.

Cate n'eut pas le temps de s'offusquer.

– C'est mon rôle, dit-il. Pas de panique, je trouverai le ton juste ! Lily, tu as dit que le restau n'était pas loin ?

– Non, ça nous fera une balade sympa.

– Espérons… répliqua Aidan avec un grand sourire à l'attention de Noah.

Quand ils sortirent du restaurant, Cate entraîna Noah à l'écart.

– Désolée ! s'écria-t-elle en se cachant le visage.

Avec une mimique soulagée, il feignit d'essuyer la sueur de son front.

– Non, c'était cool. Un peu bizarre, mais cool. Au début, j'étais vraiment gêné. Ton père était crispé, au début, mais il s'est vite détendu. Avant qu'on arrive au restau, il savait tout de moi. Évidemment, il m'a demandé si j'avais des projets ; je lui ai dit que je voulais devenir danseur étoile.

– Tu le deviendras.

– J'ai intérêt à bosser dur ! Bref… Il m'a aussi fait comprendre très clairement que la colère des dieux s'abattrait sur quiconque oserait faire du mal à sa fille.

Cate glissa son bras sous celui de Noah.

– Ils sont tous très protecteurs.

– C'est normal. J'ai assuré à ton papa que j'étais un gentil garçon et que je détestais faire souffrir ceux que j'aime. Ça lui a plu, je crois. À la fin du repas, je pense qu'il me trouvait sympa.

– Tu as assuré, dit Cate en l'embrassant sur la bouche. Mais je me sens un peu obligée de rester avec ma famille, cet après-midi…

– Bien sûr, je comprends. De toute façon, je crois que j'ai besoin de reprendre mes esprits, après cet interrogatoire.

– Si ça peut te faire plaisir, je vais y avoir droit, moi aussi.

– On se texte ?

– Comme d'hab'. Je serai au premier rang, demain, quand le rideau se lèvera.

De retour à l'appartement, Cate vit tout de suite que ses grands-parents s'étaient délibérément éclipsés. Son père était assis tout seul sur la terrasse. Elle prit place près de lui. Et attendit.

– Je t'aime, Caitlyn.

– Je sais, papa. Moi aussi.

– Une part de moi te verra toujours comme une petite fille. C'est comme ça, je n'y peux rien. Tu connais les raisons pour lesquelles j'éprouve le besoin de te protéger.

– Bien sûr, mais sache que je commence à être assez grande pour savoir me protéger toute seule.

– Ça ne change rien à mon instinct paternel. Je ne te le cache pas, ces appels m'inquiètent…

– J'ai été bête de jeter le téléphone, je ne peux pas dire le contraire… Si jamais ça se reproduit, je préviens immédiatement la police, promis. Pas juste pour vous faire plaisir, mais parce qu'il est hors de question qu'une ordure anonyme continue de me terroriser. En fait, j'ai paniqué parce que j'étais persuadée que c'était Noah qui m'appelait. Sinon, je me sens vraiment bien à New York…

– Tu dormais et tu étais seule, comme la première fois.

– On est plus vulnérable, la nuit, c'est évident. Plusieurs mois se sont écoulés entre les deux appels. Si je ne mords pas à l'hameçon, ils laisseront tomber.

– Et si ça continue ?

– Je te le dirai, promis.

– Ces appels ne sont pas la seule chose que tu m'as cachée.

– C'est un peu gênant, pour une fille, de parler à son père de son petit copain. Tu l'as rencontré, maintenant, tu as discuté avec lui, tu as dû te rendre compte que c'est quelqu'un de bien.

Aidan garda un instant le silence, en pianotant sur l'accoudoir de son fauteuil.

– Il m'a fait plutôt bonne impression, dit-il enfin. Il a de la conversation, des ambitions, et il a l'air sérieux. Mais j'ai quand même envie de lui donner des coups de bâton.

– Papa ! se récria Cate en riant.

– Ça me passera. Ou pas. Je ne lui ai pas posé la question, parce que j'avais des tas d'autres choses à lui demander… Depuis combien de temps sortez-vous ensemble ?

– Deux mois.

– Tu es amoureuse ?

– Je crois. Je suis heureuse avec lui. Il m'a encouragée à reprendre les cours de danse, alors que j'avais oublié à quel point j'aime danser. Avec lui, j'ai l'impression d'être normale. Du coup, ça m'a redonné confiance et je me suis inscrite en cours d'été à la fac. C'est chouette, d'avoir une vie normale.

En observant sa fille, Aidan hocha la tête, puis il détourna le regard.

– C'était très dur, pour moi, de te laisser partir à New York, mais je reconnais que tu as eu raison de prendre cette décision.

– Ça ne veut pas dire que vous ne me manquez pas, toi et Grandpa. Et Consuela. La piscine et les jardins, aussi. La piscine, oh oui ! Mais…

Cate se leva et s'accouda à la balustrade.

– J'adore flâner en ville, boire un verre dans un café, aller danser avec mes amis, faire du shopping. De temps en temps, les gens me dévisagent ou me disent qu'ils ont l'impression de m'avoir déjà vue quelque part. Mais en vérité, personne ne fait véritablement attention à moi.

– Le film va bientôt sortir ; ça peut changer…

– Je ne crois pas. En tout cas, je ne me sens pas vulnérable. Je me suis endurcie, affirma Cate en se retournant face à son père.

Charlotte n'aurait pu rêver mieux : elle s'était dégoté un fiancé immensément riche et aveuglément amoureux, qui lui passait tous ses caprices. Le sexe n'était pas un problème : en dépit de son âge, il était assez bon amant. En somme, le jeu en valait la chandelle.

Elle habitait la plus grande des villas de Holmby Hills : trois mille mètres carrés de surface, murs de marbre, vingt chambres, une salle de bal, une salle de cinéma de cent fauteuils et deux salles à manger – la plus grande dotée d'une table en zebrawood pouvant accueillir jusqu'à quatre-vingts convives. Elle disposait d'un salon de beauté privé, d'une suite privée, de deux dressings et d'une pièce réservée uniquement à ses paires de chaussures. Ses bijoux étaient rangés dans un coffre-fort – et Conrad la gâtait.

Ensuite, le parc de plus de deux hectares comprenait une piscine paysagée, des courts de tennis, un garage sur deux niveaux avec ascenseur, des jardins en terrasse, six fontaines, dont une avec une statue à son effigie, un putting-green de golf et un étang avec des poissons dans un jardin japonais.

Elle avait une équipe de trente personnes à son service, dont un secrétaire particulier, deux bonnes personnelles, un chauffeur, un habilleur et un diététicien qui lui établissait ses menus quotidiens.

Elle avait engagé un attaché de presse chargé de créer le buzz et de s'assurer qu'elle soit prise en photo à chaque événement où elle se rendait.

Bien sûr, elle avait trois jets privés, une maison sur la côte de Kona, à Hawaï, une villa en Toscane, un château au Luxembourg et un manoir dans la région des lacs en Angleterre. Sans parler d'un yacht de quatre-vingt-dix mètres de long.

Au bras de Conrad, elle avait ses entrées dans les cercles les plus huppés, non seulement à Hollywood, mais un peu partout dans le monde.

Il avait acheté les droits d'un scénario qu'elle avait personnellement sélectionné et produirait ce qu'elle considérait comme le succès de son come-back, où elle jouait naturellement le premier rôle, qui lui apporterait enfin la gloire et la reconnaissance qu'elle méritait.

Pourtant, elle demeurait insatisfaite.

Assise dans son lit devant le petit déjeuner qu'on lui avait servi sur un plateau – yaourt grec aux fruits rouges et graines de lin, œufs battus aux épinards et tranche de pain aux grains germés tartinée de beurre d'amande –, elle regardait avec amertume ce raté de Steve McCoy sur le plateau du *Today Show*, qui pérorait sur Cate et son dernier navet.

« Il s'agit d'un film choral, une histoire de famille dont Olive est le cœur. Caitlyn Sullivan a su faire battre ce cœur, elle donne au personnage une épaisseur extraordinaire. C'était un bonheur de la diriger. Elle était très investie, très pro. L'éthique des Sullivan n'est pas légendaire et la nouvelle génération en a hérité. »

– Pauvre connard… marmonna Charlotte, des larmes de rage lui brûlant les yeux.

Suivit un extrait du film. Cate était belle, jeune, fraîche. Comme sur les affiches du film, omniprésentes, autant de gifles cuisantes à chaque coin de rue.

Mais elle allait payer, la petite garce.

La presse people frappa le jour de la sortie de *Changement de décor,* avec des photos de Cate et Noah s'embrassant devant l'entrée des artistes du théâtre ou au pied de l'immeuble où habitait Noah, et des titres clamant « SEX IN THE CITY » ou encore « LA VIE CACHÉE DE CAITLYN SULLIVAN », sur les étals de tous les marchands de journaux de la ville. Les voisins de Noah se plaignaient de tapage nocturne, de soirées fréquentées par de très jeunes gens, sans doute mineurs, où la drogue et l'alcool coulaient à flots. Les journalistes avaient également déniché des infos sur la vie de Noah et de sa famille.

– Je suis désolée… bredouilla Cate, en le regardant arpenter le salon de Lily.

– Ils sont allés chez ma mère. Ils ont interviewé Tasha, avec qui je suis sortie cinq minutes il y a deux ans, qui leur a raconté que je l'avais trompée. Du pur délire. Ils insinuent que je me drogue, que ma mère est alcoolique…

Cate garda le silence. Que pouvait-elle dire ?

– Ils sous-entendent que j'ai été pris dans *Mame* parce que je sortais avec toi, alors qu'on ne se connaissait même pas quand j'ai passé l'audition ! Ils disent que tu refuses des rôles parce que je suis jaloux et que tu as peur de moi…

Quand il eut fini de vider son sac, elle lui dit la seule chose qu'elle pouvait lui dire, et qu'elle lui avait déjà dite :

– Je suis désolée, Noah.

Il se passa les mains sur le visage.

– Ce n'est pas ta faute. C'est juste que… ils enlaidissent tout.

– Je sais. Ça ne durera pas. C'est parce que le film vient de sortir. C'est horrible, je sais, mais ça va se tasser.

Noah leva enfin les yeux sur elle.

– C'est plus facile, pour toi… Tu as l'habitude…

Le cœur de Cate se serra douloureusement.

– Tu veux qu'on se sépare ?

– Oh non ! s'écria-t-il en la prenant dans ses bras. Non, surtout pas ! Pardon si je m'énerve. Je ne sais pas comment gérer ce genre de choses. Je ne sais pas comment tu fais…

– Ça ne durera pas, répéta-t-elle.

En son for intérieur, toutefois, elle redoutait terriblement que l'interlude de sérénité ne touche à sa fin.

Fieffé manipulateur, après avoir surmonté la terreur et la furie en détention, Grant Sparks avait calculé que le seul moyen de survivre était de monter le plus grand coup de sa vie.

Le plus grand de tous les temps, peut-être.

Il ne redoutait pas les gangs de la prison ; il faisait de la contrebande, on le respectait. Il avait dû acheter quelques-uns des membres de l'administration pénitentiaire, mais il n'avait pas eu beaucoup de mal à cerner ceux qui se laisseraient corrompre, et de quelle façon.

Il entretenait des contacts à l'extérieur, à qui il commandait des cigarettes qu'il revendait à l'unité. Il partageait les bénéfices avec son fournisseur. L'alcool et le cannabis rapportaient davantage. En revanche, il ne trafiquait pas de drogues dures. S'il se faisait prendre à fourguer de l'herbe, on lui taperait sur les doigts. S'il se faisait prendre à dealer de la poudre, il risquait fort de ne jamais revoir le jour.

En outre, il pouvait aussi se procurer des articles aussi variés que de la crème pour les mains ou de la sauce pimentée. Il était reconnu pour sa fiabilité.

Il avait des protections, personne ne s'amusait à lui chercher des noises.

Par ailleurs, il s'était forgé la réputation de s'acquitter de ses corvées sans rechigner, garder la tête basse et se plier aux règles. Il allait à la messe tous les dimanches ; il avait bien voulu se laisser convaincre du pouvoir de Dieu et de la prière par les culs bénis de la prison.

Comme il lisait beaucoup – la Bible, les classiques, des bouquins de développement personnel –, on le transféra de l'enfer de la buanderie à la bibliothèque.

Il pratiquait le sport religieusement et devint *de facto* coach personnel, toujours prêt à prodiguer de bons conseils.

Comme il devait se tenir informé de l'actualité de certaines personnes, il lisait également la presse people, introduite clandestinement dans la prison. Il savait que la petite garce à cause de qui il était là avait joué dans deux films. Il savait que sa salope de mère faisait croire à qui voulait l'entendre qu'elle était rongée par le remords. Il savait aussi qu'elle avait mis le grappin sur un milliardaire. Il ne la croyait pas aussi vicelarde ; elle était remontée dans son estime.

Cela dit, elle ne perdait rien pour attendre.

Il entrevit une opportunité de vengeance en apprenant que la petite garce fricotait avec un danseur, certainement gay. Il commença alors à cogiter : comment l'atteindre, qui engager pour ce job, combien payer ?

Une fois de plus, il se lia avec un gars sur le point d'être libéré.

En moins de deux semaines, Cate s'aperçut qu'elle détestait la fac. Rester assise pendant des heures à écouter de grands discours d'un intérêt tout relatif ne la mènerait nulle part.

Elle n'aimait que les cours de français, apprendre du vocabulaire, s'entraîner à prononcer les mots correctement, comprendre les règles de grammaire et de syntaxe.

L'analyse filmique la hérissait. Elle n'avait aucune envie de trouver des métaphores et des sens cachés dans les films. Cette approche ruinait toute la magie du cinéma. Pour autant, elle restait assidue. Quand les Sullivan entreprenaient quelque chose, ils le menaient à bien.

– Ils pensent que je devrais tout savoir parce que j'ai été actrice et que je viens d'une famille de comédiens, maugréa-t-elle, blottie contre Noah, dans son petit lit une place, comme chaque lundi.

– Tu sais des trucs.

– Pas le genre de trucs dont nous parlent les profs. Dans une école d'art dramatique, j'aurais plus de choses à dire, je pense. Mais je ne sais pas pourquoi, dans *Psychose*, Alfred Hitchcock a filmé la scène de la douche en autant de plans. Ni pourquoi Spielberg laisse le personnage de Dreyfus en vie, à la fin des *Dents de la mer*.

– Tu aimerais prendre des cours d'art dramatique ?

– Non. Je te laisse le privilège de la scène. C'est toi qui joues dans le spectacle qui cartonne en ce moment. Je…

– Quoi ?

Elle tourna la tête et lui embrassa l'épaule.

– C'est bête de ne pas oser en parler, puisque la presse s'est finalement très vite lassée de nous.

– Tu l'avais prédit, dit-il en lui rendant son baiser. J'aurais dû t'écouter.

– C'était un coup bas pour toi.

– Un coup de pied dans les couilles, ouais…

Cate eut un petit rire amer.

– À la fac, tout le monde me demande si je peux avoir des billets gratuits pour *Mame*.

– Je peux t'avoir quelques places.

– Non, si je commence, je suis fichue. Bon, je vais rentrer. J'ai cours à 10 heures, demain, et je dois encore réviser.

– Tu ne veux pas rester encore un peu ?

– J'aimerais bien, mais il faut vraiment que je révise. Et j'ai dit à Lily que je rentrais vers minuit. Il est déjà minuit.

Cate quitta le lit et s'habilla. Noah fit de même.

– Tu n'es pas obligé de descendre avec moi, soupira-t-elle.

– Ma chérie a droit à son escorte.

Elle s'assit sur le bord du lit pour lacer ses chaussures, en regardant Noah boutonner son jean sur son corps svelte de danseur.

– Je suis contente d'être ta chérie.

Comme tous les lundis, il l'accompagna jusqu'à la Huitième Avenue et elle se remémora la première fois, les halos de lumière des réverbères dans la brume. Ce soir, il faisait chaud et lourd, de gros nuages masquaient la lune et les étoiles.

– Tu m'envoies un texto quand tu arrives ? lui demanda-t-il, comme chaque lundi, quand ils eurent échangé un dernier baiser langoureux.

Dans le taxi, toujours comme chaque lundi, elle se retourna et lui fit signe à travers le pare-brise arrière.

Quand le taxi eut disparu, il se vissa ses écouteurs dans les oreilles pour écouter le morceau de 50 Cent sur lequel il travaillait. Mentalement, il chorégraphiait les pas, comptait les temps, mémorisait les paroles.

Ils l'agressèrent sur la Neuvième Avenue.

Cate lui envoya un texto quand elle fut dans l'ascenseur. D'ordinaire, il répondait par un emoji, mais comme Lily était assise sur la terrasse, elle rangea son téléphone sans le regarder.

– Tu m'attendais ?

– Je savoure cette chaleur moite. Ça me rappelle le Sud de mon enfance.

– Comment se fait-il qu'il y ait deux verres sur la table ?

– Je pensais que tu aurais peut-être envie d'eau fraîche, en arrivant. Et de t'asseoir cinq minutes avec moi.

– OK, acquiesça-t-elle, en songeant à ses révisions.

– Comment va Noah ?

– Bien. C'était un peu tendu, entre nous, mais ça va mieux, ajouta-t-elle, sentant que c'était ce que Lily désirait entendre. Les journalistes se sont calmés, ils ont trouvé plus croustillant à se mettre sous la dent.

– Tant mieux, ça me tranquillise. Et les cours à la fac, comment ça se passe ?

– Je n'adore pas, c'est le moins qu'on puisse dire. D'une manière générale, c'est l'école que je n'aime pas. Je n'en avais pas conscience, avant d'essayer. Mais *j'adore parler français et penser en français.*

– Tu viens de me parler en français, là ?

– Je pense en français ! C'est indispensable pour apprendre une langue. Mes modules se terminent dans quelques semaines. Ensuite, je pense que je m'inscrirai à un cours de conversation. Je ferai peut-être aussi un stage de photo, ou de danse. Je me cherche, en fait…

– Tu finiras par trouver ta voie.

Cate l'espérait de tout son cœur. Pour l'instant, elle procédait par élimination et une chose était sûre : elle n'enseignerait pas l'analyse filmique.

L'appel de l'un des colocataires de Noah la réveilla juste après 6 heures du matin.

Chapitre 15

La peur au ventre, Cate fit irruption en courant dans le bureau des infirmières.

– Je cherche la chambre de Noah Tanaka… On m'a dit à l'accueil qu'il était à cet étage. Il a été… agressé hier soir. Je…

– Vous êtes de la famille ? l'interrompit une infirmière.

En dépit des marguerites jaunes sur le fond bleu ciel de sa blouse, la jeune femme était sèche et peu amène.

– Je suis sa compagne, je…

– Désolée, je ne peux rien vous dire. Nous ne sommes autorisés à donner des nouvelles qu'aux membres de la famille.

– Je ne peux pas le voir ? Comment va-t-il ? Il est grièvement blessé ?

– Je n'ai pas le droit de vous répondre. Si vous voulez vous installer dans la salle d'attente, juste là, sur votre droite…

– S'il vous plaît, je…

– Vous y trouverez une partie de la famille de M. Tanaka. Ils vous donneront des nouvelles, s'ils le souhaitent.

L'information fit mouche.

– OK, merci !

Une autre infirmière entra dans le bureau et murmura :

– Pauvre gosse…

La première regarda Cate se ruer dans le couloir et répliqua :

– Qui ? Lui ou elle ?

Le petit frère de Noah, Eli, quinze ans, dormait roulé en boule sur une banquette, des écouteurs dans les oreilles. Bekka, sa sœur, se tenait devant le distributeur de boissons chaudes.

– Ne le réveille pas, chuchota-t-elle. Il vient juste de s'endormir.

– Bekka…

Elles s'assirent côte à côte, Bekka avec un gobelet de thé. De gros cernes sombres sous les yeux, ses cheveux crépus rassemblés au sommet du crâne, elle portait un legging gris et un tee-shirt au logo de Columbia, où elle étudiait la médecine avec autant de sérieux et d'ambition que Noah en accordait à la danse.

– C'est un de ses colocs qui m'a appelée… Je suis venue tout de suite. Les infirmières n'ont rien voulu me dire.

– Elles respectent le règlement de l'hôpital, c'est normal. On t'ajoutera à la liste des proches. Il dort, pour le moment. Ils ne peuvent pas lui donner d'antalgiques à cause de la commotion cérébrale. Papa et maman sont avec lui. Grandma et Ariel sont descendus acheter à manger.

– Je t'en supplie, dis-moi ce qu'il a, implora Cate en saisissant les mains de Bekka.

– Pardon, je suis un peu sonnée… L'hôpital nous a appelés hier soir, ou plutôt ce matin. La police était encore là quand on est arrivés. Noah était inconscient quand ils l'ont conduit aux urgences, mais il a repris connaissance et il a essayé de raconter ce qui s'est passé. Il a un traumatisme crânien, un décollement de la rétine gauche, le nez cassé, des fractures orbitaires des deux côtés.

Bekka ferma les yeux et but quelques gorgées de thé. Une larme roula sur sa joue.

– La pommette gauche fracturée, des lésions rénales et abdominales, poursuivit-elle en rouvrant les yeux et en cherchant le regard de Cate. Il s'est fait tabasser, sauvagement, par deux mecs.

Cate referma les bras autour de son buste et se balança d'avant en arrière.

– Il va s'en sortir ?

– Il devra être opéré pour la rétine, et peut-être pour les deux fractures orbitaires. On attend qu'un spécialiste l'examine. Il faudra aussi sûrement lui ouvrir le visage pour réduire la fracture de la pommette, parce que les os sont déplacés, mais il faut attendre que ça désenfle et que son état soit stable.

En s'efforçant de contrôler sa respiration, Cate se pressa les doigts sur les yeux.

– Oh mon Dieu… Que s'est-il passé ? Qui a pu lui faire ça ?

– Il rentrait chez lui, après t'avoir accompagnée pour prendre un taxi.

– Oh mon Dieu…

– Il pense qu'ils étaient deux. Des témoins ont confirmé. Deux Blancs, qui se sont enfuis à l'arrivée des témoins. Noah ne se souvient pas de grand-chose. Les témoins étaient trop loin pour donner un signalement précis. Mais ils ont dit qu'ils s'acharnaient sur lui en le traitant…

– Dis-moi tout ! demanda Cate en agrippant le bras de Bekka.

– De nègre et de pédé. Ils lui ont dit qu'il n'avait pas intérêt à recommencer à baiser avec une Blanche… Et ils ont promis de lui couper la bite s'il s'amusait à toucher de nouveau à Caitlyn Sullivan.

– Ils…

Privée de voix, à court de mots, Cate ne put formuler une phrase entière.

– Ce n'est pas ta faute mais… notre mère, surtout notre mère… Tu peux imaginer ce qu'elle ressent.

Cate ne comprenait pas. Cette agression n'avait aucun sens.

– Je ne sais pas quoi dire… Je ne sais pas quoi faire… murmura-t-elle d'une voix à peine audible.

– La police devra t'interroger.

– Je ne connais personne qui ait pu lui faire ça, je te le jure, Bekka.

Sur la banquette, Eli se redressa et retira les écouteurs de ses oreilles.

– Mais eux, ils te connaissent, cracha-t-il, amer. Je vais faire un tour, grommela-t-il, et il quitta la salle d'attente.

– Il est furieux, dit Bekka. Pour l'instant, il n'a qu'une chose en tête : son frère s'est fait tabasser par des Blancs à cause d'une Blanche.

Cate referma la main autour du petit cœur qu'elle portait tous les jours.

– Ta famille me laissera le voir ?

– Oui, parce qu'il t'a déjà réclamée. L'essentiel, c'est lui. Attends-moi là, je vais parler à ma mère.

Une fois seule, choquée, écœurée, Cate envoya un texto à Lily, sans toutefois entrer dans les détails.

« Il dort. Il s'est fait agresser. J'attends de pouvoir le voir. Je t'expliquerai. »

Lily répondit instantanément.

« Tu lui diras que je suis avec lui de tout cœur. Je t'envoie des forces. »

Cate se leva et fit les cent pas dans la salle d'attente. Comment pouvait-on rester immobile dans un hôpital ? Pourquoi le temps passait-il si lentement lorsqu'on avait hâte de voir et de toucher quelqu'un qu'on aimait ?

Des alarmes bipaient, des pas résonnaient sur le carrelage, des téléphones sonnaient.

Elle n'avait pas envie de café, elle n'avait pas envie de thé. Elle ne désirait qu'une chose : voir Noah.

Ses parents passèrent dans le couloir. Cramponnée au bras de son mari, sa mère n'osa pas regarder Cate. Son père, aussi grand et mince que Noah, lui jeta un coup d'œil furtif. Dans son regard, elle lut de la fatigue, de la tristesse, mais ni amertume ni reproche. Et ce regard lui arracha des larmes.

– Tu peux aller le voir, revint lui dire Bekka. Il se réveille de temps en temps. Mais il souffre quand il est éveillé. Tu ne pourras pas rester longtemps.

– Non, je veux juste le voir. Ensuite, je repartirai.

– Tu n'y es pour rien, Cate ; c'est la situation qui est révoltante, murmura Bekka, l'expression extrêmement lasse. Je t'attends ici. Si Noah veut te voir, je m'arrangerai pour établir un roulement des visites. Pas la peine de contrarier ma mère davantage. Je te dirai à quelle heure venir, juste un petit moment, dans un premier temps. Il a besoin de repos et de calme.

– Je ne resterai pas longtemps.

Se préparant au pire, Cate poussa la porte, mais rien n'aurait pu la préparer… Noah avait le visage tuméfié, déformé, marbré d'hématomes, l'œil gauche exorbité, rouge, à vif, le droit auréolé d'un cocard jaune violacé. Sur les draps blancs, ses bras étaient couverts de bleus et d'écorchures.

Il était tellement immobile, dans sa chemise bleu pâle, qu'un instant elle crut qu'il ne respirait plus, puis elle vit sa poitrine se soulever et entendit le bip du moniteur.

Elle aurait voulu se jeter sur lui, le couvrir de son corps afin de lui insuffler des forces et d'apaiser ses souffrances. Mais elle s'approcha tout doucement, dans la pénombre de la chambre au store baissé, et lui saisit délicatement la main.

– J'aurais aimé être là quand tu te réveilleras, pouvoir te parler, mais tu as besoin de repos. Je viendrai tous les jours et je resterai avec toi aussi longtemps qu'on me le permettra. Quand je ne serai pas là, je serai avec toi par la pensée. Lily est aussi avec toi de tout cœur.

Elle se pencha au-dessus de lui, embrassa sa main, et repartit comme elle était venue, sans faire de bruit.

Dans la chaleur étouffante, sous un soleil de plomb, elle regagna l'appartement à pied, à plus de trente blocs.

À cette heure matinale, les magasins étaient fermés, il n'y avait pas encore de touristes dans les rues, que des gens promenant leur chien, des vieilles dames, des joggers, des hommes d'affaires en costume. Personne ne prêta attention à elle et elle ne prêta attention à personne.

Noah était blessé, brisé, et elle ne pouvait pas rester à son chevet. Parce que sa famille lui en voulait. Bekka comme les autres. Ce qu'elle avait fait, elle l'avait fait pour son frère.

Cate ne leur en voulait pas.

Mais une question la taraudait : Noah lui en voudrait-il ?

En pénétrant dans l'appartement climatisé, elle fut parcourue d'un frisson.

– Catey, oh mon pauvre chou… Viens t'asseoir. Tu es rentrée à pied ? Tu…

Elle fonça aux toilettes. Lily se précipita derrière elle et lui tint les cheveux pendant qu'elle vomissait, secouée de spasmes et de tremblements.

– Ça va aller, ma chérie, ça va aller.

Lily passa une serviette sous l'eau fraîche et lui tamponna le front, puis la nuque.

– Viens t'allonger un moment.

Elle l'aida à se redresser et la soutint jusqu'à sa chambre.

– Je vais te chercher de l'eau et de la ginger ale.

Tandis que Cate séchait ses larmes, Lily se rendit à la cuisine et en revint avec deux verres.

– Tiens, bois d'abord un peu d'eau, dit-elle en lui calant des coussins derrière le dos. Tout doucement, de toutes petites gorgées... Voilà. Quand tu auras récupéré, tu prendras une bonne douche bien fraîche...

Assise au bord du lit, elle écarta les cheveux, trempés de sueur, du visage de Cate.

– Tu veux me raconter ?

– Il s'est fait tabasser. Par deux types. Si tu voyais dans quel état il est... Il va être opéré, plusieurs interventions... C'est arrivé quand il rentrait chez lui après m'avoir accompagnée au taxi. Ils l'ont roué de coups en l'insultant. Parce qu'il est noir et que je suis blanche. Ils ont prononcé mon nom. Sa famille m'en veut.

– Bien sûr que non !

À nouveau, des larmes jaillirent des yeux enflés de Cate.

– Si. Sa mère n'osait même pas me regarder. Son frère n'a pas voulu rester dans la même pièce que moi. Il s'est fait tabasser à cause de moi.

– Par des sales racistes. Tu n'y es pour rien. Sa famille se fait du souci, ils ont peur, ils sont en colère. Laisse-leur le temps de surmonter le choc. Que disent les médecins ?

– Bekka m'a dit qu'il devrait être opéré. Qu'on ne peut pas lui donner de médicaments contre la douleur à cause du traumatisme. Je ne l'ai vu qu'une minute, il dormait. Je n'ai pas pu rester parce que...

– Ne t'en fais pas, il est jeune et costaud, c'est un danseur, en excellente condition physique. Bois un peu de ginger ale, maintenant.

Lily encouragea Cate à s'hydrater, puis à se doucher et à se changer, et pendant qu'elle était dans la salle de bains, elle se retint d'appeler Hugh et Aidan. Inutile de les réveiller si tôt par des nouvelles aussi brutales.

Elle préviendrait la troupe et le théâtre dans le courant de la matinée. Dans l'immédiat, elle envoya un texto à Mimi, son assistante, pour lui dire qu'elle pouvait travailler de chez elle aujourd'hui, et la prier de ne lui transmettre que les appels importants.

Elle allait préparer du thé, elle allait...

– Mamie-Lil'...

Cate avait attaché ses cheveux mouillés. Son jeune visage exprimait une tristesse infinie.

– Retourne t'allonger un moment, ma puce. Je vais faire du thé.

– Ça va mieux, la douche m'a fait du bien. Vomir aussi m'a fait du bien, je crois. Je m'occupe du thé. J'ai besoin de m'occuper.

Elle s'avança dans la cuisine, puis enlaça Lily.

– Merci, lui dit-elle.

– De rien, ma chérie. Tu n'as pas à me remercier.

– Merci pour tout. D'être ma mère, ma grand-mère, les deux, d'aussi loin que je me souvienne. Que ferais-je sans ma Mamie-Lil' ?

– Arrête, tu vas me faire pleurer.

– Tu n'as pas encore appelé papa et Grandpa ?

– Je voulais attendre au moins une heure.

– Parfait. Je vais préparer du thé. Ensuite, tu pourras peut-être m'aider à réfléchir à ce que je dois faire.

– Pas de problème, j'adore réfléchir.

Elles tressaillirent toutes deux lorsque le téléphone sonna.

– J'y vais, déclara Lily. Lily Morrow, j'écoute… Oui, Fernando. Ah… Très bien, faites-les monter.

Dans la cuisine, Cate lisait l'étiquette, sur une boîte en fer rouge.

– Infusion *Energy Boost*, ça te va ?

– Du café sera plus adapté, je crois.

– Tu veux du café ?

– C'était Fernando, le gardien. Deux inspecteurs de police arrivent. Ils veulent t'interroger. Je me suis dit qu'au moins, ce serait fait.

Cate rangea la boîte de thé et se dirigea vers le percolateur que Lily prétendait aimer davantage que le sexe.

– Tu as eu raison. Je n'ai pas grand-chose à leur apprendre, mais je ferai tout pour les aider. Je me sens bien, ne t'en fais pas.

– Je vois ça. Tu as toujours été forte, ma chérie.

– Pas toujours, non, mais je sais l'être, affirma Cate en parvenant à afficher un faible sourire. Je prépare du café. À ton avis, les inspecteurs boivent tous du café noir, sans lait et sans sucre, comme dans les livres et dans les films ?

– On le saura bientôt. J'y vais, dit Lily quand le timbre de la sonnette retentit.

Au passage, elle jeta un coup d'œil dans le salon, et décida qu'elle s'installerait près de Cate sur le canapé. Si celle-ci avait besoin de soutien, elle serait à son côté.

En ouvrant la porte, elle ne s'attendait pas à voir une femme aux cheveux grisonnants, coupe courte à la Judi Dench, accompagnée d'un jeune Noir coiffé de dreadlocks qui semblait à peine avoir l'âge de consommer de l'alcool. Tous deux étaient vêtus d'une veste de costume, lui gris anthracite, bien taillée, impeccable ; elle, noire et un peu chiffonnée. Tous deux lui présentèrent leur insigne de police.

– Madame Morrow, inspectrice Riley. Voici l'inspecteur Wasserman.

– Entrez. Caitlyn prépare du café.

– Superbe vue, commenta Wasserman en pénétrant dans le salon.

– N'est-ce pas ? Asseyez-vous, je vous en prie.

Délibérément, Lily indiqua du geste les deux fauteuils en face du canapé.

– Caitlyn revient juste de l'hôpital. C'est horrible... J'espère que vous retrouverez les agresseurs de Noah.

Riley observa un instant Lily, puis elle sortit un calepin de sa poche intérieure et s'installa sur un fauteuil.

– Vous le connaissez bien ?

– Oui, c'est un danseur qui a beaucoup de talent et un garçon adorable. J'ai beaucoup de sympathie pour lui.

– Connaissez-vous quelqu'un qui puisse lui en vouloir ?

– Honnêtement, non. Tout le monde l'apprécie, dans la compagnie. Je n'ai jamais entendu personne dire du mal de lui. Quand Cate a commencé à le fréquenter, j'ai eu une bonne discussion avec lui, déclara Lily avec un sourire. Et il a réussi l'audition.

Lorsque Cate apparut avec le plateau, Wasserman se leva et le lui prit des mains.

– Cate, se présenta-t-elle.

– Enchantée, mademoiselle Sullivan. Inspectrice Riley, et mon collègue, l'inspecteur Wasserman.

– Comment prendrez-vous votre café ?

– Une goutte de lait, pas de sucre, répondit Riley.

– Lait et sucre, merci.

– Un des colocataires de Noah m'a appelée ce matin, dit Cate en servant le café, sans attendre qu'on lui pose des questions. Je suis partie tout de suite à l'hôpital. Je ne comprends pas qui a pu lui faire ça. Je ne comprends pas qu'on puisse faire ça... La sœur de Noah m'a dit que des injures racistes ont été proférées. Je ne comprends pas non plus.

Cate s'installa sur le canapé près de Lily.

– Depuis combien de temps connaissez-vous Noah ? demanda Riley en l'observant de ses yeux bleus.

– On sort ensemble depuis mi-mars.

– Est-ce que ça pourrait déplaire à quelqu'un ?

– Qu'on sorte ensemble ? Non. Pourquoi ?

– L'un de vos anciens petits copains, peut-être, suggéra Wasserman. Ou une ex de Noah.

– Il est effectivement sorti avec d'autres filles avant moi, mais il était seul quand on s'est rencontrés.

– Et vous ?

– C'est la première fois que j'ai une relation exclusive avec un garçon.

– Ah bon ? s'étonna Wasserman.

– J'ai vécu plusieurs années en Irlande. J'avais beaucoup d'amis, mais pas de « petit » ami. Il n'y a pas d'ex jaloux dans ma vie. Je ne crois pas qu'il y en ait dans celle de Noah. Je ne connais personne capable d'un acte aussi vicieux et aussi moche. Si j'avais ne serait-ce que l'ombre d'un soupçon, je vous en ferais part.

Cate s'interrompit un instant, et serra le petit cœur qu'elle portait autour du cou.

– Vous avez vu Noah, vous avez vu ce qu'ils lui ont fait… Ils se sont servis de moi comme excuse pour le passer à tabac. Vous savez ce qui m'est arrivé quand j'avais neuf ans. Je suis bien placée pour savoir que les gens peuvent être cruels. Mais j'ignore qui a pu faire ça à Noah.

– Pouvez-vous nous raconter votre journée d'hier ?

– Comme le théâtre est fermé le lundi, on en profite en général pour passer du temps ensemble. Le matin, j'avais cours à la fac. On s'est retrouvés vers 13 heures au *Café Café*, à l'angle de la Septième et de la 46e. Ensuite, on est allés chez lui. Ses colocataires travaillent… Le soir, on est allés au restaurant avec des amis, au *Footlight*, sur Broadway, au niveau de la 48e. C'est un peu le repaire des jeunes artistes, des danseurs.

Cate avait l'impression d'évoquer une soirée qui remontait à des années-lumière et appartenait à une autre vie.

– Certains sont allés danser, après. Comme le lundi est le seul soir de la semaine où Noah n'est pas sur scène, on est retournés chez lui. Vers minuit, il m'a accompagnée jusqu'à la Huitième Avenue et il a attendu que je trouve un taxi. Je devais réviser pour le lendemain matin. Il m'accompagne toujours jusqu'à la Huitième.

Sa voix se brisa. Lily se rapprocha d'elle et lui saisit la main.

– Il vous accompagne toujours jusqu'à la Huitième ? releva Riley. Toujours à la même heure ?

– À peu près, oui. J'ai cours, le mardi matin. Il attend toujours que je sois montée dans le taxi. Et il me regarde partir, on se fait coucou. C'est…

Cate s'interrompit et posa sa tasse de café, la main tremblante.

– C'est un rituel, murmura-t-elle. Notre rituel du lundi… Ils savaient donc où le trouver…

Afin de capter son attention, Wasserman se pencha vers elle.

– Savez-vous s'il a reçu des menaces ? Ou si quelqu'un a fait des commentaires à propos de votre relation, ou sur le fait qu'il fréquente une Blanche ?

– Non, il m'en aurait parlé, j'en suis sûre. Quant à moi, personne ne m'a jamais fait ce genre de remarques. Est-ce que les deux témoins ont vu les agresseurs ?

Riley adressa un signe de tête à son collègue.

– Ils sortaient d'un bar, ils avaient pas mal bu. Quand ils ont vu l'agression, ils ont crié. Les agresseurs se sont enfuis, vers l'est. Les témoins ont accouru auprès de Noah mais de loin, dans le noir, ils n'ont pas eu le temps de voir les deux gars qui décampaient.

– Mais ils les ont fait fuir, dit Cate. Et ils ont appelé la police, l'ambulance. D'après la sœur de Noah, lui non plus n'a pas eu le temps de voir ses agresseurs.

– Nous en reparlerons avec lui, dit Riley. Des souvenirs lui reviendront peut-être. Les célébrités reçoivent souvent des lettres de fans qui développent des fantasmes possessifs et malsains.

– Mon courrier arrive au studio ou chez mon agent. Et je ne suis pas vraiment une célébrité.

– Vous avez joué dans quatre films. Les médias s'intéressent à vous. La presse a parlé de votre relation avec Noah, récemment.

– Si j'avais reçu des lettres de ce genre… L'appel ! s'écria Cate en agrippant la main de Lily.

– Quel appel ? demanda Riley.

– En juin, quand la troupe était sur la côte ouest, j'ai reçu un appel anonyme, sur mon portable.

Elle donna davantage de précisions, évoqua également l'appel reçu l'hiver précédent, quand elle était à Los Angeles.

– Vous n'avez donc plus le téléphone ?

Elle secoua la tête.

– Non, j'ai fait une bêtise, je sais, mais j'ai…

– Vous avez réagi dans la panique, compléta Wasserman. L'une ou l'autre d'entre vous a-t-elle reçu d'autres appels bizarres ? Des erreurs de numéros, des communications coupées ?

– Non.

– Moi non plus, répondit Lily. Pensez-vous que ces appels aient un rapport avec l'agression de Noah ?

– À voir… Pas d'autres tentatives de contact qui vous aient paru suspectes ? demanda Riley.

– Non, les gens abordent souvent Lily dans la rue et ça m'arrive aussi parfois, depuis la sortie de mon dernier film, mais en général, ils sont plutôt sympas.

Wasserman regarda Cate en souriant, puis il tourna les pages de son calepin.

– Vous suivez des cours à l'université de New York… Quelqu'un vous aurait-il accordé une attention particulière, invitée à sortir, peut-être ?

– Deux étudiants m'ont proposé d'aller boire un verre, mais ils n'ont pas insisté quand je leur ai dit que j'avais un copain.

– Vous avez dit que Noah vient souvent vous attendre sur le campus… On vous a donc vus ensemble…

Cate se tourna vers Riley.

– Vous voulez dire : une Blanche avec un garçon de couleur ?

L'inspectrice soutint son regard.

– Si Noah a été attaqué en raison de son appartenance à une minorité ethnique, il s'agit d'un crime de haine. Nous prenons ces actes très au sérieux. Si jamais d'autres incidents se produisent, vous devrez nous en informer.

– Bien sûr.

– Il faudrait aussi nous communiquer les noms des amis avec qui vous êtes allés au restaurant. L'un d'entre eux a pu remarquer quelque chose, expliqua Wasserman. Par exemple, quelqu'un qui se serait intéressé d'un peu trop près à Noah ou à vous.

– Pas de problème, mais je ne connais pas tous les noms de famille.

– Nous nous débrouillerons avec les prénoms, dit Riley en posant sa tasse vide.

– Je vous ressers du café ?

– Non, je vous remercie. Il était très bon.

Cate énuméra les noms et prénoms dont elle se souvenait, puis, quand Riley se leva, fit de même.

– Je sais que vous ne retrouverez peut-être pas les agresseurs. Malheureusement, les choses ne se passent pas toujours comme dans les films, rarement, même… Noah ne méritait pas ça.

– Non, vous non plus, dit Riley en rangeant son calepin. Merci d'avoir répondu à nos questions. Vous nous avez permis d'y voir un peu plus clair.

Lily les raccompagna à la porte, puis elle rejoignit Cate dans le salon.

– Ça va ?

– Oui. Même si je n'avais pas grand-chose à leur apprendre, j'ai le sentiment de les avoir aidés. Je me sens utile. Je ne me laisserai pas abattre.

– Tout à fait, ma chérie. Il faut que j'appelle ton grand-père, maintenant. Tu devrais téléphoner à ton père. Je préviendrai le théâtre. Nos doublures nous remplaceront, ce soir.

– Pas toi, non.

– Je ne veux pas que tu restes seule.

– Je ne veux pas que les gens qui viennent voir Lily Morrow dans *Mame* soient déçus. Le spectacle continue, Mamie-Lil', tu le sais comme moi. Je vais bien, je t'assure. J'attends un texto de Bekka, j'espère que je pourrai aller voir Noah. Sinon, elle a promis de m'ajouter sur la liste des proches, pour que je puisse au moins prendre de ses nouvelles. Je lui enverrai des fleurs, il saura que je pense à lui.

– Tu sais quoi ? Ce soir, tu viendras avec moi au théâtre. Tu resteras dans les coulisses. Sauf si tu peux aller voir Noah. D'accord ?

– OK. Je vais appeler papa.

Fidèle à sa parole, Bekka envoya un message : Cate pouvait rendre visite à Noah aux alentours de 16 heures, durant une quinzaine de minutes. Elle lui apporta un joli bouquet de fleurs d'été.

Store fermé, la chambre baignait toujours dans la pénombre. De son œil droit à peine entrouvert, il la regarda s'avancer dans la chambre. Elle lui saisit délicatement la main et l'embrassa.

– Noah, je suis désolée, désolée…

– Ce n'est pas ta faute.

Il détourna néanmoins le regard, et sa main était si molle, au creux de la sienne, qu'elle comprit qu'il ne pensait pas ce qu'il disait. Cet instant marqua la dure limite entre un avant et un après. Noah avait déjà commencé à prendre ses distances.

Elle vint cependant le voir tous les jours, et durant les interventions chirurgicales, elle ne quitta pas son téléphone, dans l'attente des messages de Bekka.

Quand il sortit de l'hôpital, il alla s'installer chez ses parents le temps de la convalescence. Quotidiennement, elle lui envoyait un texto, un seul, car la distance se creusait un peu plus chaque jour.

L'été laissa la place à un automne inhabituellement chaud. Cate s'inscrivit à un atelier de conversation française et à un cours d'italien débutant.

Les langues étrangères la passionnaient. Elle consacrerait encore la fin de l'année à se chercher. Ensuite, elle déciderait de son avenir.

Le texto de Noah ne la prit pas au dépourvu, elle s'y attendait. Il voulait venir la voir un après-midi, un mercredi, comme par hasard le jour des matinées, où Lily serait au théâtre.

Octobre parait les arbres de couleurs flamboyantes, la luminosité au-dessus de l'Hudson était plus douce. Comme il faisait un temps clément, Cate prépara des Coca dans un seau de glace, sur la terrasse. Noah aimait le Coca, si ses goûts n'avaient pas changé depuis l'été.

Quand il sonna à la porte, elle s'efforça d'ignorer les battements de son cœur.

– Salut, je suis contente de te voir.

Il se laissait pousser la barbe, il avait perdu du poids et paraissait vieilli. Quand leurs regards se rencontrèrent, elle lut clairement le message qu'il allait lui délivrer.

– Allons nous asseoir dehors. Lily m'a dit que tu étais passé au théâtre, la semaine dernière…

– Oui, je voulais voir tout le monde.

– Tu as l'air en forme. Tu vas reprendre ?

En souriant, elle décapsula deux cannettes. Les Sullivan savaient jouer la comédie.

– Non. Carter m'a remplacé pendant trois mois. Je lui laisse ma place.

Comme Noah ne prenait pas le verre qu'elle lui tendait, elle le posa. Il s'adossa contre le mur.

– Je sais qu'on n'a toujours pas retrouvé tes agresseurs…

– Je ne les ai même pas vus. Personne ne les a vus, répondit Noah en haussant les épaules. Les flics ont fait ce qu'ils ont pu.

Était-il conscient de l'amertume qu'il dégageait ? se demanda Cate.

– Bekka m'a dit que tu avais toujours des migraines…

– De moins en moins. J'ai repris les cours de danse. Je me suis aussi inscrit à un cours de chant. Ma voix s'est rouillée. J'ai passé une audition pour *Heading Up*, une nouvelle comédie musicale. J'ai été pris. Pour le second rôle.

– Génial ! Je suis heureuse pour toi.

Elle aurait voulu lui sauter au cou et l'embrasser, mais un mur se dressait entre eux, aussi solide que celui contre lequel il était adossé.

– Je vais être très pris, avec les ateliers, les cours, les répétitions. C'est la première fois que j'ai un rôle aussi important. Je veux m'y consacrer à fond. Je n'aurai pas le temps pour une relation.

Elle s'était certes préparée, mais ce n'en était pas moins douloureux.

– Je comprends, dit-elle. Pas la peine de te justifier. On ne s'est pas revus depuis cette nuit horrible. Parfois, un moment horrible peut tout changer.

– Tu n'y es pour rien.

– Non, mais tu ne l'as pas encore intégré, répliqua-t-elle, d'un ton plus aigre qu'elle ne l'aurait voulu et qu'elle s'efforça aussitôt de corriger. Tu as été agressé, tu as souffert, tu as perdu ton rôle. Une part de toi me tient pour responsable, inconsciemment au moins. Peu importe que je n'y sois pour rien. L'important, c'est ce que tu ressens.

– Je suis incapable de gérer les médias. Ma famille a essayé de me préserver, mais je sais ce que la presse a raconté de l'agression : que je me suis fait tabasser à cause de toi. Je ne sais pas comment je pourrais oublier une chose pareille.

– Les injures t'ont blessé autant que les coups. La presse aussi t'a fait souffrir. Alors tu m'en veux.

– Ce n'est pas ta faute.

– Tu m'en veux, répéta-t-elle en secouant la tête. Ta famille m'en veut. Un temps, je m'en suis voulu aussi, mais plus maintenant. Ce n'est pas ma faute si je suis tombée amoureuse de toi. Ce n'est pas ma faute si tu ne m'aimes plus.

De nouveau, il détourna le regard.

– Je suis incapable de gérer ces situations… C'est trop… Ce n'est pas possible pour moi…

– Tu auras été le premier à ne voir que celle que je suis réellement, le premier à ne désirer que celle-ci. Je ne l'oublierai jamais. Aujourd'hui, tu ne me vois plus de la même façon, alors tu ne peux plus rester avec moi. Et je ne pourrais pas rester avec toi, pour les mêmes raisons.

Elle inspira profondément avant de poursuivre :

– Celui que tu es maintenant est venu me parler face à face. Celle que je suis maintenant peut te laisser partir sans t'en vouloir et sans s'en vouloir à elle-même.

Cate reprit son verre sur la table et le leva.

– Bonne chance, Noah, merde.

– Désolé… murmura-t-il en prenant congé.

Quand il fut parti, elle laissa libre cours à ses larmes. Deux brutes sans visage avaient volé leur bonheur.

TROISIÈME PARTIE

PRÉCIEUSES RACINES

Le bonheur au foyer
est l'ultime résultat de l'ambition.

SAMUEL JOHNSON

La voix est une chose sauvage,
qui ne peut être domptée en captivité.

WILLA CATHER

Chapitre 16

Comme l'avait dit son grand-père autrefois, la vie était une série de tournants. Cate avait le sentiment que toute sa vie, elle avait suivi le chemin qu'on lui avait indiqué, et n'avait bifurqué qu'en raison d'événements indépendants de sa volonté.

La cérémonie en hommage à son arrière-grand-père équivalait pour elle à un phénomène tectonique, qui avait à jamais modifié le paysage de sa vie. Elle avait toutefois surmonté le séisme avec courage.

Des années plus tard, elle avait cédé à la peur, après l'embuscade de sa mère. Elle avait renoncé au cinéma, elle était partie pour New York et sa vie avait pris un nouveau tournant.

Puis Noah avait croisé sa route, ils avaient fait un bout de chemin ensemble. En le perdant, Cate avait dû négocier un autre virage.

À présent, il était temps qu'elle cesse de se laisser porter par le courant. Désormais, elle choisirait elle-même sa voie.

Hugh accepta un rôle dans un film qui se tournait à New York, si bien que Lily prolongea son contrat dans *Mame*. Et Cate se mit à la recherche d'un appartement. Elle avait besoin d'indépendance, et de savoir ce que vivre seule signifiait.

À dix-neuf ans, elle parlait l'espagnol, le français et l'italien. Par l'entremise de l'inspectrice Riley, elle faisait souvent de l'interprétariat, bénévolement, pour la police et pour les réfugiés.

Elle passa trois mois avec son père en Nouvelle-Zélande, où se déroulait le film dans lequel il jouait. Elle remplaça son assistante et apprécia chaque moment de ce séjour.

De retour à New York, elle se mit en quête d'un nouveau logement et fêta son vingtième anniversaire.

Une nouvelle décennie, un nouvel appartement, de nouvelles opportunités à explorer.

Ce fut une rencontre fortuite qui modifia à nouveau le cours de sa vie. Darlie était en tournage à New York ; elles déjeunaient ensemble dans un petit bistrot.

– L'entraînement physique pour ce film m'a tuée ! Trois heures par jour, six jours par semaine, je n'en pouvais plus.

– Mais tu as de ces biceps !

Darlie les fit saillir. Pour le rôle, elle s'était considérablement musclée, et elle avait les cheveux coupés court.

– T'as vu ça ? Pas mal, hein ?

– Carrément !

– Je t'avoue que ça ne me déplaît pas de me sentir forte physiquement, ni de jouer dans un film d'action, le rôle d'une vraie femme adulte. Je me défoule ! Cela dit, je prends aussi des coups de pied aux fesses. On ferme une partie de Chinatown demain, pour tourner une scène. Tu devrais venir.

– Envoie-moi l'heure et le lieu exact par texto. Je verrai si je peux me libérer.

– Tu as un planning de ministre ! Tu apprends le russe, alors, maintenant ?

– J'essaie.

– Et tu fais l'interprète pour les flics ? C'est cool. Sinon, qu'est-ce que ça fait d'avoir un appart' à soi ?

– C'est à la fois bizarre et génial. Je suis restée dans l'Upper West Side pour ne pas trop m'éloigner de chez mes grands-parents. Ça les rassure. Et puis, je connais le quartier et je l'aime bien.

Darlie hésita un instant avant de prendre une pita dans la corbeille à pain, puis elle décida de se contenter d'une moitié.

– C'est sympa, New York, mais je préfère quand même la Californie… Enfin bref… Toujours pas de mec ?

– On dirait ma nouvelle voisine ! répliqua Cate. « Une jolie nana comme toi… comment que ça se fait que t'aies pas de chéri ? poursuivit-elle avec l'accent du Queens. Comment que ça se fait que je voie jamais d'gars monter chez toi ? »

Cate leva son verre d'eau minérale et en but une gorgée.

– J'ai une autre voisine qui est russe. Elle croit que je suis homo. « Et alorrs, pas grrave si elle aime filles… »

Darlie éclata de rire. Cate leva les yeux au ciel et reprit l'accent du Queens.

– « Quoi ? T'aimes les meufs, toi ? T'as une gonzesse ? »

– Je n'aurais jamais cru que les New-Yorkais se parlaient autant !

– Dans mon immeuble, on n'arrête pas de tchatcher. Je leur ai dit que j'aimais les mecs mais que j'étais seule pour le moment. Résultat, elles se sont toutes les deux mis en tête de me caser.

– Oh non… soupira Darlie.

– « J'ai un neveu hyper sympa. » (De nouveau, l'accent du Queens.) « Tu voudrais pas aller boire un caf' avec lui, un d'ces quatre ? » (Puis avec l'accent russe.) « Kevin, kaissier superrrmarrché, tu trrouves pas mignon ? Trrrès poli. »

Se prenant au jeu, Cate faisait de grands gestes avec son verre.

– Et voilà le voisin du dessus qui sort de l'ascenseur avec son petit caniche…

Elle imita une série de jappements aigus.

– La nana du Queens lui donne toujours des biscuits. Elle en sort un de sa poche et le jette au chien, en continuant à essayer de me vendre son neveu. Et la Russe qui n'arrête pas de faire l'éloge du caissier… Du coup, le maître du caniche s'en mêle : « Laissez-la donc vivre sa vie ! » (Grosse voix grave, intonation populaire.) « Elle est grande, elle a pas besoin de vous. Attendez un peu, elle va bientôt nous en ramener un tous les soirs… »

En roulant des yeux, Cate piqua une tomate cerise sur sa fourchette.

– T'as pas intérêt à être pressée, quand tu sors tes poubelles !

Un homme, la trentaine, s'approcha de la table, petites lunettes d'écaille, physionomie avenante.

– Excusez-moi de vous déranger… J'étais assis juste là, derrière vous. Vous avez un certain talent d'imitatrice.

– Je… Merci.

– Boyd West, se présenta-t-il. On s'est déjà rencontrés, je crois, dit-il à Darlie. Mais vous ne vous souvenez peut-être pas…

– Si, si, vous êtes le mari de Yolanda Phist. On s'est croisés sur le tournage d'*Éternelle*.

– C'est ça. Enchanté de vous revoir. Vous permettez que je me joigne à vous cinq minutes ?

Il s'installa en face de Cate et remonta ses lunettes sur son nez. Il parlait à toute vitesse, en mangeant la moitié des mots.

– Je suis en train de réaliser un court métrage d'animation, un tout petit film mais un projet très important pour moi. On a déjà distribué tous les rôles, sauf le principal. Je n'arrive pas à trouver quelqu'un qui me convienne. Il s'agit d'une jeune femme en quête d'identité, qui cherche sa place dans le chaos du monde. Vous avez déjà fait du doublage ? demanda-t-il à Cate.

– Non, je…

– Pardon, je n'arrête pas de vous couper la parole. Excusez-moi, je viens juste de vous reconnaître… Caitlyn Sullivan…

Elle eut envie de disparaître six pieds sous terre, mais il avait un sourire sympathique et avant qu'elle n'ait pu dire quoi que ce soit, il continua :

– Voilà un signe du destin, non ? J'aime beaucoup ce que vous faites, mais j'ignorais que vous aviez du talent pour les voix. J'aimerais vous envoyer le script. En fait, ne bougez pas, je vais vous le donner tout de suite… Je déjeunais avec les producteurs…

Il se leva et retourna à sa table, où un homme et une femme l'attendaient.

– Tenez, dit-il en revenant avec un livret qu'il remit à Cate. Et voici ma carte, avec mon numéro perso. (Il l'inscrivit au dos.) C'est un projet modeste, ajouta-t-il, je ne pourrai pas vous verser un cachet mirobolant, mais je pense que ça pourrait être intéressant pour vous… Je ne vous embête pas plus longtemps. Lisez-le et appelez-moi. Je vous laisse. Au revoir. À bientôt.

Quand il regagna sa table, les deux producteurs se levèrent, et jetèrent un coup d'œil à Cate avant de prendre congé.

– C'était… surréaliste.

– Ne refuse pas, lis ce script. Boyd West est connu pour réaliser des petits bijoux. Tu as du talent, Cate. Jusqu'à présent, tu as joué de malchance, mais ne sous-estime pas ton potentiel.

– Je n'ai jamais fait de doublage !

– Tu es comédienne et tu as un timbre hyper fluide. West saura te diriger. Si le script te plaît, qu'as-tu à perdre ? Il a raison, c'est peut-être un signe du destin.

Cate ne faisait pas confiance au destin, mais elle savait reconnaître un bon script. Et c'est ainsi que sa vie prit encore un nouveau tournant. Cette fois, elle était au volant et, sans rien demander à personne, elle accepta d'incarner la voix d'Alice dans *Qui suis-je ?*

Dans les cabines d'enregistrement, écouteurs sur les oreilles, elle avait enfin le sentiment d'avoir trouvé sa place. Si bien qu'elle insonorisa l'un des placards de son appartement pour s'en faire un studio.

Deux ans plus tard, elle avait tellement de travail qu'elle déménagea et équipa une pièce entière pour y exercer son activité. Elle faisait des voix pour des pubs, des dessins animés, des jeux vidéo et elle enregistrait des livres audio.

Elle trouva ainsi son identité, son indépendance.

Et elle retrouva la joie.

Si bien que lorsqu'elle revit Noah, elle était une personne différente, forte de cette nouvelle carrière, cette nouvelle connaissance de soi, sans parler des années qui s'étaient écoulées.

Elle rentrait chez elle avec un sac de provisions, après une longue journée d'enregistrement, quand il l'interpella. S'il avait toujours ses beaux yeux de lion, il s'était laissé pousser les cheveux et portait une barbe de trois jours. Comme toute femme se retrouvant face à son premier amour, elle éprouva un petit pincement au cœur.

Ils se firent la bise, au milieu du flot des passants.

– J'avais l'intention de t'appeler… bredouilla-t-il. Je suis content de te voir. Tu as le temps ? Je t'offre un verre ? Ça me ferait vraiment plaisir de discuter un moment avec toi si tu as cinq minutes.

– Volontiers. Il y a un petit café sympa, pas loin, si ça ne t'embête pas de revenir sur tes pas.

– Allons-y.

Une chaude soirée d'été, pensa-t-elle, un peu comme la dernière fois où ils avaient marché ensemble dans les rues de New York.

– Tu habites toujours dans le quartier ?

– J'y ai mes habitudes. Mes grands-parents sont retournés en Californie, je suis restée là. Je vais souvent les voir. Et toi ?

– J'ai une chambre assez grande pour y mettre un grand lit. En fait, j'ai acheté une petite maison de ville. C'est cool, d'avoir de l'espace.

– Voilà le café. Tu préfères qu'on s'installe à une table ou au bar ?

– À une table.

Avec son mobilier d'acier, ses box étroits et son long comptoir d'ébène, l'établissement était nettement plus chic que les cafétérias, les pizzérias et les gargotes mexicaines qu'ils fréquentaient autrefois. Ils commandèrent tous deux un verre de cabernet.

– Comment va ta famille ? demanda Cate.

Noah plongea le regard au fond du sien.

– Les Irlandais ont la réputation d'être rancuniers, je sais, dit-elle. Mais à quoi bon ?

– Mes parents vont bien. Ils sont à Hawaï, en ce moment, pour une quinzaine de jours. Ma mère a toujours de la famille là-bas. Ma grand-mère est décédée l'an dernier.

– Toutes mes condoléances.

– Elle nous manque. Bekka a eu son doctorat. On est très fiers d'elle.

Ils échangèrent des nouvelles des uns et des autres, jusqu'à ce qu'on leur apporte leur commande.

– Tu sais… Je voulais t'appeler depuis un moment, mais je n'ai jamais eu le courage, avoua Noah. Je voulais te dire… J'ai été injuste avec toi.

– Ta réaction était compréhensible.

– Tu n'y étais pour rien, dans cette agression. Je te l'ai dit mais tu avais raison, je ne le pensais pas sincèrement, sur le coup. Aujourd'hui, j'en suis convaincu.

Cate baissa les yeux sur son verre.

– Je suis contente que tu me dises ça. On était tous les deux si jeunes… La presse a fait ses choux gras de ton agression. C'était horrible, on n'aurait pas pu faire face. On se serait sûrement séparés de toute façon.

Elle but une gorgée de vin, en examinant Noah par-dessus son verre.

– Tu as été un point clé de ma vie. J'ai beaucoup pensé aux points clés de ma vie, ces derniers temps, à la façon dont ils convergent ou divergent… Je suis allée voir tous tes spectacles.

– C'est vrai ?

– Oui, tu as beaucoup compté pour moi. Ça fait chaud au cœur de voir un être cher s'épanouir.

– Tu aurais dû venir en *backstage*.

Elle esquissa un sourire tout en sirotant son verre.

– J'aurais été gênée.

– J'ai vu *Lucy Lucille*. Deux fois.

– Tu occupes tes lundis à aller voir des dessins animés ? répliqua-t-elle en riant.

– Tu étais super. Sincèrement. Je veux dire… Ça fait au chaud au cœur de voir – ou plutôt d'entendre – un être cher s'épanouir.

– Tu devrais entendre ma Shalla, reine guerrière. Mais tu n'as jamais été fan de jeux vidéo, se remémora-t-elle.

– Pas le temps pour ça. Tu as l'air heureuse.

– Je le suis. J'aime vraiment mon métier. Un nouveau défi à relever chaque fois, en s'amusant. Toi aussi, tu as l'air heureux.

– Je le suis. J'aime mon métier, et je viens de me fiancer.

– Waouh ! Félicitations ! s'exclama Cate, sincère, quelque part soulagée. Parle-moi d'elle.

Il s'exécuta, elle l'écouta.

– Si tu viens voir un de mes spectacles, dis-le-moi.

– OK. Mais en fait, je vais bientôt retourner en Californie.

– À Los Angeles ?

– Big Sur. Mes grands-parents s'y sont plus ou moins retirés. Mon grand-père a fait une chute l'hiver dernier, il s'est cassé la jambe.

– J'ai appris ça, mais je croyais qu'il avait récupéré. Il va bien ?

– Oui, oui, mais il prend de l'âge, qu'il veuille l'admettre ou non. Lily hésite à signer pour une reprise de *Mame*, elle n'ose pas le laisser seul.

– Les rumeurs du retour de Lily Morrow à Broadway sont donc fondées. La nouvelle a fait le buzz.

– Elle acceptera si je reste avec Hugh. L'avantage de mon boulot, c'est que je peux travailler n'importe où. Au besoin, je pourrais aller enregistrer dans un studio de Monterey ou de Carmel, voire de San Francisco. Ça ne devrait pas poser de problème.

Ça n'en poserait pas, rectifia-t-elle intérieurement. Elle était désormais aux commandes de sa vie. Elle choisissait les tournants qu'elle désirait prendre.

– Depuis quelque temps, la Californie me manque. Le moment est venu de tourner une nouvelle page, je crois.

Elle s'interrompit un instant, la tête penchée sur le côté.

– De t'avoir revu, d'avoir discuté avec toi, c'est une manière de clore un chapitre sur une note positive.

Le serveur s'approcha et leur demanda s'ils souhaitaient un autre verre. Elle refusa.

– J'ai du boulot, dit-elle à Noah, il faut que j'y aille. Je suis vraiment contente de t'avoir revu.

– Moi aussi, dit-il en posant une main sur la sienne. Toi aussi, tu as beaucoup compté pour moi. Tu fais partie des plus beaux chapitres de ma vie.

En le quittant, elle se sentait légère. Et elle rentra chez elle avec la certitude de pouvoir quitter New York sans regret.

Elle avait oublié combien le mois de novembre pouvait être glacial, à San Francisco.

Après mûre réflexion, elle avait fait expédier les quelques petits meubles qu'elle désirait emporter ; les autres étaient entreposés dans un box. Elle avait également vendu et donné beaucoup de choses, en se disant qu'elle se sentirait plus légère. Or elle éprouvait un sentiment étrange de vide dont elle ne savait que penser…

Comme une voiture lui serait indispensable à Big Sur, et qu'elle savait ce qu'elle voulait, elle passa une journée à essayer différents modèles et à négocier, avant d'opter pour un joli petit SUV hybride. Elle n'avait pas renoncé à la décapotable de ses rêves d'adolescente, mais chaque chose en son temps.

Elle n'avait pas conduit depuis des années, si bien que les rues escarpées et le périphérique de San Francisco mirent ses nerfs à l'épreuve. Pour calmer le stress, une fois en dehors de la ville, elle alluma la radio et chanta en chœur avec Lady Gaga. Elle avait du coffre, pas autant que Gaga, mais elle vivait tout de même de sa voix.

À la vue des montagnes, de la mer, des falaises, elle prit conscience que ce cadre lui avait cruellement manqué et, bizarrement, elle avait un peu l'impression de rentrer à la maison.

Un an plus tôt, elle aurait affirmé, sans l'ombre d'une hésitation, qu'elle était devenue une New-Yorkaise dans l'âme. Quelques années auparavant, elle aurait juré que son cœur appartenait à l'Irlande. N'était-ce pas une chance inouïe d'avoir autant de ports d'attache ?

Un léger brouillard rendait le paysage encore plus beau. En passant devant la route du ranch des Cooper, elle pensa à Dillon, Julia et Maggie. Elle ne les avait pas revus depuis des années, mais elle avait toujours gardé le contact.

Elle ferait du *soda bread* irlandais, un de ces jours, et leur en apporterait une miche.

En parvenant à la péninsule, elle ressentit une joie sans partage. Devant le portail, elle s'arrêta et abaissa sa vitre. Celui-ci s'ouvrit néanmoins avant qu'elle s'annonce à l'Interphone. Vidéosurveillance, se souvint-elle. Elle avait décrit sa nouvelle voiture.

Elle parcourut la route privée en pensant à la plage, aux rochers, à la somptueuse maison d'architecte de ses grands-parents.

Le second portail, installé après l'enlèvement, s'ouvrit aussi sans qu'elle n'ait besoin de sonner. Hugh et Lily l'attendaient sur le porche. Elle faillit oublier de tirer le frein à main tant elle était pressée de les embrasser, mais elle évita le pire de justesse.

Lily avait les cheveux plus courts, mais d'un roux tout aussi flamboyant. Hugh portait une petite barbe grise taillée avec soin, qui lui conférait un style nouveau.

– On te guettait ! s'exclama Lily. Viens, entre, ne te soucie pas de tes affaires, on s'est occupés de tout.

– Comment va ta jambe, Grandpa ?

Il exécuta quelques pas de claquettes.

– T'inquiète ! Tu as fait bonne route ?

– J'étais un peu tendue, au début. Je n'avais pas conduit depuis des lustres. Mais on retrouve vite les réflexes. Que c'est beau, ici… Un feu de cheminée… J'en rêvais ! Et cette luminosité… Oh, Consuela !

Elle savait que la cuisinière et employée de maison de ses grands-parents était maintenant installée chez eux à demeure, et elle était ravie de la retrouver.

– *Bienvenida a casa, mi chica.*

Consuela l'étreignit avec effusion, la larme à l'œil.

– Allez donc vous asseoir au salon, tous les trois. Je vous ai ouvert une bouteille de vin et préparé de quoi grignoter. Ton grand-père est toujours en train de courir, il ne devrait pas.

– Ces deux-là ne me laissent pas une minute en paix, bougonna Hugh.

Consuela lui répondit par un claquement de langue sévère, puis elle caressa la joue de Cate avant de s'éclipser.

– Un verre de vin sera le bienvenu, déclara celle-ci. Et que ces fruits sont beaux… Rien ne vaut les fruits frais de Californie ! Asseyez-vous, tous les deux, je fais le service. J'ai besoin de bouger, après ce long trajet en voiture.

Elle versa le vin, servit des petites assiettes de fromage et de fruits. Puis elle s'immobilisa devant la fenêtre et contempla la mer, le ciel, la pelouse qui se déroulait jusqu'au bord de la falaise.

– On n'oublie pas la beauté, murmura-t-elle, mais la mémoire ne vaut pas le regard. On ne se souvient jamais de tout. À Liam et Rosemary, dit-elle en levant son verre. À leur amour, leur vision, à ce magnifique cadeau qu'ils nous ont légué.

– Sans eux, cette maison n'existerait pas, et nous non plus, acquiesça Hugh en trinquant.

Cate dégusta une tranche de mangue.

– Hum, un délice ! C'est un autre monde, ici, dit-elle en s'asseyant sur le bras d'un fauteuil. Je suis prête à vivre dans un autre monde. Je faisais de plus en plus souvent des rêves qui se déroulaient ici.

– De beaux rêves, j'espère, dit Hugh en se massant la jambe.

– Bien sûr. Des rêves où je faisais des puzzles, où je ramassais des coquillages, des rêves de phoques sur la plage, des rêves où Grandda me racontait des histoires. Il connaissait des milliers d'histoires. Mon subconscient savait que j'avais envie de revenir.

– Que tu restes serait notre souhait le plus cher, mais on ne veut surtout pas que tu te sentes obligée, déclara Lily.

– J'ai la ferme intention de rester. J'espère que vous m'avez préparé une chambre, parce que vous m'avez sur le râble, maintenant. Vous avez vu ma nouvelle voiture ?

– Tu en es contente ? demanda Hugh, le bras en suspens au-dessus du plateau de fromages.

– Je n'avais pas envie d'en louer une. Nous, les filles de Californie, il nous faut un moyen de locomotion. Je m'achèterai sûrement une décapotable, cet été.

– Tu as toujours rêvé d'en avoir une, murmura Hugh.

– Et je l'aurai enfin ! Je me suis renseignée, je pourrai aller enregistrer en studio à Carmel ou à Monterey, mais j'espère que vous m'autoriserez à insonoriser un des grands placards, à l'étage. J'ai commencé dans un placard, c'était parfait. Croyez-moi, je compte très sérieusement rester là un bout de temps.

Cate prit un cracker et le tartina de fromage de chèvre, en souriant à son grand-père.

– J'ai trop de gènes irlandais en moi pour ignorer les rêves. Je veillerai sur toi, mon très cher, pendant que notre star se produira sur les planches de Broadway.

– Encore une qui veut me surveiller… grommela-t-il.

– Parfaitement ! Il faudra t'y faire. Je serais revenue de toute façon, à cause des rêves, mais cette fracture et *Mame* étaient des signes du destin. En vérité, j'avais commencé à me renseigner sur les studios de la région avant que tu décides de faire cette chute de cheval, cowboy.

– Allons-y ! dit soudain Lily en se frappant la cuisse. Je suis trop impatiente !

– Où ? demanda Cate en savourant une tranche de kiwi.

– Prends ton verre, lui dit Hugh en se tenant la jambe pour se lever. On va te montrer ta chambre.

Lily les précéda à l'extérieur de la maison.

– Vous me mettez dehors avant même que j'aie défait mes valises ?

– Une jeune femme a besoin d'indépendance et de tranquillité. Par exemple, si elle veut inviter des prétendants…

– Bien sûr… Ils se bousculent…

Lily enlaça la taille de Cate.

– Fais attention dans l'escalier, Hugh.

– Grrrrr… maugréa-t-il entre ses dents.

– Si tu ne veux pas du cottage, tu pourras t'installer dans l'une des chambres de la maison, dit Lily à Cate. Inutile de préciser que tu es libre d'aller et venir à ta guise. Et chargée de surveiller ce vieux bougon, ajouta-t-elle à voix basse.

– J'ai entendu ! cria-t-il.

Dans la fraîcheur de novembre, ils empruntèrent l'allée pavée qui serpentait au travers des jardins, embaumés par le délicieux parfum des roses. Sur le fond gris de la mer, en arrière-plan, la piscine paraissait d'un bleu irréel.

Le cottage des invités, tout en pierres, dans la plus pure tradition irlandaise, formait le parfait contrepoint à l'architecture moderne de la maison principale. Des volets vert bouteille encadraient les fenêtres ornées de pots de fleurs débordant de couleurs. Seule touche résolument contemporaine, le côté donnant sur la mer était intégralement vitré, mais tout le reste évoquait les collines verdoyantes parsemées de moutons.

Cate fouilla rapidement dans sa mémoire et, avant même qu'elle ait revu l'intérieur de la maison, décida qu'elle prendrait la plus grande des chambres de l'étage, dotée d'une petite cheminée ainsi que d'un grand dressing qu'elle pourrait transformer en studio. Elle rangerait ses vêtements dans une autre chambre, au fond du couloir.

Le cottage avait quatre chambres, se rappelait-elle. Ou plutôt cinq, si l'on comptait la grande pièce du rez-de-chaussée qui servait à la fois de dortoir et de salle de jeux, lorsque toute la famille était réunie.

Hugh retira une clé de sa poche et la lui tendit, solennel. Elle l'inséra dans la serrure et pénétra à l'intérieur.

Comme elle s'y attendait, ses grands-parents avaient cueilli des fleurs et composé de jolis bouquets d'automne dans des bouteilles de lait ou des bocaux de conserve.

En revanche, elle fut surprise de voir ses meubles parmi les autres.

– Mais… C'est ma table basse… et ma lampe… Ma table demi-lune… Mon fauteuil…

– Les femmes aiment bien être entourées de leurs petites affaires personnelles.

Elle se tourna vers Lily.

– Tout ça était au garde-meubles…

– Preuve que tu y tenais, je présume.

– Comment les avez-vous fait venir ?

Hugh feignit d'ôter une poussière de sa chemise.

– Nous avons les moyens… dit-il.

– J'adore ! C'est magnifique. Oh, et cette vue !

À couper le souffle, pensa-t-elle. Le bleu du ciel, l'océan qui s'étendait vers l'infini, les arbres secoués par le vent, silhouettes aux formes magiques.

– Je n'arriverai jamais à me concentrer, murmura-t-elle. Je m'enivrerai de cette vue jour et nuit.

– La cuisine a été refaite, elle en avait bien besoin, précisa Lily. Je sais que tu aimes cuisiner, de temps en temps.

Du *soda bread* pour les Cooper, songea Cate, rêveuse.

– Le garde-manger est plein, pour les fois où tu n'auras pas envie de prendre tes repas avec nous. Pas trop souvent, j'espère.

Hugh se posta près de sa petite-fille. Cate posa la tête sur son épaule.

– Allons voir cette cuisine, dit-elle.

Puis elle se redressa brusquement.

– Je suis tellement heureuse que je n'avais même pas vu… Vous avez ouvert des cloisons !

La pièce à vivre communiquait avec la cuisine, délimitée par un comptoir de granite gris aux reflets bleutés et argentés.

– C'est superbe. Quand avez-vous fait ça ? J'adore !

Elle s'avança vers le plan de travail, l'effleura du bout des doigts. Les placards avaient été restaurés dans un style tendance et rustique à la fois, en bois blanc cérusé, avec des portes vitrées révélant de la jolie vaisselle colorée. Un billot de boucher faisait office d'îlot central. L'électroménager avait été entièrement renouvelé, dans le style vintage.

Le garde-manger renfermait de quoi survivre à une apocalypse zombie, pensa-t-elle. Elle pourrait manger au comptoir, juchée sur un tabouret, face au panorama, ou s'installer sur l'un des bancs de bois de la table campagnarde.

– Qu'est-ce que tu en dis ?

– Mamie-Lil', j'ai les grands-parents les plus fabuleux de la Terre !

– La buanderie… ici, indiqua Lily avec un geste du bras. Je te préviens, Consuela viendra faire le ménage et la lessive deux fois par semaine. Inutile de discuter, elle y tient et elle n'en démordra pas.

– Une fois par semaine suffira. Je lui en parlerai.

– Bonne chance… murmura Hugh.

– En tout cas, c'est la plus belle cuisine que j'aie jamais vue. J'aurais été très bien dans la maison principale, je m'y serais sentie à l'aise. Mais là ? Je me sens déjà chez moi. Alors que je n'ai pas encore vu ma chambre.

Son grand-père la prit par le bras.

– Avant de monter, il te reste à voir un dernier petit changement… Tu as toujours les toilettes, là, et le petit salon ici… Et là…

– On l'appelait la salle de jeux. C'était aussi le dortoir des enfants.

– On s'est dit que telle quelle, cette pièce ne te servirait pas à grand-chose.

Cate en resta bouche bée. Ses grands-parents avaient fait aménager un studio d'enregistrement et une cabine de son, entièrement équipés. Ils avaient même pensé aux stores insonorisants, actuellement relevés pour laisser entrer la lumière ainsi que la vue sur le jardin et les montagnes.

Comme ses meubles, le matériel qu'elle avait laissé à New York était là : micros, pieds de micros, filtres, ordinateur, écouteurs, le tout rangé dans une armoire vitrée, avec même un stock d'eau minérale pour s'humecter les lèvres et s'hydrater la gorge.

Aucun détail n'avait été omis.

– Les professionnels doivent travailler dans des conditions professionnelles, dit Hugh.

– Vous êtes formidables. Vous avez pensé à tout. Même au miroir.

– Tu nous as dit que tu mimais les expressions de tes personnages, pour trouver leur voix.

– C'est vrai.

Émue, Cate pénétra dans la cabine, examina le matériel.

– Si tu enregistres des chansons, ou des livres audio, tu pourras davantage t'isoler, dit Lily.

Elle acquiesça de la tête.

– C’est l’une de mes manies, avoua-t-elle.

– Un artiste sans manie n’est pas vraiment un artiste.

– C’est le plus beau des cadeaux, le plus touchant, de la part des meilleurs grands-parents de toute l’histoire des grands-parents. Excusez-moi, j’ai envie de pleurer…

– On espérait bien que tu verserais quelques larmes ! dit Lily en la prenant dans ses bras.

Cate tendit une main vers Hugh et l’attira dans leur étreinte.

– Arrêtez… bredouilla-t-elle, ou je vais chialer comme une madeleine.

Et elle éclata en sanglots.

Chapitre 17

Dans l'idée de s'installer tranquillement et de prendre le temps de visiter les différents studios de Monterey et de Carmel, Cate n'avait accepté aucun travail à rendre dans les deux semaines à venir.

Mais comme elle avait son propre studio, elle informa son agent qu'elle serait disponible dès le lundi suivant. Elle désirait tout de même savourer quelques jours de repos en compagnie de ses grands-parents. Et faire du *soda bread.*

Pour fêter son retour, ils firent un bon repas et regardèrent des films ensemble.

Chaque matin, elle faisait de la gym avec son grand-père. Il rechignait, mais il devait poursuivre la rééducation. Sous son œil d'aigle, il effectuait ses exercices consciencieusement, bien qu'en râlant.

Elle se promenait sur la plage, s'asseyait sur les rochers.

Elle cueillait des tomates, des poivrons et des herbes aromatiques qu'elle apportait à Consuela en cuisine.

Elle reçut plusieurs propositions de travail, les étudia et les accepta toutes, parce que toutes lui plaisaient. Elle commença par enregistrer une pub pour un livre, pendant que la pâte à pain reposait.

Le client désirait une voix chaleureuse, si bien qu'elle choisit un micro dynamique, un pied anti-vibration et un filtre anti-pop, afin d'éliminer les bruits désagréables liés à la prononciation de certaines consonnes. Un spot de quinze secondes nécessitait autant de matériel qu'un enregistrement de trente minutes.

Elle monta son micro, l'orienta, ajusta l'angle. Satisfaite, elle vérifia son logiciel, ses moniteurs, plaça le script sur un lutrin. Puis après avoir baissé les stores et accroché l'écriteau ENREGISTREMENT sur la porte – juste au cas où –, elle mit ses écouteurs et procéda à une première prise.

À l'écoute, elle constata qu'elle durait une seconde de trop. Ce qui ne serait pas difficile à corriger. Mais le son était excellent. Elle n'aurait pas fait mieux si elle avait elle-même aménagé le studio.

Elle se réécouta, avec des hochements de tête approbateurs. Elle avait une voix chaude, engageante : on avait envie de lire le livre.

Elle fit quatre autres prises en changeant certains mots, certaines tournures de phrase. En élimina une qu'elle trouvait plus sexy que chaleureuse. En fit deux autres encore, puis elle sélectionna les trois meilleures qu'elle envoya à son client.

S'il n'était pas content, elle lui proposerait d'autres versions, mais elle était à peu près sûre qu'il serait satisfait.

Elle mit son pain au four puis, la cuisson terminée, elle prit une veste et sortit faire un tour. Malgré un soleil radieux, la brise était fraîche, chargée du parfum des roses et du romarin, de la mer et de l'iode.

Cate alla voir la petite vigne que ses grands-parents avaient plantée récemment, puis elle monta en haut de la falaise, où une tonnelle de rosiers pêche embaumait l'atmosphère.

Son grand-père était assis au soleil, coiffé d'un chapeau à larges bords, un mug de café posé près de lui sur une petite table en fer forgé – personne ne parvenait à le convaincre d'arrêter le café. Ses lunettes sur le nez, il était absorbé dans la lecture d'un script.

– À la retraite… Tu parles…

Il redressa la tête et abaissa ses lunettes.

– Semi-retraite. Je jette juste un coup d'œil à un scénar' que m'a envoyé un ami. Tu veux du café ?

– Non, je te remercie. Quelle journée magnifique ! Je crois que je n'étais jamais venue à Big Sur en automne. C'est féérique.

La tête renversée en arrière, Cate ferma les yeux et inspira une profonde bouffée d'air marin.

– Si Lily te voit sans chapeau, tu vas te faire remonter les bretelles…

– J'essaierai d'y penser.

– À larges bords, ajouta Hugh en tapotant le sien.

– Je n'ai que des casquettes.

– Mets-en une, la prochaine fois.

– Promis. J'ai fait mon premier enregistrement, ce matin. Le studio est top. Cet après-midi, je commencerai à répéter pour un livre audio. Je connais l'auteur, j'ai déjà enregistré deux de ses romans. Pour la narration, je maîtrise la voix. Par contre, il faut que je cerne les personnages. Ça va être cool.

En rouvrant les yeux, elle tapota le script que son grand-père avait posé sur ses genoux.

– Quel serait ton rôle ?

– Un grand-père un peu farfelu qui apprend à son petit-fils à savourer la vie. Ils traversent le pays en voiture, de Boston à Santa Barbara, parce que le vieux a peur de l'avion. À leur retour, la fille, la mère du petit-fils, prétend qu'il est sénile et le place en maison de retraite. Évidemment, il ne se laisse pas faire.

– Cette femme est une idiote.

– Une ancienne hippie devenue blairotte moyenne, qui croit tout savoir et donne des leçons à tout le monde. C'est une comédie, drôle et bien ficelée.

– Tu vas accepter ?

– Je vais d'abord finir de lire le script.

En entendant des jappements, Hugh se retourna avec un sourire.

– Vous avez un chien ? s'étonna Cate.

– Pas encore, mais j'y pense.

Son grand-père frappa dans ses mains et siffla. Deux chiens au pelage tricolore vinrent se frotter contre ses jambes.

– C'est… Non, ça ne peut pas être ceux de Dillon…

– Si, répondit-il en leur flattant l'encolure. Stark et Tash. Gambit et Jubilee sont morts l'année dernière.

Les chiens reniflèrent les mollets de Cate, en levant vers elle de grands yeux amicaux. Elle les caressa en riant.

– L'Homme de fer et la Veuve noire… Dillon est resté fidèle à l'univers Marvel.

– Fan inconditionnel ! déclara celui-ci en gravissant les dernières marches de l'escalier taillé dans la falaise. Je vous ai apporté un panier de pommes de terre roses, Hugh, celles que vous adorez.

– Merci beaucoup. Assieds-toi. Je vais appeler Consuela et lui demander de nous préparer du café.

– Désolé, je suis pressé. Je dois apporter des trucs à la coopé. Salut ! lança-t-il à Cate en remontant ses lunettes de soleil. Ça fait plaisir de te voir.

– Tu es sûr que tu n'as pas cinq minutes ?

– Avec Hugh, tu t'arrêtes cinq minutes et tu tchatches une heure ! Non, une autre fois.

Il claqua dans ses doigts pour appeler les chiens. Cate se leva.

– Je te promets de ne pas te retenir une heure si tu redescends avec moi. J'ai quelque chose pour toi, ta mère et ta grand-mère.

– OK. Paraît que tu vas habiter le cottage ? À bientôt, Hugh. La prochaine fois, je m'arrangerai pour avoir le temps de bavarder un moment.

– Pas de problème. Bonne journée.

Dillon et Cate s'engagèrent côte à côte dans l'escalier.

– Hugh et Lily sont super contents que tu viennes t'installer ici.

– Et moi donc !

– New York ne te manquera pas ?

– Je pourrais toujours y aller de temps en temps quand j'aurai besoin de ma dose de côte est. J'ai adoré vivre là-bas, mais je sens que je vais adorer vivre ici. Tu diras à ta mère et à ta grand-mère que je passerai les voir bientôt. Pendant quelques jours, je veux me consacrer entièrement à mon grand-père, le surveiller de près.

– Il en a besoin, je crois.

– C'est ce que j'ai cru comprendre.

Cate poussa la porte du cottage. Les chiens se ruèrent à l'intérieur en reniflant partout. Dillon s'avança dans la pièce à vivre et regarda autour de lui.

– C'est chouette. J'étais passé une ou deux fois, pendant le chantier. C'est vraiment très beau.

Lui aussi était très beau, pensa-t-elle… À l'évidence, il n'était pas adepte du chapeau de soleil. Ses cheveux bruns étaient semés de mille reflets dorés, légèrement frisés, entre la boucle et l'ondulation, un effet intéressant que Cate mettrait des heures à obtenir, songea-t-elle, avec ses cheveux raides comme des baguettes.

Son teint hâlé mettait en valeur le vert de ses yeux. Et il s'était affiné. Son corps semblait taillé pour être vêtu d'un jean, d'une chemise écossaise et de bottes de travail. Mince et musclé, il avait la démarche d'un homme habitué à arpenter les champs et les prairies.

– Tu intéresserais Central Casting, dit-elle en riant.

– C'est quoi, ça ?

Un rayon de soleil tombait sur lui telle la lumière d'un projecteur.

– Une agence de casting. Tu as le profil parfait du rancher.

Il esquissa un sourire, légèrement de côté, craquant, qui lui illumina le visage.

– Je suis ce que je suis… Alors, toi, comme ça, paraît que tu es devenue comédienne de doublage…

– C'est ça. Mes grands-parents m'ont aménagé un studio.

– Ouais, ils en parlaient.

– Viens, je vais te montrer, dit-elle en le précédant.

Sur le pas de la porte, il s'immobilisa, les pouces crochetés dans les poches de son pantalon.

– Waouh ! Ça fait un sacré matos… Comment tu as appris à t'en servir ?

– Sur le tas. C'est moins compliqué que ça en a l'air. J'ai commencé dans un placard de mon appartement. Je serai beaucoup mieux ici.

– J'imagine. Je t'ai vue – ou plutôt, je t'ai entendue – dans *Secret Identity*. J'ai été impressionné… Tu as su trouver le ton juste pour les deux facettes du personnage : une voix douce, un peu hésitante, pour Lauren Long, la scientifique solitaire et réservée ; et des intonations beaucoup plus farouches et sexy pour son alter ego Whirlwind.

– Merci.

– Je croyais que ce genre de choses se faisait dans un studio de cinéma, avec un metteur en scène, une équipe, tout ça, quoi…

– Parfois, oui. Parfois, un placard suffit.

– C'est un placard de pro que tu as là ! Un jour, tu me montreras comment ça fonctionne ? Aujourd'hui, il faut que je me dépêche…

– Pas de problème. On prendra tous les deux le temps, un de ces jours. Viens, je vais te donner le *soda bread*, dit-elle.

En passant près de lui, elle constata qu'il sentait le cuir et l'herbe fraîche.

– Le *soda bread* ?

– J'en ai fait ce matin. Une vieille recette de famille. Pas de la mienne, celle d'une voisine quand j'habitais en Irlande.

– Tu fais du pain ?

– Oui. Ça me permet de faire le vide dans mon esprit. En même temps, je travaille mes voix, dit-elle en enveloppant une miche dans un torchon. Tiens, pour ta famille…

Les chiens à ses pieds, humant l'air, Dillon demeura un instant immobile, la miche de pain dans les mains, le regard dans les yeux de Cate, direct, curieux, comme la nuit où elle avait trouvé refuge au ranch.

– Merci, dit-il. Passe à la maison un de ces jours. Ma mère et Gram seront contentes.

– Je n'y manquerai pas.

Il se dirigea vers la porte, les chiens sur ses talons.

– Tu te rappelles… On devait faire une balade… Tu montes toujours ?

Il fallut une minute à Cate pour percuter.

– Oh… Oui, bien sûr. Mais ça fait un bout de temps…

– Ça ne s'oublie pas. Quand tu viendras au ranch, on ira faire un tour.

Là-dessus, il s'éloigna, de sa démarche souple et dynamique, puis il se retourna et lança :

– Tu es super belle, dans le rôle de Cate.

Sourire aux lèvres, elle attendit qu'il ait disparu pour refermer la porte.

Dillon se rendit à la coopérative, puis il livra du foin et de l'avoine à une cavalière qui avait deux chevaux, ainsi que deux litres de lait de chèvre à une voisine qui ne pouvait pas se déplacer parce que sa voiture était en panne.

Pour le remercier, elle lui donna deux cookies, marché équitable selon lui.

Sur le chemin du retour, il réfléchit à ce qu'il lui restait à faire. En premier lieu ? Déposer le pain de Cate au ranch, éventuellement s'incruster pour le repas de midi.

Le pick-up de Red était garé dans la cour – sans doute espérait-il lui aussi se faire inviter à déjeuner.

Dans la cuisine, Julia et Gram filtraient du lait de chèvre dans de grandes jattes, au travers d'une mousseline. Apparemment, elles en étaient à la dernière biche.

Les Cooper avaient agrandi le troupeau de chèvres, acheté quelques vaches laitières et aménagé un laboratoire pour la fabrication des produits laitiers, autant d'investissements qu'ils ne regrettaient pas.

– Tu en as mis du temps, lança Maggie à son petit-fils.

Dillon prit un Coca dans le frigo.

– Les gens sont bavards, soupira-t-il. J'ai pris des commandes. Je vous les donnerai tout à l'heure. Red n'est pas là ?

– Elle l'a mis dehors, répondit Julia avec un geste du menton en direction de sa mère. Il bricole le petit tracteur.

Dillon raya mentalement l'une des tâches de sa liste. Il avait prévu de réparer le petit tracteur après le déjeuner.

– Il était dans nos pattes, comme toi… maugréa Maggie, coiffée d'une tresse orange, en surveillant le processus de séparation du caillé.

Dillon ouvrit le torchon qui enveloppait la miche de pain.

– Oui, mais moi, je vous apporte un cadeau. De la part de Caitlyn Sullivan. C'est elle qui l'a fait. Humm, ça sent rudement bon, dit-il en la humant.

Sa grand-mère l'imita.

– Lily m'avait dit que la petite faisait du *soda bread* irlandais, de temps en temps.

– Comment va-t-elle ? s'enquit Julia.

– Je vous donnerai des nouvelles si vous me payez à manger, répondit Dillon avec un sourire malicieux.

– Ça marche. Va prévenir Red que c'est l'heure de la pause.

Dillon s'exécuta. Dans la grange, il entendit le moteur du tracteur toussoter, démarrer, puis tourner normalement, un son qui le réjouit. Parfait, une chose de moins à faire. Il avait déjà un programme chargé pour l'après-midi : débourrer deux poulains, aller voir les juments pleines, donner les consignes aux extras pour la cueillette des légumes d'automne et vérifier les stocks.

Red s'était découvert une passion et un talent insoupçonnés pour la mécanique agricole. Assis sur le tracteur, vêtu d'une vieille veste en jean et coiffé d'une casquette de baseball, sur sa tresse à présent grisonnante, il écoutait le moteur, tête inclinée sur le côté. Soucieux d'entretenir sa ligne et sa condition physique, il profitait de la moindre occasion pour aller surfer.

À la vue de Dillon, il sauta agilement du tracteur, chaussé des santiags à motif plumes de paon que Maggie lui avait offertes pour son dernier anniversaire. Parce qu'il était « fier comme un paon », avait-elle précisé.

– Tu as trouvé la panne ?

– Ouais, acquiesça-t-il en s'essuyant les mains sur son pantalon. Ce n'était pas grand-chose, juste le carbu qui était mal réglé.

– Tu finis pile-poil pour l'heure du déjeuner.

– On va dire que ce n'est pas vraiment un hasard…

Devant la grange, Red se lava les mains à la vieille pompe. Dillon rinça les siennes aussi.

– Je suis passé chez les Sullivan, ce matin. J'ai vu Caitlyn.

– Elle va bien ?

– Elle m'a paru en pleine forme.

Ils se séchèrent les mains dans la serviette accrochée à la pompe, changée chaque jour.

– Vrai ? répliqua Red avec un sourire entendu.

– Si je te le dis !

Sur le paillasson de la cuisine, ils s'essuyèrent les pieds consciencieusement, puis laissèrent veste et chapeau dans le vestibule. Maggie Hudson ne tolérait pas que l'on s'assoie à sa table tête couverte. Et si vous aviez les ongles noirs, elle faisait un scandale !

– Vous vous êtes lavé les mains ? demanda-t-elle.

Une bonne odeur de soupe planait dans la cuisine. Les deux hommes lui montrèrent leurs mains.

– Bien. Dans ce cas, vous pouvez vous asseoir, le potage sera prêt dans cinq minutes.

Red l'embrassa dans la nuque, sous sa tresse orange.

– Apporte le pain et la planche sur la table, lui dit-elle. C'est Cate qui l'a fait.

– Non ?! s'étonna-t-il en emportant la miche dans la salle à manger.

– Elle m'a dit qu'elle avait appris la recette en Irlande, continua Dillon. Elle travaille ses voix pendant qu'elle pétrit la pâte.

Affamé et curieux, il coupa un quignon et goûta.

– Hmm, pas mal. Je n'ai vu que Hugh, ce matin. Lily n'était pas là.

Il a l'air en forme. Il était assis dehors avec Cate. Vous devriez voir le cottage ! Les travaux sont finis, c'est superbe. Ils lui ont aménagé un studio d'enregistrement.

– Du coup, elle peut travailler à domicile ? demanda Julia en déposant la soupière sur la table.

– Elle m'a raconté qu'elle avait commencé dans un placard.

Dillon étala du beurre frais sur son morceau de pain – un délice ! À son tour, Maggie apporta quatre bols et entreprit de faire le service.

– Je suis contente qu'elle ait trouvé sa voie, et qu'elle soit revenue aussi. J'espère qu'elle passera nous voir, un de ces jours.

– Elle m'a dit qu'elle en avait l'intention.

– Quand je pense à sa mère, cette garce !

Red asséna une petite claque sur les fesses de Maggie, qui ne se calma pas pour autant.

– Ça me rend dingue... bougonna-t-elle en agitant sa cuillère. Dire que cette bonne femme vit comme une reine, après ce qu'elle a fait... Et madame se pavane à la télé, la tronche tellement tirée qu'elle peut à peine cligner des yeux !

– Riche ne veut pas dire heureuse, souligna Julia en coupant une tranche de pain pour sa mère.

– C'est plus facile d'être malheureuse dans des draps de soie que quand on dort dans la rue, ce qu'elle mériterait ! Ne vous inquiétez pas, je tiendrai ma langue devant la petite...

Maggie goûta le pain, et rendit son verdict :

– Bonne consistance, saveur et texture agréables. Mince, il est peut-être meilleur que le mien !

Réprimant un sourire, elle pointa un doigt vers Dillon quand il baissa la tête.

– Tu as raison, abstiens-toi de me dire qu'il l'est !

– Sans rapport avec le pain, intervint Red, ce que je peux vous dire, moi, c'est que Charlotte Dupont n'est que ce qu'elle est : une mère indigne ! Et manipulatrice, de surcroît. Il paraît qu'elle paie des journalistes pour qu'ils fassent courir des rumeurs sur les Sullivan, Hugh, Aidan et surtout Cate. Après toutes ces années, elle est encore pleine de rancune. Elle peut bien dormir dans un lit de diamants, elle ne sera jamais heureuse.

Avec un haussement d'épaules, il mangea quelques cuillerées de soupe.

– Elle a payé sa dette à la société, poursuivit-il, mais en vérité, elle est toujours enfermée, dans la prison qu'elle s'est elle-même créée. Bien fait pour elle !

– Et les deux autres, Sparks et Denby, ils en sont où ? demanda Dillon. Je sais que tu gardes un œil sur eux.

– Denby a encore cinq ans à tirer avant de pouvoir demander la libération conditionnelle. Vu que c'était lui qui avait l'arme à feu, les chances sont minces. Quant à Sparks, il paraît que c'est un détenu modèle. Possible qu'ils le relâchent bientôt. D'ici un an, il aura purgé ses dix-huit ans incompressibles. Comme les prisons sont surchargées…

Maggie émit un claquement de langue désapprobateur.

– Le temps passe à une allure… soupira Julia. J'ai l'impression que tout ça date d'hier : Dillon qui vient me réveiller, la petite qui attend dans la cuisine…

– Une femme qui écrit des livres de *true crime*, des histoires vraies de criminels, s'entretient avec Sparks depuis quelques mois pour recueillir son témoignage, ajouta Red. Je sais qu'elle a aussi interrogé Denby. Et d'autres personnes encore, sûrement, mais je ne peux pas vous dire qui. Je n'ai pas les oreilles assez longues. Comme elle a un diplôme d'avocat, Sparks l'a engagée pour le représenter.

– Encore une belle ordure, sûrement, maugréa Maggie. Comment elle s'appelle ? Je regarderai sur Google.

– Jessica A. Rowe.

Sparks se pomponnait toujours pour les visites de sa biographe-avocate. Il se passait en particulier un produit dans les cheveux afin de leur donner de subtils reflets argentés. Car s'ils étaient toujours fournis, ils commençaient à grisonner. Et devant le miroir, il s'entraînait à faire des moues tristes et touchantes.

Il était resté un habile manipulateur.

Cela dit, Jessica était une proie facile. Une femme de quarante-six ans qui avait toujours vécu seule et se trouvait à juste titre peu attirante, peu désirable. Naïve au point de se croire dotée d'une intelligence au-dessus de la moyenne. Qui ne demandait qu'à vivre une idylle illicite.

Il avait commencé par se répandre en remords et regrets. Puis il lui avait confié certains détails qui n'avaient jamais été divulgués publiquement, en partie véridiques, en partie inventés. Timidement, il avait confessé avoir essayé d'écrire lui-même son histoire, à titre de pénitence. Hélas, il n'avait pas su trouver les mots justes.

Avec elle, en revanche, il n'avait aucun mal à s'exprimer. Il l'avait encouragée à se servir de son diplôme d'avocat pour le représenter, afin qu'il puisse lui faire des confidences en toute confiance.

Les semaines et les mois passant, il l'avait amadouée, appâtée, préparée.

Depuis des années, il recevait du courrier et des visites de femmes ayant un faible pour les détenus. Certaines étaient devenues des « liaisons » avec l'extérieur. Plusieurs, toutefois, trop cinglées ou trop peu fiables, avaient rapidement été éconduites.

Jessie était unique, elle sortait du lot. Les hors-la-loi la fascinaient. Sans doute parce qu'elle rêvait elle-même de transgresser la loi. Sparks en avait l'intime conviction.

La première fois qu'il lui avait saisi la main et embrassé le bout des doigts en signe de gratitude, il avait lu dans son regard que le tour était joué : il l'avait dans la poche, il en ferait ce qu'il voudrait.

Aujourd'hui, après des mois de baisers volés, de furtives étreintes et de promesses de mariage dès qu'il serait libéré, l'heure était venue de la soumettre au test fatidique.

Si elle échouait, tant pis, il aurait perdu son temps. Mais elle avait déjà franchi avec brio toutes les petites étapes préliminaires en lui procurant des renseignements sur tous ceux dont il désirait se venger. Comme il avait d'autres sources, il savait que les informations concordaient, jusque dans les moindres détails.

Par ailleurs, elle se donnait du mal pour obtenir une remise de peine, et elle avait des chances de l'obtenir. Par conséquent, il devait agir tant qu'il avait un alibi en béton – c'était le cas de le dire !

Elle était déjà là quand on l'amena au parloir. On ne le menottait plus. On le fouillait seulement, après certaines visites, à moins qu'il ait soudoyé le gardien. En l'occurrence, il n'avait rien à cacher.

Elle était allée chez le coiffeur, depuis la dernière fois. Elle avait une coupe plus courte, plus stylée, et une coloration masquait ses cheveux blancs. Elle se maquillait, aussi, maintenant, mais elle ne se fardait jamais les lèvres. S'ils parvenaient à s'embrasser, elle ne voulait pas le barbouiller de traces rouges.

Il savait qu'elle faisait un régime et du sport. À ses yeux, cependant, elle resterait toujours moche. Néanmoins, ses efforts méritaient des compliments, et force était de reconnaître que le tailleur qu'elle portait pour cette nouvelle rencontre était largement plus seyant que la robe beige informe dont elle était vêtue lors de leur première entrevue.

– Tu m'as manqué, Jessie, tu m'as tellement manqué... Toutes ces années, avant de te connaître, je supportais la solitude. Je la méritais. Mais à présent ? C'est une torture que d'attendre de te revoir.

– Je viendrais tous les jours si je le pouvais, dit-elle en retirant un dossier de sa serviette. Mais tu as raison, ils se poseraient des questions si je venais trop souvent. J'ai l'impression d'être comme en prison, moi aussi, Grant.

– Si seulement je t'avais rencontrée plus tôt, avant de tomber entre les griffes de Denby et Dupont... On aurait construit notre vie ensemble, ma

Jessie. On aurait fondé un foyer, on aurait des enfants. Ils nous ont privés de tout ça.

– Dès que tu seras libre, nous fonderons une famille.

– Je pense souvent aux enfants que nous aurions eus… Une petite fille avec tes yeux, ton sourire… Mon cœur saigne à cette pensée… Je veux qu'ils paient pour ce qu'ils nous ont volé. Pour cette fillette qui ne verra jamais le jour.

Elle se pencha au-dessus de la table et lui saisit la main.

– Ils doivent payer et ils paieront, affirma-t-elle, farouche.

– Je ne devrais pas te mêler à ces choses-là, je…

– Je suis avec toi, mon amour. Tu m'as tellement donné en quelques mois, davantage que quiconque tout au long de ma vie. Je suis avec toi.

– Es-tu prête à franchir un pas ? Je vais te donner un numéro de téléphone. Es-tu prête à appeler, malgré ce que ça impliquera ? Si tu ne te sens pas prête, je ne t'en voudrai pas. Ça ne changera rien à mes sentiments.

– Je ferais n'importe quoi pour toi, tu ne le sais pas ? Ce qu'ils t'ont volé, ils me l'ont volé. Un petit garçon avec tes yeux, ton sourire…

– Tu es sûre, ma chérie ?

Les yeux de Jessie s'emplirent de larmes.

– Oui. Je t'aime, murmura-t-elle.

– Moi aussi, je t'aime.

Le regard rivé au fond du sien, il lui embrassa la main. Et lui glissa le numéro de téléphone, avec les quelques phrases qu'elle devrait dire.

Douze heures plus tard, un gardien retrouvait le corps de Denby dans les douches, un couteau de fortune planté dans le ventre.

Et voilà, un de moins, pensa Sparks, sourire aux lèvres, en contemplant le plafond de sa cellule.

Chapitre 18

Après avoir livré Hugh et Lily, Dillon prit la direction du cottage. Rendre son torchon à Cate n'était peut-être qu'un prétexte, mais il fallait quand même lui rendre son torchon !

Il avait un peu de temps, et envie de la voir. Rien de plus.

Du reste, il avait attendu près d'une semaine. Et il devait livrer des œufs, du beurre et du fromage aux Sullivan.

– J'ai bien le droit, non ? demanda-t-il à ses chiens.

Ils semblèrent approuver.

Une petite bruine tombait sans discontinuer, le vent de novembre était glacial, mais Dillon ne détestait pas ce temps. La péninsule ressemblait à un paysage de conte. Le genre de conte où une fée bienveillante vivait dans une chaumière entourée d'arbres tordus et dénudés derrière lesquels se cachaient des lutins malicieux. Des sirènes ondulaient peut-être sous les vagues qui se fracassaient au pied de la falaise.

Le ranch n'était qu'à quelques kilomètres, mais c'était un tout autre monde. Dillon aimait bien passer d'un monde à un autre, de temps en temps.

Dans la brume, un ruban de fumée s'échappant de la cheminée, des jardinières encore fleuries devant les fenêtres, le cottage ressemblait à une maison enchantée. Habitée par une fée bienveillante ou une méchante sorcière ? se demanda Dillon.

C'est alors qu'un cri glaçant retentit.

Sans réfléchir, il s'élança au pas de course jusqu'au cottage, les chiens grondants sur ses talons. La porte n'était pas verrouillée, il se rua à l'intérieur, prêt à se battre.

Devant l'îlot central, les cheveux relevés, les mains dans la farine, Cate eut un mouvement de recul paniqué.

– C'est quoi, ce délire ? bredouilla-t-il.

– Permets-moi de te retourner la question… On frappe à la porte, d'habitude, quand on arrive chez quelqu'un…

– Tu hurlais.

– Je répète.

Bizarre, son cœur ne s'était mis à battre qu'à la vue de Cate, pensa Dillon. Avant, il était juste en mode combat.

– Tu répètes quoi ?

– Un cri. Désolée, les chiens, je ne peux pas vous caresser, j'ai les mains pleines de pâte. Ferme la porte, s'il te plaît, il fait froid.

– Pardon… Quoique… non, je n'ai pas à m'excuser. Quand j'entends un cri à vous glacer le sang, je réagis.

– Mon cri t'a glacé le sang ? demanda Cate sans cesser de pétrir.

Il se contenta de la dévisager.

– Oh, c'est mon torchon. Pose-le là. Si tu veux un café, tu n'as qu'à le préparer. Je ne suis bonne qu'à crier.

– Je ne te le fais pas dire…

– Tous les comédiens ne savent pas pousser des cris réalistes, adaptés à la scène et au personnage.

– Il y a plusieurs sortes de cris ?

– Bien sûr. Quand tu découvres un cadavre ou que tu gagnes un million à la loterie, tu ne pousses pas le même cri. Tu as aussi le cri étranglé, le cri larmoyant… Là, il me faut un cri glaçant.

– Tu l'as, autant que je puisse en juger.

– Super. Je double une actrice dans un thriller. On a le même timbre de voix, mais elle n'arrive pas à pousser des hurlements convaincants.

Comme Dillon avait envie d'un café, et que la cafetière était la même que celle que Lily avait offerte à Gram, il décida de s'en préparer une tasse.

– On te paie pour crier ?

– Encore heureux. Je dois enregistrer trois cris pour ce film. Pour le cri glaçant, je dois atteindre une certaine fréquence et il doit durer précisément six secondes trois. Pour que le doublage soit parfait, je reproduis l'expression du visage de l'actrice. Le réalisateur veut trois prises pour chaque cri. Je le connais, j'ai déjà travaillé avec lui.

– Tu veux un café ?

– Non, merci. Je ne bois que de l'eau avant et pendant les enregistrements.

– Et tu cries en pétrissant le pain ?

– Je répète. Je fais du pain italien, aujourd'hui. J'ai invité mes grands-parents à dîner ce soir. Je leur préparerai des pâtes. Je n'ai pas un grand répertoire culinaire. J'ai appris à cuisiner les pâtes à New York, parce que Lily adore les pâtes.

Dillon examina le plan de travail.
– Tu as semé une de ces pagailles…
– Ouais, acquiesça-t-elle en se rinçant les mains à l'évier. Et si je ne range pas selon les habitudes de Consuela, je vais l'entendre ronchonner demain matin, quand elle viendra faire le ménage.
Il la regarda laver la vaisselle, ranger les ingrédients, puis essuyer le comptoir. Elle portait un long pull bleu aux manches retroussées et un legging qui laissait deviner de très jolies jambes. Une pince retenait ses longs cheveux noirs. Cette fille était vraiment très belle…
– Ma mère est en train de mettre au point un produit de nettoyage bio.
– Génial !
– Elle commence par un produit multiusage. Après, elle aimerait faire de la lessive, du liquide vaisselle, et ainsi de suite. Elle ne s'arrête pas une seconde. Et il ne faut pas lui dire de lever le pied ou tu te fais engueuler.
– Ça sent le vécu, répliqua Cate en riant.
– Tu savais qu'on a agrandi le troupeau de chèvres, et qu'on a pris des vaches laitières, l'année dernière ?
– Vous devez avoir des tonnes de boulot, dit Cate en rinçant son éponge.
– Certes, mais aussi des tonnes de fromage et de beurre.
– J'en ai dans mon frigo, que mes grands-parents m'ont donné. J'ai aussi des œufs et du lait de chez vous. Je compte faire une salade au fromage de chèvre, ce soir, en entrée.
– Je viens juste de livrer tes grands-parents.
Cate passa un chiffon sec sur le comptoir.
– La livraison est comprise dans le prix ?
– Pour les bons clients.
Elle était fascinée. La vie des Cooper l'avait toujours fascinée.
– Je pourrai vous acheter des trucs ?
– Bien sûr. Tu as besoin de quelque chose ?
– Des œufs. Je vais utiliser tous ceux que j'ai pour préparer un soufflé, tout à l'heure. Ça m'inquiète un peu… C'est la première fois que j'en fais un et il paraît que c'est délicat. Mon grand-père adore les soufflés. Je veux lui faire plaisir.
– Normal.
Elle rinça son chiffon et le mit à sécher, puis elle s'empara d'une bouteille d'eau, dévissa le bouchon, le revissa. Le dévissa, le revissa.
– Ils recommencent à prendre des gants, comme quand j'étais gamine… Ça m'énerve… confia-t-elle. Frank Denby, l'un des deux complices de mon enlèvement, s'est fait tuer en prison. Il a reçu un coup de couteau… OK, tu le savais, ajouta-t-elle devant le regard de Dillon.
– Red est souvent au ranch.

– Mes grands-parents pensent que je ne suis pas au courant et ils évitent d'aborder le sujet.

Dillon s'était déjà attardé plus longtemps que prévu, et il avait du travail, mais Cate n'arrêtait pas de dévisser et revisser ce bouchon.

– D'après Red, Denby n'était pas très populaire à San Quentin. Il était souvent mêlé à des bagarres, quand il n'était pas à l'infirmerie ou à l'isolement. Je comprends que ça te contrarie d'entendre parler de lui, mais s'il a pris un coup de couteau, c'est que c'était une ordure. Red a entendu dire qu'il mouchardait.

Cate ouvrit enfin sa bouteille et but quelques gorgées.

– Je n'arrive pas à déterminer les sentiments que sa mort m'inspire. Mais j'en veux un peu à mes grands-parents de me traiter comme une enfant fragile.

– Alors tu vas leur montrer que tu es grande et forte en leur préparant leurs plats préférés.

– C'est un peu ça, convint-elle en riant.

– Si tu veux mon avis, même si tu ne le veux pas d'ailleurs, c'est une réaction productive et saine.

– Ton avis me plaît. Je passerai au ranch la semaine prochaine. Je voulais venir cette semaine, mais la mort de Denby m'a un peu perturbée. Il y a un jour qui vous conviendrait mieux que d'autres ? Perso, je peux m'organiser comme je veux.

– Passe quand tu veux. Je vais te laisser, j'ai du boulot. Merci pour le café, dit-il en posant sa tasse dans l'évier.

– Merci d'avoir volé à mon secours. Je n'étais pas en danger, mais c'est le geste qui compte.

– Pas de quoi, bredouilla Dillon, flatté.

Les chiens s'étaient couchés l'un contre l'autre devant la cheminée. Il les siffla et ils accoururent à ses pieds.

– Bonne chance pour le soufflé.

– Merci, j'en aurai besoin !

Cate se posta devant la baie vitrée et le regarda s'éloigner à travers le brouillard et le fin rideau de pluie. Elle n'avait pas eu l'intention d'évoquer Denby, elle s'appliquait d'ailleurs à éviter d'y penser. Mais un lien étrange s'était forgé entre Dillon et elle depuis l'enfance, et elle arrivait à lui confier certaines choses dont elle ne parlait à personne.

– On ne se connaît même pas, murmura-t-elle.

Elle ne savait de lui que ce que Julia lui écrivait dans ses mails, ou ce que ses grands-parents lui racontaient, c'est-à-dire pas grand-chose.

Elle emporta sa bouteille d'eau dans son studio, accrocha le panneau ENREGISTREMENT sur la porte et s'enferma à l'intérieur.

Elle savait aussi que Dillon aimait la vie qu'il avait choisie – ça crevait les yeux. Qu'il inspirait la loyauté – ses chiens l'adoraient. Et qu'il était prêt à venir en aide à autrui sans se soucier de sa propre sécurité. Autant de qualités admirables. Cela dit, il restait encore pas mal d'aspects de sa personnalité dont elle ignorait tout. Et qu'elle était curieuse de découvrir…

Mais pour l'instant, elle devait crier.

Son dîner de famille réussi, un bon début de semaine de travail derrière elle, Cate se rendit chez ses grands-parents. Elle prendrait ensuite sa voiture pour aller au ranch, après un détour chez le fleuriste.

L'aide ménagère qui venait parfois donner un coup de main à Consuela l'informa que son grand-père était dans son bureau et Lily à la salle de gym.

Du rock assourdissant résonnait en effet au sous-sol. Lily se musclait les jambes sur le leg curl, le visage luisant de sueur, les dents serrées. Toujours à la dernière mode, elle portait un legging à motifs abstraits bleu et vert, et une brassière turquoise révélant des épaules et des bras harmonieusement musclés.

Cate s'ordonna mentalement d'utiliser la salle de gym plus souvent.

Avec un grognement, les yeux fermés, Lily effectua un dernier mouvement, puis elle s'épongea le visage avec son bracelet en mousse vert et quitta la machine.

– Oh bon sang… j'ai envie de me flinguer ! Tu sais ce que la plupart des femmes de mon âge sont en train de faire en ce moment ? Éteins cette musique de sauvage, s'il te plaît, ma chérie. Je vais te dire ce qu'elles font : elles jouent avec leurs petits-enfants, elles bouquinent ou elles sont chez l'esthéticienne. En tout cas, elles ne sont pas en train de suer sang et eau sur un appareil de torture.

Tout en regardant sombrement les autres machines du circuit, les poids et les tapis de yoga, elle prit sa bouteille d'eau et se désaltéra.

– C'est parce que tu t'entretiens que tu n'as pas d'âge.

– J'avoue que je ne suis pas mal pour une vieille peau, dit Lily en s'observant sur le mur de miroirs.

– Pas mal ? Tu es canon !

– Tu es gentille. C'est ce que j'avais besoin d'entendre, ça me donnera du courage… Je n'en suis qu'à la moitié de ma séance. Je me demande quelle idée j'ai eue de vouloir remonter sur scène.

– Tu vas tout casser.

– Si je ne m'écroule pas… Bref, tu voulais me dire quelque chose ?

– Je vais voir les Cooper. Tu voudrais venir avec moi ?

– Ce serait avec plaisir, mais je veux terminer ma séance. Ensuite, il faudra que je me douche et que je retrouve un aspect présentable. J'ai une visioconférence, cet après-midi. Avec les nouvelles technologies, on ne peut plus se permettre de rester en pyjama.

Lily s'empara d'une serviette et se tamponna le cou.

– Tu diras à Consuela qu'elle te fasse sortir la voiture.

– Mamie-Lil', je peux sortir moi-même la voiture du garage.

– C'est vrai, bien sûr. Passe le bonjour à tout le monde. Tu diras à Maggie qu'il faut absolument qu'on se refasse une soirée Fossiles.

– Une soirée Fossiles ?

– Une soirée entre vieilles à boire du vin et à se raconter nos frasques de jeunesse.

– Vieilles, je t'en prie… OK, je transmettrai le message. Je remets la musique ?

– Oui, s'il te plaît, soupira Lily.

Dehors, le soleil brillait, une tronçonneuse bourdonnait quelque part au fond de la propriété. Cate remonta l'allée pavée jusqu'au garage. Elle éprouvait toujours une vague sensation de malaise, dans cette partie des jardins, mais n'était-ce pas normal après tout ? À la suite de l'enlèvement, elle avait entendu son grand-père parler de faire abattre le grand arbre centenaire. Elle l'avait supplié de renoncer à cette idée. Cet arbre ne méritait pas la mort, il n'avait commis aucun crime, avait-elle plaidé dans son langage de petite fille.

Le vieil arbre tortueux était donc toujours là, magnifique. Elle s'arrêta et caressa son écorce, en se félicitant de ne pas avoir cédé à la crise d'angoisse, puis elle appuya sur la télécommande qui ouvrait le garage.

En se garant devant le ranch, elle vit tout de suite les changements dont Julia lui avait parlé, en particulier la maison qu'ils avaient construite pour Dillon, après les écuries, à peu près de la même taille que le cottage, moins l'étage. Ici, il avait de la place, la tranquillité et une superbe vue.

Des chèvres et des moutons broutaient sur les collines. Les vaches étaient parquées en terrain plat, les chevaux dans les prés. Dans le paddock, Dillon travaillait avec un poulain. Concentré, il ne semblait pas avoir entendu la voiture.

Lorsque Cate en sortit, les bras chargés de fleurs, les chiens s'élancèrent à sa rencontre. Elle les salua en les caressant, tout en observant Dillon.

Un chapeau gris enfoncé sur la tête, il lança le cheval au petit trot, en cercle autour de lui. Une sorte d'entraînement, sûrement. Cate savait monter, panser les chevaux, mais elle n'avait aucune notion de dressage.

Dillon semblait expert en la matière. D'un simple geste, il ordonna au poulain de trotter en sens inverse et celui-ci s'exécuta.

Précédée par les chiens, Cate s'avança vers la maison. Julia sortit d'une grange, du même pas dynamique que son fils, des mèches blondes s'échappant d'un bonnet beige aux bords roulés, des gants de travail dans la poche arrière de son jean.

– Caitlyn ! s'écria-t-elle. Tu ressembles à un tableau ! La Jeune Fille aux fleurs !

Elle l'embrassa chaleureusement.

– Ça faisait si longtemps… Viens, entre. Tu es superbe !

– Vous aussi, répliqua Cate, émue. Julia secoua la tête en riant.

– Superbe comme une fermière après la traite des chèvres…

– J'ai loupé ça, dommage. Je n'ai jamais vu quelqu'un traire des chèvres. En Irlande, j'ai assisté deux ou trois fois à la traite des vaches, mais ça remonte à loin.

– On les trait trois fois par jour tous les jours, à part celles qui allaitent, qu'on ne trait qu'une ou deux fois par jour. Tu auras sûrement d'autres occasions de voir ça.

En se dirigeant vers la maison au côté de Julia, Cate regardait partout autour d'elle : le silo, les granges, les nombreuses dépendances. Un autre monde, songea-t-elle. Devant la porte, Julia s'essuya vigoureusement les pieds sur le paillasson.

– Maintenant que tu habites là, j'espère qu'on te verra plus souvent.

À l'intérieur, un feu crépitait dans la cheminée. Les Cooper avaient renouvelé une partie des meubles de la pièce à vivre, décorée dans les tons de bleu et de vert, à l'image de la mer et des champs. L'atmosphère demeurait cependant tout aussi chaleureuse.

Laissaient-ils encore une lumière allumée la nuit pour les âmes égarées ? s'interrogea Cate.

– Viens. Maman et Red doivent être à la laiterie.

– Dillon m'a dit que vous aviez investi.

– Il y a un gros marché pour les produits de la ferme, le beurre, le fromage, la crème, les yaourts.

– Il faut dire que les vôtres sont excellents. Je vous prendrai de la crème et du beurre, tout à l'heure… Oh, vous avez refait la cuisine !

La grande table de bois était toujours là, mais de vastes plans de travail avaient été aménagés, et la cuisinière remplacée par un piano de cuisson professionnel doté d'un double four.

– Il fallait absolument qu'on se modernise. Au moins, on ne se rentre plus dedans, avec maman. Donne-moi les fleurs, elles sont magnifiques, et ton blouson.

Acier inoxydable d'une propreté immaculée, ustensiles dont Cate ignorait le nom et l'usage, une hotte de taille imposante, au-dessus du piano non moins impressionnant. Du feu brûlait dans la petite cheminée et de jolis pots d'herbes aromatiques s'alignaient sur le bord de la fenêtre au-dessus de l'évier.

– Très pro mais toujours aussi accueillant, commenta-t-elle.

– Alors c'est réussi. On a failli s'arracher les cheveux, et parfois se crêper le chignon, avec Gram.

Tout en parlant, Julia déposa les fleurs dans l'un des éviers, puis elle accrocha les vestes dans le vestibule. Cate effleura du bout des doigts la table où Julia avait autrefois soigné ses blessures, puis elle s'avança vers la deuxième partie de la cuisine, une sorte de labo avec un autre piano de cuisson, des éviers, des plans de travail.

Suspendus à des treillis de bois, des sacs de… quelque chose… gouttaient dans de grands récipients de verre. De grandes jarres de lait s'alignaient sur les comptoirs. Sa tresse orange rassemblée en chignon, Maggie s'affairait devant l'évier. Red – oui, c'était bien lui – versait du lait dans une petite machine chromée.

Par la fenêtre au-dessus de l'évier, on apercevait Dillon et le poulain.

– Tu ne trouveras pas de crème ni de beurre plus frais, dit Julia.

– Red attaque la dernière baratte de beurre, déclara Maggie sans se retourner. Et je finis de rincer dans cinq minutes. Tu peux vérifier les caillés, s'il te plaît ?

– Pas de problème. On a une cliente.

– Deux secondes, je…

Sans interrompre sa tâche, Maggie jeta un coup d'œil par-dessus son épaule.

– Eh, Red ! Tu as vu qui est là ? s'exclama-t-elle.

Il mit la baratte en marche et se retourna.

– Une adulte, maintenant…

Il s'approcha de Cate et lui tendit la main. Elle préféra l'embrasser.

– Ça fait plaisir de vous revoir, shérif.

– Tu peux m'appeler Red. Je croyais avoir pris ma retraite, mais ces deux-là me tuent à la tâche.

– Vous avez l'air en forme pour un homme exploité.

Maggie éclata de rire.

– On est vraiment contents de te voir, ma grande. On finit juste de baratter le beurre et on prend notre pause déjeuner.

Cate examina la machine.

– C'est une baratte ?

– Tu croyais qu'on utilisait toujours un seau de bois et un bâton ?

pouffa Maggie. On a fait du chemin depuis *La Petite Maison dans la prairie*.

– Les caillés sont prêts, déclara Julia. Va donc t'asseoir, dit-elle à Cate, on te rejoint dès qu'on a terminé.

– Elle a deux mains, elle peut nous aider, dit Maggie. Elles sont propres, ces mains ?

– Je…

– Lave-les de toute façon. Tu m'aideras à emballer le beurre.

– Personne ne lui échappe, lança Red.

Curieuse, Cate s'approcha de l'évier.

– C'est du beurre ?

– Encore un rinçage et ça en sera, quand il ne restera plus de résidus de babeurre. Installe-toi à cet évier, là.

Une demi-heure plus tard, lorsque Dillon vint boire un café, il trouva Cate en tablier, les cheveux attachés, qui enveloppait des mottes de beurre.

– N'amène pas de la terre ici, lui dit Maggie.

– Je me suis lavé à la pompe. Salut !

– Salut ! répondit Cate avec un sourire radieux. J'ai participé à la fabrication du beurre et de la mozzarella.

Tout en rangeant les molettes emballées au réfrigérateur, Julia poussa un petit soupir, en voyant la lueur qui brillait dans les yeux de son fils.

– Si tu aidais Red à nettoyer la baratte ? On trouvera quelque chose à réchauffer pour le déjeuner. Tu manges toujours de la viande, Cate ?

Elle avait prévu de ne rester qu'une heure ; du travail l'attendait. Mais… elle travaillerait dans la soirée.

– Oui, bien sûr.

Ils s'attablèrent autour des restes d'un sauté de poulet, accompagné de dumplings frais.

– Je t'ai vu, tout à l'heure, avec le poulain, dit-elle à Dillon.

– Jethro, je l'entraîne à la longe. C'est comme ça qu'on les dresse.

– Ça demande beaucoup de patience, précisa Julia, mais Dillon n'en manque pas.

– J'adorerais voir les chevaux, une prochaine fois.

– Je peux t'emmener les voir après le repas, si tu veux.

– J'étais censée travailler, aujourd'hui. Si on m'avait dit que je ferais du beurre… On peut vraiment en fabriquer en secouant un bocal ?

– Si tu as le bras musclé et suffisamment de patience. C'est comme ça que je faisais, au début, quand Julia avait… oh, punaise… trois ans, peut-être.

– On a eu aussi une baratte manuelle. On l'a toujours, sur une étagère. Mais on avait tellement de demandes qu'on a fini par se résoudre à la technologie… Pareil pour les fromages, tu te rappelles, maman ?

– Mon bras s'en souvient, oh oui ! Maintenant qu'on a un homme sous la main, on en profite. (Maggie décocha un coup de coude à Red.) Ce n'est qu'un demi-rancher, mais c'est toujours mieux que rien.

– Ma vie est un calvaire, bougonna Red en se resservant du poulet. Heureusement qu'elles me nourrissent bien.

– Tu me donneras la recette de ton *soda bread*, Cate ?

– Avec plaisir.

– Je connais la recette de base, mais le tien a un petit quelque chose de plus, non ? Une pincée de sucre, c'est ça ?

– Tout à fait. Mais le vrai secret, c'est de travailler le beurre avec les doigts.

– Ah bon ?

– C'est ce que disait Mrs Leary.

– Je suis étonné que tu aies le temps de faire du pain, dit Red. Hugh m'a dit que tu croulais sous le travail.

– Elle sait faire plusieurs choses à la fois, intervint Dillon avec un clin d'œil en direction de Cate. J'ai failli avoir une crise cardiaque, la semaine dernière, en l'entendant crier pendant qu'elle pétrissait.

– Et moi donc ! Il a déboulé dans la maison, prêt à tout casser. Je répétais pour un doublage de cris.

– On double les cris ? s'étonna Red.

– Parfois. Vous regardez des films d'horreur, de temps en temps ?

Trois index désignèrent Maggie.

– Je suis fan. Plus ils font peur, plus je les aime.

– Vous avez vu *Rétribution* ?

– Des fantômes vengeurs, une maison abandonnée sur une falaise, un couple qui tente de se reconstruire en déménageant. Tous les ingrédients réunis.

– Chaque fois qu'on entend Rachel, la mère, hurler…

Cate se tapota la gorge.

– Non ?! Je le re-regarderai et je ferai attention.

– Vous avez le temps de regarder des films, entre les traites, la fabrication des produits laitiers et tous les autres travaux de la ferme ?

– Si on ne prend pas le temps, le travail n'est qu'une corvée, pas une vie, répondit Julia. Tu veux encore du poulet ?

– Non, je vous remercie. Il était délicieux. Tout était délicieux. Je dois rentrer enregistrer une voix avec un accent français prétentieux pour un court métrage d'animation.

– Ça ressemble à quoi, un accent français prétentieux ?

Cate se tourna vers Dillon, tendit le cou et le regarda de haut.

– Vous avez là de beaux enfants, excepté celui-là. Il n'est pas bien venu, je voudrais que vous pussiez le refaire. Le Vilain Petit Canard, précisa-t-elle. Une belle histoire de tolérance. Je vous aide à faire la vaisselle ?

– Red s'en chargera.

– Tu vois ? Quand je te disais qu'elles me tuent à la tâche…

– Je vais te chercher de la crème et du beurre, dit Julia en se levant.

– Comment on fait ? Je vous paie maintenant ? Vous m'ouvrez un compte ?

– Tes grands-parents nous règlent chaque mois. Tu peux faire comme eux. Mais aujourd'hui, c'est cadeau, en échange de ton aide.

– Super, merci. Je prendrai aussi de la mozzarella. La prochaine fois que je décongèlerai une pizza, j'en ajouterai.

Ceci fut accueilli par un soupir consterné.

– Non à la *lizzapem lurgelem*, murmura Dillon.

– Pardon ?

– Elle parle cinq langues mais elle ne connaît pas l'argot des bouchers. Tu ne sais pas faire la pizza ? demanda Maggie.

– Bien sûr que si. Il suffit de la sortir du congélateur et de la mettre au four. Ou de décrocher son téléphone, quand on habite à New York.

– La prochaine fois, je te donnerai la recette. Ces machins industriels, c'est immangeable. Comment comptes-tu survivre à l'apocalypse zombie si tu ne sais pas faire la pizza ?

– Je ne m'étais jamais posé la question.

– Eh bien, il serait temps !

Julia tendit un sac à son fils.

– Tiens, porte ça jusqu'à la voiture de Cate. Son blouson est dans le vestibule. Reviens vite, dit-elle à la jeune femme en l'embrassant.

– Avec grand plaisir. Et j'espère vous voir tous bientôt chez moi.

Julia attendit que la porte se soit refermée pour pousser à nouveau un soupir. Maggie hocha la tête.

– Ouais, notre petit est mordu…

– Comment ça ? demanda Red.

– Tu n'as pas vu comme il la regarde ?

– Il faut dire qu'elle est charmante.

– Les hommes ne voient jamais rien.

– Il est ébloui, murmura Julia. Je ne l'ai jamais vu regarder aucune de ses précédentes conquêtes de cette manière. Celle-ci lui brisera le cœur… ou le comblera.

Dehors, Dillon s'assura qu'on ne risquait pas de les entendre.

– Tu sais quoi ? La pizza dont on n'a pas le droit de prononcer le nom… J'en ai une dans mon congélateur. Cachée. En cas d'urgence.

– Urgence de pizza ?

– Ça arrive, parfois, tard le soir.

– Je vois le genre… Je pensais rester une petite heure, boire un café ou un thé… Ta famille sait y faire…

– Tu n'as pas le temps de dire « ouf » et tu te retrouves avec un tablier à faire du beurre.

– Je ne suis pas sûre de pouvoir caser cette compétence dans mon CV mais j'espère la développer.

Elle récupéra le sac et le déposa dans sa voiture, au pied du siège passager.

– J'aimerais vraiment voir les chevaux, ajouta-t-elle. Et le reste de la ferme. Et faire cette balade aussi.

– Quand tu veux.

Elle fit le tour de sa voiture et ouvrit la portière du côté conducteur.

– J'ai comme l'impression que le ranch ne vous laisse pas tellement de temps libre. Dis-moi quel jour te convient le mieux.

– En général, le dimanche, on essaie de lever le pied.

– Dimanche prochain ?

– Vers 10 heures ?

– Ça marche. Je serai là à 10 heures avec mes bottes de cavalière, dit-elle en s'installant au volant. Je pense me décongeler une pizza, ce soir. Ne le dis pas à Maggie.

– Je suis une tombe.

– À dimanche, alors ?

Elle claqua la portière, mit le contact et démarra, le sourire aux lèvres. Elle avait fait du beurre… N'était-ce pas merveilleux ?

Au bout du chemin privé, en s'engageant sur la route, elle entreprit une série d'exercices de diction afin de s'échauffer pour l'enregistrement qui l'attendait.

Chapitre 19

Aidan vint à Big Sur pour Thanksgiving. Supervisée par Consuela, Cate fit sa première tarte au potiron – non sans mal, mais tout le monde se régala.

Avec autant de joie que de fierté, elle fit visiter le cottage à son père, lui montra le studio, puis après une longue et belle journée, ils s'installèrent au coin du feu avec un verre de whisky irlandais.

– Je culpabilisais un peu de t'avoir encouragée à t'installer ici, je me reprochais mon égoïsme, mais j'ai l'impression que tu n'as aucun regret…

– De la façon dont ils ont transformé la maison et le studio, c'est un bonheur de vivre là, de travailler là.

– Tu as beaucoup de boulot ?

– Juste ce qu'il faut, en ce moment, répondit Cate, radieuse, en s'installant confortablement en tailleur.

Dehors, la mer était démontée, le vent secouait les arbres en tous sens. À l'intérieur, ils savouraient la douce chaleur que leur procuraient la flambée et le whisky.

– La semaine prochaine, je commence un livre audio, mon plus gros projet depuis que j'ai quitté New York. Mais j'aurai quand même du temps libre, pour Grandpa et Mamie-Lil', pour sortir. Il y a une quinzaine de jours, je suis allée faire du cheval à Horizon Ranch. C'était cool, à part les courbatures que j'ai eues le lendemain !

– Les Cooper vont bien ?

– Ils bossent comme des dingues. Ils ont agrandi l'exploitation laitière. Ils vont prendre des stagiaires pendant les vacances de Noël, de printemps et d'été. En pleine saison, ils embauchent même des ouvriers agricoles. Le shérif, enfin Red, est à la retraite ; il les aide pas mal. Tu savais que son adjointe, l'agent Wilson, était devenue shérif ?

– Papa me l’a dit, je crois.

Cate contempla son whisky, puis elle observa son père un instant. Les années ne semblaient pas avoir de prise sur les hommes de la famille Sullivan ; au contraire, elles ne leur conféraient que plus de charme.

– Puisqu’on est entre nous, si on en profitait pour parler de l’éléphant sous le tapis…

– Lequel ?

– C’est vrai qu’elle les multiplie… En l’occurrence, on raconte que je suis en pleine dépression depuis que Justin Harlowe m’a quittée. C’est pour ça que je suis venue me cacher ici.

Cate réprima un soupir amer. Certes, elle ne pouvait s’en prendre qu’à elle-même, mais elle avait le droit d’être agacée.

– J’espère que ça l’amuse d’alimenter les ragots, ajouta-t-elle.

– Justin a besoin de pub. La troisième saison de sa série ne marche pas trop.

Cate haussa les épaules.

– Qu’il raconte ce qu’il veut, et elle aussi. La bave du crapaud n’atteint plus la blanche colombe.

– Vraiment ?

– OK, ça ne me laisse pas totalement indifférente, mais j’ai arrêté de me mettre dans tous mes états pour si peu. Je voulais juste te dire que c’est moi qui ai quitté Justin, il y a quelques mois déjà. Je lui avais promis d’être discrète à ce sujet, comme il attaquait sa nouvelle saison. Je ne sais pas si j’ai été trop gentille ou trop bête, mais tant pis, ce n’est pas grave.

Aidan scruta longuement le visage de sa fille.

– Tu en es sûre ?

– Certaine.

– Tant mieux. Les cancans finiront par se tasser. Autre éléphant… Tu n’as pas reçu de nouveaux appels anonymes ?

Parfait, pensa Cate. Autant aborder de front tous les sujets délicats.

– Non, ça fera bientôt un an… Comme promis, j’ai signalé les quatre que j’ai reçus à l’inspecteur Wasserman, et je t’en ai parlé.

– L’enquête est toujours au point mort ?

– Toujours. Tous les appels proviennent de téléphones prépayés, et ce sont des enregistrements ; ils sont espacés de plusieurs mois… Il ne faut pas en faire cas, c’est tout. J’ai ma famille, mon travail, ma vie, ne t’inquiète pas. Tu peux partir à Londres tranquille, tu n’as aucune raison de te faire du souci pour moi.

– Je voulais te proposer de m’accompagner, mais je te sens heureuse ici. Quant à papa et Lily, ils sont aux anges. Tant mieux pour vous, tant pis pour moi. Cela dit, tu as encore le temps de changer d’avis d’ici février. Et je serai là pour Noël, jusqu'à début janvier. Je veux passer un peu de temps avec ma fille.

– Elle aussi. Ça te dirait d'aller faire un tour à cheval ?

– Pour tenir la chandelle ?

– Il n'y a absolument rien entre Dillon et moi ! On se connaît à peine. On est juste…

– Amis, OK. Mais je trouve que tu en parles beaucoup, de cet ami que tu connais à peine…

– Ah bon ?

Peut-être, en effet. Elle pensait aussi beaucoup à lui…

– Leur mode de vie me fascine, dit-elle. Leur éthique, leur passion pour les travaux de la ferme… Il faut être fondamentalement bienveillant pour s'occuper des animaux et de la terre comme ils le font.

Et voilà, elle était encore en train de parler de lui !

– Tu sais, j'ai l'impression que les Sullivan ont soit beaucoup de chance en amour, soit beaucoup de malchance, poursuivit-elle. Jusque-là, je n'ai vraiment pas eu de chance. Je crois que je vais me concentrer sur mon travail et sur Grandpa, pendant que Lily sera à New York.

En changeant de position, elle jeta un coup d'œil par la fenêtre.

– Tiens, la lune est levée, murmura-t-elle.

– OK, je vais remonter chez mes parents, dit Aidan en se levant, et il l'embrassa sur le front. Je suis rassuré de te savoir là, guettant l'apparition de la lune au-dessus de l'océan, heureuse.

Elle exerça une pression sur sa main.

– Je le suis, ne t'en fais pas.

Par la baie vitrée, elle le regarda s'éloigner le long du chemin, à la lueur de la lune. Oui, elle avait tout pour être heureuse, et si cette chance découlait d'une nuit de cauchemar, alors elle ne regrettait rien.

La semaine précédant Noël, les montagnes couronnées de neige, par un froid vivifiant, Cate alluma des bougies pour emplir le cottage du parfum de la canneberge et du pin. Elle avait décoré un petit sapin et enveloppé ses cadeaux – tant bien que mal, mais elle avait réussi.

Ses grands-parents étaient invités à une réception à Los Angeles. Elle avait prétexté du travail pour ne pas les accompagner, et elle avait effectivement passé une bonne partie de la soirée dans son studio.

Avant de tout éteindre, elle consulta son téléphone. Elle avait un message vocal.

« Oh, oh, oh ! Vilaine fille, tu as désobéi. »

Sa propre voix dans son premier doublage.

« Je sais qui je suis ; qui es-tu ? »

La voix de sa mère, enjouée :

« Viens vite, dépêche-toi ! »

Un cri, un rire et un dernier :

« Oh, oh, oh ! »

Sur la défensive, elle sauvegarda le message. Elle l'enverrait à l'inspecteur Wasserman.

OK, oui, ses mains tremblaient – à peine.

Contrairement à ses habitudes, chose qu'elle n'avait jamais faite depuis qu'elle habitait à Big Sur, elle ferma toutes les portes à double tour.

Mais elle décida d'attendre le lendemain pour appeler son père. Inutile qu'il passe une nuit blanche. Pour sa part, comme chaque fois que le passé ressurgissait dans son présent, elle allait s'installer devant la télé et trouver un vieux film bruyant, qui meublerait le silence de la nuit.

Inutile également de gâcher la soirée de ses grands-parents. Elle attendrait qu'ils soient rentrés de Los Angeles pour leur parler de cet appel.

Il faisait doux à Beverly Hills, 24 °C à la tombée du soir. Les décorations de Noël commençaient à illuminer le quartier.

Charles Anthony Scarpetti s'était retiré du barreau, mais il gagnait encore beaucoup d'argent en donnant des conférences ou en intervenant en tant qu'expert juridique sur le plateau de CNN.

À soixante-six ans, divorcé trois fois, il savourait sa vie de célibataire dans une villa de taille modeste. La femme de ménage ne venait plus que deux fois par semaine, le jardinier, une seule. Le gars chargé de l'entretien de la piscine passait tous les deux jours. Charles tenait à garder la ligne et la natation était son exercice physique préféré. Il avait également subi plusieurs interventions de chirurgie esthétique. Après tout, il demeurait un *people*. Il nageait tous les matins, cinquante longueurs de bassin, et tous les soirs, cinquante longueurs encore, suivies d'un Spa. Il avait arrêté les cigares et le sucre raffiné, deux sacrifices qui lui avaient énormément coûté.

Il dormait huit heures par nuit, mangeait chaque jour trois repas équilibrés, limitait sa consommation d'alcool à un verre de vin rouge le soir.

Il avait bon espoir de vivre en bonne santé jusqu'à quatre-vingt-dix ans au moins.

Hélas, le destin en décida autrement.

À 22 heures tapantes, il sortit de sa villa et traversa la pelouse jusqu'à la piscine. Chauffée à précisément 27 °C, le bassin éclairé par le fond, l'eau scintillait d'un beau bleu tropical dans la nuit. Il ôta son peignoir, le posa avec sa serviette sur l'échelle du Spa, afin de les avoir à portée de main une fois sa séance terminée.

Puis il se dirigea vers l'extrémité la plus profonde de la piscine et plongea. Il ne pensait à rien quand il nageait, seulement à compter les longueurs.

À la dixième, alors que ses doigts effleuraient le mur, quelque chose explosa dans sa tête. Il redouta une crise cardiaque. Sa femme de ménage lui répétait sans cesse que ce n'était pas prudent de nager seul la nuit.

Il essaya de se hisser hors de l'eau, les yeux écarquillés. Une toile d'araignée rouge sang s'élargissait à la surface de la piscine. Il avait dû se cogner la tête… Ou recevoir un coup…

Pourquoi ne parvenait-il pas à s'agripper au rebord ? Comme si un poids le tirait vers le fond…

Il avala de l'eau, en battant des bras, sentit ses doigts briser la surface. Dans la panique, il retrouva un peu d'espoir. Mais il n'arrivait toujours pas à saisir le rebord, à sortir la tête hors de l'eau pour respirer.

Quand il essaya de crier, ses poumons s'emplirent d'eau. Et la panique, l'espoir et la douleur se noyèrent avec lui.

Devant une première tasse de café, l'esprit ensommeillé, Cate réfléchissait à son programme de la journée.

Elle avait envoyé les chapitres cinq à dix du livre audio au producteur et ingénieur du son. Elle devrait peut-être enregistrer de nouveau certains passages, mais elle pouvait d'ores et déjà s'attaquer aux chapitres suivants.

Ou bien, en attendant, elle pouvait s'atteler à un autre projet plus court. Oui, c'était sûrement ce qu'elle ferait, vu qu'elle avait passé une très mauvaise nuit.

Un peu d'exercice physique lui ferait le plus grand bien… Une heure, ou au moins quarante-cinq minutes dans la salle de ses grands-parents… Oui, si elle voulait vraiment faire du sport, elle devait commencer par là. En fin de journée, il serait trop tard, et elle déciderait une fois de plus qu'elle n'avait pas le temps…

Et si d'abord, elle mangeait un bagel ?

À l'évidence, elle avait besoin d'une deuxième tasse de café. Son cerveau finirait par se mettre en branle, elle aurait les idées plus claires. Une fois complètement réveillée, elle appellerait son père à Londres. Quand elle faisait une promesse, elle la tenait.

En se dirigeant vers la cafetière, elle aperçut Dillon par la fenêtre qui descendait vers le cottage. Elle s'écarta vivement de la baie vitrée, même s'il ne pouvait pas la voir. Elle portait des chaussettes de laine, un vieux pantalon de pyjama en flanelle avec des motifs de grenouilles, le tee-shirt dans lequel elle avait dormi et un sweat-shirt rose délavé avec un trou sous le bras et une tache de café en plein milieu qui dessinait la botte de l'Italie.

Elle aurait dû le jeter depuis bien longtemps, mais il était tellement douillet…

– Oh non… murmura-t-elle.

Elle se passa une main dans les cheveux. En bataille.

– *Merde !* maugréa-t-elle en français.

Naturellement, elle n'était pas maquillée, et elle devait avoir des croûtes au coin des yeux.

– *Mierda !*

On frappa à la porte. Elle s'essuya le coin des yeux. Passa la langue sur ses dents, qu'elle n'avait pas encore brossées. Quelle idée de venir voir une femme à 8 h 35 du matin ?

Elle afficha un sourire désinvolte. Dillon était fringant, séduisant, craquant. À cet instant précis, elle le détestait.

– Salut, tu es matinal. Où sont tes chiens ?

– À la maison. Désolé… Je te sors du lit ?

– Non, pas tout à fait, je m'apprêtais à refaire du café. Tu en veux un ?

Elle le précéda dans la cuisine, en regrettant de ne pas s'être mise en tenue de gym. Au moins, elle aurait eu l'air sportive, et non pas négligée.

– Tu le bois noir, c'est ça ? Je n'ai jamais réussi à avaler du café noir.

Si seulement elle avait eu des bonbons à la menthe…

– Cate, il faut que je te parle.

– Oui…

Elle s'immobilisa, un mug à la main, se tourna vers Dillon et remarqua qu'il paraissait inquiet. Obnubilée par son apparence, elle ne l'avait pas encore vraiment regardé.

Il ne pouvait pas être au courant qu'elle avait reçu un appel anonyme. Elle ne l'avait dit à personne. Cela dit, elle n'était pas le centre du monde…

– Oh mon Dieu… Il est arrivé quelque chose ? Maggie, Julia…

– Non, non, tout va bien. C'est l'avocat, Charles Scarpetti…

Elle le dévisagea avec des yeux ronds.

– L'avocat de ta mère, à l'époque.

– Oui, je sais. Il passe souvent à la télé. Il a écrit un livre, une compilation de ses plus grosses affaires, dont la mienne. Je ne l'ai pas lu. Je ne vois pas l'intérêt.

– Il est mort. Le mec qui entretient sa piscine a retrouvé son corps qui flottait entre deux eaux, il y a deux ou trois heures. Je ne voulais pas que tu l'apprennes par la télé ou Internet.

Cate posa le mug et fit tourner son bracelet d'hématite autour de son poignet, cadeau de Darlie pour lutter contre l'anxiété.

– Il s'est noyé ?

– Le LAPD est sur les lieux. Red connaît des gars dans la police de Los Angeles. Quelqu'un lui a téléphoné, sachant qu'il se tient au courant de tout ce qui te concerne.

Cate laissa retomber ses bras le long de son corps.

– Ah… Tu veux dire qu'il a peut-être été assassiné ?

– D'après le gars qui a appelé Red, « ça sent mauvais », je cite. Je préférais te l'annoncer avant que tu l'apprennes par les médias.

Elle reprit le mug et le plaça sous la cafetière.

– Évidemment, on va reparler de mon enlèvement. Et ça va recommencer : pauvre Caitlyn, si courageuse… Charlotte sera interviewée, elle versera des larmes de crocodile. On émettra les hypothèses les plus délirantes sur les raisons pour lesquelles j'ai renoncé au métier d'actrice. Et le mec que j'ai eu la mauvaise idée de fréquenter l'an dernier s'en donnera à cœur joie, lui qui adore faire parler de lui.

En arpentant la cuisine, elle marmonna une série de jurons.

– C'est du français ?

– Hein ? Ah… oui. Ça me défoule.

Elle posa le café noir devant Dillon et prit une bouteille d'eau dans le réfrigérateur. Son cerveau fonctionnait à plein régime, elle n'avait plus besoin de caféine.

– OK, un homme est mort et je ne sais qu'en penser. Ma mère n'était qu'une cliente ; il ne s'est jamais investi personnellement dans cette affaire, je le sais. De toute manière, elle a été incarcérée.

Finalement, elle n'avait pas non plus envie de boire de l'eau. Elle remit la bouteille au frigo.

– Il avait de la famille ? Des enfants, des petits-enfants ?

– Aucune idée. D'après Red, il vivait seul.

– Tu veux un bagel ? J'allais manger un bagel.

– Cate…

– Excuse-moi, je ne sais pas où j'en suis… Un type que je n'ai jamais vu est mort et tu es venu me l'annoncer parce que tu savais que ça me perturberait. Tu le savais parce que tu as joué un rôle dans cette histoire, celui du sauveur. Scarpetti aussi faisait partie du casting. Du côté de ma mère, Sparks, Denby.

Soudain, toute couleur se retira de son visage.

– Denby ! Il a été tué il y a quelques semaines, en prison. Et maintenant, l'avocat de ma mère…

Depuis le retour de Cate, Dillon avait soigneusement veillé à éviter de la toucher. Sans doute par instinct de préservation. Néanmoins, il le sentait quand une personne ou un animal avait besoin de contact. Alors il s'approcha de Cate et posa les mains sur ses épaules, un geste de réconfort.

– La police et la presse tiendront sûrement le même raisonnement, mais Denby était en tôle et Scarpetti à Beverly Hills. Les deux avaient probablement de nombreux ennemis.

– Un criminel et un avocat… En effet.

– Certes, on peut faire le rapprochement entre eux et toi, mais…

– Entre eux et toi aussi ! s'écria Cate en lui saisissant les poignets. Et ta famille. Tu y as pensé ?

– Je ne suis pas inquiet. Notre nom ne fait pas vendre de journaux ni d'émissions de télé. Par contre, le tien, oui. Ça fait chier…

– Ouais, ça fait chier…

Touchée par la gentillesse de Dillon, elle posa la tête contre son épaule. Et quand il l'enlaça, elle sentit toutes ses tensions se dissiper.

– Ça fait chier, ouais, répéta-t-elle, mais je sais gérer ce genre de choses, maintenant. Ça n'a pas toujours été le cas, mais j'ai acquis de l'expérience. Et merde… soupira-t-elle, il faut que je prévienne mon père. Et mes grands-parents. Ils étaient invités à L.A. hier soir ; ils doivent rentrer cet après-midi.

Un instant, elle demeura blottie contre Dillon. Il dégageait une odeur rassurante, une odeur masculine, une odeur de chevaux.

– J'imagine qu'ils savent gérer ce genre de choses, eux aussi.

– Oh oui, acquiesça-t-elle en s'écartant. Heureusement, on a de la famille qui arrive, à partir de demain. Pas tout le monde en même temps, cette année ; c'était trop compliqué. Mais tout le monde sera là au moins un jour ou deux d'ici le nouvel an. Ça aidera.

– Vous formez un front uni, dit-il, incapable de résister à l'envie d'écarter ses cheveux emmêlés de son visage.

– Oui. Vous aussi.

– C'est vrai.

– Je passerai au ranch demain, pour vous apporter mes cadeaux.

– C'est le jour de la pâtisserie, demain.

– Cool ! Tu n'as pas bu ton café. Je vais t'en refaire une tasse.

– Pas la peine, je…

– Tu dois y aller, compléta-t-elle. Je parie que tu as déjà une demi-journée de boulot derrière toi, ou ce que la plupart des gens considèrent comme une demi-journée de boulot. Je ne me suis même pas brossé les dents.

– C'est la vie des ranchers.

– Pourtant, tu as pris le temps de venir m'annoncer cette drôle de nouvelle. Je t'en suis reconnaissante. En dehors de ma famille, je peux compter sur les doigts d'une main les gens en qui j'ai toute confiance. Toi et ta famille en faites partie.

– Tu devrais sortir plus, répliqua-t-il avec un sourire. On se verra demain, si tu passes au ranch.

– Jour de pâtisserie ? Compte sur moi.

Tout en remontant le chemin, Dillon se demanda comment il était censé réagir quand Cate lui parlait de confiance… À l'évidence, elle avait besoin d'un ami, pas d'un mec qui rêvait de la déshabiller… Même si le mec en question était prêt à attendre tout le temps qu'il faudrait…

Il avait tant d'images d'elle dans la tête, des images tellement claires… La petite fille cachée derrière le buffet de la salle à manger ; l'ado aux jambes interminables, un énorme bouquet de fleurs rouges dans les bras ; la jeune femme en tablier tout excitée de faire du beurre ; la jeune femme à cheval, riant aux éclats en lançant sa monture au galop. Et maintenant, la fille à peine réveillée, terriblement sexy, ouvrant sa porte en pyjama pour apprendre une mauvaise nouvelle.

Arrête de penser à elle ! s'ordonna-t-il en remontant dans son camion. Cate le considérait comme un ami et les filles détestaient qu'un ami les drague. C'était soi-disant le meilleur moyen de gâcher une belle amitié…

À propos d'amis… Il enverrait un texto à ses deux meilleurs copains, pour leur proposer de passer chez lui dans la soirée, boire quelques bières et jouer à des jeux vidéo. Ce serait peut-être difficile pour Leo, maintenant que sa femme était enceinte… À moins que Hailey n'ait envie d'une soirée calme, ce qui était rarement le cas avec Leo…

Devant le portail, Dillon s'arrêta et attendit qu'on lui ouvre, détail qui lui rappelait immanquablement que Cate appartenait à un autre monde. Il aimait bien venir dans son monde, il y était toujours bien accueilli, mais cet univers-là demeurait à mille lieues de celui qu'il avait choisi.

Au bout de la péninsule, il dut s'arrêter à nouveau devant le second portail. Il entendait les phoques, et son cœur se gonfla lorsqu'il aperçut une baleine, au loin.

Deux mondes différents, peut-être, mais qui se rejoignaient néanmoins quelque part. Il imagina Cate devant sa baie vitrée, s'émerveillant du même miracle que lui.

Décidément, il ne pouvait pas s'empêcher de penser à elle… Peu importait, il avait tout son temps…

Tandis que Dillon regagnait le ranch, Sparks prenait son poste à l'accueil de la bibliothèque du centre pénitentiaire, un job qu'il avait obtenu grâce à son comportement exemplaire.

Par la fenêtre, il avait une belle vue sur la baie et les montagnes. La liberté dont il était privé.

Comme beaucoup de détenus, il avait potassé un certain nombre de bouquins de droit et acquis de solides notions juridiques, si bien qu'il commençait à enrager de ne trouver aucun précédent, aucun vice de forme, rien qui ne puisse lui permettre de prétendre à une remise de peine.

Charlotte l'avait bien enfoncé, la garce.

À la bibliothèque, il avait également accès aux ordinateurs et, quand il avait du temps à tuer, il lisait des romans ou le *San Quentin News*, ou bien il bavardait avec ses codétenus, face à la baie de San Francisco qui semblait le narguer. La bibliothèque était un endroit populaire où il était facile d'engager la conversation, de nouer des contacts, de passer des marchés.

Depuis qu'il avait rencontré Jessica, il ne perdait plus de temps dans les bouquins de droit. C'était elle, désormais, qui s'occupait de le faire libérer.

Elle s'occupait de tout ce dont il lui disait de s'occuper.

La fin de sa demi-journée de travail approchait lorsqu'un détenu vint lui commander un livre. Un abruti qui ne savait pas lire, il le connaissait. Les titres de livres correspondaient à des codes pour le deal de cigarettes et de cannabis.

– Eh, on a parlé de toi, ce matin, à la télé.

– Hein ?

– Ouais, y'a un avocat qui s'est fait buter. L'avocat d'une bourgeoise que t'as tronchée. Celle qui t'a embringué dans l'enlèvement de la gosse.

– Ah bon ? Scarpetti ?

– Ouais, c'est ça.

Tout le reste de la journée, Sparks jubila intérieurement.

Et voilà, deux de moins… ne cessait-il de se répéter.

Vêtue de rouge carmin jusqu'à la semelle de ses Louboutin, Charlotte se plaça de trois quarts, face au photographe. Elle avait demandé à sa coiffeuse de lui faire une tresse lâche, afin que l'on voie mieux ses pendants de diamant. Les lèvres récemment repulpées, aussi rouges que sa robe, elle esquissa un sourire altier teinté d'un soupçon de tristesse.

En son for intérieur, elle exultait. Enfin, on allait parler d'elle dans les journaux sérieux, le *L.A. Times*, le *New York Times*. Enfin, on s'intéressait à elle vraiment, non à l'épouse d'un vieux nabab qui lui aurait acheté un pays si elle le lui avait demandé. Conrad était toujours amoureux comme aux premiers jours.

Ce minable de Scarpetti avait payé. Bien fait, il ne méritait que la mort.

Elle avait accueilli chez elle les reporters des chaînes câblées.

Elle allait faire la couverture de *People*, avec un portrait de quatre pages.

Bien sûr, elle devait jouer l'épouse dévouée, la mondaine engagée dans des actions de bienfaisance mais enfin, enfin, elle pouvait enfourcher son cheval de bataille.

Après avoir posé pour les photos, elle prit place dans le grand salon, face à la cheminée de marbre blanc près de laquelle se dressait un majestueux sapin de Noël paré d'or et de blanc, de cristal scintillant.

Le choix de la robe rouge n'était pas anodin. Le rouge était la couleur de la flamme.

– Le décès de Charles… la police parle de meurtre… m'a profondément affectée. C'est un choc pour tous ceux qui le connaissaient. Je me rappellerai toujours avec quelle force il m'a soutenue quand j'étais au plus bas.

Elle détourna le regard, une main sur la gorge, quand le journaliste lui posa une question.

– Pardonnez-moi, j'étais perdue dans le passé. Non, malheureusement, nous n'avions pas gardé de contact. J'ai dû purger ma peine, bien sûr, et Charles m'a aidée à l'accepter. Je lui ai demandé conseil sur la manière de me réinsérer, une fois ma dette payée.

Histoire de gagner un instant pour réfléchir à sa réponse, elle répéta la question :

– Que m'a-t-il conseillé ? De m'accorder du temps, de m'accorder l'absolution… Il était si bienveillant, si avisé…

Avec un soupir, elle essuya délicatement une larme.

– Quand je suis revenue à Los Angeles, je n'avais qu'un désir : renouer avec ma fille, obtenir l'indulgence de Caitlyn. J'espérais qu'elle aurait le cœur de me laisser une seconde chance, de me laisser être à nouveau sa mère.

La tête légèrement inclinée, afin que ses diamants reflètent la lumière, elle esquissa un sourire à la fois peiné et courageux.

– Je l'espère toujours, surtout à la période des fêtes, ou à la date de son anniversaire. Elle m'a rejetée, mais j'ai puisé dans cette épreuve la force de rebâtir ma vie, ma carrière. J'aimerais qu'elle le voie et qu'elle me pardonne.

Penchée en avant, comme pour livrer une confidence, un léger trémolo dans la voix, elle poursuivit :

– Je me fais du souci pour elle. Les hommes m'ont dupée, manipulée. J'étais tellement sous leur emprise que j'ai pris la décision la plus terrible qu'une mère puisse prendre. Elle… Je crains que ma fille ne commette les mêmes erreurs…

Charlotte acquiesça tristement de la tête, tout en écoutant la question du reporter.

– En quoi ? Par exemple, sa relation avec Justin Harlowe a été un échec. Tout ce que j'entends à son sujet me donne à penser qu'elle se fourvoie exactement dans les mêmes travers que moi. Elle est trop exigeante, elle attend trop des hommes… Et d'un autre côté, elle a si désespérément besoin d'amour qu'elle se laisse marcher dessus. Si je n'avais pas rencontré Conrad, si je n'avais pas appris à faire confiance à cet homme d'une immense bonté, je ne sais pas ce que je serais devenue… Je ne souhaite qu'une chose à ma fille : qu'elle rencontre quelqu'un d'aussi bienveillant, qui l'aidera à trouver son véritable moi, sa vraie force intérieure. Quelqu'un qui l'aidera à trouver le pardon.

Avec un geste théâtral, elle tendit le bras vers le sommet du sapin.

– Vous voyez cet ange ? C'est Caitlyn, mon ange. Un jour, j'espère qu'elle me reviendra.

Et… coupez ! pensa Charlotte.

Chapitre 20

Plutôt que d'entendre des horreurs, Cate décida de ne plus écouter les nouvelles. Quand elle avait des recherches à faire sur Internet, elle s'interdisait de céder à la tentation d'aller voir, ne fût-ce qu'une minute, ce que racontaient les uns ou les autres à propos d'elle ou de sa mère.

Elle avait du travail et, tout au long de la période des fêtes, elle fut accaparée par la famille.

Le mois de janvier passa à toute vitesse. Comme chaque année, février raviva les cauchemars et cette année-là, ils furent particulièrement horribles, peut-être parce qu'elle était revenue à Big Sur.

En se réveillant tremblante et haletante pour la troisième nuit consécutive, elle se leva et descendit se préparer une infusion. Encore une fois, elle avait rêvé qu'elle tombait, un cauchemar récurrent. Dans le rêve, elle était enfant et ses mains glissaient inéluctablement le long de la corde de draps, les nœuds lâchaient et elle tombait, incapable de crier, dans une longue chute sans fin. La fenêtre se changeait en précipice, le sol se muait en une mer démontée.

Ces maudits cauchemars finiraient par passer, se raisonna-t-elle devant la baie vitrée, un mug dans les mains. Ils finissaient toujours par passer. Mais à 3 heures du matin, ils vous épuisaient.

Chaque année, en février, elle était tentée de se faire prescrire des somnifères, mais chaque année, elle se ravisait. Sa mère en prenait trop souvent pour des prétextes fallacieux.

« Je suis si fatiguée, Cate… J'ai pris un cachet pour dormir. Demande à Nina de t'accompagner en ville. J'ai besoin de me reposer… »

Pourquoi les enfants recherchent-ils autant l'affection de ceux qui n'en ont pas à leur donner ? se demanda-t-elle. Comme un chat voulant à tout prix grimper sur les genoux de quelqu'un qui déteste les chats…

Dieu merci, elle n'éprouvait plus ce besoin.

Et pour l'heure, elle devait impérativement se rendormir. Lily partait le lendemain matin pour New York. Cate voulait être fraîche pour lui dire au revoir. Si bien qu'elle remonta avec sa tisane. Elle allait regarder un film, en espérant qu'elle finirait par s'assoupir.

Hélas, elle ne somnola que par intermittences.

Mais le maquillage et une main experte accomplirent des miracles.

– Je compte sur vous pour veiller l'un sur l'autre. Je le saurai si ce n'est pas le cas ; j'ai des espions ! déclara Lily en brandissant un index sévère.

– Ce soir, j'emmène mon grand-père dans un club de strip-tease.

– Prévoyez de la monnaie pour les pourboires ; ces filles travaillent dur, rétorqua Lily en vérifiant pour la énième fois le contenu de son gigantesque sac à main de voyage.

Puis elle prit le visage de Cate entre ses mains.

– Ce minois me manquera… Celui-là aussi, ajouta-t-elle en déposant un baiser sur les lèvres de Hugh.

– Tu m'appelles pour me dire que tu es bien arrivée ? demanda-t-il.

– Promis. Allez, j'y vais, cette fois.

Lily embrassa une dernière fois son mari, puis elle serra Cate dans ses bras, l'enveloppant dans un nuage de *J'Adore*.

– Tu vas faire un malheur, Mame, lui chuchota celle-ci.

Lily porta une main à son cœur, à ses lèvres, puis elle monta dans la limousine.

– Enfin seuls, soupira Cate en regardant la voiture s'éloigner, au côté de son grand-père.

– Elle prend de la place, hein ? Elle est longue, la liste des consignes qu'elle t'a données me concernant ?

– Si tu savais… Et la tienne ?

– Pareil !

Le beau temps ne durerait pas, mais pour l'heure, le soleil brillait dans un ciel éclatant. Les bulbes commençaient à éclore, quelques fleurs sauvages pointaient le bout de leur corolle. Au loin, un bateau blanc voguait vers l'horizon.

– Je vais travailler deux ou trois heures, dit Cate. Après, j'irai me promener sur la plage. Si tu veux, tu peux venir m'écouter enregistrer. Ensuite, on pourra préparer un pique-nique et aller se balader ensemble ?

– Bizarre… J'allais te proposer le même programme !

Hugh prit la main de Cate, comme quand elle était petite, et elle ralentit le pas afin de s'adapter à son rythme, comme il le faisait autrefois pour elle.

– Tu as des nouvelles de ton père ?

– Oui, je l'ai eu hier au téléphone. Il pleut et il fait froid à Londres.

– On a de la chance, hein ? Tu es heureuse, ici, Catey ?

– Oh oui ! Ça ne se voit pas ?

– Tu as l'air contente ; ce n'est pas tout à fait pareil. Entre autres, j'ai pour mission de t'encourager à sortir et à rencontrer des gens de ton âge. Dillon, par exemple…

– C'est Lily qui t'a soufflé cette idée ?

– Il a grandi ici, il a des amis. Le travail, c'est important, mais ce n'est pas tout.

– Pour le moment, ça me suffit, répliqua Cate en précédant son grand-père dans le cottage. Je savoure le calme après la frénésie de New York.

– Pas de nouveaux appels ?

– Grandpa, je t'ai promis que je te le dirais, tu peux me faire confiance. Non, pas de nouveaux appels depuis Noël. Tu veux un thé ?

– Lily est-elle assez loin pour que tu m'autorises un Coca ?

– Je ne crois pas, non, répondit Cate en allant néanmoins chercher une cannette dans la cuisine. Ce sera notre secret. Je vais enregistrer en cabine, aujourd'hui. Tu peux t'installer dans le studio, tu ne me dérangeras pas, et en ressortir quand tu veux, pas de problème.

– Je ne t'ai jamais entendue enregistrer, je suis curieux.

– Alors, installe-toi confortablement, dit-elle en lui donnant un casque. Je vais lire un chapitre entier. S'il y a des couacs, je ferai une autre prise. Fais-moi signe si tu as besoin de quelque chose.

Hugh orienta un fauteuil face à la cabine.

– Je serai bien, là. Ne t'occupe pas de moi.

Elle s'enferma, régla le micro, alluma l'écran de son ordinateur, afficha le texte sur sa tablette. Puis, après avoir bu quelques gorgées d'eau pour s'humecter les lèvres, la langue et la gorge, elle effectua quelques exercices de diction.

« Natacha n'attacha pas son chat Pacha qui s'échappa. Cela fâcha Sacha qui chassa Natacha. »

« Fruits frais, fruits frits, fruits cuits, fruits crus. »

« Sachez soigner ces six chatons si soyeux. »

Elle répéta plusieurs fois une série de virelangues, puis elle prit un moment pour se réimprégner de l'ambiance du roman, de l'esprit des personnages, leur ton, leurs tics de langage.

Et enclencha la touche « Record ».

Outre les personnages auxquels elle prêtait sa voix, elle assumait aussi le rôle d'ingénieur du son et de réalisateur. Bien que concentrée sur le passage qu'elle lisait, elle anticipait afin de se préparer à embrayer sur un paragraphe de narration ou de dialogue, tout en surveillant sur le moniteur qu'elle restait dans les bonnes fréquences, qu'elle ne bafouillait pas ni ne produisait de bruits parasites.

Insatisfaite, elle coupa l'enregistrement, revint en arrière, recommença un paragraphe de description.

À l'extérieur de la cabine, Hugh était épaté. Cate était une comédienne née. Il était fasciné par ses mimiques, son langage corporel, l'aisance avec laquelle elle passait d'un personnage à un autre, alternant avec la voix du narrateur.

Égoïstement, il nourrissait toujours l'espoir qu'elle revienne devant les caméras, mais force lui était de reconnaître que sa petite-fille avait trouvé sa vocation.

Absorbé dans l'histoire qu'elle contait, en sirotant son Coca, il perdit la notion du temps, si bien qu'il fut tout étonné de la voir éteindre son micro. Quand elle sortit de la cabine, il retira son casque.

– Ne t'arrête pas pour moi. J'adore !

– Pour ce genre de travail, j'ai besoin de prendre des pauses. Qu'est-ce que tu en penses ?

– J'aurais envie de lire le roman, mais je crois que je préférerais l'écouter. Tu es formidable, bravo ! Tu t'es inspirée de ton cousin Ethan pour Chuck, le voisin trop bavard ?

– Gagné, acquiesça-t-elle en retirant l'élastique qui lui retenait les cheveux. Ethan a cette espèce de voix pincée, je trouve, qui convient à mon personnage.

– Tout à fait.

– Je prépare des sandwichs ? Consuela m'a donné les restes du jambon rôti d'hier et j'ai fait du pain ce matin. J'étais réveillée de bonne heure.

– Vendu. Je n'ai pas droit à un deuxième Coca, j'imagine ?

Il savait feindre une délicieuse innocence, mais Cate ne se laissa pas charmer.

– Non, je ne veux pas m'attirer les foudres de Lily. Si elle dit qu'elle a des espions, c'est qu'elle a des espions.

Elle prépara le pique-nique, composé de généreux sandwichs, de chips de patates douces – autorisées en quantité modérée, dans le régime de son grand-père –, de deux clémentines et deux bouteilles d'eau minérale.

Elle aurait préféré du Coca, mais ce n'aurait pas été sympa.

En descendant à la plage, elle observa discrètement son grand-père, sur le chemin, puis l'escalier. OK, il marchait moins vite que quelques années auparavant, mais il avait toujours la grâce d'un danseur.

Ils déjeunèrent sur un vieux banc de pierre. Il n'y avait pas un souffle de vent, la mer était clémente et la température évoquait davantage le mois de mai que celui de février.

– Je me revois assise là avec Grandda, un été… Ma mère m'interdisait les sucreries, il m'avait donné un sachet de M&M's en douce. On avait tous les deux des lunettes de soleil, les miennes étaient roses à paillettes en forme de cœur. Il m'a dit qu'on avait l'air de deux stars de cinéma.

Avec un sourire nostalgique, Cate croqua une bouchée de son sandwich.

– C'est un joli souvenir.

– Oui… Maintenant, j'en aurai un aussi avec toi, par une magnifique journée d'hiver.

L'eau était tellement claire que l'on devinait les algues sous la surface. Irisé de mica, le sable étincelait, comme les lunettes en forme de cœur. Des phoques se prélassaient sur les rochers. L'un d'eux se laissa glisser dans l'eau. Un autre se redressa et poussa une série de jappements : arf, arf, arf. Cate pensa à Dillon et à ses chiens.

– Vous avez réellement l'intention de prendre un chien ?

– On dirait que les phoques aboient, hein ? Il y a longtemps qu'on rêve d'un chien, mais on était tout le temps en déplacement… Ce n'aurait pas été sympa de sans cesse le faire garder. Aujourd'hui, on voit souvent ceux de Dillon… Mais je t'avoue que j'y pense, oui… Un compagnon pour la retraite…

Cate leva les yeux au ciel.

– La retraite, tu parles ! Lily vient de s'envoler pour Broadway et je sais que tu vas accepter le rôle du grand-père farfelu ; tu n'arrêtes pas d'en parler.

Avec un sourire, Hugh grignota une poignée de chips. La patate douce manquait de sel et de matière grasse, mais ce pâle substitut valait mieux que rien.

– C'est un beau rôle dans une jolie comédie. Au fait, tu sais si quelqu'un a acheté les droits cinématographiques du bouquin que tu enregistres ?

Cate leva de nouveau les yeux au ciel.

– À la retraite, ouais, vachement…

Les jambes étendues devant elle, elle éplucha une clémentine, dont le parfum embauma l'air.

– Je me renseignerai, promit-elle.

Le vent se leva, le temps se gâta, et le souvenir n'en fut que plus doux. Tout l'après-midi, il tomba des cordes, tandis que Cate enregistrait les deux chapitres suivants de son livre audio. En prenant sa pause, elle sortit sur le pas du cottage et contempla les éléments déchaînés.

Hugh revint plusieurs fois l'écouter enregistrer et, presque tous les jours, elle se joignait à lui pour les trente minutes de cardio prescrites par Lily.

– Ma jambe va très bien ! affirma Hugh en marchant d'un pas dynamique sur le tapis de course.

– Encore dix minutes, dit Cate.

– Lèche-bottes, marmonna-t-il en lui coulant un regard noir.

– Et ensuite, quinze minutes de muscu.

Il lui tira la langue, mais elle savait qu'il prenait plaisir à ces séances d'exercice, tout au moins quand elle lui tenait compagnie.

– On finira par quelques étirements, ajouta-t-elle en buvant quelques gorgées d'eau. Consuela pourra témoigner de notre sérieux. Elle fait partie des mouchards de Lily, c'est évident.

– Lily verra par elle-même que mes efforts ont porté leurs fruits, la semaine prochaine quand j'irai la voir à New York. Tu es sûre que tu ne veux pas venir ?

– J'ai du travail.

La demi-heure de cardio terminée, ils s'accordèrent une courte pause, puis ils passèrent aux exercices de musculation, Hugh sur les appareils, Cate avec des poids libres. Elle ne regrettait pas de s'être remise au sport : non seulement elle motivait son grand-père, mais elle sentait qu'elle retrouvait une meilleure condition physique et, surtout, une meilleure qualité de sommeil.

– Tu es toujours un vrai chewing-gum ! dit-elle à son grand-père en le regardant s'étirer.

Dans la posture du Grand Angle, jambes écartées, buste fléchi en avant, tête au sol, il lui jeta un coup d'œil.

– Tu n'as rien à m'envier !

– Tu m'as légué ta souplesse et je t'en suis reconnaissante.

– Je serai au top de ma forme pour commencer le tournage.

Cate transféra le poids de son corps sur sa jambe droite.

– Tu as accepté le rôle ?

– J'ai signé ce matin.

– Tu commences quand ?

– Première lecture dans quinze jours. Je pourrai prendre l'avion pour rentrer quand on n'aura pas besoin de moi.

Cate bascula sur sa jambe gauche.

– Qu'en pense le big boss ?

– J'étais sûre que tu me poserais cette question ! Elle n'y voit pas d'objection.

D'un mouvement fluide, Hugh redressa le buste et s'étira les quadriceps, jambe fléchie en arrière.

– On a droit à un petit goûter, maintenant ?

– Des fruits et un yaourt. Consuela nous surveille.

– On mérite mieux, maugréa-t-il, l'air dépité. Tu n'as pas de la glace, chez toi ?

– Peut-être.

– Alors je passerai au cottage. Si tu travailles, ne te dérange pas, je ferai comme chez moi, dit-il avec un clin d'œil.

– Une seule boule, sans chantilly ni chocolat.

Il lui fit une grimace, et ils quittèrent la salle de gym. Dans la cuisine, ils furent accueillis par les chiens de Dillon. Hugh s'accroupit pour les caresser.

– Salut, vous ! s'exclama-t-il joyeusement. Vous êtes tout seuls ou avec votre maître ?

Celui-ci était assis devant un grand mug de café et une assiette pleine de cookies.

– J'en veux ! dit Hugh.

– Prenez-en un, lui dit Consuela, mais un seul. Et pas de crème dans le café, uniquement du lait écrémé.

– Je viens de faire une heure de gym. Qui c'est le patron, ici ?

– Miss Lily. Asseyez-vous, tous les deux. Cate, tu as droit à deux cookies, toi, si tu veux, et de la crème dans ton café.

– Tu pourrais me faire un latté, s'il te plaît ?

– Un latté… répéta la cuisinière, perplexe, en fouillant dans sa mémoire. Ah oui, un latté !

– J'avais une commande à livrer à Consuela, dit Dillon.

– Je ne savais même pas qu'on avait des cookies dans cette maison, grommela Hugh.

– Je les ai faits pendant que vous vous entraîniez, parce que je savais que ce jeune homme devait passer. Ce soir, vous pourrez en manger un autre. Et vous aurez du steak au dîner. La viande rouge, c'est bon pour le sang.

– Il paraît.

– Cette heure de gym vous a donné bonne mine, à tous les deux. Regardez un peu ces biceps… dit Consuela en tâtant les bras de Dillon. Il n'a pas besoin de faire du sport, lui. C'est un travailleur !

– Des bras faits pour vous enlacer ! plaisanta Dillon.

Et Consuela gloussa comme une adolescente, tout en préparant le latté.

– Ça fait un moment qu'on ne t'a pas vue au ranch, dit Dillon à Cate.

– J'ai enchaîné deux gros enregistrements, répondit-elle en grignotant un cookie. Je pensais justement passer en fin de journée.

– Ça fera plaisir à ma mère et à ma grand-mère.

Consuela versa le latté de Cate dans un gobelet isotherme.

– Tiens… Emporte ton café et un biscuit, et va vite te pomponner ! Tu ne sors pas assez. Les jeunes filles doivent sortir. Pourquoi tu ne l'emmènes pas danser ? lança-t-elle à Dillon.

– Euh…

Un instant déconcerté, il eut toutefois de la repartie.

– Je me réserve pour vous, *amor mio* !

Joliment esquivé, pensa Cate. Consuela pouffa.

– Allez, ma grande, va vite te doucher. Je tiens ton grand-père à l'œil, ne t'inquiète pas.

– Bien, madame, j'y vais. À tout à l'heure, Dillon.

Elle ne mit pas longtemps, mais elle fut néanmoins surprise, en revenant à la maison de ses grands-parents, de trouver Dillon qui prenait tout juste congé.

– J'ai discuté un moment avec Hugh. Ça faisait un bout de temps que je n'en avais pas eu l'occasion.

– Une bonne excuse pour faire du charme à Consuela, répliqua Cate.

– Pas besoin d'excuse, je lui fais du charme ouvertement ! À tout de suite, lança-t-il et il grimpa dans son camion.

Une image de plus pour sa collection… pensa-t-il en démarrant. Cate en legging de sport à fleurs bleues et veste technique sur une brassière révélant son nombril.

Il ne pouvait plus prétendre le contraire : cette fille l'avait envoûté.

Devant le ranch, il attendit qu'elle se gare à côté de son camion.

– Je passe juste chez moi déposer les cookies que Consuela m'a donnés. Maman et Gram sont là. Entre, lui dit-il.

– Je n'ai jamais vu ta maison. Je peux t'accompagner ?

– Bien sûr, mais ne compte pas m'extorquer des cookies. Ils sont à moi !

– Ne t'inquiète pas, moi aussi je sais faire les yeux doux à Consuela !

– J'imagine… Tu as beaucoup de travail, en ce moment ?

– Pas mal. Et j'essaie de passer un maximum de temps avec Grandpa.

– Il a l'air en forme.

– Il déborde d'énergie. Personne ne se douterait qu'il a fait cette mauvaise chute. Il commence un nouveau film bientôt.

– C'est ce qu'il m'a dit. Je suis censé garder un œil sur toi.

– Lequel ?

– Il n'a pas précisé.

Chez lui, Dillon précéda Cate dans le couloir, puis dans la pièce à vivre.

– Très chouette, commenta-t-elle en regardant autour d'elle.

Un grand tapis navajo au centre d'un plancher de bois sombre. Sur les murs couleur miel, des tableaux représentant les montagnes, des moutons dans les prés, un champ de coquelicots. Tout était bien rangé, dans une atmosphère très masculine, sobre, épurée. Pas de coussin ni de plaid sur le canapé bleu marine ou les fauteuils gris foncé. Pas de bibelots, pas de déco, excepté quelques photos et une corbeille de bois remplie de cailloux aux formes étranges, des pointes de flèche.

– On trouve parfois des trésors… dit-il.

– C'est vrai.

Cate s'avança vers la cuisine ouverte, dotée de vastes plans de travail, dans les tons de bleu et de gris, l'électroménager d'un blanc immaculé.

– La vue est superbe : le paddock et la mer en toile de fond… Les champs, les collines, les chevaux et l'océan à perte de vue… C'était judicieux d'orienter la maison face au paysage, dos à la grange.

– Aux écuries.

– Pardon.

Dans un coin, Dillon s'était aménagé un petit bureau avec un ordinateur, une pile de classeurs, un mug rempli de crayons et stylos, un calendrier au-dessus de la table de travail. À côté, une étagère allant du sol au plafond disparaissait sous des rangées de livres, quelques photos sur les rayonnages, un vieil éperon, un drôle d'outil, des figurines X-Men.

– Tu n'as pas la télé ?

– Un mec sans télé ? Tu plaisantes ! J'ai deux chambres. Je dors de ce côté, précisa-t-il avec un geste du bras. Ma mère et ma grand-mère sont prévoyantes : tout est de plain-pied, avec une salle de bains dans chaque chambre. Si elles doivent s'installer là un jour, elles ne s'entretueront pas. Viens, suis-moi… Elles pensaient que je ferais une chambre d'amis. Mais pour qui ? J'avais ma petite idée.

Une sorte de garçonnière, pensa Cate, avec un frigo pour la bière et le vin, un grand canapé en cuir couleur chocolat, deux fauteuils inclinables, et un immense écran plat fixé au mur. Dessous, bien rangés sur un petit meuble, une X-Box et une Nintendo Switch. La bibliothèque, ici, également du sol au plafond, était consacrée aux jeux vidéo et aux DVD, classés dans un ordre très rigoureux.

– Fan de jeux ?

– Pas autant que quand j'étais ado, mais la vie est trop triste si on ne prend pas le temps de s'amuser. Surtout en hiver. Mes deux meilleurs amis sont des gamers, eux aussi. On se retrouve souvent là. Quoique… Leo va bientôt être papa, on risque de ne plus trop le voir pendant quelque temps. Dave est programmeur de jeux. Il a toujours été très fort. Gamin, déjà, c'était quasiment impossible de le battre.

– Tu les connais depuis l'enfance ?

– Depuis l'école primaire.

C'était enviable, pensa Cate en examinant les rayons, d'avoir de telles racines, une telle continuité.

– Tu joues à *Sword of Astara* ?

– J'adore l'univers, les combats à l'épée, les sortilèges, et la reine guerrière est sublime.

– Sa voix, c'est moi.
– Shalla ? Elle n'a pas du tout ta voix.
– Mais moi, je peux avoir la sienne.
Cate fit volte-face, l'expression farouche, et mima le geste de dégainer une épée.
– Mon épée pour Astara ! clama-t-elle d'une voix grave, teintée d'un accent des Highlands. Ma vie pour Astara !
Dillon dut réprimer une puissante montée de désir.
– Ben ça alors… J'y ai joué des dizaines de fois… Je ne savais pas que tu étais aussi la voix de jeux vidéo. Tu as fait quoi d'autre ?
Elle continua d'inspecter la bibliothèque.
– La fée, dans celui-ci… Là, la méchante sorcière… Le valeureux soldat, dans celui-là… Ah oui, le gamin des rues…
Dillon la dévorait du regard, médusé.
– Tout à l'heure, je t'ai dit que je venais de finir deux gros boulots. Eh bien, l'un des deux, c'était un personnage de *Sword of Astara : The Next Battle*. Je pourrai peut-être t'avoir un exemplaire avant la sortie officielle.
Il retrouva enfin la parole.
– Tu ne veux pas m'épouser ?
– C'est gentil, mais on n'est même pas encore allés danser ensemble. À la place, je veux bien assister à la traite de l'après-midi. Qui sait… Je ferai peut-être la voix d'une fermière, un jour.
– Pas de problème, acquiesça-t-il en la précédant à l'extérieur. Baltar le Conquérant revient ?
– Oui.
– J'en étais sûr.

Cate s'initia à la traite des vaches. Certes, des machines faisaient le plus gros du travail, mais elle découvrit que l'intervention humaine était néanmoins nécessaire. Elle n'avait pas approché une vache d'aussi près depuis l'enfance. Et là, chargée de laver et de sécher les pis, elle n'aurait pu rêver plus grande proximité !
– Très bien, la félicita Dillon en ôtant son chapeau pour le lui poser sur la tête. Maintenant, tu vas tirer les premiers jets.
– C'est-à-dire ?
– On commence toujours par tirer quelques jets à la main, pour vérifier l'aspect du lait et s'assurer que les trayons n'ont pas de blessure. Regarde, je te montre…
Joignant le geste à la parole, il referma une main autour d'un pis.
– Tout doucement… précisa-t-il en faisant jaillir le lait. Il ne faut surtout pas lui faire mal.

– Comment on sait si elle a mal ?

– T'inquiète, elle te le fera savoir. Tu veux essayer ?

Sans attendre de réponse, il lui prit la main et la plaça sur le trayon, une main sur la sienne.

Un petit frisson la parcourut lorsqu'il s'accroupit près du tabouret où elle était assise. Ils étaient presque joue contre joue, dans l'odeur du foin, du grain et du lait. Il avait des mains fortes, des paumes larges, calleuses, des gestes sûrs, et une étrange sensualité se mêla au plaisir de l'expérience nouvelle.

– Tu as la peau douce…

– Merci.

Délibérément, elle tourna le visage, à un souffle de celui de Dillon. Et elle vit ses yeux se poser furtivement sur ses lèvres, avant qu'il ne s'écarte.

– Tu veux faire les autres pis ?

– Pourquoi pas ? Je crois que j'ai saisi le truc.

Il l'avait senti, indubitablement. Intéressant… pensa-t-elle. Et fascinant…

Tandis que Cate s'acquittait de sa tâche, Dillon s'occupa des deux autres vaches, puis il lui montra comment positionner les manchons de la trayeuse. Totalement indifférente, la vache plongea le museau dans un seau de grains.

– Elles ont souvent faim après la traite.

– Comment sait-on qu'il n'y a plus de lait dans la mamelle ?

Elle avait à peine terminé sa phrase que les manchons se décrochèrent automatiquement.

– OK, j'ai compris. C'est rapide.

– C'est sûr qu'on gagne un temps fou, mais ce n'est pas tout à fait fini. Il faut de nouveau laver et sécher leurs mamelles, et stériliser les machines.

– Tout ça trois fois par jour. Comment ça se passe si vous loupez une traite ?

– Les vaches sont malheureuses. Elles souffrent. Elles risquent de faire de la mammite. Quand on a des bêtes, on a le devoir de s'en occuper.

– C'est clair que tu n'as pas le droit de les faire souffrir.

– Tu as tout compris.

– C'est dingue, tout le travail qu'il y a dans une ferme. Rien que la traite, ça t'occupe un moment… Tu ne dois pas avoir beaucoup de temps libre.

– On trouve toujours le temps.

Dillon sortit les biches de lait, puis il entreprit de nettoyer les trayeuses. Avec méthode, constata Cate. Il était rigoureux.

– Depuis que Red est à la retraite, il nous donne un bon coup de main. On se débrouille en mécanique, ma mère, Gram et moi, mais il est meilleur que nous trois réunis. Il nous aide aussi à la fabrication des produits laitiers.

Du coup, je n'y participe presque plus.

– Mais tu sais faire du beurre, du fromage et tout ça.

– Bien sûr.

– Il n'y a pas de discrimination de genre, dans un ranch.

– Pas dans le nôtre. On a une organisation qui roule. Les journées commencent de bonne heure, mais une fois que les bêtes sont nourries et parquées pour la nuit, on a du temps pour nous.

Consciencieusement, Dillon rangea le matériel, nota quelque chose sur une feuille punaisée au mur. Puis il ramena les vaches au pré.

– Il y a des concerts tous les week-ends au *Road House*, sur la route de Monterey. Ça danse, en général.

OK, il avait senti cela, aussi. Intérieurement, Cate esquissa un sourire, tout en le dévisageant avec curiosité.

– Tu danses, toi ?

– J'ai été élevé par deux femmes. À ton avis ?

– À mon avis, tu te débrouilles.

– Mon pote Dave a un manche à balai où je pense mais il se prend pour un excellent danseur. Il a une copine, en ce moment. Leo et Hailey auront peut-être envie de s'amuser, avant la naissance du bébé. Ça te dirait de venir avec nous vendredi ?

– Volontiers. Il faut s'habiller ?

– Je ne te conseille pas de venir à poil.

En riant, elle ôta le chapeau de Dillon et se hissa sur la pointe des pieds afin de le lui remettre sur la tête.

– Je passe te chercher vers 19 h 30 ? proposa-t-il tout en l'accompagnant vers le ranch.

– Ça marche.

Sa mère binait le potager familial.

– Inépuisable, chuchota-t-il.

Julia avait les cheveux attachés sous un chapeau de paille à larges bords, un tablier avec d'énormes poches sur un jean baggy et un vieux tee-shirt délavé révélant des bras musclés et bronzés.

– Tu as une maman formidable, et tu en es conscient, ça se voit. Je t'envie.

– Ça lui fera plaisir de bavarder avec toi, si tu as cinq minutes. J'ai des trucs à faire. On se voit vendredi ?

– OK. Tu paries que j'apprends à danser à ton copain ?

Dillon secoua la tête, sceptique.

– Ça m'étonnerait.

– Tu verras, murmura Cate.

Et tandis qu'il s'éloignait, elle s'avança vers la maman qu'elle aurait tant aimé avoir.

Chapitre 21

Cate avait déjà réfléchi le jeudi, peut-être aussi un peu le mercredi, à la tenue qu'elle revêtirait pour aller au *Road House*. À présent, on était vendredi ; elle devait se décider.

Ce n'était pas la première fois qu'elle sortait avec un garçon. Mais à New York, c'était différent. Du reste, elle n'avait pas eu de rendez-vous galant depuis des mois et cela ne lui avait pas manqué le moins du monde. Et puis, elle n'était pas tout à fait sûre que Dillon voyait cette soirée comme un rendez-vous galant. Davantage un bon moment entre amis ? Elle préférait qu'il en soit ainsi, car elle-même n'était pas certaine de souhaiter un rendez-vous galant avec Dillon.

Les relations de couple étaient si compliquées… songea-t-elle en inspectant le contenu de son dressing. Tout du moins, les siennes l'avaient été…

Les Cooper comptaient trop dans sa vie. Elle ne voulait pas risquer de gâcher cette belle amitié.

Si elle mettait sa petite robe noire ? Non. Simple, certes, mais trop new-yorkaise.

Un jean noir ?

Elle repensa à la traite des vaches.

Pour apprendre à nager, il fallait se jeter à l'eau… Seulement, Cate avait plusieurs fois échappé de justesse à la noyade…

Elle décrocha une robe de son cintre, achetée sur un coup de tête juste avant de quitter New York, parce que le motif coquelicot lui rappelait Big Sur. Une robe sans prétention, qu'elle pensait par exemple porter à l'occasion d'un pique-nique en famille.

Très bien pour une sortie dans un établissement sans prétention.

Elle décida de ne pas s'attacher les cheveux. Ils lui arrivaient en dessous des épaules, à présent. Inutile de faire des effets de coiffure. Look naturel. Qu'elle compléta par des petites boucles d'oreilles discrètes et des espadrilles à talon compensé.

Devant le miroir, elle se mit en condition pour le rôle. Première sortie avec Dillon en compagnie de ses amis, pour un concert dans un bar de campagne – éventuellement plus si affinités.

La robe tombait bien, elle tournoierait sur la piste de danse. Elle ne faisait pas trop habillée, mais on voyait tout de même que Cate avait accordé une certaine attention à sa tenue. De toute façon, elle avait tellement hésité qu'elle n'avait plus le temps de se changer, maintenant. Dillon arrivait sur le chemin, pile à l'heure. En jean et baskets montantes – pas les mêmes que celles qu'il portait au ranch –, chemise vert pâle, col déboutonné, assez chic néanmoins pour être portée sous une veste avec une cravate.

Parfait. Au niveau vestimentaire, ils étaient raccord.

En l'accueillant sur le pas de la porte, elle fut flattée, comme toute femme l'aurait été, par la façon dont il s'immobilisa pour la regarder.

– Les coquelicots californiens te vont à ravir.

– Merci, dit-elle en prenant son petit sac à main et en tirant la porte du cottage. Je ne pensais pas que tu viendrais jusque-là. Je m'apprêtais à monter chez mes grands-parents.

– Il fait bon, j'avais envie de prendre l'air.

– C'est vrai, on a eu une journée magnifique. Ça t'arrive souvent ?

– Quoi donc ?

– D'aller danser.

– Non. Si mes copains ne me proposent pas de sortir, je n'y pense pas. Je ne suis pas adepte de la chasse en solitaire.

Seigneur, elle sentait si bon… Pourquoi diable les femmes sentaient-elles aussi bon ?

– Pardon, ajouta-t-il. J'ai dit une connerie.

– Pas du tout. Tu n'as pas de copine ?

– Pas pour le moment.

Gram lui avait prêté sa voiture, elle avait insisté. (« Tu ne vas tout de même pas prendre le camion pour un premier rendez-vous ! ») Il ouvrit la portière passager, et attendit avant de la refermer que Cate ait ramené sa jolie robe à l'intérieur.

– Comment ça se fait ? demanda-t-elle quand il se fut installé au volant.

– Comment ça se fait ? répéta-t-il en mettant le contact. Bah… fit-il avec un haussement d'épaules. L'an dernier, je suis sorti avec une fille, mais en été, j'ai du boulot par-dessus la tête… Ça ne lui convenait pas, alors on a arrêté… Hailey, la femme de Leo, cherche à tout prix me caser. Elle serait emmerdante si je ne l'aimais pas autant.

Satisfaite de ce nouveau point commun, Cate s'installa confortablement sur son siège.

– J'ai connu ça, à New York. « Oh, il faut absolument que tu rencontres Machin… Je te présenterai Bidule, un de ces jours… » Alors que je n'avais aucune envie de rencontrer Machin ou Bidule !

Dillon lui jeta furtivement un coup d'œil, sans quitter la route du regard.

– Pourquoi ?

– Chaque fois que je suis sortie avec un mec qui bossait dans le cinéma, ça s'est mal terminé. Bref. Parle-moi plutôt de Hailey, et de la copine de ton autre copain.

– Hailey est instit', très douce, un peu radine, drôle, d'une patience exemplaire. On était tous ensemble à l'école primaire. Dave et Hailey étaient toujours les meilleurs de la classe.

– Vous vous connaissez donc depuis très longtemps.

Cate avait quitté l'école en troisième année de primaire, pour poursuivre sa scolarité avec des tuteurs. De cette époque, elle n'avait gardé aucun ami.

– Ouais. Quand on était gamins, Hailey et Dave étaient inséparables. Les deux tronches… Tu vois le genre ? Mais ils n'étaient jamais sortis ensemble. Quand elle est revenue de la fac, Leo en est tombé raide dingue amoureux. Ils se sont bien trouvés. Ils s'entendent vraiment bien.

– Et Dave et sa copine ?

Au risque de paraître curieuse, Cate voulait se faire une idée du casting.

– Tricia ? Elle est créatrice, elle travaille le bois. Elle fabrique des trucs magnifiques. Artiste et sportive. Elle adore la randonnée. Red l'aime bien parce qu'elle fait du surf. Moi aussi, je l'aime bien. Ils ont l'air d'avoir trouvé leur rythme, avec Dave. Même si Dave n'a pas le rythme. Au moins, il a les algorithmes.

Dillon s'engagea sur un parking bondé, devant une bâtisse qui ressemblait à une ferme, tout en longueur, avec un toit plat et une vaste galerie illuminée par des guirlandes de grosses ampoules colorées où des gens buvaient de la bière. Les portes étaient ouvertes, de la musique s'en échappait.

– Il y a déjà du monde.

– Le concert va bientôt commencer. Tu dois trouver qu'il est tôt, j'imagine, mais il y a beaucoup de ranchers, d'agriculteurs, de saisonniers. Ils se lèvent de bonne heure, demain matin, samedi comme tous les autres jours de la semaine.

Cate descendit de la voiture avant que Dillon n'ait le temps de lui ouvrir la portière.

– Saisonniers ? demanda-t-elle en désignant une rangée de motos.

– Les bikers aiment aussi danser.

Deux personnes saluèrent Dillon tandis qu'ils traversaient le parking. Sur la galerie, la plupart portaient des Stetson ou des casquettes de baseball, d'autres des bandanas. Certains avaient les bras tatoués.

À l'intérieur, des tables de bois serrées, une vaste piste de danse, un long bar, une scène surélevée où attendaient des instruments et une sono. Cate fut déçue qu'elle ne soit pas grillagée, comme dans les *Blues Brothers*. Les murs étaient décorés de sous-bocks, de têtes de taureaux et de cuirs de vaches.

– Leo et Hailey sont là.

Dillon prit la main de Cate et l'entraîna vers une table, en se frayant un passage dans la foule.

Leo avait de petites dreads brunes, Hailey un carré blond effilé. Une main sur son ventre rebondi, elle dévisagea Cate d'un regard scrutateur. Leo était plus souriant.

– Salut !

– Cate, je te présente Hailey et le mec qui l'a épousée à ma place.

– Il fallait bien que quelqu'un le fasse. Enchantée.

– Moi de même, dit Cate en s'asseyant. La naissance est prévue pour bientôt ?

– Encore huit semaines. La chambre de la miss est prête ; il faudra que tu viennes la voir, Dillon.

– Avec plaisir. Comment se porte-t-elle ?

– Comme un charme. Très sage, sauf quand elle m'appuie sur la vessie…

– Vous avez choisi le prénom ? demanda Cate.

– Grace, parce qu'elle…

– Parce qu'elle sera la plus délicieuse des petites filles, compléta Cate.

Hailey lui adressa un sourire chaleureux.

– Tout à fait !

Une serveuse s'arrêta à leur table.

– Quatre assiettes de nachos, commanda Leo.

– Je croyais qu'on serait six.

– Dave et Tricia sont toujours en retard. Tu paries qu'on aura fini avant qu'ils soient là ? Qu'est-ce que tu bois, Cate ? Une bière ?

– Non, je n'aime pas la bière.

Après un instant de silence, Dillon se tourna vers elle.

– Pour une Irlandaise…

– Je suis la honte de mes ancêtres. Comment est le vin rouge de la maison ?

– De mémoire… bof-bof, répondit Hailey avec un geste de la main.

– Je vais quand même le goûter.

Par provocation, peut-être, Dillon commanda une Guiness.

– C'est ici que Hugh m'a offert ma première bière, dit-il. Une Guiness, naturellement.

– Ça ne m'étonne pas de mon grand-père.

– Alors, il paraît que tu fais du doublage ? enchaîna Leo.

– Oui.

– Dill' m'a dit que tu avais fait la voix de Shalla…

Hailey leva les yeux au ciel. Cate se pencha vers Leo, et riva son regard au fond du sien.

– *Nous ne nous rendrons pas aujourd'hui, nous ne nous rendrons pas demain. Nous nous battrons jusqu'au dernier souffle, jusqu'à la dernière goutte de sang.*

– Waouh ! Cool !

Le public siffla et cria : les musiciens montaient sur scène, une chanteuse suivie de quatre hommes. Et avec un roulement de batterie et un riff de guitare, le concert commença. Hailey se pencha vers Cate pour lui chuchoter à l'oreille :

– Tu as de la chance que la musique soit forte, ou il aurait voulu entendre toutes les voix de jeux vidéo que tu as faites.

Vingt minutes plus tard, Cate avait appris plusieurs choses : que le vin n'était pas super, en effet ; qu'il n'était pas difficile d'engloutir une assiette de nachos avant l'arrivée des retardataires ; et que Dillon était en effet bon danseur.

Quand un homme bougeait aussi bien sur du hard rock lancinant que sur un slow langoureux, une femme était en droit de présager qu'il savait également bouger ailleurs…

Du reste, il était maître dans l'art des passes de rock'n roll. Agile, il la faisait tournoyer et ployer en arrière, son visage aussi près du sien que dans la salle de traite, au milieu des danseurs, dans l'ambiance surchauffée et la musique assourdissante.

– Les femmes qui vous ont élevé ont fait de vous un excellent danseur, monsieur Cooper.

– Il faut dire que j'avais un don inné.

– Peut-être, mais il ne faut pas sous-estimer les pouvoirs d'un bon professeur. Je vais te le prouver.

Des lèvres, elle effleura sa bouche, puis elle s'éloigna avant qu'il n'ait pu réagir.

Elle le tuait.

Sur ses longues jambes, elle se dirigea vers la table où Dave tentait de convaincre Hailey de donner son prénom à son bébé parce que c'était lui qui avait poussé Leo à faire le premier pas. Cate se pencha par-dessus son épaule et opta pour une réplique culte :

– Tais-toi et danse avec moi.

– Qui, moi ? Avec plaisir !

– J'espère qu'elle a des chaussures coquées, dit Tricia, crinière de boucles auburn, des petites fées se balançant à ses oreilles.

Cate fut d'emblée conquise par Dave, avec ses lunettes d'Elvis Costello et ses taches de rousseur à la Ron Howard. Certes, il dansait comme un robot détraqué, mais cela ne faisait qu'ajouter à son charme. Lorsqu'elle posa les mains sur ses hanches, il devint écarlate.

– Remue le bassin !

– Hm…

En se raclant la gorge, il jeta un coup d'œil en direction de la table.

– Pas les pieds, juste les hanches. Tic, toc, genoux souples.

Elle éclata de rire quand il fléchit les jambes d'au moins dix centimètres.

– Non, redresse-toi ! Voilà, c'est mieux… Mais tic toc sur le tempo. On va compter jusqu'à huit, d'accord ? Un, deux, trois, quatre, cinq, six, sept, huit. Ferme les yeux. Laisse-toi porter par la musique. Allez… Bouge aussi les épaules…

Rouge comme une écrevisse, il y mettait du sien.

– Imagine que je suis Ren et toi, Willard.

– *Footloose* ! s'exclama-t-il en rouvrant les yeux.

– Je suis ton Kevin Bacon. On va essayer un two-step. Tout est possible avec un two-step. Regarde mes pieds.

Docile, adorable, il regarda ses pieds.

– Fais la même chose que moi. Que les pieds. Voilà, très bien. En rythme. Une deux, une deux, tic toc, tic toc. Les hanches… Genoux souples. Non, ne te crispe pas. Super !

Elle lui saisit les mains.

– Une deux, une deux, tic toc, tic toc, tic toc. Les épaules… Bop bop, souple, souple. Eh bien voilà, tu danses !

Elle se tourna vers la table. Épaté, Dillon lui porta un toast avec son Coca.

– Punaise… Comment elle fait ? s'extasia Tricia. J'y vais, ça ne se reproduira peut-être plus !

Quand elle se leva, ses boucles d'oreilles tintinnabulèrent. Cate revint à la table et se rassit en secouant ses cheveux.

– Je crois que je mérite un autre verre de vin.

Alors que Cate passait sa commande, Red rentrait chez lui, par la route de la côte. Ce soir, Maggie recevait des amies – sa bande de dindes, comme Red les appelait en secret. Évidemment, il se gardait d'employer l'expression devant elle. Il n'était pas dingue, il ne voulait pas se faire émasculer !

Souvent, quand la maison était remplie de bonnes femmes, il allait se faire offrir quelques bières chez Dillon et regarder des vidéos sur YouTube. Mais aujourd'hui, Dillon était de sortie, si bien que Red se coucherait de bonne heure.

Comme ça, il serait en forme pour aller surfer, le lendemain matin.

Ils étaient ensemble depuis vingt ans, avec Maggie, mais ils avaient décidé d'un commun accord qu'il valait mieux qu'il garde son petit bungalow. L'un comme l'autre, ils s'en portaient aussi bien.

Red aimait les femmes de caractère, indépendantes, et en plus de Maggie, il avait trouvé la famille qu'il n'avait pas eu l'occasion de fonder plus jeune.

Dans une certaine mesure, la police lui manquait, et lui manquerait toujours, mais il s'était découvert de réelles affinités pour les travaux de la ferme. Il adorait s'asseoir à table en fin de journée, et déguster ce qu'il avait contribué à élever, cultiver, élaborer.

Il en retirait une profonde satisfaction.

Vitre baissée, il savourait la brise marine, tout en écoutant les Beach Boys à la radio. Il rapportait une topette de lait frais dans sa petite glacière, pour son café du matin, ainsi que du bacon et deux œufs qu'il se préparerait en rentrant de la plage.

Il passerait peut-être dire bonjour à Mic, avant de retourner à la maison. La maison, c'est-à-dire le ranch. Son chez-lui, c'était son petit bungalow.

Cela étant, agriculteur à temps partiel ou non, il avait longtemps été flic. Et un flic s'en rendait très vite compte, quand il était suivi. Surtout lorsque celui qui le suivait n'était pas très discret.

Il regarda les phares dans le rétroviseur, toujours à la même distance, qu'il accélère ou bien qu'il ralentisse.

Sans doute s'était-il fait des ennemis au cours de sa carrière, mais il avait beau fouiller dans sa mémoire, il n'en voyait aucun qui puisse sérieusement lui vouloir du mal.

Un braqueur ? On allait lui faire une queue de poisson, le forcer à s'arrêter, le tabasser, voire pire, et lui voler son pick-up ?

Ce genre de choses était rare, dans le coin. Néanmoins… il ouvrit sa boîte à gants et en retira son Glock 9 mm, vérifia qu'il était chargé et le posa à portée de main sur le siège passager.

Qu'on essaie de le braquer… Le malfrat aurait une mauvaise surprise.

Il envisagea d'appeler le poste de police, puis il se ravisa : avec l'âge, il devenait peut-être parano.

Toutefois, lorsque les phares se rapprochèrent brusquement, il comprit que son instinct ne l'avait pas trompé. Heureusement, il connaissait la route comme sa poche, chacun de ses tournants, chacune de ses intersections.

Mais son cœur fit un bond quand un homme sortit la tête par la vitre passager et brandit un fusil d'assaut… Un Noir avec un durag rouge sur la tête, d'âge indéterminé.

La première rafale fit voler le pare-brise en éclats et cribla le hayon arrière.

Il ne s'agissait pas d'un braquage. On voulait le tuer.

Les mains crispées sur le volant, il appuya sur l'accélérateur. À présent, il distinguait la voiture de ses poursuivants, une Jaguar, qui fit une embardée dans le virage puis parvint à se redresser.

Red gagna un peu de terrain, pas grand-chose. La voiture le rattrapa et une nouvelle salve de tirs retentit. À l'approche d'un tournant, il dut freiner et, un instant, il fut aveuglé par les phares, puis il vit la Jaguar heurter l'accotement.

Si le conducteur avait eu un brin de jugeote, il aurait renoncé à la course-poursuite. La Jag était rapide, musclée, mais le chauffeur ne savait pas la piloter. Une douleur fulgurante dans l'épaule, Red décida que le moment était venu de mettre les compétences de ce gars à l'épreuve.

À droite, un précipice au-dessus de la mer ; à gauche, la falaise, abrupte.

Il fallait être désespéré pour prendre le virage suivant à cent à l'heure. L'épaule en feu, les balles sifflant au travers du pare-brise brisé, Red amorça l'épingle à cheveux, cramponné au volant pour garder le contrôle du pick-up qui menaçait dangereusement de basculer sur deux roues.

La Jaguar zigzagua, quitta la route et s'envola par-dessus le parapet.

Red écrasa la pédale de frein, ses pneus hurlèrent, fumèrent, le pick-up fit un tête-à-queue, mais il parvint à l'immobiliser, dans une odeur de caoutchouc brûlé et de sang. Derrière lui, le bruit de la tôle et du verre fracassé n'en finissait pas de résonner. Les mains tremblantes, il lâcha le volant et descendit de la cabine.

Une explosion ébranla l'atmosphère. Des flammes s'élevèrent du ravin. Il s'approcha du parapet : la carrosserie se tordait dans le brasier. Si les passagers étaient coincés à l'intérieur, leurs chances de survie étaient proches de zéro.

En entendant des voitures approcher, Red s'empressa de dissimuler son arme à l'arrière de sa ceinture.

– Circulez ! cria-t-il. Je suis de la police !

Puis il s'empara de son téléphone.

– Mic, c'est Red. J'ai de sérieux ennuis. Je suis sur la Highway 1.

Hors d'haleine, une main en appui sur la cuisse, il lui expliqua la situation.

Elle se déplaça en personne, avec une équipe de police, une ambulance, les pompiers. Et Red se retrouva au centre d'une scène de crime, dans la lueur des gyrophares.

Tandis que des secouristes descendaient dans le ravin, un infirmier examina son épaule. Mic demeura auprès de lui. Elle était mariée, à présent, mère de deux enfants adorables, et portait des petites tresses africaines rassemblées en une longue queue de cheval. Toujours à cheval sur le règlement, elle avait pris la peine de mettre son uniforme. En lui souriant, Red se dévissa le cou pour jeter un œil à sa blessure.

– Bah… Juste une égratignure.

– Vous croyez que c'est le moment de citer des vieux westerns de série B ?

– Les Monthy Python. OK, j'ai eu de la chance. Je crois que le gars était noir, mince, et qu'il avait un AR-15. Ils étaient deux. Ils m'ont d'abord suivi sur quelques kilomètres. Je ne peux pas te dire grand-chose sur le conducteur, si ce n'est qu'il n'avait pas l'habitude de conduire une Jaguar. Elle devait être volée. Je ne connais personne qui veuille ma mort et qui ait les moyens de se payer ce genre de bagnole.

– Quelqu'un qui n'a pas les moyens ?

– Pas plus, répondit-il en fermant les yeux.

L'adrénaline avait reflué. Soudain, il se sentait les jambes en coton et le cœur au bord des lèvres.

– Ils ont dû me voir quitter Horizon.

– Vous me l'avez déjà dit. J'ai envoyé des hommes.

– Très bien.

– Vous êtes en état de choc, monsieur Buckman.

Red observa un instant l'infirmier et se le remémora adolescent, skateur et voyou sur les bords.

Punaise… Il était vieux.

– Normal, après ce qui vient de m'arriver. Je boirais volontiers une bière.

– Des examens sont nécessaires ? demanda Mic.

– Hors de question que j'aille à l'hôpital pour une égratignure et une réaction parfaitement normale pour quelqu'un qui a failli prendre une balle dans la tête !

– Il va bien, shérif, mais il vaudrait mieux qu'il ne reprenne pas le volant ce soir.

– Je ne risque pas ! Regardez ce qu'ils ont fait à mon bébé… Un pick-up tout neuf, acheté l'automne dernier…

– On va devoir le garder, vous le savez.

– Je sais, ouais. Hollis, c'est bien ça ? demanda Red à l'infirmier. Je te remercie, tu as fait du bon boulot.

– Vous irez voir votre médecin. Il changera votre pansement et vérifiera que la plaie ne s'infecte pas.

Mic s'éloigna pour prendre une communication radio.

– Alors ? s'enquit Red quand elle revint.

– L'un des deux est vivant. Inconscient, mais il respire. On a retrouvé l'arme, un AR-15.

– J'ai toujours l'œil, ça me rassure.

En regardant son pick-up que l'on s'apprêtait à charger sur la dépanneuse, Red poussa un soupir.

– Vous avez des choses à prendre dedans ?

– Une glacière et des vêtements de rechange. Putain de bordel de merde…

– Prenez-les. Quelqu'un vous ramènera à Horizon.

– Je rentrais dormir chez moi.

– Votre famille ne sera pas tranquille, tant qu'elle ne vous aura pas vu.

« Votre famille »… Mic avait raison.

– Tu pourras…

– Pas de problème, je vous tiendrai au courant. Tout ce que je saurai, vous le saurez.

Michaela était peut-être à cheval sur le règlement… mais elle le serra quand même dans ses bras.

– Je suis contente que vous n'ayez pas pris une balle dans la tête.

– Ouais, moi aussi.

Chapitre 22

Lorsque Dillon et Cate passèrent sur la route de la côte, deux heures plus tard, il ne restait plus que des balises lumineuses, du ruban jaune et un véhicule de patrouille.

– On dirait qu'il y a eu un accident…

Sans doute grave, pensa Dillon, puisque les policiers étaient encore là. Ils devaient attendre les premières lueurs du jour pour investiguer.

– Red nous en dira plus. Il dort chez lui, cette nuit. Ma mère et Gram accueillaient leur club littéraire, féministe et activiste.

– Tout ça ?

– Et plus. Quand elles se réunissent, une fois par mois, Red vient chez moi ou il rentre chez lui.

– Maggie m'a parlé de cette soirée. J'aurais pu y aller, mais je deviens sauvage… Ça m'a fait du bien de rencontrer tes amis, ce soir. À l'avenir, il faudra que je sorte plus.

– Ils t'ont trouvée sympa. Je le saurais si tu leur avais déplu.

Curieuse, Cate observa le profil de Dillon.

– Tu me le dirais ?

– Non.

Très légèrement – agréablement – éméchée, elle se cala confortablement sur son siège.

– Moi aussi, je les ai trouvés sympas.

– Tu me le dirais s'ils t'avaient déplu ?

– Non. Sérieusement, je trouve ça génial d'avoir d'aussi vieux amis, qui ont partagé autant de choses avec toi. Et toujours disposés à s'ouvrir à de nouvelles personnes.Sur la péninsule, Dillon s'arrêta devant le portail. Cate l'ouvrit avec sa télécommande.

– Tu as marqué des points en montrant à Dave qu'il était capable de danser comme un être normalement constitué. Avant, on aurait dit un arthritique électrocuté, quand il dansait.

Cate éclata de rire.

– Il a un côté très doux. C'est sûrement ce qui plaît à Tricia l'ésotérique.

Dès que Dillon eut coupé le moteur, elle descendit de la voiture, afin qu'il soit contraint de faire de même.

– Ta mère et ta grand-mère ont dû t'apprendre qu'on raccompagne les filles jusqu'à leur porte…

– Tout à fait.

– La nuit est magnifique. Je n'ai pas souvent eu l'occasion de venir à Big Sur au printemps… J'adore voir le décor changer avec les saisons.

La lune se reflétait sur l'océan. Au-dessus des montagnes, une myriade d'étoiles brillaient dans le ciel. En écoutant le roulis de la mer, ils longèrent la piscine et le *pool house* couvert de bougainvilliers.

– Ta maman va m'apprendre à cultiver des herbes aromatiques. Je n'ai jamais rien fait pousser de ma vie, tu te rends compte ?

– Méfie-toi, elle va te convertir à l'agriculture.

– Pas de danger, mais j'arriverai peut-être à garder un pot de basilic en vie.

De petites lumières éclairaient le chemin, et Cate avait laissé le patio allumé.

– Chaque fois que je vois une lumière dans l'obscurité, je pense à ta famille. Depuis toujours, vous représentez la lumière, pour moi.

Émue, elle saisit la main de Dillon, ferme, forte.

– Je suis très contente d'être sortie avec toi ce soir. Le vin n'était pas terrible mais les nachos étaient délicieux, et tes copains sont super. Je garderai un excellent souvenir de cette soirée. Je trouverai un moyen de te remercier, d'une manière ou d'une autre.

– Tu n'as qu'à coucher avec moi.

En ouvrant la porte du cottage, qu'elle n'avait pas pris la peine de fermer à clé, elle se racla la gorge.

– Hmm… Tu as une technique culottée… Ça marche, des fois ?

– C'est un galop d'essai.

– Eh bien… Testons…

– Non… mais je…

– Tu m'expliqueras plus tard.

Là-dessus, elle empoigna sa chemise et l'attira contre elle. Puis, avant qu'il n'ait retrouvé son équilibre, elle lui passa un bras autour du cou, tout en refermant la porte de l'autre main, et l'embrassa à pleine bouche.

Exactement comme il le fantasmait depuis si longtemps… Le goût de ses lèvres, la force de son baiser, la chaleur de son corps… déjà brûlant… Sans retenue, aucune timidité… De quoi rendre un homme fou de désir.

Il la souleva dans ses bras et, un instant, il redouta d'être allé trop vite.

– Oh mon Dieu… murmura-t-elle, comme choquée.

Mais elle enfouit les mains dans ses cheveux et l'embrassa de nouveau avec fièvre.

– Tous les mecs devraient être élevés par des femmes, dit-elle. En haut, première chambre à droite.

Dans l'escalier, elle lui couvrit le cou de baisers.

– Tu sens si bon, parvint-il à articuler. Ne te ravise pas ou je me suicide.

– Cool… murmura-t-elle en lui mordillant l'oreille.

La chambre donnait sur la mer. Du coude, Dillon appuya sur l'interrupteur, puis il vit le variateur et tamisa la lumière.

– Tu es formidable, susurra-t-elle en lui effleurant la joue de ses dents.

Il la déposa sur ses pieds devant le lit à baldaquin, et prit le temps de graver cette nouvelle image dans son esprit : Cate dans sa jolie robe à motif coquelicot, la mer et le ciel étoilé en toile de fond.

Il désirait se souvenir d'elle dans ce décor autant qu'il désirait la déshabiller et sentir sa peau sous ses mains.

Dans son dos, il descendit la fermeture de sa robe, le plus lentement possible. Elle lui déboutonna sa chemise.

– On peut garder le ralenti pour le deuxième round ?

Sans doute tomba-t-il complètement amoureux à ce moment-là.

– J'approuve. À cent pour cent.

Ils s'arrachèrent mutuellement leurs vêtements, les mains avides, bouches impatientes, le souffle déjà court.

Quand sa jolie robe tomba au sol, elle l'envoya valser d'un coup de pied.

Dillon avait un corps musclé, ferme, des gestes sûrs, rapides, et sous ses mains, ses paumes calleuses sur le bout de ses seins, Cate retrouvait le pur plaisir d'être caressée.

Lorsqu'il s'allongea sur elle, dans la lueur de la lune, le murmure des vagues en fond sonore, elle s'empara à nouveau de sa bouche.

– Maintenant, viens… gémit-elle.

– Je veux…

Tout ! pensa-t-il.

– Regarde-moi, chuchota-t-il.

Perdu au fond de ses grands yeux bleus, il s'abîma en elle. Avec un petit cri, elle noua les jambes autour de sa taille, et le bleu de ses yeux prit une nouvelle dimension.

Il lui fit l'amour à un rythme effréné, les fantasmes qu'il avait nourris pendant tant d'années décuplés par la réalité, et elle répondit à sa fougue avec une ardeur tout aussi enflammée, même quand l'orgasme lui voila le regard.

Un tremblement parcourut son corps tout entier, mais elle ne s'arrêta pas pour autant.

– Encore… Oh oui, encore… réclama-t-elle contre sa bouche, les mains dans ses cheveux.

Il lui donna encore, et encore, jusqu'à lui arracher un hurlement de plaisir et alors, le visage au creux de sa poitrine, il se laissa aller lui aussi.

Ils demeurèrent un instant inertes, en nage, délicieusement repus. Cate sentait le cœur de Dillon battre contre le sien, une sensation merveilleuse.

Quand il bascula sur le côté, l'entraînant avec lui, elle s'aperçut qu'elle pouvait à nouveau respirer. Et poussa un long soupir de bien-être.

– Ça faisait un moment que j'en avais envie, confessa-t-il.

– Tu étais discret. Je n'en étais pas tout à fait sûre jusqu'à ce que tu me montres comment traire les vaches. Comment s'appelait-elle, déjà, celle dont je me suis occupée ?

– Bossie.

– Non, c'est une blague.

– Pas du tout. Il faut un boss dans un troupeau de vaches laitières, c'est la loi.

– Si tu le dis.

En lui caressant le torse, elle repensa au petit garçon fluet qu'il était autrefois.

Il s'était étoffé.

– Je ne voulais pas gâcher notre amitié, dit-il.

– Moi non plus. Il faudra qu'on en parle.

– Maintenant ?

– Peut-être pas. Je crève de soif.

– Je vais chercher de l'eau.

Il se leva et la regarda. Une nouvelle image pour sa collection. Caitlyn nue à la lueur des étoiles.

– J'ai plein de photos de toi dans la tête.

Elle esquissa un sourire satisfait, ensommeillé.

– C'est vrai ?

– Celle-ci sera sûrement ma préférée. Je reviens.

Tandis qu'il descendait, elle demeura immobile, songeuse. Elle aussi gardait de nombreux souvenirs de lui, à commencer par celui du garçonnet faisant une razzia nocturne dans le réfrigérateur.

Intéressant… À méditer. Plus tard. Ce soir, elle n'avait pas envie de penser.

En l'entendant remonter, elle se redressa en position assise, chaque parcelle de son être délicieusement détendue. Il s'arrêta sur le seuil de la chambre, deux bouteilles d'eau dans les mains.

– Tu es si belle.

N'écoutant que son cœur, elle lui tendit les bras.

Son horloge interne le réveilla peu avant l'aube. Cate dormait profondément, un bras en travers de son torse, une jambe contre la sienne, dégageant une douce chaleur.

Parfois, la vie de rancher avait des inconvénients.

Il s'habilla dans le noir, sans faire de bruit. Comme il ne se rappelait plus la disposition de la pièce, il s'assit par terre pour mettre ses chaussures. Cate remua.

– Qu'est-ce que tu fais ? C'est le milieu de la nuit…

– Non, juste très tôt le matin. Rendors-toi.

– Compte sur moi. Prends un gobelet isotherme dans le placard… à gauche de la machine à café.

Il se pencha au-dessus du lit pour l'embrasser et lui caresser les cheveux.

– Merci. À bientôt, j'espère.

– Ce soir serait trop tôt ?

– Pas pour moi.

– Parfait. Je préparerai des pâtes, l'une des spécialités de mon mince répertoire culinaire.

– Sérieux ? Tu veux cuisiner ?

– Oui, parce que j'ai envie de te voir ce soir. Et qu'on perdrait trop de temps en allant au restau.

– Il faudra réellement que tu envisages de m'épouser. Vers 19 heures ?

– Impeccable. Bonne nuit, dit-elle en se retournant de l'autre côté.

Il descendit, se prépara un café et le but sur le chemin du ranch, en pensant à elle.

Sans doute reparlerait-il de mariage, comme ça, l'air de rien, de temps en temps. Afin qu'elle ne tombe pas des nues le jour où il lui ferait véritablement sa demande. Car il devait l'épouser. Non seulement il était fou d'elle, mais ils étaient faits l'un pour l'autre. Et si elle avait besoin de temps pour se faire à cette idée, lui, il avait tout son temps !

Comme d'habitude, de la lumière brillait derrière l'une des fenêtres du rez-de-chaussée… Cette lumière vers laquelle le destin avait guidé Cate, des années plus tôt…

Dillon n'avait jamais cru au destin. Mais il voulait bien croire que Cate avait été guidée vers lui par le destin.

Chez lui, il se doucha, se changea et, tout en prenant son petit déjeuner, il passa mentalement en revue ce qu'il avait à faire dans la journée : nourrir les chevaux et sortir au pré ceux qui étaient à l'écurie ; déplacer le troupeau de bœufs des champs de Marvel à ceux de Hawkeye, où ils trouveraient de l'herbe fraîche ; poursuivre l'épandage.

Il sellerait Beamer, il prendrait les chiens avec lui. Tout le monde passerait une bonne journée.

Il embaucherait Red pour laver les citernes d'eau, nettoyer les stalles et rentrer du foin.

Les saisonniers étaient censés commencer les semailles. Il faudrait leur donner quelques consignes.

Julia s'occuperait des poules et des cochons ; Gram, de la traite du matin. Dillon se chargerait de celle du soir.

Il aurait aussi le temps de poursuivre le dressage de deux poulains, puisque sa mère et sa grand-mère assuraient désormais les livraisons, presque tous les samedis.

Il enfila une veste en jean et se mit au travail.

Lorsque le soleil parut au-dessus des montagnes, les chevaux étaient nourris, abreuvés, sortis.

En voyant les chiens se ruer hors de la maison, il sut que sa mère et sa grand-mère étaient levées – il les leur avait confiés, comme il était absent la veille au soir. Dès qu'il ouvrit le portillon des pâturages, ils accoururent gaiement.

D'aussi bonne humeur qu'eux, Dillon partit au petit trot, à la recherche des bêtes qui s'étaient éloignées.

Il mit une heure à les rassembler toutes – il y en avait toujours quelques-unes qui partaient au fin fond de la propriété, en quête d'herbe plus verte.

Comme il commençait à faire chaud, il fourra sa veste dans l'une de ses sacoches.

Les saisonniers s'activaient, les machines bourdonnaient, l'odeur de l'engrais montait des champs fertilisés. Les poules caquetaient après la distribution de grains. Les cochons grognaient, massés autour des auges.

De son cheval, Dillon leva la tête pour suivre des yeux un faucon qui tournoyait dans le ciel.

Les chiens jouaient entre eux tout en suivant la monture de leur maître. Deux poulains gambadaient dans une prairie, heureux comme des gamins par un samedi matin.

Aussi loin que portait le regard, tout allait pour le mieux dans le meilleur des mondes.

De retour dans la cour, ne voyant pas le pick-up de Red, Dillon se dit qu'il devait faire la grasse matinée, ou qu'il était allé surfer. Tant pis. Il commencerait à nettoyer les stalles lui-même.

Beamer but goulument pendant qu'il le dessellait, le bouchonnait, vérifiait ses sabots. Comme il aurait besoin de lui plus tard, il l'amena au paddock, puis il se dirigea vers l'écurie.

Sa mère ratissait un box.

– Je vais m'en occuper, lui dit-il. Son ventre se noua quand elle se retourna. Pour une femme qui possédait une endurance hors du commun, elle paraissait exténuée, les yeux cernés, le teint très pâle.

– Qu'est-ce qui t'arrive ? Tu es malade ? lui demanda-t-il en lui touchant le front. Un souci avec Gram ?

– Non, c'est Red… Mais tout va bien, s'empressa-t-elle d'ajouter. Il faut que je m'occupe les mains. Je vais t'expliquer, mais j'ai besoin de faire quelque chose.

Elle ramassa une fourche de paille et la jeta dans une brouette. Son chapeau était enfoncé sur la tête, si bien que Dillon ne voyait pas ses yeux.

– En rentrant chez lui, hier soir… Deux hommes dans une voiture volée… Ils ont ouvert le feu sur son pick-up.

Dillon regarda sa mère avec des yeux ronds. Elle aurait pu lui dire que Red avait été enlevé par des aliens qu'il n'aurait pas été plus sidéré.

– Hein ? Il est blessé ? Où est-il ?

– Il a été touché au bras. Il n'arrête pas de répéter que ce n'est qu'une égratignure, mais j'attends de voir par moi-même quand on changera le pansement. La police l'a conduit ici ; il a refusé d'aller à l'hôpital.

OK, les pires craintes étaient écartées.

– Tu aurais dû m'appeler, maman.

– Qu'aurais-tu fait de plus ? Il n'y a rien qu'on puisse faire, à part le dorloter, si tant est qu'il veuille bien se laisser dorloter. Ce qui l'ennuie le plus, c'est l'état de son pick-up.

Julia s'immobilisa, en appui sur sa fourche.

– Ils avaient un fusil d'assaut… Ils l'ont pris en chasse, ils voulaient lui faire perdre le contrôle…

– Oh bon sang ! Il sait qui c'est ? Il sait pourquoi ?

L'air épuisée, Julia secoua la tête.

– Ils ont fini en bas de la falaise. L'un est mort, l'autre dans le coma. La police l'a identifié, Red ne le connaît pas. Il faudra du temps pour savoir qui est l'autre. Il… La voiture a explosé… C'est le corps de Red qu'on aurait pu retrouver carbonisé…

Julia pleurait sans honte quand elle était heureuse ou émue. Or quand elle était triste, elle se cachait. En entendant un sanglot dans sa voix, Dillon lui prit sa fourche, la posa sur le côté et serra sa mère dans ses bras, luttant lui-même contre l'angoisse et la colère.

– Il est comme un père pour moi.

– Je sais. On le chouchoutera, tous les trois, que ça lui plaise ou non. Et je peux te dire que ça ne lui plaît pas du tout, bredouilla-t-elle en riant. Mais réjouissons-nous qu'il soit en vie pour nous envoyer promener.

Un instant, elle demeura silencieuse, dans les bras de son fils.

– Je suis contente que tu sois là.

– Je regrette de ne pas avoir été avec vous hier soir.

– Ce n'est pas ce que je voulais dire, protesta-t-elle. Simplement, ça me fait chaud au cœur, maintenant, d'avoir le soutien de mon fils. Tu étais avec Caitlyn ?

Il acquiesça de la tête. Elle reprit sa fourche, il posa une main sur la sienne.

– C'est un problème ?

– Je l'adore. Il faut dire qu'elle est adorable, mais même si ce n'était pas le cas, je l'aimerais parce que tu l'aimes.

– Ça se voit ?

– Je lis dans ton cœur, Dillon, depuis toujours.

Le visage levé vers lui, elle posa une main sur son torse.

– Elle est la seule que je connaisse qui puisse te le briser, la seule qui ait jamais vraiment compté pour toi, la seule qui ait jamais amené cette lueur dans tes yeux. Alors je suis partagée entre la joie et l'inquiétude. C'est mon job.

– Je vais l'épouser.

Julia ouvrit la bouche, la referma, souleva une brassée de foin avec sa fourche.

– Elle est au courant ?

– Tu as élevé un âne ?

Elle esquissa un sourire.

– Je ne crois pas.

– Je suis patient, je lui laisserai le temps qu'il faudra. La seule chose qui pourrait me briser le cœur, c'est de ne pas être celui qu'elle cherche. Mais je le suis.

– J'ai élevé un garçon sûr de lui, en tout cas.

– Je la vois, maman. Je vois qui elle est. Elle me voit. Elle aura peut-être besoin de temps pour nous voir tous les deux. Je peux attendre.

Il prit la fourche des mains de sa mère.

– Je m'occupe de l'écurie, va t'occuper de Red. Je prendrai le relais après le déjeuner.

– Il est avec Gram, pour le moment. Elle est encore plus furieuse que lui, si tant est que ce soit possible. Tu sais comme moi qu'il ne faut pas la contrarier quand elle est de mauvais poil.

– Clairement.

– Alors, laissons-les tous les deux. On prendra le relais plus tard.

Cate fit la grasse matinée, et décida en buvant son café qu'elle irait se balader avec son grand-père. On était samedi, elle le dispenserait de sa séance de gym ; en contrepartie, ils marcheraient.

Ils déjeuneraient ensemble, puis elle rentrerait chez elle faire du pain, jeter un premier coup d'œil à son prochain texte. Ce qui lui laisserait amplement le temps de prendre soin d'elle et de préparer des pâtes, éventuellement de dresser une table romantique avec des bougies, de choisir de la musique.

Elle dormait à moitié quand elle avait invité Dillon à dîner mais elle ne le regrettait pas. Ils devaient parler. Ensuite, ils sauraient comment occuper la soirée !

Quel bonheur de se rappeler qu'elle aimait le sexe… Et qu'elle était douée… De retrouver cette énergie et cette bonne humeur que procurait l'intimité avec un homme.

Elle revêtit un legging noir, un tee-shirt blanc et de vieilles baskets dans lesquelles elle n'aurait pas peur de marcher dans l'eau ou le sable.

Et elle n'oublia pas de prendre son téléphone. Darlie lui avait envoyé une vidéo de son fils Luke en train de renverser une tour de cubes. Il avait un an, à présent. Cate était sa marraine non officielle, et elle voulait qu'il la connaisse. Elle ferait des images sur la plage, avec son grand-père.

Sur le chemin de la maison de ses grands-parents, elle pensa à son amie, et à ceux de Dillon. Il avait su entretenir l'amitié. Car l'amitié devait être entretenue comme un jardin… Cate inviterait Darlie à venir passer un week-end à Big Sur avec son bébé et Dawson, son mari. Elle voulait leur montrer le cottage, le ranch, leur présenter Dillon. Et plus elle y pensait, plus elle en éprouvait le besoin. Si bien qu'elle envoya un texto à Darlie.

En relevant la tête, elle eut la surprise de voir la voiture du shérif, et Michaela Wilson qui en descendait.

– Shérif Wilson ! l'interpella-t-elle en accélérant le pas et en agitant la main. Vous vous souvenez de moi ?

– Bien sûr, mademoiselle Sullivan. Ça fait plaisir de vous revoir.

– Vous pouvez m'appeler Cate.

– Et vous Michaela.

– Vous venez voir Grandpa ? Suivez-moi.

– En fait, je voulais vous voir tous les deux.

– Ça tombe bien !

Elle la conduisit dans le grand salon.

– Asseyez-vous. Je vais chercher mon grand-père. Vous voulez un café ?

– Si ça ne vous ennuie pas.

– Vous lui fournirez une excuse pour en boire un. Je reviens.

Seule, Michaela fit le tour de la pièce. Elle avait déjà visité la maison, Hugh et Lily l'invitaient souvent à dîner ou à venir se baigner dans la piscine avec ses enfants. Mais chaque fois elle s'émerveillait de cette villa de luxe perchée sur les hauteurs, et qui dégageait une atmosphère à la fois raffinée et chaleureuse.

– Le café arrive, mon grand-père aussi, annonça Cate en revenant.

À l'image des lieux, la jeune femme était tout aussi distinguée que sympathique.

– Ça doit être un bonheur de pouvoir contempler l'océan tous les jours.

– Oh oui ! Il a fallu que je vienne m'installer ici pour que je réalise combien Big Sur me manquait. Vous êtes contente d'être shérif ?

– Ce sont de lourdes responsabilités.

– Red dit que vous les assumez remarquablement bien.

Du geste, Cate indiqua un fauteuil, mais le nuage qui assombrit les traits de Michaela ne lui échappa pas.

– Quelque chose…

Elle fut interrompue par l'arrivée de Hugh.

– Quelle bonne surprise ! s'exclama-t-il. Comment vont vos deux garnements ?

– Très bien, merci. Leur père les a amenés à l'entraînement de baseball. Désolée de vous déranger le week-end…

– Pas du tout, vous êtes toujours la bienvenue, dit Hugh en s'installant dans son fauteuil favori. Et vous savez que les petits peuvent venir à la piscine quand ils veulent, dès qu'il fera un peu plus chaud.

– C'est gentil, je vous remercie. En fait… la raison de ma visite…

Consuela apporta le café, ainsi qu'une assiette de petits fours.

– Bonjour, shérif. Monsieur Hugh, un seul gâteau pour vous.

– Ils sont minuscules !

– Un seul.

– Je le surveille, déclara Cate en servant le café.

– Unies contre moi, maugréa-t-il, et il attendit que Consuela se soit éclipsée. Vous disiez donc, Michaela… la raison de votre visite…

– Il s'est produit un incident, hier soir. Red a été blessé. Rien de grave, il est au ranch. Deux hommes dans une voiture volée l'ont pris en chasse sur la Highway 1 et ont ouvert le feu sur son pick-up.

– Ils… Ils lui ont tiré dessus ? bredouilla Cate.

Sa tasse et sa soucoupe s'entrechoquèrent.

– Avec un AK-15. Sa voiture est criblée d'impacts. Dieu merci, il n'a qu'une blessure superficielle au bras gauche.

– Quoi ? s'écria Hugh en prenant appui sur les accoudoirs de son fauteuil afin de se lever.

– Rien de grave, je vous assure, dit Michaela, d'un ton plus amical que professionnel. J'ai vu la plaie quand il a été pris en charge. Elle a pu être traitée sur place.

– Il aurait pu…

– Il aurait pu, oui, mais non. Les assaillants ont perdu le contrôle, leur voiture a plongé dans le ravin.

– On a vu qu'il s'était passé quelque chose, hier soir en revenant du *Roadhouse*, avec Dillon. On a pensé qu'il y avait eu un accident. Red va bien, c'est sûr ?

– Soyez tranquilles, ce n'est qu'une méchante égratignure. Les deux autres ont eu moins de chance. Le premier est mort sur le coup, le deuxième est dans le coma. Nous avons pu identifier le tireur, décédé ce matin : Jarquin Abdul. Ce nom vous dit quelque chose ?

– Rien du tout, répondit Hugh.

Cate secoua la tête. Sur son téléphone, Michaela afficha une photo judiciaire.

– Le cliché date d'il y a trois ans.

Cate lui emprunta l'appareil et examina le portrait d'un homme de couleur, le crâne rasé, le regard haineux, la barbe fournie. Puis elle secoua la tête et donna le téléphone à son grand-père.

– Jamais vu, dit-il. En tout cas, pas que je me souvienne. On serait censés le connaître ?

Michaela rangea son téléphone.

– Membre d'un gang de Los Angeles, sorti de prison il y a un an environ. Quant à l'autre, il nous faudra sûrement un peu de temps pour faire parler son ADN et ses empreintes dentaires.

– Quel rapport avec nous ? demanda Cate.

– Deux meurtres ont été commis depuis novembre, et maintenant cette tentative… Frank Denby assassiné en prison, Charles Scarpetti tué chez lui, à Los Angeles… Et voilà que l'on tente de s'en prendre à Red…

– Tous les trois ont un lien avec moi, ou plutôt avec mon enlèvement.

Cate dut poser sa tasse de café, et croiser les mains afin de les empêcher de trembler.

– Ça remonte à dix-neuf ans, dit Hugh. Vous pensez que Denby et Scarpetti ont été tués par ces deux gars qui ont tiré sur Red ?

– Non, je ne crois pas, mais toujours est-il que le lien est là. Denby a sans doute été assassiné par un codétenu, tout du moins par quelqu'un qui avait ses entrées au centre pénitentiaire. Scarpetti n'a pas été tué par des cambrioleurs, on en est sûrs, cette hypothèse a été formellement écartée. Le LAPD penche pour un règlement de compte : un client à qui il n'aurait pas su épargner la prison, ou bien la victime de quelqu'un qu'il aurait trop bien défendu et qui aurait échappé à la justice. Mais jusque-là, ils n'ont aucune piste concrète. Si l'on prend Red en considération, maintenant, on peut supposer que les trois tueurs ont agi pour le compte d'une même personne.

– Une personne qui paierait pour faire tuer des gens mêlés à mon enlèvement… Mais pourquoi ?

Incapable de rester assise, Cate se leva et se posta devant la baie vitrée.

– Vengeance.

– Ma mère, vous pensez ?

– A-t-elle essayé d'entrer en contact avec vous depuis que vous êtes à Big Sur ?

– Non. Elle se contente de baver dans la presse. Je ne la vois pas faire une chose pareille. Cela dit, personne ne la voyait orchestrer le kidnapping de sa fille.

Avec un soupir, Cate se frotta les yeux, puis elle se retourna vers son grand-père. Et détesta le chagrin qu'elle lut dans ses yeux.

– Elle a tout l'argent du monde, maintenant, poursuivit-elle. Si elle souhaite la mort de quelqu'un, elle a les moyens d'engager un professionnel plutôt qu'une petite frappe, un voyou d'un gang de Los Angeles. Comment serait-elle entrée en contact avec ces gens-là ? Et qu'aurait-elle à y gagner ? Ma mère ne s'intéresse qu'à elle, elle n'agit que dans le but d'en retirer un bénéfice personnel.

– Elle est capable de cruauté, intervint Hugh, d'une cruauté calculatrice, mais moi non plus, je ne la vois pas faire ça. Tout simplement, en effet, parce qu'elle n'en tirerait aucun avantage. Si elle voulait se venger, elle l'aurait fait depuis longtemps.

Cate pivota face à Michaela.

– Vous aussi, vous avez un lien avec mon enlèvement. Vous, les Cooper, Maggie… Oh, mon Dieu !

– Je suis officier de police, Red l'a été. Nous avons été formés pour savoir nous protéger et nous défendre. Je vais chez les Cooper, en partant d'ici ; nous discuterons de tout ça. Vous vous êtes réfugiée chez eux, cette nuit-là, Cate ; vos ravisseurs ne vous ont pas retrouvée. Maggie, Julia et Dillon devront être prudents, prendre des précautions.

– Papa, Lily…

– Si ce n'est pas Charlotte Dupont qui tire les ficelles, ils n'ont joué aucun rôle dans l'enlèvement. Ils seront informés dans la matinée, mais ils n'ont pris part ni au kidnapping, ni à l'enquête, ni encore au procès. Cela dit, ce n'est qu'une théorie, souligna Michaela.

– Grant Sparks…

– Je compte lui rendre visite à San Quentin. Il s'est taillé une réputation de prisonnier modèle, mais je me méfie des prisonniers modèles.

– Comment aurait-il pu organiser tout ça depuis la prison ? demanda Cate. Il n'a pas été fichu de surveiller une gamine de neuf ans.

Michaela posa sa tasse.

– Quel meilleur endroit pour recruter des tueurs qu'un lieu qui en regorge ? Attention, là encore, ce n'est qu'une théorie. Aussi dérangeante que la première, je le conçois, mais s'il s'agissait d'actes isolés, sans rapport les uns…

– Vous pensez qu'ils sont liés, l'interrompit Cate.

– Oui, et je ferai tout pour remonter à la source. Prévenez-moi si quelqu'un de louche tente de vous contacter, ou si quoi que ce soit vous paraît suspect.

– Les appels, Catey ! s'exclama Hugh.

Michaela se tourna vers lui, sourcils froncés.

– Quels appels ?

Cate reprit son café, le geste à présent calme et assuré.

– Depuis des années, je reçois de temps en temps des appels anonymes. Des enregistrements de diverses voix, celle de ma mère souvent, des répliques de films, des bruitages, de la musique.

– Des menaces ?

– Pas vraiment, mais le but est de me faire peur.

– Quand ces appels ont-ils commencé ? demanda Michaela en sortant son calepin.

– J'avais seize ans, j'habitais à Beverly Hills. Entre deux appels, il peut s'écouler plusieurs mois, voire un an. Le dernier remonte à fin décembre, juste avant Noël.

– Pourquoi ne pas les avoir signalés à la police ?

– Chaque fois, je les signale à l'inspecteur Wasserman, de New York, en charge de cette affaire. Malheureusement, les appels proviennent toujours d'un téléphone prépayé et sont trop brefs pour être localisés.

– Il me faudra le numéro de l'inspecteur Wasserman.

Cate le chercha dans son téléphone et l'énonça.

– Si ça se reproduit, prévenez-moi, s'il vous plaît, lui demanda Michaela.

– Bien sûr. Je suis désolée.

– Ce n'est pas grave. Vous dites qu'on s'est parfois servi d'enregistrements de la voix de votre mère ?

– Toujours. De la mienne, aussi, parfois, des extraits de films dans lesquels j'ai joué, ou bien des actrices que j'ai doublées. Je peux vous dire que c'est du travail d'amateur : des raccords brouillons, beaucoup de bruits de fond, de parasites. Mais si le but est de m'effrayer, c'est réussi.

– Outre ces appels, avez-vous reçu des menaces ? A-t-on cherché à vous causer du tort ?

– À moi personnellement, non. Mais quand je vivais à New York, mon petit copain de l'époque s'est fait agresser par deux hommes qui ont expressément fait allusion à moi et proféré des injures racistes. L'inspecteur Wasserman et sa collègue, le lieutenant Riley, n'ont malheureusement pas pu retrouver les coupables. Noah, mon copain, n'a pas eu le temps de les voir ; il n'a pas pu donner de signalement.

– OK, j'appellerai Wasserman. Je vous remercie de m'avoir accordé du temps. Je vais voir Red, maintenant.

– Vous lui direz que je passerai dans la journée, dit Hugh. Je tiens à vérifier qu'il ne fait pas des simagrées pour avoir droit à une plus grosse part de gâteau.

– C'est un gourmand, convint Michaela en riant.

– Je vous raccompagne, dit Cate.

En se levant, elle exerça une pression sur l'épaule de son grand-père.

– Grandpa part à New York dans deux jours, dit-elle à Michaela quand elles furent dehors. Mon père est à Londres. Il vaut mieux qu'ils soient loin, n'est-ce pas ?

– Et vous, vous vous sentez en sécurité ?

– Oui. Non. Je ne sais pas. J'ai cessé de me poser la question. Je me sens bien, ici, alors je reste.

– OK. Je vous tiendrai au courant, si j'ai du nouveau.

– Je vous remercie. Vous direz à Red… qu'on pense à lui.

Tandis que la voiture de police s'éloignait, Cate se tourna vers le garage, puis vers la baie.

Une seule journée, un seul instant, une partie de cache-cache… Pourquoi diable cette journée, cet instant, cette partie de cache-cache semblaient-ils ne jamais vouloir prendre fin ?

Chapitre 23

Cate et Hugh se promenèrent dans les jardins, s'émerveillèrent du renouveau de la nature. Puis Cate descendit marcher seule sur la plage : elle avait besoin de réfléchir, et elle aimait réfléchir en savourant la brise marine.

Une simple partie de cache-cache… Et depuis, elle y avait joué toute sa vie. Elle s'était cachée en Irlande, puis à Los Angeles, entre les murs de la propriété de ses grands-parents et dans les studios de tournage ultrasécurisés. À New York, elle s'était cherchée, et s'était aussi cachée dans l'anonymat de la foule.

Certes, elle ne s'était pas encore trouvée, mais elle en avait fini avec les parties de cache-cache.

Elle avait assuré à Michaela qu'elle se sentait bien à Big Sur. C'était la vérité. Ici, elle avait le sentiment d'avoir trouvé sa place, d'être chez elle.

À Los Angeles, elle ne serait jamais chez elle, pour mille raisons. New York avait été une transition nécessaire, une étape formatrice durant laquelle elle avait appris à se connaître. L'Irlande serait toujours un réconfort. Mais si elle devait piquer une punaise sur une carte à l'endroit où elle désirait planter ses racines et s'épanouir, ce serait à Big Sur, au bord du Pacifique. Ici, en haut de la falaise battue par les vagues ; ici, où les algues ondulaient sous le miroir bleuté de la mer ; ici, où l'on apercevait parfois des baleines et des loutres de mer ; ici, où les condors et les faucons pèlerins décrivaient des cercles dans le ciel, au-dessus du chaparral et des forêts de séquoias.

Ici se trouvait sa famille, sa vraie famille. Ici elle construirait le reste de sa vie. Personne ne l'arracherait plus jamais à ce lieu, personne ne la forcerait plus jamais à s'enfuir.

Alors elle regagna le cottage et s'adonna à l'une de ses activités favorites. Elle fit du pain, et pendant que la pâte levait, elle s'enferma dans son studio, se glissa dans la peau d'une autre.

La pâte pétrie, elle la laissa de nouveau reposer, programma une alarme sur son téléphone afin de ne pas l'oublier. Puis elle se rendit chez ses grands-parents, car elle avait besoin des talents de Consuela.

Puisqu'elle avait promis de cuisiner pour celui qui lui avait fait l'amour, Cate voulait mettre les petits plats dans les grands. Et il était hors de question qu'elle s'essaie seule à la confection d'un tiramisu.

Elles passèrent une heure agréable dans la cuisine du cottage et, finalement, sous la direction d'une experte, le processus se révéla moins délicat que redouté.

– C'est bien de faire son pain, approuva Consuela en admirant les miches dorées tout juste sorties du four. C'est… (elle prit le temps de chercher le mot) c'est thérapeutique – voilà, c'est ça.

– Ça l'est pour moi.

– La prochaine fois, tu t'y prendras la veille pour préparer le tiramisu, il sera encore meilleur. Tu dresseras une jolie table, hein ? Il t'apportera des fleurs.

– Pas dit. Ce n'était pas une véritable invitation. Je lui ai juste proposé de venir souper avec moi.

Consuela croisa les bras sur sa poitrine.

– Il t'offrira des fleurs. Si elles sont petites, tu les mets sur la table. Si elles sont grandes, tu les poses là.

– J'avais l'intention de cueillir un bouquet.

Devant le froncement de sourcils de la cuisinière, les épaules de Cate s'affaissèrent.

– OK, je ne cueillerai pas de bouquet.

– Non. S'il t'invite à dîner, tu apportes du vin. Si tu l'invites, il t'offre des fleurs. C'est la règle. Tu couches avec lui ?

– Consuela !

– C'est un gentil garçon. *Muy guapo*, hé ?

Cate ne pouvait nier que Dillon était séduisant.

– Oh oui !

– Je vais changer tes draps. Tu pourras mettre un bouquet dans la chambre, *pequeñas, bonitas y fragrantes*. Va ramasser des fleurs pendant que je fais un brin de ménage.

Sachant d'expérience qu'il était vain de discuter avec Consuela, Cate sortit cueillir un joli bouquet de roses pompon, de freesias et de romarin, qui lui valut l'approbation de l'employée de maison. Pour la remercier, elle lui donna une miche de pain qu'elle enveloppa dans un torchon.

Elle surveillait sa sauce qui mijotait quand elle songea soudain qu'elle n'avait pas pensé une seconde à la bombe lâchée par le shérif. Au contraire, elle avait passé une excellente journée ! En se félicitant, elle entreprit de dresser la table.

Elle mit de la musique, ouvrit une bouteille de vin rouge afin de la laisser respirer. Puis elle approuva de la tête, exactement comme le faisait Consuela, ce qui la fit rire.

Il lui restait maintenant à choisir une tenue, jolie mais pas sophistiquée, un peu sexy mais pas trop. Elle opta pour une tunique bleue, d'un ton aussi doux que l'étoffe, un pantacourt gris, des boucles d'oreilles pendantes et le bracelet porte-bonheur de Darlie.

En se tressant les cheveux, elle réfléchit à la conversation qui s'imposait. Elle devrait se monter sincère avec Dillon, concrète et réaliste. Parce qu'il était un gentil garçon, pensa-t-elle, sourire aux lèvres. Et qu'elle espérait avoir plus de chance avec lui qu'avec les autres, gentils ou non.

Il frappa à la porte à 19 heures tapantes, et lui offrit un bouquet de tulipes jaunes.

– Consuela avait vu juste.

– Comment cela ?

– Elle était certaine que tu m'offrirais des fleurs. Elles sont très belles, merci.

Quand elle prit le bouquet, il la surprit en prenant son visage entre ses mains pour l'embrasser sur le front, tel un ami, un geste qui la toucha au plus profond du cœur, davantage que le torride baiser qui suivit.

– Je n'étais pas sûr que tu avais vraiment l'intention de cuisiner, dit-il tandis qu'elle cherchait un vase. Mais vu les bonnes odeurs qui flottent ici, je crois que si.

– Je n'ai qu'une parole. Comment va Red ?

– Avant tout, il est furieux. Je ne te dis pas comme on est soulagés.

– Je m'en doute.

– La blessure n'est quand même pas très jolie. Je l'ai vue quand Gram a changé le pansement.

– Il est allé chez le médecin ?

– Oui, Gram ne lui a pas laissé le choix. Pas très jolie mais pas trop grave, effectivement. Son camion a eu moins de chance, il est foutu. Ce qui le fait encore plus enrager.

– Il paraît qu'un des deux gars a été identifié, et qu'il ne le connaît pas.

– Non, personne ne le connaît, déclara Dillon en regardant Cate droit dans les yeux, de son regard franc et direct. Et toi, ça va ?

Afin de gagner un peu de temps, elle plaça le vase sur l'îlot central, comme recommandé par Consuela.

– Tu veux un verre de vin ?

– Avec plaisir.

– Je suis en colère, moi aussi. Red a failli mourir à cause de ce qu'il a fait pour moi il y a dix-neuf ans. Et je suis écœurée par le fait qu'on puisse nourrir tant de haine, de ressentiment, un tel besoin… de quoi ? D'égaliser les scores ?

Elle tendit un verre à Dillon.

– Ce n'est pas ma mère, ajouta-t-elle.

Il scruta son regard sans rien dire.

– Non que je ne la croie pas capable de haine, mais ça ne lui ressemble pas. Elle préfère nous traîner dans la boue de manière plus subtile, ma famille et moi, tout en attirant la lumière sur elle. C'est comme ça qu'elle fonctionne.

Son verre à la main, Cate remua la sauce, bien que ce ne fût pas nécessaire.

– Cela dit, si la théorie de Michaela se confirme, si tout est lié à moi, on parlera forcément d'elle et elle en tirera profit. Mais Denby a été tué il y a déjà plusieurs mois. Beaucoup trop long pour elle. Elle recherche la gratification immédiate.

– Tu n'en sais rien, objecta Dillon. Tu ne l'as pas vue depuis des lustres.

– Connais ton ennemi… Crois-moi, elle m'a déclaré la guerre ; alors je l'ai cernée, au fil des ans. C'est une femme narcissique, égoïste, profondément égocentrique, animée par un besoin puéril d'obtenir tout, tout de suite, surtout ce qui brille, incapable d'assumer ses actes. C'est pour ça que c'est une actrice médiocre. Elle est vaine, cupide, bourrée de très vilains défauts, mais pas violente. S'il m'était arrivé malheur, quand j'ai été kidnappée, elle aurait joué la mère dévastée, mais elle n'aurait pas ressenti une once de chagrin. Elle aurait *cru* être peinée, elle aurait cru que ce n'était pas sa faute, parce qu'elle était persuadée que je ne risquais rien, ou pas grand-chose. Quand elle veut quelque chose, elle a des œillères et elle ne voit pas au-delà. Tuer des gens ne lui rapportera rien, c'est trop dangereux et ça demande trop de temps et d'effort.

Cate inclina la tête, en tripotant nerveusement son bracelet. Dillon posa une main sur la sienne.

– Tu as sûrement raison… Personnellement, je n'ai pas de haine. Ça ne sert à rien, qu'à se ronger de l'intérieur. Mais il y a tout de même une personne que je hais : ta mère. Je l'assume et je le dis haut et fort.

Elle lui saisit la main et noua les doigts entre les siens.

– Elle n'est que ma mère biologique, je n'ai aucune considération pour elle.

– Je sais. Si je puis me permettre, une dernière chose et on passera à des sujets plus gais. Sache que je suis là pour toi. J'aimerais que vous l'acceptiez, toi, Hugh, Lily, Consuela, ton père, quand il est là.

– Ça fait beaucoup de monde, dit Cate avec un sourire.

– Je suis peut-être maladroit… Mais soyons francs et directs, toi et moi, d'accord ?

– D'accord. La franchise aide à éviter les complications, sur le long terme.

Sans lui lâcher la main, il lui embrassa les jointures.

– Ta famille compte beaucoup pour moi, pour ma mère et pour Gram. Tu représentes énormément… C'est pour ça que j'éprouve le besoin de te protéger.

– Ta famille a joué un rôle dans mon enlèvement. Si tout ce qui se passe découle de là, vous avez vous aussi besoin d'être protégés.

– Pas de problème. On passera plus de temps tous ensemble !

– En attendant, passons à table !

Cate retira la salade du réfrigérateur, l'assaisonna de vinaigrette maison et la remua.

Et quand ils eurent terminé l'entrée, elle décida d'aborder le sujet suivant.

– Consuela m'a aidée à préparer le dessert…

– Il y aura un dessert ?

– Oui. Elle m'a demandé si on couchait ensemble.

Dillon faillit s'étrangler.

– Pardon ?

– Elle te trouve gentil et très beau. Comme c'est l'une de mes véritables mamans, et qu'elle a beaucoup d'affection pour toi, je dirais qu'elle était en droit de me poser la question. Je te préviens, elle risque de t'en parler…

Dillon avait du mal à imaginer la situation, qui risquait d'être terriblement gênante.

– J'apprécie que tu m'avertisses.

– Dans le même registre, il y a des choses que je n'ai pas pris le temps de te dire, hier soir, parce que nous avions mieux à faire.

– J'apprécie également.

– Toi aussi, tu comptes beaucoup pour moi, Dillon. Toi et ta famille, vous avez toujours beaucoup compté. Et vous comptez encore plus depuis que je suis revenue. Le temps que j'ai passé au ranch avec toi, ta mère, Maggie, Red ? C'est en partie ce qui m'a fait prendre conscience que je me sens bien, ici, que c'est là que j'ai envie de faire ma vie. De ton côté, je sais que tu es très attaché à mes grands-parents, ça se voit.

Pas vraiment un discours, pensa Dillon, mais il aurait parié que Cate avait répété, de la même manière qu'elle répétait avant de s'enregistrer.

Et ne sachant pas trop si cela le hérissait ou le touchait, il opta pour la neutralité.

– C'est vrai. Ils occupent une place importante dans ma vie.

– Nous devons nous promettre que quoi qu'il arrive entre nous, ça ne changera rien au reste de nos vies.

Dillon parut sincèrement dérouté.

– Pourquoi ça changerait quelque chose ?

– Les séparations engendrent de l'amertume, de la colère. Mes relations amoureuses se sont toujours mal terminées.

– C'est que tu étais mal tombée, répliqua-t-il en mangeant un bout de pain.

– Peut-être, mais le dénominateur commun, c'était moi. On a dit qu'on était francs et directs, lui rappela-t-elle. J'ai fréquenté des comédiens, ça s'est mal terminé. J'ai fréquenté des mecs qui n'avaient rien à voir avec le monde du spectacle, ça s'est mal terminé.

– Pourquoi ?

Comme ni l'un ni l'autre ne devait prendre le volant, il remplit les deux verres de vin.

– Le premier, je l'aimais comme on peut aimer à dix-sept ans. À en perdre la tête, sans aucune restriction. C'était un gentil garçon, comédien et danseur, beaucoup de talent. Il était très doux, très attentionné. Un soir, après m'avoir raccompagnée, comme il le faisait toujours, il s'est fait agresser.

– J'avais lu ça. J'étais à la fac.

– Dieu sait que la presse en a parlé… Tu sais donc que ses agresseurs ont fait explicitement allusion à moi en le tabassant. Sa famille m'en a voulu, je les comprends.

– Ce n'était pas ta faute.

– Ce n'était pas une question de faute. J'étais la raison, ou l'excuse, le MacGuffin.

– Le quoi ?

– Le MacGuffin, un prétexte pour orienter un scénario, un élément qui paraît important mais qui ne l'est pas en réalité.

– Tu étais importante pour ton mec.

– Mais pas nécessairement pour les deux types qui l'ont laissé inconscient sur le trottoir.

Cate prit son verre de vin et le contempla, en revoyant des images de cette belle journée d'automne, sur la terrasse de l'appartement new-yorkais.

– Il n'a pas pu me pardonner, alors on s'est quittés.

– Il avait été victime d'une agression qu'il ne méritait pas, mais pour l'amour de Dieu, Cate, tu n'avais rien à te faire pardonner !

– MacGuffin… dit-elle avec un geste las. Un truc pratique pour envoyer un danseur de vingt-deux ans à l'hôpital, une technique pour vendre des journaux à scandale et créer le buzz sur Internet.

– Il était con, c'est tout, répliqua Dillon avec véhémence. Et ne me dis que c'est facile pour moi de dire ça ! C'est comme si je reprochais la mort de mon père au commerçant qui s'est fait cambrioler et aux deux femmes qui se trouvaient dans le magasin, que mon père a voulu protéger. S'il est mort, c'est uniquement à cause du braqueur armé.

– Tu as raison, mais il n'empêche que Noah m'en a voulu. Heureusement, peu avant que je revienne à Big Sur, on s'est croisés par hasard dans la rue et on a pu reparler de tout ça. Ça m'a soulagée. Toujours est-il qu'il m'a fallu du temps avant de pouvoir à nouveau accorder ma confiance à quelqu'un.

Elle se leva pour débarrasser le saladier.

– Je vais servir les pâtes à l'assiette parce que je tiens à soigner la présentation. Ce plat est ma spécialité.

– OK.

– Le deuxième, je l'ai rencontré par l'intermédiaire d'un ami d'une cousine. Étudiant en droit, brillant. On est allés boire un verre ensemble deux ou trois fois…

Tout en parlant, elle nappa les pâtes de sauce.

– Ça n'a pas été le coup de foudre instantané, mais il m'attirait. Peut-être parce qu'il ne s'intéressait pas du tout au cinéma populaire. Il n'avait même pas la télé. Il lisait beaucoup. Il avait une grande culture artistique, il fréquentait les galeries. C'était un intellectuel, sophistiqué.

– Je vois le genre. Un snob.

– Non ! Enfin, si, un peu, concéda-t-elle en riant. Bref, j'ai attendu six semaines avant de coucher avec lui. Il était patient, il ne voulait pas me brusquer. Au lit, c'était bien.

– Ah ouais… fit Dillon avec un petit sourire pincé.

– Je te rassure, ce n'était pas non le plus septième ciel. Quand les médias ont commencé à parler de notre relation, il ne s'est pas formalisé, tout simplement parce qu'il ne s'intéressait pas à ce genre de vulgarités. Il n'avait pas une très haute opinion des comédiens – je faisais déjà du doublage –, mais je ne m'en offusquais pas. Tu veux du parmesan ?

– Oui, s'il te plaît.

– Au bout de trois mois, on a décidé de s'installer ensemble, et quand j'ai dit qu'il me faudrait de la place pour mon studio, ça a commencé à tourner au vinaigre. Il était hors de question que j'insonorise une pièce de son appart', ni d'aucun autre appart', d'ailleurs. Il était grand temps que je renonce à ce hobby ridicule ; ce n'était pas comme si j'avais besoin d'argent. Évidemment, je me suis énervée. Il m'a frappée.

– Il t'a frappée… répéta Dillon d'une voix blanche.

– Il m'a giflée. Je n'ai pas paniqué… murmura-t-elle, plongée dans les souvenirs. J'ai tendance à paniquer, dans les situations de crise, mais pas cette fois. Quelque part, cette claque m'a réveillée. (Elle s'interrompit un instant, haussa les épaules.) J'ai pris la porte, il s'est répandu en excuses : il avait passé une mauvaise journée, il ne comprenait pas ce qui lui était arrivé, il m'aimait, ça ne se reproduirait plus jamais.

Elle apporta les assiettes sur la table, garnies de parmesan et de basilic frais.

– Non, ça ne se reproduirait plus parce que c'était fini. Je suis rentrée chez moi, je me suis prise en photo, au cas où, et j'ai bien fait. Il n'arrêtait pas de m'appeler, de m'envoyer des textos, de sonner à ma porte.

– Il te harcelait.

Une colère glaciale perçait dans la voix de Dillon.

– En quelque sorte. Je suis allée voir les deux inspecteurs de police en charge du dossier de Noah. Je leur ai montré le selfie, je leur ai tout raconté, et leur ai demandé s'ils pouvaient le convoquer. Ils ont dû lui faire peur, je n'ai pas eu besoin de porter plainte.

Cate enroula des pâtes autour de sa fourchette.

– Goûte.

– C'est délicieux. Il a cessé de te pourrir la vie ?

– Oui. Mais deux ans plus tard, l'inspectrice, entre-temps devenue lieutenant, est venue me voir pour me dire qu'il était en garde à vue parce qu'il tabassait sa fiancée. Elle voulait savoir si j'étais prête à témoigner, éventuellement. J'ai dit que oui mais, heureusement, ça n'a pas été nécessaire.

Cate continua de manger, très contente de son plat.

– Et enfin, le troisième de mes mecs… Ça t'intéresse ?

– Bien sûr.

– Justin Harlowe.

– J'ai lu aussi pas mal de trucs à propos de cette histoire. Des conneries.

– Des conneries, c'est sûr… On s'entendait plutôt bien. Il avait du talent, il était drôle, charmant. On avait beaucoup de points communs. Il avait le vent en poupe, sa série avait un énorme succès. Il se fichait qu'on parle de lui. La presse people nous appelait « les Catjus », ça le faisait rire. On s'amusait bien ensemble. Je n'étais pas amoureuse-amoureuse, mais ça s'en rapprochait. Je trouvais ça cool de pouvoir parler de mon métier avec lui. Il comprenait, il avait fait un peu de doublage. Et puis… (Elle haussa les épaules.) L'audience de la série a commencé à chuter, le film dans lequel il a joué entre deux saisons a fait un flop. Il était tout le temps de mauvaise humeur. Je ne lui en voulais pas, il avait de bonnes raisons de l'être. Seulement, j'ai appris qu'il couchait avec l'héroïne du film depuis plusieurs mois.

Elle mangea une bouchée, agita sa fourchette devant elle.

– Quand je l'ai mis devant le fait accompli, il m'a dit que c'était ma faute, que je ne m'intéressais pas assez à lui, que je ne le soutenais pas, qu'on faisait moins l'amour… Soi-disant qu'avec l'autre, c'était purement sexuel, et qu'il n'avait aucun sentiment pour elle.

– Mais tu l'as quitté.

– Oui, en acceptant de ne pas ébruiter la rupture tant qu'il faisait la promo de sa série. Ça m'était égal, mais je m'en suis mordu les doigts. Ma mère a su qu'on s'était séparés, elle l'a poussé à raconter partout que c'était lui qui m'avait plaquée, parce que j'étais jalouse, possessive, complètement cinglée…

Cate but une gorgée de vin, avant de conclure avec un soupir :

– Voilà, tu sais tout de mes trois échecs.

– Tu veux que je te dise ce que j'en pense ? Le premier, Noah, c'est ça ? Ce n'était ni ta faute ni la sienne. Tu n'étais pas responsable de son agression, il a mal encaissé ce mauvais coup du sort. Ce qu'on peut lui pardonner, il n'avait que vingt ans. Le deuxième était un fumier, par contre. Beaucoup de femmes se laissent embobiner par des hommes violents, qui parviennent à cacher leur côté obscur le temps de nouer des liens. Heureusement, tu as tout de suite réagi et tu as fait ce qu'il fallait faire : tu l'as quitté. Tu n'as rien à te reprocher. Le dernier était un menteur, tu l'as quitté aussi, c'est tout ce qu'il méritait.

– Ce n'est pas un palmarès très reluisant.

– Tu n'y es pour rien si deux d'entre eux étaient des enfoirés. Le premier n'en était pas un, n'est-ce pas ?

– Non, tout le contraire.

– Il reste des pâtes ?

– Oui, tu en veux encore ?

– Je vais me servir, ne bouge pas.

– Présentation, objecta-t-elle, et elle se leva avec l'assiette de Dillon.

– Mon palmarès à moi t'intéresse ? demanda-t-il, parfaitement détendu et sûr de lui.

– Oui, mais tu n'es pas obligé.

– Je ne rentrerai pas dans les détails parce que j'en ai connu plus de trois…

Cate arqua les sourcils, à la manière de Lily Morrow.

– Combien ?

– Peu importe. J'en ai quitté certaines, d'autres m'ont quitté. Il n'y en a qu'une à qui je m'étais attaché, mais je ne suis pas allé jusqu'à tomber amoureux-amoureux. Toutes ont compté. J'ai parfois commis des erreurs, elles aussi. En règle générale, au bout d'un moment, ça ne collait plus, alors on se séparait. Je n'ai jamais été infidèle, parce que c'est moche. Si tu es attiré par quelqu'un d'autre, tu le dis, tu ne trompes pas. Je n'ai jamais frappé une femme et j'espère de tout mon cœur n'en avoir jamais blessé aucune, car il n'y a pas que les coups qui peuvent faire mal.

– C'est sûr…

– Avec toi, je commettrai des erreurs, c'est inévitable. Toi aussi.

– Sûrement, acquiesça-t-elle en lui servant sa deuxième assiette.

– Mais je ne fais jamais de mal délibérément. Quoique… ça m'est arrivé de casser la gueule à des gars qui le méritaient.

Cate se remémora le jour où il avait fait irruption dans le cottage en l'entendant hurler. Oui, elle l'imaginait tout à fait capable de se battre.

– En tout cas, poursuivit-il, quoi qu'il arrive entre nous, tu feras toujours partie de notre famille, je te le promets, et si tu réussis à te débarrasser de moi, je continuerai à venir voir Hugh, Lily et Consuela. Tes pâtes étaient un régal. Quand on sera mariés, tu m'en feras une fois par semaine.

– C'est noté. Ça te dirait, une balade sur la plage ? En revenant, on prendra le dessert au lit.

– Ce programme me semble parfait.

– Je vais chercher un pull, alors.

Tandis qu'elle montait dans sa chambre, il entreprit de débarrasser la table, comme sa mère et sa grand-mère le lui avaient appris. Et il pensa à Cate et aux trois hommes qui avaient eu la chance de l'aimer et de la chérir. Mais qui avaient gâché cette chance.

Lui ne la gâcherait pas. Elle finirait par le comprendre.

Si quelqu'un commettait des meurtres pour lui porter atteinte, si quelqu'un la menaçait, il trouverait un moyen d'y mettre un terme. Et il ferait tout pour la protéger. Car elle comptait désormais parmi ce qu'il avait de plus cher au monde.

La première chose que Michaela remarqua, quand on amena Sparks au parloir, c'est qu'il était resté bel homme. Certes, il avait vieilli, en vingt ans de prison, mais il avait toujours l'allure d'une star de cinéma, avec ses cheveux grisonnants et sa silhouette de sportif.

Il ne portait pas de menottes, on ne le considérait pas comme un élément dangereux. Pourtant, Michaela flaira le danger dès l'instant où il apparut. Sans la quitter des yeux, il adressa un signe de tête à Red et s'installa de son côté de la paroi vitrée.

– Je ne m'attendais pas à vous revoir.

– Le temps de visite est minuté, nous irons droit au but. Quel est le point commun entre Frank Denby et Charles Scarpetti ?

Il plissa le front, intrigué.

– Je sais qui est Denby, mais l'autre nom ne me dit rien du tout. Denby était une grossière erreur, une erreur colossale de ma part, mais…

Il s'interrompit, leva l'index.

– Ça y est… L'avocat de Charlotte. Il n'a pas été fichu de lui épargner la prison, mais elle s'en est quand même bien tirée, alors qu'elle avait commandité l'enlèvement de sa gosse.

– Ils sont morts tous les deux.

– J'ai su que Denby avait pris un coup de couteau. Ce type a toujours été une ordure. Paraît qu'il ne s'était pas fait beaucoup d'amis, en tôle.

– Étiez-vous en contact avec lui ?

– Absolument pas. C'est grand, ici. On n'était pas dans le même bâtiment.

– Mais tout est possible, en se donnant un peu de mal.

– Qu'est-ce que j'aurais eu à faire avec ce minable ? Au début, j'étais furieux, c'est vrai ; si j'avais pu, je lui aurais volontiers mis une dérouillée. J'ai fait ce que j'ai fait, je ne le nie pas, je ne me trouve pas d'excuses mais comme je vous l'ai dit, c'était une erreur que je regrette. Denby était une saloperie. Les gens comme lui ne vous attirent que des ennuis, ici. Je tiens à rester en vie, moi, et à retrouver la liberté. Qu'est-il arrivé à l'avocat ?

– Assassiné.

– Et… quel rapport entre les deux ? Et avec moi ?

– Tous deux ont joué un rôle dans l'enlèvement de Caitlyn Sullivan, de même que le shérif Buckman, ici présent.

Michaela retira une photo d'un dossier.

– Vous le reconnaissez ?

Sparks examina longuement le cliché.

– Je ne crois pas. Je devrais ?

Red se pencha vers lui, en soutenant son regard.

– Il est mort, lui aussi. De même que son ami. Ils ont ouvert le feu sur mon pick-up et tenté de me faire perdre le contrôle.

– Mince, alors… Mais je ne vois toujours pas le rapport… Vous pensez que tout est lié au kidnapping ? C'est ridicule. Cette histoire remonte à dix-neuf ans.

– La vengeance est un plat qui se mange froid, dit Michaela.

– Je préfère manger chaud, répliqua Sparks avec un sourire, puis le choc se peignit sur ses traits. Seigneur… Vous pensez que Charlotte paie des tueurs à gages ? Vous pensez que je suis le prochain sur la liste ?

Michaela se renversa contre le dossier de sa chaise, sans dissimuler un rictus ironique.

– On vous a menacé ?

– Pas récemment. Écoutez, je suis quelqu'un de discret. Je ne suis pas un Denby. Je travaille à la bibliothèque, je me tiens à carreau, j'évite les embrouilles. Je fais un peu de coaching à la salle de sport, je ne veux pas d'histoires. Charlotte a traversé une période de vaches maigres mais elle fait à nouveau du cinéma, et elle a épousé ce richard. Le mec des burgers.

– Vous vous tenez informé, commenta Red.

– Je regarde la télé. Franchement, elle n'aurait aucune raison de vouloir nous éliminer… L'idée du kidnapping émanait d'elle, quoi qu'elle ait prétendu au tribunal.

– Vous avez écopé d'une lourde peine.

– Hélas… J'étais fou d'elle, j'étais aveugle. Elle m'a fait croire qu'on partirait sous les tropiques, tous les deux, avec un joli petit magot. Ma naïveté m'a coûté cher.

– Denby a fait foirer l'enlèvement, Scarpetti a plaidé la cause de Charlotte Dupont, le shérif Buckman a tout mis en œuvre pour que vous soyez là où vous êtes aujourd'hui…

Sparks eut un mouvement de surprise.

– Vous me croyez mêlé à ces meurtres ? Vous plaisantez, j'espère. Je suis enfermé dans un établissement de haute sécurité, bon sang !

– Denby aussi.

– Vous croyez qu'on ne m'a pas déjà interrogé à ce sujet ? rétorqua Sparks, outré. Qu'on n'a pas vérifié où je me trouvais au moment des faits ? Je ne suis pas un assassin. Je n'ai pas tué ce crétin. Et lui, je ne le connais même pas. (D'une pichenette, il repoussa la photo.) Cet avocat n'a jamais rien eu à faire avec moi. Vous m'avez fait coffrer parce que j'ai commis la bêtise de m'amouracher de cette femme.

– Scarpetti a aidé Charlotte Dupont à construire un discours qui faisait peser une grosse partie des responsabilités sur vos épaules, intervint Red.

– En effet. Insinuez-vous que, sans lui, je n'aurais pas pris vingt ans ? Foutaises. Elle s'en est bien tirée, mais j'aurais pris un maximum de toute façon. Tant mieux pour elle, je ne lui en veux même pas.

Sparks eut un geste d'emportement, qu'il réprima en se passant la main dans les cheveux.

– Écoutez-moi, bon sang, reprit-il. Dans moins d'un an, je pourrai demander une libération conditionnelle. Mon avocate fera tout pour que je l'obtienne. Dans un an, je pourrai sortir d'ici. C'est la seule chose qui m'aide à tenir le coup. Pour rien au monde je ne prendrais le risque de gâcher cette chance. De toute manière, comment aurais-je pu commettre ces meurtres ? Vous me prenez pour Harry Potter ?

– Pas besoin d'être magicien pour demander à un détenu d'en poignarder un autre. Une faveur contre une autre. Vous avez lié de nombreuses amitiés, si je me m'abuse…

– C'est vrai. En prison, mieux vaut avoir des amis, si on veut éviter l'infirmerie, l'isolement ou la morgue. Je commande des livres. J'aide des gars qui savent à peine écrire leur nom à rédiger des lettres pour leur famille. Je donne des conseils de muscu. Denby appartient au passé. En cabane, mieux vaut se concentrer sur le présent. Réfléchissez… Si votre théorie se vérifie, je suis dans le collimateur, j'ai intérêt à me méfier. J'ai purgé ma peine sans me plaindre, mais le sort me poursuit…

Un trémolo dans la voix, Sparks interpella le gardien qui se tenait devant la porte.

– Vous pouvez me raccompagner ?

Tandis qu'il regagnait sa cellule, Michaela rangea soigneusement la photo dans son dossier.

– Il est fort, dit-elle.

– Très.

– Difficile de trouver des failles dans son discours.

Red leva et frictionna son bras blessé.

– Tout se tient, acquiesça-t-il.

– Ouais, un fieffé menteur…

QUATRIÈME PARTIE

AMOUR, OMBRE ET LUMIÈRE

L'amour qu'on cherche est bon,
mais celui qui est donné
sans qu'on l'ait cherché est meilleur encore.

WILLIAM SHAKESPEARE

L'amour est aveugle.

GEOFFREY CHAUCER

Chapitre 24

Avril cédant la place à mai, les prairies se parèrent de coquelicots et de bleuets. Partout, l'air embaumait le lilas. Les brumes matinales dissipées, un soleil éclatant illuminait le paysage. Cate ouvrait toutes les fenêtres et arrosait les herbes aromatiques plantées sous la direction de Julia. Elle avait installé une table à l'extérieur. L'après-midi, à l'heure de sa pause, elle y prenait un café. Les jardins étaient en fleurs, les forêts reverdissaient. Au ranch, les cultures sortaient de terre.

Avec l'arrivée des touristes, il y avait souvent des bouchons sur la Highway 1 – le prix de la beauté.

Plus le printemps avançait, moins Cate croyait à la théorie de Michaela. Les coïncidences existaient ; s'il y avait un rapport entre les meurtres, il était ténu et remontait à près de vingt ans. Le conducteur de la Jaguar volée se révéla être le cousin du comparse. Aucun des deux n'avait de lien avec personne.

Cate avait une jolie maison, un métier passionnant, un homme qui la rendait heureuse. Pourquoi avoir peur du noir quand on pouvait se tourner vers la lumière ?

Elle passa la matinée en cabine, à enregistrer un second livre audio, s'arrêta à midi, la gorge sèche. Comme elle éprouvait le besoin de se dégourdir les jambes et de prendre l'air, elle décida d'aller se promener dans la roseraie. Au passage, elle se ferait offrir un verre de la délicieuse citronnade de Consuela. Une heure de pause. Ensuite, elle travaillerait de nouveau deux heures, voire trois si la motivation était au rendez-vous. Ce qui lui laisserait amplement le temps de se faire belle avant d'aller au ranch.

Une fois par semaine, c'était un rituel, elle dînait avec Dillon, Julia, Maggie et Red. Ensuite, elle restait dormir chez Dillon.

Avec un peu de chance, en fin d'après-midi, elle pourrait peut-être le voir dresser les poulains. Elle adorait le regarder dresser les poulains.

Elle parvenait juste en haut du chemin, lorsque Consuela sortit de la maison pour accueillir une jeune femme avec un bébé dans les bras, qui venait d'arriver en Lexus.

– Darlie ! Quelle bonne surprise ! se réjouit-elle en embrassant son amie. Salut, toi… Tu sais que tu es très mignon ?

Le garçonnet posa la tête sur l'épaule de sa mère.

– Toutou, dit-il en serrant un chien en peluche contre lui. À moi !

– Ton petit chien est aussi chou que toi. Qu'est-ce qu'il a grandi !

– Il marche. Il court presque, même…

La voix de Darlie se brisa et elle détourna le regard, les larmes aux yeux.

– Je ne savais pas où aller… bredouilla-t-elle.

Cate ne lui posa pas de questions.

– Tu as bien fait de venir là.

– Viens avec moi, mon grand, dit Consuela en tendant les bras au petit garçon. Je peux lui donner un c-o-o-k-i-e ?

– Bien sûr. Il l'a mérité.

– Tu veux un biscuit, *mi pequeño hombre* ? Viens, Consuela va te donner un biscuit.

– Bikui !

– Il a sûrement besoin d'être changé. Je m'en…

– Non, non, Mama. Donnez-moi le sac et le bébé. Je m'occupe de tout. Allez, petit chat, on va mettre une couche propre et manger un gâteau. Ne vous en faites pas, ma belle, ça s'arrangera, affirma Consuela en prenant Luke dans ses bras.

– Il est si sociable, murmura Darlie en les regardant s'éloigner. Oh, Cate, si tu savais… Quelle horreur…

Des larmes roulèrent sur ses joues. Cate lui enlaça les épaules.

– Que se passe-t-il ? Tu arrives de Los Angeles ?

Darlie hocha la tête, en s'essuyant les yeux sous ses lunettes de soleil.

– Oui, je suis partie hier soir. Heureusement, Luke a dormi dans la voiture.

– Viens, allons nous asseoir, tu vas tout m'expliquer.

– On peut rester là quelques jours ? Je suis désolée, j'aurais dû t'appeler…

Elles s'installèrent sur la petite terrasse devant la cuisine.

– Vous pouvez rester autant que vous voudrez.

– C'est magnifique, ici… Tu me l'avais dit, mais c'est encore plus beau que j'imaginais. Vous êtes tellement tranquilles, loin de tout. Si tu savais comme j'ai besoin de tranquillité… J'adore déjà cet endroit, avec tous ces niveaux, ces passerelles. On dirait un village !

– Un peu, c'est vrai. Je vais chercher à boire, je reviens.

Laissant Darlie sous la pergola de glycines, Cate pénétra dans la cuisine où elle trouva un pichet de limonade – parfait ! Dans la chambre de Consuela, on entendait le bébé gazouiller.

Elle emporta pichet et verres sur un plateau, s'emparant au passage d'une boîte de mouchoirs en papier.

– Tu n'as pas déjeuné, j'imagine ? demanda-t-elle à Darlie.

– Je ne pourrais rien avaler, merci.

– On grignotera un morceau plus tard. Ne t'en fais pas pour ton fils, Consuela s'occupe de lui. Raconte-moi tout.

Cate remplit les verres et s'installa en face de son amie.

– Dawson couche avec la nounou… Quel cliché… Mais le pire, c'est qu'elle est enceinte… Il l'aime, soi-disant…

La main tremblante, Darlie prit un mouchoir.

– *Sukin syn*, jura Cate en russe. Tu aurais voulu un verre de vin, plutôt ?

Darlie se moucha en riant.

– Non. Ce soir. J'ai découvert le pot aux roses hier. Il a tout avoué, parce que les rumeurs vont déjà bon train. Il sait que je suis une fille compréhensive… Il est désolé mais c'est son cœur qui a parlé… Salopard !

Rageusement, elle arracha une poignée de mouchoirs à la boîte.

– Il la baisait chez nous, tu te rends compte ? Pendant que Luke dormait, quand j'étais au studio. Il l'emmenait au restau quand elle était en repos. Notre fils a tout juste un an et il en a mis une autre en cloque ! Il veut l'épouser.

– Si je te dis qu'ils se sont bien trouvés… ça te réconforte ou ça te contrarie ?

– Ça me réconforte, c'est exactement ce que je me dis. Mais comment ai-je pu ne me douter de rien ? Comment ai-je pu ne rien voir alors que ça se passait sous mon nez ? J'ai l'impression de vivre la plus minable des séries télévisées !

– Tu n'as rien à te reprocher. Tu lui faisais confiance, tu leur faisais confiance à tous les deux, et ils t'ont trahie. Ils sont aussi menteurs et sans scrupules l'un que l'autre. Ils s'aiment… C'est ça, ouais ! Qu'ils finissent comme Tristan et Iseut, c'est tout ce qu'ils méritent !

– Heureusement que tu es là. Je suis partie de la maison comme une furie, et tu es la première personne à qui j'ai pensé.

– Tu peux compter sur moi. Vous êtes chez vous, ici, Luke et toi. Personne ne saura que vous êtes là, si tu ne veux pas que ça se sache.

– Si tu savais… bredouilla Darlie. Il a dit qu'il me laissait la garde de Luke… Il me doit au moins ça… comme si notre fils n'était qu'une monnaie d'échange. Si je ne fais pas de complications pour le divorce, si je ne le pourris pas dans la presse, il m'accorde la garde exclusive. De toute façon, il aura bientôt un autre enfant.

Cate savait ce que c'était que d'être une quantité négligeable aux yeux de ses parents… Elle était à la fois furieuse et triste pour son amie.

– Écoute-moi : s'il est capable de dire des choses pareilles, il ne mérite pas une larme de plus.

– Alors pourquoi tu pleures, toi aussi ?

– De colère. Allez, poitrine haute, ma chérie ! Dis-toi que c'est un mal pour un bien. Ce mec ne te méritait pas, et il méritait encore moins cet adorable petit garçon.

– Je croyais qu'il m'aimait, murmura Darlie. Peut-être qu'il m'a aimée, un temps. Je croyais avoir trouvé l'homme de ma vie… Mais ce n'était qu'un scénario de sitcom…

– Tu interpréteras le rôle avec brio, c'est notre métier ! Tu as un avocat ?

– J'en ai contacté un. J'ai envie d'étriper Dawson, mais je lui accorderai tout ce qu'il voudra… que cette sombre histoire soit réglée au plus vite. Le plus important, c'est Luke.

– Tout à fait. Alors on va manger un bout et ensuite, on descendra chez moi et tu t'installeras. Tu peux compter sur Consuela et sur moi pour nous disputer le bébé. Sur mon grand-père, aussi, quand il sera de retour. Il est à New York, en ce moment.

– Je te serai redevable jusqu'à la fin de mes jours.

– On n'est jamais redevable envers les amis. Cet après-midi, je vous emmènerai voir le ranch.

– Et le beau rancher ? Oh, Cate, je ne veux pas vous déranger…

– Tu ne dérangeras personne. Il est super sympa, sa famille aussi. Luke adorera les animaux. Dillon a deux toutous. Tu m'as dit que « toutou » était le premier mot qu'il avait prononcé.

– On devait… Je vais adopter un chiot. J'avais commencé à en chercher un.

– Luke fera connaissance avec Stark et Tash. Avant toute chose, déjeunons. Je vais ouvrir une bouteille de vin.

– Je n'ai pas emporté de chaise haute, ni de lit.

– Tu trouveras tout ce qu'il faut, ici, je te le garantis. Les Sullivan n'arrêtent pas de faire des bébés.

En milieu d'après-midi, Darlie était installée dans la chambre d'amis du cottage, avec vue sur la mer, et salle de bains communiquant avec la chambre voisine, où Luke faisait la sieste.

Cate avait ajouté une chaise haute dans la cuisine et déposé un sac de jouets dans le salon. Pendant que mère et enfant se reposaient, elle téléphona à Dillon.

– Salut, la belle !

– On dirait que tu es de bonne humeur.

– J'ai passé une excellente journée.

– La mienne a été mouvementée. Ma meilleure amie est là.

– Ah bon ? Darlie Maddigan ?

– C'est ça. Je vois que tu m'écoutes quand je te raconte des trucs. Son mec la trompe, *l'enfoiré*, alors elle est venue se réfugier ici avec son fils. Je t'expliquerai, si ça ne l'ennuie pas que je t'en parle.

– OK, sauf que je n'ai pas compris ce que tu as dit en français.

– J'ai dit que son mec était un salaud. Du coup, je ne pourrai pas venir ce soir.

– Pas grave. Je peux me rendre utile ?

– J'aimerais faire visiter le ranch à Darlie et à Luke. Il a quatorze mois, il adore les animaux.

– Ça tombe bien, on en a quelques-uns.

– En ce moment, il a une passion pour les chiens. Darlie appréciera ta mère et Gram, j'en suis sûre. Elles lui remonteront le moral.

– Venez quand vous voulez.

– Je te préviens, Luke déborde d'énergie.

– On l'occupera. Tu me manqueras, ce soir.

– Toi aussi.

Cate prit conscience qu'ils se voyaient quasiment tous les jours et dormaient ensemble presque toutes les nuits… Par la fenêtre, elle contempla le paysage. Elle n'était pas prête à faire des projets d'avenir… Pour autant, elle n'envisageait plus l'avenir sans Dillon.

Après mûre réflexion, Sparks avait choisi la soirée cinéma, pour la simple et bonne raison qu'un certain nombre de détenus et de gardiens seraient réunis dans la salle de télé.

Une fois de plus, *La Grande Évasion* remporta les suffrages.

Peu lui importait le choix du film, il était concentré sur ce qu'il s'apprêtait à faire. C'étaient les flics qui lui avaient inspiré cette idée, et plus il y pensait, plus celle-ci lui paraissait grandiose.

Il s'était plaint à Jessica des insinuations de la police, et n'avait eu aucune difficulté à la convaincre de faire jouer cet argument pour plaider sa libération : la prison était un nid de criminels, son client était en danger, la police enquêtait en ce sens… Cette soirée en serait la preuve.

Initialement, il avait prévu d'attendre la fin du film, que tout le monde s'en aille, mais tout d'un coup, il redoutait de se dégonfler.

Maintenant ou jamais, trancha-t-il.

Il savait où viser ; en tant que coach sportif, il avait des notions d'anatomie. Il se planta le couteau de fortune juste au-dessus de la taille.

Il tituba. Quelqu'un le poussa, un autre lui donna un coup de coude. Les deux mains sur le manche du couteau, comme s'il s'évertuait à l'arracher de son ventre, il tomba à genoux. Il n'avait pas besoin de feindre la douleur, elle était bien réelle.

À la vue de la mare de sang qui s'élargissait autour de lui, tout le monde s'écarta, les gardiens accoururent.

La séance de cinéma se termina avant la fin du film.

Un enfant changeait beaucoup de choses, constata Cate. Devenue maman, Darlie n'avait plus qu'une priorité : le bien-être de son fils. En permanence, elle était à l'écoute de ses besoins et de ses désirs.

– Tu es une bonne mère.

– J'essaie. J'espère.

– Ton fils est heureux, en bonne santé, adorable, sociable. Tout ça, c'est grâce à toi.

Les petites mains du garçonnet dans les siennes, Darlie marchait à son rythme, en direction de la voiture de Cate. Le pas incertain, coiffé d'un bob bleu marine, chaussé de Nike rouges, le bambin était vêtu d'un short bleu et d'un tee-shirt proclamant « Créature sauvage ».

– Les deux premiers mois, je suis restée à la maison avec la nounou. Puis je les ai emmenés au studio, tous les deux. Ensuite, comme Dawson était entre deux tournages, j'ai voulu les laisser entre père et fils. Mal m'en a pris…

– Ne te reproche rien.

– Non, non, ne t'inquiète pas ! répliqua Darlie en secouant sa longue queue de cheval blonde. Tu es sûre que tu veux qu'on vienne avec toi au ranch ? On peut rester là, si tu préfères, ça ne m'embête pas.

– On n'y va pas, si tu n'as pas envie.

– Ce n'est pas ça.

Cate aida son amie à installer le bébé sur le siège auto.

– À cause de moi, tu ne verras pas Dillon ce soir… Vous voulez peut-être passer un moment tous les deux…

– Je te laisse attacher la ceinture de sécurité, tu sais mieux faire que moi. Il est rancher, il n'a pas beaucoup de temps libre, tu sais, la journée. Une ferme, ça demande un boulot monstre, c'est fou… Je ne m'en rendais pas compte, avant de les connaître… Sa mère et sa grand-mère sont inépuisables. Je ne sais pas comment ils arrivent à tout faire. Ça leur fera du bien de prendre une petite récréation, aujourd'hui. Ils seront contents de voir le bébé.

– Heureusement que je l'ai, soupira Darlie en calant le sac à langer au pied de la banquette arrière et en plaçant le chien en peluche dans les mains de son fils. Sans lui, je crois que j'aurais fini en service psychiatrique.

Elle prit place sur le siège passager, et attendit que Cate s'installe au volant.

– J'ai appelé mon avocat, tout à l'heure.

– Et ?

– Dawson a signé les papiers pour la garde, comme si ce n'était qu'une simple formalité. Son avocat a un peu tiqué, paraît-il, mais Dawson n'a rien voulu savoir. Du coup, je demande le divorce à l'amiable. Je veux régler ça au plus vite et qu'on n'en parle plus. Enfin… De toute manière, les médias vont s'en donner à cœur joie.

– Ils ne pourront pas te harceler, puisque personne ne sait où tu es. Tu sais quoi ? Plus tu seras indifférente, moins tu en diras, et plus ils seront durs avec lui et cette garce de nounou.

Cate ouvrit le premier portail au moyen d'une télécommande.

– C'est ce que je me dis, répliqua Darlie avec un sourire.

– Les grands esprits se rencontrent. C'est pour ça qu'on est amies. On risque de tomber sur des embouteillages, mais le ranch n'est vraiment pas loin.

– Toi aussi, tu m'aides à conserver ma santé mentale.

– Tu as sauvé la mienne, à l'époque.

– Au fait… Je n'osais pas te parler de Charlotte Dupont… Mais après avoir passé un peu de temps avec toi, je vois les choses différemment, maintenant.

– Comment ça ?

– Je m'en doutais, vu qu'on a toujours gardé le contact, mais je vois maintenant de mes yeux que tu es heureuse, épanouie. J'étais un peu inquiète, je t'avoue, quand tu m'as dit que tu venais t'installer à Big Sur. Je suis rassurée, à présent, tu es rayonnante. Cela dit, c'est normal : tu habites un coin merveilleux, tu as un studio au top et tu couches avec un beau rancher…

– Je me plais, ici.

– Ça se voit. Mais pour en revenir à Charlotte Dupont… Tu veux de ses nouvelles ?

– Volontiers ! Ma famille s'autocensure, j'en suis sûre, dès qu'il est question de ma mère.

– Ce ne sera pas mon cas. Elle est la risée de Hollywood. Si elle tourne, c'est uniquement parce que son mari verse des pots-de-vin à tort et à travers. Le bruit court qu'il soudoie les journalistes pour qu'ils ne la démolissent pas trop. Sinon, ils l'assassinent systématiquement. La pauvre, elle s'est tellement fait refaire la façade qu'on dirait qu'elle a la tronche en plastique.

Cate ne put s'empêcher de rire.

– À ce point ?

– Quelqu'un a dit qu'elle ressemblait à « Barbie Has Been ». J'adore cette expression. C'est vache mais c'est la vérité. Je l'ai croisée deux ou trois fois, au restau ou à des remises de prix. Elle est affreuse.

– On a la tronche qu'on mérite.

Darlie se retourna vers son fils et lui fit des mimiques qui déclenchèrent un joyeux babillage.

– Elle a essayé de m'aborder, une fois. Elle voulait que je te transmette un message. Elle avait une rivière de diamants sur ses nibards en plastoc, et elle se l'est joué la larme à l'œil.

– Mince… Désolée.

– Tu n'as pas à t'excuser. Je lui ai dit d'aller se faire foutre, en ces termes, et je me suis barrée.

– Je t'adore.

– Moi aussi. Je crois que je vais m'acheter une maison à Big Sur, une résidence secondaire.

– Tu es toujours la bienvenue chez moi.

Darlie exerça une pression sur la main de Cate, qui s'engagea sur le chemin escarpé et cahoteux du ranch.

– Je parie que ton chéri habite un endroit magnifique… Je suis curieuse de voir comment Luke va se comporter avec les animaux. Quand je pense que tu as fait du fromage et du beurre… Waouh ! s'exclama Darlie à la vue des troupeaux de moutons et de chèvres dans les pâturages, des différents bâtiments de l'exploitation. Je suis bluffée…

– Cool, hein ?

– Je m'attendais à un petit ranch familial… C'est immense ! Tu as vu, Luke ? Regarde, les vaches…

Le petit garçon était en grande conversation avec son chien en peluche.

– Oh… bredouilla Darlie en agrippant le bras de Cate. C'est le rancher ? Dis-moi que c'est ton rancher, là, à cheval…

– Lui-même.

– Luke, regarde les toutous…

Le garçonnet se tourna enfin vers la vitre, et poussa des cris de joie, tandis que Cate se garait.

– On va voir les vaches, mon chéri ? Et les chevaux, les moutons… énuméra Darlie tout en libérant son fils du siège auto.

– Toutou !

Les chiens accoururent à leur rencontre. Luke essaya de lâcher la main de sa mère.

– Ne t'inquiète pas, ils ne mordent pas. Et ils adorent les enfants, précisa Cate.

Prudente, Darlie demeura accroupie auprès de son fils. Les chiens le reniflèrent et lui donnèrent des coups de langue. En riant aux éclats, il tomba sur les fesses.

– Toutou !

Dillon descendit de sa monture et l'attacha à un piquet. Puis il souleva Cate en la prenant dans ses bras et l'embrassa.

– Tu m'as manqué, mon amour. Pardon, ajouta-t-il à l'attention de Darlie.

– Ne t'excuse pas. Au contraire, recommence, c'était trop chou !

– Avec plaisir, acquiesça-t-il en joignant le geste à la parole.

– Ton amie me plaît déjà, dit-il à Cate.

Et il ôta son gant pour échanger une poignée de main avec Darlie.

– Dillon Cooper, se présenta-t-il.

– Darlie. Et voici Luke. « Toutou » est le premier mot qu'il a su prononcer.

Dillon s'accroupit près du garçonnet.

– Comment ça va, mon grand ?

– Toutou ! babilla Luke, aux anges.

Puis il aperçut le cheval et tenta de se redresser. Dillon le prit dans ses bras et lui posa une main sur la crinière de l'animal.

– Vas-y, caresse-le.

Une main sur le cœur, Darlie se tourna vers Cate et leva les yeux au ciel.

Chapitre 25

Darlie ne parvenait pas à s'habituer à la paroi vitrée du cottage. En revanche, Luke l'adorait, à en croire les petites traces de doigts et de bouche qu'il ne se lassait pas d'y imprimer.

Cette immense baie vitrée offrait une vue fabuleuse, Darlie ne pouvait qu'en convenir, mais elle se sentait trop exposée, quand bien même elle savait qu'il s'agissait d'une vitre réfléchissante et que pour Cate, ce panorama était synonyme de liberté, au même titre que la brise marine pénétrant par les fenêtres grandes ouvertes.

À Los Angeles, malgré les murs et le portail de la villa où elle vivait, Darlie fermait toutes les fenêtres la nuit et, avant de se coucher, vérifiait que les portes étaient verrouillées.

Depuis qu'elle partageait le quotidien de son amie, elle se rendait compte que Cate avait fait le bon choix en quittant le cinéma et la grande ville. À son tour, Darlie se trouvait maintenant à un carrefour de sa vie, avec un élément majeur à prendre en compte dans le choix de la voie à emprunter : son fils. Elle avait toujours été actrice, elle connaissait la carte routière du cinéma, les obstacles et les virages délicats du métier. Parviendrait-elle à poursuivre son chemin seule avec un enfant ?

En surveillant d'un œil son bambin qui jouait avec un cube musical, elle profita du fait que Cate était dans son studio pour appeler son agent.

Puis son avocat. Et son attachée de presse.

Entre deux conversations, elle amusait Luke avec différents jouets, puis elle l'installa dans sa chaise haute pour le goûter du matin. Après quoi, elle nettoya les reliquats de la collation, et se demanda comment on pouvait avoir plusieurs enfants.

Épuisée, elle s'allongea sur le plancher afin de construire une tour de Duplo, tout en réfléchissant aux diverses options qui se présentaient à elle. Et en observant son enfant.

Il savait dire *papa*, *maman*, *coucou*, *à moi*, *miam-miam*, *non*, *porter*, *Cate* et, bien sûr, *toutou*. Au ranch, il avait appris *vache* et *dada*. Autant de mots qui s'intercalaient dans un babillage que Darlie était seule à savoir décrypter.

Toutefois, depuis qu'ils étaient à Big Sur, pas une seule fois il n'avait prononcé *papa*. Les jeunes enfants avaient-ils la mémoire courte ? Ou bien Dawson n'avait-il pas tissé de lien assez fort avec son fils ? Comment était-il possible qu'il n'ait pas éprouvé ce que ressentait Darlie : un indicible amour pour ce petit être merveilleux qu'ils avaient créé ensemble ?

– C'est comme ça… se murmura-t-elle.

– Maman ! cria Luke pour attirer son attention, et il renversa la construction de Duplo en riant aux éclats.

– Eh oui, mon chéri… Parfois, il faut démolir pour mieux reconstruire.

Elle retira son téléphone de sa poche et rappela son agent.

– Dis-leur que c'est OK.

Satisfaite de sa décision, bien qu'un peu anxieuse, elle entreprit de rebâtir la structure qui venait de s'effondrer. Quand on frappa à la porte, elle sursauta. Et son cœur fit un bond lorsque celle-ci s'ouvrit avant qu'elle n'ait eu le temps de se redresser. Elle fut cependant vite rassurée : il s'agissait de Dillon, un sac à la main, encadré de ses chiens, qui se ruèrent dans la maison, tout droit vers Luke qui hurla de bonheur.

– Désolé. Livraison.

– Entre. Mon fils est ravi de vous voir…

Le bambin se roulait par terre avec les chiens qui le couvraient de coups de langue.

– Ils sont contents eux aussi.

– Cate travaille.

– Comme souvent à cette heure-ci. Quand elle est occupée, je lui laisse sa commande dans la cuisine.

– Donne-la-moi. Qu'est-ce que tu apportes ?

– Principalement des produits laitiers. Et des biscuits pour ton fils, de la part de ma mère et de ma grand-mère. Elles sont tombées amoureuses.

Dillon s'avança vers le garçonnet et lui tendit les bras.

– Porter !

Il donna le sac à Darlie, souleva Luke de terre et le fit sauter en l'air.

– Tu sais y faire avec les enfants, murmura Darlie, le cœur gros.

– Ce n'est pas difficile.

– Ce n'est pas évident pour tout le monde.

En sentant les larmes lui monter aux yeux, elle se répéta mentalement son vieux mantra : haut les cœurs !

– Tu sais y faire aussi avec Cate…

– Ce n'est pas difficile, répliqua Dillon avec un clin d'œil, en faisant à nouveau sauter le garçonnet.

– Parce que tu l'aimes.

Comme Luke en avait à présent assez, il le déposa près des chiens, en évitant de marcher sur les jouets éparpillés.

– Ça, c'est la chose la plus simple que j'aie jamais faite ! Tu ne peux pas me dire si c'est réciproque, je suppose…

– En tant qu'amie, je peux au moins t'assurer que tu cumules pas mal de bons points… Tu devrais venir dîner, ce soir.

– Tu crois ?

– Oui. Elle trouvera quelque chose à préparer. Je lui donnerai un coup de main, mais je dois avouer que je suis nulle en cuisine.

Désemparée, Darlie regardait autour d'elle, comme si elle ne savait que faire des provisions que Dillon venait d'apporter.

– J'avais à peu près l'âge de Luke quand j'ai commencé à faire du cinéma, précisa-t-elle. C'est pour ainsi dire tout ce que je sais faire…

– Tu le fais bien. Mais tu sais faire des tas de choses. Tu sais être maman, tu sais être une amie. Ce sont des savoir-faire précieux.

Guère étonnant que ce garçon ait conquis Cate… pensa Darlie.

– Viens dîner avec nous ce soir, répéta-t-elle.

– Tu manges de la viande ?

– Je suis une carnivore invétérée.

– Alors on fera un barbecue. J'apporterai des steaks.

– Super ! Ça fait des siècles que je n'ai pas mangé de la bonne viande de bœuf.

Cate apparut sur le seuil du studio.

– C'est l'heure de ma pause. Où est Lulu ? J'ai besoin de ma dose de bébé. Oh, Dillon, tu es là ?

– Il a apporté des produits de la ferme.

– Parfait. Tu tombes pile-poil. Tu viens faire un tour avec moi sur la plage ?

– Je n'ai pas trop le temps… Attrape ! dit-il en feignant de jeter le bambin.

Le cœur de Cate se figea, le rire de Luke se tut.

– Il vient dîner avec nous ce soir, déclara Darlie. Il apportera des steaks. J'ai quelque chose à fêter : je viens de dire à mon agent d'accepter une proposition pour une série Netflix, un premier rôle dans une grosse production.

– Waouh ! Ça s'arrose, en effet.

– J'achèterai du champagne. Je serai une sorte de Harry Potter en femme adulte, dans un univers genre *Game of Thrones*. Ils m'avaient contactée il y a deux ou trois semaines, mais j'avais refusé parce qu'ils vont tourner en Irlande du Nord. Il y en a au moins pour six mois rien que pour la première saison. Si ça marche, il y aura trois saisons…

Darlie reprit Luke à Dillon.

– Ça nous fera du bien, je pense, ajouta-t-elle. Mais j'aurai du coup pas mal de choses à régler avant mon départ.

– La maison familiale de Mayo n'est pas loin de l'Irlande du Nord. Je viendrai te voir.

– Je compte sur toi.

– Tu pars quand ?

– Je retourne après-demain à Los Angeles. Je dois m'occuper de deux trois trucs, je t'expliquerai. Pour l'instant, je monte changer monsieur et le tartiner d'écran total, en bonne mère obsessionnelle. Je viens avec toi faire un tour sur la plage. Pour moi, ce sera à point, le steak ! lança-t-elle à Dillon en se dirigeant vers l'escalier.

– C'est noté.

– À ce soir. Dis au revoir, Lulu.

Le petit garçon agita la main par-dessus l'épaule de sa mère tandis que celle-ci gravissait les marches.

– Elle va te manquer. Le petit aussi.

– C'est sûr. Mais je suis contente pour elle. Elle a pris une bonne décision. Dommage que tu ne puisses pas venir te balader avec nous…

Cate s'avança vers Dillon et lui noua les bras autour du cou.

– Ouais… répondit-il en lui frictionnant les bras, et à ce geste, elle comprit qu'il était contrarié.

– Qu'est-ce qu'il y a ?

– Autant que je te le dise tout de suite, plutôt que de gâcher la soirée… Sparks s'est fait poignarder, avant-hier, en prison.

– Il est mort ? demanda-t-elle froidement.

Elle ne ressentait rien, absolument rien.

– Non, aucun organe vital n'a été touché. D'après Red, il a perdu pas mal de sang, mais il devrait s'en sortir.

À la rigueur, elle n'éprouvait qu'une vague anxiété.

– Ça fait donc quatre, maintenant, murmura-t-elle. Je ne sais pas quelle conclusion en tirer. Qui pourrait se cacher là-dessous ? Si c'est ma mère qui cherche à faire éliminer tous ces gens, elle ne serait pas seulement égocentrique, cupide et minable, mais complètement cinglée.

– J'ai ma petite idée, Red aussi. On en reparlera. Profite des derniers jours avec ton amie. On se voit ce soir.

Dillon attira Cate contre lui et l'embrassa.

– Dans deux jours, tu devras te réhabituer à moi, ajouta-t-il.

Et il lui donna un nouveau baiser.

– Ça fait plus d'une semaine, mais je n'ai pas perdu l'habitude !

– Tant mieux.

En contournant les jouets, il se dirigea vers la porte.

– Au fait, Darlie a mis des biscuits au frigo avec le beurre.

En riant, Cate les retira du réfrigérateur pour les mettre dans un bocal, et en grignota un au passage.

Non, ce n'était pas sa mère qui commanditait ces meurtres. Non que Charlotte fût incapable de faire du mal, même pour des raisons inexplicables, mais elle ne faisait jamais rien sans contrepartie. Et là, elle n'avait rien à gagner, aucun intérêt à ce que son nom soit mêlé à des actes criminels. Au contraire, les soupçons qui pèseraient sur elle feraient rejaillir le passé sous une lumière peu glorieuse.

Charlotte ne cherchait pas ce genre de publicité.

À moins qu'elle n'ait pas réfléchi…

En entendant Darlie redescendre, Cate relégua ces considérations à l'arrière-plan de ses pensées. Dillon avait raison : elle ne devait pas gâcher les deux derniers jours en compagnie de son amie.

Le surlendemain, au côté de son grand-père, elle regardait la voiture de Darlie s'éloigner.

– Tout ira bien pour elle, affirma Hugh en exerçant une pression sur le bras de sa petite-fille. Elle passera ce mauvais cap sans trop de mal.

– Je ne suis pas inquiète. Elle a déjà contacté un agent immobilier qui doit lui chercher une maison en Irlande. Elle partira un mois à l'avance, pour prendre le temps de s'acclimater et de trouver une nounou. Elle a dit qu'elle voulait un clone de Julia, quelqu'un de bienveillant qui a élevé un enfant formidable. Et elle a rédigé un communiqué, avec son attachée de presse, à propos du divorce.

– Prendre le taureau par les cornes, c'était ce qu'il fallait faire.

– Ce salaud de Dawson s'en tire un peu trop bien à mon goût, mais c'est mieux comme ça pour Darlie et pour Luke. En tout cas, je suis contente d'avoir passé ces quelques jours avec elle.

– Moi aussi, ça m'a fait plaisir de la revoir. Le petit Luke est adorable. Son énergie me manquera. On organisera une grande réunion de famille, quand Lily sera de retour.

– Bonne idée.

– En attendant, on est bien tous les deux. Tu as le temps de venir t'asseoir un moment au bord de la piscine avec un vieil homme ?

– Je ne vois pas de vieil homme dans les parages, mais j'ai le temps d'aller m'asseoir au bord de la piscine avec mon fabuleux grand-père. À partir de demain, on reprend la gym, déclara-t-elle en lui enfonçant un index dans le ventre.

– Esclavagiste.

Face à la piscine bleu turquoise qui scintillait sous le soleil, Cate s'installa dans un fauteuil, les jambes étendues devant elle, et elle n'eut pas le temps de pousser un soupir de bien-être que Consuela apparut sur la passerelle avec un plateau de boissons.

– Tu es devenue extralucide ? lui lança-t-elle.

Avec un sourire mystérieux, la cuisinière déposa un pichet et des verres sur la table.

– Je vous ai aussi apporté des fraises fraîches. Les fruits rouges, c'est bon pour la santé.

Hugh ajusta son chapeau.

– J'ai dû dire en passant que j'avais envie de passer un moment avec toi et qu'une citronnade nous rafraîchirait…

– Tu me rassures ! Si Consuela était douée d'un pouvoir de voyance, ce serait flippant. Je crois que je vais me mettre à la natation, pendant mes pauses de l'après-midi. Ça te ferait du bien de nager, toi aussi.

Hugh prit un verre, Cate l'imita.

– L'eau est encore trop froide. Je ne me baigne pas avant le mois prochain. Comment ça va, avec Dillon ?

– Il vient dîner avec nous ce soir.

Le téléphone de Cate vibra, signalant la réception d'un texto. Elle ne put s'empêcher de le consulter.

– Je jette juste un coup d'œil. C'est Dillon… Oh, Hailey a accouché. Il est parti à la maternité. Une de ses amies.

– Oui, je la connais. Leo a trouvé une compagne très sympathique. Tu savais que les grands-parents de Leo sont de la même région que la mère de Consuela, au Guatemala ?

– Tu me l'apprends. Tu es bien renseigné, dis donc !

– Le monde est petit… Allez, trinquons à la nouvelle famille. *Sláinte* !

Hugh fit tinter son verre contre celui de sa petite-fille.

– *Sláinte*. Leo et Hailey n'auront plus jamais la même vie. Mais c'est chouette, s'empressa-t-elle d'ajouter devant le sourcil froncé de son grand-père. J'ai vu tout de suite que Luke avait transformé Darlie. Avant, elle aurait étripé Dawson, elle lui aurait rendu l'existence impossible. Aujourd'hui, elle pense avant tout au bien-être de son enfant, en dépit de sa fierté.

– Si l'amour n'est pas plus fort que la fierté, alors ce n'est pas de l'amour.

– C'est vrai. Je suis bien placée pour le savoir. Exactement comme papa, Darlie fera désormais des choix de carrière différents. Elle avait refusé cette série au départ, parce qu'elle ne voulait pas laisser son fils pendant six mois, ni le priver de son père. Puisque Dawson n'entrait plus en ligne de compte, elle a pu accepter. Ce sera une bonne chose pour Luke, qu'ils soient loin du barnum médiatique. J'admire sa décision.

– Moi aussi.

– Papa avait les mêmes priorités, c'est pour ça que nous avons déménagé en Irlande. Ensuite, j'étais avec Lily et toi. L'un de vous était toujours présent pour moi.

– Aujourd'hui, c'est toi qui es présente pour moi.

– Disons qu'on est présents l'un pour l'autre.

Cate contempla la mer, la vigne qui poussait sur les terrasses étagées, le petit verger où les arbres commençaient à se couvrir de fruits, après la chute des fleurs d'avril. Une saison succédait à une autre, pensa-t-elle, comme les années se succédaient…

– Ma mère ne m'a jamais manqué, tu sais. J'ai eu tant de femmes merveilleuses autour de moi pour la remplacer. J'espère que Luke trouvera des papas de substitution. Darlie n'a pas une famille comme la nôtre.

– Qui a une famille comme la nôtre ?

Avec un sourire, Cate trinqua de nouveau avec son grand-père. Puis elle posa son verre à l'arrivée de Red.

– Salut ! Asseyez-vous. Je vais vous chercher un verre.

– Je ne dis pas non.

Consuela la rejoignit à mi-chemin de la passerelle, et en faisant demi-tour, Cate vit que les deux hommes étaient déjà en grande conversation. Red n'était pas là en visite amicale ; comme elle s'y attendait, il venait annoncer la nouvelle dont elle était déjà au courant. En convoquant un sourire détendu, elle lui servit un verre de citronnade.

– Sparks s'est fait agresser, je sais, dit-elle.

Red retourna plusieurs fois ses lunettes de soleil dans ses mains, puis il se gonfla les joues et lâcha un soupir.

– J'ai conscience que tu n'aimes pas te replonger dans le passé…

– Je n'en suis jamais vraiment sortie, dit Cate en se penchant pour tapoter la main de son grand-père. Arrêtez de vous faire du souci pour moi et de me surprotéger.

– Pas facile de lutter contre l'instinct, répliqua Hugh.

– Dis-toi qu'une femme avertie en vaut deux.

– Sparks a été poignardé avec une brosse à dents affûtée, déclara Red, dans une salle commune, juste avant le début d'une soirée cinéma où il y avait pas mal de monde. Aucun organe vital n'a été touché, mais à trois ou quatre centimètres près, le rein aurait pu être perforé. Il a ressenti une douleur fulgurante, il a essayé d'arracher l'arme, il s'est effondré. Malheureusement, je n'en sais pas plus.

– On aurait pu le tuer ?

– En général, avec les armes artisanales, on vise les organes importants, et on frappe plusieurs fois. Si on a voulu le tuer, c'est du boulot de débutant.

– Vous pensez qu'il s'agit plutôt d'un avertissement ? Un règlement de comptes qui n'aurait rien à voir avec le reste ?

Avant de répondre, Red prit le temps de siroter sa citronnade.

– C'est une théorie.

Cate l'observa un instant, tête inclinée.

– Mais pas la vôtre…

– Sparks est incarcéré depuis dix-neuf ans, il n'a jamais eu de soucis. On est allés lui parler, Mic et moi, il y a quelques semaines, lui faire savoir qu'on s'intéressait à lui… Et voilà qu'il se fait poignarder, mais qu'il n'a pas trop de mal… Denby a reçu plusieurs coups de couteau, dans les viscères, dans le cœur ; on ne l'a pas loupé. Scarpetti a été maintenu sous l'eau jusqu'à ce qu'il suffoque ; du travail propre, vite fait, bien fait. Dans mon cas, manque de bol pour les deux crétins qui ont voulu s'en prendre à moi, je connaissais la route mieux qu'eux, et ils ont piqué une bagnole qu'ils ne savaient pas conduire. Ils m'ont juste bousillé mon pick-up. Mais une chose est sûre : ils avaient préparé leur coup.

Cate écarta les mains, perplexe.

– Qu'en déduisez-vous ?

– Peut-être qu'il y a eu un mauvais calcul, cette fois…

– Mais vous ne croyez pas à cette théorie.

– J'y réfléchis. On en a discuté hier, avec Dillon, en déplaçant les troupeaux. Je lui ai dit qu'il y avait quelque chose qui me gênait, dans cette histoire… Et il m'a demandé quelles étaient mes hypothèses. Alors voilà quelle est mon hypothèse : et si Sparks s'était fait ça tout seul ?

Cate émit un son étonné.

– Il se serait lui-même poignardé ? Ce serait de la folie… Vous avez dit que le rein aurait pu être perforé.

– *Aurait pu*, oui, mais il n'a pas été touché. Sparks connaît son corps. Il a passé toute sa vie à le sculpter.

– La blessure aurait tout de même pu être très grave.

– Mais ce n'est pas le cas.

– Dans quel intérêt prendre un aussi gros risque ? intervint Hugh.

– Pour qu'on le raye de la liste des suspects, je dirais. « Ça ne peut pas être moi ; la preuve, on a tenté de me tuer. » Ce type est un menteur éhonté, un pro de l'arnaque et des embrouilles. Il nous a menés en bateau, Mic et moi. Soi-disant qu'il n'a eu que ce qu'il méritait, que c'était normal qu'il soit en prison. Il a subi la mauvaise influence de Denby et Dupont, mais il ne leur en veut pas, il a tourné la page. Voilà ce qu'il nous a dit ! Rien que des conneries !

Red frappa du poing sur la table, puis il but quelques gorgées de citronnade.

– Vous croyez vraiment que cette agression est une mise en scène ? Dillon aussi ?

– C'est ce qui me paraît le plus plausible. Mic n'est qu'à moitié convaincue. Elle pense qu'il n'aurait pas eu le cran.

– Comment pourrait-on faire tuer des gens en étant derrière des barreaux ? demanda Cate.

– Commençons par Denby : personne ne l'aimait, il était sans cesse mêlé à des bagarres, placé à l'isolement. Je parie qu'on pouvait négocier son meurtre pour quelques barrettes de shit. Sparks, en revanche, a su se faire de nombreux amis, en vingt ans de taule. Il sait qui est prêt à faire quoi, en échange de quoi. Escroc un jour, escroc toujours, à l'extérieur ou en prison.

Hugh contempla un instant le Pacifique, par-delà la piscine.

– Moins facile pour les autres, souligna-t-il.

– Avec des connexions, tout est possible. Tu peux demander à un gars qui sera bientôt libéré de te rendre un service… En cabane, il y a des moyens de se faire de l'argent, d'en faire entrer, d'en faire sortir. Sparks est malin, c'est un as de la combine. Les deux gars qui m'ont pris en chasse avaient tous les deux fait de la prison. Pas à San Quentin, mais tu peux faire passer des messages, conclure des marchés… commanditer un meurtre. (De nouveau, Red tapa du poing.) Sparks a eu du bol que ni l'un ni l'autre ne puisse parler.

D'un geste absent, il prit une fraise dans le saladier.

– Mais pour l'instant, nous n'avons aucune preuve, ajouta-t-il. Sparks a pris un nouvel avocat, il y a un an environ. Une femme qui écrit des bouquins, qui fantasme sur les voyous.

– Je ne suis pas sûre de vouloir savoir ce que vous insinuez exactement par là…

Red esquissa un demi-sourire.

– Il n'est pas rare que des femmes s'éprennent d'un détenu. Elles leur écrivent de longues lettres enflammées, elles leur rendent visite ; certaines vont même jusqu'à se marier. Cette avocate a déjà écrit deux livres sur des criminels. J'en ai lu un, et j'ai eu l'impression qu'elle était fascinée par l'assassin dont elle brossait le portrait. Elle a obtenu l'autorisation d'interroger Denby et Sparks pour son prochain opus.

– Comment s'appelle-t-elle ? demanda Hugh.

– Jessica Rowe.

– Ce nom me dit quelque chose… Juste une minute…

Hugh se leva, son téléphone en main, et s'éloigna à l'autre bout de la piscine pour passer un appel.

– Quoi de mieux, poursuivit Red, que d'être défendu par une avocate qui a un faible pour les *bad boys* ? Elle a quarante-six ans, célibataire, jamais mariée, et ne me vole pas dans les plumes, Cate, si je dis qu'elle est plutôt grosse et moche.

– Peu importe son physique.

– Depuis qu'elle va voir Sparks au moins une fois par semaine, elle fait des efforts pour s'arranger : elle a perdu du poids, elle s'habille mieux, elle se teint les cheveux.

– Vous pensez qu'elle est amoureuse de lui ? Qu'elle s'est laissé séduire, comme ma mère ?

– Ça collerait à ma théorie.

Red jeta un coup d'œil à Hugh qui revenait.

– Il fallait que j'en aie le cœur net, dit celui-ci. Jessica Rowe a contacté mon attachée de presse l'année dernière, et de nouveau il y a six mois, pour essayer d'obtenir une entrevue. Elle lui a également demandé trois fois s'il serait possible de te rencontrer, ma chérie.

– Aucun souvenir…

– Qu'avons-nous dit à notre attachée de presse commune, concernant ton enlèvement ?

– De refuser systématiquement et catégoriquement toute demande d'interviews ou de commentaires.

– Elle a suivi la consigne. On peut supposer que Rowe a également tenté sa chance avec Aidan, Lily, ou d'autres membres de la famille.

– Ma mère…

– Sûrement. Charlotte aura accepté, si elle espérait en retirer un avantage.

– En l'occurrence, elle y a peut-être vu la possibilité de renouer avec Sparks, murmura Cate. Mais je ne vois pas quel rôle cette avocate et écrivaine pourrait jouer dans les meurtres ou les tentatives de meurtre…

– Que ferais-tu par amour ? répliqua Red.

Que ferait-elle par amour ? s'interrogea-t-elle en regagnant le cottage.

Elle ne tuerait pas, c'était certain, ni ne se ferait complice d'un meurtre. Elle ne kidnapperait pas non plus un enfant.

Mais quelles autres lignes franchirait-elle ?

Elle l'ignorait. Elle n'avait jamais été mise à l'épreuve.

Peut-être parce qu'elle avait appris très tôt à se montrer prudente.

Elle aimait sa famille, bien sûr, elle l'aimerait toujours. elle aimait aussi Darlie, qu'elle considérait presque comme une sœur. Et Luke – mais qui ne tomberait pas amoureux d'un petit être aussi mignon ?

Elle avait aimé Noah d'un amour inconditionnel, et s'il l'avait déçue, elle ne lui en avait jamais voulu. Pas vraiment.

Face à la baie vitrée, elle contempla la mer et le ciel, si bleus, si beaux.

En vérité, Noah lui avait laissé un peu d'amertume et pour cette raison, elle s'était gardée, depuis, d'aimer aussi profondément, aussi fort.

Méfiante, elle n'avait offert que son corps, jamais son cœur, à deux hommes qui ne la méritaient pas.

Quand les Sullivan aimaient, quand ils aimaient vraiment, c'était pour toujours.

Perdue dans ses pensées, elle alla à l'étage, ouvrit sa boîte à souvenirs qui contenait des places de spectacle, dont celui de *Mame*, dédicacé par toute la troupe ; des tickets de métro ; des billets d'avion, certains remontant à son enfance ; la recette du *soda bread* écrite de la main de Mrs Leary, qu'elle connaissait par cœur depuis longtemps.

Et le petit cœur en or que Noah lui avait offert pour son dix-huitième anniversaire. Elle ne l'avait pas porté depuis le jour où Noah était sorti de sa vie, mais elle ne s'en était jamais séparée.

Elle le passa autour de son cou, se regarda dans le miroir, et referma la main dessus, comme elle l'avait fait tant de fois. Son cœur se serra, mais elle n'avait plus d'amertume, ni aucun regret. Ce pendentif n'était qu'un souvenir, le symbole d'une époque heureuse.

Elle avait aimé Noah autant que l'on pouvait aimer à dix-huit ans, pensa-t-elle en rangeant le petit bijou dans la boîte, mais dans tous les cas, cet amour n'aurait pas duré toujours.

Que ferait-elle par amour ?

Le moment était peut-être venu de se poser sérieusement la question.

Chapitre 26

Le travail offrait toujours un refuge. Enfermée dans son studio, concentrée dans la peau de son personnage, Cate parvenait à oublier ses tracas, même si une part de son inconscient s'employait en silence à digérer ce qui la préoccupait.

Cette série de meurtres et d'agressions avait quelque chose de terrifiant, mais elle refusait de céder à l'angoisse.

Selon Red, Sparks voulait se venger. Mais cette revanche semblait si vaine… Il ne rattraperait pas les années passées en prison. Au pire, il risquait de finir ses jours derrière les barreaux. Le jeu en valait-il la chandelle ?

Après trois heures d'enregistrement, Cate effaça les vingt dernières minutes. Elle pouvait faire mieux, surtout pour ce client qu'elle souhaitait pleinement satisfaire.

Quand elle eut terminé, envoyé le fichier au producteur, la pause s'imposait comme un besoin aussi vital que celui de respirer. Une longue douche la délassa et lui vida l'esprit. Puis une balade dans le verger au sol tapissé de fleurs lui apporta un regain d'énergie.

De retour au cottage, elle prépara une marinade au piment, pour une recette de poulet que Consuela lui avait donnée. Elle fit ensuite des tortillas, pas aussi jolies que celles de sa cuisinière préférée, mais elle espérait qu'elles seraient au moins mangeables !

Et si Dillon n'aimait pas la cuisine mexicaine ? s'interrogea-t-elle soudain en découpant des tomates pour la salsa. Elle croisa les doigts, car il était trop tard pour changer le menu : fajitas de poulet, frijoles, riz, salsa et nachos, flan en dessert.

Comme la météo s'y prêtait, elle dressa la table à l'extérieur, avec des bougies.

De retour en cuisine, elle laissa la porte ouverte tandis qu'elle émincait les oignons, les poivrons, découpait le poulet mariné en lanières diagonales. Consuela avait tenu à préparer le guacamole elle-même, et Cate lui en était reconnaissante.

Lorsque Dillon arriva, tout était prêt. Ne restait plus qu'à faire sauter le poulet dans la poêle en fonte empruntée à Consuela. Un bouquet à la main, il l'enlaça et l'embrassa langoureusement.

– Tu sens bon.

– C'est moi, ou la salsa ?

Il lui renifla le cou.

– Presque sûr que c'est toi. Fleurs des champs, dit-il en lui tendant le bouquet.

– C'est toi qui les as cueillies ? demanda-t-elle, touchée.

– Je n'ai pas eu le temps d'aller chez le fleuriste. Une des Angus a décidé de vêler aujourd'hui. Elle a eu besoin d'un peu d'aide.

– Les fleurs des champs sont bien plus belles que celles de chez le fleuriste.

– Je m'en souviendrai.

– Tu as vraiment aidé une vache à mettre bas ?

– Ben ouais… En général, elles se débrouillent toutes seules, mais parfois, il faut leur donner un coup de main. On a mis au monde un bon gros joli mâle. Je pense qu'il le restera.

– Joli ? demanda Cate en cherchant un vase.

– Mâle.

– Hein ? Vous castrez les veaux ? Brrr… C'est vache, c'est le cas de le dire.

– Trop de taureaux dans un troupeau, c'est la cata, crois-moi.

– Je parie que les petites vaches sont hyper confiantes quand tu…

Elle mima une paire de ciseaux.

– Si c'étaient des vaches, on n'aurait pas besoin de… (Il mima le même geste.) Je peux goûter la salsa ?

– Si tu veux. J'espère que tu aimes la cuisine mexicaine.

Dillon trempa un nacho dans la sauce.

– Hmm… trop bon. Waouh, ça arrache ! Heureusement, j'adore le piment.

– Tant mieux, tu ne seras pas déçu. Je n'aime toujours pas la bière, j'ai préparé de la margarita mais…

Elle retira une Negra Modelo du réfrigérateur, la versa dans un verre à pinte qu'elle garnit d'une rondelle de citron vert.

– Tu es la femme parfaite.

– Tu auras droit à autant de fajitas que tu pourras en manger.

– Méfie-toi, je suis un ogre.
– Je les préparerai tout à l'heure. Allons prendre l'apéro dehors.
– Excellente idée. Darlie et Luke sont bien arrivés ?
– Ils se sont arrêtés pour la nuit chez une amie de sa mère. Elle ne voulait pas faire la route d'une traite.
– Elle a bien fait. Cinq ou six heures de voiture, pour un bébé, ça commence à faire long.
– À propos… Quatre kilos tout ronds ?
– Pas un gramme de plus. Grace est venue au monde plus facilement que le veau de mon Angus. Elle est mignonne comme un cœur. Sa maman ressemblait à une madone, son papa à une épave, une épave rayonnante. Ils sont déjà de retour chez eux.
– À la maternité, aux sages-femmes et aux accouchements faciles ! dit Cate en levant sa margarita.
– C'est quand même dingue que tu puisses rentrer chez toi aussi vite, même si tout s'est bien passé… Les deux grands-mères sont là pour les aider, heureusement. Ma mère et Gram passeront les voir demain.
– À la petite Grace et à tous les bébés du jour ! dit Cate en faisant tinter son verre contre celui de Dillon. J'irai les féliciter dans deux ou trois jours ; je leur laisse le temps de se poser.
– On ira tous les deux, si tu veux.
– OK, tu me diras quand, tonton Dil.
Il afficha un grand sourire. Cate se cala confortablement contre le dossier de sa chaise.
– Un jour, j'espère qu'on pourra prendre l'apéro en ne parlant que de choses heureuses…
– Mais pas ce soir. Sparks.
– Red nous a exposé sa théorie, à laquelle il paraît que tu adhères.
– Le gars se fait poignarder en prison et il s'en tire avec quelques points de suture ? C'est louche, non ? Si on avait voulu le tuer, on lui aurait fait plus de mal que ça, tu ne crois pas ?
– Je n'avais pas vu les choses sous cet angle, mais… Le mec était peut-être nerveux, ou pressé.
Une nuée de papillons voletant derrière lui, Dillon martela la table du doigt.
– D'abord, tu prends le temps de fabriquer une arme de fortune, au risque de te faire choper et d'être placé à l'isolement. Et ensuite, tu es tellement nerveux que tu plantes le mec au mauvais endroit ? Tu ne lui fais qu'une petite blessure de rien du tout ? Non…
Le raisonnement rejoignait celui de Red, et Dillon paraissait tout aussi sûr de lui.

– Ils n'ont pas relevé d'empreintes ?

– Si, les siennes. À ton avis, pourquoi il s'est agrippé à la brosse à dents ? Pour essayer de l'arracher, OK, mais pas seulement. Il n'est pas idiot. Ce n'est pas un génie, mais ce n'est pas un crétin, loin de là. C'est un calculateur. J'ai pas mal pensé à lui, toutes ces années.

– C'est vrai ?

– Cette nuit-là a marqué un tournant dans ma vie, déclara-t-il en regardant Cate dans les yeux. Avec ce qui était arrivé à mon père, je savais que le monde n'était pas tout rose, mais je n'avais jamais été confronté à la violence et à la peur d'aussi près. La façon dont vous avez réagi, toi, ma mère, Gram, ton père, Hugh… Tout ça m'a beaucoup marqué et j'y ai souvent repensé. À ta mère et à ses deux acolytes, aussi. Du coup, quelque part, j'ai l'impression de les connaître.

– Vous avez peut-être raison, Red et toi. Mais si Sparks était à la base de tout ça, ma mère aurait dû être la première sur sa liste, non ?

– Plus difficile de l'atteindre… Son mari a dû investir des millions dans la sécurité. (Dillon but une gorgée de bière en haussant les épaules.) Mais, ouais.

– Je n'ai plus aucun sentiment pour elle, pas même de la colère, mais je ne voudrais pas qu'elle soit assassinée.

– Je suis beaucoup plus inquiet pour toi que pour elle.

– J'ai laissé mon grand-père et Red discuter sécurisation du cottage, ce matin. Mais je vois que tu as une autre idée derrière la tête. Je t'écoute, et j'irai préparer le dîner.

– Tu pourrais venir au ranch.

– Premièrement, je ne peux pas laisser Grandpa. Ensuite, j'ai mon boulot.

– Je m'attendais à ces arguments. Alors je peux venir dormir ici. Red restera au ranch. Il y passe déjà au moins une nuit sur deux, ça ne le dérangera pas.

En sirotant sa margarita, Cate changea de position, croisa les jambes.

– Tu crois que ta mère et ta grand-mère ont besoin d'un mec pour les protéger ? Et moi aussi ?

Un homme pouvait traverser un champ de mines s'il savait où mettre les pieds, et où ne pas les poser.

– Ma mère et ma grand-mère sont fortes, toi aussi, mais c'est plutôt bien, non, de savoir que des gens veillent sur toi ?

– Excellente réponse à une question piège. Et pour être honnête, je t'avoue que je dormirai mieux si tu es là. Ça me tranquillisera, non seulement pour moi, mais aussi pour Grandpa et Consuela.

– Alors je viendrai dormir là. Une dernière chose, et le sujet sera clos.

– Je t'écoute.

– Je ne crois pas que Hugh, Lily ou ton père risquent quoi que ce soit. Ils étaient prêts à payer la rançon, ils n'y sont pour rien si l'enlèvement a capoté. Si c'était Dupont, par contre, qui voulait se venger, ils auraient sûrement été ses premières cibles, avec ta nounou de l'époque. Par conséquent, on peut en déduire que ce n'est pas elle.

– Oh mon Dieu, Nina ! Je n'avais pas pensé à elle.

– Red y a pensé. Tout va bien pour elle. Sparks aurait du mal à mettre un contrat sur la tête de quelqu'un qui vit en Irlande.

– Je l'appellerai demain, ça me rassurera. Et toi et ta famille ?

– On ne risque pas grand-chose, à mon avis, mais j'aime autant que Red soit là, et on a deux retraités de la police, cette année, dans l'équipe des saisonniers.

– Tu couvres tes bases.

– Je veille sur les miens. Sache que tu en fais partie.

Soudain mal à l'aise, Cate se leva.

– Je vais préparer le repas.

Dans la cuisine, elle fit chauffer de l'huile puis, en marmonnant des jurons en italien, elle rassembla tout ce dont elle avait besoin pour préparer les fajitas. Dillon la rejoignit et remplit son verre de margarita.

– Ce que tu viens de dire… murmura-t-elle. Il faudra me laisser le temps de m'y habituer.

– Je sais m'y prendre avec les animaux et les gens têtus. Mais tu n'es pas têtue, alors je peux attendre.

– Je n'arrête pas de me demander ce que j'ai fait dans cette vie pour te mériter.

– Là, tu viens de dire une ânerie. Je peux prendre une autre bière ?

En tripotant son bracelet d'hématite, elle se tourna vers lui.

– Non, ce n'est pas une ânerie ! Et non, je ne suis pas têtue. S'il te plaît… laisse-moi parler, et ne me touche pas…

Fasciné, il l'observa, tout en se servant une bière. Nerveusement, elle écarta une mèche de son visage, en regrettant de ne pas s'être attaché les cheveux.

– Moi qui croyais qu'on allait manger un bon repas et passer la soirée au lit… soupira-t-elle.

– Je te l'ai déjà dit, je crois, mais tu es vraiment la femme parfaite.

– Oh non, je traîne de lourds bagages… Je fais des crises d'angoisse, des cauchemars. De moins en moins, heureusement, mais là, on vient de frôler la panique.

– Parce que je suis en train de te dire que je t'aime ? Si tu ne t'en doutais pas, tu es plus bête que je pensais.

– Non… grommela-t-elle en ajoutant le poulet dans l'huile chaude. Je ne voulais pas que tu…

– Que je t'aime ? Ou que je te le dise ?

– Les deux. *Et merde, putain, fait chier !*

– Français, cette fois, c'est ça ? Je pense saisir l'essence du message.

Elle inspira par le nez, expira lentement par la bouche.

– Ce n'est pas contre toi… J'ai tellement peur de tout gâcher… Je ne supporterais pas de te perdre, Dillon.

N'était-ce pas déjà énorme ? pensa-t-il en jubilant intérieurement.

– Il n'y a pas de raison.

– Non… dit-elle en remuant le poulet. Mais on ne sait jamais… J'ai trop besoin de toi, de ta famille. Depuis toujours. Ça m'a beaucoup aidée de correspondre avec ta mère. Elle est un peu mon mentor.

– On s'est déjà fait la promesse que, quoi qu'il arrive entre nous, ça ne changera rien aux liens qu'on a avec nos familles.

– Je sais qu'on s'efforcera de la tenir. Je… Mon père a renoncé à tant de choses pour moi… J'ai compris qu'on avait tous les deux franchi un cap le jour où il s'est résolu à me quitter pour partir en tournage. C'était le signe qu'il me faisait confiance, qu'il ne s'inquiétait plus pour moi en permanence. J'ai beaucoup parlé de tout ça avec Julia. Si je pouvais choisir une mère, ce serait elle.

Dillon s'avança vers Cate et lui posa une main sur l'épaule.

– Tu ne la perdras jamais, ni aucun de nous.

– Non ? répliqua-t-elle en faisant volte-face. Et si je te disais que je ne t'aime pas, que j'en suis incapable ?

– Ça me briserait le cœur, mais tu resterais dans mon cœur en miettes.

Sentant les larmes monter, elle se frotta les yeux.

– Pousse-toi, laisse-moi cuisiner.

Elle retira le poulet de la poêle, le réserva sur une assiette, puis entreprit de faire sauter les oignons et les poivrons, des gestes qui lui permirent de se ressaisir.

– Je t'ai parlé des trois hommes que j'ai connus.

– Oui.

– Avec Noah, j'ai paniqué, au début. Normal, c'était la première fois que je sortais avec un garçon. Avec les autres, c'était plus cool ; ils m'attiraient, ils m'intéressaient mais je ne me suis jamais trop investie. Entre nous… j'ai toujours eu beaucoup d'amitié, beaucoup d'affection pour toi… Et j'aurais voulu qu'on s'en tienne à ça.

– Impossible.

Sans le regarder, elle enroba oignon et poivron dans les sucs du poulet.

– Tu es affreusement sûr de toi.

– Je ne me contenterai pas d'amitié et d'affection. Toi non plus.

– Ce serait plus facile, mais tu as raison, ce n'est pas possible… Et c'est justement ce qui m'angoisse. D'un côté, je voudrais que ce soit facile, de l'autre… je voudrais aussi qu'on soit un vrai couple.

Dillon garda un instant le silence, tandis qu'elle dressait les assiettes. Puis il prit la parole, d'un ton très doux.

– J'aurais pu tomber amoureux de toi le soir où je t'ai trouvée dans la cuisine en descendant chiper une cuisse de poulet dans le frigo. Mais en vérité, le vrai coup de foudre, je crois que je l'ai eu quand je t'ai vu descendre de ta voiture les bras chargés de lys rouges. Tu avais des yeux du même bleu que les bleuets, aussi radieux que le printemps après l'hiver, un sourire qui m'a décoché une flèche en plein cœur, et des cuissardes de cuir noir…

Il s'interrompit pour boire une gorgée de bière.

– J'espère que tu les as encore. J'adorerais te voir nue dans ces bottes.

Sans rien dire, elle découvrit un bol de cheddar râpé, un autre de crème fraîche.

– À ce moment-là, j'ai su que tu étais la femme de ma vie.

– Tu ne me connaissais pas.

– Oh punaise, je t'en prie !

Elle eut un mouvement de surprise. Il s'impatientait si rarement.

– Tu ne m'avais pas vue depuis des années.

– Je te connaissais mieux que tu ne le penses. J'avais de tes nouvelles par ma mère, quand elle recevait tes mails, par Hugh et Lily, par Aidan et Consuela. Je savais que tu étais avec un danseur, que tu t'étais inscrite à l'université de New York, que tu apprenais des langues étrangères. Tu fais partie de ma vie depuis mes onze ans, c'est comme ça, que tu le veuilles ou non ! dit-il en s'emportant.

Avec précaution, elle retira les tortillas du four.

– C'est la première fois que je te vois énervé…

– Non, ce n'est ni la première ni la dernière fois, et ça ne change rien à rien à mes sentiments.

– Si je n'étais pas revenue ?

– Tu serais revenue tôt ou tard, mais je commençais à trouver le temps long.

– C'est vrai, soupira-t-elle en lui caressant la joue, j'aurais fini par revenir un jour. Moi aussi, j'ai des images de toi, Dillon. Je suis en train de les trier.

– Je t'ai dit qu'une fille avait compté pour moi plus que les autres, mais je n'ai jamais envisagé une seule seconde de faire ma vie avec elle. Parce que j'ai toujours su que la femme de ma vie, c'était toi.

Il posa sa bière et l'enlaça.

– Et mince… Je ne peux pas résister, le repas attendra.

Elle esquissa un sourire, s'attendant à un baiser aussi furieux que son regard. Mais il la prit dans ses bras et la souleva, comme il l'avait fait la première fois.

– Il attendra tant que ça ?

– Parfaitement.

– Hmm, ça me manquait… chuchota-t-elle en lui mordillant le cou. Tu vas être déçu, je n'ai plus mes cuissardes.

– Dommage, maugréa-t-il en gravissant l'escalier.

– Mais je suis experte assermentée en achat de bottes.

– Noires, au-dessus du genou.

Il la déposa sur le lit et la contempla, à la lueur dorée du soleil déclinant. Du doigt, elle lui fit signe de la rejoindre. Il enleva ses chaussures, puis s'allongea au-dessus d'elle et l'embrassa, lui procurant un délicieux frisson.

– Je t'aime, Caitlyn.

Un raz-de-marée d'émotions la submergea.

–Accorde-moi un peu de temps… C'est peut-être idiot, ou superstitieux, ou les deux, mais le jour où je te le dirai, je veux être sûre que ce soit pour toujours.

– Prends tout ton temps. Je veux être sûr, moi aussi.

– Cette assurance est limite énervante.

– Tu t'énerveras plus tard.

Il l'embrassa avec une infinie tendresse, lui offrant un amour qu'elle accepta de recevoir comme un cadeau, un baume sur ses vieilles cicatrices, sur ses incertitudes. En retour, ce qu'elle ne pouvait pas encore formuler avec des mots, elle l'exprima par chacun des battements de son cœur, par le langage des caresses et des baisers, par la douceur avec laquelle elle lui déboutonna sa chemise et effleura du bout des doigts les muscles si bien dessinés de son torse, de son dos.

Dans la lumière rougeoyante du couchant, elle redressa le buste tandis qu'il lui ôtait son tee-shirt et savourait la saveur de sa peau nue.

Elle s'offrait tout entière, pensa-t-il. Elle avait tant à offrir, davantage qu'elle ne le croyait. Il l'avait senti dès le premier instant, et chaque moment partagé avec elle l'avait conforté dans ce sentiment. Quand elle aurait suffisamment confiance en elle, en eux, elle prononcerait ces mots qui lui semblaient si terrifiants.

En attendant, il savait que le cœur qui palpitait sous ses lèvres battait d'amour pour lui. Il savait aussi qu'il l'aimerait jusqu'à son dernier souffle, chaque minute de chaque jour.

Désormais au-dessus de lui, elle lui saisit les mains et les porta à ses lèvres tandis qu'il la pénétrait lentement. Elle renversa la tête en arrière, avec un soupir de plaisir, et descendit ses mains jusqu'à ses seins.

Ils firent l'amour avec langueur, se laissant porter par le flux et le reflux du plaisir, chaque vague plus haute et plus profonde que la précédente, et quand les premières étoiles éclairèrent le ciel, ils succombèrent tous deux à la déferlante de l'orgasme.

Délicieusement repue, elle nicha sa tête au creux du cou de Dillon.

– Je ressens pour toi des sentiments que je n'ai jamais éprouvés pour personne, murmura-t-elle.

– Je sais, dit-il en lui caressant le dos.

– Ton assurance va finir par me hérisser, répliqua-t-elle en riant.

– Si je le sais, c'est parce que je ressens la même chose. Le fait est que je suis celui qu'il te faut. Je peux attendre que tu l'admettes. Il n'y en aura plus pour longtemps.

– J'entrevois une nouvelle facette de ta personnalité, dit-elle en scrutant son regard, dans la pénombre. Qui se rapproche énormément de l'arrogance.

– Ce n'est pas de l'arrogance de savoir que personne ne t'aimera jamais comme je t'aime. Ce sera dur de me prouver le contraire. Cela dit, je crève de faim, dit-il en lui donnant un petit baiser. Je parie que toi aussi.

– Exact.

– Tu vois, je le savais.

Tandis qu'ils dégustaient des fajitas à la lueur des bougies et des étoiles, Charlotte arpentait sa suite personnelle, qu'elle venait de faire redécorer dans les tons or, émeraude et saphir.

Elle avait manifesté un désir d'opulence, auquel l'architecte d'intérieur avait répondu par des kilomètres de brocarts et un lustre de cristal à sept couronnes importé d'Italie.

Au plafond, elle avait fait peindre des fresques la représentant en Ève, en Juliette, en Lady Godiva, en reines et déesses qui veillaient sur ses rêves, quand elle dormait entre les draps de soie dorée de son lit.

Conrad et elle avaient désormais chacun leurs appartements, depuis qu'il faisait de l'apnée du sommeil et devait porter cet horrible masque. Le pauvre homme était devenu un vieillard. Il avait déjà eu deux infarctus, une pneumonie l'hiver précédent, et un cancer de la peau qui lui avait valu l'ablation et la reconstruction d'une partie de l'oreille gauche, sans parler bien sûr de ses problèmes de prostate.

Mais son cœur continuait de battre.

Charlotte lui souhaitait de s'éteindre paisiblement dans son sommeil. Alors, elle serait enfin libre de se trouver un bon amant. En attendant, le contrat de mariage stipulait très clairement qu'à la moindre incartade, elle ne toucherait pas un centime de l'héritage. Jusqu'à présent, cette clause ne lui avait pas trop pesé, mais depuis quelque temps, Conrad n'avait plus beaucoup de vigueur.

Jamais elle n'aurait cru qu'il vivrait aussi longtemps. Il était si diminué qu'il ne se déplaçait plus qu'avec une canne, même à l'intérieur de la maison. Son corps robuste était devenu flasque, et Charlotte devait au moins faire semblant de se soucier des différents comprimés dont il avait besoin pour se maintenir en vie.

L'avantage, c'est qu'elle n'était plus obligée de feindre le désir. Il lui était reconnaissant de « comprendre », et de lui rester malgré tout fidèle et dévouée.

Elle avait tout l'argent du monde, et ne pouvait même pas se payer une tranche de plaisir…

Cela dit, ce n'était pas le plus douloureux des affronts. Que la police se soit permis de venir frapper à sa porte était pire. Elle ne leur avait rien dit, naturellement. Son avocat se chargerait de rédiger un communiqué. Pourquoi diable voulait-on l'interroger à propos de meurtres et d'agressions dont elle se moquait comme de sa première chemise ? Denby était mort ? Et alors ? Bon débarras. Scarpetti ? Tant pis pour lui, ce minable qui n'avait pas été fichu de lui épargner la prison. Elle ne regrettait qu'une chose : que le flic n'ait pas plongé dans l'océan. Quant à Sparks ? Elle aurait voulu qu'il meure étouffé dans son sang.

Du doigt, elle effleura les rideaux de velours doré que sa bonne avait tirés pour la nuit.

Non, en vérité, elle gardait un petit faible pour Grant.

Était-il resté aussi bel homme, malgré la prison ?

En principe, il serait bientôt libre… Si Conrad se décidait à mourir, elle tenterait peut-être de renouer… Elle était prête à le payer, généreusement, pour une torride nuit de plaisir.

Cette seule pensée suffit à l'exciter.

Elle allait sonner la bonne et la prier de lui faire couler un bain, où elle se masturberait.

Dans le dressing, elle se campa devant l'un des miroirs et s'observa. Grâce aux implants capillaires, elle avait de beaux cheveux. Pas trop de rides, merci les liftings.

En s'admirant, elle se déshabilla, puis, une fois nue, elle prit la pose, de trois quarts, de profil. Poitrine ferme, fesses toniques. La chirurgie esthétique accomplissait des miracles. Elle se passa une main sur le ventre, parfaitement plat, depuis la dernière plastie. Les cuisses galbées, pas de peau distendue sous les bras. L'argent et la médecine moderne pouvaient tout.

Elle n'aurait pas besoin de payer Grant Sparks pour s'envoyer en l'air, ni personne. À ses yeux, elle paraissait trente-cinq ans, elle avait encore une silhouette de mannequin. Personne ne se doutait qu'elle avait une fille de… quel âge avait-elle, maintenant ? Elle était adulte, en tout cas, et personne ne pouvait imaginer que Charlotte Dupont était mère d'une fille adulte.

La petite garce méritait peut-être une piqûre de rappel, pensa-t-elle en se drapant dans un peignoir de satin blanc. Elle appellerait son attachée de presse, le lendemain. Pour l'instant, elle avait envie d'un bain, de se faire du bien. Ensuite, elle prendrait un somnifère et se mettrait au lit, même s'il était encore tôt. Elle avait une séance photo le lendemain, elle devait être en forme. Elle était aussi invitée à une soirée où elle pourrait se plaindre que le septième art l'épuisait.

Une bonne journée en perspective. Si Conrad pouvait rendre l'âme dans la nuit, ce serait le paradis !

Chapitre 27

Une relation de couple, découvrit Cate, pouvait offrir une sorte de routine confortable. Elle n'entendait pas forcément Dillon se lever, le matin, si bien qu'elle se réveillait seule et prenait le temps d'émerger en buvant son café et en contemplant le paysage.

Selon ses obligations professionnelles, il lui arrivait ensuite de passer une heure en studio avant d'aller faire du sport avec son grand-père.

Fin juin, ils se mirent à l'aquagym. Cate avait trouvé un programme sur Internet.

– La piscine, c'est fait pour se détendre… bougonna Hugh, le soleil se reflétant dans ses lunettes noires.

– Tu te détendras tout à l'heure. Allez, dernière série de squats-biceps.

Dans la partie la moins profonde du bassin, elle faisait les exercices avec lui.

– Celui qui a inventé les haltères aquatiques devrait être fusillé, bougonna-t-il en fléchissant les bras.

– Consuela prépare une frittata pour le petit déjeuner. Méritons-la. *Fagfaimid* ! Encore deux, Sullivan !

En serrant les dents et en maudissant elle aussi l'inventeur de l'aquagym, elle descendit en position de squat, se redressa, remonta les haltères au niveau de la poitrine.

– Voilà qu'elle me parle en gaélique, maintenant… J'adore ma petite-fille, mais je déteste ma coach sportive.

– Courage, un dernier !

Elle éclata de rire lorsque son grand-père s'effondra dans l'eau avec ses Rayban et son chapeau.

– Encore quelques étirements et on aura fini, dit-elle quand il refit surface. Tu as retrouvé un corps de jeune premier, Hugh le Tombeur.

En se tenant au bord de la piscine, il s'étira les mollets, les ischions, puis les quadriceps.

– Un homme de mon âge devrait avoir le droit de faire un peu de lard.

– Pas mon grand-père.

– Tu as l'intention de coacher Lily, quand elle sera rentrée, la semaine prochaine ?

– Il y a des chances.

Hugh retira son chapeau, l'essora, le remit sur sa tête.

– Ce serait cool.

Sourire aux lèvres, Cate se laissa flotter sur le dos, en planche.

– Quand papa sera là, on montera un ballet aquatique !

– *The Swimming Sullivan.*

En riant, elle fit une pirouette, puis elle nagea jusqu'à l'échelle, sortit de l'eau et se sécha, tout en contemplant les voiliers sur la mer.

– Regarde ! Une baleine bleue ! La première que je vois, cette saison.

Hugh n'eut que le temps d'apercevoir la queue du cétacé.

– Je vois passer les baleines depuis tout petit, mais je ne m'en lasserai jamais. Avant de partir pour l'Irlande, ma mère m'a demandé si je préférais la maison de Beverly Hills ou celle de Big Sur. J'ai choisi celle-ci sans l'ombre d'une hésitation, je le ne regretterai jamais.

– On a de la chance, Grandpa. On est bien nés.

– C'est sûr.

Cate s'essuya les cheveux, puis elle les ramena en arrière.

– Le seul inconvénient, ici, c'est qu'il n'y a pas de coiffeur. Quand Lily sera de retour, on fera venir Gino. Pour elle, il se déplacera à Big Sur.

– Tu as de si beaux cheveux…

– Il faut absolument que je me les fasse couper et je n'ai confiance qu'en deux personnes : Gino, et la coiffeuse que j'avais finalement trouvée à New York, après quelques catas… C'est que j'ai un chéri, maintenant ! minauda-t-elle en battant des cils.

– Tu n'aurais pas pu choisir mieux, répliqua Hugh en s'enveloppant dans un peignoir en éponge.

– Parfois, j'ai l'impression que c'est le destin qui a choisi pour moi… Tu veux venir dîner avec nous, ce soir ?

Cate noua un sarong fleuri autour de sa taille.

– Je ne veux pas vous déranger.

– Si je t'invite, c'est que tu ne dérangeras pas.

Comme à l'accoutumée, Consuela avait dressé la table du petit déjeuner, préparé un pichet de jus de fruits et du café dans une Thermos.

– Je demanderai à Dillon d'apporter des steaks, dit Cate en remplissant deux verres, puis deux tasses. Et de cette variété de pommes de terre dont tu raffoles, s'il en a. Je ferai peut-être un soufflé.

Avec un soupir d'aise, Hugh s'installa sur une chaise.

– S'il y a du steak, alors je suis des vôtres !

– Super ! Dillon viendra sûrement avec les chiens, tu seras content.

– Qu'est-ce que tu vas faire de beau, aujourd'hui, à part cuisiner ?

– Chanter, pour la série *Caper*. Tu y as fait une apparition, il y a deux ou trois saisons, non ?

– En effet. Un escroc à la retraite qui raccroche pour aider un ami. C'est une très bonne série, intelligemment construite.

– Ils font une sorte d'épisode musical. L'actrice principale chante comme une casserole. Ils ont essayé d'en faire un ressort humoristique, mais ça ne fonctionne toujours pas. Alors je la double, dans deux solos, un duo et un ensemble.

– Tu vas t'amuser.

– J'ai déjà commencé, c'est une vraie partie de plaisir. Ah, voilà le petit déjeuner ! s'écria Cate gaiement.

Son visage se rembrunit toutefois à la vue de l'expression contrariée de Consuela.

– Tout va bien ?

– Aïe… Je n'ai pas envie de vous dire… mais je vais vous dire…

Fébrile, la cuisinière servit la frittata, ainsi qu'une salade de fruits au yaourt. Hugh se leva et lui tira une chaise.

– Je ne peux pas m'asseoir, je suis trop en colère !

Tout en marmonnant en espagnol, avec de grands gestes des bras, elle se mit à marcher en long et en large.

– Vous parlez trop vite pour moi, Consuela, je ne comprends rien, à part les gros mots. Première fois que je vous entends jurer, je crois…

– C'est Charlotte, à la télé, ce matin…

Une nouvelle bordée de jurons en espagnol suivit, puis Consuela croisa les mains sur son cœur, ferma les yeux et prit une grande inspiration.

– Excusez-moi, je vais me calmer… Cette femme, avec ses mensonges et son air de chien battu… elle prétend être une bonne personne… Elle a annoncé qu'elle avait créé une *fundacion*… avec l'argent de son mari, pour…

Elle s'interrompit, fouilla dans sa mémoire puis secoua la tête.

– Désolée… je suis tellement énervée que j'en perds mon anglais.

Et elle poursuivit en espagnol.

– Elle a créé une association caritative pour accompagner les mères de famille qui ont été incarcérées, traduisit Cate. Ça s'appelle Le Cœur d'une mère. Les femmes qui le souhaiteront pourront bénéficier de formations professionnelles, de consultations médicales ou psychologiques, de cures de désintoxication, d'aides au logement et au retour à l'emploi, tout ça.

– *Nina mia*… soupira Consuela. Elle dit que sa fille ne lui a jamais pardonné, qu'elle lui a brisé le cœur. C'est pour ça qu'elle veut aider les femmes qui ont commis les mêmes erreurs. Elle avait des larmes, la bougresse ! Des larmes d'hypocrite qui lui auraient brûlé le cœur si elle en avait eu un ! Mais elle n'a pas de cœur à brûler, pas de cœur à briser.

Cate se leva et enlaça Consuela.

– Non… Mais toi, tu as un cœur en or, et tu es comme une mère pour moi. Elle, elle n'est rien pour nous.

– *Te amo.*

– *Te amo*, répéta Cate en l'embrassant.

– Le petit déjeuner va refroidir. Mangez, tous les deux. J'ai du travail.

Quand l'employée de maison se fut éloignée, elle se rassit.

– Elle va tout récurer. C'est comme ça qu'elle évacue la contrariété…

Hugh posa une main sur la sienne.

– Et toi ?

– Moi ? Je vais me régaler d'un savoureux petit déjeuner. Que Charlotte aille au diable ! Un bien pour un mal, elle se rendra peut-être utile, avec cette association.

– Ce n'est qu'un moyen de faire parler d'elle.

– Bien sûr, je suis certaine que c'est son unique objectif mais, involontairement, elle rendra peut-être service à certaines personnes. Je pourrais en profiter pour dire au monde ce que j'ai à dire d'elle, j'y ai pensé plusieurs fois, mais j'ai une trop haute opinion de moi-même et de ma famille pour me rabaisser à ce genre de mesquineries.

– Si jamais tu veux faire une déclaration…

– Non. J'ai décidé il y a longtemps de ne pas rentrer dans ce jeu. J'ai pesé le pour et le contre, crois-moi. Le contre pèse nettement plus lourd que le pour. J'aime la vie que je me suis construite, que je suis en train de construire. J'ai trouvé le bonheur. Et de savoir qu'elle n'est pas heureuse me procure une certaine satisfaction malsaine.

– Il n'y a pas de meilleure revanche que le bonheur.

Incapable de se concentrer sur son travail, Cate préféra sortir marcher, dans l'espoir de faire le vide. Doubler une chanson représentait un challenge ; obnubilée par Charlotte, elle ne parviendrait à rien de bon.

De retour de sa promenade, elle répéta devant le miroir, en s'imaginant dans la peau du personnage. Puis elle regarda l'épisode, en observant attentivement le mouvement des lèvres de l'actrice.

Après quoi, elle fit un nouvel enregistrement. Meilleur que le précédent, mais encore loin de la perfection.

Cinq prises plus tard, elle était à peu près satisfaite. Néanmoins, elle fit tout de même deux autres prises, les écouta toutes les trois, décida que la première était la meilleure.

Puisqu'elle semblait avoir trouvé le feeling, elle travailla le second morceau en solo, une sorte d'hymne grandiloquent, que la comédienne accompagnait de grands gestes lyriques.

Pas évident… Il fallait entrer dans le rôle.

À la fin de la journée, elle avait enregistré, monté et filtré trois morceaux. Elle envoya les fichiers. Inutile d'en faire davantage tant que le réalisateur et l'actrice ne lui auraient pas donné leur bénédiction. Du reste, elle devait aller chercher la commande qu'elle avait passée par texto à Julia dans la matinée, l'occasion de se détendre une petite heure au ranch.

Il y avait du monde sur la route, beaucoup de touristes. En roulant au pas, elle songea qu'elle n'avait toujours pas acheté cette décapotable dont elle rêvait depuis longtemps.

Les prairies de fauche, les champs d'avoine et de maïs formaient un patchwork vert et or qui ondulait sous la brise. Les troupeaux et les chevaux broutaient dans les prés, les monts Santa Lucia en toile de fond.

Elle se gara et frappa à la porte. Au loin, elle entendait un tracteur, ou une autre machine agricole. Le bourdonnement des abeilles lui parvenait depuis les ruches au fond du jardin. Elle adorait le miel, l'apiculture la fascinait, mais elle préférait garder ses distances.

Dans le potager, Maggie s'occupait des plants de tomates, en salopette baggy, Birkenstock et grand chapeau orange.

– Belle journée pour jardiner ! lui lança-t-elle.

Maggie se redressa et s'étira le dos.

– Tout a poussé à une vitesse folle, depuis la semaine dernière, ajouta Cate.

– La fiente de poulet est le meilleur des engrais.

– On dirait.

– Julia m'a laissé ta commande. Je vais te la chercher, si tu es pressée.

– J'ai le temps. Je peux vous donner un coup de main ?

– Tu sais tuteurer les tomates ?

– Non.

– Viens, je vais t'apprendre.

Cate marcha avec précaution entre les rangs du potager.

– Julia est aux champs, elle ne devrait pas tarder. Red a pris un après-midi bien mérité pour aller surfer. Dillon tond les moutons. Regarde… Tu les attaches délicatement, en faisant attention à ne pas casser les tiges.

– Dillon tond les moutons ?

– Avec un voisin.

– Que faites-vous de la laine, après ?

– On la vend, en général, mais cette année, je vais en garder une partie.

– Pour quoi faire ?

– Viens, je vais te montrer. Je finirai de mettre les tuteurs plus tard.

Elles passèrent par la buanderie, où Maggie se débarrassa de ses sabots de jardinage, puis elle précéda Cate jusqu'à un petit salon.

– C'est… un rouet ? Comme dans *La Belle au bois dormant* ?

– Ben ouais, ce n'est pas une fusée, répliqua Maggie en caressant amoureusement la roue. Je l'ai eu à un bon prix sur eBay.

– C'est génial. Qu'est-ce que vous allez en faire ?

– Filer la laine, pardi !

– Alors on rase… pardon, on tond les moutons, vous récupérez la laine, et après ?

– Je la lave, pour enlever les brins de paille, les brindilles, je fais un premier dessuintage, puis je la fais sécher au soleil sur mon vieil étendage. Ensuite, je la carde, c'est-à-dire que je la peigne, et je la file. Et j'obtiens de la belle laine vierge Horizon Ranch, déclara Maggie fièrement. Je ferai peut-être quelques essais avec des teintures végétales, pour voir.

– Qui vous a appris tout ça ? demanda Cate, épatée.

– YouTube, répondit Maggie en retirant un écheveau d'un panier. Regarde… Pas plus tard qu'avant-hier, c'était la toison du mouton.

Émerveillée, Cate palpa le gros fil de laine.

– Quand les aliens attaqueront, je veux être avec vous.

En riant, Maggie l'entraîna vers la cuisine.

– On a fait du thé glacé à la framboise.

– Humm…

La porte de la buanderie s'ouvrit.

– Maman ?

– Je suis là.

– Il faut qu'on appelle le maréchal-ferrant. Alladin a perdu un fer. Du coup… Oh, salut, Cate ! Désolée, je pensais finir plus tôt…

– Pas de problème, je ne suis pas pressée.

Maggie tendit un verre de thé à sa fille.

– J'ai mis sa commande au frigo.

– Merci. Il fait une chaleur… Je crevais de soif.

Les cheveux tressés, Julia était en jean et chemise à carreaux aux manches retroussées, le visage luisant de sueur. Elle se laissa tomber sur une chaise, étendit les jambes devant elle.

– Ouf ! Ça fait du bien !

Maggie servit un verre à Cate, puis elle caressa les cheveux de Julia, d'un geste si affectueux que Cate en eut les larmes aux yeux.

– Pomme et cheddar, ça vous tente ?

– Je ne dis pas non, répondit Julia. C'était mon goûter favori quand je rentrais de l'école. Oh, ma chérie ! s'écria-t-elle en voyant une larme rouler sur la joue de Cate.

Elle fit mine de se lever, mais Cate l'en empêcha.

– Excusez-moi, ce n'est rien.

– Mais non, ce n'est pas rien ! dit Maggie en lavant une pomme. On a la télé ici, comme tout le monde ! Je n'osais pas t'en parler… Je me disais que tu aborderais le sujet si tu en avais envie…

– Ce n'est pas ça. C'est de vous voir toutes les deux… Cette manière si simple de vous témoigner de l'amour…

– Cette peste continue de te faire souffrir, maugréa Maggie en frottant les pommes rageusement.

– Bien moins qu'avant.

– Elle n'arrête pas de remuer le couteau dans la plaie.

– C'est exactement ça, acquiesça Cate, heureuse d'être comprise. Je vais sûrement être encore obligée de changer de numéro de téléphone… Comme d'habitude, les médias vont sauter sur l'occasion…

Elle poussa un long soupir, prit une grande inspiration.

– Je suis privilégiée, je sais, parce que mon arrière-grand-père a eu la chance de percer à Hollywood et de rencontrer une femme qui lui ressemblait. Ensemble, ils ont fondé une dynastie, mais pas seulement sur la célébrité et l'argent.

– Sur la famille, l'éthique, le travail, compléta Julia. Nous connaissons une grande partie de ta famille.

– C'est vrai que vous aviez invité tout le monde pour un barbecue. J'ai toujours regretté d'avoir loupé ça.

– Il y en aura d'autres. Tu es jeune, belle, blanche, riche et talentueuse, donc, oui, tu es privilégiée, mais le privilège n'annule pas le traumatisme. Ta mère n'a toujours été intéressée que par la gloire et la fortune. Aujourd'hui, elle…

– Elle est riche et connue, certes, mais pas glorieuse, souligna Maggie en coupant du cheddar.

– Oh non… Elle est toujours jalouse de toi, de ton père, ta famille. Si je pouvais, je lui collerais mon poing dans la figure !

– Vous êtes gentille, dit Cate.

– Ce n'est pas de la gentillesse. C'est mon vœu le plus cher depuis qu'on a découvert qu'elle avait orchestré ton enlèvement.

Admirative, Cate scruta le visage de Julia, un visage qu'elle commençait à bien connaître.

– Vous êtes toujours si calme, si posée.

Maggie pouffa.

– Méfie-toi ! Si on s'en prend à ceux qu'elle aime, c'est une sauvage !

– Ta mère n'a pas d'affect, poursuivit Julia. Elle n'éprouve que de l'envie, de la jalousie.

– Pour faire court, on l'emmerde !

Julia se tourna vers sa mère.

– Bien dit !

– Mangez donc du fromage et des pommes, toutes les deux, ça vous remontera le moral.

Et Cate fut profondément touchée lorsque Maggie lui caressa les cheveux, exactement comme elle l'avait fait avec sa fille.

Comme elle s'y attendait, les journalistes les plus entreprenants ne tardèrent pas à se procurer son numéro de téléphone et son adresse e-mail. Elle bloqua les appels et les messages.

Néanmoins, ce qu'elle redoutait finit par arriver : un nouvel appel anonyme, un enregistrement de sa mère interprétant une chanson entraînante dans le premier rôle qu'elle avait joué, puis un rire de film d'épouvante, des chuchotements. Comme d'habitude, le montage numérique était de piètre qualité, mais le message très clair.

« Tu as désobéi. Maintenant, des gens sont morts. Tu as du sang sur les mains. D'autres mourront par ta faute. Tout est ta faute. »

Elle conserva une copie de sauvegarde, puis remit son téléphone à Michaela. Elle en achèterait un nouveau, une fois de plus. Elle changerait de numéro, une fois de plus.

Et une fois de plus, elle le savait, on déterminerait que l'appel provenait d'un téléphone prépayé.

– Ils ne peuvent pas en savoir davantage ? s'étonna Dillon.

Cate se baissa pour caresser les chiens, qui avaient désormais un panier au cottage, ainsi que des jouets.

– Apparemment, non. Ce sont des enregistrements d'enregistrements, repiqués par un amateur. Je ferais mieux les yeux fermés. Il y a toujours plein de parasites, de vibrations, d'écho.

– Peu importe la qualité.

– Ma mère aurait les moyens de payer un pro. Quant à Sparks, où trouverait-il le matériel en prison ?

– Ces appels sont des menaces. Tu dois les prendre au sérieux.

– C'est une technique d'intimidation, mais ça ne me fait plus peur. J'ai adopté la philosophie de Gram.

– C'est-à-dire ?

– Je les emmerde tous. J'ai un rancher grand et fort, plus deux chiens de garde pour me protéger. Lily revient demain. Je suis contente et rien ne gâchera ma joie de la retrouver.

– Tu n'as pas parlé à Hugh de ce dernier appel…

Elle sortit une bière du frigo qu'elle tendit à Dillon, puis se servit un verre de vin.

– Je lui en parlerai, ça ne presse pas. On va faire un tour sur la plage avant de dîner ?

– Il va pleuvoir.

Lèvres pincées, Cate leva les yeux vers le ciel, radieux.

– Ça m'étonnerait.

– Tu verras, d'ici deux ou trois heures.

Dillon n'insista pas – à quoi bon ? – mais dès le lendemain, par un petit matin frisquet, après la pluie, il fit part de son inquiétude à Red, tout en préparant le mélange de grains et de lait qu'il donnait aux cochons.

– Si on m'avait dit que je nourrirais un jour des porcelets… dit Red en se grattant l'oreille. Il a fait une de ces saucées, hier soir…

– On en avait besoin. Dis-moi, que sais-tu des appels anonymes que reçoit Cate ?

Red jeta un coup d'œil en direction des saisonniers qui nourrissaient les poules. Comme c'était le jour de la pâtisserie, Maggie et Julia s'affairaient en cuisine.

– J'ai su qu'elle en avait encore reçu un… Comment le prend-elle ?

– À la légère. Elle ne devrait pas.

– Ça fait des années que ça dure. Elle s'est fait une raison…

– Mais c'est grave !

Une fois les auges des porcs remplies, ils se rendirent à l'écurie où ils furent accueillis par cette odeur que Dillon aimait tant, depuis tout petit, celle des chevaux, du grain, du cuir et du fumier. Connaissant la routine, Red se dirigea vers les box de gauche, Dillon vers ceux de droite.

– Mic fera ce qu'elle peut, et elle a la collègue new-yorkaise sur l'affaire. Le FBI suit aussi le dossier.

– Comment se fait-il qu'on ne puisse pas localiser ces appels ?

Tous deux entreprirent de distribuer le fourrage.

– Ils ne sont pas assez longs, et ils proviennent d'un téléphone jetable, qui est ensuite détruit.

– Ce sont tout de même des menaces…

– Le but est de lui faire peur. On a pensé un temps que c'était un fan qui voulait attirer son attention. Mais depuis le temps que ça dure, cette théorie ne tient plus.

– Tu ne crois pas que c'est sa mère ? Cate dit que non, parce que les enregistrements sont mal faits et que sa mère a du pognon pour payer un professionnel. Mais ça pourrait être une ruse…

Tous les chevaux avaient la tête hors des box, comme pour leur dire : « Eh, dépêchez-vous, on a faim ! » Red ne manquait jamais de s'en amuser.

– J'y ai pensé. Cate reçoit un appel presque chaque fois qu'on reparle de l'enlèvement, ou quand Dupont donne des interviews. Ça ressemblerait bien à cette tordue de vouloir en remettre une couche pour perturber Cate un peu plus.

Dillon était en train de donner des vitamines prénatales à une jument. Il annota ensuite un tableau punaisé sur le montant de la stalle.

– Dans ce cas, ce ne serait pas vraiment des menaces. Juste de la méchanceté gratuite. Et mesquine.

– Charlotte Dupont est méchante et mesquine. Elle serait capable de payer quelqu'un pour faire du mal à Cate, mais sans Cate, elle n'est plus rien.

Red se tourna vers Dillon, qui dissimulait une pilule dans un quartier de pomme, près du box suivant.

– C'est le seul moyen de lui faire prendre son traitement.

– Je sais. Je disais… sans Cate, elle n'est plus rien. Quand elle veut se faire remarquer, elle joue la mère éplorée qui se repent en se lamentant que sa fille lui refuse le pardon. Certains y croient.

– Certains sont bêtes.

– C'est sûr que ce ne sont pas les idiots qui manquent en ce bas monde… soupira Red en regardant le cheval qui mastiquait sa pomme.

– Et sinon, tu crois que ça pourrait être Sparks ?

– Il en serait capable. Mais je ne vois pas ce que ça lui rapporterait.

Chacun de leur côté, ils entreprirent de frictionner les chevaux avec de l'antimoustique. L'odeur du répulsif se répandit dans l'écurie.

– Il aurait des raisons de vouloir la tourmenter. Le message le disait, elle a désobéi… Résultat, il s'est fait prendre. Dans tous les cas, continuons d'être prudents et de bien entourer Cate.

Red jeta un coup d'œil à Dillon, qui passait du produit sur la jambe d'un vieil hongre.

– Par certains aspects, tu es beaucoup plus conventionnel que ta grand-mère et moi.

Le commentaire fit sourire Dillon.

– Il faut dire que vous n'êtes pas vraiment conventionnels, ma grand-mère et toi.

– C'est pour ça que je l'aime depuis vingt-cinq ans. Tu sais qu'elle m'a embauché pour faire des écheveaux de laine ? J'ai regardé le match, ou plutôt j'ai essayé, en faisant des pelotes, hier soir.

– C'est mignon.

– Si tu le dis… Écoute, Dil, je ne suis pas ton père, ni ton grand-père, mais…

– Mais tu t'en rapproches énormément !

– Alors je n'irai pas par quatre chemins : tu vas demander Cate en mariage ?

Dillon passa derrière le cheval pour lui frictionner les membres antérieurs, ce que Red, plus méfiant, ne faisait jamais.

– En temps voulu.

– Ça fait un bail que tu es amoureux d'elle…

– Depuis l'âge de onze ans, je crois.

– Je crois aussi. Qu'est-ce que tu attends, alors ?

– Elle dirait non, pour le moment. Elle culpabiliserait mais elle refuserait. Je ne veux pas la faire culpabiliser, alors j'attends qu'elle soit prête à dire oui.

– Comment sauras-tu quand ce sera le moment ?

– Je le saurai. Elle a des tics qui la trahissent.

– Je n'ai jamais réussi à te battre au poker, même quand tu étais gamin. C'est quoi, ses tics ?

– Elle tripote son bracelet quand elle est anxieuse.

– J'ai vu.

– Dans les situations de stress, elle le porte toujours. Et quand elle est énervée, elle jure ou elle marmonne dans une langue que je ne comprends pas. Je ne suis pas inquiet, je le saurai quand ce sera le moment.

– Je te fais confiance !

Chapitre 28

Côte à côte, Cate et son grand-père guettaient le retour de Lily.

– Elle ne devrait pas tarder, même s'il y a des embouteillages…

Cate consulta sa montre et calcula le temps écoulé depuis que Lily avait envoyé un texto pour dire que son vol avait atterri.

– Elle nous apporte le soleil. Il fait un temps splendide, aujourd'hui. Elle aura envie de faire un tour, après être restée des heures immobile dans l'avion et dans la voiture.

– Ensuite, elle voudra siroter un Martini sur la terrasse face à la mer.

– Sûrement, acquiesça Hugh en enlaçant la taille de sa petite-fille. On la connaît bien, pas vrai ?

– Oh, oui. Ah… J'ai entendu le portail ! On aurait dû engager une fanfare.

– On n'y a pas pensé, dommage ; elle aurait adoré. La voilà !

Cate s'élança vers la limousine noire qui se garait, et se figea en voyant son père en descendre.

– Papa !

Folle de joie, elle se jeta dans ses bras, et partit d'un grand éclat de rire lorsqu'il la fit tournoyer autour de lui, comme lorsqu'elle était enfant.

– Quelle belle surprise ! Je te croyais à Londres…

– On a fini le tournage avec quelques jours d'avance. Tu m'as tellement manqué, ma chérie.

– C'est la meilleure surprise qu'on m'ait jamais faite !

– Et moi, je sens le pâté ? lança Lily, qui tenait les mains de Hugh dans les siennes.

– Le meilleur des foies gras truffés !

Cate lui sauta au cou et huma son parfum.

– Toi aussi, tu m'as tellement manqué…

– C'est réciproque. Ouf… Ça fait du bien d'être chez soi. Oh, comme tes cheveux ont poussé ! Ils sont magnifiques ! Hmmm… l'air de Californie sent si bon ! J'adore New York, mais il faisait déjà 27°C quand on est partis ce matin, et plus humide que dans un bain turc. Consuela, ma belle ! Comment allez-vous ?

Lily embrassa chaleureusement sa fidèle employée de maison.

– Bon retour, miss Lily… Bon retour, monsieur Aidan.

– Quel bonheur d'être là, de vous retrouver tous !

– Je ferai rentrer les bagages, madame. Votre chambre est prête, monsieur Aidan.

– Tu savais ? s'étonna Cate.

Consuela tira une fermeture Éclair imaginaire sur ses lèvres, puis fit mine de tourner une clé.

– Consuela, ma chère, vous êtes un trésor ! s'exclama Lily.

– Et toi, tu savais ? demanda Cate à son grand-père.

– Absolument pas, répondit Hugh en étreignant son fils. J'ai épousé une cachottière. Tu es là pour quelques jours, Aidan, j'espère ?

– Bien sûr. Tu as retrouvé une silhouette d'athlète, papa ! Cate a pris soin de toi, on dirait…

– Elle m'a fait faire de l'exercice tous les jours ! De l'aquagym, même !

– J'aimerais voir ça, dit Lily. Mais pour l'instant, j'ai besoin de me dégourdir les jambes.

Hugh lui embrassa le bout des doigts et ils s'éloignèrent tous les deux.

– Laissons-les se retrouver, murmura Cate à son père. C'est beau, un couple qui s'aime toujours autant après vingt ans de vie commune.

– Allons faire un tour, nous aussi. Comment vas-tu, ma puce ?

– Je n'ai jamais été aussi heureuse.

– L'aquagym ?

– Méfie-toi, c'est plus dur que tu ne le penses. Tu verras, demain. Rendez-vous à 8 heures à la piscine, pour tout le monde.

– Hmmm…

– J'ai déjà décalé l'horaire pour vous laisser vous remettre du décalage. Grandpa se lève tôt. On commence à 7 h 30, normalement. Je suis une femme active, maintenant.

Main dans la main, ils se dirigèrent vers la roseraie, admirèrent un majestueux érable japonais, les hortensias d'un bleu éclatant, les lilas ployant sous les fleurs.

– J'ai écouté un de tes livres, sur le vol de Londres à New York.

– Aucun livre n'est de moi.

Aidan embrassa les doigts de sa fille, comme Hugh ceux de Lily.

– Un peu, si. Tu as bien mérité l'Audie Award, pour cette performance. Tu as un merveilleux sens de la narration. Il faut un sacré talent pour interpréter, non pas un, mais tous les personnages d'un récit.

– J'adore ce métier, j'ai un super studio, je vis dans un cottage ravissant, et je fais du sport tous les jours avec mon grand-père ! En vérité, il y prend beaucoup de plaisir, quoi qu'il en dise.

– J'étais sincère quand je disais qu'il avait retrouvé un corps d'athlète. Il allait déjà beaucoup mieux quand je suis parti pour Londres mais là, il a rajeuni ! Tu lui as redonné du peps !

– On se donne du peps mutuellement. C'est vrai que tu restes quelques jours avec nous ?

– Je m'offre quelques mois de relâche. Je devrais sûrement faire quelques allers-retours à Los Angeles, mais je suis là au moins pour l'été.

– C'est vrai ? Je suis trop contente !

– J'éprouvais le besoin de vous voir, toi, papa, Lily. Big Sur, aussi.

Par-delà un massif de digitales pourpres et de thym sauvage, Aidan contempla le Pacifique.

– Big Sur me rend heureuse. En Irlande, c'était rassurant, je me sentais en sécurité. New York m'a insufflé l'énergie dont j'avais besoin. J'y ai mûri, j'ai pris confiance en moi. Ici, la mer, les montagnes, le ciel et le silence me rendent heureuse.

– Tu t'y sens en sécurité aussi ?

– Complètement.

Connaissant son père, le sachant inquiet, elle lui frictionna le bras.

– Si tu veux aborder les sujets qui fâchent, parlons-en tout de suite, ce sera fait. Je ne veux pas qu'ils gâchent votre retour. Le dernier appel anonyme m'a un peu contrariée, mais pas trop. J'ai changé de numéro de téléphone et d'adresse mail, tu le sais – je te les ai envoyés. C'est embêtant, je ne dis pas le contraire, mais guère plus qu'une coupure au doigt.

– Une coupure peut être douloureuse, si on verse du jus du citron dessus, comme Charlotte prend un malin plaisir à le faire.

– J'avoue : j'ai mis quelques jours à digérer la dernière… Son association pour les ex-détenues… Elle organise un gala, bientôt… Le côté positif de la chose, c'est qu'elle se rendra peut-être utile, sans le vouloir.

– Je me suis toujours demandé comment elle avait pu faire une fille aussi formidable.

– Les gènes Sullivan sont plus forts que ceux des Dupont.

– Des Mackintosh.

– Pardon ?

– Elle a changé de nom à l'âge de dix-huit ans. En réalité, elle s'appelle Barbara Mackintosh.

– Comme les ordinateurs ? dit Cate en riant. Comment se fait-il que je ne l'aie jamais su ?

– C'est un détail sans importance.

– C'est vrai. Il y a longtemps que Barb' n'est plus qu'un désagrément mineur dans ma vie. Quant aux appels anonymes, ne t'en fais pas, je ne risque rien, ici. La police a plusieurs théories, on en reparlera plus tard. Lily et Hugh ont dû s'installer sur la terrasse avec des Martini. On les rejoint ?

– Je boirais volontiers une bière bien fraîche.

– Je vais t'en chercher une.

Après un déjeuner léger, Cate et Lily laissèrent Hugh et Aidan entre père et fils.

– Tu me tiendras compagnie quand j'irai défaire mes bagages ? Si tu savais comme je suis heureuse de te retrouver, ma chérie… Tu m'es mille fois plus précieuse que la bague en émeraude que j'ai perdue le mois dernier !

Dans la chambre de Lily, les valises avaient déjà disparu, sa trousse de maquillage et son parfum avaient repris leur place habituelle sur la coiffeuse.

– J'aurais pu m'en douter : Consuela s'est occupée de tout.

– Elle adore rendre service. C'est sa religion.

– Je ne vais pas m'en plaindre !

Dans le petit salon de la suite, Lily se laissa tomber sur le divan, et invita Cate à prendre place auprès d'elle.

– C'est toi ? demanda sa grand-mère en désignant un superbe bouquet de lys.

– Non, ton amoureux.

Une lueur attendrie passa dans le regard de Lily.

– Gifle-moi la prochaine fois que j'envisagerai de le quitter pendant six mois.

– Je te prends au mot ! On était bien, tous les deux, Grandpa et moi, mais quand tu n'es pas là, tu laisses un vide énorme.

– J'adore entendre ce genre de choses ! Mais bref… Raconte-moi tout, tant qu'on est entre filles…

– Par où veux-tu que je commence ?

– Tes amours, naturellement ! Ton chéri vient dîner avec nous ce soir ? Je parie que Consuela a prévu un repas de fête.

– Du jambon au miel, ton plat préféré. Ne lui dis pas que je te l'ai dit.

Lily mima le même geste que Consuela, la fermeture Éclair suivie de la clé.

– Dillon sera des nôtres ?

– Non, il tient absolument à nous laisser entre nous, le temps des retrouvailles. Il mangera avec sa mère, Maggie et Red, et il nous rejoindra vers 21 heures. Il ne veut pas que je passe les nuits toute seule.

– Il a raison, approuva Lily en se débarrassant de ses escarpins. Il te rend heureuse, je le sais, je le vois. C'est une bonne chose que vous commenciez à cohabiter ; ça vous fait une sorte de période d'essai.

– Mamie-Lil' ! Voilà pourquoi tu me manquais !

– Comment vont Julia et Maggie ? Je passerai les voir sans tarder. J'adore papoter avec elles, j'adore le vin de leur vigne, et j'adore le ranch !

– Elles vont bien. Elles sont débordées ! Ils ont embauché des saisonniers, des étudiants. Mais ils n'arrêtent pas une seconde, tous. Ils ont du travail sept jours sur sept et ils trouvent le moyen de s'en rajouter ! Gram file la laine des moutons, maintenant, avec un rouet.

– Je ne sais même pas à quoi ressemble un rouet… J'ai dû le savoir, mais j'ai oublié. Je lui demanderai de me montrer. Red a récupéré ?

– Oui, il s'est remis au surf, à la mécanique, à la fabrication du beurre, du fromage… Gram trouve toujours de quoi l'occuper !

– Et sinon, du nouveau dans l'affaire des meurtres ?

– Pas que je sache. Dillon m'a presque convaincue que Sparks s'est donné un coup de couteau lui-même, pour que son avocate prétende qu'il est en danger et plaide une libération anticipée. Du coup, il n'y a pas forcément de rapport avec mon enlèvement… Red a pu se faire des ennemis quand il était policier, idem pour Scarpetti l'avocat. Quant à Denby, il était mal-aimé, en prison.

Du pied, Lily caressa la jambe de Cate.

– Qui essaies-tu de convaincre, ma chérie ? Toi ou moi ?

– Les deux, peut-être. Quoi qu'il en soit, je ne veux pas m'empoisonner la vie avec ça.

– Tu as raison. Mais j'aime autant que Dillon dorme au cottage avec toi.

– Je t'avoue que ça me rassure, moi aussi. Tu n'es pas fatiguée ? Tu ne veux pas faire une petite sieste ?

– Si, je vais me reposer un moment, ça me fera du bien.

– Alors je te laisse. On se voit pour le dîner. Je suis contente que tu sois de retour.

– Moi aussi, ma puce.

En traversant la passerelle, Cate vit son grand-père qui montrait fièrement la vigne à son père. Ne voulant pas les déranger, elle regagna le cottage, dans l'intention de travailler un moment avant de se changer pour la soirée.

Toute sa vie, Jessica Rowe avait été quelconque, insignifiante. Issue d'une famille de la classe moyenne, fille unique, elle avait grandi dans une banlieue de Seattle. À l'école, elle avait dû travailler dur pour obtenir des notes correctes, et n'avait jamais eu de véritables amis. Un peu grosse, timide, elle ne s'habillait pas à la mode. Les plus populaires l'ignoraient ; elle n'était pas assez brillante pour se lier avec les premiers de la classe, ni assez mauvaise pour entrer dans le clan des cancres. Sans affinités ni capacités pour le sport, elle n'attirait pas l'attention des sportifs ni des entraîneurs. Personne ne l'embêtait, comme personne ne la remarquait. Si elle avait été une couleur, elle aurait été beige.

Elle aimait écrire. Souvent seule, elle noircissait les pages de son journal intime d'aventures fantastiques dont elle était l'héroïne.

Quand elle entra à l'université, elle était encore vierge et, là encore, elle se fondit dans la masse. Elle avait choisi le droit parce que la criminalité la fascinait. Dans les histoires qu'elle inventait, elle était tour à tour courageuse justicière ou dangereuse criminelle, avec une préférence pour ce dernier rôle. Après tout, elle avait toujours vécu dans l'ombre, comme les délinquants, à la seule différence qu'elle n'avait pas le cran de passer à l'acte.

Elle obtint son diplôme avec des notes moyennes et passa quatre fois le concours du barreau avant de le réussir. Entre-temps, elle eut une brève relation avec un étudiant en droit qui la plaqua pour une autre par texto après lui avoir fait perdre sa virginité.

Elle écrivit une nouvelle sordide, racontant la vengeance amère d'une femme trompée, et se saoula seule quand son texte fut publié dans une revue de littérature noire, sous le nom de plume de J. A. Blackstone. Encouragée par cette reconnaissance, elle écrivit deux autres nouvelles. Elle était alors employée dans un petit cabinet d'avocats où elle travaillait d'arrache-pied pour un salaire de misère, sans aucun espoir d'avancement.

Elle qui rêvait d'être une hors-la-loi, elle menait une petite vie bien rangée. Elle arrivait au bureau tôt le matin, en repartait tard le soir. Elle vivait frugalement, buvait modérément, s'habillait discrètement.

Jusqu'au jour où son grand-père rendit l'âme en lui léguant la coquette somme de sept cent cinquante mille dollars.

Elle comptait les placer, comme ses parents le lui avaient conseillé, mais sur ces entrefaites, elle vendit son premier livre, non pas une fiction, comme elle aimait en écrire pour s'évader, mais un ouvrage de *true crime*, la véritable histoire d'un véritable criminel, qui lui avait demandé presque deux ans de recherches sur ses jours de repos et ses vacances.

Avec son héritage et sa maigre avance obtenue grâce aux ventes de son livre, elle quitta son emploi et partit s'installer sur la côte ouest.

À l'âge de quarante ans, jamais elle n'avait encore pris une décision aussi audacieuse. Elle loua un appartement modeste dans un quartier modeste de San Francisco, et comme elle ne recevait jamais, elle aménagea un bureau dans le salon.

Là, ravie de son existence solitaire, elle commença son deuxième livre. Elle trouva le courage de demander des interviews aux victimes, aux détenus, aux témoins, aux enquêteurs.

Une heure par jour, à titre de récompense, elle écrivait de la fiction et devenait une redoutable tueuse collectionnant les crimes et les amants, juste pour le plaisir.

Encouragée par le petit succès de son premier ouvrage, elle termina rapidement le suivant, prête à s'atteler au troisième.

Un mercredi soir, en mangeant des crevettes aigres-douces, comme tous les mercredis soir, elle vit Charlotte Dupont à la télé et, inspirée, entreprit aussitôt de prendre des notes. Puis en creusant dans la vie de l'actrice, elle découvrit l'épisode de l'enlèvement, et décida de changer d'angle.

Grant Sparks paraissait plus intéressant : bel homme, charismatique, il avait agi par amour, et l'avait payé très cher.

Beaucoup considéraient Dupont comme le dindon de la farce, mais Jessica ne voyait pas les choses de cet œil. Sparks s'était laissé séduire par une femme fatale, riche et célèbre, qui s'était servie de lui et continuait à le manipuler, dans l'espoir de tirer profit de ce kidnapping raté pendant que lui croupissait derrière les barreaux.

Jessica demanda un entretien avec le détenu et, bien évidemment, elle tomba aussitôt dans ses filets. Lors de sa troisième visite, elle accepta de le représenter. Après la quatrième, elle était folle amoureuse.

Grâce à lui, elle enfreignait enfin les règles. Enfin, elle se sentait exister, enfin, elle se sentait forte. Elle entrait des colis en prison et transmettait des messages sans le moindre scrupule.

Elle croyait à sa cause – ou tout du moins à ce que Sparks voulait bien lui faire croire. Les erreurs les plus graves étaient parfois justifiables, le châtiment s'abattait trop souvent sur la mauvaise personne.

Elle réparerait les torts qu'on lui avait causés. Elle le rétablirait dans ses droits.

Par cette belle journée estivale où elle l'attendait au parloir, un an et demi après leur première rencontre, Jessica Rowe avait depuis longtemps franchi un point de non-retour.

Grant lui avait dit que le bleu était sa couleur préférée ; elle portait une robe bleue. Il était coach sportif et faisait généreusement profiter ses codétenus de ses compétences ; elle ne pouvait se résoudre à s'inscrire dans un club de fitness, mais elle avait acheté des DVD et s'entraînait devant l'écran de sa télé. Elle s'était fait couper et teindre les cheveux. Elle avait appris sur YouTube à se maquiller.

Il l'avait transformée. Certes, elle ne rivaliserait jamais avec une Charlotte Dupont, mais elle avait acquis une toute nouvelle confiance en elle. Grant n'aurait pas honte de sa compagne lorsqu'il sortirait de prison.

Son cœur se mit à battre la chamade quand elle entendit la porte s'ouvrir. Et elle retint son souffle lorsqu'il entra dans la pièce et que leurs regards, pleins d'amour, se croisèrent.

Elle adressa un signe de la tête au gardien, les mains croisées sur le dossier qu'elle avait ouvert devant elle. Et attendit qu'ils soient seuls.

– Je ne vis que pour ça, lui dit-il. Pour le moment où je te revois.

Elle crut que son cœur allait exploser.

– Si je pouvais, je viendrais tous les jours. Mais tu as raison : tenons-nous-en à une fois par semaine ; deux, à la rigueur, de temps en temps. Tu me manques tellement, Grant… Tu n'as pas eu d'ennuis, j'espère, ces derniers jours…

Il détourna les yeux, comme pour reprendre sa contenance.

– Non, je suis prudent, autant que je puisse l'être ici. Mais j'ai peur qu'elle attende que je me relâche… Si elle engage quelqu'un d'autre, elle aura peut-être plus de chance, la prochaine fois.

– Ne dis pas ça, murmura Jessica en lui saisissant les mains. Je me bats pour que tu sois libéré. Tu ne veux pas, je sais, mais je pourrais engager un meilleur avocat que moi, je pourrais…

Il plongea son regard au fond du sien.

– Non, je n'ai confiance qu'en toi. Dans quelques mois, nous pourrons demander une libération conditionnelle. Maintenant que je t'ai, je peux purger ces quelques mois sans regret et sans crainte. De savoir que tu m'attends m'aide à tenir le coup. Le problème… c'est que je ne suis pas sûr de sortir vivant…

– Laisse-moi parler à Charlotte. J'ai toujours voulu l'interroger, pour le livre.

– Si elle s'en prend à toi, je ne m'en remettrai jamais.

Il lâcha les mains de Jessica, se frotta le visage et laissa retomber ses bras le long de son corps.

– Ne t'inquiète pas. J'ai commis une erreur, pour le shérif, j'en suis consciente, mais…

– Ce n'était pas ta faute. C'est moi qui t'avais indiqué les deux gars. Tu me fais confiance, Jessie, comme personne ne m'a jamais fait confiance. Il y a eu un couac, mais ce n'est pas grave, j'ai une nouvelle idée…

Il s'interrompit. Elle se pencha vers lui.

– Dis-moi.

– Non… Ce serait de la folie… Je ne veux pas que tu prennes trop de risques.

– Je ferais n'importe quoi, tu le sais. Dis-moi.

Il la tenait sous sa coupe, il l'entendait dans l'excitation de sa voix, il le lisait sur son visage exalté.

– Depuis l'agression, j'ai eu tout le loisir de réfléchir à ce que m'ont dit les flics quand ils sont venus ici.

Une lueur féroce s'alluma dans le regard de Jessica.

– Ils t'accusent de tout… Toujours toi…

– Ils ont des doutes, quand même. La femme, surtout. Les femmes sont plus sensibles. S'il y avait moyen de faire peser plus de soupçons sur Charlotte, ils l'arrêteraient avant… avant qu'elle récidive… Je tiendrai huit mois, en sachant que tu m'attends pour me serrer dans tes bras. Je ferais n'importe quoi pour me blottir contre toi.

– Si je trouve quelqu'un pour la supprimer…

– Non, mon amour, pas elle, non. Je ne peux pas te demander une chose pareille. Je serai prudent, c'est tout, en attendant d'être libre.

– Je ne veux pas que tu vives dans la peur. C'est invivable pour moi aussi de redouter chaque jour qu'on m'appelle pour me dire que tu as été attaqué. Dis-moi ce que tu veux que je fasse.

– Comment ai-je pu vivre toutes ces années sans toi ? murmura Grant, la voix tremblante, nouée par l'émotion. Tu es mon ange gardien. Je consacrerai le restant de mes jours à me montrer digne de toi.

De nouveau, il lui saisit les mains et la regarda comme si elle était son seul salut.

Elle ferait n'importe quoi pour lui, il le savait.

– Charlotte donne un gala à Beverly Hills le mois prochain.

Grisant… Pour une femme qui n'avait jamais rien fait de sa vie, le simple fait de mettre une perruque, un carré blond cendré, avait quelque chose d'enivrant. Elle portait également une gaine rembourrée, elle qui s'était donné tant de mal pour perdre du poids !

Du coup, elle avait pu remettre une robe noire dans laquelle elle n'était plus rentrée depuis longtemps. Quelques bijoux, du faux, rien de clinquant. Surtout, ne pas attirer les regards. Maquillage discret, comme Grant le lui avait recommandé. Avec ses lunettes noires et la prothèse qui lui faisait une mâchoire proéminente, elle ressemblait à une matrone, ce qui l'aurait contrariée si elle n'avait pas été aussi excitée.

Elle s'était procuré une fausse carte d'identité au nom de Millicent Rosebury, ainsi qu'une carte de crédit avec laquelle elle avait acheté son entrée au gala. Les deux étaient rangées dans sa pochette en cuir verni noir, avec un tube de rouge à lèvres, un mouchoir, un peu d'argent liquide, un paquet de cigarettes entamé, un briquet en argent et ce qui ressemblait à un petit vaporisateur de parfum.

Conformément aux instructions de Grant, elle avait laissé sa voiture sur un parking à quelques pâtés de maisons. Sa mission accomplie, elle regagnerait sa chambre d'hôtel, changerait de tenue et repartirait. L'attirail de Millicent dans un fourre-tout prévu à cet effet, elle ne passerait pas par la réception et signalerait son départ via un écran numérique avant de reprendre la route jusqu'à San Francisco.

Un jeu d'enfant. Grant était un génie. Un cerveau.

En secret, elle écrivait son histoire, leur histoire. Qu'elle ne donnerait à lire qu'à lui seul, quand il serait libre. Quand ils vivraient ensemble.

Le Beverly Hills Hotel était impressionnant, il y avait beaucoup de beau monde, mais elle s'efforça de paraître dans son élément. En pénétrant dans la salle de bal, toutefois, elle réprima un petit cri.

Toutes ces fleurs ! Des bouquets de fleurs blanches sur chaque table, dans de grands vases dorés, des gerbes de lys, de roses et d'hortensias, sous des lustres de cristal étincelant. De très belles femmes dans des robes somptueuses sirotaient du champagne, certaines debout, d'autres déjà assises.

Grant lui avait conseillé de ne pas arriver trop tôt ni trop tard.

Jessica savait se fondre dans la masse – c'était la première de ses qualités. Une coupe de champagne à la main, elle traversa la salle, nonchalante. Elle n'avait pas l'intention de s'attabler. Si jamais elle était contrainte de s'asseoir à sa place numérotée, elle ne s'y attarderait pas.

Il ne lui fallut pas longtemps pour repérer Charlotte Dupont qui se pavanait au centre d'une petite cour, en robe lamé or couverte de diamants aussi étincelants que les lustres de cristal.

Jessica sentit monter une bouffée de rage. Cette salope qui se prenait pour une reine et se croyait intouchable… Elle s'imaginait être la star de la soirée… Haha ! Si elle savait…

Assis à la table devant la scène, vieux et frêle, son mari la couvait d'un regard adorateur, tout en bavardant avec ses voisins, sans doute aussi obscènement riches que lui.

Jessica l'observa, de loin. Elle avait tout son temps.

Charlotte prononcerait un discours, elle verserait sans doute quelques larmes. On servirait ensuite le dîner, puis viendraient les enchères pour la collecte de fonds, le spectacle, et enfin la soirée dansante.

À la table de Conrad, deux femmes se levèrent et se dirigèrent vers les toilettes. Jessica s'avança. Une serveuse s'approcha, munie d'un plateau de grands verres garnis d'une rondelle de citron et en servit un à Conrad.

Discrètement, dans sa pochette, Jessica ôta le bouchon de l'atomiseur, puis elle cacha le petit vaporisateur au creux de sa main.

– Excusez-moi… Pourriez-vous s'il vous plaît m'indiquer la table 43 ? demanda-t-elle à la serveuse, de cette voix haute et forte qu'elle avait longuement travaillée.

– Bien sûr, madame. Juste un instant, s'il vous plaît.

La jeune femme continua de déposer des verres sur la table. Jessica se pencha vers Conrad.

– Si vous le permettez… J'aimerais vous remercier pour toutes ces choses formidables que vous faites, vous et votre fabuleuse épouse.

– Tout le mérite revient à Charlotte.

Avec un sourire orgueilleux, il se tourna vers Jessica qui faisait de grands gestes de sa main libre.

Détourner l'attention, avait dit Grant.

– Un lieu merveilleux pour une cause merveilleuse, ajouta-t-elle, et elle versa le contenu de son atomiseur dans le verre du vieillard.

– Je vous remercie de la soutenir, chevrota-t-il.

– J'en suis très fière.

La serveuse revint auprès d'elle.

– Si vous voulez bien me suivre, madame…

La tête haute, elle lui emboîta le pas.

– Oh, j'aperçois mes amis, maintenant ! Je vous remercie, mademoiselle.

– Je vous en prie.

Elle gagna la table 43, la contourna, et en sortant de la salle de réception, elle glissa le petit atomiseur dans son sac, en retira son paquet de cigarettes, puis fit mine de chercher nerveusement son briquet. Dehors, quelqu'un lui tapota l'épaule. Elle tressaillit.

– Oh, pardonnez-moi ! s'excusa une femme en robe rouge. Puis-je vous demander du feu, s'il vous plaît ?

– Bien sûr, acquiesça-t-elle avec un sourire.

Redoutant de trembler si elle lui allumait sa cigarette, elle préféra lui tendre son briquet.

– Merci.

– Je vous en prie. Excusez-moi… Je vais saluer une amie…

Et elle s'éloigna, désinvolte, satisfaite de constater que sa main ne tremblait pas le moins du monde. Elle se sentait très calme, triomphante.

Enfin, elle était à présent quelqu'un. Un personnage dont l'histoire méritait d'être racontée dans un livre.

Chapitre 29

Avec l'arrivée de l'été, Cate allégea son planning. Afin de pouvoir passer du temps avec son père et au ranch, elle ne travaillait que trois heures le matin.

Elle adorait observer la façon dont Aidan faisait connaissance avec Julia, Maggie, Red et, bien sûr, Dillon. De cet été, elle pressentait qu'elle garderait des souvenirs parmi les plus beaux de sa vie : les feux d'artifice du 4 juillet en compagnie de sa famille et de celle de Dillon ; les balades à cheval avec son père et son petit ami, à la recherche des bêtes égarées ; les longues promenades sur la plage ; les soirées au *Roadhouse* ; la visite surprise de Gino – à la demande de Lily – qui vint lui rafraîchir sa coupe de cheveux.

Ce jour-là, les Cooper organisaient un grand barbecue.

Cate avait revêtu une nouvelle robe, cadeau de Lily à l'occasion de leur dernière virée shopping. Le blanc n'était peut-être pas de mise, mais elle aimait trop le dos nu à lanières de la robe et son étoffe légère.

Bien que sachant qu'il y aurait des tas de choses à manger, elle avait préparé un pudding, qu'elle s'apprêtait à glisser dans le four quand elle aperçut son père par la baie vitrée de la cuisine.

– J'ai retrouvé la recette du pudding de Mrs Leary ! lui dit-elle joyeusement en l'accueillant. J'espère qu'il sera réussi. Je n'ai pas fait de pudding depuis au moins dix ans !

Devant l'expression d'Aidan, toutefois, son entrain s'évapora aussitôt.

– Un problème ? Que se passe-t-il ?

– Tu n'as pas écouté les nouvelles ?

– Non…

Encore un meurtre ? Qui ? Le cœur de Cate se mit à tambouriner – elle qui avait enfin réussi à se convaincre que cette sordide série était terminée.

– Ta mère est en garde en vue, dit Aidan en lui saisissant les mains. La police l'interroge quant au décès de son mari.

– Mais… je croyais qu'il avait fait une crise cardiaque. Red avait des doutes, je sais, mais… Il avait plus de quatre-vingt-dix ans et toutes sortes de problèmes de santé.

– Il semblerait qu'on ait un peu aidé son cœur à s'arrêter. On a retrouvé de la digitaline dans son verre, une dose létale.

– Oh mon Dieu !

– Viens, allons nous asseoir dehors.

Aidan enlaça sa fille par la taille.

– On l'a donc empoisonné… murmura Cate. Et on soupçonne Charlotte… Sauf que ça ne colle pas avec les autres meurtres ou tentatives… On est sûr que c'était son verre à lui et pas à elle ?

– Oui, il buvait du gin tonic, elle du champagne.

– Alors il n'y a pas de rapport avec le reste. Elle ne le connaissait même pas au moment du kidnapping.

– Non, en effet. Tu veux de l'eau ?

– Non, je te remercie, papa, ça va. C'est affreux, non ? Un homme a été assassiné et je me réjouis que ce ne soit pas lié à moi… Bien que, en vérité, je sois presque persuadée que si… La police la suspecte sérieusement ?

– On a dit ce matin à la télé qu'il s'agissait d'un homicide et que Charlotte était entendue par la police. Je n'en sais pas davantage.

– Papa, murmura Cate en s'emparant de la main de son père. On ne la connaît plus, on ne l'a peut-être jamais connue, mais crois-tu qu'elle en serait capable ?

– Oui.

Pas la moindre hésitation dans cette réponse, pensa-t-elle en fermant les yeux.

– Moi aussi, je le crois. Elle ne devait pas penser qu'il vivrait aussi vieux et qu'elle devrait attendre aussi longtemps pour hériter… Il suffisait de l'aider un peu… Je l'entends de là : « Bah… quel mal à abréger ses souffrances ? » Mais notre jugement est peut-être biaisé par ce qu'elle nous a fait…

– Je n'en sais rien, ma puce. Attendons les conclusions de la police. Je voulais juste t'annoncer la nouvelle avant que tu l'apprennes par surprise.

Machinalement, Cate chercha le bracelet qu'elle ne portait pas, et referma la main autour de son poignet.

– Les médias ont déjà recommencé à déblatérer à propos du kidnapping, je parie…

– Oui.

– Je m'en fiche. Enfin, pas tout à fait. Parce que ça vous affecte, toi, Grandpa et Lily, les Cooper, aussi. Dis-moi franchement : penses-tu que je doive faire une déclaration ?

– Attendons de voir. Elle sera peut-être innocentée.

– Dans tous les cas, elle n'en sortira pas indemne. Au moins, ça lui montrera ce que ça fait d'être poursuivi par un scandale quand on est innocent.

Charlotte aurait voulu être furieuse, folle de rage, mais une peur glaçante l'emportait sur la colère.

La police l'avait soumise à un interrogatoire. Certes, elle avait une cohorte d'avocats, cette fois, les meilleurs que l'argent pouvait acheter. Comme lors de l'enlèvement de Caitlyn, on l'avait encore accusée des pires horreurs. Heureusement, les avocats avaient pris la parole à sa place, et obtenu une pause lorsqu'elle avait fondu en larmes. Sans avoir besoin de se forcer. Non parce qu'elle avait du chagrin, mais parce qu'elle était terrorisée.

Avoir souhaité la mort de Conrad ne faisait pas d'elle une criminelle. Épouse fidèle et dévouée, elle lui avait offert les plus belles années de sa vie, bien qu'intéressée par les milliards qu'il lui laisserait à son décès. Elle n'était même pas auprès de lui quand il s'était effondré ! Elle prononçait son discours, sur scène, dans la divine lumière des projecteurs.

D'accord, elle avait eu un bref instant d'hésitation, contrariée que son mari lui vole la vedette, mais elle s'était presque aussitôt précipitée vers lui, à mille lieues d'imaginer qu'il rendrait son dernier souffle entre ses bras.

Une belle image, cela dit, que les reporters avaient su saisir, Dieu merci, pensa-t-elle, allongée sur son lit, un masque glacé sur ses yeux fatigués. Des photos qu'elle pourrait exploiter pendant des années.

Mais d'abord, traverser ce cauchemar.

Les journalistes l'avaient assaillie de questions et de flashes, alors qu'elle tentait de se frayer un passage dans la meute, entourée de ses avocats et ses gardes du corps, pour monter dans sa limousine. Les regards, les insinuations de la presse à scandale, les soupçons… Un calvaire dont personne ne se souciait.

Elle commanderait des tailleurs noirs, un chapeau, une voilette. Une voilette, oui, impératif, pour le rôle de la veuve dévastée.

Elle montrerait au monde combien elle avait de la peine. Une fois le cauchemar passé, elle organiserait une cérémonie du souvenir digne d'un roi – dont elle serait la reine !

Pas d'autobronzant ni d'UV pendant au moins deux mois, pour avoir le teint pâle de circonstance. Elle passerait quelque temps recluse, dans l'une ou l'autre des propriétés de Conrad aux quatre coins du globe. À se remémorer les jours heureux avec le seul homme qu'elle avait jamais aimé. Oui, elle n'aurait aucun mal à vendre cette image-là.

Mais d'abord, traverser l'horreur. Exiger ensuite des excuses de la police qui l'avait calomniée, un terrible traumatisme alors qu'elle accusait le choc de la disparition brutale de son mari.

Elle leur ferait payer cet affront. Et en secret, elle lèverait son verre à qui avait décidé que ce cher Conrad avait assez vécu.

Vêtue de sa robe blanche, Cate apporta son pudding dans la cuisine des Cooper.

À l'extérieur, les fumeurs fumaient, les barbecues attendaient d'être allumés, des dizaines de tables de pique-nique étaient alignées dans l'herbe. À l'intérieur, comme elle s'y attendait, la mère et la grand-mère de Dillon avaient préparé un festin.

– Je savais que ce ne serait pas nécessaire, mais je voulais apporter quelque chose, dit-elle en trouvant un coin sur le comptoir où poser son plat. Et arriver de bonne heure pour vous donner un coup de main.

Maggie lui tendit un tablier.

– Mets ça, ou cette jolie robe blanche ne tardera pas à ressembler à un torchon.

Julia prit son visage entre ses mains, tandis qu'elle nouait les cordons derrière son dos.

– Comment vas-tu, ma belle ?

– Je ne sais pas quoi penser de ce nouveau rebondissement… Alors je n'y pense pas.

– Tu as raison, profitons de cette belle journée. Si tu veux, finis de préparer la sauce au piment. Il paraît que c'est l'une de tes spécialités.

– Avec plaisir. Dillon et Red ne sont pas là ?

– Ils étaient chargés de mettre les boissons au frais, répondit Maggie. Et de délimiter un terrain de pétanque. On aime bien jouer aux boules. Les petits feront du poney. On dansera, aussi. Il y a pas mal de musiciens parmi les invités. Lily et Hugh se feront une joie de chanter.

– Cool !

– Toi aussi, on aimerait bien t'entendre.

– Oh, je ne chante que pour les doublages.

– Quelle différence ? On va bien s'amuser !

Après une heure en cuisine, Cate dut se rendre à l'évidence : elle ne serait jamais qu'une piètre maîtresse de maison à côté de Maggie et Julia qui possédaient un sens de l'organisation hors pair.

– Vous savez que les traiteurs gagnent beaucoup d'argent en faisant ce que vous faites pour le plaisir ?

Julia assaisonna un gigantesque plat de haricots à la sauce tomate et le glissa dans le four.

– Si je devais faire ça pour gagner ma vie, je m'exilerais sur une plage déserte des Fidji. Une fois par an me suffit amplement ! Tu en es où, maman ?

Maggie cocha les dernières lignes de deux pages punaisées au mur.

– Au bout de mes peines ! Allez, les filles, c'est l'heure de faire la fête !

Dehors, l'air embaumait l'herbe fraîchement tondue et la brise marine. Les chiens se ruèrent à la rencontre de Cate.

Des cannettes de bière dépassaient des seaux à glace, les bouteilles de vin étaient stockées dans une brouette, et les boissons sans alcool dans une autre.

Deux des saisonniers accrochaient des guirlandes lumineuses. Au loin, on entendait quelqu'un donner des coups de marteau sur une surface métallique en chantant à tue-tête, bien que faux, *I Won't Back Down* de Tom Petty.

Cate se laissa escorter par les chiens jusqu'au paddock où Dillon brossait la crinière d'un poney. Un autre mâchonnait du foin.

Un cure-pied dépassait de l'une des poches arrière de son jean. Il portait ses vieilles bottes de cowboy, un chapeau gris en toile et une chemise de chambray aux manches retroussées.

Mmm... pensa-t-elle.

En la voyant, il s'interrompit dans sa tâche.

– Tu es superbe, lui lança-t-il en grattouillant la tête du poney.

Elle tourna gracieusement sur elle-même.

– Ça va, comme tenue, pour un barbecue au ranch ?

– Tu es parfaite. Je ne te touche pas, j'ai les mains qui sentent le poney…

Par-dessus la clôture, elle l'empoigna par sa chemise et l'embrassa.

– Je ne savais pas que vous aviez des poneys.

– On nous les a prêtés. On se relaiera pour promener les enfants.

– Ils ont un regard trop chou !

– À la fin de la journée, ils en auront plein le dos, mais ils connaissent leur job.

Dillon asséna une tape sur le flanc de l'un des deux, puis il sauta par-dessus la barrière.

– Ça va, toi ?

– Je viens de passer une heure en cuisine avec deux femmes qui m'ont fait prendre conscience de mon inefficacité, mais à part ça, tout va bien !

Il appuya son front contre celui de Cate, un geste qu'elle trouva aussi chou que le regard des poneys.

– Il faut absolument que je me lave les mains. J'ai trop envie de te serrer dans mes bras.

Tandis qu'elle l'accompagnait jusqu'à la pompe, Red apparut à l'angle de la grange.

– Le terrain de pétanque est prêt, avec des chaises pour ceux qui voudront admirer les exploits des boulistes.

– Super, merci !

– *La Dame en blanc*, lança Red à Cate. On dirait une vision.

– Brrr…

– Dis-moi sincèrement, ma belle : tu veux qu'on en parle ou on remet ça à demain ?

– Parlons ; ensuite, on oubliera pour la journée.

– Tu es une fille intelligente, tu l'as toujours été. OK, je vais tâcher de faire court… Dupont est sur scène, dans la salle de bal du Beverly Hills Hotel, où la jet set s'est réunie pour donner du pognon à son association. Elle n'a pas commencé son discours depuis cinq minutes, selon les témoins, que Buster commence à s'étouffer. Et voilà qu'il tombe de sa chaise. Tout le monde accourt, évidemment, et au bout d'une minute, Dupont aussi.

– Il n'y avait pas de médecin dans la salle ?

– Si, deux. Ils ont prié les curieux de s'écarter, tenté un massage cardiaque, puis appelé le 911. Ils ont été réactifs, mais malheureusement il n'y avait rien à faire. Les reporters ont pris des tonnes de photos de Dupont en larmes, la tête de son cher et tendre sur les genoux. À l'évidence, il a fait un infarctus. Ce n'était pas le premier.

Red s'interrompit et ajusta ses lunettes de soleil.

– Arrive la police, avec une équipe de la scientifique, qui découvre de la digitaline dans le gin tonic de monsieur, une dose mortelle. La serveuse est rapidement mise hors de cause, le barman qui a préparé le verre aussi. Il y avait beaucoup de monde, les interrogatoires sont en cours. Mais le fait est que la mort de Buster bénéficie à Dupont, qu'elle était assise juste à côté de lui, qu'elle est déjà soupçonnée de deux meurtres et de deux tentatives… Autant dire qu'elle est le suspect numéro un.

– Vous croyez que c'est elle ?

– Je l'en crois capable, dans tous les cas.

– Pareil… soupira Cate. Je suis désolée que ce pauvre homme ait connu une aussi triste fin, mais bien fait pour ma mère ! Si elle est coupable, j'espère qu'elle finira ses jours en prison, cette fois. Si elle est innocente, eh bien, elle comprendra ce que c'est que de payer le prix fort pour une faute qu'on n'a pas commise.

– Au risque de me répéter, tu es une fille intelligente. Cela dit, Sparks est également sur la sellette.

– Ah bon ?

– Les flics appartiennent à une race méfiante, déclara Red avec fierté. Tout flic digne de ce nom subodorerait une embrouille. Or Sparks est un expert de l'embrouille. Et il a de bonnes raisons d'en vouloir à Dupont.

– S'il a pu orchestrer tout ça en étant derrière les barreaux, s'il a pu faire éliminer deux personnes, pourquoi ne pas la faire assassiner, tout simplement ?

– La mort est un châtiment trop doux. Crois-moi, elle ne doit pas en mener large, là, malgré ses avocats.

– Eh ! cria Maggie de la fenêtre de sa chambre, en attachant sa tresse désormais verte. Vous n'avez rien à faire, vous trois ? Vous croyez que les gens vont manger avec les doigts ? Allez donc chercher des assiettes et des couverts, et n'oubliez pas les serviettes !

– Cette femme est une esclavagiste, bougonna Red dès qu'elle eut disparu, mais je ne peux pas vivre sans elle.

Cate n'eut pas de mal à oublier les tracas pour savourer cette délicieuse journée. Elle déjeuna en compagnie de Leo et Hailey, cajola l'adorable Grace, regarda les enfants faire des tours de paddock à dos de poney, regretta l'absence de Darlie et de Luke et les imagina en train de s'installer dans leur nouvelle maison, à Atrim, avec un petit chien nommé Toutou.

En écoutant ses grands-parents chanter en duo, elle posa la tête sur l'épaule de son père.

– Ils ont encore une classe folle.

– Et ils savent l'utiliser. Ils ne prendront jamais leur retraite. Pas complètement.

Le morceau terminé, Hugh s'avança vers Cate.

– Tu te rappelles la scène du pub, dans *Le Rêve de Donovan* ?

– Bien sûr. Enfin, je pense. J'avais à peine six ans…

Feignant la réticence, elle résista quand il la tira par la main.

– Maintenant ? Ici ? Oh non…

– Fais confiance à la mémoire des muscles. Allez, viens… L'un des violonistes connaît la mélodie. Tu ne vas pas laisser tomber ton vieux grand-père…

– Ça, c'est vicieux ! J'avais six ans… répéta-t-elle, contrainte de se lever. Oh, bon sang, moi aussi, je vais m'exiler aux Fidji avec Julia !

Il s'agissait d'un air joyeux, entraînant, et le violoniste jouait avec enthousiasme, si bien que Cate se prêta de bonne grâce au jeu et retrouva facilement les pas de danse et les paroles interprétées dans son enfance.

Après le premier couplet, Hugh lui adressa un clin d'œil, comme dans le film. Autour d'eux, tout le monde reprit le refrain en chœur, en tapant les temps du pied et en sifflant.

Aidan observait Dillon. Il savait, bien sûr, que sa fille partageait son lit avec lui, et comme tout père d'une fille adulte, il s'efforçait de se faire une raison. Mais là, sous un ciel d'été radieux, il revoyait sa petite Caitlyn à l'âge de six ans, et son cœur se déchirait en même temps qu'il se gonflait de joie.

– C'était l'un des plus beaux moments de ma vie, murmura Cate à Hugh en l'embrassant.

– Pour moi aussi. Mais j'ai vieilli…

– Moi aussi !

En riant, ils retournèrent s'asseoir.

– Je te laisse souffler cinq minutes, Sullivan ! lança Lily.

– Avec une bière. J'y ai droit, aujourd'hui.

Lily acquiesça de la tête.

– Je vais t'en chercher une, déclara Cate en déposant une bise sur la joue de son grand-père.

Dillon s'apprêtait à la rejoindre, mais Aidan l'intercepta au passage, alors qu'il s'extirpait d'un petit groupe qui se formait autour de lui.

– Excusez-moi, je vous le vole deux minutes, dit-il avec son sourire charmeur, une main amicale dans le dos des uns et des autres.

– Merci, lui dit Dillon. Je voulais…

– Je sais ce que tu voulais. Il faut d'abord qu'on parle.

Ils s'éloignèrent en direction d'un champ où broutait un troupeau, à la lisière de la forêt.

– Elle est mon seul enfant, dit Aidan en guise de préambule, le regard tourné vers cette forêt que sa fille avait autrefois traversée, seule, perdue et terrifiée. J'ai dû lutter contre l'instinct de vouloir la garder toujours près de moi, à l'abri d'un cocon protecteur. C'est ma grand-mère qui m'a encouragé à la laisser respirer, quand on était en Irlande. Elle a eu raison. Mais je savais qu'elle était là, quand je m'absentais, pour veiller sur la prunelle de mes yeux.

– Je nc l'ai jamais rencontrée, mais Cate m'a tellement parlé de Nan que j'ai l'impression de la connaître, avança Dillon, circonspect.

– Quand nous sommes revenus en Californie, mon père et Lily ont pris le relais pour veiller sur Cate. Lorsqu'elle m'a supplié de la laisser partir pour New York, je savais qu'elle serait avec Lily, là-bas. Ensuite, elle ne m'a plus rien demandé. Elle avait décidé de faire sa vie, et c'était la meilleure chose que je pouvais lui souhaiter. Aimer, c'est aussi savoir lâcher prise.

– Je sais. Moi aussi, je l'aime. Depuis très longtemps.

Aidan se détourna de la forêt et plongea son regard dans les yeux de celui qui avait conquis le cœur de sa fille.

– Vous êtes tous les deux majeurs et vaccinés, mais je dois te demander : quelles sont tes intentions ?

– Je compte la protéger, même si elle n'y tient pas particulièrement. Elle est beaucoup plus forte qu'on ne le croit, mais elle a besoin de quelqu'un pour veiller sur elle. Comme tout le monde. Je ferai tout pour la rendre heureuse et construire avec elle une vie dont nous serons fiers. Quand elle se sera faite à cette idée, je l'épouserai. Nous sommes majeurs et vaccinés, mais j'espère que vous nous donnerez votre bénédiction.

Aidan fourra les mains dans ses poches et contempla l'océan, le temps de reprendre sa contenance.

– J'ai une dette envers toi, depuis près de vingt ans.

– Non, ce n'est pas…

Une main levée, il poursuivit :

– Je n'ai pas passé autant de temps ici que Hugh, Lily ou Cate, mais suffisamment pour savoir que je serai fier d'unir ma famille à la tienne. Je t'ai observé, depuis le début de l'été.

– Je m'en étais aperçu, répliqua Dillon en ajustant son chapeau.

– Si tu désires ma bénédiction, alors tu l'as. Mais si tu fais souffrir mon bébé, je te massacre. Si je n'en suis pas capable moi-même, j'engagerai quelqu'un pour le faire à ma place.

– Normal, acquiesça Dillon. Ils échangèrent une poignée de main puis, en riant, Aidan lui donna une tape dans le dos.

– Allons boire une bière.

Quelques heures plus tard, agréablement épuisés, Cate et Dillon regagnaient la maison de celui-ci, main dans la main.

– Je ne sais pas comment vous allez faire pour vous lever demain à l'aube, après une journée comme celle-ci.

– L'énergie du rancher. Asseyons-nous dehors un moment. La nuit est si belle.

Ils avaient presque tout débarrassé, mais il restait des chaises dans l'herbe. Avec un soupir de bien-être, Cate s'installa face à la mer.

– Quel a été pour toi le meilleur moment de la journée ?

– Il y en a eu plusieurs mais mon préféré, je crois, c'est quand tu as dansé avec Hugh.

– Moi aussi, c'est l'un de mes préférés.

Au loin, le cri d'un coyote se réverbéra entre les montagnes.

– Tu ne veux vraiment plus être actrice ?

Cate renversa la tête en arrière, pensive, et en contemplant la pleine lune dans le ciel étoilé, elle prit conscience que jamais elle n'avait été aussi heureuse.

– Non. C'était génial, mais je ne veux pas être comédienne. Mon père m'a dit aujourd'hui que mes grands-parents ne prendraient jamais leur retraite. C'est vrai. Chez les Sullivan, on se donne toujours à fond. Comme dans une autre famille de ma connaissance… Et je n'ai pas envie de me donner à fond dans le cinéma. Pas à cause des traumatismes de mon enfance, je m'en suis remise ; mais parce que j'ai trouvé autre chose.

En ramenant ses cheveux en arrière, elle se tourna vers Dillon.

– Tu veux savoir le moment de la journée que j'ai vraiment préféré ?

– Je t'écoute.

– J'étais allée chercher du pain dans la cuisine. Quand je suis ressortie, tu t'occupais du barbecue avec mon père et mon grand-père, une fourchette dans une main, une bière dans l'autre. Grandpa racontait un truc en faisant de grands gestes. Tu as retourné les steaks et tu as éclaté de rire. Papa a secoué la tête, comme s'il ne voyait pas ce qu'il y avait de drôle…

Cate prit la main de Dillon et la pressa contre sa joue.

– J'ai trouvé cette image merveilleuse… Les trois hommes que j'aime dans la fumée du barbecue, la musique, les invités autour de vous, les enfants qui s'amusaient, Leo et Hailey qui dansaient, Tricia avec le bébé dans ses bras…

Dillon lui saisit les deux mains et les serra dans les siennes, le regard rivé au fond de ses yeux.

– Ne me dis pas que tu m'aimes comme un frère ou j'en mourrai.

– Non, je ne t'aime pas du tout comme un frère, répliqua-t-elle, tout près de ses lèvres. Je t'aime, Dillon, pour toujours.

Il se leva, l'invita à quitter sa chaise et la souleva dans ses bras. En l'enlaçant, elle l'embrassa amoureusement.

– Voilà le meilleur moment, dit-il.

– Je suis d'accord, il n'y a pas photo. Quoique… ajouta-t-elle quand il se dirigea vers la maison. J'ai peut-être parlé trop vite. Le meilleur reste peut-être à venir…

– Le meilleur, ce sera quand tu m'épouseras.

– Tu ne crois pas que tu vas un peu trop vite ?

– Tu as dit que tu m'aimais pour toujours.

– Certes, mais le mariage…

Soudain prise de panique, elle chercha le bracelet qu'elle ne portait pas.

– Respire, lui dit-il calmement. Nous attachons tous les deux beaucoup d'importance à la famille.

– Maggie et Red ne sont pas mariés, bien qu'ils s'aiment.

Du pied, Dillon poussa la porte.

– Red fait partie de la famille, et Gram avait déjà élevé la sienne quand ils se sont rencontrés. La nôtre reste à fonder.

– Oh, Seigneur… Je ne suis pas une fille de la campagne, Dillon. Tu risques…

Il la déposa brusquement sur le plancher.

– Que crois-tu que j'attende de toi ? Que tu te mettes à traire les vaches et à nettoyer les écuries ? Pour une fille intelligente, tu dis parfois de grosses âneries. Tu as ton métier, j'ai le mien. Pourquoi voudrais-je que tu quittes un métier qui te rend heureuse et dans lequel tu excelles ?

– OK, mais…

– Il n'y a pas de « mais » qui tienne ! tonna-t-il en jetant son chapeau sur le canapé et en se passant une main dans les cheveux. Tu as un super studio que tu ne vas pas abandonner, tu as tes grands-parents… Si tu veux un espace de travail ici, pour les jours où tu n'auras pas envie d'aller là-bas, on t'aménagera un espace de travail ici. Ce n'est pas la place qui manque. Ou je viendrai m'installer au cottage, si tu préfères. Peu m'importe. Mais ne me dis pas que tu m'aimeras toujours si tu ne veux pas qu'on se marie et qu'on fasse notre vie ensemble.

En voyant les yeux de Cate s'emplir de larmes, il se radoucit et lui caressa les cheveux.

– Ne pleure pas, s'il te plaît. Je ne pourrai pas me battre contre tes larmes.

– Je ne veux pas me battre. Tu me ferais un studio ici ?

– *Nous* te ferons un studio. Tu ne comprends pas le concept du « nous » ?

– Je n'ai pas beaucoup d'expérience dans ce domaine. Laisse-moi le temps… Toi, par contre, je vois que tu as déjà réfléchi à tout, dit-elle en lui plantant un index dans le torse.

– J'ai eu des années pour y réfléchir.

– Et moi à peine une minute !

– OK, je peux attendre.

– *Dannazione* ! s'écria-t-elle en levant les bras au ciel et elle lâcha une bordée de jurons en italien. Bref… Je peux te poser une question ? Qu'est-ce que tu vois ? demanda-t-elle en se frappant le cœur. Qu'est-ce que tu vois quand tu me regardes ?

– Des tas de choses, mais, pour résumer, je vois la femme que j'aime. Je te vois toi, Cate.

Elle posa la tête contre son épaule.

– Il y a quelques mois, j'ai enfin compris que j'étais libérée de mon vieux trauma. Je ne souffre plus du kidnapping. Au contraire, je suis même contente d'avoir été enlevée, car sans ça, je ne t'aurais jamais connu.

– C'est un « oui », ou on continue à tourner autour du pot ?

Cate s'écarta de Dillon et dit :

– Et si je te demandais de transformer ta garçonnière en une jolie chambre d'amis ?

– Je te répondrais que ce n'est même pas négociable.

– Tant mieux, parce que je n'aimerais pas avoir un mari qui cède à tous mes caprices.

– Attends…

Là-dessus, Dillon quitta la pièce, pour revenir presque aussitôt, avec un anneau d'or serti d'un petit diamant au creux de la main.

– C'était la bague de fiançailles de ma mère, celle que mon père lui a offerte quand il l'a demandée en mariage. Elle me l'a donnée quand elle a compris que tu étais la femme de ma vie, en me disant qu'elle ne se vexerait pas si elle ne te plaisait pas. Tu n'es pas obligée de la porter mais elle tient à te la transmettre.

– C'est la plus belle bague que j'aie jamais vue, murmura Cate, la voix tremblante d'émotion.

Chapitre 30

Le lendemain matin, Cate trouva Julia qui ramassait des œufs dans le poulailler.

– Tu es levée de bonne heure, lui dit celle-ci. Et moi, je ne suis pas en avance. J'ai loupé Dillon avant qu'il parte aux champs.

– Je vais rentrer chez moi mais je voulais…

Cate montra sa main où brillait le petit diamant. Le visage de Julia s'éclaira et, en même temps, ses yeux s'emplirent de larmes.

– Oh… bredouilla-t-elle en posant son panier. Laisse-moi te serrer dans mes bras… Il t'aime tellement… Je suis si heureuse pour lui, pour vous, pour nous tous.

– Je suis profondément touchée que vous ayez tenu à me transmettre cette bague. Merci.

– Si elle ne te plaît pas, si tu en préfères une neuve…

Cate entrecroisa les doigts avec les siens.

– Ma famille attache beaucoup de valeur aux héritages. Cette bague en est un. Il se passe tant de choses horribles et je ne suis pas certaine que ça cessera un jour. J'aurai cette bague, maintenant, pour me rappeler ce qui compte vraiment. J'attire les problèmes – c'est pour ça que j'essayais de freiner les choses avec Dillon. C'est effrayant de franchir des étapes. Mais je l'aime…

– Tout le monde a ses problèmes. Que vous sautiez ce pas ensemble, toi et Dillon, c'est une excellente manière de faire un bras d'honneur aux côtés moches de la vie.

En riant, Cate regarda leurs deux mains jointes.

– Je n'avais pas vu les choses sous cet angle, mais c'est vrai, vous avez raison.

Elle regagna Sullivan's Rest sourire aux lèvres. Au diable la laideur du monde ! Elle était prête à aller de l'avant, à construire sa vie et fonder une famille avec Dillon, quelque part où ils se sentiraient bien tous les deux, près de ceux qui leur étaient chers.

Elle exercerait un métier qui lui procurerait satisfactions et défis. Et quand elle en aurait envie, elle pourrait traire les vaches, faire du fromage ou nettoyer les écuries.

Le ciel est la limite, pensa-t-elle. Les limites n'étaient jamais celles que l'on s'imposait.

Elle se gara devant la maison de ses grands-parents, puis rejoignit son père, Hugh et Lily qui prenaient le petit déjeuner au bord de la piscine.

– On ne savait pas quand tu reviendrais, lui lança Aidan, mais il y a une tasse ici pour toi, si tu veux.

– Parfait, dit-elle en s'attablant avec eux. Je veux bien un café. Mais où sont vos maillots de bain ?

Hugh abaissa ses lunettes de soleil.

– On a décidé qu'aujourd'hui était jour de relâche.

Cate versa du lait dans le café que son père lui avait servi.

– Hier l'était déjà. Vous savez quoi ? Pour une fois, on fera notre aquagym en fin d'après-midi. Disons vers 16 h 30 ? Ensuite, bellinis. Aujourd'hui est un jour à boire des bellinis !

– Excellente idée ! s'exclama Lily puis, comme l'espérait Cate, son regard se posa sur la bague. Oh mon bébé… murmura-t-elle, une main sur le cœur.

Elle se leva pour serrer Cate dans ses bras, en riant et pleurant à la fois.

– Bellinis et caviar, suggéra Hugh. Si j'offre le caviar, j'ai droit à un gros câlin, moi aussi ?

– Ah, les hommes… soupira Lily en séchant ses larmes. Ils ne remarquent jamais rien, à part les danseuses à moitié nues. Notre bébé est fiancée ! dit-elle en brandissant la main de Cate.

Aidan en resta bouche bée.

– Ce garçon est un rapide, marmonna-t-il. Je ne lui ai donné ma bénédiction qu'hier.

– Ta bénédiction ?

Il se tourna vers sa fille, son trésor, l'unique amour de sa vie.

– Il me l'a demandée.

– Ça prouve qu'il te respecte, dit Hugh en s'essuyant discrètement le coin de l'œil. Dillon est un garçon adorable, exactement celui qu'il fallait à notre Catey. Sinon, je lui aurais déjà donné des coups de bâton ! Viens embrasser ton grand-père, ma puce.

– Je n'aurais pas dit oui s'il n'avait pas été à la hauteur. Et la barre était haute, avec les hommes qui m'ont élevée !

– Une part de moi voudrait lui donner des coups de bâton… grommela Aidan. Mais il t'aime, et c'est tout le bonheur que je te souhaite.

Et il se leva pour étreindre sa fille et la bercer contre lui.

– Assez bu de café, il nous faut des mimosas pour trinquer ! décréta Lily. J'envoie de suite un texto à Consuela. Oh, je sens qu'on va se faire plaisir, avec Julia et Maggie, à organiser le mariage !

Dès le lendemain, les trois femmes se mirent à échanger e-mails et textos, à transférer à Cate des liens vers des sites de robes de mariées, de fleuristes et de déco. Et elle décida de se laisser porter par le tourbillon, d'oublier tout le reste.

À l'occasion d'une balade sur la plage, elle en profita pour faire le point avec Dillon, les chiens courant après les vagues et aboyant en direction des mouettes.

– J'ai maintenant un gros classeur blanc, dit-elle en montrant l'épaisseur avec les mains. Cadeau de Lily. Divisé en plusieurs sections, vu que j'ai fermement refusé de faire appel à un organisateur de mariage professionnel. C'était peut-être une erreur…

– Le mariage en tête à tête est hors de question, j'imagine…

– Ce serait un coup bas. Lily, Julia et Gram ne nous le pardonneraient jamais. Et je commence à me prendre au jeu, moi aussi. J'aimerais vraiment qu'on se marie ici, dans les jardins de Sullivan's Rest. Qu'en penses-tu ?

– Ça me va.

– Ouf ! En mai ? Vous n'avez pas trop de travail, à cette période de l'année ?

– On a toujours trop de travail. Je peux attendre mai. Ça nous laissera le temps d'aménager ton deuxième studio.

Dillon ramassa la balle des chiens et la lança au loin.

– On invite qui ? Les Sullivan sont déjà nombreux. On s'en tient à la famille et aux amis proches ?

– Ça marche. Je serais prêt à inviter tout Hollywood pour te faire plaisir, mais la famille et les amis, c'est mieux.

– La presse parlera sûrement du mariage.

– Je m'en moque. Et toi ?

Les chiens rapportèrent la balle. Il la jeta de nouveau.

– Aussi. Donc ici, en mai, avec la famille et les amis proches. Je transmettrai au comité. Je veux une robe sublime.

– J'ai hâte de te voir en robe de mariée sublime, répliqua-t-il en imprimant un mouvement de balancier à leurs mains jointes, puis il s'immobilisa. Attends… Ça implique que je devrais porter un smoking ?

– C’est ça. J’ai hâte de te voir en smoking !

– Je n’ai pas mis de smoking depuis le bal du lycée.

– Je croyais que tu avais été le témoin de Leo, avec Dave…

– On était en costume, pas en smoking.

– Mon père et mon grand-père vous emmèneront dans leurs boutiques préférées, toi, Leo et Dave. Perso, je n’aurai qu’un seul témoin, Darlie. Je ne veux pas faire de jalouses parmi mes cousines. Tu as une préférence pour les fleurs et les couleurs de la déco ?

– Je perds des points si je dis non ?

– Tu en gagnes ! On avance, impeccable, le comité sera content ! On remonte déguster une bonne bouteille de vin sur la terrasse en attendant de voir si ma pizza est réussie ?

– Tu en as une au congèl’ au cas où ton essai serait raté ?

– Toujours !

Dans l’escalier, les chiens les doublèrent en jappant gaiement.

– Tu as de la visite, on dirait.

Il s’agissait de Michaela, en uniforme, découvrirent-ils en parvenant au sommet de la falaise. Accroupie, elle caressait les chiens. L’enthousiasme de Cate et de Dillon s’évanouit brutalement. Il exerça une pression rassurante sur sa main.

– Ils doivent être trempés ! lança-t-il à Michaela.

– Pas grave… fit-elle en se redressant. Désolée de vous déranger…

– Je vous en prie, répliqua Cate, le dos très droit. On allait s’installer dehors pour boire un verre de vin. En voulez-vous ?

– Je veux bien m’asseoir avec vous, mais merci pour le vin.

– Un Coca ? proposa Dillon.

– Volontiers, acquiesça Michaela en prenant place sur une chaise. Je peux voir votre bague, Cate ?

Celle-ci lui montra sa main.

– C’était la bague de fiançailles de la maman de Dillon.

– Je sais, les bruits courent vite. Ce mariage est une excellente nouvelle. Finalement, tout est bien qui finit bien.

– Tout est fini ?

Avec un soupir, Michaela se renversa contre le dossier de son siège.

– J’aimerais bien… Vraiment navrée de venir vous importuner, mais je voulais que vous soyez au courant.

– J’apprécie.

Dillon revint avec une bouteille de vin et une cannette de Coca, plus quelques biscuits pour les chiens.

Michaela remplit son verre et le leva.

– Tout d’abord, félicitations et tous mes vœux de bonheur. Ensuite…

Aucune charge concrète n'a pu être retenue contre Charlotte Dupont. Les investigations se poursuivent, mais le fait est qu'on ne voit pas pour quel mobile elle aurait tué son mari… Il avait quatre-vingt-dix ans, une santé qui se détériorait ; elle n'avait pas d'amant ni de dettes ; ils ne se disputaient pas. Pourquoi l'aurait-elle supprimé ? En public, par-dessus le marché ? Pourquoi prendre un tel risque alors qu'il lui suffisait de patienter juste encore un peu ?

– Quelqu'un était pressé, en tout cas, intervint Dillon.

– Certes… Pour l'instant, aucun lien n'a pu être établi entre les précédents homicides et celui-ci, pas plus qu'on ne peut mettre Dupont en cause dans aucun des meurtres. La police creuse, pourtant, croyez-moi. Les services de Los Angeles et de San Francisco sont sur l'affaire, plus nous.

Michaela marqua une brève hésitation avant de poursuivre :

– À mon avis, elle n'est pas très intelligente. Sournoise, oui, mais pas maline.

– Vous pensez qu'elle ne serait pas capable d'une vengeance aussi complexe ?

– Non, plus j'essaie de cerner le personnage, moins je la vois tirer les ficelles d'une machination de cette ampleur, car je suis persuadée que tout est lié. Outre Dupont, nous avons deux autres suspects, en particulier un gars connu pour arnaques financières, qui s'était invité au gala sans payer. William Brocker, ça vous dit quelque chose ?

– Rien du tout.

– De toute façon, il a été interrogé et il semble hors de cause. Nous sommes également sur la piste d'une certaine Millicent Rosebury. Tout du moins, d'une personne qui a acheté son entrée au gala avec une carte de crédit à ce nom, carte qui s'est révélée frauduleuse. Adresse bidon, faux permis de conduire, la reconnaissance faciale n'a rien donné. Une serveuse se souvient vaguement d'une femme qui cherchait sa table, ou les toilettes peut-être, elle ne sait plus trop. Elle était débordée, elle n'a pu la décrire que sommairement : blonde, blanche, âge moyen, lunettes. Sur les vidéos de sécurité, on voit quelqu'un de ce genre sortir avec une autre femme, paquet de cigarettes et briquet à la main. Mais on ne la voit pas revenir dans la salle.

Michaela s'interrompit et poussa un soupir.

– Voilà… C'est maigre, conclut-elle. Je voulais aussi vous prévenir que Dupont parle de faire appel à des détectives privés. Désolée de ne pouvoir vous fournir des nouvelles plus consistantes.

– Je pense que vous avez raison, elle n'est pas assez intelligente pour monter un coup pareil. Ensuite, ce n'est pas le genre de publicité qu'elle cherche. Pourquoi aurait-elle gâché son quart d'heure de gloire ? Elle va tenter de surfer sur la vague, maintenant, mais elle aurait sans doute préféré se passer de ce fâcheux contretemps. Dites-moi, honnêtement, vous pensez que ça puisse être Sparks ?

– J'en ai l'intime conviction. Reste à le prouver. Toutes les personnes qui ont été tuées ou victimes d'agressions ont eu à faire avec Dupont. Et non avec vous. Tous les appels anonymes que vous avez reçus comportaient des enregistrements de la voix de votre mère. On veut se venger d'elle, on cherche à orienter la police sur sa piste.

– J'aime autant ça… murmura Cate.

– Je vous tiendrai au courant si nous avons de nouveaux éléments. Sinon, je vous laisse tranquille, dit Michaela en se levant. Encore tous mes vœux de bonheur. Je suis sincèrement très heureuse pour vous.

Tandis que les chiens l'escortaient jusqu'à sa voiture, Cate prit la main de Dillon.

– Elle figurera sur la liste des amis proches.

– Ça coule de source !

Au parloir avec Sparks, pour sa visite hebdomadaire, Jessica était rongée par une foule d'émotions contradictoires. Bien sûr, comme d'habitude, elle était contente de le voir, d'entendre sa voix, de lui toucher la main, mais la colère et la frustration avaient remplacé l'exaltation et l'euphorie qu'elle avait éprouvées à préparer le meurtre de Conrad.

– Ça fait plus de trois semaines, dit-elle en serrant et en desserrant le poing rageusement. Elle se moque des flics… Elle donne des interviews, elle va organiser une grande cérémonie et elle parle d'engager des détectives privés.

– Laisse-la faire, répliqua Sparks en haussant les épaules.

– Ils ne sont pas fichus de l'arrêter, bon sang ? À qui d'autre la mort de ce type aurait-elle profité ?

Sparks s'abstint de répondre. D'expérience, il savait qu'il était primordial de croire soi-même aux scénarios que l'on voulait faire croire aux autres.

– Il était plein de pognon… Dieu sait qui devait hériter… Grâce à toi, Charlotte est dans la merde.

– Elle s'en tire bien, une fois de plus. J'étais près d'obtenir ta libération, et voilà qu'ils te soupçonnent. C'est injuste.

– Soyons patients. Tu as fait de ton mieux.

Lui-même aurait grand besoin de patience, songea-t-il, pour supporter encore la vue de cette laideronne.

– Tu dois être tellement déçu de moi…

Oui, elle le dégoûtait. Néanmoins, il lui saisit les mains.

– Oh non, mon cœur ! Je te serai éternellement reconnaissant.

La foi et l'amour qu'il lui vouait la bouleversaient. Et l'obsédaient. Elle désirait lui offrir davantage. Lui montrer qu'elle était prête à tout pour le venger de Charlotte Dupont.

Elle était prête à la tuer. Elle en rêvait : elle se faisait embaucher comme femme de ménage, ou elle se faisait passer pour une journaliste, puis elle lui plongeait un couteau dans le cœur ou l'abattait d'une balle dans la cervelle.

Hélas, les soupçons se porteraient inévitablement sur Grant. Or le but était de faire enfermer cette salope de Dupont et d'innocenter Grant. Comment faire ?

Jessica ne voyait qu'une solution : Caitlyn Sullivan.

Elle eut besoin de plusieurs semaines pour peaufiner la logistique. Et seul un amour inconditionnel lui permit de tenir sa langue. Grant ne devait rien savoir. Ce serait une surprise. Il serait si fier d'elle !

Afin de le tester, elle avait évoqué l'idée d'envoyer un nouvel enregistrement à Cate. Il s'y était fermement opposé. Patience, avait-il répété. Il paraissait tellement las, tellement triste…

Une fois sa mission accomplie, quand Dupont serait sous les verrous, elle lui raconterait tout. Et elle redoublerait d'efforts pour qu'il soit libéré.

Elle commençait à se faire une idée assez précise de la topographie de la propriété des Sullivan. Les gens célèbres n'étaient pas malins… Ils adoraient se faire photographier dans leurs villas de luxe. Et, sur Internet, on trouvait des tas de vues aériennes qu'on pouvait étudier à loisir.

Jessica savait exactement où étaient positionnées les caméras de sécurité et comment elles étaient orientées par rapport au cottage, avec sa superbe baie vitrée donnant sur l'océan.

Dans l'absolu, il devait être possible d'arriver par la mer, de nuit. Seulement, Jessica était incapable de piloter un bateau, et elle aurait déclenché des alarmes. Elle n'avait pas le temps d'apprendre à les neutraliser, comme dans les films.

Elle avait envisagé de tuer une employée de maison et de prendre sa place, mais pour cela, il lui aurait fallu connaître le code du portail, et puis, le risque d'être filmé était trop grand. Elle avait aussi songé à employer la force pour qu'un membre du personnel la laisse entrer mais, là encore, il était fort probable qu'elle apparaisse sur une vidéo de surveillance.

Le seul moyen était de se cacher à l'arrière d'une voiture, arme braquée dans le dos du conducteur. Mais que faire ensuite du conducteur ? Impossible de le tuer…

Une solution s'imposa toutefois à la lecture d'un article dans le *Monterey County Weekly* sur les employés de maison des célébrités de Big Sur. Une certaine Lynn Arlow, qui travaillait à temps partiel chez les Sullivan, y révélait quelques informations intéressantes, parmi beaucoup de blabla.

Pour financer ses études, la jeune femme faisait des ménages chez Hugh et Lily, trois jours et demi par semaine. Elle habitait à Monterey, en colocation avec sa sœur, sa cousine et une amie.

En fouillant un peu, Jessica se procura son adresse. Ce serait risqué, mais Grant méritait qu'elle se mette en danger. Elle fit aussi de nombreuses recherches sur les systèmes de surveillance, en étudia scrupuleusement chaque aspect.

Enfin, au début de l'automne, alors que les températures fraîchissaient, elle se rendit à Monterey, où elle arriva aux petites heures du matin.

Elle se gara sur un parking public et poursuivit à pied jusqu'à la modeste maison où vivait Lynn Arlow. Forcer la serrure du coffre de la vieille Volvo ne lui posa pas de problème. Elle s'était entraînée. Armée d'une lampe stylo et d'un Smith & Wesson calibre 32, elle s'installa dans le coffre.

Afin de refouler la panique, elle se concentra sur le mince rai de lumière filtrant par le système de déblocage intérieur – un dispositif standard depuis une vingtaine d'années, mais dont elle ignorait l'existence avant de se pencher sur la question. Pour se rassurer, elle posa la main dessus mais résista à la tentation de le tester.

Elle avait de l'air, elle ne risquait pas de s'asphyxier.

Jessica avait toujours eu des tendances claustrophobes, mais elle se sentait capable de les dominer… Quelques heures dans un coffre n'étaient rien comparées à toutes ces années que Grant avait passées dans l'espace confiné d'une cellule, par la faute de Charlotte Dupont.

Les yeux fermés, elle s'efforça de maîtriser sa respiration et s'imagina avec lui sur une plage hawaïenne, blottie contre lui, au clair de lune, les palmiers oscillant dans le vent. Enfin libres de s'aimer, pour la première fois.

Sourire aux lèvres, elle s'assoupit.

Et se réveilla en sursaut lorsque la voiture tressauta sur un nid-de-poule. Paniquée, elle oublia un instant où elle se trouvait et se crut dans une sorte de cercueil roulant.

Quand elle recouvra ses esprits, elle alluma sa petite torche et s'enjoignit au calme. Soudain, elle eut cependant conscience de la folie de son plan. Elle qui avait toujours respecté la loi, suivi les règles au pied de la lettre…

Il était encore temps de s'extraire de ce mauvais pas et de retourner à sa petite vie tranquille et disciplinée.

Mais la perspective de la solitude la retint de débloquer le coffre. Elle ne pourrait plus jamais revenir en arrière. Elle était désormais une meurtrière, elle connaissait cette fièvre qui s'emparait de vous lorsque vous supprimiez une vie pour la justice, et par amour.

Et cette garce de Charlotte Dupont devait payer.

Bien que terrorisée, Jessica était déterminée. Les yeux fermés, elle pensa à Grant. Imagina l'amour, la fierté, la gratitude sur ses traits quand elle lui raconterait ce qu'elle avait fait. Et peu à peu, elle retrouva son sang-froid.

Elle menait désormais une vie susceptible de faire l'objet d'un roman. Le chapitre suivant pouvait débuter.

Chapitre 31

Tapie dans le coffre, Jessica éteignit sa lampe en sentant la voiture prendre un tournant, s'arrêter devant le premier portail, attaquer la montée… approcher du second portail.

9 heures. Elle avait délibérément choisi un jour où Lynn Arlow ne travaillait que le matin. Elle disposait de quatre heures pour tuer Caitlyn Sullivan et planter le décor. Après quoi, elle retournerait se cacher dans le coffre.

Quand on découvrirait le corps dans le cottage, elle serait de retour à Monterey, voire sur la route de San Francisco.

Le moteur se tut. Claquement de portière. Elle compta une minute. Une autre.

Maintenant.

Elle tira la poignée de déblocage. Des gouttelettes de sueur perlèrent sur son front tant elle fut soulagée d'entendre le coffre s'ouvrir. Elle l'entrebâilla. Au loin, on entendait une tondeuse à gazon. Les jardiniers.

En soulevant davantage le hayon, elle entrevit un mur de béton. L'arrière du garage, estima-t-elle au bout de quelques minutes, tendue. L'oreille à l'affût, elle guetta des bruits de voix ou de pas… Elle ne distinguait rien que le ronronnement de la tondeuse.

Sur le qui-vive, elle s'extirpa du coffre, le referma tout doucement. Puis elle s'accroupit derrière la voiture. Une autre était garée tout près. Ainsi que le camion de la société d'entretien extérieur. Oui, elle était bien sur le parking du personnel, au fond de la propriété, près du garage. Et du grand arbre centenaire.

Le dos courbé, elle traversa une étendue de pelouse. Elle s'était entraînée, chez elle, à se mouvoir dans cette posture. Mais il y avait tant de fenêtres dans cette immense villa…

Le cœur battant, elle se réfugia derrière un arbre, puis courut jusqu'à une haie. Elle avait étudié religieusement chaque photo dénichée sur Internet. Un petit bijou d'architecture contemporaine, avec ses volumes déstructurés, ses passerelles et ses vues imprenables, disait-on de la villa des Sullivan. Jessica était néanmoins impressionnée par tant de luxe, en particulier par le nombre de baies vitrées et leur taille. Elle n'osait pas traverser les patios ni les terrasses.

Du reste, elle regrettait de s'être habillée tout en noir, comme une voleuse. En pantalon de travail, tee-shirt et casquette, elle serait passée pour une employée de la société de jardinage.

En apercevant le gars qui tondait les pelouses, un autre muni d'un sécateur, elle se baissa vivement derrière un massif d'hortensias.

Le bruit d'une porte. Une voix de femme qui chantonnait. Lynn Arlow. Si elle tournait la tête, ses yeux se poseraient sur Jessica…

Elle arrosa les plantes sur un balcon… Et disparut de nouveau à l'intérieur en fredonnant. Ouf. Jessica détala en direction du verger.

Entre les citronniers et les orangers, elle se laissa tomber à genoux, hors d'haleine. Consulta sa montre. Déjà vingt bonnes minutes pour arriver jusque-là.

Elle devait se hâter. Être plus courageuse.

Dans le parfum des agrumes, elle se redressa et retrouva ses repères. À gauche, la montagne ; à droite, la mer ; en contrebas, le cottage, après la piscine et un vaste espace à découvert.

Tout à coup, elle perçut des voix et se fit toute petite derrière un tronc.

Entre les branches, elle distinguait le bassin bleu turquoise, les Sullivan attablés sous un grand parasol rouge. Le vieux, le père, la grand-mère, Cate, tous en peignoir blanc, qui prenaient leur petit déjeuner en riant. Pendant que Grant croupissait en prison.

Tous auraient mérité de mourir. Tous étaient aussi coupables que Dupont.

En tout cas, si Jessica s'aventurait en direction du cottage, ils la verraient, ces sales bourgeois qui s'extasiaient sur leur omelette et leurs fruits frais, sans se soucier une seule seconde de l'infâme tambouille que l'on servait aux détenus de San Quentin…

Elle s'imagina les abattre d'une balle, tour à tour. Et n'en éprouva pas le moindre malaise. Au contraire, ces images lui procurèrent une indicible satisfaction.

Hélas, un tel carnage ne rendrait pas service à Grant.

Jessica s'assit sous un oranger et attendit.

– 14 heures ! minauda Lily à l'attention de Cate en agitant sa fourchette. Ça te laisse la matinée pour travailler. Tu peux bien me faire ce petit plaisir, non ?

– Tout le plaisir sera pour moi ! J'ai hâte de voir ce que ce créateur de robes de mariée nous a concocté !

– Tu pourras lui faire des suggestions, naturellement. C'est tout de même la garde-robe du plus grand jour de ta vie !

Lily se tourna vers les deux hommes.

– Vous êtes excusés, tous les deux.

Hugh se resservit du café, se limitant à une demi-tasse devant le regard de son épouse.

– OK, acquiesça-t-il. Aidan, j'aimerais que tu lises un script et qu'on en discute tous les deux.

Cate porta une main à son oreille.

– Qui parlait de retraite ?

– On ne peut pas vivre uniquement d'aquagym… soupira son grand-père. Café ?

– Non, je te remercie, j'en ai déjà assez bu. J'ai deux pubs à enregistrer, ce matin, et je dois me documenter sur un personnage de jeu vidéo, avant de choisir une robe de mariée cet après-midi.

– Que dirais-tu de dîner sur la terrasse, ce soir, pour finir la journée en beauté ?

Elle se leva et s'arrêta derrière son père, noua les bras autour de son cou et l'embrassa.

– Excellente idée. J'en parlerai à Dillon. Dire que dans quelques jours, mon papa chéri s'envolera de nouveau…

– Pas pour longtemps, et pas très loin, répliqua l'intéressé.

– 14 heures, n'oublie pas ! lança Lily.

Cate acquiesça d'un pouce levé, puis elle prit le chemin du cottage.

– Je suis content de la voir aussi heureuse, dit Hugh en se renversant contre le dossier de sa chaise.

– Je serai encore plus content quand cette enquête sera bouclée, maugréa Aidan. S'il le faut, je peux retarder mon départ de quelques jours.

– Parfois, j'arrive à me convaincre que la mort de Conrad Buster n'a rien à voir ni avec Cate ni avec nous, murmura Hugh en repoussant sa tasse. Mais parfois, quelque chose me souffle que nous sommes poursuivis par le mauvais sort…

– Cate est une jeune femme intelligente et sensible, déclara Lily, une main sur celle de son mari. Nous sommes tous des gens intelligents et sensibles. Nous veillons les uns sur les autres, comme nous l'avons toujours fait.

– Ne gâchons pas cette belle journée. Parlons plutôt de mariage et de cinéma. Que raconte le scénario dont tu me parlais tout à l'heure ? demanda Aidan à Hugh.

Et ils s'attardèrent tous les deux à table, avant de regagner la maison.

Une demi-heure plus tard, le champ était libre. Prudemment, Jessica gagna le cottage.

Devant l'entrée, elle dégaina son revolver avant de tourner la poignée. Par chance, la porte n'était pas verrouillée. À quoi bon, dans une propriété ultrasécurisée ?

Jessica prit une grande inspiration et entra. La vue sur le Pacifique qu'offrait la baie vitrée l'époustoufla, bien qu'elle y fût préparée. Le cœur battant, un peu trop fort à son goût, elle traversa la pièce à vivre, puis la cuisine, son arme à bout de bras, comme dans les films, en balayant l'espace d'un côté puis de l'autre.

Elle jeta un coup d'œil dans l'escalier. Rien. Elle n'entendait que le bruit de la mer.

Sur une porte fermée, un écriteau :

ENREGISTREMENT EN COURS.

Elle s'en approcha sans quitter l'escalier du regard. Contrairement à la porte d'entrée, celle-ci était fermée à clé. Contrariée, elle s'en écarta, en se demandant si elle devait faire sauter la serrure, comme dans les films.

Non. Si elle tirait à côté, Cate aurait le temps d'appeler à l'aide.

La main légèrement tremblante, Jessica consulta sa montre. Plus d'une heure s'était écoulée. Il lui faudrait autant de temps pour retourner à la voiture. Il lui restait tout de même encore deux heures.

À nouveau, elle attendit, immobile, tout en parcourant le cottage du regard et en réfléchissant à la façon dont elle mettrait en scène les derniers instants de Caitlyn Sullivan.

De l'autre côté de la porte, Cate termina le montage de ses deux spots publicitaires et envoya les fichiers. En une heure, elle avait été productive. Une pause, un Coca, et elle relirait une dernière fois le texte du jeu vidéo à voix haute avant de procéder à un premier enregistrement.

En sortant du studio, elle ne vit pas la femme armée qui avait reculé de deux pas.

– Ne bouge pas ! lui intima celle-ci.

Instinctivement, Cate leva les mains en l'air.

– Va te mettre au milieu de la pièce. Pas de gestes brusques.

Pouvait-elle se permettre de se ruer dans le studio et de s'y enfermer ? s'interrogea-t-elle. Mais pour quoi faire ? Son téléphone était dans la cuisine. S'échapper par la fenêtre ?

– Je pourrais te descendre tout de suite. Je préférerais éviter.

Tremblement dans la voix, nota Cate, mais elle n'aurait su dire s'il s'agissait de nervosité ou d'exaltation.

– Qui êtes-vous ?

– La fiancée de Grant Sparks. Venue venger celle qui a ruiné sa vie.

Nervosité, donc.

– Je n'y suis pour rien. J'avais neuf ans quand j'ai été kidnappée.

– Non, tu n'es qu'un accessoire. Je vais te buter, on accusera ta mère. Il est grand temps qu'elle paie. Viens par là.

Un sourire étira les lèvres de Cate. Elle savait jouer la comédie, même s'il fallait improviser.

– Vous voulez vous venger de ma mère ? On est deux ! Cette sorcière s'est servie de moi toute ma vie... Si vous croyez que ma mort l'affectera... Elle n'a pas une once d'affection pour moi...

– Ils croiront que c'est elle.

Cate leva les yeux au ciel.

– Vous êtes sérieuse ? Charlotte Dupont aurait réussi à s'introduire ici et à me tuer ? Pourquoi penserait-on une chose pareille ? Les soupçons porteront sur Sparks, une fois de plus.

– Non.

– Bien sûr que si ! Elle est entourée des meilleurs avocats du pays. Pendant des années, elle a gémi sur toutes les chaînes de télé qu'elle voulait de nouveau être ma maman, et vous êtes prête à lui fournir une excellente excuse pour pleurer la mort de sa fille ? On accusera Sparks.

– Non !

Cate perçut néanmoins le doute, cette fois.

La cuillère, pour arracher les clous de la fenêtre condamnée.

– Quand tu seras morte, j'écrirai son nom par terre avec ton sang.

– Je vous en prie... Ce serait ridicule, ça ne marchera pas. Vous savez ce qu'il vous faut ? Un témoin. Par exemple, je pourrais raconter à la police qu'un homme s'est introduit ici dans l'intention de me tuer pour le compte de Charlotte. On me croira, moi la pauvre fille innocente de la méchante manipulatrice. Bon sang ! Pourquoi n'y ai-je pas pensé plus tôt ? Voilà comment la démolir, enfin !

– Viens par là, au centre de la pièce.

– Écoutez-moi, nom d'un chien !

Risqué, de prendre un ton aussi autoritaire, mais Cate devait inverser les rôles si elle voulait survivre.

– Vous avez besoin de moi vivante pour mener votre plan à bien. Posez cette arme. Une pro ne tirerait pas, dit-elle avec un geste de la main en direction du revolver. Réfléchissez… On pourrait entendre le coup de feu. Vous pourriez me frapper, plutôt, pour que je présente des traces de violence… Ou bien… Comment faire croire à un accident ? Je veux dire, comment faire croire à un tueur à gages qui aurait voulu maquiller la scène ? Je me serais défendue, j'aurais eu le dessus et il se serait enfui en avouant qu'il était commandité par ma mère…

– Pourquoi ?

– Pourquoi quoi ? riposta Cate, feignant d'être furieuse.

Nouer les draps, en faire une corde…

– J'avais neuf ans… Et qu'a-t-elle fait, à peine sortie de prison, où elle avait passé moins d'années que je n'en avais vécu quand elle m'a droguée et séquestrée dans une maison inconnue ? Elle s'est de nouveau servie de moi, encore et encore. Elle m'a terrorisée jusqu'à ce que je renonce à ma carrière. Et est-ce qu'elle a payé ? Non. Jamais. Au contraire, elle a épousé l'un des hommes les plus riches de…

Pas facile de simuler l'admiration quand on avait le cœur qui battait à tout rompre.

– C'était donc vous ? s'exclama Cate d'un ton plein de révérence. C'est vous qui avez empoisonné Conrad pour qu'on accuse Charlotte ?

– Ça aurait dû marcher !

– Oh oui, mais elle sait se faufiler entre les mailles du filet, la vipère… Vous avez eu des tripes… Vous devez être profondément amoureuse…

– Je ferais n'importe quoi pour Grant. Il est le seul qui m'ait jamais aimée. Le seul à voir celle que je suis vraiment.

– Je comprends. Elle s'est servie de lui comme elle s'est servie de moi. Il a dû être tellement déçu qu'elle ne soit pas incriminée…

– Oui… Mais il est si courageux.

– C'est lui qui a eu l'idée de me tuer ?

– Non, c'est moi. Il n'est pas au courant. Je ne peux pas supporter de le voir si las, si déprimé. On était pourtant sûrs qu'elle paierait. Mais non…

Fuir dans les bois.

– Parce qu'il n'y avait personne pour témoigner contre elle. On me croira, moi. La police n'a aucune raison de ne pas me croire et ma mère sera enfin punie. Maintenant, cessez de me menacer avec cette arme, s'il vous plaît, que nous puissions réfléchir calmement. Je boirais volontiers quelque chose. Je vous sers aussi à boire ?

Jessica abaissa son revolver.

– Je pourrais juste vous blesser.

– Je peux éventuellement encaisser un coup de poing, mais je préférerais éviter une blessure par balle.

Courir, sans s'arrêter, jusqu'à rencontrer de la lumière.

– Laissez-moi juste…

Par la baie vitrée, Cate aperçut les chiens, et Dillon avec un panier. Une fraction de seconde, son cœur s'arrêta.

– Attendez… je sais !

Vivement, elle se déplaça sur la droite, afin que Jessica la suive des yeux et tourne le dos à la fenêtre.

– Faisons simple, ce sera le mieux. Je n'ai pas besoin de savoir comment le tueur est entré chez moi. Je suis hystérique. Il a voulu me pousser dans l'escalier pour faire croire à une chute. Il portait un masque, je n'ai pas vu son visage.

Plus besoin de courir. La lumière venait à elle. Elle devait néanmoins négocier le virage.

– Un masque de clown, poursuivit-elle, comme Denby à l'époque. Vous savez, je crois que Denby était de mèche avec ma mère… Ils s'étaient entendus pour faire porter le chapeau à Sparks.

Des larmes de gratitude jaillirent des yeux de Jessica.

– Tout à fait ! Grant m'a tout raconté. Il a commis une terrible erreur, mais…

– Une terrible erreur, oui, répéta Cate tandis que la porte s'ouvrait.

Lorsque les chiens entrèrent dans la maison, elle se jeta sur Jessica et tenta de lui arracher son revolver. Un coup partit dans le plafond. En se débattant, Jessica la frappa au visage, mais Cate parvint à garder les deux mains autour de son poignet armé.

Elle avait les paumes moites, la sensation de glisser, de lâcher la corde et de tomber… mais elle resserra son emprise et poussa l'un de ses cris les plus glaçants.

Une main se referma sur la sienne, une main forte qui s'empara du revolver.

Elle s'écroula, Jessica s'effondra sur elle et la martela de ses poings. Les chiens s'approchèrent en grognant et en montrant les dents. Elle hurla de terreur. Cate en profita pour lui asséner un coup qui lui provoqua une douleur lancinante dans les jointures. Elle lâcha une bordée de jurons dans toutes les langues qu'elle connaissait, et s'apprêtait à frapper de nouveau quand Dillon empoigna Jessica, la remit sur pied et la poussa sur une chaise.

– Ne bougez pas ! Assis ! ordonna-t-il aux chiens, qui obéirent aussitôt. Tu es blessée, Cate ?

– Non.

– Appelle tout de suite Michaela, dit-il sans quitter Jessica des yeux. Tu peux passer un appel ?

– Oui.

– Ce n'est pas juste, pleurnicha Jessica en se couvrant le visage de ses mains. Elle doit payer.

– Elle parle de ma mère, précisa Cate en s'emparant de son téléphone sur le comptoir.

– Peu importe. Madame, vous avez meurtri le visage de celle que j'aime et j'ai cassé une douzaine d'œufs à cause de vous. Je n'ai jamais frappé une femme, mais si j'entends encore le son de votre voix, vous serez la première.

– J'aurais pu te tuer ! rugit Jessica à l'attention de Cate. Je n'aurais jamais dû t'écouter, menteuse !

– Toujours se méfier des comédiens… rétorqua celle-ci.

Au lieu de choisir une robe de mariée, elle passa l'après-midi dans le salon de Sullivan's Rest. Son père arpentait nerveusement la pièce, comme elle-même l'aurait sûrement fait si Dillon ne lui avait pas tenu la main, une ancre dans la tempête. Julia et Maggie étaient assises côte à côte sur l'un des canapés, Hugh dans le fauteuil qui avait été le préféré de sa mère, Lily dans un autre tout près de lui.

Cate entendait encore le coup de feu et n'osait pas imaginer ce qui aurait pu se produire.

Les yeux rougis par les larmes, Consuela vint prendre le sac de glace que Cate tenait contre son visage et lui en donna un nouveau.

– Je n'aurais peut-être même pas de bleu…

– Espérons, ma chérie. Peu importe qu'il soit encore tôt, je vais me préparer un Martini, décréta Lily. Qui en veut un ?

Maggie leva la main.

– Je m'en occupe, dit Hugh en se levant. On se croyait en sécurité… marmonna-t-il. On avait tout fait pour se protéger…

– Cette femme est folle, dit Cate en le rejoignant près du bar. Elle a eu de la chance de pouvoir parvenir jusqu'au cottage. Toujours est-il que je suis indemne, Dillon aussi. Et elle, en garde à vue, aux mains de Michaela et de son consultant Red.

– Tu as fait preuve d'intelligence et de courage.

Cate se tourna vers Julia.

– J'étais terrorisée… Elle aussi, mais elle n'était pas maline. C'est ce qui m'a sauvée.

– Je maintiens : toi et Dillon, vous avez fait preuve d'intelligence et de courage, encore une fois.

– Tout à fait, approuva Maggie. Franchement, je n'arrive pas à croire qu'une avocate puisse être aussi bête. Et qu'elle ait tout déballé avant même que Michaela la menotte.

– Elle pleurnichait parce que Cate l'avait bernée.

– La comédie est la forme de supercherie la plus noble, dit Cate d'un ton hautain, dans l'espoir de détendre l'atmosphère.

– Tu as toujours été une bonne actrice.

Elle s'approcha de son père et l'étreignit.

– C'est naturel, chez moi…

Quand on frappa à la porte, elle se crispa. Aidan la serra contre lui. Et tous deux se détendirent à la vue de Michaela et de Red.

– Je peux vous demander un verre, Hugh ? demanda ce dernier. Je ne suis pas en service, moi. Mic se contentera d'un café.

Il s'avança vers Cate, lui posa une main sur l'épaule et embrassa sa joue meurtrie.

– Je suis fier de notre shérif, poursuivit-il. Elle avait tout compris depuis le début. J'ai toujours su qu'elle avait du potentiel.

– Je vais faire du café. Tu veux un Coca, ma puce ? demanda Consuela.

Cate se rassit près de Dillon.

– Je veux bien, oui.

– Hugh, tu serviras un verre de vin rouge à Consuela, s'il te plaît.

– Je travaille, miss Lily !

– Apportez du café et un Coca pour Cate et vous prendrez une pause avec nous. Vous faites partie de la famille.

Michaela prit place sur un fauteuil.

– Nous avons dit aux jardiniers qu'ils pouvaient partir, et un agent raccompagne Lynn Arlow chez elle. Nous devrons saisir son véhicule. Rowe a forcé le coffre, elle s'y était cachée pour pénétrer dans la propriété. Aucun élément ne prouve la complicité de Mlle Arlow.

– Elle s'était enfermée dans le coffre d'une voiture ? demanda Maggie.

– Oui. Elle y a passé plusieurs heures. Elle comptait repartir de la même manière, après avoir commis son forfait. Elle a confirmé votre témoignage, Cate : elle vous aurait tuée, puis elle aurait inscrit le nom de votre mère au sol, en lettres de sang, comme une signature…

– Complètement tarée, marmonna Maggie.

– Elle aurait pu tuer Cate, murmura Julia d'une voix blanche, en saisissant la main de sa mère.

– Je ne crois pas, objecta Cate. Elle était nerveuse et… tellement naïve.

– Elle a tout de même empoisonné un vieillard au vu et au su de toute une salle de bal, souligna Red en prenant le verre de whisky que lui tendit Hugh. C'était culotté, OK, mais appuyer sur la détente en regardant quelqu'un dans les yeux, c'est une autre paire de manches.

– Tout ça pour se venger de ma mère…

Michaela attendit que Consuela s'installe, après avoir servi café et Coca.

– Sparks avait persuadé Rowe que Dupont l'avait dupé. Il lui faisait croire qu'il était fou amoureux d'elle et que Dupont était l'ennemie. Elle l'a aidé à organiser le meurtre de Denby ; c'est elle qui a payé l'homme de main. Idem pour Scarpetti. Elle estime avoir rétabli la justice, et elle refuse d'entendre que Sparks s'est lui-même poignardé. Il n'avait pas dû la mettre dans la confidence. Elle maintient qu'il s'agit d'un coup de Dupont.

– Outre sa complicité dans les meurtres de Denby et de Scarpetti, enchaîna Red, elle a aussi contribué à l'agression dont j'ai moi-même été victime, et elle est l'auteure des deux derniers enregistrements reçus par Cate.

– Tout ça soi-disant par amour, soupira Cate. En fait, elle n'est guère différente de ma mère.

– Elle écopera d'une peine beaucoup plus lourde, dit Red en sirotant son whisky. Complicité d'homicides, meurtre au premier degré, tentative de meurtre, effraction. Elle paiera cher. Sparks aussi.

– Il n'est pas près de revoir la lumière du soleil, ajouta Michaela. Il y a de fortes chances qu'il finisse ses jours en prison. Mon… consultant et moi-même nous ferons une joie de lui rendre visite.

– Ah ça, c'est sûr !

– Nous vous sommes encore redevables, dit Hugh.

– Sûrement pas ! riposta Red. Les petits se sont encore une fois débrouillés comme des grands ! Sparks ne sera pas très content, j'imagine, de l'initiative que son avocate a prise sans son consentement. On va lui demander ce qu'il en pense, Mic ?

– Allons-y.

– Si vous êtes de retour avant 19 h 30, venez dîner avec nous, suggéra Lily. Votre famille sera la bienvenue, naturellement, Michaela. Pour une fois, je vous aiderai à cuisiner, Consuela.

– Oh non, miss Lily, *por favor*…

– Allez, Mic, en route ! dit Red en terminant son verre. Vous conduisez ?

– Jusqu'à preuve du contraire, c'est moi le shérif.

Cate se leva.

– J'ai besoin de prendre l'air, dit-elle. Consuela, j'aiderai Lily à vous aider, tout à l'heure.

– *Muy bien.*

– Allons faire un tour, proposa Dillon. Je vous rejoins au ranch, ajouta-t-il à l'attention de sa mère et de sa grand-mère.

– Reste avec Cate, lui dit Julia en l'embrassant. On donne à manger aux bêtes et on revient pour le dîner.

– Merci.

Maggie claqua dans ses doigts pour appeler les chiens.

– Allez hop, à la maison ! Vous rassemblerez les troupeaux !

– Allez vous promener, ma chérie, dit Aidan à sa fille. Avec Dillon, je te sais entre de bonnes mains.

– Il ne risque rien lui non plus, répliqua-t-elle avec un clin d'œil.

– Absolument.

Main dans la main, Cate et Dillon descendirent sur la plage.

– J'ai maintenant une image qui me rassurera toujours, dit-elle.

– Ah oui ? Laquelle ?

– Toi immobilisant la main armée de cette femme et la séparant de moi. D'une seule main, tu l'as poussée sur une chaise et tu as ordonné aux chiens de la surveiller. Jusqu'à ton arrivée, je carburais à l'adrénaline, le cœur à cent à l'heure, des sueurs froides dans le dos. Dès que je t'ai vu, j'ai cessé d'avoir peur.

Dillon lui embrassa la tempe.

– N'empêche que j'ai eu la trouille de ma vie.

– Je sais, je l'ai entendu dans ta voix. Tu avais peur pour moi, mais tu as gardé ton sang-froid et elle ne s'est rendu compte de rien. Heureusement qu'elle ne s'est pas non plus aperçue que j'étais terrorisée. Je veux qu'ils croupissent tous les deux derrière les barreaux en sachant que nous n'avons pas peur d'eux.

Elle prit la main de Dillon, la posa contre sa joue puis la retourna afin de lui embrasser la paume.

– Cet épisode est terminé, poursuivit-elle, si ce n'est que ma mère va faire la une de toute la presse people. Sparks et Rowe lui ont fait un cadeau en or.

– Ça m'est égal, déclara Dillon en s'immobilisant dans l'escalier de la falaise. L'important, c'est toi, notre famille, les chiens, le ranch. Elle est le cadet de mes soucis.

Elle scruta son visage, savoura le son de sa voix.

– Ça m'est égal à moi aussi. Tu veux bien m'épouser ?

– Chiche ?

Elle lui saisit de nouveau la main et, tous les deux, ils coururent jusqu'au bord de l'eau.

Mise en pages par

PRESS·PROD

Imprimé en Espagne par Egedsa
Dépôt légal : Août 2020
ISBN : 978-2-7499-4299-5
LAF : 2909